LUCIAN

II

LUCIAN

II

LUCIAN

WITH AN ENGLISH TRANSLATION BY

A. M. HARMON

OF PRINCETON UNIVERSITY

IN EIGHT VOLUMES

II

CAMBRIDGE, MASSACHUSETTS
HARVARD UNIVERSITY PRESS
LONDON
WILLIAM HEINEMANN LTD
MCMLX

Printed in Great Britain

68A37826 _v.5.4_

CONTENTS

CONTENTS

v

PREFATORY NOTE

With the possible exception of the *Downward Journey*, all the pieces in this volume have a double MSS. tradition, one branch of which (γ) is best represented by Vaticanus 90 (Γ), the other (β) by Vindobonensis 123 (B), very incomplete, and inadequately supplemented by the other MSS. of that group. For details see Karl Mras, *Die Überlieferung Lucians*, Vienna, 1911.

The text here presented is the result of a careful revision based not only upon the published collations but upon photographs of Γ for the one tradition, U (Vaticanus 1324), Z (Vaticanus 1323) and N (Parisinus 2957) for the other, supplied by the Princeton University Library through the kindness of its head, Dr. E. C. Richardson. My aim in revision has been to eliminate readings which derive from inferior MSS., and to give due weight to the γ tradition. In the main, the orthography is that of Γ, but as between συν- and ξυν- I have followed Dindorf in writing συν- throughout.

PREFATORY NOTE

Under the circumstances it is no longer feasible to note variations from the text of Jacobitz. A select apparatus would be more to the point, but would be too cumbersome for the L.C.L. Therefore only the most vital discrepancies of the MSS. will appear henceforth in the footnotes, which as a rule will record simply conjectures. The sigla γ and β will need no further explanation ; ς indicates that a reading comes from an inferior MS. and is probably conjectural.

In virtue of its position in Γ, the *Soloecista* should open this volume, but it is so uninteresting and so impossible to translate adequately that it has been relegated to a less conspicuous place at the end of the series, which will comprise seven volumes instead of eight, as at first announced.

A conjecture which appears on page 378 of Volume I with my initials attached, belongs by right of priority to Madvig, and Eduard Schwartz has been anticipated by Richard Bentley in his capital emendation on page 180.

LIST OF LUCIAN'S WORKS

SHOWING THEIR DIVISION INTO VOLUMES IN THIS EDITION

LIST OF LUCIAN'S WORKS

x

THE WORKS OF LUCIAN

THE DOWNWARD JOURNEY, OR THE TYRANT

A scene in the realm of Hades, showing that cobblers fare better there than kings. The lower world is depicted also in the *Menippus* and in the *Dialogues of the Dead*. All these pieces were deeply influenced by Cynic satire and in particular by the *Necyia* of Menippus. Helm maintains that the *Downward Journey* is based on a couple of scenes in the *Necyia* which Lucian left unused in writing his *Menippus* and subsequently worked up into a separate dialogue, prefixing an introduction of his own; but there is hardly enough evidence to make this theory plausible, let alone incontestable.

The part played by the Fates is unusual. Instead of spinning destinies up aloft as in the *Charon*, two of them are given a share in the convoying of souls to the underworld, Atropos turning them over to Hermes and Clotho presiding over their reception at the ferry. Clotho's function thus in great measure duplicates that assigned to Aeacus.

ΚΑΤΑΠΛΟΥΣ Η ΤΥΡΑΝΝΟΣ

1 Εἶεν, ὦ Κλωθοῖ, τὸ μὲν σκάφος τοῦτο ἡμῖν
πάλαι εὐτρεπὲς καὶ πρὸς ἀναγωγὴν εὖ μάλα
παρεσκευασμένον· ὅ τε γὰρ ἄντλος ἐκκέχυται καὶ
ὁ ἱστὸς ὥρθωται καὶ ἡ ὀθόνη παρακέκρουσται καὶ
τῶν κωπῶν ἑκάστη τετρόπωται, κωλύει τε οὐδέν,
ὅσον ἐπ' ἐμοί, τὸ ἀγκύριον ἀνασπάσαντας ἀπο-
πλεῖν. ὁ δὲ Ἑρμῆς βραδύνει, πάλαι παρεῖναι
δέον· κενὸν γοῦν ἐπιβατῶν, ὡς ὁρᾷς, ἔστι τὸ
πορθμεῖον τρὶς ἤδη τήμερον ἀναπεπλευκέναι δυ-
νάμενον· καὶ σχεδὸν ἀμφὶ βουλυτόν ἐστιν, ἡμεῖς
δὲ οὐδέπω οὐδὲ ὀβολὸν ἐμπεπολήκαμεν. εἶτα
ὁ Πλούτων εὖ οἶδα ὅτι ἐμὲ ῥᾳθυμεῖν ἐν τούτοις
ὑπολήψεται, καὶ ταῦτα παρ' ἄλλῳ οὔσης τῆς
αἰτίας. ὁ δὲ καλὸς ἡμῖν κἀγαθὸς νεκροπομπὸς
ὥσπερ τις ἄλλος καὶ αὐτὸς ἄνω τὸ τῆς Λήθης
ὕδωρ πεπωκὼς ἀναστρέψαι πρὸς ἡμᾶς ἐπιλέλη-
σται, καὶ ἤτοι παλαίει μετὰ τῶν ἐφήβων ἢ κιθα-
ρίζει ἢ λόγους τινὰς διεξέρχεται ἐπιδεικνύμενος
τὸν λῆρον τὸν αὐτοῦ, ἢ τάχα που καὶ κλωπεύει
ὁ γεννάδας παρελθών· μία γὰρ αὐτοῦ καὶ αὕτη

THE DOWNWARD JOURNEY, OR THE TYRANT

CHARON

WELL, Clotho, we have had this boat all ship-shape and thoroughly ready to sail for some time. The water is baled out, the mast is set up, the sail is hoisted in stops and each of the oars has a lanyard to it, so that as far as I am concerned there is nothing to hinder our getting up anchor and sailing. But Hermes is behind hand; he should have been here long ago. There is not a passenger aboard the ferry-boat, as you see, when she might have made three trips to-day by this time, and here it is almost dusk and I haven't earned even an obol yet. Besides, Pluto will surely think I am taking it easy all this time, when really someone else is to blame. Our honourable guide of souls[1] has had a drink of Lethe-water up there if ever a man did, and so has forgotten to come back to us: he is either wrestling a fall with the boys or playing a tune on the lyre or making speeches to show off his command of piffle, or maybe the gentleman is even playing sneak-thief, for that is one of his accomplishments also. Anyhow, he takes

[1] Hermes.

3

τῶν τεχνῶν. ὁ δ' οὖν ἐλευθεριάζει πρὸς ἡμᾶς,
καὶ ταῦτα ἐξ ἡμισείας ἡμέτερος ὤν.

ΚΛΩΘΩ

2 Τί δὲ οἶδας, ὦ Χάρων, εἴ τις ἀσχολία προσέ- 2
πεσεν αὐτῷ, τοῦ Διὸς ἐπὶ πλέον δεηθέντος ἀπο-
χρήσασθαι πρὸς τὰ ἄνω πράγματα; δεσπότης δὲ
κἀκεῖνός ἐστιν.

ΧΑΡΩΝ

'Αλλ' οὐχ ὥστε, ὦ Κλωθοῖ, πέρα τοῦ μέτρου
δεσπόζειν κοινοῦ κτήματος, ἐπεὶ οὐδὲ ἡμεῖς ποτε
αὐτόν, ἀπιέναι δέον, κατεσχήκαμεν. ἀλλ' ἐγὼ
οἶδα τὴν αἰτίαν· παρ' ἡμῖν μὲν γὰρ ἀσφόδελος
μόνον καὶ χοαὶ καὶ πόπανα καὶ ἐναγίσματα, τὰ
δ' ἄλλα ζόφος καὶ ὁμίχλη καὶ σκότος, ἐν δὲ τῷ
οὐρανῷ φαιδρὰ πάντα καὶ ἥ τε ἀμβροσία πολλὴ
καὶ τὸ νέκταρ ἄφθονον· ὥστε ἥδιον παρ' ἐκείνοις
βραδύνειν ἔοικε. καὶ παρ' ἡμῶν μὲν ἀνίπταται
καθάπερ ἐκ δεσμωτηρίου τινὸς ἀποδιδράσκων·
ἐπειδὰν δὲ καιρὸς κατιέναι, σχολῇ καὶ βάδην
μόγις ποτὲ κατέρχεται.

ΚΛΩΘΩ

3 Μηκέτι χαλέπαινε, ὦ Χάρων· πλησίον γὰρ
αὐτὸς οὗτος, ὡς ὁρᾷς, πολλούς τινας ἡμῖν ἄγων,
μᾶλλον δὲ ὥσπερ τι αἰπόλιον ἀθρόους αὐτοὺς τῇ
ῥάβδῳ σοβῶν. ἀλλὰ τί τοῦτο; δεδεμένον τινὰ ἐν
αὐτοῖς καὶ ἄλλον γελῶντα ὁρῶ, ἕνα δέ τινα καὶ
πήραν ἐξημμένον καὶ ξύλον ἐν τῇ χειρὶ ἔχοντα,
δριμὺ ἐνορῶντα καὶ τοὺς ἄλλους ἐπισπεύδοντα.
οὐχ ὁρᾷς δὲ καὶ τὸν Ἑρμῆν αὐτὸν ἱδρῶτι ῥεόμενον
καὶ τὼ πόδε κεκονιμένον καὶ πνευστιῶντα; μεστὸν

liberties with us as if he were free, when really he is half ours.[1]

CLOTHO

But, Charon, how do you know that he hasn't found something to keep him busy? Zeus may have wanted to make more use of him than usual in affairs up above. He too is his master.

CHARON

Yes, Clotho, but he has no right to go too far in playing the master over joint property, for we on our part have never kept Hermes back when he had to go. No, I know the reason : here with us there is nothing but asphodel and libations and funeral-cakes and offerings to the dead, and all else is misty, murky darkness ; in heaven, however, it is all bright, and there is ambrosia in plenty and nectar without stint, so it is likely that he finds it more pleasant to tarry there. And when he leaves us he flies up as if he were escaping from jail, but when it is time to come down he comes with reluctance, at the last moment, slowly and afoot.

CLOTHO

Don't be angry any longer, Charon ; here he is close by, you see, bringing us a lot of people, or I should say waving them along with his wand, all in a huddle, like a herd of goats. But what's this? There is a man in fetters among them and another who is laughing, I see, and one fellow with a wallet over his shoulder and a club in his hand, who has a piercing eye and hurries the others along. Don't you see, too, that Hermes himself is dripping with sweat and dusty-footed and panting? In fact, he is

[1] Like a slave in the upper world, Charon identifies himself with his master Pluto.

γοῦν ἄσθματος αὐτῷ τὸ στόμα. τί ταῦτα, ὦ
Ἑρμῆ; τίς ἡ σπουδή; τεταραγμένῳ γὰρ ἡμῖν
ἔοικας.

ΕΡΜΗΣ

Τί δ' ἄλλο, ὦ Κλωθοῖ, ἢ τουτονὶ τὸν ἀλιτήριον
ἀποδράντα μεταδιώκων ὀλίγου δεῖν λιπόνεως ὑμῖν
τήμερον ἐγενόμην;

ΚΛΩΘΩ

Τίς δ' ἐστίν; ἢ τί βουλόμενος ἀπεδίδρασκε;

ΕΡΜΗΣ

Τουτὶ μὲν πρόδηλον, ὅτι ζῆν μᾶλλον ἐβούλετο.
ἔστι δὲ βασιλεύς τις ἢ τύραννος, ἀπὸ γοῦν τῶν
ὀδυρμῶν καὶ ὧν ἀνακωκύει, πολλῆς τινος εὐδαι-
μονίας ἐστερῆσθαι λέγων.

ΚΛΩΘΩ

Εἶθ' ὁ μάταιος ἀπεδίδρασκεν, ὡς ἐπιβιῶναι δυ-
νάμενος, ἐπιλελοιπότος ἤδη τοῦ ἐπικεκλωσμένου
αὐτῷ νήματος;

ΕΡΜΗΣ

4   Ἀπεδίδρασκε, λέγεις; εἰ γὰρ μὴ ὁ γενναιότατος
οὗτος, ὁ τὸ ξύλον, συνήργησέ μοι καὶ συλλα-
βόντες αὐτὸν ἐδήσαμεν, κἂν ᾤχετο ἡμᾶς ἀποφυ-
γών· ἀφ' οὗ γάρ μοι παρέδωκεν αὐτὸν ἡ Ἄτροπος,
παρ' ὅλην τὴν ὁδὸν ἀντέτεινε καὶ ἀντέσπα, καὶ
τὼ πόδε ἀντερείδων πρὸς τὸ ἔδαφος οὐ παντελῶς
εὐάγωγος ἦν· ἐνίοτε δὲ καὶ ἱκέτευε καὶ κατελι-
πάρει, ἀφεθῆναι πρὸς ὀλίγον ἀξιῶν καὶ πολλὰ
δώσειν ὑπισχνούμενος. ἐγὼ δέ, ὥσπερ εἰκός, οὐκ
ἀνίειν ὁρῶν ἀδυνάτων ἐφιέμενον. ἐπεὶ δὲ κατ'
αὐτὸ ἤδη τὸ στόμιον ἦμεν, ἐμοῦ τοὺς νεκρούς, ὡς

6

gasping for breath. What's all this, Hermes? What's the excitement? You seem to be in a stew, you know.

HERMES

Why, Clotho, this miserable sinner ran away and I chased him, and so almost failed to make your boat to-day, that's all !

CLOTHO

Who is he, and what was his object in trying to run away?

HERMES

That's easy to see—he preferred to live. He is a king or a tyrant, to judge from his lamentations and the wailing that he makes, in which he makes out that he has had great happiness taken away from him.

CLOTHO

So the poor fool tried to run away, thinking that he could live longer, when the thread of life apportioned to him had already run short?

HERMES

Tried to run away, do you say? Why, if this splendid fellow, the one with the stick, had not helped me and we had not caught and bound him, he would have got clean away from us. You see, from the moment Atropos turned him over to me he kept straining and pulling back every inch of the way, and as he braced his feet on the ground he was by no means easy to lead; sometimes, too, he would beg and entreat, wanting to be let go for a little while and promising a heavy bribe. Of course I did not let him go, for I saw that what he was after was impossible. But when we were right by the

7

ἔθος, ἀπαριθμοῦντος τῷ Αἰακῷ κἀκείνου λογιζο-
μένου αὐτοὺς πρὸς τὸ παρὰ τῆς σῆς ἀδελφῆς
πεμφθὲν αὐτῷ σύμβολον, λαθὼν οὐκ οἶδ᾽ ὅπως ὁ
τρισκατάρατος ἀπιὼν ᾤχετο. ἐνέδει οὖν νεκρὸς
εἷς τῷ λογισμῷ, καὶ ὁ Αἰακὸς ἀνατείνας τὰς
ὀφρῦς, "Μὴ ἐπὶ πάντων, ὦ Ἑρμῆ," φησί, "χρῶ
τῇ κλεπτικῇ, ἅλις σοι αἱ ἐν οὐρανῷ παιδιαί· τὰ
νεκρῶν δὲ ἀκριβῆ καὶ οὐδαμῶς λαθεῖν δυνάμενα.
τέτταρας, ὡς ὁρᾷς, πρὸς τοῖς χιλίοις ἔχει τὸ
σύμβολον ἐγκεχαραγμένους, σὺ δέ μοι παρ᾽ ἕνα
ἥκεις ἄγων, εἰ μὴ τοῦτο φῇς, ὡς παραλελόγισταί
σε ἡ Ἄτροπος." ἐγὼ δὲ ἐρυθριάσας πρὸς τὸν
λόγον ταχέως ὑπεμνήσθην τῶν κατὰ τὴν ὁδόν,
κἀπειδὴ περιβλέπων οὐδαμοῦ τοῦτον εἶδον, συνεὶς
τὴν ἀπόδρασιν ἐδίωκον ὡς εἶχον τάχους κατὰ τὴν
ἄγουσαν πρὸς τὸ φῶς· εἵπετο δὲ αὐθαίρετός μοι
ὁ βέλτιστος οὗτος, καὶ ὥσπερ ἀπὸ ὕσπληγγος
θέοντες καταλαμβάνομεν αὐτὸν ἤδη ἐν Ταινάρῳ·
παρὰ τοσοῦτον ἦλθε διαφυγεῖν.

ΚΛΩΘΩ

5   Ἡμεῖς δέ, ὦ Χάρων, ὀλιγωρίαν ἤδη τοῦ Ἑρμοῦ
κατεγινώσκομεν.

ΧΑΡΩΝ

Τί οὖν ἔτι διαμέλλομεν ὡς οὐχ ἱκανῆς ἡμῖν
γεγενημένης διατριβῆς;

ΚΛΩΘΩ

Εὖ λέγεις· ἐμβαινέτωσαν. ἐγὼ δὲ προχειρισα-
μένη τὸ βιβλίον καὶ παρὰ τὴν ἀποβάθραν καθε-

entrance, while I was counting the dead for Aeacus[1] as usual and he was comparing them with the tally sent him by your sister, he gave us the slip somehow or other, curse him, and made off. Consequently we were one dead man short in the reckoning, and Aeacus raised his eyebrows and said : " Don't be too promiscuous, Hermes, in plying your thievery ; be content with your pranks in Heaven. The accounts of the dead are carefully kept and cannot be falsified. The tally has a thousand and four marked on it, as you see, and you come to me with one less. You aren't going to say that Atropos cheated you in the reckoning ?" What he said made me blush, but I speedily recalled what had happened on the way, and when, after glancing about me, I did not see this fellow anywhere, I perceived that he had escaped and pursued with all the speed I could muster along the road leading toward the light. My good friend here followed me of his own free will, and by running as if in a match we caught him just at Taenarus :[2] that was all he lacked of escaping.

CLOTHO

And we, Charon, were condemning Hermes for neglecting his duty, indeed !

CHARON

Well, why do we keep dilly-dallying as though we had not had delay enough already.

CLOTHO

Right ; let them get aboard. I will hold the book and sit by the gangway as usual, and as each of them

---

[1] Aeacus is the "collector of customs" (*Charon* 2). The idea was probably suggested by the *Frogs* of Aristophanes, in which he figures as Pluto's janitor (464).

[2] A promontory in Laconia where the ancients located one of the entrances to Hades ; now Cape Matapan.

ζομένη, ὡς ἔθος, ἐπιβαίνοντα ἕκαστον αὐτῶν δια-
γνώσομαι, τίς καὶ πόθεν καὶ ὅντινα τεθνεὼς τὸν
τρόπον· σὺ δὲ παραλαμβάνων στοίβαζε καὶ
συντίθει· σὺ δέ, ὦ Ἑρμῆ,¹ τὰ νεογνὰ ταυτὶ πρῶτα
ἐμβαλοῦ· τί γὰρ ἂν καὶ ἀποκρίναιντό μοι;

ΕΡΜΗΣ

Ἰδού σοι, ὦ πορθμεῦ, τὸν ἀριθμὸν οὗτοι τρια-
κόσιοι μετὰ τῶν ἐκτιθεμένων.

ΧΑΡΩΝ

Βαβαὶ τῆς εὐαγρίας. ὀμφακίας ἡμῖν νεκροὺς
ἥκεις ἄγων.

ΕΡΜΗΣ

Βούλει, ὦ Κλωθοῖ, τοὺς ἀκλαύστους ἐπὶ τού-
τοις ἐμβιβασώμεθα;

ΚΛΩΘΩ

Τοὺς γέροντας λέγεις; οὕτω ποίει. τί γάρ
με δεῖ πράγματα ἔχειν τὰ πρὸ Εὐκλείδου νῦν
ἐξετάζουσαν; οἱ ὑπὲρ ἑξήκοντα ὑμεῖς πάριτε ἤδη.
τί τοῦτο; οὐκ ἐπακούουσί μου βεβυσμένοι τὰ
ὦτα ὑπὸ τῶν ἐτῶν. δεήσει τάχα καὶ τούτους
ἀράμενον παραγαγεῖν.

ΕΡΜΗΣ

Ἰδοὺ πάλιν οὗτοι δυεῖν δέοντες τετρακόσιοι,
τακεροὶ πάντες καὶ πέπειροι καὶ καθ' ὥραν τετρυ-
γημένοι.

ΧΑΡΩΝ

Νὴ Δί', ἐπεὶ ἀσταφίδες γε πάντες ἤδη εἰσί.

ΚΛΩΘΩ

6 Τοὺς τραυματίας ἐπὶ τούτοις, ὦ Ἑρμῆ, παρά-
γαγε· καὶ πρῶτόν μοι εἴπατε ὅπως ἀποθανόντες

¹ συντίθει· σὺ δέ, ὦ Ἑρμῆ Jacobs : συντίθει, ὦ Ἑρμῆ· σὺ δὲ
MSS.

comes aboard I will see who he is, where he comes from, and how he met his death; you receive them, and as you do so, pack and stow them. Hermes, heave these babies aboard first, for what in the world can they have to say to me?

HERMES

Here you are, ferryman, three hundred of them, including those that were abandoned.

CHARON

I say, what a rich haul! It's green-grape dead you have brought us.

HERMES

Clotho, do you want us to get the unmourned aboard next?

CLOTHO

You mean the old people? Yes, for why should I bother now to investigate what happened before the flood?[1] All of you who are over sixty go in now. What's this? They don't heed me, for their ears are stopped with years. You will probably have to pick them up and carry them in, too.

HERMES

Here you are again, three hundred and ninety-eight, all tender and ripe and harvested in season.

CHARON

Good Lord, yes! They're all raisins now!

CLOTHO

Bring in the wounded next, Hermes. (*To the* DEAD) First tell me what deaths brought you

---

[1] Literally, "before Euclid," the Athenian archon of 403 B.C., the year in which the democracy was restored and the misdeeds of the oligarchy obliterated by a general amnesty.

ἥκετε· μᾶλλον δὲ αὐτὴ πρὸς τὰ γεγραμμένα ὑμᾶς
ἐπισκέψομαι. πολεμοῦντας ἀποθανεῖν ἔδει χθὲς
ἐν Μηδίᾳ τέτταρας ἐπὶ τοῖς ὀγδοήκοντα καὶ τὸν
Ὀξυάρτου υἱὸν μετ᾿ αὐτῶν Γωβάρην.

ΕΡΜΗΣ

Πάρεισι.

ΚΛΩΘΩ

Δι᾿ ἔρωτα αὐτοὺς ἀπέσφαξαν ἑπτά, καὶ ὁ
φιλόσοφος Θεαγένης διὰ τὴν ἑταίραν τὴν Μεγα-
ρόθεν.

ΕΡΜΗΣ

Οὑτοιὶ πλησίον.

ΚΛΩΘΩ

Ποῦ δ᾿ οἱ περὶ τῆς βασιλείας ὑπ᾿ ἀλλήλων
ἀποθανόντες;

ΕΡΜΗΣ

Παρεστᾶσιν.

ΚΛΩΘΩ

Ὁ δ᾿ ὑπὸ τοῦ μοιχοῦ καὶ τῆς γυναικὸς φονευ-
θείς;

ΕΡΜΗΣ

Ἰδού σοι πλησίον.

ΚΛΩΘΩ

Τοὺς ἐκ δικαστηρίων δῆτα παράγαγε, λέγω
δὲ τοὺς ἐκ τυμπάνου καὶ τοὺς ἀνεσκολοπισμέ-
νους. οἱ δ᾿ ὑπὸ λῃστῶν ἀποθανόντες ἑκκαίδεκα
ποῦ εἰσιν, ὦ Ἑρμῆ;

here—but no, I myself will refer to my papers and pass you. Eighty-four should have died in battle yesterday in Media, among them Gobares, the son of Oxyartas.

HERMES

Here they are!

CLOTHO

Seven committed suicide for love, among them the philosopher Theagenes for the courtesan from Megara.[1]

HERMES

Right here beside you.

CLOTHO

Where are the men who killed each other fighting for the throne?

HERMES

Here they stand.

CLOTHO

And the man who was murdered by his wife and her paramour?

HERMES

There beside you.

CLOTHO

Now bring in the output of the courts, I mean those who died by the scourge and the cross. And where are the sixteen who were killed by pirates, Hermes?

---

[1] This man can hardly be other than the Cynic of Patras mentioned in *The Passing of Peregrinus*, who died in the reign of Marcus Aurelius. To be sure, Galen says he was killed by his doctor (x, p. 909), but he may well have been alive when Lucian wrote this.

13

ΕΡΜΗΣ

Πάρεισιν οἵδε οἱ τραυματίαι οὓς ὁρᾷς. τὰς δὲ
γυναῖκας ἅμα βούλει παραγάγω;

ΚΛΩΘΩ

Μάλιστα, καὶ τοὺς ἀπὸ ναυαγίων γε ἅμα· καὶ
γὰρ τεθνᾶσι[1] τὸν ὅμοιον τρόπον. καὶ τοὺς ἀπὸ
τοῦ πυρετοῦ δέ, καὶ τούτους ἅμα, καὶ τὸν ἰατρὸν
7 μετ᾽ αὐτῶν Ἀγαθοκλέα. ποῦ δ᾽ ὁ φιλόσοφος
Κυνίσκος, ὃν ἔδει τῆς Ἑκάτης τὸ δεῖπνον φαγόντα
καὶ τὰ ἐκ τῶν καθαρσίων ᾠὰ καὶ πρὸς τούτοις γε
σηπίαν ὠμὴν ἀποθανεῖν;

ΚΥΝΙΣΚΟΣ

Πάλαι σοι παρέστηκα, ὦ βελτίστη Κλωθοῖ.
τι δὲ με ἀδικήσαντα τοσοῦτον εἴας ἄνω τὸν
χρόνον; σχεδὸν γὰρ ὅλον μοι τὸν ἄτρακτον ἐπέ-
κλωσας. καίτοι πολλάκις ἐπειράθην τὸ νῆμα
διακόψας ἐλθεῖν, ἀλλ᾽ οὐκ οἶδ᾽ ὅπως ἄρρηκτον
ἦν.

ΚΛΩΘΩ

Ἔφορόν σε καὶ ἰατρὸν εἶναι τῶν ἀνθρωπίνων
ἁμαρτημάτων ἀπελίμπανον. ἀλλὰ ἔμβαινε ἀγαθῇ
τύχῃ.

ΚΥΝΙΣΚΟΣ

Μὰ Δί᾽, ἢν μὴ πρότερόν γε τουτονὶ τὸν δεδε-
μένον ἐμβιβασώμεθα· δέδια γὰρ μή σε παραπείσῃ
δεόμενος.

---

[1] καὶ γὰρ τεθνᾶσι Schmieder : γὰρ τεθνᾶσι καὶ MSS.

THE DOWNWARD JOURNEY

HERMES

Here they are, these wounded men whom you see. Do you want me to bring in all the women together?

CLOTHO

By all means, and also those lost at sea, for they died in the same way. And those who died of the fever, bring them in together, too, and their doctor Agathocles along with them. Where is the philosopher Cyniscus, who was to die from eating the dinner of Hecate and the lustral eggs and a raw squid besides?[1]

CYNISCUS

I have been standing at your elbow a long time, kind Clotho. What have I done that you should leave me on earth so long? Why, you nearly ran off your whole spindle for me! In spite of that, I have often tried to cut the thread and come, but somehow or other it could not be broken.

CLOTHO

I left you behind to observe and prescribe for the sins of man. But get aboard, and good luck to you.

CYNISCUS

No, by Heaven, not till we have put this man in fetters aboard. I am afraid he may come it over you with his entreaties.

---

[1] The dinner of Hecate (mentioned also in *Dialogues of the Dead*, 1) was a purificatory offering made at cross-roads and, to judge from Aristophanes (*Plutus* 594), very well received by the poor. For the use of eggs in purification see Ovid, *Ars Amat.* ii. 329 ; Juv. vi. 517. The raw squid is mentioned because Diogenes is said to have died from eating one (*Diog. Laert.* 156 AB ; cf. *Philosophers for Sale*, 10).

ΚΛΩΘΩ

8   Φέρ' ἴδω τίς ἐστι.

ΚΥΝΙΣΚΟΣ[1]

Μεγαπένθης ὁ Λακύδου, τύραννος.

ΚΛΩΘΩ

Ἐπίβαινε σύ.

ΜΕΓΑΠΕΝΘΗΣ

Μηδαμῶς, ὦ δέσποινα Κλωθοῖ, ἀλλά με πρὸς
ὀλίγον ἔασον ἀνελθεῖν. εἶτά σοι αὐτόματος ἥξω
καλοῦντος μηδενός.

ΚΛΩΘΩ

Τί δὲ ἔστιν οὗ χάριν ἀφικέσθαι θέλεις;

ΜΕΓΑΠΕΝΘΗΣ

Τὴν οἰκίαν ἐκτελέσαι μοι πρότερον ἐπίτρεψον·
ἡμιτελὴς γὰρ ὁ δόμος καταλέλειπται.

ΚΛΩΘΩ

Ληρεῖς· ἀλλὰ ἔμβαινε.

ΜΕΓΑΠΕΝΘΗΣ

Οὐ πολὺν χρόνον, ὦ Μοῖρα, αἰτῶ· μίαν με
ἔασον μεῖναι τήνδε ἡμέραν, ἄχρι ἄν τι ἐπισκήψω
τῇ γυναικὶ περὶ τῶν χρημάτων, ἔνθα τὸν μέγαν
εἶχον θησαυρὸν κατορωρυγμένον.

ΚΛΩΘΩ

Ἄραρεν· οὐκ ἂν τύχοις.

ΜΕΓΑΠΕΝΘΗΣ

Ἀπολεῖται οὖν χρυσὸς τοσοῦτος;

ΚΛΩΘΩ

Οὐκ ἀπολεῖται. θάρρει τούτου γε ἕνεκα· Με-
γακλῆς γὰρ αὐτὸν ὁ σὸς ἀνεψιὸς παραλήψεται.

―――――

[1] ΚΥΝ. Γ : ΕΡΜ. vulg., ΜΕΓ. Baar.   Cf. 3, end.

CLOTHO

Come, let's see who he is.

CYNISCUS

Megapenthes,[1] son of Lacydes, a tyrant.

CLOTHO

Aboard with you!

MEGAPENTHES

Oh no, good lady Clotho! Do let me go back to earth for a little while. Then I'll come of my own accord, you will find, without being summoned by anyone.

CLOTHO

Why is it that you want to go back?

MEGAPENTHES

Let me finish my house first, for the building has been left half-done.

CLOTHO

Nonsense! Come, get aboard.

MEGAPENTHES

It's not much time that I ask for, Lady of Destiny; let me stay just this one day, till I can give my wife directions about my money—the place where I kept my great treasure buried.

CLOTHO

It is settled; you can't be permitted.

MEGAPENTHES

Then is all that gold to be lost?

CLOTHO

No, it will not be lost. Be easy on that score your cousin Megacles will get it.

---

[1] "Greatwoe."

ΜΕΓΑΠΕΝΘΗΣ

Ὦ τῆς ὕβρεως. ὁ ἐχθρός, ὃν ὑπὸ ῥᾳθυμίας
ἔγωγε οὐ προαπέκτεινα;

ΚΛΩΘΩ

Ἐκεῖνος αὐτός· καὶ ἐπιβιώσεταί σοι ἔτη τετ-
ταράκοντα καὶ μικρόν τι πρός, τὰς παλλακίδας
καὶ τὴν ἐσθῆτα καὶ τὸν χρυσὸν ὅλον σου παρα-
λαβών.

ΜΕΓΑΠΕΝΘΗΣ

Ἀδικεῖς, ὦ Κλωθοῖ, τἀμὰ τοῖς πολεμιωτάτοις
διανέμουσα.

ΚΛΩΘΩ

Σὺ γὰρ οὐχὶ Κυδιμάχου αὐτὰ ὄντα, ὦ γεν-
ναιότατε, παρειλήφεις ἀποκτείνας τε αὐτὸν καὶ
τὰ παιδία ἔτι ἐμπνέοντι ἐπισφάξας;

ΜΕΓΑΠΕΝΘΗΣ

Ἀλλὰ νῦν ἐμὰ ἦν.

ΚΛΩΘΩ

Οὐκοῦν ἐξήκει σοι ὁ χρόνος ἤδη τῆς κτήσεως.

ΜΕΓΑΠΕΝΘΗΣ

9 Ἄκουσον, ὦ Κλωθοῖ, ἅ σοι ἰδίᾳ μηδενὸς ἀκού-
οντος εἰπεῖν βούλομαι· ὑμεῖς δὲ ἀπόστητε πρὸς
ὀλίγον. ἄν με ἀφῇς ἀποδρᾶναι, χίλιά σοι τά-
λαντα χρυσίου ἐπισήμου δώσειν ὑπισχνοῦμαι
τήμερον.

ΚΛΩΘΩ

Ἔτι γὰρ χρυσόν, ὦ γελοῖε, καὶ τάλαντα διὰ
μνήμης ἔχεις;

ΜΕΓΑΠΕΝΘΗΣ

Καὶ τοὺς δύο δὲ κρατῆρας, εἰ βούλει, προσθήσω
οὓς ἔλαβον ἀποκτείνας Κλεόκριτον, ἕλκοντας
ἑκάτερον χρυσοῦ ἀπέφθου τάλαντα ἑκατόν.

18

MEGAPENTHES

What an outrage! My enemy, whom I was too easy-going to put to death before I died?

CLOTHO

The very man; and he will outlive you forty years and a little more, taking over your concubines and your clothing and all your plate.

MEGAPENTHES

You are unjust, Clotho, to bestow my property on my worst enemies.

CLOTHO

Why, my fine fellow, did not it formerly belong to Cydimachus, and did not you take it over after killing him and slaughtering his children upon him while the breath was still in his body?

MEGAPENTHES

But it was mine now.

CLOTHO

Well, the term of your ownership has now expired.

MEGAPENTHES

Listen, Clotho, to something that I have to say to you in private, with nobody else listening. (*To the others*) You people stand aside a moment. (*To* CLOTHO) If you let me run away, I promise to give you a thousand talents of coined gold to-day.

CLOTHO

What, you ridiculous creature, have you gold and talents still on the brain?

MEGAPENTHES

And I'll give you also, if you wish, the two wine-bowls that I got when I put Cleocritus to death; they are of refined gold and weigh a hundred talents each.

ΚΛΩΘΩ

Ἕλκετε αὐτόν· ἔοικε γὰρ οὐκ ἐπεμβήσεσθαι ἡμῖν ἑκών.

ΜΕΓΑΠΕΝΘΗΣ

Μαρτύρομαι ὑμᾶς, ἀτελὲς μένει τὸ τεῖχος καὶ τὰ νεώρια· ἐξετέλεσα γὰρ ἂν αὐτὰ ἐπιβιοὺς πέντε μόνας ἡμέρας.

ΚΛΩΘΩ

Ἀμέλησον· ἄλλος τειχιεῖ.

ΜΕΓΑΠΕΝΘΗΣ

Καὶ μὴν τοῦτό γε πάντως εὔγνωμον αἰτῶ.

ΚΛΩΘΩ

Τὸ ποῖον;

ΜΕΓΑΠΕΝΘΗΣ

Εἰς τοσοῦτον ἐπιβιῶναι, μέχρι ἂν ὑπαγάγωμαι Πισίδας [1] καὶ Λυδοῖς ἐπιθῶ τοὺς φόρους καὶ μνῆμα ἑαυτῷ παμμέγεθες ἀναστήσας ἐπιγράψω ὁπόσα ἔπραξα μεγάλα καὶ στρατηγικὰ παρὰ τὸν βίον.

ΚΛΩΘΩ

Οὗτος, οὐκέτι μίαν ἡμέραν ταύτην αἰτεῖς, ἀλλὰ σχεδὸν εἴκοσιν ἐτῶν διατριβήν.

ΜΕΓΑΠΕΝΘΗΣ

10 Καὶ μὴν ἐγγυητὰς ὑμῖν ἕτοιμος παρασχέσθαι τοῦ τάχους καὶ τῆς ἐπανόδου. εἰ βούλεσθε δέ, καὶ ἄντανδρον ὑμῖν ἀντ' ἐμαυτοῦ παραδώσω τὸν ἀγαπητόν.

ΚΛΩΘΩ

Ὦ μιαρέ, ὃν ηὔχου πολλάκις ὑπὲρ γῆς κατα-λιπεῖν;

ΜΕΓΑΠΕΝΘΗΣ

Πάλαι ταῦτα ηὐχόμην· νυνὶ δὲ ὁρῶ τὸ βέλτιον.

[1] Πέρσας γ.

CLOTHO

Hale him off: it seems that he won't go aboard willingly.

MEGAPENTHES

I call you all to witness, the town wall and the docks remain unfinished. I could have finished them if I had lived only five days longer.

CLOTHO

Never mind; someone else will build the wall.

MEGAPENTHES

But *this* request at all events is reasonable.

CLOTHO

What request?

MEGAPENTHES

To live only long enough to subdue the Pisidians and subject the Lydians to tribute, and to build myself a huge mausoleum and inscribe on it all the great military exploits of my life.

CLOTHO

Why, man, you are no longer asking for this one day, but for a stay of nearly twenty years!

MEGAPENTHES

But I tell you I am ready to give bail for my speedy return. If you wish, I'll even surrender you my beloved as a substitute for myself.

CLOTHO

Vile wretch! Have not you often prayed that he might outlast you on earth?

MEGAPENTHES

That was long ago, but now I perceive what is for the best.

21

ΚΛΩΘΩ

Ἥξει κἀκεῖνός σοι μετ' ὀλίγον ὑπὸ τοῦ νεωστὶ βασιλεύοντος ἀνῃρημένος.

ΜΕΓΑΠΕΝΘΗΣ

11 Οὐκοῦν ἀλλὰ τοῦτό γε μὴ ἀντείπῃς ὦ Μοῖρά μοι.

ΚΛΩΘΩ

Τὸ ποῖον;

ΜΕΓΑΠΕΝΘΗΣ

Εἰδέναι βούλομαι τὰ μετ' ἐμὲ ὅντινα ἕξει τὸν τρόπον.

ΚΛΩΘΩ

Ἄκουε· μᾶλλον γὰρ ἀνιάσῃ μαθών. τὴν μὲν γυναῖκα Μίδας ὁ δοῦλος ἕξει, καὶ πάλαι δὲ αὐτὴν ἐμοίχευεν.

ΜΕΓΑΠΕΝΘΗΣ

Ὁ κατάρατος, ὃν ἐγὼ πειθόμενος αὐτῇ ἀφῆκα ἐλεύθερον;

ΚΛΩΘΩ

Ἡ θυγάτηρ δέ σοι ταῖς παλλακίσι τοῦ νυνὶ τυραννοῦντος ἐγκαταλεγήσεται· αἱ εἰκόνες[1] δὲ καὶ ἀνδριάντες οὓς ἡ πόλις ἀνέστησέ σοι πάλαι πάντες ἀνατετραμμένοι γέλωτα παρέξουσι τοῖς θεωμένοις.

ΜΕΓΑΠΕΝΘΗΣ

Εἰπέ μοι, τῶν φίλων δὲ οὐδεὶς ἀγανακτήσει[2] τοῖς δρωμένοις;

ΚΛΩΘΩ

Τίς γὰρ ἦν σοι φίλος; ἢ ἐκ τίνος αἰτίας γενόμενος; ἀγνοεῖς ὅτι πάντες οἱ καὶ προσκυνοῦντες καὶ τῶν λεγομένων καὶ πραττομένων ἕκαστα ἐπαι-

---

[1] αἱ εἰκόνες Fritzsche : εἰκόνες MSS.
[2] ἀγανακτήσει K. Schwartz : ἀγανακτεῖ MSS.

THE DOWNWARD JOURNEY

CLOTHO

He too will soon be here, you'll find, slain by the new ruler.

MEGAPENTHES

Well, at all events don't refuse me this, Lady of Destiny.

CLOTHO

What?

MEGAPENTHES

I want to know how things will turn out after my death.

CLOTHO

Listen, for it will vex you all the more to know. Midas, your slave, will have your wife; indeed, he has been her lover a long time.

MEGAPENTHES

Curse him, I set him free at her request!

CLOTHO

Your daughter will be enrolled among the concubines of the present tyrant, and the busts and statues which the city long ago set up in your honour will all be pulled down and will make everyone who looks at them laugh.

MEGAPENTHES

Tell me, will none of my friends get angry at these doings?

CLOTHO

Why, what friend did you have, and how did you make him? Don't you know that all those who bowed the knee and praised your every word and deed did so either from hope or from fear, being

23

νοῦντες ἢ φόβῳ ἢ ἐλπίσι ταῦτα ἔδρων, τῆς ἀοχῆς
ὄντες φίλοι καὶ πρὸς τὸν καιρὸν ἀποβλέποντες;

ΜΕΓΑΠΕΝΘΗΣ

Καὶ μὴν σπένδοντες ἐν τοῖς συμποσίοις μεγάλῃ
τῇ φωνῇ ἐπηύχοντό μοι πολλὰ καὶ ἀγαθά, προ-
αποθανεῖν ἕκαστος αὐτῶν ἕτοιμος, εἰ οἷόν τε εἶναι·
καὶ ὅλως, ὅρκος αὐτοῖς ἦν ἐγώ.

ΚΛΩΘΩ

Τοιγαροῦν παρ' ἑνὶ αὐτῶν χθὲς δειπνήσας ἀπέ-
θανες· τὸ γὰρ τελευταῖόν σοι πιεῖν ἐνεχθὲν ἐκεῖνο
δευρὶ κατέπεμψέ σε.

ΜΕΓΑΠΕΝΘΗΣ

Τοῦτ' ἄρα πικροῦ τινος ᾐσθόμην· τί βουλό-
μενος δὲ ταῦτα ἔπραξε;

ΚΛΩΘΩ

Πολλά με ἀνακρίνεις, ἐμβῆναι δέον.

ΜΕΓΑΠΕΝΘΗΣ

12   Ἕν με πνίγει μάλιστα, ὦ Κλωθοῖ, δι' ὅπερ
ἐπόθουν κἂν [1] πρὸς ὀλίγον ἐς τὸ φῶς ἀνακῦψαι
πάλιν.

ΚΛΩΘΩ

Τί δὲ τοῦτό ἐστιν; ἔοικε γάρ τι παμμέγεθες
εἶναι.

ΜΕΓΑΠΕΝΘΗΣ

Καρίων ὁ ἐμὸς οἰκέτης ἐπεὶ τάχιστά με ἀπο-
θανόντα εἶδε, περὶ δείλην ὀψίαν ἀνελθὼν εἰς τὸ
οἴκημα ἔνθα ἐκείμην, σχολῆς οὔσης—οὐδεὶς γὰρ
οὐδὲ ἐφύλαττέ με—Γλυκέριον τὴν παλλακίδα

---

[1] κἂν S, Fritzsche : καὶ other MSS.

friends of your power, not of you, and keeping their eyes on the main chance ?

MEGAPENTHES

But as they poured their libations at our drinking parties they used to pray at the top of their voices that many blessings might descend upon me, saying every one of them that he was ready to die for me if so might be ; in a word, they swore by me.

CLOTHO

Consequently, you died after dining with one of them yesterday : it was that last drink he gave you that sent you down here.

MEGAPENTHES

Then that is why I noticed a bitter taste. But what was his object in doing it ?

CLOTHO

You are asking me many questions when you ought to get aboard.

MEGAPENTHES

There is one thing that sticks in my throat above all, Clotho, and on account of it I longed to slip back again to the light of day, if only for a moment.

CLOTHO

What is that ? It must be something tremendous.

MEGAPENTHES

As soon as Cario, my valet, saw that I was dead, toward evening he came into the room where I lay, having nothing to do, for nobody was doing anything, not even guarding me, and brought in my mistress Glycerium ; they had been on good terms a long time,

μου—καὶ πάλαι δέ, οἶμαι, κεκοινωνήκεσαν—
παραγαγὼν ἐπισπασάμενος τὴν θύραν ἐσπόδει
καθάπερ οὐδενὸς ἔνδον παρόντος· εἶτ᾽ ἐπειδὴ ἄλις
εἶχε τῆς ἐπιθυμίας, ἀποβλέψας εἰς ἐμέ, "Σὺ
μέντοι," φησίν, "ὦ μιαρὸν ἀνθρώπιον, πληγάς
μοι πολλάκις οὐδὲν ἀδικοῦντι ἐνέτεινας" καὶ
ταῦθ᾽ ἅμα λέγων παρέτιλλέ τέ με καὶ κατὰ κόρρης
ἔπαιε, τέλος δὲ πλατὺ χρεμψάμενος καταπτύσας
μου καί, "Εἰς τὸν Ἀσεβῶν χῶρον ἄπιθι,"
ἐπειπὼν ᾤχετο· ἐγὼ δὲ ἐνεπιμπράμην μέν, οὐκ
εἶχον δὲ ὅμως ὅ τι καὶ δράσαιμι αὐτὸν αὖος ἤδη
καὶ ψυχρὸς ὤν. καὶ ἡ μιαρὰ δὲ παιδίσκη ἐπεὶ
ψόφου προσιόντων τινῶν ᾔσθετο, σιέλῳ χρίσασα
τοὺς ὀφθαλμοὺς ὡς δακρύσασα ἐπ᾽ ἐμοί, κωκύ-
ουσα καὶ τοὔνομα ἐπικαλουμένη ἀπηλλάττετο.
ὧν εἰ λαβοίμην—

ΚΛΩΘΩ

13 Παῦσαι ἀπειλῶν, ἀλλὰ ἔμβηθι· καιρὸς ἤδη
σε ἀπαντᾶν ἐπὶ τὸ δικαστήριον.

ΜΕΓΑΠΕΝΘΗΣ

Καὶ τίς ἀξιώσει κατ᾽ ἀνδρὸς τυράννου ψῆφον
λαβεῖν;

ΚΛΩΘΩ

Κατὰ τυράννου μὲν οὐδείς, κατὰ νεκροῦ δὲ ὁ
Ῥαδάμανθυς, ὃν αὐτίκα ὄψει μάλα δίκαιον καὶ
κατ᾽ ἀξίαν ἐπιτιθέντα ἑκάστῳ τὴν δίκην· τὸ δὲ
νῦν ἔχον μὴ διάτριβε.

ΜΕΓΑΠΕΝΘΗΣ

Κἂν ἰδιώτην με ποίησον, ὦ Μοῖρα, τῶν πε-
νήτων ἕνα, κἂν δοῦλον ἀντὶ τοῦ πάλαι βασιλέως·
ἀναβιῶναί με ἔασον μόνον.

I suppose. Shutting the door, he began to make free with her as though nobody was in the room, and then, when he had enough of it, he gazed at me and said : " You wretched little shrimp, you often gave me beatings when I was not at fault." With that he pulled my hair and hit me in the face, and finally, after clearing his throat raucously and spitting on me, went away saying : " Off with you to the place of the wicked ! " I was aflame with rage, but could not do a thing to him, for I was already stiff and cold. And as for the wretched wench, when she heard people approaching she smeared her eyes with spittle as if she had been crying over me and went away weeping and calling my name. If I should catch them—

CLOTHO

Stop threatening and get aboard ; it is already time for you to make your appearance in court.

MEGAPENTHES

And who will dare to pass judgement on a tyrant ?

CLOTHO

On a tyrant, no one, but on a dead man, Rhadamanthus. You shall soon see him impose on every one of you the sentence that is just and fits the case. No more delay now !

MEGAPENTHES

Make me even a common man, Lady of Destiny, one of the poor people ; make me even a slave instead of the king that once I was. Only let me come to life again !

ΚΛΩΘΩ

Ποῦ 'στιν ὁ τὸ ξύλον; καὶ σὺ δέ, ὦ Ἑρμῆ,
σύρατ' αὐτὸν εἴσω τοῦ ποδός· οὐ γὰρ ἂν ἐμβαίη
ἑκών.

ΕΡΜΗΣ

Ἕπου νῦν, δραπέτα· δέχου τοῦτον σύ, πορθμεῦ,
καὶ τὸ δεῖνα,[1] ὅπως ἀσφαλῶς—

ΧΑΡΩΝ

Ἀμέλει, πρὸς τὸν ἱστὸν δεδήσεται.

ΜΕΓΑΠΕΝΘΗΣ

Καὶ μὴν ἐν τῇ προεδρίᾳ καθέζεσθαί με δεῖ.

ΚΛΩΘΩ

Ὅτι τί;

ΜΕΓΑΠΕΝΘΗΣ

Ὅτι, νὴ Δία, τύραννος ἦν καὶ δορυφόρους εἶχον
μυρίους.

ΚΥΝΙΣΚΟΣ

Εἶτ' οὐ δικαίως σε παρέτιλλεν ὁ Καρίων οὑτωσὶ
σκαιὸν ὄντα; πικρὰν δ' οὖν τὴν τυραννίδα ἕξεις
γευσάμενος τοῦ ξύλου.

ΜΕΓΑΠΕΝΘΗΣ

Τολμήσει γὰρ Κυνίσκος ἐπανατείνασθαί μοι
τὸ βάκτρον; οὐκ ἐγώ σε πρῴην, ὅτι ἐλεύθερος
ἄγαν καὶ τραχὺς ἦσθα καὶ ἐπιτιμητικός, μικροῦ
δεῖν προσεπαττάλευσα;

ΚΥΝΙΣΚΟΣ

Τοιγαροῦν μενεῖς καὶ σὺ τῷ ἱστῷ προσπεπατ-
ταλευμένος.

ΜΙΚΥΛΛΟΣ

14   Εἰπέ μοι, ὦ Κλωθοῖ, ἐμοῦ δὲ οὐδεὶς ὑμῖν λόγος;
ἢ διότι πένης εἰμί, διὰ τοῦτο καὶ τελευταῖον ἐμ-
βῆναί με δεῖ;

---

[1] τὸ δεῖνα Fritzsche : τὸν δεῖνα MSS.

THE DOWNWARD JOURNEY

CLOTHO

Where is the man with the club? You take hold of him too, Hermes, and pull him in by the leg, for he won't go aboard willingly.

HERMES

Come along now, runaway. (*To* CHARON.) Take this fellow, ferryman, and see here—mind you make sure—

CHARON

No fear! he shall be lashed to the mast.

MEGAPENTHES

But I ought to sit on the quarter-deck!

CLOTHO

For what reason?

MEGAPENTHES

Because I was a tyrant, God knows, and had a regiment of guardsmen.

CYNISCUS

Then wasn't Cario justified in pulling your hair, if you were such a lout? But you'll get small joy of your tyranny if I give you a taste of my club!

MEGAPENTHES

What, will a Cyniscus make bold to shake his staff at me? Did I not come within an ace of tricing you up to a cross the other day because you were too free-spoken and sharp-tongued and censorious?

CYNISCUS

That is why you yourself will stay triced up to the mast.

MICYLLUS

Tell me, Clotho, do you people take no account at all of me? Is it because I am poor that I have to get aboard last?

ΚΛΩΘΩ

Σὺ δὲ τίς εἶ;

ΜΙΚΥΛΛΟΣ

Ὁ σκυτοτόμος Μίκυλλος.

ΚΛΩΘΩ

Εἶτα ἄχθῃ βραδύνων; οὐχ ὁρᾷς ὁπόσα ὁ τύραννος ὑπισχνεῖται δώσειν ἀφεθεὶς πρὸς ὀλίγον; θαῦμα γοῦν ἔχει με, εἰ μὴ ἀγαπητὴ καὶ σοὶ ἡ διατριβή.

ΜΙΚΥΛΛΟΣ

Ἄκουσον, ὦ βελτίστη Μοιρῶν· οὐ πάνυ με ἡ τοῦ Κύκλωπος ἐκείνη εὐφραίνει δωρεά, ὑπισχνεῖσθαι ὅτι "πύματον ἐγὼ τὸν Οὖτιν κατέδομαι"· ἄν τε γοῦν πρῶτον, ἄν τε πύματον, οἱ αὐτοὶ ὀδόντες περιμένουσιν. ἄλλως τε οὐδ᾽ ὅμοια τὰμὰ τοῖς τῶν πλουσίων· ἐκ διαμέτρου γὰρ ἡμῶν οἱ βίοι, φασίν· ὁ μέν γε τύραννος εὐδαίμων εἶναι δοκῶν παρὰ τὸν βίον, φοβερὸς ἅπασι καὶ περίβλεπτος, ἀπολιπὼν χρυσὸν τοσοῦτον καὶ ἀργύριον καὶ ἐσθῆτα καὶ ἵππους καὶ δεῖπνα καὶ παῖδας ὡραίους καὶ γυναῖκας εὐμόρφους εἰκότως ἠνιᾶτο καὶ ἀποσπώμενος αὐτῶν ἤχθετο· οὐ γὰρ οἶδ᾽ ὅπως καθάπερ ἰξῷ τινι προσέχεται τοῖς τοιούτοις ἡ ψυχὴ καὶ οὐκ ἐθέλει ἀπαλλάττεσθαι ῥᾳδίως ἅτε αὐτοῖς πάλαι προστετηκυῖα· μᾶλλον δὲ ὥσπερ ἄρρηκτός τις οὗτος ὁ δεσμός ἐστιν, ᾧ δεδέσθαι συμβέβηκεν αὐτούς. ἀμέλει κἂν ἀπάγῃ τις αὐτοὺς μετὰ βίας, ἀνακωκύουσι καὶ ἱκετεύουσι, καὶ τὰ ἄλλα ὄντες θρασεῖς, δειλοὶ πρὸς ταύτην εὑρίσκονται τὴν ἐπὶ τὸν Ἅιδην φέρουσαν ὁδόν· ἐπιστρέφονται γοῦν εἰς τοὐπίσω

THE DOWNWARD JOURNEY

CLOTHO

And who are you?

MICYLLUS

The cobbler Micyllus.

CLOTHO

So you are aggrieved at having to wait? Don't
you see how much the tyrant promises to give us
if we will let him go for a little while? Indeed,
it surprises me that you are not equally glad of the
delay.

MICYLLUS

Listen, kind Lady of Destiny; I have no great
liking for such gifts as the famous one of the
Cyclops,—to be promised "I'll eat Noman last of all."[1]
In truth, be it first, be it last, the same teeth are in
waiting. Besides, my position is not like that of the
rich; our lives are poles apart, as the saying goes.
Take the tyrant, considered fortunate his whole life
long, feared and admired by everybody; when he
came to leave all his gold and silver and clothing and
horses and dinners and handsome favourites and
beautiful women, no wonder he was distressed and
took it hard to be dragged away from them. Some-
how or other the soul is limed, as it were, to things
like these and will not come away readily because
it has been cleaving to them long; indeed, the ties
with which such men have the misfortune to be
bound are like unbreakable fetters. Even if they
are haled away by force, they lament and entreat,
you may be sure, and although they are bold in
everything else, they prove to be cowardly in
the face of this journey to Hades. At any rate,
they turn back and, like unsuccessful lovers, want to

[1] *Odyssey* 9, 369.

καὶ ὥσπερ οἱ δυσέρωτες κἂν πόρρωθεν ἀποβλέπειν
τὰ ἐν τῷ φωτὶ βούλονται, οἷα ὁ μάταιος ἐκεῖνος
ἐποίει καὶ παρὰ τὴν ὁδὸν ἀποδιδράσκων κἀνταῦθά
σε καταλιπαρῶν. ἐγὼ δὲ ἅτε μηδὲν ἔχων ἐνέχυ-
ρον ἐν τῷ βίῳ, οὐκ ἀγρόν, οὐ συνοικίαν, οὐ χρυσόν,
οὐ σκεῦος, οὐ δόξαν, οὐκ εἰκόνας, εἰκότως εὔζωνος
ἦν, κἀπειδὴ μόνον ἡ Ἄτροπος ἔνευσέ μοι, ἄσμενος
ἀπορρίψας τὴν σμίλην καὶ τὸ κάττυμα—κρηπῖδα
γάρ τινα ἐν ταῖν χεροῖν εἶχον—ἀναπηδήσας εὐθὺς
ἀνυπόδητος οὐδὲ τὴν μελαντηρίαν ἀπονιψάμενος
εἱπόμην, μᾶλλον δὲ ἡγούμην, ἐς τὸ πρόσω ὁρῶν· οὐ-
δὲν γάρ με τῶν κατόπιν ἐπέστρεφε καὶ μετεκάλει.
καὶ νὴ Δί᾽ ἤδη καλὰ τὰ παρ᾽ ὑμῖν πάντα ὁρῶ· τό τε
γὰρ ἰσοτιμίαν ἅπασιν εἶναι καὶ μηδένα τοῦ πλησίον
διαφέρειν, ὑπερήδιστον ἐμοὶ γοῦν δοκεῖ. τεκμαίρο-
μαι δὲ μηδ᾽ ἀπαιτεῖσθαι τὰ χρέα τοὺς ὀφείλοντας
ἐνταῦθα μηδὲ φόρους ὑποτελεῖν, τὸ δὲ μέγιστον,
μηδὲ ῥιγοῦν τοῦ χειμῶνος μηδὲ νοσεῖν μηδ᾽ ὑπὸ
τῶν δυνατωτέρων ῥαπίζεσθαι. εἰρήνη δὲ πᾶσι καὶ
πράγματα ἐς τὸ ἔμπαλιν ἀνεστραμμένα· ἡμεῖς μὲν
οἱ πένητες γελῶμεν, ἀνιῶνται δὲ καὶ οἰμώζουσιν
οἱ πλούσιοι.

ΚΛΩΘΩ

16 Πάλαι οὖν σε, ὦ Μίκυλλε, γελῶντα ἑώρων. τί
δ᾽ ἦν ὅ σε μάλιστα ἐκίνει γελᾶν;

ΜΙΚΥΛΛΟΣ

Ἄκουσον, ὦ τιμιωτάτη μοι θεῶν· παροικῶν ἄνω
τῷ τυράννῳ[1] πάνυ ἀκριβῶς ἑώρων τὰ γιγνόμενα
παρ᾽ αὐτῷ καί μοι ἐδόκει τότε ἰσόθεός τις εἶναι·
τῆς τε γὰρ πορφύρας τὸ ἄνθος ὁρῶν ἐμακάριζον,
καὶ τῶν ἀκολουθούντων τὸ πλῆθος καὶ τὸν

---

[1] τῷ τυράννῳ Fritzsche : τυράννῳ MSS.

gaze, even from afar, at things in the world of light. That is what yonder poor fool did, who not only ran away on the road but heaped you with entreaties when he got here. But as for me, having nothing at stake in life, neither farm nor tenement nor gold nor gear nor reputation nor statues, of course I was in marching order, and when Atropos did but sign to me I gladly flung away my knife and my leather (I was working on a sandal) and sprang up at once and followed her, barefooted as I was and without even washing off the blacking. In fact, I led the way, with my eyes to the fore, since there was nothing in the rear to turn me about and call me back. And by Heaven I see already that everything is splendid here with you, for that all should have equal rank and nobody be any better than his neighbour is more than pleasant, to me at least. And I infer that there is no dunning of debtors here and no paying of taxes, and above all no freezing in winter or falling ill or being thrashed by men of greater consequence. All are at peace, and the tables are turned, for we paupers laugh while the rich are distressed and lament.

CLOTHO

Indeed, I noticed some time ago that you were laughing, Micyllus. What was it in particular that made you laugh?

MICYLLUS

Listen, goddess whom I honour most. As I lived next door to Sir Tyrant on earth, I used to see quite distinctly what went on at his house, and I then thought him a very god; for I held him happy when I saw the splendour of his purple, the number of his

χρυσὸν καὶ τὰ λιθοκόλλητα ἐκπώματα καὶ τὰς
κλίνας τὰς ἀργυρόποδας· ἔτι δὲ καὶ ἡ κνῖσα ἡ
τῶν σκευαζομένων εἰς τὸ δεῖπνον ἀπέκναιέ με,
ὥστε ὑπεράνθρωπός τις ἀνὴρ καὶ τρισόλβιός μοι
κατεφαίνετο καὶ μονονουχὶ πάντων [1] καλλίων
καὶ ὑψηλότερος ὅλῳ πήχει βασιλικῷ, ἐπαιρό-
μενος τῇ τύχῃ καὶ σεμνῶς προβαίνων καὶ ἑαυτὸν
ἐξυπτιάζων καὶ τοὺς ἐντυγχάνοντας ἐκπλήττων.
ἐπεὶ δὲ ἀπέθανεν, αὐτός τε παγγέλοιος ὤφθη μοι
ἀποδυσάμενος τὴν τρυφήν, κἀμαυτοῦ ἔτι μᾶλλον
κατεγέλων οἶον κάθαρμα ἐτεθήπειν, ἀπὸ τῆς
κνίσης τεκμαιρόμενος αὐτοῦ τὴν εὐδαιμονίαν καὶ
μακαρίζων ἐπὶ τῷ αἵματι τῶν ἐν τῇ Λακωνικῇ
17 θαλάττῃ κοχλίδων. οὐ μόνον δὲ τοῦτον, ἀλλὰ καὶ
τὸν δανειστὴν Γνίφωνα ἰδὼν στένοντα καὶ μετα-
γινώσκοντα ὅτι μὴ ἀπέλαυσε τῶν χρημάτων,
ἀλλ' ἄγευστος αὐτῶν ἀπέθανε τῷ ἀσώτῳ Ῥο-
δοχάρει τὴν οὐσίαν ἀπολιπών,—οὗτος γὰρ
ἄγχιστα ἦν αὐτῷ γένους καὶ πρῶτος ἐπὶ τὸν
κλῆρον ἐκαλεῖτο κατὰ τὸν νόμον—οὐκ εἶχον ὅπως
καταπαύσω τὸν γέλωτα, καὶ μάλιστα μεμνημένος
ὡς ὠχρὸς ἀεὶ καὶ αὐχμηρὸς ἦν, φροντίδος τὸ
μέτωπον ἀνάπλεως καὶ μόνοις τοῖς δακτύλοις
πλουτῶν, οἷς τάλαντα καὶ μυριάδας ἐλογίζετο,
κατὰ μικρὸν συλλέγων τὰ μετ' ὀλίγον ἐκχυθη-
σόμενα πρὸς τοῦ μακαρίου Ῥοδοχάρους. ἀλλὰ τί
οὐκ ἀπερχόμεθα ἤδη; καὶ μεταξὺ γὰρ πλέοντες τὰ
λοιπὰ γελασόμεθα οἰμώζοντας αὐτοὺς ὁρῶντες.

---

[1] πάντων Fritzsche : not in MSS.

attendants, his plate, his jewelled goblets, and his couches with legs of silver; besides, the savour of the dishes prepared for his dinner drove me to distraction. Therefore he appeared to me a super-man, thrice-blessed, better looking and a full royal cubit taller than almost anyone else; for he was uplifted by his good fortune, walked with a majestic gait, carried his head high and dazzled all he met. But when he was dead, not only did he cut an utterly ridiculous figure in my eyes on being stripped of his pomp, but I laughed at myself even more than at him because I had marvelled at such a worthless creature, inferring his happiness from the savour of his kitchen and counting him lucky because of his purple derived from the blood of mussels in the Laconian Sea. And he was not the only one that I laughed at. When I saw the usurer Gnipho groaning and regretting that he had not enjoyed his money but had died without sampling it, abandoning his property to that wastrel Rhodochares, who was next of kin to him and had the first claim on the estate according to law, I could not control my laughter, especially when I called to mind how pale and unkempt he always was, with a forehead full of worries, feeling his riches only with the fingers with which he reckoned up thousands and tens of thousands as he gathered in, little by little, what was soon to be poured out by that lucky dog Rhodochares. But why not go now? We can finish our laughing during the sail as we see them crying.

ΚΛΩΘΩ

Ἔμβαινε, ἵνα καὶ ἀνιμήσηται ὁ πορθμεὺς τὸ
ἀγκύριον.

ΧΑΡΩΝ

18 Οὗτος, ποῖ φέρῃ; πλῆρες ἤδη τὸ σκάφος· αὐτοῦ
περίμενε εἰς αὔριον· ἔωθέν σε διαπορθμεύσομεν.

ΜΙΚΤΛΛΟΣ

Ἀδικεῖς, ὦ Χάρων, ἕωλον ἤδη νεκρὸν ἀπο-
λιμπάνων· ἀμέλει γράψομαί σε παρανόμων ἐπὶ
τοῦ Ῥαδαμάνθυος.   οἴμοι τῶν κακῶν· ἤδη
πλέουσιν· ἐγὼ δὲ μόνος ἐνταῦθα περιλελείψομαι.
καίτοι τί οὐ διανήχομαι κατ᾽ αὐτούς; οὐ γὰρ δέδια
μὴ ἀπαγορεύσας ἀποπνιγῶ ἤδη τεθνεώς· ἄλλως
τε οὐδὲ τὸν ὀβολὸν ἔχω τὰ πορθμεῖα καταβαλεῖν.

ΚΛΩΘΩ

Τί τοῦτο; περίμεινον, ὦ Μίκυλλε· οὐ θέμις
οὕτω σε διελθεῖν.

ΜΙΚΤΛΛΟΣ

Καὶ μὴν ἴσως ὑμῶν καὶ προκαταχθήσομαι.

ΚΛΩΘΩ

Μηδαμῶς, ἀλλὰ προσελάσαντες ἀναλάβωμεν
αὐτόν· καὶ σύ, ὦ Ἑρμῆ, συνανάσπασον.

ΧΑΡΩΝ

19 Ποῦ νῦν καθεδεῖται; μεστὰ γὰρ πάντα, ὡς
ὁρᾷς.

ΕΡΜΗΣ

Ἐπὶ τοὺς ὤμους, εἰ δοκεῖ, τοῦ τυράννου.

ΚΛΩΘΩ

Καλῶς ὁ Ἑρμῆς ἐνενόησεν.

CLOTHO

Get aboard, so that the ferryman can haul the anchor up.

CHARON

Hi, fellow! Where are you going so fast? The boat is full already. Wait there till to-morrow; we'll set you across first thing in the morning.

MICYLLUS

You are committing a misdemeanour, Charon, in leaving behind you a dead man who is already high. No fear, I'll have you up before Rhadamanthus for breaking the law. Oh, Lord! What hard luck! They are sailing already, "and I'll be left behind here all alone." [1] But why not swim across in their wake? I'm not afraid of giving out and drowning, seeing that I'm already dead! Besides, I haven't an obol to pay my passage.

CLOTHO

What's this? Wait, Micyllus; you mustn't cross that way.

MICYLLUS

See here, perhaps I'll beat you to the shore.

CLOTHO

No, no! Come, let's row up and take him in. Hermes, lend a hand to pull him in.

CHARON

Where shall he sit? The boat's full, as you see.

HERMES

On the shoulders of the tyrant, if you like.

CLOTHO

A happy thought, that of Hermes!

[1] The words form a trimeter in the Greek, perhaps a line of comedy.

ΧΑΡΩΝ

Ἀνάβαινε οὖν καὶ τὸν τένοντα τοῦ ἀλιτηρίου
καταπάτει· ἡμεῖς δὲ εὐπλοῶμεν.

ΚΥΝΙΣΚΟΣ

Ὦ Χάρων, καλῶς ἔχει σοι τὰς ἀληθείας
ἐντεῦθεν εἰπεῖν. ἐγὼ τὸν ὀβολὸν μὲν οὐκ ἂν
ἔχοιμι δοῦναί σοι καταπλεύσας· πλέον γὰρ οὐδέν
ἐστι τῆς πήρας ἣν ὁρᾷς καὶ τουτουὶ τοῦ ξύλου·
τἆλλα δὲ ἢ ἀντλεῖν, εἰ θέλεις, ἕτοιμος ἢ [1] πρόσ-
κωπος εἶναι· μέμψῃ δὲ οὐδέν, ἢν εὐήρες καὶ
καρτερόν μοι ἐρετμὸν δῷς μόνον.

ΧΑΡΩΝ

Ἔρεττε· καὶ τουτὶ γὰρ ἱκανὸν παρὰ σοῦ
λαβεῖν.

ΚΥΝΙΣΚΟΣ

Ἦ καὶ ὑποκελεῦσαι δεήσει;

ΧΑΡΩΝ

Νὴ Δία, ἤνπερ εἰδῇς κέλευσμά τι τῶν ναυτι-
κῶν.

ΚΥΝΙΣΚΟΣ

Οἶδα καὶ πολλά, ὦ Χάρων. ἀλλ', ὁρᾷς, ἀντ-
επηχοῦσιν οὗτοι δακρύοντες· ὥστε ἡμῖν τὸ ᾆσμα
ἐπιταραχθήσεται.

ΝΕΚΡΟΙ

20   Οἴμοι τῶν κτημάτων.—Οἴμοι τῶν ἀγρῶν.—
Ὀττοτοῖ, τὴν οἰκίαν οἵαν ἀπέλιπον.—Ὅσα τά-
λαντα ὁ κληρονόμος σπαθήσει παραλαβών.—
Αἰαῖ τῶν νεογνῶν μοι παιδίων.—Τίς ἄρα τὰς
ἀμπέλους τρυγήσει, ἃς πέρυσιν ἐφυτευσάμην;

---

[1] ἢ ἀντλεῖν, εἰ θέλεις, ἕτοιμος ἢ A.M.H.: ἢν ἀντλεῖν ἐθέλῃς
(θέλῃς) ἕτοιμος καὶ MSS. Fritzsche transposes (ἀντλεῖν, ἢν).
Cf. *Charon* 1.

THE DOWNWARD JOURNEY

CHARON

Climb up, then, and set your feet on the sinner's neck. Let's go on while the wind is fair.

CYNISCUS

Charon, I may as well tell you the truth here and now. I shan't be able to pay you your obol when we come to land, for I have nothing more than the wallet which you see, and this club here. However, I am ready either to bale, if you like, or to row; you will have no fault to find if you only give me a stout, well-balanced oar.

CHARON

Pull an oar; that will be enough to exact of you.

CYNISCUS

Shall I strike up a song, too?

CHARON

Yes, by all means, if you know any of the sailors' chanties.

CYNISCUS

I know plenty of them, Charon; but as you see, these people are competing with our music by crying, so that we shall be put out of tune in our song.

THE DEAD

(ONE) Alas, my wealth! (ANOTHER) Alas, my farms! (ANOTHER) Alackaday, what a house I left behind me! (ANOTHER) To think of all the thousands my heir will come into and squander! (ANOTHER) Ah, my new-born babes! (ANOTHER) Who will get the vintage of the vines I set out last year?

ΕΡΜΗΣ

Μίκυλλε, σὺ δ᾽ οὐδὲν οἰμώζεις; καὶ μὴν οὐ
θέμις ἀδακρυτὶ διαπλεῦσαί τινα.

ΜΙΚΥΛΛΟΣ

Ἄπαγε· οὐδέν ἐστιν ἐφ᾽ ὅτῳ ἂν οἰμώξαιμι[1]
εὐπλοῶν.

ΕΡΜΗΣ

Ὅμως κἂν μικρόν τι ἐς τὸ ἔθος ἐπιστέναξον.

ΜΙΚΥΛΛΟΣ

Οἰμώξομαι τοίνυν, ἐπειδή, ὦ Ἑρμῆ, σοὶ δοκεῖ.
οἴμοι τῶν καττυμάτων· οἴμοι τῶν κρηπίδων τῶν
παλαιῶν· ὀττοτοῖ τῶν σαθρῶν ὑποδημάτων. οὐ-
κέτι ὁ κακοδαίμων ἔωθεν εἰς ἑσπέραν ἄσιτος
διαμενῶ, οὐδὲ τοῦ χειμῶνος ἀνυπόδητός τε καὶ
ἡμίγυμνος περινοστήσω τοὺς ὀδόντας ὑπὸ τοῦ
κρύους συγκροτῶν. τίς ἄρα μου τὴν σμίλην ἕξει
καὶ τὸ κεντητήριον;

ΕΡΜΗΣ

Ἱκανῶς τεθρήνηται· σχεδὸν δὲ ἤδη καταπε-
πλεύκαμεν.

ΧΑΡΩΝ

21   Ἄγε δὴ τὰ πορθμεῖα πρῶτον ἡμῖν ἀπόδοτε·
καὶ σὺ δός· παρὰ πάντων ἤδη ἔχω. δὸς καὶ σὺ
τὸν ὀβολόν, ὦ Μίκυλλε.

ΜΙΚΥΛΛΟΣ

Παίζεις, ὦ Χάρων, ἢ καθ᾽ ὕδατος, φασίν, γρά-
φεις παρὰ Μικύλλου δή[2] τινα ὀβολὸν προσδο-
κῶν. ἀρχὴν δὲ οὐδὲ οἶδα εἰ τετράγωνόν ἐστιν ὁ
ὀβολὸς ἢ στρογγύλον.

ΧΑΡΩΝ

Ὦ καλῆς ναυτιλίας καὶ ἐπικερδοῦς τήμερον.

---

[1] ἂν οἰμώξαιμι Bekker : οἰμάξομαι, ἀνοιμώξομαι, ἂν οἰμώξωμαι
MSS.   [2] δή Fritzsche : ἤδη MSS.

HERMES

Micyllus, you are not lamenting at all, are you? Nobody may cross without a tear.

MICYLLUS

Get out with you! I have no reason to lament while the wind is fair.

HERMES

Do cry, however, even if only a little, for custom's sake.

MICYLLUS

Well, I'll lament, then, since you wish it, Hermes. —Alas, my scraps of leather! Alas, my old shoes! Alackaday, my rotten sandals! Unlucky man that I am, never again will I go hungry from morning to night or wander about in winter barefooted and half-naked, with my teeth chattering for cold! Who is to get my knife and my awl?

HERMES

Enough weeping; we are almost in now.

CHARON

Come, now, pay us your fares, all of you, the first thing you do. (*To* MICYLLUS) You there, pay yours too; I have it from everybody now. I say, Micyllus, pay your obol too.

MICYLLUS

You're joking, Charon, or if not, you might as well write in water as look for an obol from Micyllus. I haven't the slightest idea whether an obol is round or square.

CHARON

What a fine, profitable cruise this has been to-day!

ἀποβαίνετε δ' ὅμως· ἐγὼ δὲ ἵππους καὶ βοῦς καὶ
κύνας καὶ τὰ λοιπὰ ζῷα μέτειμι· διαπλεῦσαι γὰρ
ἤδη κἀκεῖνα δεῖ.

ΚΛΩΘΩ

Ἄπαγε αὐτούς, ὦ Ἑρμῆ, παραλαβών· ἐγὼ δὲ
αὐτὴ ἐς τὸ ἀντιπέρας ἀναπλευσοῦμαι Ἰνδοπάτην
καὶ Ἡραμίθρην τοὺς Σῆρας διάξουσα· τεθνᾶσι
γὰρ δὴ πρὸς ἀλλήλων περὶ γῆς ὅρων μαχόμενοι.

ΕΡΜΗΣ

Προΐωμεν, ὦ οὗτοι· μᾶλλον δὲ πάντες ἑξῆς
ἕπεσθέ μοι.

ΜΙΚΥΛΛΟΣ

22 Ὦ Ἡράκλεις, τοῦ ζόφου. ποῦ νῦν ὁ καλὸς
Μέγιλλος; ἢ τῷ διαγνῷ τις ἐνταῦθα εἰ καλλίων
Φρύνης Σιμίχη; πάντα γὰρ ἴσα καὶ ὁμόχροα καὶ
οὐδὲν οὔτε καλὸν οὔτε κάλλιον, ἀλλ' ἤδη καὶ τὸ
τριβώνιον τέως[1] ἄμορφον εἶναί μοι δοκοῦν ἰσότιμον
γίγνεται τῇ πορφυρίδι τοῦ βασιλέως· ἀφανῆ γὰρ
ἄμφω καὶ ὑπὸ τῷ αὐτῷ σκότῳ καταδεδυκότα.
Κυνίσκε, σὺ δὲ ποῦ ποτε ἄρα ὢν τυγχάνεις;

ΚΥΝΙΣΚΟΣ

Ἐνταῦθα λέγω σοι, Μίκυλλε· ἀλλ' ἅμα, εἰ
δοκεῖ, βαδίζωμεν.

ΜΙΚΥΛΛΟΣ

Εὖ λέγεις· ἔμβαλέ μοι τὴν δεξιάν. εἰπέ μοι,
—ἐτελέσθης γάρ, ὦ Κυνίσκε, δῆλον ὅτι τὰ Ἐλευ-
σίνια—οὐχ ὅμοια τοῖς ἐκεῖ τὰ ἐνθάδε σοι δοκεῖ;

ΚΥΝΙΣΚΟΣ

Εὖ λέγεις· ἰδοὺ γοῦν[2] προσέρχεται δᾳδουχοῦσά

---

[1] τέως Cobet : πρότερον τέως MSS.
[2] γοῦν Fritzsche : οὖν MSS.

Ashore with you, all the same. I am going after horses and cattle and dogs and the rest of the animals, for they have to cross now.

CLOTHO

Take them in charge, Hermes, and lead them off. I myself will go back to the other side to bring over the Chinamen Indopates and Heramithras, for they have just died fighting with one another over boundaries.

HERMES

Let's move on, good people—or better, all follow me in order.

MICYLLUS

Heracles, how dark it is! Where now is handsome Megillus, and who can tell here that Simiche is not more beautiful than Phryne? All things are alike and of the same colour, and nothing is either beautiful or more beautiful; indeed, even my short cloak, which till now I thought ugly, is as good as the purple mantle of the king, for both are invisible and submerged in the same darkness. Cyniscus, where in the world are you?

CYNISCUS

Here I am, talking to you, Micyllus. Come, let's walk together, if you like.

MICYLLUS

Good! Give me your hand. Tell me—for of course you have been through the Eleusinian Mysteries, Cyniscus—don't you think this is like them?

CYNISCUS

Right you are; indeed, here comes a woman with

τις φοβερόν τι καὶ ἀπειλητικὸν προσβλέπουσα. ἦ
ἄρα που Ἐρινύς ἐστιν;

ΜΙΚΤΛΛΟΣ

Ἔοικεν ἀπό γε τοῦ σχήματος.

ΕΡΜΗΣ

23 Παράλαβε τούτους, ὦ Τισιφόνη, τέτταρας ἐπὶ
τοῖς χιλίοις.

ΤΙΣΙΦΟΝΗ

Καὶ μὴν πάλαι γε ὁ Ῥαδάμανθυς οὗτος ὑμᾶς
περιμένει.

ΡΑΔΑΜΑΝΘΥΣ

Πρόσαγε αὐτούς, ὦ Ἐρινύ. σὺ δέ, ὦ Ἑρμῆ,
κήρυττε καὶ προσκάλει.

ΚΥΝΙΣΚΟΣ

Ὦ Ῥαδάμανθυ, πρὸς τοῦ πατρὸς ἐμὲ πρῶτον
ἐπίσκεψαι παραγαγών.

ΡΑΔΑΜΑΝΘΥΣ

Τίνος ἕνεκα;

ΚΥΝΙΣΚΟΣ

Πάντως βούλομαι κατηγορῆσαι τυράννου τινός[1]
ἃ συνεπίσταμαι πονηρὰ δράσαντι αὐτῷ παρὰ τὸν
βίον. οὐκ ἂν οὖν ἀξιόπιστος εἴην λέγων, μὴ
οὐχὶ πρότερον αὐτὸς φανεὶς οἷός εἰμι καὶ οἷόν
τινα ἐβίωσα τὸν τρόπον.

ΡΑΔΑΜΑΝΘΥΣ

Τίς δὲ σύ;

ΚΥΝΙΣΚΟΣ

Κυνίσκος, ὦ ἄριστε, τὴν γνώμην φιλόσοφος.

ΡΑΔΑΜΑΝΘΥΣ

Δεῦρ' ἐλθὲ καὶ πρῶτος εἰς τὴν δίκην κατάστηθι.
σὺ δὲ προσκάλει τοὺς κατηγόρους.

---

[1] τυράννου τινὸς Fritzsche : τινος MSS. Cf. 24, end, 25.

a torch, who looks very fierce and threatening. Do you suppose it is an Erinys ? [1]

MICYLLUS

Probably, to judge from her appearance.

HERMES

Take these people in charge, Tisiphone, a thousand and four.

TISIPHONE

Indeed, Rhadamanthus here has been awaiting you this long time.

RHADAMANTHUS

Bring them before me, Erinys. Be crier, Hermes, and summon them by name.

CYNISCUS

Rhadamanthus, in the name of Zeus your father I beseech you to have me up first and judge me.

RHADAMANTHUS

For what reason ?

CYNISCUS

Come what may, I wish to prosecute a certain tyrant for the wicked deeds that I know him to have done in life, and I cannot expect to be believed when I speak unless I first make it plain what sort of man I am and what sort of life I led.

RHADAMANTHUS

Who are you ?

CYNISCUS

Cyniscus, your worship, by profession a philosopher.

RHADAMANTHUS

Come here and be tried first. Call the plaintiffs.

---

[1] The Erinyes, or Furies, were Alecto, Megaera, and Tisiphone. The torch of Tisiphone enhances the resemblance to the Mysteries, which were carried on by torch light.

ΕΡΜΗΣ

24   Εἴ τις Κυνίσκου τουτουὶ κατηγορεῖ, δεῦρο προσίτω.

ΚΥΝΙΣΚΟΣ

Οὐδεὶς προσέρχεται.

ΡΑΔΑΜΑΝΘΥΣ

Ἀλλ᾽ οὐχ ἱκανὸν τοῦτο, ὦ Κυνίσκε· ἀπόδυθι δέ, ὅπως ἐπισκοπήσω σε ἀπὸ τῶν στιγμάτων.

ΚΥΝΙΣΚΟΣ

Ποῦ γὰρ ἐγὼ στιγματίας ἐγενόμην;

ΡΑΔΑΜΑΝΘΥΣ

Ὁπόσα ἄν τις ὑμῶν πονηρὰ ἐργάσηται παρὰ τὸν βίον, καθ᾽ ἕκαστον αὐτῶν ἀφανῆ στίγματα ἐπὶ τῆς ψυχῆς περιφέρει.

ΚΥΝΙΣΚΟΣ

Ἰδού σοι γυμνὸς παρέστηκα· ὥστε ἀναζήτει ταῦτα ἅπερ σὺ φὴς τὰ στίγματα.

ΡΑΔΑΜΑΝΘΥΣ

Καθαρὸς ὡς ἐπίπαν οὑτοσὶ πλὴν τούτων τριῶν ἢ τεττάρων ἀμαυρῶν πάνυ καὶ ἀσαφῶν στιγμάτων. καίτοι τί τοῦτο; ἴχνη μὲν καὶ σημεῖα πολλὰ τῶν ἐγκαυμάτων, οὐκ οἶδα δὲ ὅπως ἐξαλήλιπται, μᾶλλον δὲ ἐκκέκοπται. πῶς ταῦτα, ὦ Κυνίσκε, ἢ πῶς καθαρὸς ἐξ ὑπαρχῆς ἀναπέφηνας;

ΚΥΝΙΣΚΟΣ

Ἐγώ σοι φράσω· πάλαι πονηρὸς δι᾽ ἀπαιδευσίαν γενόμενος καὶ πολλὰ διὰ τοῦτο ἐμπολήσας στίγματα, ἐπειδὴ τάχιστα φιλοσοφεῖν ἠρξάμην κατ᾽ ὀλίγον ἁπάσας τὰς κηλῖδας ἐκ τῆς ψυχῆς ἀπελουσάμην.

THE DOWNWARD JOURNEY

HERMES

If any one has charges to prefer against this man Cyniscus, let him come this way.

CYNISCUS

No one comes.

RHADAMANTHUS

But that is not enough, Cyniscus : strip yourself, so that I can judge you from the marks on your back.

CYNISCUS

Why, how did I ever come to be a marked man ?[1]

RHADAMANTHUS

For every wicked deed that each of you has done in his life he bears an invisible mark on his soul.

CYNISCUS

Here I am naked, so seek out the marks you mention.

RHADAMANTHUS

The man is altogether free from marks, except for these three or four, very faint and uncertain. But what is this ? There are many traces and indications of brandings, but somehow or other they have been erased, or rather, effaced. How is that, Cyniscus, and how is it that you looked free from them at first ?

CYNISCUS

I will tell you. For a long time I was a wicked man through ignorance and earned many marks thereby ; but no sooner had I begun to be a philosopher than I gradually washed away all the scars from my soul.

[1] As στιγματίας (branded man) was applied to rogues in general, there is a slight word-play in the Greek also.

THE WORKS OF LUCIAN

ΡΑΔΑΜΑΝΘΥΣ

Ἀγαθῷ γε οὗτος καὶ ἀνυσιμωτάτῳ χρησάμενος τῷ φαρμάκῳ. ἀλλ' ἄπιθι ἐς τὰς Μακάρων νήσους τοῖς ἀρίστοις συνεσόμενος, κατηγορήσας γε πρότερον οὗ φῂς τυράννου. ἄλλους προσκάλει.

ΜΙΚΥΛΛΟΣ

25 Καὶ τοὐμόν, ὦ Ῥαδάμανθυ, μικρόν ἐστι καὶ βραχείας τινὸς ἐξετάσεως δεόμενον· πάλαι γοῦν σοι καὶ γυμνός εἰμι, ὥστε ἐπισκόπει.

ΡΑΔΑΜΑΝΘΥΣ

Τίς δὲ ὢν τυγχάνεις;

ΜΙΚΥΛΛΟΣ

Ὁ σκυτοτόμος Μίκυλλος.

ΡΑΔΑΜΑΝΘΥΣ

Εὖ γε, ὦ Μίκυλλε, καθαρὸς ἀκριβῶς καὶ ἀνεπίγραφος· ἄπιθι καὶ σὺ παρὰ Κυνίσκον τουτονί. τὸν τύραννον ἤδη προσκάλει.

ΕΡΜΗΣ

Μεγαπένθης Λακύδου ἡκέτω. ποῖ στρέφῃ; πρόσιθι. σὲ τὸν τύραννον προσκαλῶ. πρόβαλ' αὐτόν, ὦ Τισιφόνη, ἐς τὸ μέσον ἐπὶ τράχηλον ὠθοῦσα.

ΡΑΔΑΜΑΝΘΥΣ

Σὺ δέ, ὦ Κυνίσκε, κατηγόρει καὶ διέλεγχε ἤδη· πλησίον γὰρ ἀνὴρ [1] οὑτοσί.

ΚΥΝΙΣΚΟΣ

26 Τὸ μὲν ὅλον οὐδὲ λόγων ἔδει· γνώσῃ γὰρ αὐτὸν αὐτίκα μάλα οἷός ἐστιν ἀπὸ τῶν στιγμάτων. ὅμως δὲ καὐτὸς ἀποκαλύψω σοι τὸν ἄνδρα κἀκ τοῦ λόγου δείξω φανερώτερον. οὑτοσὶ γὰρ ὁ τρισκατά-

---

[1] ἀνὴρ Sommerbrodt : ἀνὴρ, ὁ ἀνὴρ MSS.

48

THE DOWNWARD JOURNEY

At any rate he made use of a cure that is sound and very efficacious. Well, go your way to the Isles of the Blest to live with the good, but first prosecute the tyrant you spoke of. Hermes, summon others.

MICYLLUS

My case also is a trifling one and needs but a short investigation. In fact, I have been stripped and waiting for you a long time, so inspect me.

RHADAMANTHUS

Who are you?

MICYLLUS

The cobbler Micyllus.

RHADAMANTHUS

Good, Micyllus, you are quite clean and unmarked. Be off and join Cyniscus there. Call the tyrant now.

HERMES

Let Megapenthes, son of Lacydes, come this way. Where are you turning to? Come here! It is you I am calling, tyrant. Thrust him in among us, Tisiphone, with a push on the neck.

RHADAMANTHUS

Cyniscus, open your prosecution and state your case now, for here is the man.

CYNISCUS

On the whole, there is no need of words; you will at once discover what sort of man he is from his marks. But in spite of that I will myself unveil the man to you and show him up more plainly. All

49

ρατος ὁπόσα μὲν ἰδιώτης ὢν ἔπραξε, παραλείψειν
μοι δοκῶ· ἐπεὶ δὲ τοὺς θρασυτάτους προσεται-
ρισάμενος [1] καὶ δορυφόρους συναγαγὼν ἐπαναστὰς
τῇ πόλει τύραννος κατέστη, ἀκρίτους μὲν ἀπέ-
κτεινε πλείονας ἢ μυρίους, τὰς δὲ οὐσίας ἑκάστων
ἀφαιρούμενος καὶ πλούτου πρὸς τὸ ἀκρότατον
ἀφικόμενος οὐδεμίαν μὲν ἀκολασίας ἰδέαν παρα-
λέλοιπεν, ἁπάσῃ δὲ ὠμότητι καὶ ὕβρει κατὰ τῶν
ἀθλίων πολιτῶν ἐχρήσατο, παρθένους διαφθείρων
καὶ ἐφήβους καταισχύνων καὶ πάντα τρόπον
τοῖς ὑπηκόοις ἐμπαροινῶν. καὶ ὑπεροψίας μέν γε
καὶ τύφου καὶ τοῦ πρὸς τοὺς ἐντυγχάνοντας φρυ-
άγματος οὐδὲ κατ' ἀξίαν δύναιο ἂν παρ' αὐτοῦ
λαβεῖν τὴν δίκην· ῥᾷον [2] γοῦν τὸν ἥλιον ἄν τις
ἢ τοῦτον ἀσκαρδαμυκτὶ προσέβλεψεν. οὐ μὴν
ἀλλὰ [3] καὶ τῶν κολάσεων τὸ πρὸς ὠμότητα και-
νουργὸν αὐτοῦ τίς ἂν διηγήσασθαι δύναιτο, ὅς
γε μηδὲ τῶν οἰκειοτάτων ἀπέσχετο; καὶ ταῦτα
ὅτι μὴ ἄλλως κενή τίς ἐστι κατ' αὐτοῦ διαβολή,
αὐτίκα εἴσῃ προσκαλέσας τοὺς ὑπ' αὐτοῦ πεφο-
νευμένους· μᾶλλον δὲ ἄκλητοι, ὡς ὁρᾷς, πάρεισι
καὶ περιστάντες ἄγχουσιν αὐτόν. οὗτοι πάντες,
ὦ Ῥαδάμανθυ, πρὸς τοῦ ἀλιτηρίου τεθνᾶσιν, οἱ
μὲν γυναικῶν ἕνεκα εὐμόρφων ἐπιβουλευθέντες,
οἱ δὲ υἱέων ἀπαγομένων πρὸς ὕβριν ἀγανακτή-
σαντες, οἱ δὲ ὅτι ἐπλούτουν, οἱ δὲ ὅτι ἦσαν
δεξιοὶ καὶ σώφρονες καὶ οὐδαμοῦ ἠρέσκοντο τοῖς
δρωμένοις.

---

[1] προσεταιρισάμενος Jacobitz : προσεταιρούμενος, προσεπαιρό-
μενος MSS.
[2] ῥᾷον Bentley : ῥᾴδιον MSS.
[3] ἀλλὰ Bekker : not in MSS.

that the cursed scoundrel did while he was a private citizen I intend to pass over; but when he had leagued himself with the boldest men and had got together a bodyguard, and so had set himself over the city and had become tyrant, he not only put to death more than ten thousand people without a hearing but confiscated their properties in each case; and after he had made himself extremely rich, he did not leave a single form of excess untried, but practised every sort of savagery and high-handedness upon his miserable fellow-citizens, ravishing maids, corrupting boys, and running amuck in every way among his subjects. And for his superciliousness, his pride, and his haughtiness toward all he met you never could exact from him a fitting penalty. It would have been less dangerous to look steadily at the sun than at this man. Then, too, in the matter of punishments who could describe his cruel inventiveness? Why, he did not even let his closest kin alone! And that all this is not mere empty calumny against him you will soon find out if you summon up the men he murdered—but no, they are here unsummoned, as you see, and press about him and throttle him. All these men, Rhadamanthus, have met their death at the scoundrel's hands, some of them entrapped in plots because of pretty wives, others because they were angry on account of sons outrageously kidnapped, others because they were rich, and others because they were honest and decent and did not like his actions in the least.

ΡΑΔΑΜΑΝΘΥΣ

27 Τί πρὸς ταῦτα φής, ὦ μιαρὲ σύ;

ΜΕΓΑΠΕΝΘΗΣ

Τοὺς μὲν φόνους εἴργασμαι οὓς λέγει, τὰ δ'
ἄλλα πάντα, τὰς μοιχείας καὶ τὰς τῶν ἐφήβων
ὕβρεις καὶ τὰς διαφθορὰς τῶν παρθένων, ταῦτα
πάντα Κυνίσκος μου κατεψεύσατο.

ΚΥΝΙΣΚΟΣ

Οὐκοῦν καὶ τούτων, ὦ Ῥαδάμανθυ, παρέξω σοι
μάρτυρας.

ΡΑΔΑΜΑΝΘΥΣ

Τίνας τούτους λέγεις;

ΚΥΝΙΣΚΟΣ

Προσκάλει μοι, ὦ Ἑρμῆ, τὸν λύχνον αὐτοῦ καὶ
τὴν κλίνην· μαρτυρήσουσι γὰρ αὐτοὶ παρελθόν-
τες, οἷα πράττοντι συνηπίσταντο αὐτῷ.

ΕΡΜΗΣ

Ἡ Κλίνη καὶ ὁ Λύχνος ὁ Μεγαπένθους παρέσ-
των.[1] εὖ γε ἐποίησαν ὑπακούσαντες.

ΡΑΔΑΜΑΝΘΥΣ

Εἴπατε οὖν ὑμεῖς ἃ σύνιστε Μεγαπένθει τούτῳ·
προτέρα δὲ σὺ ἡ Κλίνη λέγε.

ΚΛΙΝΗ

Πάντα ἀληθῆ κατηγόρησε Κυνίσκος. ἐγὼ μέντοι
ταῦτα εἰπεῖν, ὦ δέσποτα Ῥαδάμανθυ, αἰσχύνομαι·
τοιαῦτα ἦν ἃ ἐπ' ἐμοῦ διεπράττετο.

ΡΑΔΑΜΑΝΘΥΣ

Σαφέστατα μὲν οὖν καταμαρτυρεῖς μηδὲ εἰ-
πεῖν αὐτὰ ὑπομένουσα. καὶ σὺ δὲ ὁ Λύχνος ἤδη
μαρτύρει.

[1] παρέστων Cobet : παρέστω MSS.

RHADAMANTHUS

What have you to say to this, you villain?

MEGAPENTHES

The murders which he speaks of I did commit, but in all the rest of it—the intrigues, the outrages against boys and the injuries to girls—in all that Cyniscus has maligned me.

CYNISCUS

Then for that too, Rhadamanthus, I shall produce you witnesses.

RHADAMANTHUS

Whom do you mean?

CYNISCUS

Hermes, please summon up his lamp and his bed, for they will appear in person and testify to the things that they know he has done.

HERMES

Bed and Lamp of Megapenthes, appear. . .
They have been so good as to comply.

RHADAMANTHUS

Now then, tell us what you know this man Megapenthes to have done. You speak first, Bed.

BED

All that Cyniscus has charged is true. But I am ashamed, Rhadamanthus, my lord, to speak of these matters, such were the deeds he did upon me.

RHADAMANTHUS

Well, you give the clearest of testimony against him by your very reluctance to speak of the facts. Now, Lamp, it is your turn to testify.

ΛΥΧΝΟΣ

Ἐγὼ τὰ μεθ᾽ ἡμέραν μὲν οὐκ εἶδον· οὐ γὰρ
παρῆν· ἃ δὲ τῶν νυκτῶν ἐποίει καὶ ἔπασχεν,
ὀκνῶ λέγειν· πλὴν ἀλλὰ ἐθεασάμην γε πολλὰ
καὶ ἄρρητα καὶ πᾶσαν ὕβριν ὑπερπεπαικότα. καί-
τοι πολλάκις ἑκὼν τοὔλαιον οὐκ ἔπινον ἀποσβῆναι
θέλων· ὁ δὲ καὶ προσῆγέ με τοῖς δρωμένοις καὶ τὸ
φῶς μου πάντα τρόπον κατεμίαινεν.

ΡΑΔΑΜΑΝΘΥΣ

28 Ἅλις ἤδη τῶν μαρτύρων. ἀλλὰ καὶ ἀπόδυθι τὴν
πορφυρίδα, ἵνα τὸν ἀριθμὸν ἴδωμεν τῶν στιγμάτων.
παπαί, ὅλος οὗτος πελιδνὸς καὶ κατάγραφος, μᾶλ-
λον δὲ κυάνεός ἐστιν ἀπὸ τῶν στιγμάτων. τίνα ἂν
οὖν κολασθείη τρόπον; ἆρ᾽ ἐς τὸν Πυριφλεγέθοντά
ἐστιν ἐμβλητέος ἢ παραδοτέος τῷ Κερβέρῳ;

ΚΥΝΙΣΚΟΣ

Μηδαμῶς· ἀλλ᾽ εἰ θέλεις, ἐγώ σοι καινήν τινα
καὶ πρέπουσαν αὐτῷ τιμωρίαν ὑποθήσομαι.

ΡΑΔΑΜΑΝΘΥΣ

Λέγε, ὡς ἐγώ σοι μεγίστην ἐπὶ τούτῳ χάριν
εἴσομαι.

ΚΥΝΙΣΚΟΣ

Ἔθος ἐστίν, οἶμαι, τοῖς ἀποθνήσκουσι πᾶσι
πίνειν τὸ Λήθης ὕδωρ.

ΡΑΔΑΜΑΝΘΥΣ

Πάνυ μὲν οὖν.

ΚΥΝΙΣΚΟΣ

Οὐκοῦν μόνος οὗτος ἐξ ἁπάντων ἄποτος ἔστω.

ΡΑΔΑΜΑΝΘΥΣ

29 Διὰ τί δή;

LAMP

I did not see what happened by day, for I was not there, and what went on at night I am loth to say; I witnessed many things, however, that were unspeakable and overleaped the bounds of all outrageousness. In fact, I often tried of my own accord to keep my wick from drinking the oil, for I wanted to go out; but he for his part even put me closer to the scene and polluted my light in every way.

RHADAMANTHUS

Enough witnesses! Come, strip off your purple robe that we may see the number of your marks. Well, well! The fellow is all livid and crisscrossed; indeed, he is black and blue with marks. How can he be punished? Shall he be thrown into the River of Burning Fire or turned over to Cerberus?

CYNISCUS

No, no! If you like, I will suggest you a punishment that is new and fits his crime.

RHADAMANTHUS

Speak out; I shall be most grateful to you for it.

CYNISCUS

It is customary, I believe, for all the dead to drink the water of Lethe?

RHADAMANTHUS

Certainly.

CYNISCUS

Then let this man be the only one not to drink it.

RHADAMANTHUS

Why, pray?

ΚΥΝΙΣΚΟΣ

Χαλεπὴν οὕτως ὑφέξει τὴν δίκην μεμνημένος οἷος
ἦν καὶ ὅσον ἠδύνατο ἐν τοῖς ἄνω, καὶ ἀναπεμπαζό-
μενος τὴν τρυφήν.

ΡΑΔΑΜΑΝΘΥΣ

Εὖ λέγεις· καὶ καταδεδικάσθω καὶ παρὰ τὸν
Τάνταλον ἀπαχθεὶς οὑτοσὶ δεδέσθω, μεμνημένος
ὢν ἔπραξε παρὰ τὸν βίον.

THE DOWNWARD JOURNEY

He will pay a bitter penalty in that way, by remembering what he was and how much power he had in the upper world, and reviewing his life of luxury.

Good! Let sentence stand in that form, and let the fellow be taken off and put in fetters near Tantalus, to remember what he did in life.

ZEUS CATECHIZED

Cyniscus interviews Zeus on predestination and free will, and on the *raison d'être* of the gods. The dialogue is written from the Cynic standpoint against the Stoics, and is one of those showing Menippean influence. It stands in somewhat the same relation to the *Icaromenippus* as the *Downward Journey* to the *Menippus*.

ΖΕΥΣ ΕΛΕΓΧΟΜΕΝΟΣ

ΚΥΝΙΣΚΟΣ

1 Ἐγὼ δέ, ὦ Ζεῦ, τὰ μὲν τοιαῦτα οὐκ ἐνοχλήσω
σε πλοῦτον ἢ χρυσὸν ἢ βασιλείαν αἰτῶν, ἅπερ
εὐκταιότατα τοῖς πολλοῖς, σοὶ δ᾽ οὐ πάνυ ῥᾴδια
παρασχεῖν· ὁρῶ γοῦν σε τὰ πολλὰ παρακούοντα
εὐχομένων αὐτῶν. ἓν δέ, καὶ τοῦτο ῥᾷστον,
ἐβουλόμην παρὰ σοῦ μοι γενέσθαι.

ΖΕΥΣ

Τί τοῦτό ἐστιν, ὦ Κυνίσκε; οὐ γὰρ ἀτυχήσεις,
καὶ μάλιστα μετρίων, ὡς φής, δεόμενος.

ΚΥΝΙΣΚΟΣ

Ἀπόκριναί μοι πρός τινα οὐ χαλεπὴν ἐρώτησιν.

ΖΕΥΣ

Μικρά γε ὡς ἀληθῶς ἡ εὐχὴ καὶ πρόχειρος·
ὥστε ἐρώτα ὁπόσα ἂν ἐθέλῃς.

ΚΥΝΙΣΚΟΣ

Ἰδοὺ ταῦτα, ὦ Ζεῦ· ἀνέγνως γὰρ δῆλον ὅτι καὶ
σὺ τὰ Ὁμήρου καὶ Ἡσιόδου ποιήματα· εἰπὲ οὖν
μοι εἰ ἀληθῆ ἐστιν ἃ περὶ τῆς Εἱμαρμένης καὶ
τῶν Μοιρῶν ἐκεῖνοι ἐρραψῳδήκασιν, ἄφυκτα
εἶναι ὁπόσα ἂν αὗται ἐπινήσωσιν γεινομένῳ
ἑκάστῳ;

ZEUS CATECHIZED

CYNISCUS

BUT, Zeus, I for my part won't annoy you that
way by asking for wealth or gold or dominion,
which are, it seems, very desirable to most people,
but not very easy for you to give; at any rate I
notice that you generally turn a deaf ear to their
prayers. I should like to have you grant me only
a single wish, and a very simple one.

ZEUS

What is it, Cyniscus? You shall not be disap-
pointed, especially if your request is reasonable, as
you say it is.

CYNISCUS

Answer me a question; it isn't hard.

ZEUS

Your prayer is indeed trivial and easy to fulfil;
so ask what you will.

CYNISCUS

It is this, Zeus: you certainly have read the
poems of Homer and Hesiod: tell me, then, is
what they have sung about Destiny and the Fates
true, that whatever they spin for each of us at
his birth is inevitable?[1]

Homer, *Iliad* 20, 127; Hesiod, *Theogony* 218, 904.

ΖΕΥΣ

Καὶ πάνυ ἀληθῆ ταῦτα· οὐδὲν γάρ ἐστιν ὅ τι
μὴ αἱ Μοῖραι διατάττουσιν, ἀλλὰ πάντα ὁπόσα
γίνεται, ὑπὸ τῷ τούτων ἀτράκτῳ στρεφόμενα
εὐθὺς ἐξ ἀρχῆς ἕκαστον ἐπικεκλωσμένην ἔχει τὴν
ἀπόβασιν, καὶ οὐ θέμις ἄλλως γενέσθαι.

ΚΥΝΙΣΚΟΣ

2 Οὐκοῦν ὁπόταν ὁ αὐτὸς Ὅμηρος ἐν ἑτέρῳ μέρει
τῆς ποιήσεως λέγῃ,

μὴ καὶ ὑπὲρ μοῖραν δόμον Ἄϊδος

καὶ τὰ τοιαῦτα, ληρεῖν δηλαδὴ φήσομεν τότε
αὐτόν;

ΖΕΥΣ

Καὶ μάλα· οὐδὲν γὰρ οὕτω γένοιτ' ἂν ἔξω τοῦ
νόμου τῶν Μοιρῶν, οὐδὲ ὑπὲρ τὸ λίνον. οἱ
ποιηταὶ δὲ ὁπόσα μὲν ἂν ἐκ τῶν Μουσῶν κατεχό-
μενοι ᾄδωσιν, ἀληθῆ ταῦτά ἐστιν· ὁπόταν δὲ
ἀφῶσιν αὐτοὺς αἱ θεαὶ καὶ καθ' αὑτοὺς ποιῶσι,
τότε δὴ καὶ σφάλλονται καὶ ὑπεναντία τοῖς πρό-
τερον διεξίασι· καὶ συγγνώμη, εἰ ἄνθρωποι ὄντες
ἀγνοοῦσι τἀληθές, ἀπελθόντος ἐκείνου ὃ τέως
παρὸν ἐρραψῴδει δι' αὐτῶν.

ΚΥΝΙΣΚΟΣ

Ἀλλὰ τοῦτο μὲν οὕτω φήσομεν. ἔτι δὲ κἀκεῖνό
μοι ἀπόκριναι· οὐ τρεῖς αἱ Μοῖραί εἰσι, Κλωθὼ
καὶ Λάχεσις, οἶμαι, καὶ Ἄτροπος;

ΖΕΥΣ

Πάνυ μὲν οὖν.

ZEUS

It is really quite true. There is nothing which the Fates do not dispose; on the contrary, everything that comes to pass is controlled by their spindle and has its outcome spun for it in each instance from the very beginning, and it cannot come to pass differently.

CYNISCUS

Then when this same Homer in another part of his poem says:

"Take care lest ere your fated hour you go to house in Hell"[1]

and that sort of thing, of course we are to assume that he is talking nonsense?

ZEUS

Certainly, for nothing can come to pass outside the control of the Fates, nor beyond the thread they spin. As for the poets, all that they sing under the inspiration of the Muses is true, but when the goddesses desert them and they compose by themselves, then they make mistakes and contradict what they said before. And it is excusable that being mere men they do not recognize the truth when that influence is gone which formerly abode with them and rhapsodized through them.

CYNISCUS

Well, we'll assume this to be so. But answer me another question. There are only three of the Fates, are there not—Clotho, Lachesis, I believe, and Atropos?

ZEUS

Quite so.

[1] *Iliad* 20, 336 ; εἰσαφίκηαι completes the line.

THE WORKS OF LUCIAN

ΚΥΝΙΣΚΟΣ

3   Ἡ Εἱμαρμένη τοίνυν καὶ ἡ Τύχη—πολυθρύ-
λητοι γὰρ πάνυ καὶ αὐται—τίνες πότ᾽ εἰσὶν
ἢ τί δύναται αὐτῶν ἑκατέρα; πότερον τὰ ἴσα
ταῖς Μοίραις ἢ τι καὶ ὑπὲρ ἐκείνας; ἀκούω γοῦν
ἁπάντων λεγόντων, μηδὲν εἶναι Τύχης καὶ Εἱ-
μαρμένης δυνατώτερον.

ΖΕΥΣ

Οὐ θέμις ἅπαντά σε εἰδέναι, ὦ Κυνίσκε· τίνος
δ᾽ οὖν ἕνεκα ἠρώτησας τὸ περὶ τῶν Μοιρῶν;

ΚΥΝΙΣΚΟΣ

4   Ἢν πρότερόν μοι, ὦ Ζεῦ, κἀκεῖνο εἴπῃς, εἰ καὶ
ὑμῶν αὐται ἄρχουσι καὶ ἀνάγκη ὑμῖν ἠρτῆσθαι
ἀπὸ τοῦ λίνου αὐτῶν.

ΖΕΥΣ

Ἀνάγκη, ὦ Κυνίσκε.   τί δ᾽ οὖν ἐμειδίασας;

ΚΥΝΙΣΚΟΣ

Ἀνεμνήσθην ἐκείνων τῶν Ὁμήρου ἐπῶν, ἐν οἷς
πεποίησαι αὐτῷ ἐν τῇ ἐκκλησίᾳ τῶν θεῶν δημη-
γορῶν, ὁπότε ἠπείλεις αὐτοῖς ὡς ἀπὸ σειρᾶς
τινος χρυσῆς ἀναρτησόμενος τὰ πάντα· ἔφησθα
γὰρ αὐτὸς μὲν τὴν σειρὰν καθήσειν ἐξ οὐρανοῦ,
τοὺς θεοὺς δὲ ἅμα πάντας, εἰ βούλοιντο, ἐκκρεμα-
μένους κατασπᾶν βιάσεσθαι,[1] οὐ μὴν κατασπά-
σειν γε, σὺ[2] δέ, ὁπόταν ἐθελήσῃς, ῥᾳδίως ἅπαντας

αὐτῇ κεν γαίῃ ἐρύσαι αὐτῇ τε θαλάσσῃ.

τότε μὲν οὖν θαυμάσιος ἐδόκεις μοι τὴν βίαν καὶ
ὑπέρριττον μεταξὺ ἀκούων τῶν ἐπῶν· νῦν δὲ
αὐτόν σε ἤδη ὁρῶ μετὰ τῆς σειρᾶς καὶ τῶν
ἀπειλῶν ἀπὸ λεπτοῦ νήματος, ὡς φής, κρεμά-

---

[1] βιάσεσθαι Fritzsche : βιάζεσθαι MSS.
[2] σὺ vulg. : σὲ MSS.

ZEUS CATECHIZED

CYNISCUS

Well then, how about Destiny and Fortune? They are also very much talked of. Who are they, and what power has each of them? Equal power with the Fates, or even somewhat more than they? I hear everyone saying that there is nothing more powerful than Fortune and Destiny.

ZEUS

It is not permitted you to know everything, Cyniscus. But why did you ask me that question about the Fates?

CYNISCUS

Just tell me something else first, Zeus. Are you gods under their rule too, and must you needs be attached to their thread?

ZEUS

We must, Cyniscus. But what made you smile?

CYNISCUS

I happened to think of those lines of Homer in which he described you making your speech in the assembly of the gods, at the time when you threatened them that you would hang the universe upon a cord of gold. You said, you know, that you would let the cord down from Heaven, and that the other gods, if they liked, might hang on it and try to pull you down, but would not succeed, while you, whenever you chose, could easily draw them all up, " and the earth and the sea along with them." [1] At that time it seemed to me that your power was wonderful, and I shuddered as I heard the lines; but I see now that in reality you yourself with your cord and your threats hang by a slender thread, as you

[1] *Iliad* 8, 24.

μενον. δοκεῖ γοῦν μοι δικαιότερον ἂν ἡ Κλωθὼ
μεγαλαυχήσασθαι, ὡς καὶ σὲ αὐτὸν ἀνάσπαστον
αἰωροῦσα ἐκ τοῦ ἀτράκτου καθάπερ οἱ ἁλιεῖς ἐκ
τοῦ καλάμου τὰ ἰχθύδια.

ΖΕΥΣ

5   Οὐκ οἶδ᾽ ὅ τι σοι ταυτὶ βούλεται τὰ ἐρωτήματα.

ΚΥΝΙΣΚΟΣ

Ἐκεῖνο, ὦ Ζεῦ· καὶ πρὸς τῶν Μοιρῶν καὶ τῆς
Εἱμαρμένης μὴ τραχέως μηδὲ πρὸς ὀργὴν ἀκούσῃς
μου τἀληθῆ μετὰ παρρησίας λέγοντος. εἰ γὰρ
οὕτως ἔχει ταῦτα καὶ πάντων αἱ Μοῖραι κρατοῦσι
καὶ οὐδὲν ἂν ὑπ᾽ οὐδενὸς ἔτι ἀλλαγείη τῶν ἅπαξ
δοξάντων αὐταῖς, τίνος ἕνεκα ὑμῖν οἱ ἄνθρωποι
θύομεν καὶ ἑκατόμβας προσάγομεν εὐχόμενοι
γενέσθαι ἡμῖν παρ᾽ ὑμῶν τἀγαθά; οὐχ ὁρῶ γὰρ
ὅ τι ἂν ἀπολαύσαιμεν τῆς ἐπιμελείας ταύτης,
εἰ μήτε τῶν φαύλων ἀποτροπὰς εὑρέσθαι δυνατὸν
ἡμῖν ἐκ τῶν εὐχῶν μήτε ἀγαθοῦ τινος θεοσδότου
ἐπιτυχεῖν.

ΖΕΥΣ

6   Οἶδα ὅθεν σοι τὰ κομψὰ ταῦτα ἐρωτήματά
ἐστιν, παρὰ τῶν καταράτων σοφιστῶν, οἳ μηδὲ
προνοεῖν ἡμᾶς τῶν ἀνθρώπων φασίν· ἐκεῖνοι γοῦν
τὰ τοιαῦτα ἐρωτῶσιν ὑπ᾽ ἀσεβείας, ἀποτρέποντες
καὶ τοὺς ἄλλους θύειν καὶ εὔχεσθαι ὡς εἰκαῖον
ὄν· ἡμᾶς γὰρ οὔτ᾽ ἐπιμελεῖσθαι τῶν πραττομένων
παρ᾽ ὑμῖν οὔθ᾽ ὅλως τι δύνασθαι πρὸς τὰ ἐν τῇ
γῇ πράγματα. πλὴν οὐ χαιρήσουσί γε τὰ τοι-
αῦτα διεξιόντες.

ΚΥΝΙΣΚΟΣ

Οὐ μὰ τὸν τῆς Κλωθοῦς ἄτρακτον, ὦ Ζεῦ, οὐχ
ὑπ᾽ ἐκείνων ἀναπεισθεὶς ταῦτά σε ἠρώτησα, ὁ δὲ

admit. In fact, I think that Clotho would have a better right to boast, inasmuch as she holds you, even you, dangling from her spindle as fishermen hold fish dangling from a rod.

ZEUS

I don't know what you are driving at with these questions.

CYNISCUS

This, Zeus—and I beg you by the Fates and by Destiny not to hear me with exasperation or anger when I speak the truth boldly. If all this is so, and the Fates rule everything, and nobody can ever change anything that they have once decreed, why do we men sacrifice to you gods and make you great offerings of cattle, praying to receive blessings from you? I really don't see what benefit we can derive from this precaution, if it is impossible for us through our prayers either to get what is bad averted or to secure any blessing whatever by the gift of the gods.

ZEUS

I know where you get these clever questions—from the cursed sophists, who say that we do not even exert any providence on behalf of men. At any rate they ask questions like yours out of impiety, and dissuade the rest from sacrificing and praying on the ground that it is silly ; for we, they say, not only pay no heed to what goes on among you, but have no power at all over affairs on earth. But they shall be sorry for talking in that way.

CYNISCUS

I swear by the spindle of Clotho, Zeus, they did not put me up to ask you this, but our talk itself as

λόγος αὐτὸς οὐκ οἶδ' ὅπως ἡμῖν προϊὼν εἰς τοῦτο
ἀπέβη, περιττὰς εἶναι τὰς θυσίας. αὖθις δ', εἰ
δοκεῖ, διὰ βραχέων ἐρήσομαί σε, σὺ δὲ μὴ ὀκ-
νήσῃς ἀποκρίνασθαι, καὶ ὅπως ἀσφαλέστερον
ἀποκρινῇ.

ΖΕΥΣ

Ἐρώτα, εἴ σοι σχολὴ τὰ τοιαῦτα ληρεῖν.

ΚΥΝΙΣΚΟΣ

7 Πάντα φὴς ἐκ τῶν Μοιρῶν γίγνεσθαι;

ΖΕΥΣ

Φημὶ γάρ.

ΚΥΝΙΣΚΟΣ

Ὑμῖν δὲ δυνατὸν ἀλλάττειν ταῦτα καὶ ἀνα-
κλώθειν;

ΖΕΥΣ

Οὐδαμῶς.

ΚΥΝΙΣΚΟΣ

Βούλει οὖν ἐπαγάγω καὶ τὸ μετὰ τοῦτο, ἢ
δῆλον, κἂν μὴ εἴπω αὐτό;

ΖΕΥΣ

Δῆλον μέν. οἱ δέ γε θύοντες οὐ τῆς χρείας
ἕνεκα θύουσιν, ἀντίδοσιν δή[1] τινα ποιούμενοι καὶ
ὥσπερ ὠνούμενοι τὰ ἀγαθὰ παρ' ἡμῶν, ἀλλὰ τι-
μῶντες ἄλλως τὸ βέλτιον.

ΚΥΝΙΣΚΟΣ

Ἱκανὸν καὶ τοῦτο, εἰ καὶ σὺ φὴς ἐπὶ μηδενὶ
χρησίμῳ γίγνεσθαι τὰς θυσίας, εὐγνωμοσύνῃ δέ
τινι τῶν ἀνθρώπων τιμώντων τὸ βέλτιον. καίτοι
εἴ τις τῶν σοφιστῶν ἐκείνων παρῆν, ἤρετο ἄν σε
καθ' ὅ τι βελτίους φὴς τοὺς θεούς, καὶ ταῦτα
ὁμοδούλους τῶν ἀνθρώπων ὄντας καὶ ὑπὸ ταῖς

: δή A.M.H. : δέ γ; not in β.

it went on led somehow or other to the conclusion that sacrifices are superfluous. But if you have no objection I will question you briefly once more. Do not hesitate to answer, and take care that your answer is not so weak.

ZEUS

Ask, if you have time for such nonsense.

CYNISCUS

You say that all things come about through the Fates?

ZEUS

Yes, I do.

CYNISCUS

And is it possible for you to change them, to unspin them?

ZEUS

Not by any means.

CYNISCUS

Then do you want me to draw the conclusion or is it patent even without my putting it into words?

ZEUS

It is patent, of course; but those who sacrifice do not do so for gain, driving a sort of bargain, forsooth, and as it were buying blessings from us; they do so simply to honour what is superior to themselves.

CYNISCUS

Even that is enough, if you yourself admit that sacrifices are not offered for any useful purpose, but by reason of the generosity of men, who honour what is superior. And yet, if one of your sophists were here, he would ask you wherein you allege the gods to be superior, when really they are fellow-

αὐταῖς δεσποίναις ταῖς Μοίραις ταττομένους.
οὐ γὰρ ἀποχρήσει αὐτοῖς τὸ ἀθανάτους εἶναι, ὡς
δι᾽ αὐτὸ ἀμείνους δοκεῖν· ἐπεὶ τοῦτό γε μακρῷ
χεῖρόν ἐστιν, εἴγε τοὺς μὲν κἂν ὁ θάνατος εἰς
ἐλευθερίαν ἀφείλετο, ὑμῖν δὲ εἰς ἄπειρον ἐκπίπτει
τὸ πρᾶγμα καὶ ἀΐδιος ἡ δουλεία γίνεται ὑπὸ
μακρῷ τῷ λίνῳ στρεφομένη.

ΖΕΤΣ

8   'Ἀλλ᾽, ὦ Κυνίσκε, τὸ ἀΐδιον τοῦτο καὶ ἄπειρον
εὔδαιμον ἡμῖν ἐστι καὶ ἐν ἅπασιν ἀγαθοῖς ἡμεῖς
βιοῦμεν.

ΚΥΝΙΣΚΟΣ

Οὐχ ἅπαντες, ὦ Ζεῦ, ἀλλὰ διώρισται καὶ παρ᾽
ὑμῖν τὸ πρᾶγμα καὶ πολλὴ ταραχὴ ἔνεστι· σὺ
μὲν γὰρ εὐδαίμων, βασιλεὺς γάρ, καὶ δύνασαι
ἀνασπᾶν τὴν γῆν καὶ τὴν θάλασσαν ὥσπερ ἱμονιὰν
καθείς· ὁ δὲ Ἥφαιστος χωλός ἐστι, βάναυσός
τις καὶ πυρίτης τὴν τέχνην· ὁ Προμηθεὺς δὲ καὶ
ἀνεσκολοπίσθη ποτέ. τὸν γὰρ πατέρα σου τί
ἂν λέγοιμι, πεδήτην ἔτι ἐν τῷ Ταρτάρῳ ὄντα; καὶ
ἐρᾶν δὲ ὑμᾶς φασι καὶ τιτρώσκεσθαι καὶ δου-
λεύειν ἐνίοτε παρὰ τοῖς ἀνθρώποις, ὥσπερ ἀμέλει
καὶ τὸν σὸν ἀδελφὸν παρὰ Λαομέδοντι καὶ παρ᾽
Ἀδμήτῳ τὸν Ἀπόλλω. ταῦτα δέ μοι οὐ πάνυ
εὐδαίμονα δοκεῖ, ἀλλ᾽ ἐοίκασιν ὑμῶν οἱ μέν τινες
εὐτυχεῖς τε καὶ εὔμοιροι εἶναι, οἱ δὲ ἔμπαλιν· ἐῶ
γὰρ λέγειν, ὅτι καὶ λῃστεύεσθε ὥσπερ ἡμεῖς καὶ
περισυλᾶσθε ὑπὸ τῶν ἱεροσύλων καὶ ἐκ πλου-
σιωτάτων πενέστατοι ἐν ἀκαρεῖ γίγνεσθε· πολλοὶ

slaves with men, and subject to the same mistresses, the Fates. For their immortality will not suffice to make them seem better, since that feature certainly is far worse, because men are set free by death at least, if by nothing else, while with you gods the thing goes on to infinity and your slavery is eternal, being controlled by a long thread.[1]

ZEUS

But, Cyniscus, this eternity and infinity is blissful for us, and we live in complete happiness.

CYNISCUS

Not all of you, Zeus; circumstances are different with you as with us, and there is great confusion in them. You yourself are happy, for you are king and can draw up the earth and the sea by letting down a well-rope, so to speak, but Hephaestus is a cripple who works for his living, a blacksmith by trade, and Prometheus was actually crucified once upon a time.[2] And why should I mention your father (Cronus), who is still shackled in Tartarus? They say too that you gods fall in love and get wounded and sometimes become slaves in the households of men, as did your brother (Poseidon) in the house of Laomedon and Apollo in the house of Admetus. This does not seem to me altogether blissful; on the contrary, some few of you are probably favoured by Fate and Fortune, while others are the reverse. I say nothing of the fact that you are carried off by pirates[3] even as we are, and plundered by temple-robbers, and from very rich become very poor in a second; and many

---

[1] Something of a commonplace : see Pliny, *Nat. Hist.* 2, 27 ; Longinus *de Subl.* 9, 7.   [2] See the *Prometheus.*
[3] The allusion is to Dionysus (*Hymn. Homer.* 7, 38).

δὲ καὶ κατεχωνεύθησαν ἤδη χρυσοῖ ἢ ἀργυροῖ
ὄντες, οἷς τοῦτο εἵμαρτο δηλαδή.

ΖΕΤΣ

9 'Ὁρᾷς; ταῦτ' ἤδη ὑβριστικά, ὦ Κυνίσκε, φής·
καί σοι τάχα μεταμελήσει ποτὲ αὐτῶν.

ΚΤΝΙΣΚΟΣ

Φείδου, ὦ Ζεῦ, τῶν ἀπειλῶν, εἰδὼς οὐδέν με
πεισόμενον ὅ τι μὴ καὶ τῇ Μοίρᾳ πρὸ σοῦ ἔδοξεν·
ἐπεὶ οὐδ' αὐτοὺς ἐκείνους ὁρῶ τοὺς ἱεροσύλους
κολαζομένους, ἀλλ' οἵ γε πλεῖστοι διαφεύγουσιν
ὑμᾶς· οὐ γὰρ εἵμαρτο, οἶμαι, ἁλῶναι αὐτούς.

ΖΕΤΣ

Οὐκ ἔλεγον ὡς ἄρ' ἐκείνων τις εἶ τῶν ἀναιρούν-
των τὴν πρόνοιαν τῷ λόγῳ;

ΚΤΝΙΣΚΟΣ

Πάνυ, ὦ Ζεῦ, δέδιας αὐτούς, οὐκ οἶδα ὅτου
ἕνεκα· πάντα γοῦν ὁπόσα ἂν εἴπω, ὑποπτεύεις
10 ἐκείνων παιδεύματα εἶναι. ἐγὼ δὲ—παρὰ τίνος
γὰρ ἂν ἄλλου τἀληθὲς ἢ παρὰ σοῦ μάθοιμι;—
ἡδέως δ' ἂν καὶ τοῦτο ἐροίμην σε, τίς ἡ Πρόνοια
ὑμῖν αὕτη ἐστί, Μοῖρά τις ἢ καὶ ὑπὲρ ταύτας θεὸς
ὥσπερ, ἄρχουσα καὶ αὐτῶν ἐκείνων;

ΖΕΤΣ

Ἤδη σοι καὶ πρότερον ἔφην οὐ θεμιτὸν εἶναι
πάντα σε εἰδέναι. σὺ δ' ἔν τι ἐν ἀρχῇ ἐρωτήσειν
φήσας οὐ παύῃ τοσαῦτα πρός με λεπτολογού-
μενος· καὶ ὁρῶ ὅτι σοι τὸ κεφάλαιόν ἐστι τοῦ
λόγου ἐπιδεῖξαι οὐδενὸς ἡμᾶς προνοοῦντας τῶν
ἀνθρωπίνων.

ΚΤΝΙΣΚΟΣ

Οὐκ ἐμὸν τοῦτο, ἀλλὰ σὺ μικρὸν ἔμπροσθεν
ἔφησθα τὰς Μοίρας εἶναι τὰς ἄπαντα ἐπιτε-

have even been melted down before now, being of gold or silver; but of course they were fated for this.

ZEUS

See here, your talk is getting insulting, Cyniscus, and you will perhaps regret it some day.

CYNISCUS

Be chary of your threats, Zeus, for you know that nothing can happen to me which Fate has not decreed before you. I see that even the temple-robbers I mentioned are not punished, but most of them escape you; it was not fated, I suppose, that they should be caught!

ZEUS

Didn't I say you were one of those fellows that abolish Providence in debate?

CYNISCUS

You are very much afraid of them, Zeus, I don't know why. At any rate, you think that everything I say is one of their tricks. I should like to ask you, though—for from whom can I learn the truth except from you?—what this Providence of yours is, a Fate or a goddess, as it were, superior to the Fates, ruling even over them?

ZEUS

I have already told you that it is not permitted you to know everything. At first you said that you would ask me only one question, but you keep chopping all this logic with me, and I see that in your eyes the chief object of this talk is to show that we exert no providence at all in human affairs.

CYNISCUS

That is none of my doing: you yourself said not long ago that it was the Fates who brought every-

λούσας· εἰ μὴ μεταμέλει σοι ἐκείνων καὶ ἀνα-
τίθεσαι αὖθις τὰ εἰρημένα καὶ ἀμφισβητεῖτε τῆς
ἐπιμελείας παρωσάμενοι τὴν Εἰμαρμένην;

ΖΕΥΣ

11   Οὐδαμῶς, ἀλλ' ἡ Μοῖρα δι' ἡμῶν ἕκαστα ἐπι-
τελεῖ.

ΚΥΝΙΣΚΟΣ

Μανθάνω· ὑπηρέται καὶ διάκονοί τινες τῶν
Μοιρῶν εἶναί φατε. πλὴν ἀλλὰ καὶ οὕτως ἐκεῖναι
ἂν εἶεν αἱ προνοοῦσαι, ὑμεῖς δὲ ὥσπερ σκεύη τινὰ
καὶ ἐργαλεῖά ἐστε αὐτῶν.

ΖΕΥΣ

Πῶς λέγεις;

ΚΥΝΙΣΚΟΣ

Ὥσπερ, οἶμαι, καὶ τὸ σκέπαρνον τῷ τέκτονι
καὶ τὸ τρύπανον συνεργεῖ μέν τι πρὸς τὴν τέχνην,
οὐδεὶς δ' ἂν εἴποι ὡς ταῦτα ὁ τεχνίτης ἐστίν, οὐδ'
ἡ ναῦς ἔργον τοῦ σκεπάρνου ἢ τοῦ τρυπάνου,
ἀλλὰ τοῦ ναυπηγοῦ· ἀνάλογον τοίνυν ἡ μὲν
ναυπηγουμένη ἕκαστα ἡ Εἰμαρμένη ἐστίν, ὑμεῖς
δέ, εἴπερ ἄρα, τρύπανα καὶ σκέπαρνά ἐστε τῶν
Μοιρῶν· καί, ὡς ἔοικεν, οἱ ἄνθρωποι δέον τῇ
Εἰμαρμένῃ θύειν καὶ παρ' ἐκείνης αἰτεῖν τἀγαθά,
οἱ δ' ἐφ' ὑμᾶς ἴασι προσόδοις καὶ θυσίαις γεραί-
ροντες· ἢ οὐδὲ τὴν Εἰμαρμένην τιμῶντες εἰς δέον
ἂν αὐτὸ ἔπραττον· οὐ γὰρ οἶμαι δυνατὸν εἶναι
οὐδὲ αὐταῖς ἔτι ταῖς Μοίραις ἀλλάξαι τι καὶ
μετατρέψαι τῶν ἐξ ἀρχῆς δοξάντων περὶ ἑκάστου·
ἡ γοῦν Ἄτροπος οὐκ ἀνάσχοιτ' ἄν, εἴ τις εἰς τὸ
ἐναντίον στρέψειε τὸν ἄτρακτον ἀναλύων τῆς
Κλωθοῦς τὸ ἔργον.

thing to pass. But perhaps you repent of it and take back what you said, and you gods lay claim to the oversight, thrusting the Fates aside?

ZEUS

By no means, but Fate does it all through us.

CYNISCUS

I understand ; you allege that you are servants and assistants of the Fates. But even at that, the providence would be theirs, and you are only their instruments and tools, as it were.

ZEUS

What do you mean?

CYNISCUS

You are in the same case, I suppose, as the adze and the drill of the carpenter, which help him somewhat in his craft, and yet no one would say that they are the craftsman or that the ship is the work of the adze or the drill, but of the shipwright. Well, in like manner it is Destiny who does all the building and you at most are only drills and adzes of the Fates, and I believe men ought to sacrifice to Destiny and ask their blessings from her instead of going to you and exalting you with processions and sacrifices. But no : even if they honoured Destiny they would not be doing so to any purpose, for I don't suppose it is possible even for the Fates themselves to alter or reverse any of their original decrees about each man. Atropos, at all events, would not put up with it if anyone should turn the spindle backwards and undo the work of Clotho.[1]

[1] A play upon the name Atropos, as if it meant "Turneth-not."

ΖΕΥΣ

12 Σὺ δ᾽ ἤδη, ὦ Κυνίσκε, οὐδὲ τὰς Μοίρας τιμᾶ-
σθαι πρὸς τῶν ἀνθρώπων ἀξιοῖς; ἀλλ᾽ ἔοικας
ἅπαντα συγχεῖν προαιρεῖσθαι. ἡμεῖς δὲ εἰ καὶ
μηδενὸς ἄλλου ἕνεκα, τοῦ γε μαντεύεσθαι καὶ
προμηνύειν ἕκαστα τῶν ὑπὸ τῆς Μοίρας κεκυρω-
μένων δικαίως τιμῴμεθ᾽ ἄν.

ΚΥΝΙΣΚΟΣ

Τὸ μὲν ὅλον, ἄχρηστον, ὦ Ζεῦ, προειδέναι τὰ
μέλλοντα οἷς γε τὸ φυλάξασθαι αὐτὰ παντελῶς
ἀδύνατον· εἰ μὴ ἄρα[1] τοῦτο φής, ὡς ὁ προμαθὼν
ὅτι ὑπ᾽ αἰχμῆς σιδηρᾶς τεθνήξεται δύναιτ᾽ ἂν
ἐκφυγεῖν τὸν θάνατον καθείρξας ἑαυτόν; ἀλλ᾽
ἀδύνατον· ἐξάξει[2] γὰρ αὐτὸν ἡ Μοῖρα κυνηγετή-
σοντα καὶ παραδώσει τῇ αἰχμῇ· καὶ ὁ Ἄδραστος
ἐπὶ τὸν σῦν ἀφεὶς τὴν λόγχην ἐκείνου μὲν ἁμαρτή-
σεται, φονεύσει δὲ τὸν Κροίσου παῖδα, ὡς ἂν ἀπ᾽
ἰσχυρᾶς ἐμβολῆς[3] τῶν Μοιρῶν φερομένου τοῦ
13 ἀκοντίου ἐπὶ τὸν νεανίσκον. τὸ μὲν γὰρ τοῦ
Λαΐου καὶ γελοῖον, τό·

μὴ σπεῖρε τέκνων ἄλοκα δαιμόνων βίᾳ·
εἰ γὰρ τεκνώσεις (φησὶ) παῖδ᾽, ἀποκτενεῖ σ᾽ ὁ
φύς.

περιττὴ γάρ, οἶμαι, ἡ παραίνεσις πρὸς τὰ πάντως
οὕτω γενησόμενα. τοιγάρτοι μετὰ τὸν χρησμὸν
καὶ ἔσπειρεν καὶ ὁ φὺς ἀπέκτεινεν αὐτόν. ὥστε
οὐχ ὁρῶ ἀνθ᾽ ὅτου ἀπαιτεῖτε τὸν μισθὸν ἐπὶ τῇ
14 μαντικῇ. ἐῶ γὰρ λέγειν ὡς λοξὰ καὶ ἐπαμφοτερί-
ζοντα τοῖς πολλοῖς χρᾶν εἰώθατε, οὐ πάνυ ἀπο-

---

[1] εἰ μὴ ἄρα Marcilius : εἰ μὴ παρὰ γ ; ἐκτὸς εἰ μὴ β.
[2] ἐξάξει Jensius : ἐξάγει MSS.
[3] ἐμβολῆς Fritzsche : ἐντολῆς β ; προστάγματος γ.

76

ZEUS CATECHIZED

Have you gone so far, Cyniscus, as to think that even the Fates should not be honoured by men? Why, you seem inclined to upset everything. As for us gods, if for no other reason, we may fairly be honoured because we are soothsayers and foretell all that the Fates have established.

CYNISCUS

On the whole, Zeus, it does no good to have foreknowledge of future events when people are completely unable to guard against them,—unless perhaps you maintain that a man who knows in advance that he is to die by an iron spear-head can escape death by shutting himself up? No, it is impossible, for Fate will take him out hunting and deliver him up to the spear-head, and Adrastus, throwing his weapon at the boar, will miss it and slay the son of Croesus, as if the javelin were sped at the lad by a powerful cast of the Fates.[1] Indeed, the oracle of Laius is really ridiculous:

" Sow not the birth-field in the gods' despite,
    For if thou get'st, thy son will lay thee low."[2]

It was superfluous, I take it, to caution against what was bound to be so in any event. Consequently after the oracle he sowed his seed and his son laid him low. I don't see, therefore, on what ground you demand your fee for making prophecies. I say nothing of the fact that you are accustomed to give most people perplexed and ambiguous responses, not making it at all clear whether the man who

---

[1] See Herodotus, 1, 34 ff.
[2] Euripides, *Phoenissae*, 18–19.

77

σαφοῦντες εἰ ὁ τὸν Ἅλυν διαβὰς τὴν αὑτοῦ ἀρχὴν
καταλύσει ἢ τὴν τοῦ Κύρου· ἄμφω γὰρ δύναται
ὁ χρησμός.

ΖΕΥΣ

Ἦν τις, ὦ Κυνίσκε, τῷ Ἀπόλλωνι ὀργῆς αἰτία
κατὰ τοῦ Κροίσου, διότι ἐπειρᾶτο ἐκεῖνος αὐτοῦ
ἄρνεια κρέα καὶ χελώνην ἐς τὸ αὐτὸ ἕψων.

ΚΥΝΙΣΚΟΣ

Ἐχρῆν μὲν μηδὲ ὀργίζεσθαι θεὸν ὄντα· πλὴν
ἀλλὰ καὶ τὸ ἐξαπατηθῆναι τῷ Λυδῷ[1] ἐπέπρωτο,
οἶμαι, καὶ ὅλως[2] τὸ μὴ σαφῶς ἀκοῦσαι τὰ μέλ-
λοντα ἡ Εἱμαρμένη ἐπέκλωσεν· ὥστε καὶ ἡ
μαντικὴ ὑμῶν ἐκείνης μέρος ἐστίν.

ΖΕΥΣ

15   Ἡμῖν δὲ οὐδὲν ἀπολείπεις, ἀλλὰ μάτην θεοί
ἐσμεν, οὔτε πρόνοιάν τινα εἰσφερόμενοι εἰς τὰ
πράγματα οὔτε τῶν θυσιῶν ἄξιοι καθάπερ τρύ-
πανα ὡς ἀληθῶς ἢ σκέπαρνα; καί μοι δοκεῖς
εἰκότως μου καταφρονεῖν, ὅτι κεραυνόν, ὡς ὁρᾷς,
διηγκυλημένος ἀνέχομαί σε τοσαῦτα καθ᾽ ἡμῶν
διεξιόντα.

ΚΥΝΙΣΚΟΣ

Βάλλε, ὦ Ζεῦ, εἴ μοι καὶ κεραυνῷ πληγῆναι
εἵμαρται, καὶ σὲ οὐδὲν αἰτιάσομαι τῆς πληγῆς,
ἀλλὰ τὴν Κλωθὼ τὴν διὰ σοῦ τιτρώσκουσαν· οὐδὲ

---

[1] τῷ Λυδῷ Α.Μ.Η. : τῷ Λυδῷ ὑπὸ τοῦ χρησμοῦ MSS. ; ὑπὸ
τοῦ χρησμοῦ τῷ Λυδῷ K. Schwartz.
[2] ὅλως Jacobitz : ἄλλως MSS.

78

crosses the Halys will cause the loss of his own kingdom or that of Cyrus; for the oracle can be taken in either sense.[1]

ZEUS

Apollo had some reason for being angry at Croesus because he had tested him by stewing lamb and turtle together.[2]

CYNISCUS

He should not have been angry, being a god. However, the very deception of the Lydian was predetermined, I suppose, and in general our lack of definite information about the future is due to the spindle of Destiny; so even your soothsaying is in her province.

ZEUS

Then you leave nothing for us, and we are gods to no purpose, not contributing any providence to the world and not deserving our sacrifices, like drills or adzes in very truth? Indeed, it seems to me that you scorn me with reason, because although, as you see, I have a thunderbolt clenched in my hand, I am letting you say all this against us.

CYNISCUS

Strike, Zeus, if it is fated that I am really to be struck by lightning, and I won't blame you for the stroke but Clotho, who inflicts the injury through

[1] It ran: "If Croesus doth the Halys cross
He'll cause a mighty kingdom's loss."

[2] Wishing to test the Greek oracles before consulting them about invading Persia, Croesus sent representatives to some of the most famous with instructions to ask them all simultaneously, at a specified time; "What is Croesus doing now"? Apollo divined that he was stewing lamb and turtle together in a copper cauldron with a lid of copper (Herodotus, i. 46 ff.).

79

γὰρ τὸν κεραυνὸν αὐτὸν φαίην ἂν αἴτιον μοι
γενέσθαι τοῦ τραύματος. πλὴν ἐκεῖνό γε ὑμᾶς
ἐρήσομαι καὶ σὲ καὶ τὴν Εἱμαρμένην· σὺ δέ μοι
καὶ ὑπὲρ ἐκείνης ἀπόκριναι· ἀνέμνησας γάρ με
16 ἀπειλήσας. τί δήποτε τοὺς ἱεροσύλους καὶ
λῃστὰς ἀφέντες καὶ τοσούτους ὑβριστὰς καὶ
βιαίους καὶ ἐπιόρκους δρῦν τινα πολλάκις κε-
ραυνοῦτε ἢ λίθον ἢ νεὼς ἱστὸν οὐδὲν ἀδικούσης,
ἐνίοτε δὲ χρηστόν τινα καὶ ὅσιον ὁδοιπόρον; τί
σιωπᾷς, ὦ Ζεῦ; ἢ οὐδὲ τοῦτό με θέμις εἰδέναι;

ΖΕΥΣ

Οὐ γάρ, ὦ Κυνίσκε. σὺ δὲ πολυπράγμων τις
εἶ καὶ οὐκ οἶδ᾽ ὅθεν ταῦτα ἥκεις μοι συμπεφορη-
κώς.

ΚΥΝΙΣΚΟΣ

Οὐκοῦν μηδὲ ἐκεῖνο ὑμᾶς ἔρωμαι, σέ τε καὶ τὴν
Πρόνοιαν καὶ τὴν Εἱμαρμένην, τί δήποτε Φωκίων
μὲν ὁ χρηστὸς ἐν τοσαύτῃ πενίᾳ καὶ σπάνει τῶν
ἀναγκαίων ἀπέθανε καὶ Ἀριστείδης πρὸ αὐτοῦ,
Καλλίας δὲ καὶ Ἀλκιβιάδης, ἀκόλαστα μειράκια,
ὑπερεπλούτουν καὶ Μειδίας ὁ ὑβριστὴς καὶ
Χάροψ ὁ Αἰγινήτης, κίναιδος ἄνθρωπος, τὴν
μητέρα λιμῷ ἀπεκτονώς, καὶ πάλιν Σωκράτης μὲν
παρεδόθη τοῖς ἕνδεκα, Μέλητος δὲ οὐ παρεδόθη,
καὶ Σαρδανάπαλλος μὲν ἐβασίλευε θῆλυς ὤν,
Γώχης δὲ ἀνὴρ ἐνάρετος ἀνεσκολοπίσθη πρὸς
17 αὐτοῦ, διότι μὴ ἠρέσκετο τοῖς γιγνομένοις·[1] ἵνα
ὑμῖν[2] μὴ τὰ νῦν λέγω καθ᾽ ἕκαστον ἐπεξιών, τοὺς
μὲν πονηροὺς εὐδαιμονοῦντας καὶ τοὺς πλεονέκτας,

[1] Text β (Γώχης Γ marg., A, Γόγχης N) : Περσῶν δὲ τοσοῦτοι
καλοὶ κἀγαθοὶ ἄνδρες ἀνεσκολοπίζοντο πρὸς αὐτοῦ διότι μὴ
ἠρέσκοντο τοῖς γιγνομένοις γ.

[2] ἵνα ὑμῖν Fritzsche : ἵνα δὲ (ὑμῖν) γ ; καὶ ἵνα ὑμῖν β.

you; for even the thunderbolt itself, I should say, would not be the cause of the injury. There is another question, however, which I will put to you and to Destiny, and you can answer for her. You have put me in mind of it by your threat. Why in the world is it that, letting off the temple-robbers and pirates and so many who are insolent and violent and forsworn, you repeatedly blast an oak or a stone or the mast of a harmless ship, and now and then an honest and pious wayfarer?[1] Why are you silent, Zeus? Isn't it permitted me to know this, either?

ZEUS

No, Cyniscus. You are a meddler, and I can't conceive where you got together all this stuff that you bring me.

CYNISCUS

Then I am not to put my other question to you and to Providence and Destiny, why in the world is it that honest Phocion and Aristides before him died in so great poverty and want, while Callias and Alcibiades, a lawless pair of lads, and high-handed Midias and Charops of Aegina, a lewd fellow who starved his mother to death, were all exceeding rich; and again, why is it that Socrates was given over to the Eleven instead of Meletus, and that Sardanapalus, effeminate as he was, occupied the throne, while Goches,[2] a man of parts, was crucified by him because he did not like what went on—not to speak to you in detail of the present state of affairs, when the wicked and the selfish are happy and the good are driven

---

[1] Suggested by Aristophanes, *Clouds*, 398 ff.
[2] Otherwise unknown.

ἀγομένους δὲ καὶ φερομένους τοὺς χρηστοὺς ἐν
πενίᾳ καὶ νόσοις καὶ μυρίοις κακοῖς πιεζομένους.

ΖΕΤΣ

Οὐ γὰρ οἶσθα, ὦ Κυνίσκε, ἡλίκας μετὰ τὸν
βίον οἱ πονηροὶ τὰς κολάσεις ὑπομένουσιν, ἢ ἐν
ὅσῃ οἱ χρηστοὶ εὐδαιμονίᾳ διατρίβουσιν;

ΚΥΝΙΣΚΟΣ

῞Αιδην μοι λέγεις καὶ Τιτυοὺς καὶ Ταντάλους.
ἐγὼ δέ, εἰ μέν τι καὶ τοιοῦτόν ἐστιν, εἴσομαι τὸ
σαφὲς ἐπειδὰν ἀποθάνω· τὸ δὲ νῦν ἔχον ἐβουλό-
μην τὸν ὁποσονοῦν χρόνον τοῦτον εὐδαιμόνως
διαβιοὺς ὑπὸ ἑκκαίδεκα γυπῶν κείρεσθαι τὸ ἧπαρ
ἀποθανών, ἀλλὰ μὴ ἐνταῦθα διψήσας ὥσπερ ὁ
Τάνταλος ἐν Μακάρων νήσοις πίνειν μετὰ τῶν
ἡρώων ἐν τῷ Ἠλυσίῳ λειμῶνι κατακείμενος.

ΖΕΤΣ

18 Τί φῄς; ἀπιστεῖς εἶναί τινας κολάσεις καὶ τιμάς,
καὶ δικαστήριον ἔνθα δὴ ἐξετάζεται ὁ ἑκάστου
βίος;

ΚΥΝΙΣΚΟΣ

Ἀκούω τινὰ Μίνω Κρῆτα δικάζειν κάτω τὰ τοι-
αῦτα· καί μοι ἀπόκριναί τι καὶ ὑπὲρ ἐκείνου· σὸς
γὰρ υἱὸς εἶναι λέγεται.

ΖΕΤΣ

Τί δὲ κἀκεῖνον ἐρωτᾷς, ὦ Κυνίσκε;

ΚΥΝΙΣΚΟΣ

Τίνας κολάζει μάλιστα;

ΖΕΤΣ

Τοὺς πονηροὺς δηλαδή, οἷον ἀνδροφόνους καὶ
ἱεροσύλους.

about from pillar to post, caught in the pinch of poverty and disease and other ills without number?

ZEUS

Why, don't you know, Cyniscus, what punishments await the wicked when life is over, and in what happiness the good abide?

CYNISCUS

Do you talk to me of Hades and of Tityus and Tantalus and their like? For my part, when I die I shall find out for certain whether there is really any such thing, but for the present I prefer to live out my time in happiness, however short it may be, and then have my liver torn by sixteen vultures after my death, rather than go as thirsty as Tantalus here on earth and do my drinking in the Isles of the Blest, lying at my ease among the heroes in the Elysian Fields.

ZEUS

What's that you say? Don't you believe that there are any punishments and rewards, and a court where each man's life is scrutinized!

CYNISCUS

I hear that somebody named Minos, a Cretan, acts as judge in such matters down below. And please answer me a question on his behalf, for he is your son, they say.

ZEUS

What have you to ask *him*, Cyniscus?

CYNISCUS

Whom does he punish principally?

ZEUS

The wicked, of course, such as murderers and temple-robbers.

83

ΚΥΝΙΣΚΟΣ

Τίνας δὲ παρὰ τοὺς ἥρωας ἀποπέμπει;

ΖΕΥΣ

Τοὺς ἀγαθούς τε καὶ ὁσίους καὶ κατ᾽ ἀρετὴν βεβιωκότας.

ΚΥΝΙΣΚΟΣ

Τίνος ἕνεκα, ὦ Ζεῦ;

ΖΕΥΣ

Διότι οἱ μὲν τιμῆς, οἱ δὲ κολάσεως ἄξιοι.

ΚΥΝΙΣΚΟΣ

Εἰ δέ τις ἀκούσιόν τι δεινὸν ἐργάσαιτο, κολάζεσθαι καὶ τοῦτον δικαιοῖ;

ΖΕΥΣ

Οὐδαμῶς.

ΚΥΝΙΣΚΟΣ

Οὐδ᾽ ἄρα εἴ τις ἄκων τι ἀγαθὸν ἔδρασεν, οὐδὲ τοῦτον τιμᾶν ἀξιώσειεν ἄν;

ΖΕΥΣ

Οὐ γὰρ οὖν.

ΚΥΝΙΣΚΟΣ

Οὐδένα τοίνυν, ὦ Ζεῦ, οὔτε τιμᾶν οὔτε κολάζειν αὐτῷ προσήκει.

ΖΕΥΣ

Πῶς οὐδένα;

ΚΥΝΙΣΚΟΣ

Ὅτι οὐδὲν ἑκόντες οἱ ἄνθρωποι ποιοῦμεν, ἀλλά τινι ἀνάγκῃ ἀφύκτῳ κεκελευσμένοι, εἴ γε ἀληθῆ ἐκεῖνά ἐστι τὰ ἔμπροσθεν ὡμολογημένα, ὡς ἡ Μοῖρα πάντων αἰτία καὶ ἢν φονεύσῃ[1] τις, ἐκείνη ἐστὶν ἡ φονεύσασα, καὶ ἢν ἱεροσυλῇ, προστεταγ-

---

[1] φονεύσῃ vulg. : φονευθῇ γ ; φονεύῃ β.

CYNISCUS

And whom does he send to join the heroes?

ZEUS

Those who were good and pious and lived virtuously.

CYNISCUS

Why is that, Zeus?

ZEUS

Because the latter deserve reward and the former punishment.

CYNISCUS

But if a man should do a dreadful thing unintentionally, would he think it right to punish him like the others?

ZEUS

Not by any means.

CYNISCUS

I suppose, then, if a man did something good unintentionally, he would not think fit to reward him, either?

ZEUS

Certainly not!

CYNISCUS

Then, Zeus, he ought not to reward or punish anyone.

ZEUS

Why not?

CYNISCUS

Because we men do nothing of our own accord, but only at the behest of some inevitable necessity, if what you previously admitted is true, that Fate is the cause of everything. If a man slay, it is she who slays, and if he rob temples, he only does it

85

μένον αὐτὸ δρᾷ. ὥστε εἴ γε τὰ δίκαια ὁ Μίνως
δικάζειν μέλλοι, τὴν Εἱμαρμένην ἀντὶ τοῦ Σισύφου
κολάσεται καὶ τὴν Μοῖραν ἀντὶ τοῦ Ταντάλου.
τί γὰρ ἐκεῖνοι ἠδίκησαν πεισθέντες τοῖς ἐπιτάγ-
μασιν;

ΖΕΥΣ

19 Οὐκέτ' οὐδὲ ἀποκρίνεσθαί σοι ἄξιον τοιαῦτα
ἐρωτῶντι· θρασὺς γὰρ εἶ καὶ σοφιστής. καί σε
ἄπειμι ἤδη καταλιπών.

ΚΥΝΙΣΚΟΣ

Ἐδεόμην μὲν ἔτι καὶ τοῦτο ἐρέσθαι, ποῦ αἱ
Μοῖραι διατρίβουσιν ἢ πῶς ἐφικνοῦνται τῇ ἐπι-
μελείᾳ τῶν τοσούτων ἐς τὸ λεπτότατον, καὶ ταῦτα
τρεῖς οὖσαι. ἐπίπονον γάρ τινα καὶ οὐκ εὔμοιρόν
μοι δοκοῦσι βιοῦν τὸν βίον τοσαῦτα ἔχουσαι
πράγματα, καὶ ὡς ἔοικεν οὐ πάνυ οὐδὲ αὗται ὑπὸ
χρηστῇ Εἱμαρμένῃ ἐγεννήθησαν. ἐγὼ γοῦν, εἴ
μοι αἵρεσις δοθείη, οὐκ ἂν ἀλλαξαίμην πρὸς
αὐτὰς τὸν ἐμαυτοῦ βίον, ἀλλ' ἑλοίμην ἂν ἔτι
πενέστερος διαβιῶναι ἤπερ καθῆσθαι κλώθων
ἄτρακτον τοσούτων πραγμάτων μεστόν, ἐπιτηρῶν
ἕκαστα. εἰ δὲ μὴ ῥᾴδιόν σοι ἀποκρίνασθαι πρὸς
ταῦτα, ὦ Ζεῦ, καὶ τούτοις ἀγαπήσομεν οἷς ἀπε-
κρίνω· ἱκανὰ γὰρ ἐμφανίσαι τὸν περὶ τῆς Εἱμαρ-
μένης καὶ Προνοίας λόγον· τὰ λοιπὰ δ' ἴσως
οὐχ εἵμαρτο ἀκοῦσαί μοι.

under orders. Therefore if Minos were to judge justly, he would punish Destiny instead of Sisyphus and Fate instead of Tantalus, for what wrong did they do in obeying orders?

ZEUS

It isn't proper to answer you any longer when you ask such questions. You are an impudent fellow and a sophist, and I shall go away and leave you now.

CYNISCUS

I wanted to ask you just this one question, where the Fates live and how they go into such minute detail in attending to so much business, when there are only three of them. There is much labour and little good-fortune in the life they live, I think, with all the cares they have, and Destiny, it would appear, was not too gracious when they themselves were born. At any rate if I were given a chance to choose, I would not exchange my life for theirs, but should prefer to be still poorer all my days rather than sit and twirl a spindle freighted with so many events, watching each carefully. But if it is not easy for you to answer me these questions, Zeus, I shall content myself with the answers you have given, for they are full enough to throw light on the doctrine of Destiny and Providence. The rest, perhaps, I was not fated to hear!

ZEUS RANTS

This dialogue is an elaboration of the theme treated in *Zeus Catechized*. We meet in it the curious interlarding of prose with verse which characterized the writings of Menippus and his imitators. We also find a good deal of the repetition which is rather too frequent in Lucian to please modern readers; but it is hardly fair to censure him, for one piece may have been read in Athens and another in Antioch, and he may never have had an opportunity to revise his collected works.

ΖΕΥΣ ΤΡΑΓΩΙΔΟΣ.

ΕΡΜΗΣ

1 Ὦ Ζεῦ, τί σύννους κατὰ μόνας σαυτῷ λαλεῖς,
ὠχρὸς περιπατῶν, φιλοσόφου τὸ χρῶμ' ἔχων;
ἐμοὶ προσανάθου, λαβέ με σύμβουλον πόνων,
μὴ καταφρονήσῃς οἰκέτου φλυαρίας.

ΑΘΗΝΗ

Ναὶ πάτερ ἡμέτερε, Κρονίδη, ὕπατε κρειόντων,
γουνοῦμαί σε θεὰ γλαυκῶπις, τριτογένεια,
ἐξαύδα, μὴ κεῦθε νόῳ, ἵνα εἴδομεν ἤδη,
τίς μῆτις δάκνει σε κατὰ φρένα καὶ κατὰ θυμόν,
ἢ τί βαρὺ στενάχεις ὠχρός τέ σε εἷλε παρειάς;

ΖΕΥΣ

Οὐκ ἔστιν οὐδὲν δεινὸν ὧδ' εἰπεῖν ἔπος,
οὐδὲ πάθος οὐδὲ συμφορὰ τραγῳδική,
ἣν οὐκ ἰαμβείοις ὑπερπαίω δέκα.[1]

ΑΘΗΝΗ

Ἄπολλον, οἵοις φροιμίοις ἄρχῃ λόγου;

---

[1] Text P (Vat. 76) D (Bodl. B 56); ἰαμβιοισιν P, ἰαμβείοισι D; ὑπερπαιδεκα D. ἧς οὐκ ἂν ἄραιτ' (ἄροιτ') ἄχθος ἡ θεῶν φύσις γ, NHA, edd. D has this line also, after the other.

ZEUS RANTS

HERMES

What ails you, Zeus, in lone soliloquy
To pace about all pale and scholar-like?
Confide in me, take me to ease your toils:
Scorn not the nonsense of a serving-man.

ATHENA

Yea, thou sire of us all, son of Cronus, supreme
among rulers,
Here at thy knees I beseech it, the grey-eyed
Tritogeneia:
Speak thy thought, let it not lie hid in thy mind, let
us know it.
What is the care that consumeth thy heart and thy
soul with its gnawing?
Wherefore thy deep, deep groans, and the pallor
that preys on thy features?[1]

ZEUS

There's nothing dreadful to express in speech,
No cruel hap, no stage catastrophe
That I do not surpass a dozen lines![2]

ATHENA

Apollo! what a prelude to your speech![3]

[1] Compare this parody on Homer with *Iliad* 1, 363
(= *Od.* 1, 45); 8, 31; 3. 35.
[2] A parody on the opening lines of the *Orestes* of Euripides.
[3] Euripides, *Hercules Furens* 538.

ΖΕΥΣ

Ω παγκάκιστα χθόνια γῆς παιδεύματα,
σύ τ᾽, ὦ Προμηθεῦ, οἷά μ᾽ εἴργασαι κακά

ΑΘΗΝΗ

Τί δ᾽ ἐστί; πρὸς χορὸν γὰρ οἰκείων ἐρεῖς.

ΖΕΥΣ

᾽Ω μεγαλοσμαράγου στεροπᾶς ῥοίζημα, τί[1] ῥέξεις;

ΗΡΑ

Κοίμισον ὀργάν, εἰ μὴ κωμῳδίαν, ὦ Ζεῦ, δυνά-
μεθα ὑποκρίνεσθαι μηδὲ ῥαψῳδεῖν ὥσπερ οὗτοι
μηδὲ τὸν Εὐριπίδην ὅλον καταπεπώκαμεν, ὥστε
2 σοι ὑποτραγῳδεῖν. ἀγνοεῖν ἡμᾶς νομίζεις τὴν
αἰτίαν τῆς λύπης ἥτις ἐστί σοι;

ΖΕΥΣ

Οὐκ οἶσθ᾽, ἐπεί τοι κἂν ἐκώκυες μέγα.

ΗΡΑ

Οἶδα τὸ κεφάλαιον αὐτὸ ὧν πάσχεις ὅτι ἐρω-
τικόν ἐστιν· οὐ μὴν κωκύω γε ὑπὸ ἔθους, ἤδη
πολλάκις ὑβρισθεῖσα ὑπὸ σοῦ τὰ τοιαῦτα. εἰκὸς
γοῦν ἤτοι Δανάην τινὰ ἢ Σεμέλην ἢ Εὐρώπην
αὖθις εὑρόντα σε ἀνιᾶσθαι ὑπὸ τοῦ ἔρωτος,·εἶτα
βουλεύεσθαι ταῦρον ἢ σάτυρον ἢ χρυσὸν γενό-
μενον ῥυῆναι διὰ τοῦ ὀρόφου εἰς τὸν κόλπον τῆς
ἀγαπωμένης· τὰ σημεῖα γὰρ ταῦτα, οἱ στεναγμοὶ
καὶ τὰ δάκρυα καὶ τὸ ὠχρὸν εἶναι, οὐκ ἄλλου του
ἢ ἔρωτός ἐστιν.

ΖΕΥΣ

᾽Ω μακαρία, ἥτις ἐν ἔρωτι καὶ ταῖς τοιαύταις
παιδιαῖς οἴει τὰ πράγματα ἡμῖν εἶναι.

---

[1] τί Guyet : τί μοι MSS.

ZEUS RANTS

ZEUS

O utter vile hell-spawn of mother earth,
And thou, Prometheus—thou hast hurt me sore!

ATHENA

What is it? None will hear thee but thy kin.

ZEUS

Thundering stroke of my whizzing bolt, what a deed
shalt thou do me!

HERA

Lull your anger to sleep, Zeus, seeing that I'm no
hand either at comedy or at epic like these two,
nor have I swallowed Euripides whole so as to be
able to play up to you in your tragedy rôle. Do you
suppose we don't know the reason of your anguish?

ZEUS

You know not: otherwise you 'ld shriek and
scream.[1]

HERA

I know that the sum and substance of your troubles
is a love-affair; I don't shriek and scream, though,
because I am used to it, as you have already affronted
me many a time in this way. It is likely that you
have found another Danae or Semele or Europa and
are plagued by love, and that you are thinking
of turning into a bull or a satyr or a shower of gold,
to fall down through the roof into the lap of your
sweetheart, for these symptoms—groans and tears
and paleness—belong to nothing but love.

ZEUS

You simple creature, to think that our circum-
stances permit of love-making and such pastimes!

---

[1] From Euripides, according to Porson.

93

HPA

Ἀλλὰ τί ἄλλο, εἰ μὴ τοῦτο, ἀνιᾷ σε Δία ὄντα;

ΖΕΥΣ

3 Ἐν ἐσχάτοις, ὦ Ἥρα, τὰ θεῶν πράγματα, καὶ
τοῦτο δὴ τὸ τοῦ λόγου, ἐπὶ ξυροῦ ἔστηκεν εἴτε
χρὴ τιμᾶσθαι ἡμᾶς ἔτι καὶ τὰ γέρα ἔχειν τὰν τῇ
γῇ εἴτε καὶ ἠμελῆσθαι παντάπασι καὶ τὸ μηδὲν
εἶναι δοκεῖν.

HPA

Μῶν ἢ γίγαντάς τινας αὖθις ἡ γῆ ἔφυσεν, ἢ οἱ
Τιτᾶνες διαρρήξαντες τὰ δεσμὰ καὶ τῆς φρουρᾶς
ἐπικρατήσαντες αὖθις ἡμῖν ἐναντία αἴρονται τὰ
ὅπλα;

ΖΕΥΣ

Θάρσει, τὰ νέρθεν ἀσφαλῶς ἔχει θεοῖς.

HPA

Τί οὖν ἄλλο δεινὸν ἂν γένοιτο; οὐχ ὁρῶ γάρ,
ὅτε μὴ τὰ τοιαῦτα παραλυποῖ, ἐφ' ὅτῳ Πῶλος ἢ
Ἀριστόδημος ἀντὶ Διὸς ἡμῖν ἀναπέφηνας.

ΖΕΥΣ

4 Τιμοκλῆς, ὦ Ἥρα, ὁ Στωϊκὸς καὶ Δᾶμις ὁ
Ἐπικούρειος χθές, οὐκ οἶδα ὅθεν σφίσιν ἀρξαμένου
τοῦ λόγου, προνοίας πέρι διελεγέσθην παρόντων
μάλα συχνῶν καὶ δοκίμων ἀνθρώπων, ὅπερ μά-
λιστα ἡνίασέ με· καὶ ὁ μὲν Δᾶμις οὐδ' εἶναι θεοὺς
ἔφασκεν, οὐχ ὅπως[1] τὰ γινόμενα ἐπισκοπεῖν ἢ
διατάττειν, ὁ Τιμοκλῆς δὲ ὁ βέλτιστος ἐπειρᾶτο
συναγωνίζεσθαι ἡμῖν· εἶτα ὄχλου πολλοῦ ἐπιρρυ-

---

[1] οὐδ' . . . οὐχ ὅπως A.M.H.: οὔτ' . . . οὔθ' ὅλως MSS.

ZEUS RANTS

HERA

Well, if that isn't it, what else is plaguing you?
Aren't you Zeus?

ZEUS

Why, Hera, the circumstances of the gods are as
bad as they can be, and as the saying goes, it rests
on the edge of a razor whether we are still to be
honoured and have our due on earth or are actually
to be ignored completely and count for nothing.

HERA

It can't be that the earth has once more given
birth to giants, or that the Titans have burst their
bonds and overpowered their guard, and are once
more taking up arms against us?

ZEUS

Take heart: the gods have naught to fear from
Hell.[1]

HERA

Then what else that is terrible can happen?
Unless something of that sort is worrying you, I
don't see why you should behave in our presence
like a Polus or an Aristodemus [2] instead of Zeus.

ZEUS

Why, Hera, Timocles the Stoic and Damis the
Epicurean had a dispute about Providence yesterday
(I don't know how the discussion began) in the
presence of a great many men of high standing, and
it was that fact that annoyed me most. Damis
asserted that gods did not even exist, to say nothing
of overseeing or directing events, whereas Timocles,
good soul that he is, tried to take our part. Then a

[1] A parody on Euripides, *Phoenissae* 117.
[2] Famous actors in tragedy, contemporaries of Demosthenes.

95

ἐντὸς οὐδὲν πέρας ἐγένετο τῆς συνουσίας· διε-
λύθησαν γὰρ εἰσαῦθις ἐπισκέψεσθαι τὰ λοιπὰ
συνθέμενοι, καὶ νῦν μετέωροι πάντες εἰσίν, ὁπό-
τερος κρατήσει καὶ ἀληθέστερα δόξει λέγειν. ὁρᾶτε
τὸν κίνδυνον, ὡς ἐν στενῷ παντάπασι τὰ ἡμέτερα,
ἐν ἑνὶ ἀνδρὶ κινδυνευόμενα; καὶ δυοῖν θάτερον ἢ
παρεῶσθαι ἀνάγκη, ὀνόματα μόνον εἶναι δόξαντας,
ἢ τιμᾶσθαι ὥσπερ πρὸ τοῦ, ἢν ὁ Τιμοκλῆς ὑπέρσχῃ
λέγων.

ΗΡΑ

5 Δεινὰ ταῦτα ὡς ἀληθῶς, καὶ οὐ μάτην, ὦ Ζεῦ,
ἐπετραγῴδεις αὐτοῖς.

ΖΕΥΣ

Σὺ δὲ ᾤου Δανάης τινὸς ἢ Ἀντιόπης εἶναί μοι
λόγον ἐν ταράχῳ τοσούτῳ. τί δ᾿ οὖν, ὦ Ἑρμῆ
καὶ Ἥρα καὶ Ἀθηνᾶ, πράττοιμεν ἄν; συνευρίσκετε
γὰρ καὶ αὐτοὶ τὸ μέρος.

ΕΡΜΗΣ

Ἐγὼ μὲν ἐπὶ τὸ κοινόν φημι δεῖν τὴν σκέψιν
ἐπανενεγκεῖν ἐκκλησίαν συναγαγόντα.

ΗΡΑ

Κἀμοὶ ταὐτὰ [1] συνδοκεῖ ἅπερ καὶ τούτῳ.

ΑΘΗΝΗ

Ἀλλ᾿ ἐμοὶ τἀναντία δοκεῖ, ὦ πάτερ, μὴ συν-
ταράττειν τὸν οὐρανὸν μηδὲ δῆλον εἶναι θορυ-
βούμενον τῷ πράγματι, πράττειν δὲ ἰδίᾳ ταῦτα
ἐξ ὧν κρατήσει μὲν ὁ Τιμοκλῆς λέγων, ὁ Δᾶμις
δὲ καταγελασθεὶς ἄπεισιν ἐκ τῆς συνουσίας.

----

[1] ταὐτὰ K. Schwartz : ταῦτα MSS.

large crowd collected and they did not finish the conversation; they broke up after agreeing to finish the discussion another day, and now everybody is in suspense to see which will get the better of it and appear to have more truth on his side of the argument. You see the danger, don't you? We are in a tight place, for our interests are staked on a single man, and there are only two things that can happen—we must either be thrust aside in case they conclude that we are nothing but names, or else be honoured as before if Timocles gets the better of it in the argument.

HERA

A dreadful situation in all conscience and it wasn't for nothing, Zeus, that you ranted over it.

ZEUS

And you supposed I was thinking of some Danaë or Antiope in all this confusion ! Come now, Hermes and Hera and Athena, what can we do? You too, you know, must do your share of the planning.

HERMES

I hold the question should be laid before the people; let's call a meeting.

HERA

I think the same as he does.

ATHENA

But I think differently, father. Let's not stir Heaven all up and show that you are upset over the business: manage it yourself in such a way that Timocles will win in the argument and Damis will be laughed to scorn and abandon the field.

97

ΕΡΜΗΣ

Ἀλλ' οὔτε ἀγνοήσεται ταῦτα, ὦ Ζεῦ, ἐν φανερῷ
ἐσομένης τῆς ἔριδος τοῖς φιλοσόφοις, καὶ δόξεις
τυραννικὸς εἶναι μὴ κοινούμενος περὶ τῶν οὕτω
μεγάλων καὶ κοινῶν ἅπασιν.

ΖΕΥΣ

6 Οὐκοῦν ἤδη κήρυττε καὶ παρέστωσαν ἅπαντες·
ὀρθῶς γὰρ λέγεις.

ΕΡΜΗΣ

Ἰδοὺ δὴ εἰς ἐκκλησίαν συνέλθετε οἱ θεοί· μὴ
μέλλετε, συνέλθετε πάντες, ἥκετε, περὶ μεγάλων
ἐκκλησιάσομεν.

ΖΕΥΣ

Οὕτω ψιλά, ὦ Ἑρμῆ, καὶ ἁπλοϊκὰ καὶ πεζὰ
κηρύττεις, καὶ ταῦτα ἐπὶ τοῖς μεγίστοις συγκαλῶν;

ΕΡΜΗΣ

Ἀλλὰ πῶς γάρ, ὦ Ζεῦ, ἀξιοῖς;

ΖΕΥΣ

Ὅπως ἀξιῶ; ἀποσέμνυνε, φημί, τὸ κήρυγμα
μέτροις τισὶ καὶ μεγαλοφωνίᾳ ποιητικῇ, ὡς μᾶλλον
συνέλθοιεν.

ΕΡΜΗΣ

Ναί. ἀλλ' ἐποποιῶν, ὦ Ζεῦ, καὶ ῥαψῳδῶν τὰ
τοιαῦτα, ἐγὼ δὲ ἥκιστα ποιητικός εἰμι· ὥστε
διαφθερῶ τὸ κήρυγμα ἢ ὑπέρμετρα ἢ ἐνδεᾶ συνεί-
ρων, καὶ γέλως ἔσται παρ' αὐτοῖς ἐπὶ τῇ ἀμουσίᾳ
τῶν ἐπῶν· ὁρῶ γοῦν καὶ τὸν Ἀπόλλω γελώμενον
ἐπ' ἐνίοις τῶν χρησμῶν, καίτοι ἐπικρυπτούσης

HERMES

But people won't fail to know of it, Zeus, as the philosophers are to have their dispute in public, and they will think you a tyrant if you don't call everyone into counsel on such important matters of common concern to all.

ZEUS

Well then, make a proclamation and let everyone come ; you are right in what you say.

HERMES

Hear ye, gods, assemble in meeting ! Don't delay ! Assemble one and all ! Come ! We are to meet about important matters.

ZEUS

Is that the sort of proclamation you make, Hermes, so bald and simple and prosaic, and that too when you are calling them together on business of the greatest importance ?

HERMES

Why, how do you want me to do it, Zeus ?

ZEUS

How do I want you to do it ? Ennoble your proclamation, I tell you, with metre and high-sounding, poetical words, so that they may be more eager to assemble.

HERMES

Yes, but that, Zeus, is the business of epic poets and reciters, and I am not a bit of a poet, so that I shall ruin the proclamation by making my lines too long or too short and it will be a laughing-stock to them because of the limping verses. In fact I see that even Apollo gets laughed at for some of his oracles, although they are generally so beclouded

τὰ πολλὰ τῆς ἀσαφείας, ὡς μὴ πάνυ σχολὴν
ἄγειν τοὺς ἀκούοντας ἐξετάζειν τὰ μέτρα.

ΖΕΥΣ

Οὐκοῦν, ὦ Ἑρμῆ, τῶν Ὁμήρου ἐπῶν ἐγκατα-
μίγνυε τὰ πολλὰ τῷ κηρύγματι, οἷς[1] ἐκεῖνος ἡμᾶς
συνεκάλει· μεμνῆσθαι δέ σε εἰκός.

ΕΡΜΗΣ

Οὐ πάνυ μὲν οὕτω σαφῶς καὶ προχείρως· πει-
ράσομαι δὲ ὅμως.

Μήτε τις οὖν θήλεια θεὸς . .[2] μήτε τις ἄρσην,
μηδ᾽ αὖ τῶν[3] ποταμῶν μενέτω νόσφ᾽ Ὠκεανοῖο
μηδέ τε νυμφάων, ἀλλ᾽ ἐς Διὸς ἔλθετε πάντες
εἰς ἀγορήν, ὅσσοι τε κλυτὰς δαίνυσθ᾽ ἑκατόμβας,
ὅσσοι τ᾽ αὖ μέσατοι ἢ ὕστατοι ἢ μάλα πάγχυ
νώνυμνοι βωμοῖσι παρ᾽ ἀκνίσοισι κάθησθε.

ΖΕΥΣ

7   Εὖ γε, ὦ Ἑρμῆ, ἄριστα κεκήρυκταί σοι, καὶ
συνίασι γὰρ ἤδη· ὥστε παραλαμβάνων κάθιζε
αὐτοὺς κατὰ τὴν ἀξίαν ἕκαστον, ὡς ἂν ὕλης ἢ
τέχνης ἔχῃ, ἐν προεδρίᾳ μὲν τοὺς χρυσοῦς, εἶτα
ἐπὶ τούτοις τοὺς ἀργυροῦς, εἶτα ἑξῆς ὁπόσοι ἐλε-
φάντινοι, εἶτα τοὺς χαλκοῦς ἢ λιθίνους, καὶ ἐν
αὐτοῖς τούτοις οἱ Φειδίου μὲν ἢ Ἀλκαμένους ἢ
Μύρωνος ἢ Εὐφράνορος ἢ τῶν ὁμοίων τεχνιτῶν
προτετιμήσθων, οἱ συρφετώδεις δὲ οὗτοι καὶ

---

[1] οἷς A.M.H. : ὡς MSS.
[2] Word wanting in MSS.   θεῶν ἔτι Headlam.
[3] αὖ τῶν Mehler : αὐτῶν MSS.

with obscurity that those who hear them don't have
much chance to examine their metres.

ZEUS

Well then, Hermes, put into the proclamation a lot
of the verses which Homer used in calling us to-
gether; of course you remember them.

HERMES

Not at all as distinctly and readily as I might, but
I'll have a try at it anyway :

Never a man of the gods bide away nor ever a
    woman,
Never a stream stay at home save only the river of
    Ocean,
Never a Nymph; to the palace of Zeus you're to
    come in a body,
There to confer. I bid all, whether feasters on
    hecatombs famous,
Whether the class you belong to be middle or lowest,
    or even
Nameless you sit beside altars that yield ye no
    savoury odours.

ZEUS

Splendid, Hermes! an excellent proclamation,
that. Indeed, they are coming together already, so
take them in charge and seat each of them in his
proper place according to his material and workman-
ship, those of gold in the front row, then next to
them those of silver, then all those of ivory, then
those of bronze or stone, and among the latter let
the gods made by Phidias or Alcamenes or Myron
or Euphranor or such artists have precedence and
let these vulgar, inartistic fellows huddle together

ἄτεχνοι πόρρω που συνωσθέντες σιωπῇ ἀναπλη-
ρούντων μόνον τὴν ἐκκλησίαν.

ΕΡΜΗΣ

Ἔσται ταῦτα καὶ καθεδοῦνται ὡς προσήκει.
ἀλλ' ἐκεῖνο οὐ χεῖρον εἰδέναι, ἤν τις αὐτῶν χρυ-
σοῦς μὲν ᾖ καὶ πολυτάλαντος τὴν ὁλκήν, οὐκ
ἀκριβὴς δὲ τὴν ἐργασίαν, ἀλλὰ κομιδῇ ἰδιωτικὸς
καὶ ἀσύμμετρος, πρὸ τῶν χαλκῶν τῶν Μύρωνος
καὶ Πολυκλείτου καὶ τῶν Φειδίου καὶ Ἀλκα-
μένους λιθίνων [1] καθεδεῖται ἢ προτιμοτέραν χρὴ
νομίζειν εἶναι τὴν τέχνην;

ΖΕΤΣ

Ἐχρῆν μὲν οὕτως, ἀλλ' ὁ χρυσὸς ὅμως προ-
τιμητέος.

ΕΡΜΗΣ

Μανθάνω· πλουτίνδην κελεύεις ἀλλὰ μὴ ἀρι-
στίνδην καθίζειν, καὶ ἀπὸ τιμημάτων· ἥκετ' οὖν
8 εἰς τὴν προεδρίαν ὑμεῖς οἱ χρυσοῖ. ἐοίκασι δ'
οὖν, ὦ Ζεῦ, οἱ βαρβαρικοὶ προεδρεύσειν μόνοι·
ὡς τούς γε Ἕλληνας ὁρᾷς ὁποῖοί εἰσι, χαρίεντες
μὲν καὶ εὐπρόσωποι καὶ κατὰ τέχνην ἐσχηματι-
σμένοι, λίθινοι δὲ ἢ χαλκοῖ ὅμως ἅπαντες ἢ οἱ
γε πολυτελέστατοι αὐτῶν ἐλεφάντινοι ὀλίγον
ὅσον τοῦ χρυσοῦ ἐπιστίλβον ἔχοντες, ὡς ἐπικε-
χράνθαι καὶ ἐπηυγάσθαι μόνον, τὰ δὲ ἔνδον
ὑπόξυλοι καὶ οὗτοι, μυῶν ἀγέλας ὅλας ἐμπολι-
τευομένας σκέποντες· ἡ Βενδῖς δὲ αὕτη καὶ ὁ
Ἄνουβις ἐκεινοσὶ καὶ παρ' αὐτὸν ὁ Ἄττις καὶ ὁ
Μίθρης καὶ ὁ Μὴν ὁλόχρυσοι καὶ βαρεῖς καὶ
πολυτίμητοι ὡς ἀληθῶς.

[1] λιθίνων Bekker· τῶν λιθίνων MSS.

ın silence apart from the rest and just fill out the quorum.

HERMES

It shall be done, and they shall be seated properly; but I had better find out about this; if one of them is of gold and very heavy, yet not precise in workmanship but quite ordinary and misshapen, is he to sit in front of the bronzes of Myron and Polyclitus and the marbles of Phidias and Alcamenes, or is precedence to be given to the art?

ZEUS

It ought to be that way, but gold must have precedence all the same.

HERMES

I understand : you tell me to seat them in order of wealth, not in order of merit; by valuation. Come to the front seats, then, you of gold. It is likely, Zeus, that none but foreigners will occupy the front row, for as to the Greeks you yourself see what they are like, attractive, to be sure, and good looking and artistically made, but all of marble or bronze, nevertheless, or at most in the case of the very richest, of ivory with just a little gleam of gold, merely to the extent of being superficially tinged and brightened, within while even these are of wood and shelter whole droves of mice that keep court inside. But Bendis here and Anubis over there and Attis beside him and Mithras and Men are of solid gold and heavy and very valuable indeed.

ΠΟΣΕΙΔΩΝ

9 Καὶ ποῦ τοῦτο, ὦ Ἑρμῆ, δίκαιον, τὸν κυνο-
πρόσωπον τοῦτον προκαθίζειν μου τὸν Αἰγύπτιον,
καὶ ταῦτα Ποσειδῶνος ὄντος;

ΕΡΜΗΣ

Ναί, ἀλλὰ σὲ μέν, ὦ ἐννοσίγαιε, χαλκοῦν ὁ
Λύσιππος καὶ πτωχὸν ἐποίησεν, οὐκ ἐχόντων τότε
Κορινθίων χρυσόν· οὗτος δὲ ὅλοις μετάλλοις
πλουσιώτερός ἐστιν. ἀνέχεσθαι οὖν χρὴ παρεω-
σμένον, καὶ μὴ ἀγανακτεῖν εἴ τις ῥῖνα τηλικαύτην
χρυσῆν ἔχων προτετίμησεταί σου.

ΑΦΡΟΔΙΤΗ

10 Οὐκοῦν, ὦ Ἑρμῆ, κἀμὲ λαβὼν ἐν τοῖς προέδροις
που κάθιζε· χρυσῆ γάρ εἰμι.

ΕΡΜΗΣ

Οὐχ ὅσα γε, ὦ Ἀφροδίτη, κἀμὲ ὁρᾶν, ἀλλ'
εἰ μὴ πάνυ λημῶ, λίθου τοῦ λευκοῦ, Πεντέληθεν,
οἶμαι, λιθοτομηθεῖσα, εἶτα δόξαν οὕτω Πραξιτέλει
Ἀφροδίτη γενομένη Κνιδίοις παρεδόθης.

ΑΦΡΟΔΙΤΗ

Καὶ μὴν ἀξιόπιστόν σοι μάρτυρα τὸν Ὅμηρον
παρέξομαι ἄνω καὶ κάτω τῶν ῥαψῳδιῶν χρυσῆν
με τὴν Ἀφροδίτην εἶναι λέγοντα.

ΕΡΜΗΣ

Καὶ γὰρ τὸν Ἀπόλλω ὁ αὐτὸς πολύχρυσον
εἶναι ἔφη καὶ πλούσιον· ἀλλὰ νῦν ὄψει κἀκεῖνον
ἐν τοῖς ζευγίταις που καθήμενον, ἀπεστεφανω-
μένον τε[1] ὑπὸ τῶν λῃστῶν καὶ τοὺς κόλλοπας
τῆς κιθάρας περισεσυλημένον. ὥστε ἀγάπα καὶ
σὺ μὴ πάνυ ἐν τῷ θητικῷ ἐκκλησιάζουσα.

[1] τε Fritzsche: γε MSS.

ZEUS RANTS

POSEIDON

Now why is it right, Hermes, for this dog-faced fellow from Egypt [1] to sit in front of me when I am Poseidon?

HERMES

That's all very well, you shaker of the earth, but Lysippus made you of bronze and a pauper because the Corinthians had no gold at that time, while this fellow is richer than you are by mines-full. So you must put up with being thrust aside and not be angry if one who has such a snout of gold is preferred before you.

APHRODITE

Well then, Hermes, take me and seat me in the front row somewhere, for I am golden.

HERMES

Not as far as I can see, Aphrodite : unless I am stone blind, you are of white marble, quarried on Pentelicus, no doubt, and then, the plan having approved itself to Praxiteles, turned into Aphrodite and put into the care of the Cnidians.

APHRODITE

But I'll prove it to you by a competent witness, Homer, who says all up and down his lays that I am " golden Aphrodite."

HERMES

Yes, and the same man said that Apollo was rich in gold and wealthy, but now you'll see that he too is sitting somewhere among the middle class, uncrowned by the pirates and robbed of the pegs of his lyre. So be content yourself if you are not quite classed with the common herd in the meeting.

[1] Anubis.

ΚΟΛΟΣΣΟΣ ΡΟΔΙΩΝ

11 Ἐμοὶ δὲ τις ἂν ἐρίσαι τολμήσειεν Ἡλίῳ τε
ὄντι καὶ τηλικούτῳ τὸ μέγεθος; εἰ γοῦν μὴ ὑπερ-
φυᾶ μηδὲ ὑπέρμετρον οἱ Ῥόδιοι κατασκευάσασθαί
με ἠξίωσαν, ἀπὸ τοῦ ἴσου τελέσματος ἑκκαίδεκα
χρυσοῦς θεοὺς ἐπεποίηντο ἄν· ὥστε ἀνάλογον
πολυτελέστερος ἂν νομιζοίμην. καὶ πρόσεστιν
ἡ τέχνη καὶ τῆς ἐργασίας τὸ ἀκριβὲς ἐν μεγέθει
τοσούτῳ.

ΕΡΜΗΣ

Τί, ὦ Ζεῦ, χρὴ ποιεῖν; δύσκριτον γὰρ ἐμοὶ
γοῦν τοῦτο· εἰ μὲν γὰρ ἐς τὴν ὕλην ἀποβλέ-
ποιμι, χαλκοῦς ἐστιν, εἰ δὲ λογιζοίμην ἀφ' ὁπόσων
ταλάντων κεχάλκευται, ὑπὲρ τοὺς πεντακοσιο-
μεδίμνους ἂν εἴη.

ΖΕΥΣ

Τί γὰρ ἔδει παρεῖναι καὶ τοῦτον ἐλέγξοντα
τὴν τῶν ἄλλων μικρότητα καὶ ἐνοχλήσοντα τῇ
καθέδρᾳ; πλὴν ἀλλ', ὦ Ῥοδίων ἄριστε, εἰ καὶ
ὅτι μάλιστα προτιμητέος εἶ τῶν χρυσῶν, πῶς
ἂν καὶ προεδρεύοις, εἰ μὴ δεήσει ἀναστῆναι
πάντας ὡς μόνος καθέζοιο, τὴν Πνύκα ὅλην
θατέρᾳ τῶν πυγῶν ἐπιλαβών; ὥστε ἄμεινον
ποιήσεις ὀρθοστάδην ἐκκλησιάζων, ἐπικεκυφὼς
τῷ συνεδρίῳ.

ΕΡΜΗΣ

12 Ἰδοὺ πάλιν ἄλλο δύσλυτον καὶ τοῦτο· χαλκῶ
μὲν γὰρ ἀμφοτέρω ἐστὸν καὶ τέχνης τῆς αὐτῆς,
Λυσίππου ἑκάτερον τὸ ἔργον, καὶ τὸ μέγιστον,
ὁμοτίμω τὰ ἐς γένος, ἅτε δὴ Διὸς παῖδε, ὁ
Διόνυσος οὑτοσὶ καὶ Ἡρακλῆς. πότερος οὖν
αὐτῶν προκαθίζει; φιλονεικοῦσι γάρ, ὡς ὁρᾷς.

ZEUS RANTS

COLOSSUS OF RHODES

But who would make bold to rival me, when I am Helius and so great in size? If the Rhodians had not wanted to make me monstrous and enormous, they might have made sixteen gods of gold at the same expense, so in virtue of this I should be considered more valuable. And I have art and precision of workmanship, too, for all my great size.

HERMES

What's to be done, Zeus? This is a hard question to decide, at least for me; for if I should consider the material, he is only bronze, but if I compute how many thousands it cost to cast him, he would be more than a millionaire.

ZEUS

Oh, why had he to turn up to disparage the smallness of the others and to disarrange the seating? See here, most puissant of Rhodians, however much you may deserve precedence over those of gold, how can you sit in the front row unless everyone else is to be obliged to stand up so that you alone can sit down, occupying the whole Pnyx with one of your hams? Therefore you had better stand up during the meeting and stoop over the assembly.

HERMES

Here is still another question that is hard to solve. Both of them are of bronze and of the same artistic merit, each being by Lysippus, and what is more they are equals in point of family, for both are sons of Zeus—I mean Dionysus here and Heracles. Which of them has precedence? For they are quarrelling, as you see.

ΖΕΥΣ

Διατρίβομεν, ὦ Ἑρμῆ, πάλαι δέον ἐκκλησιάζειν·
ὥστε νῦν μὲν ἀναμὶξ καθιζόντων, ἔνθ' ἂν ἕκαστος
ἐθέλῃ, εἰσαῦθις δὲ ἀποδοθήσεται περὶ τούτων ἐκ-
κλησία, κἀγὼ εἴσομαι τότε ἥντινα χρὴ ποιή-
σασθαι τὴν τάξιν ἐπ' αὐτοῖς.

ΕΡΜΗΣ

13 'Αλλ', Ἡράκλεις, ὡς θορυβοῦσι τὰ κοινὰ καὶ
τὰ καθ' ἡμέραν ταῦτα βοῶντες, "Διανομάς· ποῦ
τὸ νέκταρ; ἡ ἀμβροσία ἐπέλιπεν· ποῦ αἱ ἑκατόμ-
βαι; κοινὰς τὰς θυσίας." [1]

ΖΕΥΣ

Κατασιώπησον αὐτούς, ὦ Ἑρμῆ, ὡς μάθωσιν
ὅτου ἕνεκα συνελέγησαν τοὺς λήρους τούτους
ἀφέντες.

ΕΡΜΗΣ

Οὐχ ἅπαντες, ὦ Ζεῦ, τὴν Ἑλλήνων φωνὴν
συνιᾶσιν· ἐγὼ δὲ οὐ πολύγλωττός εἰμι, ὥστε καὶ
Σκύθαις καὶ Πέρσαις καὶ Θραξὶν καὶ Κελτοῖς
συνετὰ κηρύττειν. ἄμεινον οὖν, οἶμαι, τῇ χειρὶ
σημαίνειν καὶ παρακελεύεσθαι σιωπᾶν.

ΖΕΥΣ

Οὕτω ποίει.

ΕΡΜΗΣ

14 Εὖ γε, ἀφωνότεροι γεγένηνταί σοι τῶν σοφι-
στῶν. ὥστε ὥρα δημηγορεῖν. ὁρᾷς; πάλαι πρὸς
σὲ ἀποβλέπουσι περιμένοντες ὅ τι καὶ ἐρεῖς.

ΖΕΥΣ

'Αλλ' ὅ γε πέπονθα, ὦ Ἑρμῆ, οὐκ ἂν ὀκνήσαιμι

[1] Text ΓΩΝ: some MSS. repeat one or more of these
phrases.

ZEUS

We are wasting time, Hermes, when we should have been holding our meeting long ago, so for the present let them sit promiscuously wherever each wishes; some other day we shall call a meeting about this, and I shall then decide what order of precedence should be fixed in their case.

HERMES

Heracles! what a row they are making with their usual daily shouts: " Give us our shares!" " Where is the nectar?" "The ambrosia is all gone!" "Where are the hecatombs?" "Victims in common!"

ZEUS

Hush them up, Hermes, so that they may learn why they were called together, as soon as they have stopped this nonsense.

HERMES

Not all of them understand Greek, Zeus, and I am no polyglot, to make a proclamation that Scyths and Persians and Thracians and Celts can understand. I had better sign to them with my hand, I think, and make them keep still.

ZEUS

Do so.

HERMES

Good! There you have them, quieter than the sophists. It is time to make your speech, then. Come, come, they have been gazing at you this long time, waiting to see what in the world you are going to say.

ZEUS

Well, Hermes, I need not hesitate to tell you how

πρὸς σὲ εἰπεῖν υἱὸν ὄντα.   οἶσθα ὅπως θαρραλέος
ἀεὶ καὶ μεγαληγόρος ἐν ταῖς ἐκκλησίαις ἦν.

ΕΡΜΗΣ

Οἶδα καὶ ἐδεδίειν γε ἀκούων σου δημηγοροῦντος,
καὶ μάλιστα ὁπότε ἠπείλεις¹ ἀνασπάσειν ἐκ
βάθρων τὴν γῆν καὶ τὴν θάλασσαν αὐτοῖς θεοῖς
τὴν σειρὰν ἐκείνην τὴν χρυσῆν καθείς.

ΖΕΥΣ

Ἀλλὰ νῦν, ὦ τέκνον, οὐκ οἶδα εἴτε ὑπὸ τοῦ
μεγέθους τῶν ἐφεστώτων δεινῶν εἴτε καὶ ὑπὸ τοῦ
πλήθους τῶν παρόντων—πολυθεωτάτη γάρ, ὡς
ὁρᾷς, ἡ ἐκκλησία—διατετάραγμαι τὴν γνώμην καὶ
ὑπότρομός εἰμι καὶ ἡ γλῶττά μοι πεπεδημένη
ἔοικε· τὸ δὲ ἀτοπώτατον ἁπάντων, ἐπιλέλησμαι
τὸ προοίμιον τῶν ὅλων, ὃ παρεσκευασάμην ὡς
εὐπροσωποτάτη μοι ἡ ἀρχὴ γένοιτο πρὸς αὐτούς.

ΕΡΜΗΣ

Ἀπολώλεκας, ὦ Ζεῦ, ἅπαντα· οἱ δὲ ὑπο-
πτεύουσι τὴν σιωπὴν καί τι ὑπέρμεγα κακὸν ἀκού-
σεσθαι προσδοκῶσιν, ἐφ' ὅτῳ σὺ διαμέλλεις.

ΖΕΥΣ

Βούλει οὖν, ὦ Ἑρμῆ, τὸ Ὁμηρικὸν ἐκεῖνο
προοίμιον ἀναρραψῳδήσω πρὸς αὐτούς;

ΕΡΜΗΣ

Τὸ ποῖον;

ΖΕΥΣ

Κέκλυτέ μευ παντες τε θεοὶ πᾶσαί τε θέαιναι.

¹ ἠπείλεις vulg. : ἂν ἠπείλεις γ ; ἀπειλοίης β.

I feel, since you are my son. You know how confident and loud-spoken I always was in our meetings?

HERMES

Yes, and I used to be frightened when I heard you making a speech, above all when you threatened to pull up the earth and the sea from their foundations, with the gods to boot, letting down that cord of gold.[1]

ZEUS

But now, my boy, I don't know whether because of the greatness of the impending disasters or because of the number of those present (for the meeting is packed with gods, as you see), I am confused in the head and trembly and my tongue seems to be tied; and what is strangest of all, I have forgotten the introduction to the whole matter, which I prepared in order that my beginning might present them "a countenance most fair."[2]

HERMES

You have spoiled everything, Zeus. They are suspicious of your silence and expect to hear about some extraordinary disaster because you are delaying.

ZEUS

Then do you want me to recite them my famous Homeric introduction?

HERMES

Which one?

ZEUS

"Hark to me, all of the gods, and all the goddesses likewise."[3]

---

[1] *Iliad*, 8, 24 ; compare *Zeus Catechized*, 4.
[2] Pindar, *Olymp.* 6, 4.   [3] *Iliad* 8, 5.

ΕΡΜΗΣ

Ἄπαγε, ἱκανῶς καὶ πρὸς ἡμᾶς πεπαρῴδηταί[1]
σοι τὰ πρῶτα. πλὴν εἰ δοκεῖ, τὸ μὲν φορτικὸν
τῶν μέτρων ἄφες, σὺ δὲ τῶν Δημοσθένους δημηγο-
ριῶν τῶν κατὰ Φιλίππου ἥντινα ἂν ἐθέλῃς σύνειρε,
ὀλίγα ἐναλλάττων· οὕτω γοῦν οἱ πολλοὶ νῦν ῥητο-
ρεύουσιν.

ΖΕΥΣ

Εὖ λέγεις ἐπίτομόν τινα ῥητορείαν καὶ ῥᾳ-
διουργίαν ταύτην εὔκαιρον τοῖς ἀπορουμένοις.

ΕΡΜΗΣ

15 Ἄρξαι δ' οὖν ποτε.

ΖΕΥΣ

Ἀντὶ πολλῶν ἄν, ὦ ἄνδρες θεοί, χρημάτων
ὑμᾶς ἑλέσθαι νομίζω, εἰ φανερὸν γένοιτο ὑμῖν ὅ τι
δή ποτε ἄρα τοῦτό ἐστιν ἐφ' ὅτῳ νῦν συνελέγητε.
ὅτε τοίνυν τοῦτο οὕτως ἔχει, προσήκει προθύμως
ἀκροᾶσθαί μου λέγοντος. ὁ μὲν οὖν παρὼν καιρός,
ὦ θεοί, μονονουχὶ λέγει φωνὴν ἀφιεὶς ὅτι τῶν
παρόντων ἐρρωμένως ἀντιληπτέον ἡμῖν ἐστιν,
ἡμεῖς δὲ πάνυ ὀλιγώρως ἔχειν δοκοῦμεν πρὸς αὐτά.
βούλομαι δὲ ἤδη—καὶ γὰρ ἐπιλείπει ὁ Δημο-
σθένης—αὐτὰ ὑμῖν δηλῶσαι σαφῶς, ἐφ' οἷς δια-
ταραχθεὶς συνήγαγον τὴν ἐκκλησίαν.

Χθὲς γάρ, ὡς ἴστε, Μνησιθέου τοῦ ναυκλήρου
θύσαντος τὰ σωτήρια ἐπὶ τῇ νηΐ ὀλίγου δεῖν
ἀπολομένῃ περὶ τὸν Καφηρέα, εἱστιώμεθα ἐν
Πειραιεῖ, ὁπόσους ἡμῶν ὁ Μνησίθεος ἐπὶ τὴν
θυσίαν ἐκάλεσεν· εἶτα μετὰ τὰς σπονδὰς ὑμεῖς
μὲν ἄλλος ἄλλην ἐτράπεσθε, ὡς ἑκάστῳ ἔδοξεν,
ἐγὼ δὲ—οὐδέπω γὰρ πάνυ ὀψὲ ἦν—ἀνῆλθον ἐς τὸ

---

[1] πεπαρῴδηται du Soul : πεπαρῴδηνται MSS.

ZEUS RANTS

HERMES

Tut, tut! you gave *us* enough of your parodies in the beginning. If you wish, however, you can stop your tiresome versification and deliver one of Demosthenes' speeches against Philip, any one you choose, with but little modification. Indeed, that is the way most people make speeches nowadays.

ZEUS

Good! That is a short cut to speechmaking and a timely help to anyone who doesn't know what to say.

HERMES

Do begin, then.

ZEUS

Gentlemen of Heaven, in preference to great riches you would choose, I am sure, to learn why it is that you are now assembled. This being so, it behoves you to give my words an attentive hearing. The present crisis, gods, all but breaks out in speech and says that we must grapple stoutly with the issues of the day, but we, it seems to me, are treating them with great indifference.[1] I now desire—my Demosthenes is running short, you see —to tell you plainly what it was that disturbed me and made me call the meeting.

Yesterday, as you know, when Mnesitheus the ship-captain made the offering for the deliverance of his ship, which came near being lost off Caphereus, we banqueted at Piraeus, those of us whom Mnesitheus asked to the sacrifice. Then, after the libations, you all went in different directions, wherever each of you thought fit, but I myself, as it was not very late, went up to town to take my evening

[1] Compare the beginning of Demosthenes' first Olynthiac.

ἄστυ ὡς περιπατήσαιμι τὸ δειλινὸν ἐν Κεραμεικῷ,
ἐννοῶν ἅμα τοῦ Μνησιθέου τὴν μικρολογίαν, ὃς
ἑκκαίδεκα θεοὺς ἑστιῶν ἀλεκτρυόνα μόνον κατ-
έθυσε, γέροντα κἀκεῖνον ἤδη καὶ κορυζῶντα, καὶ
λιβανωτοῦ χόνδρους τέτταρας εὖ μάλα εὐρωτιῶν-
τας, ὡς αὐτίκα ἐπισβεσθῆναι τῷ ἄνθρακι, μηδὲ
ὅσον ἄκρᾳ τῇ ῥινὶ ὀσφραίνεσθαι τοῦ καπνοῦ παρα-
σχόντας, καὶ ταῦτα ἑκατόμβας ὅλας ὑποσχό-
μενος ὁπότε ἡ ναῦς ἤδη προσεφέρετο τῷ σκοπέλῳ
καὶ ἐντὸς ἦν τῶν ἑρμάτων.

16   Ἐπεὶ δὲ ταῦτα ἐννοῶν γίγνομαι κατὰ τὴν
Ποικίλην, ὁρῶ πλῆθος ἀνθρώπων πάμπολυ συνε-
στηκός, ἐνίους μὲν ἔνδον ἐν αὐτῇ τῇ στοᾷ, πολλοὺς
δὲ καὶ ἐν τῷ ὑπαίθρῳ, καί τινας βοῶντας καὶ δια-
τεινομένους ἐπὶ τῶν θάκων καθημένους. εἰκάσας
οὖν ὅπερ ἦν, φιλοσόφους εἶναι τῶν ἐριστικῶν τού-
των, ἐβουλήθην ἐπιστὰς ἀκοῦσαι αὐτῶν ὅ τι καὶ
λέγουσι· καὶ—ἔτυχον γὰρ νεφέλην τῶν παχειῶν
περιβεβλημένος—σχηματίσας ἐμαυτὸν εἰς τὸν
ἐκείνων τρόπον καὶ τὸν πώγωνα ἐπισπασάμενος
εὖ μάλα ἐῴκειν φιλοσόφῳ· καὶ δὴ παραγκωνισά-
μενος τοὺς πολλοὺς εἰσέρχομαι ἀγνοούμενος ὅστις
εἴην. εὑρίσκω τε τὸν Ἐπικούρειον Δᾶμιν, τὸν ἐπί-
τριπτον, καὶ Τιμοκλέα τὸν Στωϊκόν, ἀνδρῶν βέλ-
τιστον, ἐκθύμως πάνυ ἐρίζοντας· ὁ γοῦν Τιμοκλῆς
καὶ ἵδρου καὶ τὴν φωνὴν ἤδη ἐξεκέκοπτο ὑπὸ τῆς
βοῆς, ὁ Δᾶμις δὲ τὸ σαρδάνιον ἐπιγελῶν ἔτι μᾶλ-
λον παρώξυνε τὸν Τιμοκλέα.

17   Ἦν δὲ ἄρα περὶ ἡμῶν ὁ πᾶς λόγος αὐτοῖς· ὁ μὲν
γὰρ κατάρατος Δᾶμις οὔτε προνοεῖν ἡμᾶς ἔφασκε
τῶν ἀνθρώπων οὔτ' ἐπισκοπεῖν τὰ γινόμενα παρ'
αὐτοῖς, οὐδὲν ἄλλο ἢ μηδὲ ὅλως ἡμᾶς εἶναι λέγων·

stroll in the Potters' Quarter, reflecting as I went upon the stinginess of Mnesitheus. To feast sixteen gods he had sacrificed only a cock, and a wheezy old cock at that, and four little cakes of frankincense that were thoroughly well mildewed, so that they went right out on the coals and didn't even give off enough smoke to smell with the tip of your nose ; and yet he had promised whole herds of cattle while the ship was drifting on the rock and was inside the ledges.

But when, thus reflecting, I had reached the Painted Porch, I saw a great number of men gathered together, some inside, in the porch itself, a number in the court, and one or two sitting on the seats bawling and straining their lungs. Guessing (as was indeed the case) that they were philosophers of the disputatious order, I decided to stop and hear what they were saying, and as I happened to be wrapped in one of my thick clouds, I dressed myself after their style and lengthened my beard with a pull, making myself very like a philosopher ; then, elbowing the rabble aside, I went in without being recognized. I found the Epicurean Damis, that sly rogue, and Timocles the Stoic, the best man in the world, disputing madly : at least Timocles was sweating and had worn his voice out with shouting, while Damis with his sardonic laughter was making him more and more excited.

Their whole discussion was about us. That confounded Damis asserted that we do not exercise any providence in behalf of men and do not oversee what goes on among them, saying nothing less than that we do not exist at all (for that is of course what

τοῦτο γὰρ αὐτῷ δηλαδὴ ὁ λόγος ἐδύνατο· καὶ ἦσάν
τινες οἳ ἐπῄνουν αὐτόν. ὁ δ᾽ ἕτερος τὰ ἡμέτερα ὁ
Τιμοκλῆς ἐφρόνει καὶ ὑπερεμάχει καὶ ἠγανάκτει
καὶ πάντα τρόπον συνηγωνίζετο τὴν ἐπιμέλειαν
ἡμῶν ἐπαινῶν καὶ διεξιὼν ὡς ἐν κόσμῳ καὶ τάξει
τῇ προσηκούσῃ ἐξηγούμεθα καὶ διατάττομεν ἕκα-
στα· καὶ εἶχε μέν τινας καὶ αὐτὸς τοὺς ἐπαινοῦν-
τας. πλὴν ἐκεκμήκει γὰρ ἤδη καὶ πονήρως ἐφώνει
καὶ τὸ πλῆθος εἰς τὸν Δᾶμιν ἀπέβλεπε—, συνεὶς
δὲ ἐγὼ τὸ κινδύνευμα τὴν νύκτα ἐκέλευσα περι-
χυθεῖσαν διαλῦσαι τὴν συνουσίαν. ἀπῆλθον οὖν
εἰς τὴν ὑστεραίαν συνθέμενοι εἰς τέλος ἐπεξελεύσε-
σθαι τὸ σκέμμα, κἀγὼ παρομαρτῶν τοῖς πολλοῖς
ἐπήκουον μεταξὺ ἀπιόντων οἴκαδε παρ᾽ αὑτοὺς
ἐπαινούντων τὰ τοῦ Δάμιδος καὶ ἤδη παρὰ πολὺ
αἱρουμένων τὰ ἐκείνου· ἦσαν δὲ καὶ οἱ μὴ ἀξιοῦν-
τες προκατεγνωκέναι τῶν ἐναντίων ἀλλὰ περιμένειν
εἴ τι καὶ ὁ Τιμοκλῆς αὔριον ἐρεῖ.

18   Ταῦτ᾽ ἔστιν ἐφ᾽ οἷς ὑμᾶς συνεκάλεσα, οὐ μικρά,
ὦ θεοί, εἰ λογιεῖσθε ὡς ἡ πᾶσα μὲν ἡμῖν τιμὴ καὶ
δόξα καὶ πρόσοδος οἱ ἄνθρωποί εἰσιν· εἰ δ᾽ οὗτοι πει-
σθεῖεν ἢ μηδὲ ὅλως θεοὺς εἶναι ἢ ὄντας ἀπρονοήτους
εἶναι σφῶν αὐτῶν, ἄθυτα καὶ ἀγέραστα καὶ ἀτί-
μητα ἡμῖν ἔσται τὰ ἐκ γῆς καὶ μάτην ἐν οὐρανῷ
καθεδούμεθα λιμῷ ἐχόμενοι, ἑορτῶν ἐκείνων καὶ
πανηγύρεων καὶ ἀγώνων καὶ θυσιῶν καὶ παννυ-
χίδων καὶ πομπῶν στερούμενοι. ὡς οὖν ὑπὲρ
τηλικούτων φημὶ δεῖν ἅπαντας ἐπινοεῖν τι σωτήριον
τοῖς παροῦσι καὶ ἀφ᾽ ὅτου κρατήσει μὲν ὁ Τιμο-
κλῆς καὶ δόξει ἀληθέστερα λέγειν, ὁ Δᾶμις δὲ κατα-
γελασθήσεται πρὸς τῶν ἀκουόντων· ὡς ἔγωγε οὐ
πάνυ τῷ Τιμοκλεῖ πέποιθα ὡς κρατήσει καθ᾽ ἑαυ-

his argument implied), and there were some who applauded him. The other, however, I mean Timocles, was on our side and fought for us and got angry and took our part in every way, praising our management and telling how we govern and direct everything in the appropriate order and system; and he too had some who applauded him. But finally he grew tired and began to speak badly and the crowd began to turn admiring eyes on Damis; so, seeing the danger, I ordered night to close in and break up the conference. They went away, therefore, after agreeing to carry the dispute to a conclusion the next day, and I myself, going along with the crowd, overheard them praising Damis' views on their way home and even then far preferring his side: there were some, however, who recommended them not to condemn the other side in advance but to wait and see what Timocles would say the next day.

That is why I called you together, gods, and it is no trivial reason if you consider that all our honour and glory and revenue comes from men, and if they are convinced either that there are no gods at all or that if there are they have no thought of men, we shall be without sacrifices, without presents and without honours on earth and shall sit idle in Heaven in the grip of famine, choused out of our old-time feasts and celebrations and games and sacrifices and vigils and processions. Such being the issue, I say that all must try to think out something to save the situation for us, so that Timocles will win and be thought to have the truth on his side of the argument and Damis will be laughed to scorn by the audience: for I have very little confidence that

τόν, ἢν μὴ καὶ τὰ παρ' ἡμῶν αὐτῷ προσγένηται.
κήρυττε οὖν, ὦ Ἑρμῆ, τὸ κήρυγμα τὸ ἐκ τοῦ νόμου,
ὡς ἀνιστάμενοι συμβουλεύοιεν.

ΕΡΜΗΣ

Ἄκουε, σίγα, μὴ τάραττε· τίς ἀγορεύειν βού-
λεται τῶν τελείων θεῶν, οἷς ἔξεστι; τί τοῦτο;
οὐδεὶς ἀνίσταται, ἀλλ' ἡσυχάζετε πρὸς τὸ μέγεθος
τῶν ἠγγελμένων ἐκπεπληγμένοι;

ΜΩΜΟΣ

19 Ἀλλ' ὑμεῖς μὲν πάντες ὕδωρ καὶ γαῖα γένοισθε·
ἐγὼ δέ, εἴ γέ μοι μετὰ παρρησίας λέγειν δοθείη,
πολλὰ ἄν, ὦ Ζεῦ, ἔχοιμι εἰπεῖν.

ΖΕΥΣ

Λέγε, ὦ Μῶμε, πάνυ θαρρῶν· δῆλος γὰρ εἶ ἐπὶ
τῷ συμφέροντι παρρησιασόμενος.

ΜΩΜΟΣ

Οὐκοῦν ἀκούετε, ὦ θεοί, τά γε ἀπὸ καρδίας,
φασίν· ἐγὼ γὰρ καὶ πάνυ προσεδόκων ἐς τόδε ἀμη-
χανίας περιστήσεσθαι τὰ ἡμέτερα καὶ πολλοὺς
τοιούτους ἀναφύσεσθαι ἡμῖν σοφιστάς, παρ' ἡμῶν
αὐτῶν τὴν αἰτίαν τῆς τόλμης λαμβάνοντας· καὶ
μὰ τὴν Θέμιν οὔτε τῷ Ἐπικούρῳ ἄξιον ὀργίζεσθαι
οὔτε τοῖς ὁμιληταῖς αὐτοῦ καὶ διαδόχοις τῶν
λόγων, εἰ τοιαῦτα περὶ ἡμῶν ὑπειλήφασιν. ἢ τί
γὰρ αὐτοὺς ἀξιώσειέ τις ἂν φρονεῖν, ὁπόταν ὁρῶσι
τοσαύτην ἐν τῷ βίῳ τὴν ταραχήν, καὶ τοὺς μὲν
χρηστοὺς αὐτῶν ἀμελουμένους, ἐν πενίᾳ καὶ
νόσοις καὶ δουλείᾳ καταφθειρομένους, παμπονή-

Timocles will win by himself if he has not our backing. Therefore make your lawful proclamation, Hermes, so that they may arise and give counsel.

HERMES

Hark! Hush! No noise! Who of the gods in full standing that have the right to speak wants to do so? What's this? Nobody arises? Are you dumfounded by the greatness of the issues presented, that you hold your tongues?

MOMUS

" Marry, you others may all into water and earth be
    converted ";[1]

but as for me, if I were privileged to speak frankly, I would have a great deal to say.

ZEUS

Speak, Momus, with full confidence, for it is clear that your frankness will be intended for our common good.

MOMUS

Well then, listen, gods, to what comes straight from the heart, as the saying goes. I quite expected that we should wind up in this helpless plight and that we should have a great crop of sophists like this, who get from us ourselves the justification for their temerity; and I vow by Themis that it is not right to be angry either at Epicurus or at his associates and successors in doctrine if they have formed such an idea of us. Why, what could one expect them to think when they see so much confusion in life, and see that the good men among them are neglected and waste away in poverty and

---

[1] *Iliad* 7, 99; addressed to the Greeks by Menelaus when they were reluctant to take up the challenge of Hector.

ρους δὲ καὶ μιαροὺς ἀνθρώπους προτιμωμένους
καὶ ὑπερπλουτοῦντας καὶ ἐπιτάττοντας τοῖς
κρείττοσι, καὶ τοὺς μὲν ἱεροσύλους οὐ κολαζο-
μένους ἀλλὰ διαλανθάνοντας, ἀνασκολοπιζομέ-
νους δὲ καὶ τυμπανιζομένους ἐνίοτε τοὺς οὐδὲν
ἀδικοῦντας;

20   Εἰκότως τοίνυν ταῦτα ὁρῶντες οὕτω διανοοῦνται
περὶ ἡμῶν ὡς οὐδὲν ὅλως ὄντων, καὶ μάλιστα
ὅταν ἀκούσι τῶν χρησμῶν λεγόντων, ὡς δια-
βάς τις τὸν Ἅλυν μεγάλην ἀρχὴν καταλύσει, οὐ
μέντοι δηλούντων, εἴτε τὴν αὑτοῦ εἴτε τὴν τῶν
πολεμίων· καὶ πάλιν

ὦ θείη Σαλαμίς, ἀπολεῖς δὲ σὺ τέκνα γυναικῶν.

καὶ Πέρσαι γάρ, οἶμαι, καὶ Ἕλληνες γυναικῶν
τέκνα ἦσαν. ὅταν μὲν γὰρ τῶν ῥαψῳδῶν ἀκούω-
σιν, ὅτι καὶ ἐρῶμεν καὶ τιτρωσκόμεθα καὶ δεσμού-
μεθα καὶ δουλεύομεν καὶ στασιάζομεν καὶ μυρία
ὅσα πράγματα ἔχομεν, καὶ ταῦτα μακάριοι καὶ
ἄφθαρτοι ἀξιοῦντες εἶναι, τί ἄλλο ἢ δικαίως κατα-
γελῶσι καὶ ἐν οὐδενὶ λόγῳ τίθενται τὰ ἡμέτερα;
ἡμεῖς δὲ ἀγανακτοῦμεν, εἴ τινες ἄνθρωποι ὄντες
οὐ πάνυ ἀνόητοι διελέγχουσι ταῦτα καὶ τὴν
πρόνοιαν ἡμῶν παρωθοῦνται, δέον ἀγαπᾶν εἴ
τινες ἡμῖν ἔτι θύουσι τοιαῦτα ἐξαμαρτάνουσιν.

Καί μοι ἐνταῦθα, ὦ Ζεῦ—μόνοι γάρ ἐσμεν
καὶ οὐδεὶς ἄνθρωπος πάρεστι τῷ συλλόγῳ ἔξω
Ἡρακλέους καὶ Διονύσου καὶ Γανυμήδους καὶ
Ἀσκληπιοῦ, τῶν παρεγγράπτων τούτων—ἀπό-
κριναι μετ' ἀληθείας, εἴ ποτέ σοι ἐμέλησεν ἐς

illness and bondage while scoundrelly, pestilential fellows are highly honoured and have enormous wealth and lord it over their betters, and that temple-robbers are not punished but escape, while men who are guiltless of all wrong-doing sometimes die by the cross or the scourge ?

It is natural, then, that on seeing this they think of us as if we were nothing at all, especially when they hear the oracles saying that on crossing the Halys somebody will destroy a great kingdom, without indicating whether he will destroy his own or that of the enemy ; and again

"Glorious Salamis, death shalt thou bring to the children of women," [1]

for surely both Persians and Greeks were the children of women ! And when the reciters tell them that we fall in love and get wounded and are thrown into chains and become slaves and quarrel among ourselves and have a thousand cares, and all this in spite of our claim to be blissful and deathless, are they not justified in laughing at us and holding us in no esteem ? We, however, are vexed if any humans not wholly without wits criticize all this and reject our providence, when we ought to be glad if any of them continue to sacrifice to us, offending as we do.

I beg you here and now, Zeus, as we are alone and there is no man in our gathering except Heracles and Dionysus and Ganymede and Asclepius, these naturalized aliens—answer me truly, have you ever had enough regard for those on earth to find out

---

[1] From the famous oracle about the "wooden wall," which Themistocles interpreted for the Athenians (Herod. 7, 140 ff.).

τοσοῦτον τῶν ἐν τῇ γῇ, ὡς ἐξετάσαι οἵτινες αὐτῶν
οἱ φαῦλοι ἢ οἵτινες οἱ χρηστοί εἰσιν· ἀλλ' οὐκ
ἂν εἴποις. εἰ γοῦν μὴ ὁ Θησεὺς ἐκ Τροιζῆνος
εἰς Ἀθήνας ἰὼν ὁδοῦ πάρεργον ἐξέκοψε τοὺς
κακούργους, ὅσον ἐπὶ σοὶ καὶ τῇ σῇ προνοίᾳ
οὐδὲν ἂν ἐκώλυεν ζῆν ἐντρυφῶντας ταῖς τῶν
ὁδῷ βαδιζόντων σφαγαῖς τὸν Σκείρωνα καὶ
Πιτυοκάμπτην καὶ Κερκυόνα καὶ τοὺς ἄλ-
λους· ἢ εἴ γε μὴ ὁ Εὐρυσθεύς, ἀνὴρ δίκαιος καὶ
προνοητικός, ὑπὸ φιλανθρωπίας ἀναπυνθανόμε-
νος τὰ παρ' ἑκάστοις ἐξέπεμπε τουτονὶ τὸν
οἰκέτην αὐτοῦ, ἐργατικὸν ἄνθρωπον καὶ πρόθυμον
εἰς τοὺς πόνους, ὦ Ζεῦ, σὺ ὀλίγον ἐφρόντισας ἂν
τῆς Ὕδρας καὶ τῶν ἐν Στυμφάλῳ ὀρνέων καὶ
ἵππων τῶν Θρᾳκίων καὶ τῆς Κενταύρων ὕβρεως
καὶ παροινίας.

22   Ἀλλ' εἰ χρὴ τἀληθῆ λέγειν, καθήμεθα τοῦτο
μόνον ἐπιτηροῦντες, εἴ τις θύει καὶ κνισᾷ τοὺς
βωμούς· τὰ δ' ἄλλα κατὰ ῥοῦν φέρεται ὡς ἂν
τύχῃ ἕκαστον παρασυρόμενα. τοιγαροῦν εἰκότα
νῦν πάσχομεν καὶ ἔτι πεισόμεθα, ἐπειδὰν κατ'
ὀλίγον οἱ ἄνθρωποι ἀνακύπτοντες εὑρίσκωσιν
οὐδὲν ὄφελος αὐτοῖς ὄν, εἰ θύοιεν ἡμῖν καὶ τὰς
πομπὰς πέμποιεν. εἶτ' ἐν βραχεῖ ὄψει καταγε-
λῶντας τοὺς Ἐπικούρους καὶ Μητροδώρους καὶ
Δάμιδας, κρατουμένους δὲ καὶ ἀποφραττομένους
ὑπ' αὐτῶν τοὺς ἡμετέρους συνηγόρους· ὥστε
ὑμέτερον ἂν εἴη παύειν καὶ ἰᾶσθαι ταῦτα, τῶν
καὶ ἐς τόδε αὐτὰ προαγαγόντων. Μώμῳ δὲ οὐ
μέγας ὁ κίνδυνος, εἰ ἄτιμος ἔσται· οὐδὲ γὰρ
πάλαι τῶν τιμωμένων ἦν, ὑμῶν ἔτι εὐτυχούντων
καὶ τὰς θυσίας καρπουμένων.

who are the good among them and who are the bad?
No, you can't say that you have! In fact, if
Theseus on his way from Troezen to Athens had
not incidentally done away with the marauders, as
far as you and your providence are concerned nothing
would hinder Sciron and Pityocamptes and Cercyon
and the rest of them from continuing to live in
luxury by slaughtering wayfarers. And if Eurystheus,
an upright man, full of providence, had not out of
the love he bore his fellow men looked into the
conditions everywhere and sent out this servant
of his,[1] a hard-working fellow eager for tasks, you,
Zeus, would have paid little heed to the Hydra and
the Stymphalian birds and the Thracian mares and
the insolence and wantonness of the Centaurs.

If you would have me speak the truth, we sit
here considering just one question, whether any-
body is slaying victims and burning incense at our
altars; everything else drifts with the current, swept
aimlessly along. Therefore we are getting and
shall continue to get no more than we deserve when
men gradually begin to crane their necks upward and
find out that it does them no good to sacrifice to us
and hold processions. Then in a little while you
shall see the Epicuruses and Metrodoruses and
Damises laughing at us, and our pleaders over-
powered and silenced by them. So it is for the rest
of you to check and remedy all this, you who have
brought things to this pass. To me, being only
Momus, it does not make much difference if I am to
be unhonoured, for even in bygone days I was not one
of those in honour, while you are still fortunate and
enjoy your sacrifices.

---

[1] Heracles.

ΖΕΥΣ

23   Τοῦτον μέν, ὦ θεοί, ληρεῖν ἐάσωμεν ἀεὶ τραχὺν
ὄντα καὶ ἐπιτιμητικόν· ὡς γὰρ ὁ θαυμαστὸς
Δημοσθένης ἔφη, τὸ μὲν ἐγκαλέσαι καὶ μέμψα-
σθαι καὶ ἐπιτιμῆσαι ῥάδιον καὶ παντός, τὸ δὲ
ὅπως τὰ παρόντα βελτίω γενήσεται συμβουλεῦ-
σαι, τοῦτ᾽ ἔμφρονος ὡς ἀληθῶς συμβούλου· ὅπερ
οἱ ἄλλοι εὖ οἶδ᾽ ὅτι ποιήσετε καὶ τούτου σιω-
πῶντος.

ΠΟΣΕΙΔΩΝ

24   Ἐγὼ δὲ τὰ μὲν ἄλλα ὑποβρύχιός εἰμι, ὡς
ἴστε, καὶ ἐν βυθῷ πολιτεύομαι κατ᾽ ἐμαυτόν, εἰς
ὅσον ἐμοὶ δυνατὸν σῴζων τοὺς πλέοντας καὶ
παραπέμπων τὰ πλοῖα καὶ τοὺς ἀνέμους καταμα-
λάττων· ὅμως δ᾽ οὖν—μέλει γάρ μοι καὶ τῶν
ἐνταῦθα—φημὶ δεῖν τὸν Δᾶμιν τοῦτον ἐκποδὼν
ποιήσασθαι, πρὶν ἐπὶ τὴν ἔριν ἥκειν, ἤτοι κεραυνῷ
ἤ τινι ἄλλῃ μηχανῇ, μὴ καὶ ὑπέρσχῃ λέγων—
φῂς γάρ, ὦ Ζεῦ, πιθανόν τινα εἶναι αὐτόν· ἅμα
γὰρ καὶ δείξομεν αὐτοῖς ὡς μετερχόμεθα τοὺς τὰ
τοιαῦτα καθ᾽ ἡμῶν διεξιόντας.

ΖΕΥΣ

25   Παίζεις, ὦ Πόσειδον, ἢ τέλεον ἐπιλέλησαι ὡς
οὐδὲν ἐφ᾽ ἡμῖν τῶν τοιούτων ἐστίν, ἀλλ᾽ αἱ
Μοῖραι ἑκάστῳ ἐπικλώθουσι, τὸν μὲν κεραυνῷ,
τὸν δὲ ξίφει, τὸν δὲ πυρετῷ ἢ φθόῃ ἀποθανεῖν;
ἐπεὶ εἴ γέ μοι ἐπ᾽ ἐξουσίας τὸ πρᾶγμα ἦν,
εἴασα ἄν, οἴει, τοὺς ἱεροσύλους πρῴην ἀπελθεῖν
ἀκεραυνώτους ἐκ Πίσης δύο μου τῶν πλοκάμων
ἀποκείραντας ἐξ μνᾶς ἑκάτερον ἕλκοντας; ἢ σὺ
αὐτὸς περιεῖδες ἂν ἐν Γεραιστῷ τὸν ἁλιέα τὸν
ἐξ Ὠρεοῦ ὑφαιρούμενόν σου τὴν τρίαιναν; ἄλλως

ZEUS RANTS

ZEUS

Let us ignore this fellow's nonsense, gods; he is always harsh and fault-finding. As that wonderful man Demosthenes says, to reproach and criticize and find fault is easy and anyone can do it, but to advise how a situation may be improved requires a really wise counsellor; and this is what the rest of you will do, I am very sure, even if Momus says nothing.

POSEIDON

For my part I am pretty much subaqueous, as you know, and live by myself in the depths, doing my best to rescue sailors, speed vessels on their course and calm the winds. Nevertheless I am interested in matters here too, and I say that this Damis should be put out of the way before he enters the dispute, either with a thunderbolt or by some other means, for fear that he may get the better of it in the argument; for you say, Zeus, that he is a plausible fellow. At the same time we'll show them how we punish people who say such things against us.

ZEUS

Are you joking, Poseidon, or have you completely forgotten that nothing of the sort is in our power, but the Fates decide by their spinning that one man is to die by a thunderbolt, another by the sword and another by fever or consumption? If it lay in my power, do you suppose I would have let the temple-robbers get away from Olympia the other day unscathed by my thunderbolt, when they had shorn off two of my curls weighing six pounds apiece? Or would you yourself at Geraestus have allowed the fisherman from Oreus to filch your trident? Besides,

125

τε καὶ δόξομεν ἀγανακτεῖν λελυπημένοι τῷ πρά-
γματι καὶ δεδιέναι τοὺς παρὰ τοῦ Δάμιδος λόγους
καὶ δι' αὐτὸ ἀποσκευάζεσθαι τὸν ἄνδρα, οὐ περι-
μείναντες ἀντεξετασθῆναι αὐτὸν τῷ Τιμοκλεῖ.
ὥστε τί ἄλλο ἢ ἐξ ἐρήμης κρατεῖν οὕτω δόξομεν;

ΠΟΣΕΙΔΩΝ

Καὶ μὴν ἐπίτομόν τινα ταύτην ᾤμην ἐπινενοη-
κέναι ἔγωγε πρὸς τὴν νίκην.

ΖΕΥΣ

Ἄπαγε, θυννῶδες τὸ ἐνθύμημα, ὦ Πόσειδον,
καὶ κομιδῇ παχύ, προαναιρήσειν τὸν ἀνταγω-
νιστὴν ὡς ἀποθάνοι ἀήττητος, ἀμφήριστον ἔτι καὶ
ἀδιάκριτον καταλιπὼν τὸν λόγον.

ΠΟΣΕΙΔΩΝ

Οὐκοῦν ἄμεινόν τι ὑμεῖς ἄλλο ἐπινοεῖτε, εἰ
τἀμὰ οὕτως ὑμῖν ἀποτεθύννισται.

ΑΠΟΛΛΩΝ

26 Εἰ καὶ τοῖς νέοις ἔτι καὶ ἀγενείοις ἡμῖν ἐφεῖτο
ἐκ τοῦ νόμου δημηγορεῖν, ἴσως ἂν εἶπόν τι συμ-
φέρον εἰς τὴν διάσκεψιν.

ΜΩΜΟΣ

Ἡ μὲν σκέψις, ὦ Ἄπολλον, οὕτω περὶ μεγά-
λων, ὥστε μὴ καθ' ἡλικίαν, ἀλλὰ κοινὸν ἅπασι
προκεῖσθαι τὸν λόγον· χάριεν γάρ, εἰ περὶ τῶν
ἐσχάτων κινδυνεύοντες περὶ τῆς ἐν τοῖς νόμοις
ἐξουσίας μικρολογούμεθα. σὺ δὲ καὶ πάνυ ἤδη
ἔννομος εἶ δημηγόρος, πρόπαλαι μὲν ἐξ ἐφήβων
γεγονώς, ἐγγεγραμμένος δὲ ἐς τὸ τῶν δώδεκα
ληξιαρχικόν, καὶ ὀλίγου δεῖν τῆς ἐπὶ Κρόνου
βουλῆς ὤν· ὥστε μὴ μειρακιεύου πρὸς ἡμᾶς,
ἀλλὰ λέγε θαρρῶν ἤδη τὰ δοκοῦντα, μηδὲν αἰ-

it will look as if we were getting angry because we have been injured, and as if we feared the arguments of Damis and were making away with him for that reason, without waiting for him to be put to the proof by Timocles. Shall we not seem, then, to be winning by default if we win in that way?

POSEIDON

Why, I supposed I had thought of a short cut to victory?

ZEUS

Avast! a stockfish idea, Poseidon, downright stupid, to make away with your adversary in advance so that he may die undefeated, leaving the question still in dispute and unsettled!

POSEIDON

Well, then, the rest of you think of something else that is better, since you relegate my ideas to the stockfish in that fashion.

APOLLO

If we young fellows without beards were permitted by law to take the floor, perhaps I might have made some useful contribution to the debate.

MOMUS

In the first place, Apollo, the debate is on such great issues that the right to speak does not go by age but is open to all alike; for it would be delicious if when we were in direst danger we quibbled about our rights under the law. Secondly, according to law you are already fully entitled to the floor, for you came of age long ago and are registered in the list of the Twelve Gods and almost were a member of the council in the days of Cronus. So don't play the boy with us: say what you think boldly, and

THE WORKS OF LUCIAN

δεσθεὶς εἰ ἀγένειος ὢν δημηγορήσεις, καὶ ταῦτα
βαθυπώγωνα καὶ εὐγένειον οὕτως υἱὸν ἔχων τὸν
Ἀσκληπιόν. ἄλλως τε καὶ πρέπον ἂν εἴη σοι
νῦν μάλιστα ἐκφαίνειν τὴν σοφίαν, εἰ μὴ μάτην
ἐν τῷ Ἑλικῶνι κάθησαι ταῖς Μούσαις συμφι-
λοσοφῶν.

ΑΠΟΛΛΩΝ

Ἀλλ᾽ οὐ σέ, ὦ Μῶμε, χρὴ τὰ τοιαῦτα ἐφιέναι,
τὸν Δία δέ· καὶ ἢν οὗτος κελεύσῃ, τάχ᾽ ἄν τι οὐκ
ἄμουσον εἴποιμι ἀλλὰ τῆς ἐν τῷ Ἑλικῶνι μελέτης
ἄξιον.

ΖΕΥΣ

Λέγε, ὦ τέκνον· ἐφίημι γάρ.

ΑΠΟΛΛΩΝ

27 Ὁ Τιμοκλῆς οὗτος ἔστι μὲν χρηστὸς ἀνὴρ καὶ
φιλόθεος καὶ τοὺς λόγους πάνυ ἠκρίβωκε τοὺς
Στωϊκούς· ὥστε καὶ σύνεστιν ἐπὶ σοφίᾳ πολλοῖς
τῶν νέων καὶ μισθοὺς οὐκ ὀλίγους ἐπὶ τούτῳ
ἐκλέγει, σφόδρα πιθανὸς ὢν ὁπότε ἰδίᾳ τοῖς
μαθηταῖς διαλέγοιτο· ἐν πλήθει δὲ εἰπεῖν ἀτολ-
μότατός ἐστι καὶ τὴν φωνὴν ἰδιώτης καὶ μιξο-
βάρβαρος, ὥστε γέλωτα ὀφλισκάνειν διὰ τοῦτο
ἐν ταῖς συνουσίαις, οὐ συνείρων ἀλλὰ βατταρίζων
καὶ ταραττόμενος, καὶ μάλιστα ὁπόταν οὕτως
ἔχων καὶ καλλιρρημοσύνην ἐπιδείκνυσθαι βού-
ληται. συνεῖναι μὲν γὰρ εἰς ὑπερβολὴν ὀξύς ἐστι
καὶ λεπτογνώμων, ὥς φασιν οἱ ἄμεινον τὰ τῶν
Στωϊκῶν εἰδότες, λέγων δὲ καὶ ἑρμηνεύων ὑπ᾽
ἀσθενείας διαφθείρει αὐτὰ καὶ συγχεῖ, οὐκ ἀποσα-
φῶν ὅ τι βούλεται ἀλλὰ αἰνίγμασιν ἐοικότα
προτείνων καὶ πάλιν αὖ πολὺ ἀσαφέστερα πρὸς
τὰς ἐρωτήσεις ἀποκρινόμενος· οἱ δὲ οὐ συνιέντες

don't be sensitive about speaking without a beard when you have such a long-bearded, hairy-faced son in Asclepius. Besides, it would be in order for you to show your wisdom now or never, unless you sit on Helicon and talk philosophy with the Muses for nothing.

APOLLO

But it is not for you to give such permission, Momus; it is for Zeus, and if he lets me perhaps I may say something not without sweetness and light and worthy of my study on Helicon.

ZEUS

Speak, my boy: I give you permission.

APOLLO

This Timocles is an upright, God-fearing man and he is thoroughly up in the Stoic doctrines, so that he gives lessons to many of the young men and collects large fees for it, being very plausible when he disputes privately with his pupils; but he utterly lacks the courage to speak before a crowd and his language is vulgar and half-foreign, so that he gets laughed at for that reason when he appears in public, for he does not talk fluently but stammers and gets confused, especially when in spite of these faults he wants to make a show of fine language. His intellect, to be sure, is exceedingly keen and subtle, as people say who know more than I about Stoicism, but in lecturing and expounding he weakens and obscures his points by his incapacity, not making his meaning clear but presenting propositions that are like riddles and returning answers that are still more unintelligible; hence the others failing to com-

καταγελῶσιν αὐτοῦ. δεῖ δὲ οἶμαι σαφῶς λέγειν
καὶ τούτου μάλιστα πολλὴν ποιεῖσθαι τὴν πρό-
νοιαν, ὡς συνήσουσιν οἱ ἀκούοντες.

ΜΩΜΟΣ

28 Τοῦτο μὲν ὀρθῶς ἔλεξας, ὦ Ἄπολλον, ἐπαινέσας
τοὺς σαφῶς λέγοντας, εἰ καὶ μὴ πάνυ ποιεῖς αὐτὸ
σὺ ἐν τοῖς χρησμοῖς λοξὸς ὢν καὶ γριφώδης καὶ ἐς
τὸ μεταίχμιον ἀσφαλῶς ἀπορρίπτων τὰ πολλά,
ὡς τοὺς ἀκούοντας ἄλλου δεῖσθαι Πυθίου πρὸς
τὴν ἐξήγησιν αὐτῶν. ἀτὰρ τί τὸ ἐπὶ τούτῳ συμ-
βουλεύεις; τίνα ἴασιν ποιήσασθαι τῆς Τιμοκλέους
ἀδυναμίας ἐν τοῖς λόγοις;

ΑΠΟΛΛΩΝ

29 Συνήγορον, ὦ Μῶμε, εἴ πως δυνηθείημεν, αὐτῷ
παρασχεῖν ἄλλον τῶν δεινῶν τούτων, ἐροῦντα
κατ’ ἀξίαν ἅπερ ἂν ἐκεῖνος ἐνθυμηθεὶς ὑποβάλῃ.

ΜΩΜΟΣ

Ἀγένειον τοῦτο ὡς ἀληθῶς εἴρηκας, ἔτι παι-
δαγωγοῦ τινος δεόμενον, συνήγορον ἐν συνουσίᾳ
φιλοσόφων παραστήσασθαι ἑρμηνεύσοντα πρὸς
τοὺς παρόντας ἅπερ ἂν δοκῇ Τιμοκλεῖ, καὶ τὸν
μὲν Δάμιν αὐτοπρόσωπον καὶ δι’ αὐτοῦ λέγειν, τὸν
δὲ ὑποκριτῇ προσχρώμενον ἰδίᾳ πρὸς τὸ οὖς ἐκείνῳ
ὑποβάλλειν τὰ δοκοῦντα, τὸν ὑποκριτὴν δὲ ῥητο-
ρεύειν, οὐδ’ αὐτὸν ἴσως συνιέντα ὅ τι ἀκούσειε.
ταῦτα πῶς οὐ γέλως ἂν εἴη τῷ πλήθει; ἀλλὰ
30 τοῦτο μὲν ἄλλως ἐπινοήσωμεν. σὺ δέ, ὦ θαυμάσιε
— φῂς γὰρ καὶ μάντις εἶναι καὶ μισθοὺς οὐκ ὀλί-
γους ἐπὶ τῷ τοιούτῳ ἐξέλεξας ἄχρι τοῦ καὶ πλίν-
θους χρυσᾶς ποτε εἰληφέναι—τί οὐκ ἐπεδείξω
ἡμῖν κατὰ καιρὸν τὴν τέχνην προειπὼν ὁπότερος

prehend, laugh at him. But it is essential to speak clearly, I think, and beyond all else to take great pains to be understood by the hearers.

MOMUS

You were right, Apollo, in praising people who speak clearly, even though you yourself do not do it at all, for in your oracles you are ambiguous and riddling and you unconcernedly toss most of them into the debatable ground so that your hearers need another Apollo to interpret them. But what do you advise as the next step, what remedy for Timocles' helplessness in debate?

APOLLO

To give him a spokesman if possible, Momus, one of those eloquent chaps who will say fittingly whatever Timocles thinks of and suggests.

MOMUS

Truly a puerile suggestion which shows that you still need a tutor, that we should bring a spokesman into a meeting of philosophers to interpret the opinions of Timocles to the company, and that Damis should speak in his own person and unaided while the other, making use of a proxy, privately whispers his ideas into his ear and the proxy does the speaking, perhaps without even understanding what he hears, Wouldn't that be fun for the crowd! No, let's think of some other way to manage this thing. But as for you, my admirable friend, since you claim to be a prophet and have collected large fees for such work, even to the extent of getting ingots of gold once upon a time, why do you not give us a timely display of your skill by foretelling which of the

τῶν σοφιστῶν κρατήσει λέγων ; οἶσθα γάρ που
τὸ ἀποβησόμενον μάντις ὤν.

ΑΠΟΛΛΩΝ

Πῶς, ὦ Μῶμε, δυνατὸν ποιεῖν ταῦτα μήτε
τρίποδος ἡμῖν παρόντος μήτε θυμιαμάτων ἢ πηγῆς
μαντικῆς οἵα ἡ Κασταλία ἐστίν;

ΜΩΜΟΣ

Ὁρᾷς; ἀποδιδράσκεις τὸν ἔλεγχον ἐν στενῷ
ἐχόμενος.

ΖΕΥΣ

Ὅμως, ὦ τέκνον, εἰπὲ καὶ μὴ παράσχῃς τῷ
συκοφάντῃ τούτῳ ἀφορμὰς διαβάλλειν καὶ χλευά-
ζειν τὰ σὰ ὡς ἐπὶ τρίποδι καὶ ὕδατι καὶ λιβανωτῷ
κείμενα, ὡς, εἰ μὴ ἔχοις ταῦτα, στερησόμενόν σε
τῆς τέχνης.

ΑΠΟΛΛΩΝ

Ἄμεινον μὲν ἦν, ὦ πάτερ, ἐν Δελφοῖς ἢ Κολο-
φῶνι τὰ τοιαῦτα ποιεῖν, ἁπάντων μοι τῶν χρησί-
μων παρόντων, ὡς ἔθος. ὅμως δὲ καὶ οὕτω γυμνὸς
ἐκείνων καὶ ἄσκευος πειράσομαι προειπεῖν ὁπο-
τέρου τὸ κράτος ἔσται· ἀνέξεσθε δέ, εἰ μὴ ἔμμετρα
λέγοιμι.

ΜΩΜΟΣ

Λέγε μόνον, σαφῆ δέ, ὦ Ἄπολλον, καὶ οὐ
συνηγόρου καὶ αὐτὰ ἢ ἑρμηνέως δεόμενα· καὶ
γὰρ οὐκ ἄρνεια κρέα καὶ χελώνη νῦν ἐν Λυδίᾳ
συνέψεται· ἀλλὰ οἶσθα περὶ ὅτου ἡ σκέψις.

ΖΕΥΣ

Τί ποτε ἐρεῖς, ὦ τέκνον; ὡς τά γε πρὸ τοῦ χρη-
σμοῦ ταῦτα ἤδη φοβερά· ἡ χρόα τετραμμένη, οἱ
ὀφθαλμοὶ περιφερεῖς, κόμη ἀνασοβουμένη, κίνημα

132

sophists will win in the argument? Of course you know what the outcome will be, if you are a prophet.

APOLLO

How can I do that, Momus, when we have no tripod here, and no incense or prophetic spring like Castaly?

MOMUS

There now! you dodge the test when it comes to the pinch.

ZEUS

Speak up, my boy, all the same, and don't give this slanderer a chance to malign and insult your profession by saying that it all depends on a tripod and water and incense, so that if you didn't have those things you would be deprived of your skill.

APOLLO

It would be better, father, to do such business at Delphi or Colophon where I have all the necessaries at hand, in the usual way. However, even thus devoid of them and unequipped, I will try to foretell whose the victory shall be: you will bear with me if my verses are lame.

MOMUS

Do speak; but let it be clear, and not itself in need of a spokesman or an interpreter. It is not now a question of lamb and turtle cooking together in Lydia, but you know what the debate is about.

ZEUS

What in the world are you going to say, my boy? These preliminaries to your oracle are terrifying in themselves; your colour is changed, your eyes are rolling, your hair stands on end, your movements are

κορυβαντῶδες, καὶ ὅλως κατόχιμα πάντα καὶ
φρικώδη καὶ μυστικά.

ΑΠΟΛΛΩΝ

31 Κέκλυτε μαντιπόλου τόδε θέσφατον Ἀπόλ-
λωνος
ἀμφ᾽ ἔριδος κρυερῆς, τὴν ἄνερες ἐστήσαντο
ὀξυβόαι, μύθοισι κορυσσόμενοι πυκινοῖσι.
πολλὰ γὰρ ἔνθα καὶ ἔνθα μόθου ἑτεραλκέϊ
κλωγμῷ
ταρφέος ἄκρα κόρυμβα καταπλήσσουσιν ἐχέτλης.
ἀλλ᾽ ὅταν αἰγυπιὸς γαμψώνυχος ἀκρίδα μάρψῃ,
δὴ τότε λοίσθιον ὀμβροφόροι κλάγξουσι κορῶναι.
νίκη δ᾽ ἡμιόνων, ὁ δ᾽ ὄνος θοὰ τέκνα κορύψει.

ΖΕΥΣ

Τί τοῦτο ἀνεκάγχασας, ὦ Μῶμε; καὶ μὴν οὐ
γελοῖα τὰ ἐν ποσί· παῦσαι κακόδαιμον, ἀποπνι-
γήσῃ ὑπὸ τοῦ γέλωτος.

ΜΩΜΟΣ

Καὶ πῶς δυνατόν, ὦ Ζεῦ, ἐφ᾽ οὕτω σαφεῖ καὶ
προδήλῳ τῷ χρησμῷ;

ΖΕΥΣ

Οὐκοῦν καὶ ἡμῖν ἤδη ἑρμηνεύοις ἂν αὐτὸν ὅ τι
καὶ λέγει.

ΜΩΜΟΣ

Πάνυ πρόδηλα, ὥστε οὐδὲν ἡμῖν Θεμιστοκλέους
δεήσει· φησὶ γὰρ τὸ λόγιον οὑτωσὶ διαρρήδην

frenzied, and in a word everything about you suggests demoniacal possession and gooseflesh and mysteries.

APOLLO

Hark to the words of the prophet, oracular words of
    Apollo,
Touching the shivery strife in which neroes are
    facing each other.
Loudly they shout in the battle, and fast-flying words
    are their weapons;
Many a blow while the hisses of conflict are ebbing
    and flowing
This way and that shall be dealt on the crest of the
    plowtail stubborn;
Yet when the hook-taloned vulture the grasshopper
    grips in his clutches,
Then shall the rainbearing crows make an end of
    their cawing forever:
Vict'ry shall go to the mules, and the ass will rejoice
    in his offspring!

ZEUS

What are you guffawing about, Momus? Surely there is nothing to laugh at in the situation we are facing. Stop, hang you! You'll choke yourself to death with your laughing.

MOMUS

How can I, Zeus, when the oracle is so clear and manifest?

ZEUS

Well then, suppose you tell us what in the world it means.

MOMUS

It is quite manifest, so that we shan't need a Themistocles.[1] The prophecy says as plainly as you

    [1] See p. 121, note.

γόητα μὲν εἶναι τοῦτον, ὑμᾶς δὲ ὄνους κανθηλίους
νὴ Δία καὶ ἡμιόνους, τοὺς πιστεύοντας αὐτῷ, οὐδ'
ὅσον αἱ ἀκρίδες τὸν νοῦν ἔχοντας.

ΗΡΑΚΛΗΣ

32 Ἐγὼ δέ, ὦ πάτερ, εἰ καὶ μέτοικός εἰμι, οὐκ
ὀκνήσω ὅμως τὰ δοκοῦντά μοι εἰπεῖν· ὁπόταν γὰρ
ἤδη συνελθόντες διαλέγωνται, τηνικαῦτα, ἢν μὲν ὁ
Τιμοκλῆς ὑπέρσχῃ, ἐάσωμεν προχωρεῖν τὴν
συνουσίαν ὑπὲρ ἡμῶν, ἢν δέ τι ἑτεροῖον ἀποβαίνῃ,
τότε ἤδη τὴν στοὰν αὐτὴν ἔγωγε, εἰ δοκεῖ,
διασείσας ἐμβαλῶ τῷ Δάμιδι, ὡς μὴ κατάρατος
ὢν ὑβρίζῃ ἐς ἡμᾶς.

ΖΕΥΣ

Ἡράκλεις, ὦ Ἡράκλεις, ἄγροικον τοῦτο εἴρηκας
καὶ δεινῶς Βοιώτιον, συναπολέσαι ἑνὶ πονηρῷ
τοσούτους χρηστούς,[1] καὶ προσέτι τὴν στοὰν αὐτῷ
Μαραθῶνι καὶ Μιλτιάδῃ καὶ Κυνεγείρῳ. καὶ
πῶς ἂν τούτων συνεμπεσόντων οἱ ῥήτορες ἔτι
ῥητορεύοιεν, τὴν μεγίστην εἰς τοὺς λόγους
ὑπόθεσιν ἀφῃρημένοι; ἄλλως τε ζῶντι μέν σοι
δυνατὸν ἴσως ἦν τι πρᾶξαι τοιοῦτον, ἀφ' οὗ δὲ
θεὸς γεγένησαι, μεμάθηκας, οἶμαι, ὡς αἱ Μοῖραι
μόναι τὰ τοιαῦτα δύνανται, ἡμεῖς δὲ αὐτῶν
ἄμοιροί ἐσμεν.

ΗΡΑΚΛΗΣ

Οὐκοῦν καὶ ὁπότε τὸν λέοντα ἢ τὴν ὕδραν
ἐφόνευον, αἱ Μοῖραι δι' ἐμοῦ ἐκεῖνα ἔπραττον;

ΖΕΥΣ

Καὶ μάλα.

---

[1] χρηστούς, K. Schwartz: not in MSS.

please that this fellow is a humbug and that you who
believe in him are pack-asses and mules, without
as much sense as grasshoppers.

HERACLES

As for me, father, though I am but an alien I shall
not hesitate to say what I think. When they have
met and are disputing, if Timocles gets the better
of it, let's allow the discussion about us to proceed ;
but if it turns out at all adversely, in that case, if
you approve, I myself will at once shake the porch
and throw it down on Damis, so that he may not
affront us, confound him !

ZEUS

In the name of Heracles ! that was a loutish,
horribly Boeotian thing you said, Heracles, to involve
so many honest men in the destruction of a single
rascal, and the porch too, with its Marathon and
Miltiades and Cynegirus ! [1] If they should collapse
how could the orators orate any more ? They would
be robbed of their principal topic for speeches. [2]
Moreover, although while you were alive you could
no doubt have done something of the sort, since you
have become a god you have found out, I suppose,
that only the Fates can do such things, and that we
have no part in them.

HERACLES

So when I killed the lion or the Hydra, the
Fates did it through my agency ?

ZEUS

Why, certainly !

[1] The porch in question was the Painted Porch, with its
fresco representing the battle of Marathon.
[2] Compare *The Orators' Coach* (*Rhet. Praec.*), **18**.

ΗΡΑΚΛΗΣ

Καὶ νῦν ἤν τις ὑβρίζῃ εἰς ἐμὲ ἢ περισυλῶν μου
τὸν νεὼν ἢ ἀνατρέπων τὸ ἄγαλμα, ἢν μὴ ταῖς
Μοίραις πάλαι δεδογμένον ᾖ, οὐκ ἐπιτρίψω
αὐτόν;

ΖΕΤΣ

Οὐδαμῶς.

ΗΡΑΚΛΗΣ

Οὐκοῦν ἄκουσον, ὦ Ζεῦ, μετὰ παρρησίας· ἐγὼ
γάρ, ὡς ὁ κωμικὸς ἔφη,

ἄγροικός εἰμι τὴν σκάφην σκάφην λέγων·

εἰ τοιαῦτά ἐστι τὰ ὑμέτερα, μακρὰ χαίρειν φράσας
ταῖς ἐνταῦθα τιμαῖς καὶ κνίσῃ καὶ ἱερείων αἵματι
κάτειμι εἰς τὸν Ἅιδην, ὅπου με γυμνὸν τὸ τόξον
ἔχοντα κἂν τὰ εἴδωλα φοβήσεται τῶν ὑπ' ἐμοῦ
πεφονευμένων θηρίων.

ΖΕΤΣ

Εὖ γε, οἴκοθεν ὁ μάρτυς, φασίν· ἀπέσωσάς γ'
33 ἂν οὖν τῷ Δάμιδι ταῦτα εἰπεῖν ὑποβαλών.¹ ἀλλὰ
τίς ὁ σπουδῇ προσιὼν οὗτός ἐστιν, ὁ χαλκοῦς, ὁ εὔ-
γραμμος καὶ εὐπερίγραφος, ὁ ἀρχαῖος τὴν ἀνάδεσιν
τῆς κόμης; μᾶλλον δὲ ὁ σός, ὦ Ἑρμῆ, ἀδελφός
ἐστιν, ὁ ἀγοραῖος, ὁ παρὰ τὴν Ποικίλην· πίττης
γοῦν ἀναπέπλησται ὁσημέραι ἐκματτόμενος ὑπὸ
τῶν ἀνδριαντοποιῶν. τί, ὦ παῖ, δρομαῖος ἡμῖν

---

¹ ὑποβαλών K. Schwartz : ὑποβάλλων MSS.

HERACLES

And now, in case anyone affronts me by robbing my temple or upsetting my image, can't I exterminate him unless it was long ago settled that way by the Fates?

ZEUS

No, not by any means.

HERACLES

Then hear me frankly, Zeus, for as the comic poet puts it,

" I'm but a boor and call a spade a spade."

If that is the way things stand here with you, I shall say good-bye forever to the honours here and the odour of sacrifice and the blood of victims and go down to Hell, where with my bow uncased I can at least frighten the ghosts of the animals I have slain.

ZEUS

Bravo! testimony from the inside, as the saying goes. Really you would have done us a great service if you had given Damis a hint to say that. But who is this coming up in hot haste, the one of bronze, with the fine tooling and the fine contours, with his hair tied up in the old-fashioned way? Oh yes, it is your brother, Hermes, the one of the public square, beside the Painted Porch.[1] At any rate he is all covered with pitch from the casts taken every day by the workers in bronze for the

---

[1] "As you go toward the portico that is called Poikile because of its paintings, there is a bronze Hermes, called Agoraios (of the square), and a gate close by " (Pausan. 1, 15, 1). Playing upon " Hermes Agoraios," Zeus dubs him Hermagoras, after a well-known rhetorician.

ἀφῖξαι; ἢ πού τι ἐκ γῆς νεώτερον ἀπαγγέλ-
λεις;

ΕΡΜΑΓΟΡΑΣ

Ὑπέρμεγα, ὦ Ζεῦ, καὶ μυρίας τῆς σπουδῆς
δεόμενον.

ΖΕΥΣ

Λέγε ἤδη, εἴ τι καὶ ἄλλο ἡμᾶς ἐπανιστάμενον
λέληθεν.

ΕΡΜΑΓΟΡΑΣ

Ἐτύγχανον μὲν ἄρτι χαλκουργῶν ὕπο
πιττούμενος στέρνον τε καὶ μετάφρενον·
θώραξ δέ μοι γελοῖος ἀμφὶ σώματι
πλασθεὶς παρηώρητο μιμηλῇ τέχνῃ
σφραγῖδα χαλκοῦ πᾶσαν ἐκτυπούμενος·
ὁρῶ δ᾽ ὄχλον στείχοντα καί τινας δύο
ὠχροὺς κεκράκτας, πυγμάχους σοφισμάτων,
Δαμίν τε καὶ—

ΖΕΥΣ

Παῦε, ὦ Ἑρμαγόρα βέλτιστε, τραγῳδῶν· οἶδα
γὰρ οὕστινας λέγεις. ἀλλ᾽ ἐκεῖνό μοι φράσον, εἰ
πάλαι συγκροτεῖται αὐτοῖς ἡ ἔρις.

ΕΡΜΑΓΟΡΑΣ

Οὐ πάνυ, ἀλλ᾽ ἐν ἀκροβολισμοῖς ἔτι ἦσαν ἀπο-
σφενδονῶντες ἀλλήλοις πόρρωθέν ποθεν λοιδορού-
μενοι.

ΖΕΥΣ

Τί οὖν ἔτι ποιεῖν λοιπόν,[1] ὦ θεοί, ἢ ἀκροασα-
σθαι ἐπικύψαντας αὐτῶν; ὥστε ἀφαιρείτωσαν αἱ
Ὧραι τὸν μοχλὸν ἤδη καὶ ἀπάγουσαι τὰ νέφη
34 ἀναπεταννύτωσαν τὰς πύλας τοῦ οὐρανοῦ. Ἡρά-
κλεις, ὅσον τὸ πλῆθος ἐπὶ τὴν ἀκρόασιν ἀπηντή-

---

[1] ἔτι ποιεῖν λοιπόν Dindorf: ἔτι χρὴ ποιεῖν λοιπόν γ; χρὴ
ποιεῖν N.

sculptors. My lad, what brings you here at a run?
Do you bring us news from earth, by any chance?

HERMAGORAS

Important news, Zeus, that requires unlimited
attention.

ZEUS

Tell me whether we have overlooked anything
else in the way of conspiracy.

HERMAGORAS

It fell just now that they who work in bronze
Had smeared me o'er with pitch on breast and
    back;
A funny corslet round my body hung,
Conformed by imitative cleverness
To take the full impression of the bronze.
I saw a crowd advancing with a pair
Of sallow bawlers, warriors with words,
Hight Damis, one——[1]

ZEUS

Leave off your bombast, my good Hermagoras; I
know the men you mean. But tell me whether they
have been in action long.

HERMAGORAS

Not very; they were still skirmishing, slinging
abuse at each other at long range.

ZEUS

Then what else remains to be done, gods, except
to stoop over and listen to them? So let the Hours
remove the bar now, drive the clouds away and throw
open the gates of Heaven. Heracles! what a crowd

---

[1] A parody on Euripides; compare *Orest.* 866, 871, 880.

κασιν. ὁ δὲ Τιμοκλῆς αὐτὸς οὐ πάνυ μοι ἀρέσκει
ὑποτρέμων καὶ ταραττόμενος· ἀπολεῖ ἅπαντα
οὗτος τήμερον· δῆλος γοῦν ἐστιν οὐδὲ ἀντάρασθαι
τῷ Δάμιδι δυνησόμενος. ἀλλ' ὅπερ ἡμῖν δυνατώ-
τατον, εὐχώμεθα ὑπὲρ αὐτοῦ

σιγῇ ἐφ' ἡμείων, ἵνα μὴ Δᾶμίς γε πύθηται.

ΤΙΜΟΚΛΗΣ

35 Τί φής, ὦ ἱερόσυλε Δᾶμι, θεοὺς μὴ εἶναι μηδὲ
προνοεῖν τῶν ἀνθρώπων;

ΔΑΜΙΣ

Οὔκ· ἀλλὰ σὺ πρότερος ἀπόκριναί μοι ᾧτινι
λόγῳ ἐπείσθης εἶναι αὐτούς.

ΤΙΜΟΚΛΗΣ

Οὐ μὲν οὖν, ἀλλὰ σύ, ὦ μιαρέ, ἀπόκριναι.

ΔΑΜΙΣ

Οὐ μὲν οὖν, ἀλλὰ σύ.

ΖΕΥΣ

Ταυτὶ μὲν παρὰ πολὺ ὁ ἡμέτερος ἄμεινον καὶ
εὐφωνότερον τραχύνεται. εὖ γε, ὦ Τιμόκλεις,
ἐπίχει τῶν βλασφημιῶν· ἐν γὰρ τούτῳ σοι τὸ
κράτος, ὡς τά γε ἄλλα ἰχθύν σε ἀποφανεῖ ἐπι-
στομίζων.

ΤΙΜΟΚΛΗΣ

Ἀλλά, μὰ τὴν Ἀθηνᾶν, οὐκ ἂν ἀποκριναίμην
σοι πρότερος.

ΔΑΜΙΣ

Οὐκοῦν, ὦ Τιμόκλεις, ἐρώτα· ἐκράτησας γὰρ

has come together to listen ! Timocles himself does
not please me at all, for he is trembling and confused.
The fellow will spoil it all to-day ; in fact, it is clear
that he won't even be able to square off at Damis.
But let's do the very utmost that we can and pray
for him,

Silently, each to himself, so that Damis may not be
the wiser.[1]

TIMOCLES [2]

Damis, you sacrilegious wretch, why do you say
that the gods do not exist and do not show provi-
dence in behalf of men ?

DAMIS

No, you tell me first what reason you have for
believing that they do exist.

TIMOCLES

No, you tell me, you miscreant !

DAMIS

No, you !

ZEUS

So far our man is much better and more noisy in
his bullying. Good, Timocles ! Pile on your abuse ;
that is your strong point, for in everything else he
will make you as mute as a fish.

TIMOCLES

But I swear by Athena that I will not answer
you first.

DAMIS

Well then, put your question, Timocles, for you

[1] A parody on *Iliad* 7, 195.
[2] At this point the scene becomes double ; down below are
the philosophers disputing in the Stoa, and up above are the
gods, listening eagerly with occasional comments.

τοῦτό γε ὀμωμοκώς· ἀλλ' ἄνευ τῶν βλασφημιῶν,
εἰ δοκεῖ.

ΤΙΜΟΚΛΗΣ

36　Εὖ λέγεις· εἰπὲ οὖν μοι, οὐ δοκοῦσί σοι, ὦ
κατάρατε, προνοεῖν οἱ θεοί

ΔΑΜΙΣ

Οὐδαμῶς.

ΤΙΜΟΚΛΗΣ

Τί φής; ἀπρονόητα οὖν ταῦτα ἅπαντα;

ΔΑΜΙΣ

Ναί.

ΤΙΜΟΚΛΗΣ

Οὐδ' ὑπό τινι οὖν θεῷ τάττεται ἡ τῶν ὅλων
ἐπιμέλεια;

ΔΑΜΙΣ

Οὔ.

ΤΙΜΟΚΛΗΣ

Πάντα δὲ εἰκῇ φέρεται;

ΔΑΜΙΣ

Ναί.

ΤΙΜΟΚΛΗΣ

Εἶτ' ἄνθρωποι ταῦτα ἀκούοντες ἀνέχεσθε καὶ
οὐ καταλεύσετε τὸν ἀλιτήριον;

ΔΑΜΙΣ

Τί τοὺς ἀνθρώπους ἐπ' ἐμὲ παροξύνεις, ὦ Τιμό-
κλεις; ἢ τίς ὢν ἀγανακτεῖς ὑπὲρ τῶν θεῶν, καὶ
ταῦτα ἐκείνων αὐτῶν οὐκ ἀγανακτούντων; οἵ γε
οὐδὲν δεινὸν διατεθείκασί με πάλαι ἀκούοντες, εἴ
γε ἀκούουσιν.

ΤΙΜΟΚΛΗΣ

Ἀκούουσι γάρ, ὦ Δᾶμι, ἀκούουσι, καί σε
μετίασί ποτε χρόνῳ.

have won with that oath of yours. But no abuse,
please.

TIMOCLES

Very well. Tell me then, you scoundrel, don't
you think the gods exercise any providence?

DAMIS

Not in the least.

TIMOCLES

What's that you say? Then is all that we see
about us uncared for by any providence?

DAMIS

Yes.

TIMOCLES

And the administration of the universe is not
directed by any god?

DAMIS

No.

TIMOCLES

And everything drifts at random?

DAMIS

Yes.

TIMOCLES

Men, do you hear that and put up with it? Aren't
you going to stone the villain?

DAMIS

Why do you embitter men against me, Timocles?
And who are you to get angry on behalf of the gods,
especially when they themselves are not angry?
They have done me no harm, you see, though they
have listened to me long—if indeed they have ears.

TIMOCLES

Yes, they have, Damis, they have, and they will
punish you some day in the hereafter.

145

ΔΑΜΙΣ

37 Καὶ πότε ἂν ἐκεῖνοι σχολὴν ἀγάγοιεν ἐπ᾽ ἐμέ,
τοσαῦτα, ὡς φής, πράγματα ἔχοντες καὶ τὰ ἐν τῷ
κόσμῳ ἄπειρα τὸ πλῆθος ὄντα οἰκονομούμενοι;
ὥστε οὐδὲ σέ πω ἠμύναντο ὧν ἐπιορκεῖς ἀεὶ καὶ
τῶν ἄλλων, ἵνα μὴ βλασφημεῖν καὶ αὐτὸς ἀναγ-
κάζωμαι παρὰ τὰ συγκείμενα. καίτοι οὐχ ὁρῶ
ἥντινα ἂν ἄλλην ἐπίδειξιν τῆς ἑαυτῶν προνοίας
μείζω ἐξενεγκεῖν ἐδύναντο ἢ σὲ κακὸν κακῶς ἐπι-
τρίψαντες. ἀλλὰ δῆλοί εἰσιν ἀποδημοῦντες, ὑπὲρ
τὸν Ὠκεανὸν ἴσως μετ᾽ ἀμύμονας Αἰθιοπῆας· ἔθος
γοῦν αὐτοῖς συνεχῶς ἰέναι παρ᾽ αὐτοὺς μετὰ δαῖτα
καὶ αὐτεπαγγέλτοις ἐνίοτε.

TIMΟΚΛΗΣ

38 Τί πρὸς τοσαυτην ἀναισχυντίαν εἴποιμι ἄν, ὦ
Δᾶμι;

ΔΑΜΙΣ

Ἐκεῖνο, ὦ Τιμόκλεις, ὃ πάλαι ἐγὼ ἐπόθουν
ἀκοῦσαί σου, ὅπως ἐπείσθης οἴεσθαι προνοεῖν
τοὺς θεούς

ΤΙΜΟΚΛΗΣ

Ἡ τάξις με πρῶτον τῶν γινομένων ἔπεισεν,
ὁ ἥλιος ἀεὶ τὴν αὐτὴν ὁδὸν ἰὼν καὶ σελήνη κατὰ
ταὐτὰ καὶ ὧραι τρεπόμεναι καὶ φυτὰ φυόμενα καὶ
ζῷα γεννώμενα καὶ αὐτὰ ταῦτα οὕτως εὐμηχάνως
κατεσκευασμένα ὡς τρέφεσθαι καὶ κινεῖσθαι καὶ
ἐννοεῖν καὶ βαδίζειν καὶ τεκταίνεσθαι καὶ σκυτο-
τομεῖν καὶ τἄλλα· ταῦτα προνοίας ἔργα εἶναί
μοι δοκεῖ.

ΔΑΜΙΣ

Αὐτό που τὸ ζητούμενον, ὦ Τιμόκλεις, συναρ-
πάζεις· οὐδέπω γὰρ δῆλον εἰ προνοίᾳ τούτων

ZEUS RANTS

And when can they find time for me, when they have so many cares, you say, and manage all creation, which is unlimited in its extent? That is why they have not yet paid *you* back for all your false oaths and everything else—I don't want to be forced to deal in abuse like you, contrary to our stipulations: and yet I don't see what better manifestation of their providence they could have made than to crush your life out miserably, miserable sinner that you are! But it is clear that they are away from home, across the Ocean, no doubt, visiting the guileless Ethiopians.[1] At any rate it is their custom to go and dine with them continually, even self-invited at times.

TIMOCLES

What can I say in reply to all this impudence, Damis?

DAMIS

Tell me what I wanted you to tell me long ago, how you were induced to believe that the gods exercise providence

TIMOCLES

In the first place the order of nature convinced me, the sun always going the same road and the moon likewise and the seasons changing and plants growing and living creatures being born, and these latter so cleverly devised that they can support life and move and think and walk and build houses and cobble shoes—and all the rest of it; these seem to me to be works of providence.

DAMIS

That is just the question, Timocles, and you are trying to beg it, for it is not yet proved that each of

[1] *Iliad*, 1, 423.

THE WORKS OF LUCIAN

ἕκαστον ἀποτελεῖται. ἀλλ᾽ ὅτι μὲν τοιαῦτά ἐστι
τὰ γινόμενα φαίην ἂν καὶ αὐτός· οὐ μὴν αὐτίκα
πεπεῖσθαι ἀνάγκη καὶ ὑπό τινος προμηθείας αὐτὰ
γίγνεσθαι· ἔνι γὰρ καὶ ἄλλως ἀρξάμενα νῦν
ὁμοίως καὶ κατὰ ταὐτὰ συνίστασθαι, σὺ δὲ
τάξιν αὐτῶν ὀνομάζεις τὴν ἀνάγκην, εἶτα δηλαδὴ
ἀγανακτήσεις εἴ τίς σοι μὴ ἀκολουθοίη τὰ γινό-
μενα μὲν ὁποῖά ἐστι καταριθμουμένῳ καὶ ἐπαι-
νοῦντι, οἰομένῳ δὲ ἀπόδειξιν ταῦτα εἶναι τοῦ καὶ
προνοίᾳ διατάττεσθαι αὐτῶν ἕκαστον. ὥστε κατὰ
τὸν κωμικόν·

τουτὶ μὲν ὑπομόχθηρον, ἄλλο μοι λέγε.

ΤΙΜΟΚΛΗΣ

39 Ἐγὼ μὲν οὐκ οἶμαι καὶ ἄλλης ἐπὶ τούτοις δεῖν
ἀποδείξεως. ὅμως δ᾽ οὖν ἐρῶ· ἀπόκριναι γάρ μοι,
Ὅμηρός σοι δοκεῖ ἄριστος ποιητὴς γενέσθαι;

ΔΑΜΙΣ

Καὶ μάλα.

ΤΙΜΟΚΛΗΣ

Οὐκοῦν ἐκείνῳ ἐπείσθην τὴν πρόνοιαν τῶν θεῶν
ἐμφανίζοντι.

ΔΑΜΙΣ

Ἀλλ᾽, ὦ θαυμάσιε, ποιητὴν μὲν ἀγαθὸν Ὅμηρον
γενέσθαι πάντες σοι συνομολογήσουσι, μάρτυρα
δὲ ἀληθῆ περὶ τῶν τοιούτων οὔτ᾽ ἐκεῖνον οὔτε ἄλ-
λον ποιητὴν οὐδένα· οὐ γὰρ ἀληθείας μέλει αὐτοῖς,
οἶμαι, ἀλλὰ τοῦ κηλεῖν τοὺς ἀκούοντας, καὶ διὰ
τοῦτο μέτροις τε κατᾴδουσι καὶ μύθοις κατηχοῦσι

148

these things is accomplished by providence. While
I myself would say that recurrent phenomena are
as you describe them, I need not, however, at once
admit a conviction that they recur by some sort of
providence, for it is possible that they began at
random [1] and now take place with uniformity and
regularity. But you call necessity " order " and then,
forsooth, get angry if anyone does not follow you
when you catalogue and extol the characteristics of
these phenomena and think it a proof that each of
them is ordered by providence. So, in the words
of the comic poet,

"That's but a sorry answer ; try again."

TIMOCLES

For my part I don't think that any further proof is
necessary on top of all this. Nevertheless I'll tell
you. Answer me this : do you think that Homer is
the best poet ?

DAMIS

Yes, certainly.

TIMOCLES

Well, it was he that convinced me with his por-
trayal of the providence of the gods.

DAMIS

But, my admirable friend, everybody will agree
with you that Homer is a good poet, to be sure, but
not that he or any other poet whatsoever is a truthful
witness in regard to such things. They do not pay
any heed to truth, I take it, but only to charming their
hearers, and to this end they enchant them with

---

[1] In my opinion ἄλλως contrasts with ὁμοίως καὶ κατὰ ταὐτά,
not with ὑπό τινος προμηθείας. The idea is more fully and
clearly presented in Lucretius 1, 1024–1028.

καὶ ὅλως ἅπαντα ὑπὲρ τοῦ τερπνοῦ μηχανῶνται.
40 ἀτὰρ ἡδέως ἂν καὶ ἀκούσαιμι οἷστισι μάλιστα
ἐπείσθης τῶν Ὁμήρου· ἆρα οἷς περὶ τοῦ Διὸς λέγει,
ὡς ἐπεβούλευον συνδῆσαι αὐτὸν ἡ θυγάτηρ καὶ ὁ
ἀδελφὸς καὶ ἡ γυνή; καὶ εἴ γε μὴ τὸν Βριάρεων ἡ
Θέτις ἐκάλεσεν ἐπεπέδητο ἂν ἡμῖν ὁ βέλτιστος
Ζεὺς συναρπασθείς. ἀνθ᾽ ὧν καὶ ἀπομνημονεύων τῇ
Θέτιδι τὴν εὐεργεσίαν ἐξαπατᾷ τὸν Ἀγαμέμνονα
ὄνειρόν τινα ψευδῆ ἐπιπέμψας, ὡς πολλοὶ τῶν
Ἀχαιῶν ἀποθάνοιεν. ὁρᾷς; ἀδύνατον γὰρ ἦν αὐτῷ
κεραυνὸν ἐμβαλόντι καταφλέξαι τὸν Ἀγαμέμνονα
αὐτὸν ἄνευ τοῦ ἀπατεῶνα εἶναι δοκεῖν. ἢ ἐκεῖνά
σε μάλιστα εἰς τὴν πίστιν ἐπεσπάσαντο, ἀκούοντα
ὡς Διομήδης μὲν ἔτρωσε τὴν Ἀφροδίτην, εἶτα τὸν
Ἄρη αὐτὸν Ἀθηνᾶς παρακελεύσει, μετὰ μικρὸν
δὲ αὐτοὶ συμπεσόντες οἱ θεοὶ ἐμονομάχουν ἀναμὶξ
ἄρρενες καὶ θήλειαι, καὶ Ἀθηνᾶ μὲν Ἄρη κατα-
γωνίζεται ἅτε καὶ προπεπονηκότα, οἶμαι, ἐκ τοῦ
τραύματος ὃ παρὰ τοῦ Διομήδους εἰλήφει,

Λητοῖ δ᾽ ἀντέστη σῶκος ἐριούνιος Ἑρμῆς;

ἢ τὰ περὶ τῆς Ἀρτέμιδός σοι πιθανὰ ἔδοξεν, ὡς
ἐκείνη μεμψίμοιρος οὖσα ἠγανάκτησεν οὐ κλη-
θεῖσα ἐφ᾽ ἑστίασιν ὑπὸ τοῦ Οἰνέως, καὶ διὰ τοῦτο
σῦν τινα ὑπερφυᾶ καὶ ἀνυπόστατον τὴν ἀλκὴν
ἐπαφῆκεν ἐπὶ τὴν χώραν αὐτοῦ; ἆρ᾽ οὖν τὰ τοι-
αῦτα λέγων σε Ὅμηρος πέπεικε;

ΖΕΥΣ

41 Βαβαί· ἡλίκον, ὦ θεοί, ἀνεβόησε τὸ πλῆθος,
ἐπαινοῦντες τὸν Δᾶμιν· ὁ δ᾽ ἡμέτερος ἀπορουμένῳ

metres and entrance them with fables and in a word
do anything to give pleasure. However, I should like
to know what it was of Homer's that convinced you
most. What he says about Zeus, how his daughter
and his brother and his wife made a plot to fetter
him?[1] If Thetis had not summoned Briareus, our
excellent Zeus would have been caught and put in
chains. For this he returned thanks to Thetis by
deceiving Agamemnon, sending a false vision to him,
in order that many of the Achaeans might lose their
lives.[2] Don't you see, it was impossible for him to
hurl a thunderbolt and burn up Agamemnon himself
without making himself out a liar? Or perhaps you
were most inclined to believe when you heard how
Diomed wounded Aphrodite and then even Ares him-
self at the suggestion of Athena,[3] and how shortly
afterwards the gods themselves fell to and began
duelling promiscuously, males and females;[4] Athena
defeated Ares, already overtaxed, no doubt by the
wound he had received from Diomed,[5] and

"Leto fought against Hermes, the stalwart god of
     good fortune."[6]

Or perhaps you thought the tale about Artemis
credible, that, being a fault-finding person, she got
angry when she was not invited to a feast by Oeneus
and so turned loose on his land a monstrous boar of
irresistible strength.[7] Did Homer convince you by
saying that sort of thing?

ZEUS

I say, gods! what a shout the crowd raised,
applauding Damis! Our man seems to be in a fix.

[1] *Iliad* 1, 396.   [2] *Iliad* 2, 5.   [3] *Iliad* 5, 335, 855.
[4] *Iliad* 20, 54.   [5] *Iliad* 21, 403.   [6] *Iliad* 20, 72.
[7] *Iliad* 9, 533.

ἔοικεν· ἰδίει [1] γοῦν καὶ ὑποτρέμει καὶ δῆλός ἐστιν
ἀπορρίψων τὴν ἀσπίδα, καὶ ἤδη περιβλέπει οἷ
παρεκδὺς ἀποδράσεται.

ΤΙΜΟΚΛΗΣ

Οὐδ' Εὐριπίδης ἄρα σοι δοκεῖ λέγειν τι ὑγιές,
ὁπόταν αὐτοὺς ἀναβιβασάμενος τοὺς θεοὺς ἐπὶ
τὴν σκηνὴν δεικνύῃ σώζοντας μὲν τοὺς χρηστοὺς
τῶν ἡρώων, τοὺς πονηροὺς δὲ καὶ κατὰ σὲ τὴν
ἀσέβειαν ἐπιτρίβοντας;

ΔΑΜΙΣ

'Αλλ', ὦ γενναιότατε φιλοσόφων Τιμόκλεις,
εἰ ταῦτα ποιοῦντες οἱ τραγῳδοὶ πεπείκασί σε, ἀνάγ-
κη δυοῖν θάτερον, ἤτοι Πῶλον καὶ 'Αριστόδημον
καὶ Σάτυρον ἡγεῖσθαί σε θεοὺς εἶναι τότε ἢ τὰ
πρόσωπα τῶν θεῶν αὐτὰ καὶ τοὺς ἐμβάτας καὶ
τοὺς ποδήρεις χιτῶνας καὶ χλαμύδας καὶ χειρίδας
καὶ προγαστρίδια καὶ τἆλλα οἷς ἐκεῖνοι σεμνύνουσι
τὴν τραγῳδίαν, ὅπερ καὶ γελοιότατον· ἐπεὶ καθ'
ἑαυτὸν ὁπόταν ὁ Εὐριπίδης, μηδὲν ἐπειγούσης τῆς
χρείας τῶν δραμάτων, τὰ δοκοῦντά οἱ λέγῃ, ἄκουσῃ
αὐτοῦ τότε παρρησιαζομένου,

> ὁρᾷς τὸν ὑψοῦ τόνδ' ἄπειρον αἰθέρα
> καὶ γῆν πέριξ ἔχονθ' ὑγραῖς ἐν ἀγκάλαις ;
> τοῦτον νόμιζε Ζῆνα, τόνδ' ἡγοῦ θεόν.

καὶ πάλιν,

> Ζεύς, ὅστις ὁ Ζεύς, οὐ γὰρ οἶδα, πλὴν λόγῳ
> κλύων.

καὶ τὰ τοιαῦτα.

---

[1] ἰδίει K. Schwartz : δέδιε MSS.

In fact he is sweating and quaking; it's clear he is going to throw up the sponge, and is already looking about for a place to slip out and run away.

TIMOCLES

I suppose you don't think that Euripides is telling the truth either, when he puts the gods themselves on the stage and shows them saving the heroes and destroying villains and impious fellows like yourself?

DAMIS

Why, Timocles, you doughtiest of philosophers, if the playwrights have convinced you by doing this, you must needs believe either that Polus and Aristodemus and Satyrus are gods for the nonce, or that the very masks representing the gods, the buskins, the trailing tunics, the cloaks, gauntlets, padded paunches and all the other things with which they make tragedy grand are divine; and that is thoroughly ridiculous. I assure you when Euripides, following his own devices, says what he thinks without being under any constraint imposed by the requirements of his plays, you will hear him speaking frankly then:

> Dost see on high this boundless sweep of air
> That lappeth earth about in yielding arms?
> Hold this to be Zeus, and believe it God.[1]

And again:

> 'Twas Zeus, whoever Zeus is, for I know
> Him not, except by hearsay.[2]

and so on.

[1] From a lost play. These verses are translated by Cicero (*Nat. Deor.* ii, 25, 65).
[2] From the lost *Melanippe the Wise*. The line was unfavourably received and subsequently changed (Plut. *Mor.* 756 c).

ΤΙΜΟΚΛΗΣ

42 Οὐκοῦν ἅπαντες ἄνθρωποι καὶ τὰ ἔθνη ἐξηπα-
τηνται θεοὺς νομίζοντες καὶ πανηγυρίζοντες;

ΔΑΜΙΣ

Εὖ γε, ὦ Τιμόκλεις, ὅτι με ὑπεμνησας τῶν κατὰ
ἔθνη νομιζομένων, ἀφ' ὧν μάλιστα συνίδοι τις
ἂν ὡς οὐδὲν βέβαιον ὁ περὶ θεῶν λογος ἔχει· πολ-
λὴ γὰρ ἡ ταραχὴ καὶ ἄλλοι ἄλλα νομιζουσι,
Σκύθαι μὲν ἀκινάκῃ θύοντες καὶ Θρᾷκες Ζαμόλξιδι,
δραπετῃ ἀνθρώπῳ ἐκ Σάμου ὡς αὐτοὺς ἥκοντι,
Φρύγες δὲ Μήνῃ καὶ Αἰθίοπες Ἡμερᾳ καὶ Κυλ-
ληνιοι Φάλητι καὶ Ἀσσύριοι περιστερᾷ καὶ Πέρ-
σαι πυρὶ καὶ Αἰγύπτιοι ὕδατι. καὶ τοῦτο μὲν
ἅπασι κοινὸν τοῖς Αἰγυπτίοις τὸ ὕδωρ, ἰδίᾳ δὲ
Μεμφίταις μὲν ὁ βοῦς θεος, Πηλουσιώταις δὲ
κρόμμυον, καὶ ἄλλοις ἶβις ἢ κροκόδειλος καὶ ἄλ-
λοις κυνοκέφαλος ἢ αἴλουρος ἢ πίθηκος· καὶ ἔτι
κατὰ κώμας τοῖς μὲν ὁ δεξιὸς ὦμος θεός, τοῖς δὲ
κατ' ἀντιπερας οἰκοῦσιν ἅτερος· καὶ ἄλλοις κε-
φαλῆς ἡμίτομον, καὶ ἄλλοις ποτήριον κεραμεοῦν
ἢ τρύβλιον. ταῦτα πῶς οὐ γέλως ἐστίν, ὦ καλὲ
Τιμόκλεις;

ΜΩΜΟΣ

Οὐκ ἔλεγον, ὦ θεοί, ταῦτα παντα ἥξειν εἰς
τοὐμφανὲς καὶ ἀκριβῶς ἐξετασθήσεσθαι;

ΖΕΥΣ

Ἔλεγες, ὦ Μῶμε, καὶ ἐπετίμας ὀρθῶς, καὶ
ἔγωγε πειράσομαι ἐπανορθώσασθαι αὐτά, ἢν τὸν
ἐν ποσὶ τοῦτον κίνδυνον διαφύγωμεν.

ΤΙΜΟΚΛΗΣ

43 Ἀλλ', ὦ θεοῖς ἐχθρὲ σύ, τοὺς χρησμοὺς καὶ

ZEUS RANTS

TIMOCLES

Well then, all men and all nations have been mistaken in believing in gods and celebrating festivals?

DAMIS

Thank you kindly, Timocles, for reminding me of what the nations believe. From that you can discern particularly well that there is no certainty in the theory of gods, for the confusion is great, and some believe one thing, some another. The Scythians offer sacrifice to a scimitar, the Thracians to Zamolxis, a runaway slave who came to them from Samos, the Phrygians to Men, the Ethiopians to Day, the Cyllenians to Phales, the Assyrians to a dove, the Persians to fire, and the Egyptians to water. And while all the Egyptians in common have water for a god, the people of Memphis have the bull, the people of Pelusium a wild onion, others an ibis or a crocodile, others a dog-faced god or a cat or a monkey. Moreover, taking them by villages, some hold the right shoulder a god and others, who dwell opposite them, the left; others, half a skull, and others an earthen cup or dish. Isn't that matter for laughter, good Timocles?

MOMUS

Didn't I tell you, gods, that all this would come out and be thoroughly looked into?

ZEUS

You did, Momus, and your criticism was just. I shall try to set it all right if we escape this immediate danger.

TIMOCLES

But, you god-hater, how about the oracles and pre-

προαγορεύσεις τῶν ἐσομένων τίνος ἔργον ἂν εἴποις
ἢ θεῶν καὶ τῆς προνοίας τῆς ἐκείνων;

ΔΑΜΙΣ

Σιώπησον, ὦ ἄριστε, περὶ τῶν χρησμῶν, ἐπεὶ
ἐρήσομαί σε τίνος αὐτῶν μάλιστα μεμνῆσθαι
ἀξιοῖς; ἆρ' ἐκείνου ὃν τῷ Λυδῷ ὁ Πύθιος ἔχρησεν,
ὃς ἀκριβῶς ἀμφήκης ἦν καὶ διπρόσωπος, οἷοί εἰσι
τῶν Ἑρμῶν ἔνιοι, διττοὶ καὶ ἀμφοτέρωθεν ὅμοιοι
πρὸς ὁπότερον ἂν αὐτῶν μέρος ἐπιστραφῇς; ἢ τι
γὰρ μᾶλλον ὁ Κροῖσος διαβὰς τὸν Ἅλυν τὴν
αὑτοῦ ἀρχὴν ἢ τὴν Κύρου καταλύσει; καίτοι οὐκ
ὀλίγων ταλάντων ὁ Σαρδιανὸς ἐκεῖνος ὄλεθρος τὸ
ἀμφιδέξιον τοῦτο ἔπος ἐπρίατο.

ΜΩΜΟΣ

Αὐτά που, ὦ θεοί, ἀνὴρ διεξέρχεται λεγων ἃ
ἐδεδίειν μάλιστα. ποῦ νῦν ὁ καλὸς ἡμῖν κιθαρῳ-
δός; ἀπολόγησαι αὐτῷ κατελθὼν πρὸς ταῦτα.

ΖΕΥΣ

Σὺ ἡμᾶς ἐπισφάττεις, ὦ Μῶμε, οὐκ ἐν καιρῷ
νῦν ἐπιτιμῶν.

ΤΙΜΟΚΛΗΣ

44   Ὅρα οἷα ποιεῖς, ὦ ἀλιτήριε Δᾶμι, μονονουχὶ
τὰ ἔδη αὐτὰ τῶν θεῶν ἀνατρέπεις τῷ λόγῳ καὶ
βωμοὺς αὐτῶν.

ΔΑΜΙΣ

Οὐ πάντας ἔγωγε τοὺς βωμούς, ὦ Τιμόκλεις.
τί γὰρ καὶ δεινὸν ἀπ' αὐτῶν γίγνεται, εἰ θυμια-
μάτων καὶ εὐωδίας μεστοί εἰσι; τοὺς δὲ ἐν Ταύροις
τῆς Ἀρτέμιδος ἡδέως ἂν ἐπεῖδον ἐκ βάθρων ἐπὶ
κεφαλὴν ἀνατρεπομένους, ἐφ' ὧν τοιαῦτα ἡ παρ-
θένος εὐωχουμένη ἔχαιρεν.

dictions of coming events? whose work can you call them except that of the gods and their providence?

Don't say a word about the oracles, my worthy friend, or else I'll ask you which of them you want to cite. The one that Apollo gave the Lydian, which was thoroughly double-edged and two-faced, like some of our Herms, which are double and just alike on both sides, whichever way you look at them; for what was there to show that Croesus by crossing the Halys would destroy his own kingdom rather than that of Cyrus? And yet the luckless Sardian had paid a good many thousands for that ambidextrous verse.

Gods, the man keeps saying the very things that I most feared. Where is our handsome musician now? (*To* APOLLO) Go down and defend yourself to him against these charges!

You are boring us to extinction, Momus, with your untimely criticism.

Take care what you are doing, Damis, you miscreant! You are all but upsetting the very temples of the gods with your arguments, and their altars too.

Not all the altars, as far as I am concerned, Timocles; for what harm do they do if they are full of incense and sweet savour? But I should be glad to see the altars of Artemis among the Taurians turned completely upside down, those on which the maiden goddess used to enjoy such horrid feasts.

ΖΕΥΣ

Τουτὶ πόθεν ἡμῖν τὸ ἄμαχον κακὸν ἐπιχεῖ; ὡς[1]
δαιμόνων οὐδενὸς ἀνὴρ φείδεται, ἀλλ᾽ ἐξ ἁμάξης
παρρησιάζεται καὶ

μάρπτει ἐξείης, ὅς τ᾽ αἴτιος ὅς τε καὶ οὐκί.

ΜΩΜΟΣ

Καὶ μὴν ὀλίγους ἄν, ὦ Ζεῦ, τοὺς ἀναιτίους
εὕροις ἐν ἡμῖν· καί που τάχα προϊὼν ὁ ἄνθρωπος
ἅψεται καὶ τῶν κορυφαίων τινός.

ΤΙΜΟΚΛΗΣ

45 Οὐδὲ βροντῶντος ἄρα τοῦ Διὸς ἀκούεις, ὦ
θεομάχε Δᾶμι;

ΔΑΜΙΣ

Καὶ πῶς οὐ μέλλω βροντῆς ἀκούειν, ὦ Τι-
μόκλεις; εἰ δ᾽ ὁ Ζεὺς ὁ βροντῶν ἐστι, σὺ ἄμεινον
ἂν εἰδείης ἐκεῖθέν ποθεν παρὰ τῶν θεῶν ἀφιγμέ-
νος· ἐπεὶ οἵ γε ἐκ Κρήτης ἥκοντες ἄλλα ἡμῖν
διηγοῦνται, τάφον τινὰ κεῖθι δείκνυσθαι καὶ στή-
λην ἐφεστάναι δηλοῦσαν ὡς οὐκέτι βροντήσειεν
ἂν ὁ Ζεὺς πάλαι τεθνεώς.

ΜΩΜΟΣ

Τοῦτ᾽ ἐγὼ πρὸ πολλοῦ ἠπιστάμην ἐροῦντα τὸν
ἄνθρωπον. τί δ᾽ οὖν, ὦ Ζεῦ, ὠχρίακας ἡμῖν καὶ
συγκροτεῖς τοὺς ὀδόντας ὑπὸ τοῦ τρόμου; θαρρεῖν
χρὴ καὶ τῶν τοιούτων ἀνθρωπίσκων καταφρονεῖν.

ΖΕΥΣ

Τι λέγεις, ὦ Μῶμε; καταφρονεῖν; οὐχ ὁρᾷς
ὅσοι ἀκούουσι καὶ ὡς συμπεπεισμένοι εἰσὶν ἤδη

[1] ὡς vulg. : ὃς MSS.

ZEUS

Where did he get this insufferable stuff that he is pouring out on us? He doesn't spare any of the gods, but speaks out like a fishwife and

"Takes first one, then the other, the guiltless along
    with the guilty."[1]

MOMUS

I tell you, Zeus, you'll find few that are guiltless among us, and possibly as he continues the man will soon fasten on a certain person of prominence.

TIMOCLES

Then can't you even hear Zeus when he thunders, Damis, you god-fighter?

DAMIS

Why shouldn't I hear thunder, Timocles? But whether it is Zeus that thunders or not, you no doubt know best, coming as you do from some place or other where the gods live! However, the people who come here from Crete tell us a different tale, that a grave is pointed out there with a tombstone standing upon it which proves that Zeus cannot thunder any more, as he has been dead this long time.

MOMUS

I knew far in advance that the fellow would say that. But why have you become so pale, Zeus, and why do you tremble till your teeth chatter? You should be bold and despise such mannikins.

ZEUS

What's that you say, Momus? Despise them? don't you see how many are listening, and how they

[1] *Iliad* 15, 137.

καθ' ἡμῶν καὶ ἀπάγει αὐτοὺς ἀναδησάμενος τῶν
ὤτων ὁ Δᾶμις;

ΜΩΜΟΣ

Ἀλλὰ σὺ, ὦ Ζεῦ, ὁπόταν θελήσῃς, σειρὴν
χρυσείην καθεὶς ἅπαντας αὐτοὺς

αὐτῇ κεν γαίῃ ἐρύσαις αὐτῇ τε θαλάσσῃ.

ΤΙΜΟΚΛΗΣ

46 Εἰπέ μοι, ὦ κατάρατε, πέπλευκας ἤδη ποτέ;

ΔΑΜΙΣ

Καὶ πολλάκις, ὦ Τιμόκλεις.

ΤΙΜΟΚΛΗΣ

Οὔκουν ἔφερε μὲν ὑμᾶς τότε ἢ ἄνεμος ἐμπίπτων
τῇ ὀθόνῃ καὶ ἐμπιπλὰς τὰ ἀκάτια ἢ οἱ ἐρεττοντες,
ἐκυβέρνα δὲ εἷς τις ἐφεστὼς καὶ ἔσῳζε τὴν ναῦν;

ΔΑΜΙΣ

Καὶ μάλα.

ΤΙΜΟΚΛΗΣ

Εἶτα ἡ ναῦς μὲν οὐκ ἂν ἔπλει μὴ κυβερνωμένη,
τὸ δὲ ὅλον τοῦτο ἀκυβέρνητον οἴει καὶ ἀνηγεμό-
νευτον φέρεσθαι;

ΖΕΥΣ

Εὖ γε, συνετῶς ὁ Τιμοκλῆς ταῦτα καὶ ἰσχυρῷ[1]
τῷ παραδείγματι.

ΔΑΜΙΣ

47 Ἀλλ', ὦ θεοφιλέστατε Τιμόκλεις, τὸν μὲν
κυβερνήτην ἐκεῖνον εἶδες ἂν ἀεὶ τὰ συμφέροντα
ἐπινοοῦντα καὶ πρὸ τοῦ καιροῦ παρασκευαζόμενον
καὶ προστάττοντα τοῖς ναύταις, ἀλυσιτελὲς δὲ

---

[1] ἰσχυρῷ Struve : ἰσχυρῶς MSS.

have already been persuaded against us and he is leading them after him tethered by the ears?

MOMUS

But whenever you like, Zeus, you can let down a cord of gold and

"Sway them aloft, with the earth and the sea, too, into the bargain."[1]

TIMOCLES

Tell me, you scoundrel, have you ever made a voyage?

DAMIS

Yes, often, Timocles.

TIMOCLES

Well, you were kept in motion then, were you not, either by the wind striking the main canvas and filling the other sails, or else by the rowers, but the steering was done by a single man in command, who kept the vessel safe?

DAMIS

Yes, certainly.

TIMOCLES

Then do you suppose that while the ship would not sail if she were not steered, this universe keeps in motion unsteered and unofficered?

ZEUS

Good! Timocles put that very shrewdly, with a valid illustration.

DAMIS

Why, Timocles, you superlative admirer of the gods, in the one case you would have seen the captain always planning what had better be done and making ready beforehand and giving orders to the crew, and

[1] *Iliad* 8, 24.

οὐδὲ ἄλογον οὐδέν τι εἶχεν ἡ ναῦς ὃ μὴ χρή-
σιμον πάντως καὶ ἀναγκαῖον ἦν πρὸς τὴν ναυτι-
λίαν αὐτοῖς·[1] ὁ δὲ σὸς οὗτος κυβερνήτης, ὃν τῇ
μεγάλῃ ταύτῃ νηὶ ἐφεστάναι ἀξιοῖς, καὶ οἱ συν-
ναῦται αὐτοῦ οὐδὲν εὐλόγως οὐδὲ κατὰ τὴν ἀξίαν
διατάττουσιν, ἀλλ᾽ ὁ μὲν πρότονος, εἰ τύχοι, ἐς
τὴν πρύμναν ἀποτέταται, οἱ πόδες δ᾽ ἐς τὴν
πρῷραν ἀμφότεροι· καὶ χρυσαῖ μὲν αἱ ἄγκυραι
ἐνίοτε, ὁ χηνίσκος δὲ μολυβδοῦς, καὶ τὰ μὲν
ὕφαλα κατάγραφα, τὰ δὲ ἔξαλα τῆς νεὼς ἄμορφα.
48 καὶ αὐτῶν δὲ τῶν ναυτῶν ἴδοις ἂν τὸν μὲν ἀργὸν
καὶ ἄτεχνον καὶ ἄτολμον πρὸς τὰ ἔργα διμοιρίτην
ἢ τριμοιρίτην, τὸν δὲ κατακολυμβῆσαί τε ἄοκνον
καὶ ἐπὶ τὴν κεραίαν ἀναπηδῆσαι ῥᾴδιον καὶ εἰδότα
τῶν χρησίμων ἕκαστα μόνον, τοῦτον[2] ἀντλεῖν
προστεταγμένον· τὰ δὲ αὐτὰ καὶ ἐν τοῖς ἐπι-
βάταις, μαστιγίαν μέν τινα ἐν προεδρίᾳ παρὰ
τὸν κυβερνήτην καθήμενον καὶ θεραπευόμενον,
καὶ ἄλλον κίναιδον ἢ πατραλοίαν ἢ ἱερόσυλον
ὑπερτιμώμενον καὶ τὰ ἄκρα τῆς νεὼς κατειλη-
φότα, χαρίεντας δὲ πολλοὺς ἐν μυχῷ τοῦ σκά-
φους στενοχωρουμένους καὶ ὑπὸ τῶν πρὸς ἀλή-
θειαν χειρόνων πατουμένους· ἐννόησον γοῦν ὅπως
μὲν Σωκράτης καὶ Ἀριστείδης ἔπλευσαν καὶ Φω-
κίων, οὐδὲ τὰ ἄλφιτα διαρκῆ ἔχοντες οὐδὲ ἀπο-
τεῖναι τοὺς πόδας δυνάμενοι ἐπὶ γυμνῶν τῶν
σανίδων παρὰ τὸν ἄντλον, ἐν ὅσοις δὲ ἀγαθοῖς
Καλλίας καὶ Μειδίας καὶ Σαρδανάπαλλος, ὑπερ-
τρυφῶντες καὶ τῶν ὑφ᾽ αὑτοῖς καταπτύοντες.

49   Τοιαῦτα ἐν τῇ νηὶ σου γίνεται, ὦ σοφώτατε

---

[1] ὃ μὴ ... αὐτοῖς : text β. ὃ μὴ χρειῶδες ἦν αὐτοῖς γ.
[2] ἕκαστα μόνον, τοῦτον Jacobs : ἕκαστα, μόνον τοῦτον vulg.

the ship would contain nothing at all that was
profitless and senseless, that was not wholly useful
and necessary to them for their voyage. But in the
other case your captain, the one who, you say, is in
command of this great ship, manages nothing in a
sensible or fitting way, and neither do the members
of his crew; the forestay is carried aft, maybe, and
both the sheets forward, the anchors are sometimes
of gold while the figurehead is of lead, and all the
ship's underbody is painted while her upper works
are unsightly. Among the sailors themselves you
will see that one who is lazy and lubberly and has
no heart for his work has a warrant or even a
commission, while another who is fearless at diving
and handy in manning the yards and best acquainted
with everything that needs to be done, is set to
pumping ship. So too with the passengers: you'll
see some gallows-bird or other sitting on the quarter
deck beside the captain and receiving attentions, and
another, a profligate, a parricide or a temple-robber,
getting inordinate honour and taking up the whole
deck of the ship, while a lot of good fellows are
crowded into a corner of the hold and trampled on
by men who are really their inferiors. Just think,
for example, what a voyage Socrates and Aristides
and Phocion had, without biscuits enough to eat and
without even room to stretch their legs on the bare
boards alongside the bilgewater, and on the other
hand what favours Callias and Midias and Sarda-
napalus enjoyed, rolling in luxury and spitting on
those beneath them!

That is what goes on in your ship, Timocles, you

Τιμοκλεῖς· διὰ τοῦτο αἱ ναυαγίαι μυρίαι. εἰ δέ τις
κυβερνήτης ἐφεστὼς ἑώρα καὶ διέταττεν ἕκαστα,
πρῶτον μὲν οὐκ ἂν ἠγνόησεν οἵτινες οἱ χρηστοὶ
καὶ οἵτινες οἱ φαῦλοι τῶν ἐμπλεόντων, ἔπειτα
ἑκάστῳ κατὰ τὴν ἀξίαν τὰ προσήκοντα ἀπένει-
μεν ἄν, χώραν τε τὴν ἀμείω τοῖς ἀμείνοσι παρ'
αὑτὸν ἄνω, τὴν κάτω δὲ τοῖς χείροσι, καὶ συσσί-
τους ἔστιν οὓς καὶ συμβούλους ἐποιήσατ' ἄν, καὶ
τῶν ναυτῶν ὁ μὲν πρόθυμος ἢ πρῴρας ἐπιμελητὴς
ἀπεδέδεικτ' ἂν ἢ τοίχου ἄρχων ἢ πάντως πρὸ τῶν
ἄλλων, ὁ δὲ ὀκνηρὸς καὶ ῥᾴθυμος ἐπαίετ' ἂν τῷ
καλωδίῳ πεντάκις τῆς ἡμέρας εἰς τὴν κεφαλήν.
ὥστε σοι, ὦ θαυμάσιε, τὸ τῆς νεὼς τοῦτο παρά-
δειγμα κινδυνεύει περιτετράφθαι κακοῦ τοῦ κυ-
βερνήτου τετυχηκός.[1]

ΜΩΜΟΣ

50   Ταυτὶ μὲν ἤδη κατὰ ῥοῦν προχωρεῖ τῷ Δάμιδι
καὶ πλησίστιος ἐπὶ τὴν νίκην φέρεται.

ΖΕΥΣ

'Ορθῶς, ὦ Μῶμε, εἰκάζεις. ὁ δ' οὐδὲν ἰσχυρὸν ὁ
Τιμοκλῆς ἐπινοεῖ, ἀλλὰ τὰ κοινὰ ταῦτα καὶ καθ'
ἡμέραν ἄλλα ἐπ' ἄλλοις εὐπερίτρεπτα πάντα
ἐπαντλεῖ.

ΤΙΜΟΚΛΗΣ

51   Οὐκοῦν ἐπεὶ τῆς νεὼς τὸ παράδειγμα οὐ πάνυ
σοι ἰσχυρὸν ἔδοξεν εἶναι, ἄκουσον ἤδη τὴν ἱεράν,
φασίν, ἄγκυραν καὶ ἣν οὐδεμιᾷ μηχανῇ ἀπορρή-
ξεις.

ΖΕΥΣ

Τί ποτε ἄρα καὶ ἐρεῖ;

τετυχηκός vulg. : τετυχηκότος MSS.

greatest of sages, and that is why the disasters are countless. But if there were really a captain in command who saw and directed everything, first of all he would not have failed to know who were the good and who were the bad among the men aboard, and secondly he would have given each man his due according to his worth, giving to the better men the better quarters beside him on deck and to the worse the quarters in the hold; some of them he would have made his messmates and advisers, and as for the crew, a zealous man would have been assigned to command forward or in the waist, or at any rate somewhere or other over the heads of the rest, while a timorous, shiftless one would get clouted over the head half a dozen times a day with the rope's end. Consequently, my interesting friend, your comparison of the ship would seem to have capsized for the want of a good captain.

MOMUS

Things are going finely for Damis now, and he is driving under full sail to victory.

ZEUS

Your figure is apt, Momus. Yet Timocles can't think of anything valid, but launches at him these commonplace, every-day arguments one after another, all of them easy to capsize.

TIMOCLES

Well then, as my comparison of the ship did not seem to you very valid, attend now to my sheet-anchor, as they call it, which you can't by any possibility cut away.

ZEUS

What in the world is he going to say?

THE WORKS OF LUCIAN

TIMOKΛΗΣ

Ἴδοις γὰρ εἰ ἀκόλουθα ταῦτα συλλογίζομαι, καὶ
εἴ πη αὐτὰ δυνατόν σοι περιτρέψαι. εἰ γὰρ εἰσὶ
βωμοί, εἰσὶ καὶ θεοί· ἀλλὰ μὴν εἰσὶ βωμοί, εἰσὶν
ἄρα καὶ θεοί. τί πρὸς ταῦτα φής;

ΔΑΜΙΣ

Ἢν πρότερον γελάσω ἐς κόρον, ἀποκρινοῦμαί
σοι.

TIMOKΛΗΣ

Ἀλλὰ ἔοικας οὐδὲ παύσεσθαι γελῶν· εἰπὲ δὲ
ὅμως ὅπη σοι γελοῖον ἔδοξε τὸ εἰρημένον εἶναι.

ΔΑΜΙΣ

Ὅτι οὐκ αἰσθάνῃ ἀπὸ λεπτῆς κρόκης ἐξαψά-
μενός σου τὴν ἄγκυραν, καὶ ταῦτα ἱερὰν οὖσαν·
τὸ γὰρ εἶναι θεοὺς τῷ βωμοὺς εἶναι συνδήσας
ἰσχυρὸν οἴει ποιήσασθαι ἀπ᾽ αὐτῶν τὸν ὅρμον.
ὥστε ἐπεὶ μηδὲν ἄλλο τούτου φῂς ἔχειν εἰπεῖν
ἱερώτερον, ἀπίωμεν ἤδη.

TIMOKΛΗΣ

52 Ὁμολογεῖς τοίνυν ἡττῆσθαι προαπιων;

ΔΑΜΙΣ

Ναί, ὦ Τιμόκλεις. σὺ γὰρ ὥσπερ οἱ ὑπό τινων
βιαζόμενοι ἐπὶ τοὺς βωμοὺς ἡμῖν καταπέφευγας.
ὥστε, νὴ τὴν ἄγκυραν τὴν ἱεράν, ἐθέλω σπείσα-
σθαι ἤδη πρὸς σὲ ἐπ᾽ αὐτῶν γε τῶν βωμῶν, ὡς
μηκέτι περὶ τούτων ἐρίζοιμεν.

TIMOKΛΗΣ

Εἰρωνεύῃ ταῦτα πρὸς ἐμέ, τυμβωρύχε καὶ μιαρὲ
καὶ κατάπτυστε καὶ μαστιγία καὶ κάθαρμα; οὐ
γὰρ ἴσμεν οὗτινος μὲν πατρὸς εἶ, πῶς δὲ ἡ μήτηρ

166

ZEUS RANTS

See whether I frame this syllogism logically, and whether you can capsize it in any way. If there are altars, there are also gods; but there are altars, *ergo* there are also gods. What have you to say to that?

DAMIS

After I have laughed to my heart's content I'll tell you.

TIMOCLES

Well, it looks as if you would never stop laughing; tell me, though, how you thought what I said was funny.

DAMIS

Because you do not see that your anchor is attached to a slender string—and it's your sheet-anchor at that! Having hitched the existence of gods to the existence of altars, you think you have made yourself a safe mooring. So, as you say you have no better sheet-anchor than this, let's be going.

TIMOCLES

You admit your defeat, then, by going away first?

DAMIS

Yes, Timocles, for like men threatened with violence from some quarter or other, you have taken refuge at the altars. Therefore I vow by the sheet-anchor, I want to make an agreement with you now, right at the altars, not to dispute any more on this topic.

TIMOCLES

Are you mocking me, you ghoul, you miscreant, you abomination, you gallows-bird, you scum of the earth? Don't we know who your father was, and

167

σου ἐπορνεύετο, καὶ ὡς τὸν ἀδελφὸν ἀπέπνιξας
καὶ μοιχεύεις καὶ τὰ μειράκια διαφθείρεις, λιχ-
νότατε καὶ ἀναισχυντότατε; μὴ φεῦγε δ' οὖν, ἕως
καὶ πληγὰς παρ' ἐμοῦ λαβὼν ἀπέλθῃς· ἤδη γάρ
σε τουτωὶ τῷ ὀστράκῳ ἀποσφάξω παμμίαρον ὄντα.

ΖΕΥΣ

53   Ὁ μὲν γελῶν, ὦ θεοί, ἄπεισιν, ὁ δ' ἀκολουθεῖ
λοιδορούμενος οὐ φέρων κατατρυφῶντα τὸν Δᾶμιν,
καὶ ἔοικε πατάξειν αὐτὸν τῷ κεράμῳ ἐς τὴν κε-
φαλήν. ἡμεῖς δὲ τί ποιῶμεν ἐπὶ τούτοις;

ΕΡΜΗΣ

Ὀρθῶς ἐκεῖνό μοι ὁ κωμικὸς εἰρηκέναι δοκεῖ,

οὐδὲν πέπονθας δεινόν, ἂν μὴ προσποιῇ.

τί γὰρ καὶ ὑπέρμεγα κακόν, εἰ ὀλίγοι ἄνθρωποι
πεπεισμένοι ταῦτα ἀπίασι; πολλῷ[1] γὰρ οἱ τἀναν-
τία γιγνώσκοντες πλείους, Ἑλλήνων ὁ πολὺς λεὼς
βάρβαροί τε ἅπαντες.

ΖΕΥΣ

Ἀλλά, ὦ Ἑρμῆ, τὸ τοῦ Δαρείου πάνυ καλῶς
ἔχον ἐστίν, ὃ εἶπεν ἐπὶ τοῦ Ζωπύρου· ὥστε καὶ
αὐτὸς ἐβουλόμην ἂν ἕνα τοῦτον ἔχειν τὸν Δᾶμιν
σύμμαχον ἢ μυρίας μοι Βαβυλῶνας ὑπάρχειν.

1 πολλῷ Bekker : πολλοὶ MSS.

168

how your mother was a courtesan, and that you strangled your brother and you run after women and corrupt the young, you height of all that's lewd and shameless? Don't run away! Take a thrashing from me before you go! I'll brain you right now with this brickbat, dirty miscreant that you are!

ZEUS

One is going away laughing, gods, and the other is following him up with abuse, because he can't stand the mockery of Damis; it looks as if he would hit him on the head with the brickbat. But what of us? What are we to do now?

HERMES

It seems to me that the comic poet hit it right when he said:

"No harm's been done you if you none admit." [1]

What very great harm is it if a few men go away convinced of all this? The people who think differently are in large majority, not only the rank and file of the Greeks, but the barbarians to a man.

ZEUS

Yes, Hermes, but what Darius said about Zopyrus is very much in point too. I myself had rather have this man Damis alone on my side than possess a thousand Babylons.[2]

[1] Menander, *Epitrepontes* (179 Kock).
[2] See Herodotus 3, 153 ff.

THE DREAM, OR THE COCK

A Cynic sermon in praise of poverty, cast in the form of a dialogue between Micyllus the cobbler, who figures also in *The Downward Journey*, and his cock, who is Pythagoras reincarnated.

ΟΝΕΙΡΟΣ Η ΑΛΕΚΤΡΥΩΝ

ΜΙΚΥΛΛΟΣ

1 Ἀλλὰ σέ, κάκιστε ἀλεκτρυών, ὁ Ζεὺς αὐτὸς
ἐπιτρίψειε φθονερὸν οὕτω καὶ ὀξύφωνον ὄντα, ὅς
με πλουτοῦντα καὶ ἡδίστῳ ὀνείρῳ συνόντα καὶ
θαυμαστὴν εὐδαιμονίαν εὐδαιμονοῦντα διάτορόν
τι καὶ γεγωνὸς ἀναβοήσας ἐπήγειρας, ὡς μηδὲ
νύκτωρ γοῦν τὴν πολὺ σοῦ μιαρωτέραν πενίαν
διαφύγοιμι. καίτοι εἴ γε χρὴ τεκμαίρεσθαι τῇ τε
ἡσυχίᾳ πολλῇ ἔτι οὔσῃ καὶ τῷ κρύει μηδέπω με
τὸ ὄρθριον ὥσπερ εἴωθεν ἀποπηγνύντι—γνώμων
γὰρ οὗτος ἀψευδέστατός μοι προσελαυνούσης
ἡμέρας—οὐδέπω μέσαι νύκτες εἰσίν, ὁ δὲ ἄϋπνος
οὗτος ὥσπερ τὸ χρυσοῦν ἐκεῖνο κώδιον φυλάττων
ἀφ᾽ ἑσπέρας εὐθὺς ἤδη κέκραγεν, ἀλλ᾽ οὔτι χαίρων
γε· ἀμυνοῦμαι γὰρ ἀμέλει σε, ἢν μόνον ἡμέρα
γένηται, συντρίβων τῇ βακτηρίᾳ· νῦν δέ μοι
πράγματα παρέξεις μεταπηδῶν ἐν τῷ σκότῳ.

ΑΛΕΚΤΡΥΩΝ

Μίκυλλε δέσποτα, ᾤμην τι χαριεῖσθαί σοι
φθάνων τῆς νυκτὸς ὁπόσον δυναίμην, ὡς ἔχοις
ὀρθρευόμενος προανύειν τὰ πολλὰ τῶν ἔργων· εἰ [1]
γοῦν πρὶν ἀνατεῖλαι ἥλιον μίαν κρηπῖδα ἐξεργά-

---

[1] εἰ Α.Μ.Η. : ἢ (or ἣ) γ; ἢν (and ἐργάσῃ) β.

THE DREAM, OR THE COCK

MICYLLUS

WHY, you scurvy cock, may Zeus himself annihilate you for being so envious and shrill-voiced! I was rolling in wealth and having a most delightful dream and enjoying wonderful happiness when you uplifted your voice in a piercing, full-throated crow and waked me up. Even at night you won't let me escape my poverty, which is much more of a nuisance than you are. And yet to judge from the fact that the silence is still profound and the cold has not yet stiffened me as it always does in the morning—which is the surest indicator that I have of the approach of day—it is not yet midnight, and this bird, who is as sleepless as if he were guarding the golden fleece, has started crowing directly after dark. He shall suffer for it, though! I'll pay you back, never fear, as soon as it is daylight, by whacking the life out of you with my stick; but if I tried it now, you would bother me by hopping about in the dark.

COCK

Master Micyllus, I thought I should do you a favour by cheating the night as much as I could, so that you might make use of the morning hours and finish the greater part of your work early; you see, if you get a single sandal done before the sun rises.

σαιο, πρὸ ὁδοῦ ἔσῃ τοῦτο ἐς τὰ ἄλφιτα πεπονη-
κώς. εἰ δέ σοι καθεύδειν ἥδιον, ἐγὼ μὲν ἡσυχά-
σομαί σοι καὶ πολὺ ἀφωνότερος ἔσομαι τῶν
ἰχθύων, σὺ δὲ ὅρα ὅπως μὴ ὄναρ πλουτῶν λιμώτ-
της ἀνεγρόμενος.

MIKΤΛΛΟΣ

2   Ὦ Ζεῦ τεράστιε καὶ Ἡράκλεις ἀλεξίκακε, τί τὸ
κακὸν τοῦτό ἐστιν; ἀνθρωπίνως ἐλάλησεν ὁ ἀλε-
κτρυών.

ΑΛΕΚΤΡΥΩΝ

Εἶτά σοι τέρας εἶναι δοκεῖ τὸ τοιοῦτον, εἰ
ὁμόφωνος ὑμῖν εἰμι;

MIKΤΛΛΟΣ

Πῶς γὰρ οὐ τέρας; ἀλλ᾽ ἀποτρέποιτε, ὦ θεοί,
τὸ δεινὸν ἀφ᾽ ἡμῶν.

ΑΛΕΚΤΡΥΩΝ

Σύ μοι δοκεῖς, ὦ Μίκυλλε, κομιδῇ ἀπαίδευτος
εἶναι μηδὲ ἀνεγνωκέναι τὰ Ὁμήρου ποιήματα, ἐν
οἷς καὶ ὁ τοῦ Ἀχιλλέως ἵππος ὁ Ξάνθος μακρὰ
χαίρειν φράσας τῷ χρεμετίζειν ἕστηκεν ἐν μέσῳ
τῷ πολέμῳ διαλεγόμενος, ἔπη ὅλα ῥαψῳδῶν, οὐχ
ὥσπερ ἐγὼ νῦν ἄνευ τῶν μέτρων. ἀλλὰ καὶ
ἐμαντεύετο ἐκεῖνος καὶ τὰ μέλλοντα προεθέσπιζε
καὶ οὐδέν τι παράδοξον ἐδόκει ποιεῖν, οὐδὲ ὁ
ἀκούων ἐπεκαλεῖτο ὥσπερ σὺ τὸν ἀλεξίκακον,
ἀποτρόπαιον ἡγούμενος τὸ ἄκουσμα. καίτοι τί
ἂν ἐποίησας, εἴ σοι ἡ τῆς Ἀργοῦς τρόπις
ἐλάλησεν ὥσπερ ποτέ, ἢ¹ ἡ φηγὸς ἐν Δωδώνῃ
αὐτόφωνος ἐμαντεύσατο, ἢ εἰ βύρσας εἶδες
ἑρπούσας καὶ βοῶν κρέα μυκώμενα ἡμίοπτα²
περιπεπαρμένα τοῖς ὀβελοῖς; ἐγὼ δὲ Ἑρμοῦ πάρ-

---

¹ ἤ Fritzsche : not in MSS.
² ἡμίοπτα Cobet : ἡμίοπτα καὶ ἐφθά γ ; ἡμίεφθα β.

you will be so much ahead toward earning your daily bread. But if you had rather sleep, I'll keep quiet for you and will be much more mute than a fish. Take care, however, that you don't dream you are rich and then starve when you wake up.

MICYLLUS

Zeus, god of miracles, and Heracles, averter of harm! what the devil does this mean? The cock talked like a human being!

COCK

Then do you think it a miracle if I talk the same language as you men?

MICYLLUS

Why isn't it a miracle? Gods, avert the evil omen from us!

COCK

It appears to me, Micyllus, that you are utterly un-educated and haven't even read Homer's poems, for in them Xanthus, the horse of Achilles, saying good-bye to neighing forever, stood still and talked in the thick of the fray, reciting whole verses, not prose as I did; indeed he even made prophecies and foretold the future; yet he was not considered to be doing anything out of the way, and the one who heard him did not invoke the averter of harm as you did just now, thinking the thing ominous.[1] Moreover, what would you have done if the stem of the Argo had spoken to you as it spoke of old,[2] or the oak at Dodona had prophesied with a voice of its own; or if you had seen hides crawling and the flesh of oxen bellowing half-roasted on the spits?[3] I am the friend of

---

[1] *Iliad* 19, 407 ff.   [2] Apoll. Rhod. 4, 580 ff.
[3] *Od.* 12, 395 ff.

εδρος ὢν λαλιστάτου καὶ λογιωτάτου θεῶν ἁπάν-
των καὶ τὰ ἄλλα ὁμοδίαιτος ὑμῖν καὶ σύντροφος οὐ
χαλεπῶς ἔμελλον ἐκμαθήσεσθαι τὴν ἀνθρωπίνην
φωνήν. εἰ δὲ ἐχεμυθήσειν ὑπόσχοιό μοι, οὐκ ἂν
ὀκνήσαιμί σοι τὴν ἀληθεστέραν αἰτίαν εἰπεῖν
τῆς πρὸς ὑμᾶς ὁμοφωνίας καὶ ὅθεν ὑπάρχει μοι
οὕτω λαλεῖν.

3   Ἀλλὰ μὴ ὄνειρος καὶ ταῦτά ἐστιν, ἀλεκτρυὼν
οὕτω πρὸς ἐμὲ διαλεγόμενος; εἰπὲ δ' οὖν πρὸς τοῦ
Ἑρμοῦ, ὦ βέλτιστε, ὅ τι καὶ ἄλλο σοι τῆς φωνῆς
αἴτιον. ὡς δὲ σιωπήσομαι καὶ πρὸς οὐδένα ἐρῶ,
τι σε χρὴ δεδιέναι; τίς γὰρ ἂν πιστεύσειέ μοι, εἴ τι
διηγοίμην ὡς ἀλεκτρυόνος αὐτὸ εἰπόντος ἀκηκοώς;

ΑΛΕΚΤΡΥΩΝ

Ἄκουε τοινυν παραδοξότατόν σοι εὖ οἶδ' ὅτι
λόγον, ὦ Μίκυλλε· οὑτοσὶ γὰρ ὁ νῦν σοι ἀλε-
κτρυὼν φαινόμενος οὐ πρὸ πολλοῦ ἄνθρωπος ἦν.

ΜΙΚΤΛΛΟΣ

Ἤκουσά τι καὶ πάλαι τοιοῦτον ἀμέλει περὶ
ὑμῶν ὡς Ἀλεκτρυών τις νεανίσκος φίλος γένοιτο
τῷ Ἄρει καὶ συμπίνοι τῷ θεῷ καὶ συγκωμάζοι καὶ
κοινωνοίη τῶν ἐρωτικῶν· εἴποτε γοῦν ἀπίοι παρὰ
τὴν Ἀφροδίτην μοιχεύσων ὁ Ἄρης, ἐπάγεσθαι
καὶ τὸν Ἀλεκτρυόνα, καὶ ἐπειδήπερ τὸν Ἥλιον
μάλιστα ὑφεωρᾶτο, μὴ κατιδὼν ἐξείποι πρὸς τὸν
Ἥφαιστον, ἔξω πρὸς ταῖς θύραις ἀπολείπειν ἀεὶ
τὸν νεανίσκον μηνύσοντα ὁπότε ἀνίσχοι ὁ Ἥλιος.
εἶτά ποτε κατακοιμηθῆναι τὸν Ἀλεκτρυόνα καὶ
προδοῦναι τὴν φρουρὰν ἄκοντα, τὸν δὲ Ἥλιον

THE DREAM, OR THE COCK

Hermes, the most talkative and eloquent of all the gods, and besides I am the close comrade and messmate of men, so it was to be expected that I would learn the human language without difficulty. But if you promise me to keep your own counsel, I shall not hesitate to tell you the real reason for my having the same tongue as you, and how it happens that I can talk like this.

MICYLLUS

Why, this is not a dream, is it? A cock talking to me this way? Tell me, in the name of Hermes, my good friend, what other reason you have for your ability to speak. As to my keeping still and not telling anybody, why should you have any fear, for who would believe me if I told him anything asserting that I had heard it from a cock?

COCK

Listen, then, to an account which will be quite incredible to you, I am very sure, Micyllus. I who now appear to you in the guise of a cock was a man not long ago.

MICYLLUS

I heard something to that effect about you cocks a good while ago. They say that a young fellow named Alectryon (Cock) became friends with Ares and drank with the god and caroused with him and shared his amorous adventures; at all events, whenever Ares went to visit Aphrodite on poaching bent, he took Alectryon along too; and as he was especially suspicious of Helius, for fear that he would look down on them and tell Hephaestus, he always used to leave the young fellow outside at the door to warn him when Helius rose. Then, they say, Alectryon fell asleep one time and unintentionally

177

λαθόντα ἐπιστῆναι τῇ Ἀφροδίτῃ καὶ τῷ Ἄρει
ἀφρόντιδι ἀναπαυομένῳ διὰ τὸ πιστεύειν τὸν
Ἀλεκτρυόνα μηνῦσαι ἄν, εἴ τις ἐπίοι· καὶ οὕτω
τὸν Ἥφαιστον παρ' Ἡλίου μαθόντα συλλαβεῖν
αὐτοὺς περιβαλόντα καὶ σαγηνεύσαντα τοῖς δε-
σμοῖς ἃ πάλαι μεμηχάνητο ἐπ' αὐτούς· ἀφεθέντα
δὲ ὡς ἀφείθη τὸν Ἄρη ἀγανακτῆσαι κατὰ τοῦ
Ἀλεκτρυόνος καὶ μεταβαλεῖν αὐτὸν εἰς τουτὶ τὸ
ὄρνεον αὐτοῖς ὅπλοις, ὡς ἔτι τοῦ κράνους τὸν λόφον
ἔχειν ἐπὶ τῇ κεφαλῇ. διὰ τοῦτο ὑμᾶς ἀπολογου-
μένους τῷ Ἄρει ὅτ' οὐδὲν ὄφελος, ἐπειδὰν αἴσθη-
σθε ἀνελευσόμενον τὸν ἥλιον, πρὸ πολλοῦ βοᾶν
ἐπισημαινομένους τὴν ἀνατολὴν αὐτοῦ.

ΑΛΕΚΤΡΥΩΝ

4 Φασὶ μὲν καὶ ταῦτα, ὦ Μίκυλλε, τὸ δὲ ἐμὸν
ἑτεροῖόν τι ἐγένετο, καὶ πάνυ ἔναγχος εἰς ἀλεκ-
τρυόνα σοι μεταβέβηκα.

ΜΙΚΥΛΛΟΣ

Πῶς; ἐθέλω γὰρ τοῦτο μάλιστα εἰδέναι.

ΑΛΕΚΤΡΥΩΝ

Ἀκούεις τινὰ Πυθαγόραν Μνησαρχίδην Σά-
μιον;[1]

ΜΙΚΥΛΛΟΣ

Τὸν σοφιστὴν λέγεις, τὸν ἀλαζόνα, ὃς ἐνομοθέ-
τει μήτε κρεῶν γεύεσθαι μήτε κυάμους ἐσθίειν,
ἥδιστον ἐμοὶ γοῦν ὄψον ἐκτράπεζον ἀποφαίνων,
ἔτι δὲ πείθων τοὺς ἀνθρώπους ὡς πρὸ τοῦ Πυθα-

---

[1] Text β : Οἶσθα ἄρα τὸν Πυθαγόραν; γ.

betrayed his post, and Helius unexpectedly stole upon Aphrodite with Ares, who was sleeping peacefully because he relied on Alectryon to tell him if anyone came near. So Hephaestus found out from Helius and caught them by enclosing and trapping them in the snares that he had long before contrived for them ; and Ares, on being let go in the plight in which Hephaestus let him go,[1] was angry at Alectryon and changed him into this bird, weapons and all, so that he still has the crest of his helmet on his head. And for this reason, they say, you cocks try to put yourselves right with Ares when it is no use, and when you notice that the sun is about to come up, you raise your voices far in advance and give warning of his rising.

COCK

That is what they say, Micyllus, I grant you ; but my own experience has been quite different, and it is only just lately that I changed into a cock.

MICYLLUS

How ? That is what I want to know above all else.

COCK

Have you ever heard of a man named Pythagoras, the son of Mnesarchus, of Samos ?

MICYLLUS

You mean the sophist, the quack, who made laws against tasting meat and eating beans, banishing from the table the food that I for my part like best of all, and then trying to persuade people that before he became Pythagoras he was Euphorbus (Well-

[1] The story is told in the *Odyssey* 8, 300–366, and repeated by Lucian in *Dialogues of the Gods*, 21.

γορου Εὔφορβος γένοιτο; [1] γόητά φασι καὶ τερα-
τουργὸν ἄνθρωπον, ὦ ἀλεκτρυών.

ΑΛΕΚΤΡΥΩΝ

Ἐκεῖνος αὐτὸς ἐγώ σοί εἰμι ὁ Πυθαγόρας. ὥστε
παῦ’, ὦγαθέ, λοιδορούμενός μοι, καὶ ταῦτα οὐκ εἰ-
δὼς οἷός τις ἦν τὸν τρόπον.

ΜΙΚΥΛΛΟΣ

Τοῦτ’ αὖ μακρῷ ἐκείνου τερατωδέστερον, ἀλεκ-
τρυὼν φιλόσοφος. εἰπὲ δὲ ὅμως, ὦ Μνησάρχου
παῖ, ὅπως ἡμῖν ἀντὶ μὲν ἀνθρώπου ὄρνις, ἀντὶ δὲ
Σαμίου Ταναγραῖος ἀναπέφηνας· οὐ πιθανὰ γὰρ
ταῦτα οὐδὲ πάνυ πιστεῦσαι ῥᾴδια, ἐπεὶ καὶ δύ’
ἤδη μοι τετηρηκέναι δοκῶ πάνυ ἀλλότρια ἐν σοὶ
τοῦ Πυθαγόρου.

ΑΛΕΚΤΡΥΩΝ

Τὰ ποῖα;

ΜΙΚΥΛΛΟΣ

Ἓν μὲν ὅτι λάλος εἶ καὶ κρακτικός, ὁ δὲ σιωπᾶν
ἐς πέντε ὅλα ἔτη, οἶμαι, παρῄνει, ἕτερον δὲ καὶ παν-
τελῶς παράνομον· οὐ γὰρ ἔχων ὅ τι σοι παρα-
βάλοιμι εἰ μὴ [2] κυάμους χθὲς ἧκον ὡς οἶσθα,[3] καὶ
σὺ οὐδὲ μελλήσας ἀνέλεξας αὐτούς· ὥστε ἢ ἐψεῦ-
σθαί σοι ἀνάγκη καὶ ἄλλῳ εἶναι ἢ Πυθαγόρᾳ ὄντι
παρανενομηκέναι καὶ τὸ ἴσον ἠσεβηκέναι κυάμους
φαγόντα ὡς ἂν εἰ τὴν κεφαλὴν τοῦ πατρὸς ἐδη-
δόκεις.

[1] Text β· ἔτι δὲ πείθων τοὺς ἀνθρώπους ἐς πέντε ἔτη μὴ δια-
λέγεσθαι ; ΑΛΕΚ. Ἴσθι δῆτα κἀκεῖνο, ὡς πρὸ τοῦ Πυθαγόρου
Εὔφορβος γένοιτο : γ. The γ reading is, I think, due to some-
one's desire to make a pun on Πυθαγόρας (Πειθαγόρας) to match
that on Εὔφορβος.

[2] εἰ μὴ A.M.H. : not in MSS. Fritzsche reads οὐ γὰρ
<ἄλλο> ἔχων ὅτι σοι παραβάλοιμι <ἢ>.

[3] ἧκον ὡς οἶσθα Fritzsche : ἧκον ὡς οἶσθα ἔχων β ; ὡς οἶσθα
ἔχων ἧκον γ.

fed)? They say he was a conjurer and a miracle-monger, cock.

I am that very Pythagoras, Micyllus, so stop abusing me, my good friend, especially as you do not know what sort of man I really was.

MICYLLUS

Now this is far more miraculous than the other thing! A philosopher cock! Tell me, though, son of Mnesarchus, how you became a cock instead of a man and a Tanagriote instead of a Samian.[1] This story is not plausible nor quite easy to believe, for I think I have observed two things in you that are quite foreign to Pythagoras.

COCK

What are they?

MICYLLUS

One thing is that you are very noisy and loud-voiced, whereas he recommended silence for five whole years, I believe. The other is actually quite illegal; I came home yesterday, as you know, with nothing but beans to throw you, and you picked them up without even hesitating. So it must be either that you have told a lie and are someone else, or, if you are Pythagoras, you have broken the law and committed as great an impiety in eating beans as if you had eaten your father's head.[2]

---

[1] Tanagra in Boeotia was famous for its game-cocks.

[2] An allusion to the pseudo-Pythagorean verse Ἴσόν τοι κυάμους τε φαγεῖν κεφαλάς τε τοκήων. (It is just as wrong for you to eat beans as to eat the heads of your parents.

5 Οὐ γὰρ οἶσθα, ὦ Μίκυλλε, ἥτις αἰτία τούτων
οὐδὲ τὰ πρόσφορα ἑκάστῳ βίῳ. ἐγὼ δὲ τότε
μὲν οὐκ ἤσθιον τῶν κυάμων, ἐφιλοσόφουν γάρ·
νῦν δὲ φάγοιμ᾽ ἄν, ὀρνιθικὴ γὰρ καὶ οὐκ ἀπόρρη-
τος ἡμῖν ἡ τροφή. πλὴν ἀλλ᾽ εἴ σοι φίλον, ἄκουε
ὅπως ἐκ Πυθαγόρου τοῦτο νῦν εἰμι καὶ ἐν οἵοις
βίοις πρότερον ἐβιότευσα καὶ ἅτινα τῆς μεταβολῆς
ἑκάστης ἀπολέλαυκα.

Λέγοις ἄν· ὡς ἔμοιγε ὑπερήδιστον ἂν τὸ ἄκουσμα
γένοιτο, ὥστε εἴ τις αἵρεσιν προθείη, πότερα μᾶλ-
λον ἐθέλω σοῦ ἀκούειν τὰ τοιαῦτα διεξιόντος ἢ
τὸν πανευδαίμονα ὄνειρον ἐκεῖνον αὖθις ὁρᾶν τὸν
μικρὸν ἔμπροσθεν, οὐκ οἶδα ὁπότερον ἂν ἑλοίμην·
οὕτως ἀδελφὰ ἡγοῦμαι τὰ σὰ τοῖς ἡδίστοις φανεῖ-
σι καὶ ἐν ἴσῃ ὑμᾶς τιμῇ ἄγω, σέ τε καὶ τὸ πολυ-
τίμητον ἐνύπνιον.

Ἔτι γὰρ σὺ ἀναπεμπάζῃ τὸν ὄνειρον ὅστις ποτὲ
ὁ φανείς σοι ἦν καί τινα ἰνδάλματα μάταια δια-
φυλάττεις, κενὴν καὶ ὡς ὁ ποιητικὸς λόγος φησὶν
ἀμενηνήν τινα εὐδαιμονίαν τῇ μνήμῃ μεταδιώκων;

6 Ἀλλ᾽ οὐδ᾽ ἐπιλήσομαί ποτε, ὦ ἀλεκτρυών, εὖ
ἴσθι, τῆς ὄψεως ἐκείνης· οὕτω μοι πολὺ τὸ μέλι
ἐν τοῖς ὀφθαλμοῖς ὁ ὄνειρος καταλιπὼν ᾤχετο, ὡς
μόγις ἀνοίγειν τὰ βλέφαρα ὑπ᾽ αὐτοῦ εἰς ὕπνον
αὖθις κατασπώμενα. οἷον γοῦν ἐν τοῖς ὠσὶ τὰ
πτερὰ ἐργάζεται στρεφόμενα, τοιοῦτον γάργαλον
παρείχετό μοι τὰ ὁρώμενα.

THE DREAM, OR THE COCK

COCK

Why, Micyllus, you don't know what the reason for these rules is, and what is good for particular modes of existence. Formerly I did not eat beans because I was a philosopher, but now I can eat them because they are fit food for a bird and are not forbidden to us. But listen if you like, and I'll tell you how from Pythagoras I became what I am, and what existences I formerly led, and what I profited by each change.

MICYLLUS

Do tell me, for I should be more than delighted to hear it. Indeed, if anyone were to let me choose whether I preferred to hear you tell a story like that or to have once more that blissful dream I had a little while ago, I don't know which would be my choice ; for in my estimation what you say is close akin to the most delightful of visions, and I hold you both in equal esteem, you and my priceless dream.

COCK

What, are you still brooding on that vision, whatever it was that came to you, and are you still cherishing idle delusions, hunting down in your memory a vain and (as they say in poetry) disembodied happiness ?

MICYLLUS

Why, I shall never forget that vision, cock, you may be sure. The dream left so much honied sweetness in my eyes when it went away that I can hardly open my lids, for it drags them down in sleep again. In fact, what I saw gave me as pleasant a titillation as a feather twiddled in one's ear.

183

ΑΛΕΚΤΡΥΩΝ

Ἡράκλεις, δεινόν τινα φὴς τὸν ὄνειρον,[1] εἴ γε πτηνὸς ὤν, ὥς φασιν, καὶ ὅρον ἔχων τῆς πτήσεως τὸν ὕπνον ὑπὲρ τὰ ἐσκαμμένα ἤδη πηδᾷ καὶ ἐνδιατρίβει ἀνεῳγόσι τοῖς ὀφθαλμοῖς μελιχρὸς οὕτως καὶ ἐναργὴς φαινόμενος· ἐθέλω γοῦν ἀκοῦσαι οἷός τίς ἐστιν οὕτω σοι τριπόθητος ὤν.

ΜΙΚΥΛΛΟΣ

Ἕτοιμος λέγειν· ἡδὺ γοῦν τὸ μεμνῆσθαι καὶ διεξιέναι τι περὶ αὐτοῦ. σὺ δὲ πηνίκα, ὦ Πυθαγόρα, διηγήσῃ τὰ περὶ τῶν μεταβολῶν;

ΑΛΕΚΤΡΥΩΝ

Ἐπειδὰν σύ, ὦ Μίκυλλε, παύσῃ ὀνειρώττων καὶ ἀποψήσῃ ἀπὸ τῶν βλεφάρων τὸ μέλι· νῦν δὲ πρότερος εἰπέ, ὡς μάθω εἴτε διὰ τῶν ἐλεφαντίνων πυλῶν εἴτε διὰ τῶν κερατίνων σοι ὁ ὄνειρος ἧκε πετόμενος.

ΜΙΚΥΛΛΟΣ

Οὐδὲ δι' ἑτέρας τούτων, ὦ Πυθαγόρα.

ΑΛΕΚΤΡΥΩΝ

Καὶ μὴν Ὅμηρος δύο ταύτας μόνας λέγει.

ΜΙΚΥΛΛΟΣ

Ἔα χαίρειν τὸν λῆρον ἐκεῖνον ποιητὴν οὐδὲν εἰδότα ὀνείρων πέρι. οἱ πένητες ἴσως ὄνειροι διὰ τῶν τοιούτων ἐξίασιν, οἵους ἐκεῖνος ἑώρα οὐδὲ πάνυ σαφῶς τυφλὸς αὐτὸς ὤν, ἐμοὶ δὲ διὰ χρυσῶν τινων πυλῶν ὁ ἥδιστος ἀφίκετο, χρυσοῦς καὶ

---

[1] δεινόν τινα φὴς τὸν ὄνειρον Reifferscheid : δεινόν τινα φὴς τὸν ἔρωτα τοῦ ἐνυπνίου (or τὸν ἔρωτα φὴς τοῦ ἐνυπνίου) MSS.

THE DREAM, OR THE COCK

COCK

Heracles! By what you say, Master Dream is an adept indeed. Rumour says that he has wings and can fly to the limit set by sleep, but now he "jumps over the pit"[1] and lingers in eyes that are open, presenting himself in a form so honey-sweet and palpable. At all events I should be glad to hear what he is like, since you hold him so very dear.

MICYLLUS

I am ready to tell; in fact, it will be delightful to think and talk about it. But when are you going to tell me about your transmigrations, Pythagoras?

COCK

When you stop dreaming, Micyllus, and rub the honey out of your eyes. At present, you speak first, so that I may find out whether it was through the gates of ivory or the gates of horn that the dream winged its way to you.

MICYLLUS

Not through either of them, Pythagoras.

COCK

Well, Homer mentions only those two.[2]

MICYLLUS

Let that silly poet go hang! He knows nothing about dreams. Perhaps the beggarly dreams go out through those gates, dreams like those he used to see; and he couldn't see them very plainly at that, for he was blind! But *my* darling dream

[1] The metaphor comes from the proverbial jump of Phayllus. Fifty feet of ground had been broken to form a pit for the jumpers to alight in, but Phayllus, they say, came down on the solid ground, five feet beyond the pit.

[2] *Od.* 19, 562. The truthful dreams use the gates of horn, the deceitful the gates of ivory.

αὐτὸς καὶ χρυσᾶ πάντα περιβεβλημένος καὶ πολὺ
ἐπαγόμενος χρυσίον.

ΑΛΕΚΤΡΥΩΝ

Παῦε, ὦ Μίδα βέλτιστε, χρυσολογῶν· ἀτεχνῶς
γὰρ ἐκ τῆς ἐκείνου σοι εὐχῆς τὸ ἐνύπνιον καὶ
μέταλλα ὅλα χρύσεια κεκοιμῆσθαί μοι δοκεῖς.

ΜΙΚΥΛΛΟΣ

7   Πολύ, ὦ Πυθαγόρα, χρυσίον εἶδον, πολύ, πῶς
οἴει καλὸν ἢ οἵαν τὴν αὐγὴν ἀπαστράπτον; τί
ποτε ὁ Πίνδαρός φησι περὶ αὐτοῦ ἐπαινῶν — ἀνά-
μνησον γάρ με, εἴπερ οἶσθα—ὁπότε ὕδωρ ἄριστον
εἰπὼν εἶτα τὸ χρυσίον θαυμάζει, εὖ ποιῶν, ἐν ἀρχῇ
εὐθὺς τοῦ καλλίστου τῶν ἀσμάτων ἁπάντων;

ΑΛΕΚΤΡΥΩΝ

Μῶν ἐκεῖνο ζητεῖς,

ἄριστον μὲν ὕδωρ, ὁ δὲ χρυσὸς αἰθόμενον πῦρ
ἅτε διαπρέπει νυκτὶ μεγάνορος ἔξοχα πλούτου;

ΜΙΚΥΛΛΟΣ

Νὴ Δία αὐτὸ τοῦτο· ὥσπερ γὰρ τοὐμὸν ἐνύ-
πνιον ἰδὼν ὁ Πίνδαρος οὕτως ἐπαινεῖ τὸ χρυσίον.
ὡς δὲ ἤδη μάθῃς οἷόν τι ἦν, ἄκουσον, ὦ σοφώτατε
ἀλεκτρυών. ὅτι μὲν οὐκ οἰκόσιτος ἦν χθές, οἶσθα·
Εὐκράτης γάρ με ὁ πλούσιος ἐντυχὼν ἐν ἀγορᾷ
λουσάμενον ἥκειν ἐκέλευε τὴν ὥραν ἐπὶ τὸ δεῖπνον.

came through gates of gold, and it was gold itself
and all dressed in gold and brought heaps of gold
with it.

COCK

Stop babbling of gold, most noble Midas. Really
your dream was just like Midas' prayer, and you
appear to me to have slept yourself into whole gold-
mines.

MICYLLUS

I saw a lot of gold, Pythagoras, a lot; you can't
think how beautiful it was, and with what brilliancy
it shone. What is it that Pindar says in praising it ?
Remind me, if you know. It is where he says water
is best and then extols gold (and well he may), right
in the beginning of the most beautiful of all his
odes.

COCK

Is this what you are after?

"Water is best, but gold
Like blazing fire at night
Stands out amid proud riches."[1]

MICYLLUS

That is it, by Heaven ! Pindar praises gold as
though he had seen my dream. But listen, so that
you may know what it was like, wisest of cocks. I
did not eat at home, yesterday, as you know; for
Eucrates, the rich man, met me in the public square
and told me to take a bath[2] and then come to dinner
at the proper hour.

[1] *Olymp.* 1, 1.
[2] No reflection on the personal habits of Micyllus is in-
tended. As the bath was the recognized preliminary to
dining-out, to mention it amounts to little more than telling
him to dress for dinner.

ΑΛΕΚΤΡΥΩΝ

8 Οἶδα πάνυ τοῦτο πεινήσας παρ' ὅλην τὴν ἡμέραν, ἄχρι μοι βαθείας ἤδη ἑσπέρας ἧκες ὑποβεβρεγμένος τοὺς πέντε κυάμους ἐκείνους κομίζων, οὐ πάνυ δαψιλὲς τὸ δεῖπνον ἀλεκτρυόνι ἀθλητῇ ποτε γενομένῳ καὶ Ὀλύμπια οὐκ ἀφανῶς ἀγωνισαμένῳ.

ΜΙΚΥΛΛΟΣ

Ἐπεὶ δὲ δειπνήσας ἐπανῆλθον, ἐκάθευδον εὐθὺς τοὺς κυάμους σοι παραβαλών, εἶτά μοι κατὰ τὸν Ὅμηρον "ἀμβροσίην διὰ νύκτα" θεῖός τις ὡς ἀληθῶς ὄνειρος ἐπιστὰς . . .

ΑΛΕΚΤΡΥΩΝ

Τὰ παρὰ τῷ Εὐκράτει πρότερον, ὦ Μίκυλλε, διήγησαι, καὶ τὸ δεῖπνον οἷον ἐγένετο καὶ τὰ ἐν τῷ συμποσίῳ πάντα· κωλύει γὰρ οὐδὲν αὖθίς σε δειπνεῖν ὥσπερ ὄνειρόν τινα τοῦ δείπνου ἐκείνου ἀναπλάττοντα καὶ ἀναμαρυκώμενον τῇ μνήμῃ τὰ βεβρωμένα.

ΜΙΚΥΛΛΟΣ

9 Ὤιμην ἐνοχλήσειν καὶ ταῦτα διηγούμενος· ἐπεὶ δὲ σὺ προθυμῇ, καὶ δὴ λέγω. οὐ πρότερον, ὦ Πυθαγόρα, παρὰ πλουσίῳ τινὶ δειπνήσας ἐν ἅπαντι τῷ βίῳ, τύχῃ τινὶ ἀγαθῇ ἐντυγχάνω χθὲς τῷ Εὐκράτει, καὶ ἐγὼ μὲν προσειπὼν αὐτὸν ὥσπερ εἰώθειν δεσπότην ἀπηλλαττόμην, ὡς μὴ καταισχύναιμι αὐτὸν ἐν πενιχρῷ τῷ τρίβωνι συμπαρομαρτῶν, ὁ δέ, "Μίκυλλε," φησί, "θυγατρὸς τήμερον ἑστιῶ γενέθλια καὶ παρεκάλεσα τῶν φίλων μάλα πολλούς· ἐπεὶ δέ τινά φασιν αὐτῶν μαλακῶς ἔχοντα οὐχ οἷόν τε εἶναι συνδειπνεῖν μεθ' ἡμῶν, σὺ ἀντ' ἐκείνου ἧκε λουσάμενος, ἢν μὴ

THE DREAM, OR THE COCK

I know that very well; I went hungry all day until finally, late in the evening, you came back rather tight, bringing me those five beans, not a very bounteous repast for a cock who was once an athlete and made a fair showing at the Olympic games

MICYLLUS

When I came home after dinner, I went to sleep as soon as I had thrown you the beans, and then "through the ambrosial night," as Homer puts it,[1] a truly divine dream came to me and . . .

COCK

First tell me what happened at Eucrates', Micyllus, how the dinner was and all about the drinking-party afterwards. For there is nothing to hinder you from dining all over again by making up a dream so to speak, about that dinner and chewing the cud of your food in fancy.

MICYLLUS

I thought I should bore you by telling all that, but since you want it, here goes. I never before dined with a rich man in all my life, Pythagoras, but by a stroke of luck I met Eucrates yesterday; after giving him "Good-day, master," as usual, I was for going away again, so as not to shame him by joining his company in my beggarly cloak. But: "Micyllus," said he, "I am giving a birthday party for my daughter to-day, and have invited a great many of my friends: but as one of them is ill, they say, and can't dine with us, you must take a bath and come in his place, unless, to be sure, the man I invited says

---

[1] *Iliad* 2, 56.

ὅ γε κληθεὶς αὐτὸς εἴπῃ ἀφίξεσθαι, ὡς νῦν γε
ἀμφίβολός ἐστιν." τοῦτο ἀκούσας ἐγὼ προσ-
κυνήσας ἀπῄειν εὐχόμενος ἅπασι θεοῖς ἠπίαλόν
τινα ἢ πλευρῖτιν ἢ ποδάγραν ἐπιπέμψαι τῷ
μαλακιζομένῳ ἐκείνῳ οὗ ἔφεδρος ἐγὼ καὶ ἀντί-
δειπνος καὶ διάδοχος ἐκεκλήμην· καὶ τὸ ἄχρι τοῦ
λουτροῦ αἰῶνα μήκιστον ἐτιθέμην, συνεχὲς ἐπι-
σκοπῶν ὁποσάπουν τὸ στοιχεῖον εἴη καὶ πηνίκα
ἤδη λοῦσθαι[1] δέοι.

Κἀπειδή ποτε ὁ καιρὸς ἀφίκετο, πρὸς τάχος
ἐμαυτὸν ἀπορρύψας ἄπειμι κοσμίως μάλα ἐσχη-
ματισμένος, ἀναστρέψας τὸ τριβώνιον ὡς ἐπὶ τοῦ
10 καθαρωτέρου γένοιτο ἡ ἀναβολή· καταλαμβάνω
τε πρὸς ταῖς θύραις ἄλλους τε πολλοὺς καὶ δὴ
κἀκεῖνον φοράδην ὑπὸ τεττάρων κεκομισμένον, ᾧ
με ὑποδειπνεῖν ἔδει, τὸν νοσεῖν λεγόμενον, καὶ
ἐδήλου δὲ πονήρως ἔχων· ὑπέστενε γοῦν καὶ
ὑπέβηττε καὶ ἐχρέμπτετο μύχιόν τι καὶ δυσπρόσ-
οδον, ὠχρὸς ὅλος ὢν καὶ διῳδηκώς, ἀμφὶ τὰ ἑξή-
κοντα ἔτη σχεδόν· ἐλέγετο δὲ φιλόσοφός τις
εἶναι τῶν πρὸς τὰ μειράκια φλυαρούντων. ὁ γοῦν
πώγων μάλα τραγικὸς ἦν ἐς ὑπερβολὴν κουριῶν.
καὶ αἰτιωμένου γε Ἀρχιβίου τοῦ ἰατροῦ διότι
οὕτως ἔχων ἀφίκετο, "Τὰ καθήκοντα," ἔφη, "οὐ
χρὴ προδιδόναι, καὶ ταῦτα φιλόσοφον ἄνδρα, κἂν
μυρίαι νόσοι ἐμποδὼν ἱστῶνται· ἡγήσεται γὰρ
Εὐκράτης ὑπερεωρᾶσθαι πρὸς ἡμῶν." "Οὐ μὲν
οὖν," εἶπον ἐγώ, "ἀλλ' ἐπαινέσεταί σε, ἢν οἴκοι
παρὰ σαυτῷ μᾶλλον ἀποθανεῖν ἐθέλῃς ἤπερ ἐν τῷ
συμποσίῳ, συναναχρεμψάμενος τὴν ψυχὴν μετὰ
τοῦ φλέγματος." ἐκεῖνος μὲν οὖν ὑπὸ μεγαλο-

---

[1] λοῦσθαι Cobet : λελοῦσθαι MSS.

that he will come himself, for just now his coming is doubtful." On hearing this I made obeisance to him and went away, praying to all the gods to send an attack of ague or pleurisy or gout to the invalid whose substitute and diner-out and heir I had been invited to become. I thought it an interminable age until my bath, and kept looking all the while to see how long the shadow was and when it would at last be time to bathe.

When the time finally came, I scrubbed myself with all speed and went off very well dressed, as I had turned my cloak inside out so that the garment might show the cleaner side. I met at the door a number of people, and among them, carried on the shoulders of four bearers, the man whose place I was to have filled, who they said was ill; and in fact he was clearly in a bad way. At any rate he groaned and coughed and hawked in a hollow and offensive way, and was all pale and flabby, a man of about sixty. He was said to be one of those philosophers who talk rubbish to the boys, and in fact he had a regular goat's beard, excessively long. And when Archibius, the doctor, took him to task for coming in that condition, "Duty," he said, "must not be shirked, especially by a philosopher, though a thousand illnesses stand in his way; Eucrates would think he had been slighted by me." "No indeed," said I, "He will commend you if you choose to die at home rather than to hawk and spit your life away at his party!" But the man's pride

φροσύνης οὐ προσεποιεῖτο ἀκηκοέναι τοῦ σκώμματος· ἐφίσταται δὲ μετὰ μικρὸν ὁ Εὐκράτης λελουμένος καὶ ἰδὼν τὸν Θεσμόπολιν—τοῦτο γὰρ ὁ φιλόσοφος ἐκαλεῖτο—" Διδάσκαλε," φησίν, " εὖ μὲν ἐποίησας αὐτὸς ἥκων παρ' ἡμᾶς, οὐ μεῖον δ' ἄν τί σοι ἐγένετο, καὶ ἀπόντι γὰρ ἅπαντα ἑξῆς ἀπέσταλτο ἄν" καὶ ἅμα λέγων εἰσήει χειραγωγῶν τὸν Θεσμόπολιν ἐπερειδόμενον καὶ τοῖς 11 οἰκέταις. ἐγὼ μὲν οὖν ἀπιέναι παρεσκευαζόμην, ὁ δὲ ἐπιστραφεὶς καὶ ἐπὶ πολὺ ἐνδοιάσας, ἐπεί με πάνυ σκυθρωπὸν εἶδε, " Πάριθι," ἔφη, " καὶ σύ, ὦ Μίκυλλε, καὶ συνδείπνει μεθ' ἡμῶν· τὸν υἱὸν γὰρ ἐγὼ κελεύσω ἐν τῇ γυναικωνίτιδι μετὰ τῆς μητρὸς ἑστιᾶσθαι, ὡς σὺ χώραν ἔχῃς." εἰσήειν οὖν μάτην λύκος χανὼν παρὰ μικρόν, αἰσχυνόμενος ὅτι ἐδόκουν ἐξεληλακέναι τοῦ συμποσίου τὸ παιδίον τοῦ Εὐκράτους.

Κἀπειδὴ κατακλίνεσθαι καιρὸς ἦν, πρῶτον μὲν ἀράμενοι ἀνέθεσαν τὸν Θεσμόπολιν οὐκ ἀπραγμόνως μὰ Δία πέντε οἶμαι νεανίσκοι εὐμεγέθεις, ὑπαυχένια περιβύσαντες αὐτῷ πάντοθεν, ὡς διαμενοι ἐν τῷ σχήματι καὶ ἐπὶ πολὺ καρτερεῖν δύναιτο. εἶτα μηδενὸς ἀνεχομένου πλησίον κατακεῖσθαι αὐτοῦ ἐμὲ ὑποκατακλίνουσι φέροντες, ὡς ὁμοτράπεζοι εἴημεν. τοὐντεῦθεν ἐδειπνοῦμεν, ὦ Πυθαγόρα, πολύοψόν τι καὶ ποικίλον δεῖπνον ἐπὶ χρυσοῦ πολλοῦ καὶ ἀργύρου· καὶ ἐκπώματα ἦν

was so great that he pretended not to have heard the sally. In a moment Eucrates joined us after his bath, and on seeing Thesmopolis—for that was the philosopher's name—he said : " Professor, it was very good of you to come to us, but you would not have fared any the worse if you had stayed away, for everything from first to last would have been sent you." With that he started to go in, conducting Thesmopolis, who was supported by the servants too. I was getting ready to go away, but he turned my way and hesitated a good while, and then, as he saw that I was very downcast, said : " You come in too, Micyllus, and dine with us. I'll make my son eat with his mother in the women's quarters so that you may have room." I went in, therefore, after coming within an ace of licking my lips for nothing, like the wolf [1]; I was ashamed, however, because I seemed to have driven Eucrates' boy out of the dining-room.

When it was time to go to the table, first of all they picked Thesmopolis up and put him in place, not without some difficulty, though there were five stout lads, I think, to do it ; and they stuffed cushions all round about him so that he could maintain his position and hold out for a long time. Then, as nobody else could endure to lie near him, they took me and put me in the place below him, making us neighbours at table. Then, Pythagoras, we began eating a dinner of many courses and great variety, served on gold and silver plate in profusion,

[1] The proverb seems to be founded on the fable of the wolf and the old woman ; she threatened to throw a baby to the wolf if it did not stop crying, and the wolf waited all day for the baby, only to go home disappointed. (Aesop, 275 Halm.)

THE WORKS OF LUCIAN

χρυσᾶ καὶ διάκονοι ὡραῖοι καὶ μουσουργοὶ καὶ
γελωτοποιοὶ μεταξύ, καὶ ὅλως ἡδίστη τις ἦν ἡ
διατριβή, πλὴν ἀλλ' ἔν με ἐλύπει οὐ μετρίως, ὁ
Θεσμόπολις ἐνοχλῶν καὶ ἀρετήν τινα πρός με
διεξιὼν καὶ διδάσκων ὡς αἱ δύο ἀποφάσεις μίαν
κατάφασιν ἀποτελοῦσι καὶ ὡς εἰ ἡμέρα ἐστί, νὺξ
οὐκ ἔστιν, ἐνίοτε δὲ καὶ κέρατα ἔφασκεν εἶναί μοι·
καὶ τοιαῦτα πολλὰ οὐδὲν δεομένῳ προσφιλοσοφῶν
συνῄρει καὶ ὑπετέμνετο τὴν εὐφροσύνην, οὐκ
ἐῶν ἀκούειν τῶν κιθαριζόντων ἢ ᾀδόντων. τοῦτο
μέν σοι, ὦ ἀλεκτρυών, τὸ δεῖπνον.

ΑΛΕΚΤΡΥΩΝ

Οὐχ ἥδιστον, ὦ Μίκυλλε, καὶ μάλιστα ἐπεὶ
συνεκληρώθης τῷ λήρῳ ἐκείνῳ γέροντι.

ΜΙΚΥΛΛΟΣ

12   Ἄκουε δὲ ἤδη καὶ τὸ ἐνύπνιον· ᾤμην γὰρ τὸν
Εὐκράτην αὐτὸν ἄπαιδα ὄντα οὐκ οἶδ' ὅπως ἀπο-
θνήσκειν, εἶτα προσκαλέσαντά με καὶ διαθήκας
θέμενον ἐν αἷς ὁ κληρονόμος ἦν ἁπάντων ἐγώ,
μικρὸν ἐπισχόντα ἀποθανεῖν· ἐμαυτὸν δὲ παρελ-
θόντα ἐς τὴν οὐσίαν τὸ μὲν χρυσίον καὶ τὸ
ἀργύριον ἐξαντλεῖν σκάφαις τισὶ μεγάλαις ἀέναόν
τε καὶ πολὺ ἐπιρρέον, τὰ δ' ἄλλα, τὴν ἐσθῆτα καὶ
τραπέζας καὶ ἐκπώματα καὶ διακόνους, πάντα ἐμὰ
ὡς τὸ εἰκὸς εἶναι. εἶτα ἐξήλαυνον ἐπὶ λευκοῦ
ζεύγους, ἐξυπτιάζων, περίβλεπτος ἅπασι τοῖς
ὁρῶσι καὶ ἐπίφθονος. καὶ προέθεον πολλοὶ καὶ
παρίππευον[1] καὶ εἵποντο πλείους. ἐγὼ δὲ τὴν
ἐσθῆτα τὴν ἐκείνου ἔχων καὶ δακτυλίους βαρεῖς

[1] παρίππευον Mehler : προίππευον MSS.

194

and there were goblets of gold and handsome
waiters and musicians and clowns withal. In short,
we were delightfully entertained, except for one
thing that annoyed me beyond measure: Thesmopolis
kept bothering me and talking to me about virtue,
whatever that may be, and teaching me that two
negatives make an affirmative, and that if it is day
it is not night; and sometimes he actually said that I
had horns.[1] By philosophizing with me incessantly
after that fashion when I had no mind for it, he
spoiled and diminished my pleasure, not allowing me
to hear the performers who were playing and sing-
ing. Well, there you have your dinner, cock.

COCK

It was not of the pleasantest, Micyllus, as your
lot was cast with that silly old man.

MICYLLUS

Now listen to my dream. I thought that Eucrates
himself had somehow become childless and lay dying,
and that, after sending for me and making a will in
which I was heir to everything, he lingered a while
and then died. On entering into possession of the
property, I dipped up the gold and the silver in
great bowlfuls, for there was an ever-flowing, copious
stream of it; and all the rest, too—the clothing
and tables and cups and waiters—all was mine, of
course. Then I drove out behind a pair of white
horses, holding my head high, the admiration and
the envy of all beholders; many ran before me and
rode beside me, and still more followed after me, and
I with his clothing on and my fingers covered with

---

[1] For this and other Stoic fallacies, see Lucian I. p. 437 and
note 2.

ὅσον ἑκκαίδεκα ἐξημμένος τῶν δακτύλων ἐκέλευον
ἑστίασίν τινα λαμπρὰν εὐτρεπισθῆναι ἐς ὑπο-
δοχὴν τῶν φίλων· οἱ δέ, ὡς ἐν ὀνείρῳ εἰκός, ἤδη
παρῆσαν καὶ τὸ δεῖπνον εἰσεκομίζετο καὶ ὁ πότος
συνεκροτεῖτο. ἐν τούτῳ ὄντα με καὶ φιλοτησίας
προπίνοντα ἐν χρυσαῖς φιάλαις ἑκάστῳ τῶν
παρόντων, ἤδη τοῦ πλακοῦντος ἐσκομιζομένου
ἀναβοήσας ἀκαίρως συνετάραξας μὲν ἡμῖν τὸ
συμπόσιον, ἀνέτρεψας δὲ τὰς τραπέζας, τὸν δὲ
πλοῦτον ἐκεῖνον ὑπηνέμιον φέρεσθαι παρε-
σκεύασας. ἆρά σοι ἀλόγως ἀγανακτῆσαι κατὰ
σοῦ δοκῶ; ὡς τριέσπερον ἂν ἡδέως ἐπεῖδον τὸν
ὄνειρόν μοι γενόμενον.

ΑΛΕΚΤΡΥΩΝ

13   Οὕτω φιλόχρυσος εἶ καὶ φιλόπλουτος, ὦ Μι-
κύλλε, καὶ μόνον τοῦτο ἐξ ἅπαντος θαυμάζεις καὶ
ἡγῇ εὔδαιμον εἶναι, πολὺ κεκτῆσθαι χρυσίον;

ΜΙΚΥΛΛΟΣ

Οὐκ ἐγὼ μόνος, ὦ Πυθαγόρα, τοῦτο, ἀλλὰ καὶ
σὺ αὐτός, ὁπότε Εὔφορβος ἦσθα, χρυσὸν καὶ ἄρ-
γυρον ἐξημμένος τῶν βοστρύχων ᾔεις πολεμήσων
τοῖς Ἀχαιοῖς, καὶ ἐν τῷ πολέμῳ, ἔνθα σιδηροφορεῖν
ἄμεινον ἦν, σὺ δὲ καὶ τότε ἠξίους χρυσῷ ἀναδεδε-
μένος τοὺς πλοκάμους διακινδυνεύσειν. καί μοι
δοκεῖ ὁ Ὅμηρος διὰ τοῦτο Χαρίτεσσιν ὁμοίας
εἰπεῖν σου τὰς κόμας, ὅτι "χρυσῷ τε καὶ ἀργύρῳ
ἐσφήκωντο." μακρῷ γὰρ ἀμείνους δηλαδὴ καὶ
ἐρασμιώτεραι ἐφαίνοντο συναναπεπλεγμέναι τῷ
χρυσίῳ καὶ συναπολάμπουσαι μετ᾽ αὐτοῦ. καίτοι
τὰ μὲν σά, ὦ χρυσοκόμη, μέτρια, εἰ Πάνθου υἱὸς
ὢν ἐτίμας τὸ χρυσίον· ὁ δὲ πάντων θεῶν πατὴρ

heavy rings, fully sixteen of them, was giving orders for a splendid feast to be prepared for the entertainment of my friends. In a moment they were there, as is natural in a dream, and the dinner was being served, and the drinking-bout was under way. While I was thus engaged and was drinking healths with each person there out of golden cups, just as the dessert was being brought in you lifted up your voice unseasonably, and disturbed our party, upset the tables and caused that wealth of mine to be scattered to the winds. Now do you think I was unreasonable in getting angry at you, when I should have been glad to see the dream last for three nights?

COCK

Are you such a lover of gold and of riches, Micyllus, and is owning quantities of gold the only thing in the world that you admire and consider blissful?

MICYLLUS

I am not the only one to do so, Pythagoras: you yourself, when you were Euphorbus, sallied forth to fight the Achaeans with your curls tricked out in gold and silver, and even in war, where it would have been better to wear iron, you thought fit to face danger with your hair caught up with gold.[1] No doubt Homer said that your hair was "like the Graces" because "it was snooded with gold and with silver"; for it looked far finer and lovelier, of course, when it was interwoven with gold and shone in unison with it. And yet as far as you are concerned, Goldenhair, it is of little moment that you, the son of a Panthous, honoured gold, but what of the father

---

[1] *Iliad* 17, 52.

καὶ ἀνδρῶν, ὁ Κρόνου καὶ Ῥέας, ὁπότε ἠράσθη τῆς
Ἀργολικῆς ἐκείνης μείρακος, οὐκ ἔχων εἰς ὅ τι
ἐρασμιώτερον αὑτὸν μεταβάλοι οὐδὲ ὅπως ἂν[1]
διαφθείρειε τοῦ Ἀκρισίου τὴν φρουράν—ἀκούεις
δήπου ὡς χρυσίον ἐγένετο καὶ ῥυεὶς διὰ τοῦ τέγους
συνῆν τῇ ἀγαπωμένῃ. ὥστε τί ἄν σοι τὸ ἐπὶ
τούτῳ ἔτι λέγοιμι, ὅσας μὲν χρείας παρέχεται ὁ
χρυσός, ὡς δὲ οἷς ἂν παρῇ, καλούς τε αὐτοὺς καὶ
σοφοὺς καὶ ἰσχυροὺς ἀπεργάζεται τιμὴν καὶ δόξαν
προσάπτων, καὶ ἐξ ἀφανῶν καὶ ἀδόξων ἐνίοτε
14 περιβλέπτους καὶ ἀοιδίμους ἐν βραχεῖ τίθησι; τὸν
γείτονα γοῦν μοι τὸν ὁμότεχνον οἶσθα τὸν Σίμωνα,
οὗ πρὸ πολλοῦ δειπνήσαντα παρ᾽ ἐμοί, ὅτε τὸ
ἔτνος ἥψουν τοῖς Κρονίοις δύο τόμους τοῦ ἀλ-
λᾶντος ἐμβαλών.

ΑΛΕΚΤΡΥΩΝ

Οἶδα· τὸν σιμόν, τὸν βραχύν, ὃς τὸ κεραμεοῦν
τρύβλιον ὑφελόμενος ᾤχετο ὑπὸ μάλης ἔχων μετὰ
τὸ δεῖπνον, ὃ μόνον ἡμῖν ὑπῆρχεν· εἶδον γὰρ
αὐτός, ὦ Μίκυλλε.

ΜΙΚΥΛΛΟΣ

Οὐκοῦν ἐκεῖνος αὐτὸ κλέψας εἶτα ἀπωμόσατο[2]
θεοὺς τοσούτους; ἀλλὰ τί οὐκ ἐβόας καὶ ἐμήνυες
τότε, ὦ ἀλεκτρυών, λῃζομένους ἡμᾶς ὁρῶν;

ΑΛΕΚΤΡΥΩΝ

Ἐκόκκυζον, ὃ μόνον μοι τότε δυνατὸν ἦν. τί δ᾽
οὖν ὁ Σίμων; ἐῴκεις γάρ τι περὶ αὐτοῦ ἐρεῖν.

ΜΙΚΥΛΛΟΣ

Ἀνεψιὸς ἦν αὐτῷ πλούσιος ἐς ὑπερβολήν,
Δρίμυλος τοὔνομα. οὗτος ζῶν μὲν οὐδὲ ὀβολὸν

---

[1] ὅπως ἂν ἄλλως?   [2] ἀπωμόσατο de Jong : ἐπωμόσατο MSS.

of gods and of men, the son of Cronus and Rhea?
When he was in love with that slip of a girl in Argos,
not having anything more attractive to change
himself into nor any other means of corrupting the
sentries of Acrisius, he turned into gold, as you, of
course, have heard, and came down through the roof
to visit his beloved. Then what is the use of my
telling you the rest of it—how many uses gold has,
and how, when people have it, it renders them
handsome and wise and strong, lending them honour
and esteem, and not infrequently it makes incon-
spicuous and contemptible people admired and re-
nowned in a short time? For instance, you know
my neighbour, of the same trade, Simon, who dined
with me not long ago when I boiled the soup for
Cronus-day and put in two slices of sausage?

COCK

Yes, I know him; the snub-nosed, short fellow
who filched the earthen bowl and went away with it
under his arm after dinner, the only bowl we had—
I myself saw him, Micyllus.

MICYLLUS

So it was he that stole it and then swore by so
many gods that he did not? But why didn't you
cry out and tell on him then, cock, when you saw us
being plundered?

COCK

I crowed, and that was all that I could do at the
time. But what about Simon? You seemed to be
going to say something about him.

MICYLLUS

He had a cousin who was enormously rich, named
Drimylus. This fellow while he was alive never gave

ἔδωκε τῷ Σίμωνι—πῶς γάρ, ὃς οὐδὲ αὐτὸς ἥπτετο
τῶν χρημάτων; ἐπεὶ δὲ ἀπέθανε πρώην, ἅπαντα
ἐκεῖνα κατὰ τοὺς νόμους Σίμωνός ἐστι, καὶ νῦν
ἐκεῖνος ὁ τὰ ῥάκια τὰ πιναρά, ὁ τὸ τρύβλιον
περιλείχων, ἅσμενος ἐξελαύνει ἁλουργῆ καὶ ὑσγι-
νοβαφῆ ἀμπεχόμενος, οἰκέτας καὶ ζεύγη καὶ
χρυσᾶ ἐκπώματα καὶ ἐλεφαντόποδας τραπέζας
ἔχων, ὑφ' ἁπάντων προσκυνούμενος, οὐδὲ προσ-
βλέπων ἔτι ἡμᾶς· ἔναγχος γοῦν ἐγὼ μὲν ἰδὼν
προσιόντα, "Χαῖρε," ἔφην, "ὦ Σίμων," ὁ δὲ
ἀνανακτήσας, "Εἴπατε," ἔφη, "τῷ πτωχῷ τούτῳ
μὴ κατασμικρύνειν μου τοὔνομα· οὐ γὰρ Σίμων,
ἀλλὰ Σιμωνίδης ὀνομάζομαι." τὸ δὲ μέγιστον,
ἤδη καὶ ἐρῶσιν αὐτοῦ αἱ γυναῖκες, ὁ δὲ θρύπτεται
πρὸς αὐτὰς καὶ ὑπερορᾷ καὶ τὰς μὲν προσίεται
καὶ ἵλεώς ἐστιν, αἱ δὲ ἀπειλοῦσιν ἀναρτήσειν
αὐτὰς ἀμελούμεναι. ὁρᾷς ὅσων ἀγαθῶν ὁ χρυσὸς
αἴτιος, εἴ γε καὶ μεταποιεῖ τοὺς ἀμορφοτέρους
καὶ ἐρασμίους ἀπεργάζεται ὥσπερ ὁ ποιητικὸς
ἐκεῖνος κεστός. ἀκούεις δὲ καὶ τῶν ποιητῶν
λεγόντων·

ὦ χρυσέ, δεξίωμα κάλλιστον
καὶ

χρυσὸς γάρ ἐστιν ὃς βροτῶν ἔχει κράτη.

ἀλλὰ τι μεταξὺ ἐγέλασας, ὦ ἀλεκτρυών;

ΑΛΕΚΤΡΥΩΝ

15 Ὅτι ὑπ' ἀγνοίας, ὦ Μίκυλλε, καὶ σὺ τὰ ὅμοια
τοῖς πολλοῖς ἐξηπάτησαι περὶ τῶν πλουσίων· οἱ
δ' εὖ ἴσθι πολὺ ὑμῶν ἀθλιώτερον τὸν βίον βιοῦσι·

a penny to Simon—why should he, when he himself did not touch his money? But since his death the other day all his property is Simon's by law, and now he, the man with the dirty rags, the man that used to lick the pot, takes the air pleasantly, dressed in fine robes and royal purple, the owner of servants and carriages and golden cups and ivory-legged tables, receiving homage from everybody and no longer even giving a glance at me. Recently, for example, I saw him coming toward me and said, "Good-day, Simon"; but he replied: "Tell that pauper not to abbreviate my name; it is not Simon but Simonides."[1] What is more, the women are actually in love with him now, and he flirts with them and slights them, and when he receives some and is gracious to them the others threaten to hang themselves on account of his neglect. You see, don't you, what blessings gold is able to bestow, when it transforms ugly people and renders them lovely, like the girdle in poetry?[2] And you have heard the poets say: "O gold, thou choicest treasure,"[3] and

"'Tis gold that over mortal men doth rule."[4]

But why did you interrupt me by laughing, cock?

COCK

Because in your ignorance, Micyllus, you have gone just as far astray as most people in regard to the rich. Take my word for it, they live a much

---

[1] He adopts a name better suited to his new position in society; cf. *Timon* 22.
[2] The girdle of Aphrodite: *Iliad* 14, 214 ff.
[3] Euripides, from the lost *Danae*: Nauck, *Trag. Graec. Frag.* 324.   [4] Source unknown; Nauck, *ibid.*, adesp. 294.

λέγω δέ σοι καὶ πένης καὶ πλούσιος πολλάκις
γενόμενος καὶ ἄπαντος βίου πεπειραμένος· μετὰ
μικρὸν δὲ καὶ αὐτὸς εἴσῃ ἕκαστα.

MIKTΛΛOC

Νὴ Δία, καιρὸς γοῦν ἤδη καὶ σὲ εἰπεῖν ὅπως
ἠλλάγης καὶ ἃ σύνοισθα τῷ βίῳ ἑκάστῳ.

ΑΛΕΚΤΡΥΩΝ

Ἄκουε τοσοῦτόν γε προειδώς, μηδένα με σοῦ
εὐδαιμονέστερον βιοῦντα ἑωρακέναι.

MIKTΛΛOC

Ἐμοῦ, ὦ ἀλεκτρυών; οὕτω σοὶ γένοιτο· προάγῃ
γάρ με λοιδορεῖσθαί σοι. ἀλλὰ εἰπὲ ἀπὸ Εὐφόρ-
βου ἀρξάμενος ὅπως ἐς Πυθαγόραν μετεβλήθης,
εἶτα ἑξῆς ἄχρι τοῦ ἀλεκτρυόνος· εἰκὸς γάρ σε
ποικίλα καὶ ἰδεῖν καὶ παθεῖν ἐν πολυειδέσι τοῖς
βίοις.

ΑΛΕΚΤΡΥΩΝ

16 Ὡς μὲν ἐξ Ἀπόλλωνος τὸ πρῶτον ἡ ψυχή μοι
καταπταμένη ἐς τὴν γῆν ἐνέδυ ἐς ἀνθρώπου σῶμα
ἥντινα τὴν καταδίκην ἐκτελοῦσα, μακρὸν ἂν εἴη
λέγειν, ἄλλως τε οὐδὲ ὅσιον οὔτε ἐμοὶ εἰπεῖν οὔτε
σοὶ ἀκούειν τὰ τοιαῦτα. ἐπεὶ δὲ Εὔφορβος
ἐγενόμην . . .

MIKTΛΛOC

Ἐγὼ δὲ πρό γε τούτου, ὦ θαυμάσιε, τίς ἦν;
τοῦτό μοι πρότερον εἰπέ, εἰ κἀγώ ποτε ἠλλάγην
ὥσπερ σύ.

ΑΛΕΚΤΡΥΩΝ

Καὶ μάλα.

more wretched life than we. I who talk to you have been both poor and rich repeatedly, and have tested every kind of life : after a little you shall hear about it all.

MICYLLUS

Yes, by Heaven, it is high time now for *you* to talk and tell me how you got transformed and what you know of each existence.

COCK

Listen; but first let me tell you thus much, that I have never seen anyone leading a happier life than you.

MICYLLUS

Than I, cock? I wish you no better luck yourself! You force me to curse you, you know. But begin with Euphorbus and tell me how you were transformed to Pythagoras, and then the rest of it till you get to the cock : for it is likely that you have seen many sights and had many adventures in your multifarious existences.

COCK

How my soul originally left Apollo, flew down to earth and entered into a human body and what sin it was condemned to expiate in that way would make a long story ; besides, it is impious either for me to tell or for you to hear such things. But when I became Euphorbus . . .

MICYLLUS

But I,—who was I formerly, wondrous creature ? First tell me whether I too was ever transformed like you.

COCK

Yes, certainly.

MIKΤΛΛΟΣ

Τίς οὖν ἦν, εἴ τι ἔχεις εἰπεῖν; ἐθέλω γὰρ τοῦτο εἰδέναι.

ΑΛΕΚΤΡΥΩΝ

Σύ; μύρμηξ Ἰνδικὸς τῶν τὸ χρυσίον ἀνορυττόντων.

MIKΤΛΛΟΣ

Εἶτα ὤκνουν ὁ κακοδαίμων κἂν ὀλίγα τῶν ψηγμάτων ἥκειν ἐς τόνδε τὸν βίον ἐξ ἐκείνοι ἐπισιτισάμενος; ἀλλὰ καὶ τί μετὰ τοῦτο ἔσομαι, εἰπέ· εἰκὸς γὰρ εἰδέναι σε. εἰ γάρ τι ἀγαθὸν εἴη, ἀπάγξομαι ἤδη ἀναστὰς ἀπὸ τοῦ παττάλου ἐφ᾽ οὗ σὺ ἕστηκας.

ΑΛΕΚΤΡΥΩΝ

17   Οὐκ ἂν μάθοις τοῦτο οὐδεμιᾷ μηχανῇ. πλὴν ἀλλὰ ἐπείπερ Εὔφορβος ἐγενόμην—ἐπάνειμι γὰρ ἐπ᾽ ἐκεῖνα—ἐμαχόμην ἐν Ἰλίῳ καὶ ἀποθανὼν ὑπὸ Μενελάου χρόνῳ ὕστερον ἐς Πυθαγόραν ἧκον. τέως δὲ περιέμενον ἄοικος ἑστώς, ἄχρι δὴ ὁ Μνήσαρχος ἐξεργάσηταί μοι τὸν οἶκον.

MIKΤΛΛΟΣ

Ἄσιτος ὤν, ὦ τάν, καὶ ἄποτος;

ΑΛΕΚΤΡΥΩΝ

Καὶ μάλα· οὐδὲ γὰρ ἔδει τούτων ἢ μόνῳ τῷ σώματι.

MIKΤΛΛΟΣ

Οὐκοῦν τὰ ἐν Ἰλίῳ μοι πρότερον εἰπέ. τοιαῦτα ἦν οἷά φησιν Ὅμηρος γενέσθαι αὐτά;

ΑΛΕΚΤΡΥΩΝ

Πόθεν ἐκεῖνος ἠπίστατο, ὦ Μίκυλλε, ὃς γινομένων ἐκείνων κάμηλος ἐν Βάκτροις ἦν; ἐγὼ δὲ

THE DREAM, OR THE COCK

MICYLLUS

Then what was I ? Tell me if you can, for I want to know.

COCK

You were an Indian ant, one of the gold-digging kind.[1]

MICYLLUS

Confound the luck ! to think that I did not dare to lay in even a small supply of gold-dust before coming from that life to this ! But what shall I be next, tell me ? You probably know. If it is anything good, I'll climb up this minute and hang myself from the peg that you are standing on.

COCK

You can't by any possibility find that out. But when I became Euphorbus—for I am going back to that subject—I fought at Troy and was killed by Menelaus, and some time afterwards I entered into Pythagoras. In the meanwhile I stood about and waited without a house till Mnesarchus should build me one.

MICYLLUS

Without food and drink, my friend ?

COCK

Yes, certainly ; for they turned out to be unnecessary, except for the body.

MICYLLUS

Well, then, tell me the story of Troy first. Was it all as Homer says ?

COCK

Why, where did he get his information, Micyllus ? When all that was going on, he was a camel in

[1] Herod. 3, 102.

τοσοῦτόν σοί φημι, ὑπερφυὲς μηδὲν γενέσθαι
τότε, μήτε τὸν Αἴαντα οὕτω μέγαν μήτε τὴν
Ἑλένην αὐτὴν οὕτω καλὴν ὡς οἴονται. εἶδον γὰρ
λευκὴν μέν τινα καὶ ἐπιμήκη τὸν τράχηλον, ὡς
εἰκάζειν κύκνου θυγατέρα εἶναι, τἄλλα δὲ πάνυ
πρεσβῦτιν, ἡλικιῶτιν σχεδὸν τῆς Ἑκάβης, ἥν
γε Θησεὺς πρῶτον ἁρπάσας ἐν Ἀφίδναις εἶχε
κατὰ τὸν Ἡρακλέα γενόμενος, ὁ δὲ Ἡρακλῆς
πρότερον εἷλε Τροίαν κατὰ τοὺς πατέρας ἡμῶν
τοὺς τότε μάλιστα. διηγεῖτο γάρ μοι ὁ Πάνθους
ταῦτα, κομιδῇ μειράκιον ὢν ἑωρακέναι λέγων τὸν
Ἡρακλέα.

ΜΙΚΥΛΛΟΣ

Τί δέ; ὁ Ἀχιλλεὺς τοιοῦτος ἦν, ἄριστος τὰ
πάντα, ἢ μῦθος ἄλλως καὶ ταῦτα;

ΑΛΕΚΤΡΥΩΝ

Ἐκείνῳ μὲν οὐδὲ συνηνέχθην, ὦ Μίκυλλε, οὐδ'
ἂν ἔχοιμί σοι οὕτως ἀκριβῶς τὰ παρὰ τοῖς
Ἀχαιοῖς λέγειν· πόθεν γάρ, πολέμιος ὤν; τὸν
μέντοι ἑταῖρον αὐτοῦ τὸν Πάτροκλον οὐ χαλεπῶς
ἀπέκτεινα διελάσας τῷ δορατίῳ.

ΜΙΚΥΛΛΟΣ

Εἶτά σε ὁ Μενέλαος μακρῷ εὐχερέστερον.
ἀλλὰ ταῦτα μὲν ἱκανῶς, τὰ Πυθαγόρου δὲ ἤδη
λέγε.

ΑΛΕΚΤΡΥΩΝ

18   Τὸ μὲν ὅλον, ὦ Μίκυλλε, σοφιστὴς ἄνθρωπος
ἦν· χρὴ γάρ, οἶμαι, τἀληθῆ λέγειν· ἄλλως δὲ
οὐκ ἀπαίδευτος οὐδὲ ἀμελέτητος τῶν καλλίστων

THE DREAM, OR THE COCK

Bactria. I'll tell you thus much, though: nothing was out of the common then, and Ajax was not as tall and Helen herself not as fair as people think. As I saw her, she had a white complexion and a long neck, to be sure, so that you might know she was the daughter of a swan; but as for the rest of it, she was decidedly old, about the same age as Hecuba; for Theseus eloped with her in the first place and kept her at Aphidnae, and Theseus lived in the time of Heracles, who took Troy the first time it was taken, in the time of our fathers,—our then fathers, I mean. Panthous told me all this, and said that when he was quite small he had seen Heracles.

MICYLLUS

But how about Achilles? Was he as Homer describes him, supreme in everything, or is this only a fable too?

COCK

I did not come into contact with him at all, Micyllus, and I can't tell you as accurately about the Greek side. How could I, being one of the enemy? His comrade Patroclus, however, I killed without difficulty, running him through with my spear.[1]

MICYLLUS

And then Menelaus killed *you* with much greater ease! But enough of this, and now tell me the story of Pythagoras.

COCK

In brief, Micyllus, I was a sophist, for I must tell the truth, I suppose. However, I was not uneducated or unacquainted with the noblest sciences. I

[1] The cock is drawing the long-bow; Euphorbus only wounded Patroclus, *Iliad* 16, 806 ff.

μαθημάτων· ἀπεδήμησα δὲ καὶ εἰς Αἴγυπτον,
ὡς συγγενοίμην τοῖς προφήταις ἐπὶ σοφίᾳ, καὶ
ἐς τὰ ἄδυτα κατελθὼν ἐξέμαθον τὰς βίβλους τὰς
Ὥρου καὶ Ἴσιδος, καὶ αὖθις εἰς Ἰταλίαν ἐκπλεύ-
σας οὕτω διέθηκα τοὺς κατ' ἐκεῖνα Ἕλληνας,
ὥστε θεὸν ἦγόν με.

ΜΙΚΥΛΛΟΣ

Ἤκουσα ταῦτα καὶ ὡς δόξειας ἀναβεβιωκέναι
ἀποθανὼν καὶ ὡς χρυσοῦν τὸν μηρὸν ἐπιδείξαιό
ποτε αὐτοῖς. ἐκεῖνο δέ μοι εἰπέ, τί σοι ἐπῆλθε
νόμον ποιήσασθαι μήτε κρεῶν μήτε κυάμων
ἐσθίειν;

ΑΛΕΚΤΡΥΩΝ

Μὴ ἀνάκρινε ταῦτα, ὦ Μίκυλλε.

ΜΙΚΥΛΛΟΣ

Διὰ τί, ὦ ἀλεκτρυών;

ΑΛΕΚΤΡΥΩΝ

Ὅτι αἰσχύνομαι λέγειν πρὸς σὲ τὴν ἀλήθειαν
περὶ αὐτῶν.

ΜΙΚΥΛΛΟΣ

Καὶ μὴν οὐδὲν ὀκνεῖν χρὴ λέγειν πρὸς ἄνδρα
σύνοικον καὶ φίλον· δεσπότην γὰρ οὐκ ἂν ἔτι
εἴποιμι.

ΑΛΕΚΤΡΥΩΝ

Οὐδὲν ὑγιὲς οὐδὲ σοφὸν ἦν, ἀλλ' ἑώρων ὅτι
εἰ μὲν τὰ συνήθη καὶ ταὐτὰ τοῖς πολλοῖς νομί-
ζοιμι, ἥκιστα ἐπισπάσομαι τοὺς ἀνθρώπους ἐς
τὸ θαῦμα, ὅσῳ δ' ἂν ξενίζοιμι, τοσούτῳ σεμνό-
τερος [1] ᾤμην αὐτοῖς ἔσεσθαι. διὰ τοῦτο καινο-
ποιεῖν εἱλόμην ἀπόρρητον ποιησάμενος τὴν
αἰτίαν, ὡς εἰκάζοντες ἄλλος ἄλλως ἅπαντες

---

[1] σεμνότερος Seager : καινότερος MSS.

even went to Egypt to study with the prophets, penetrated into their sanctuaries and learned the books of Horus and Isis by heart, and then I sailed away to Italy and worked upon the Greeks in that quarter of the world to such an extent that they thought me a god.

MICYLLUS

So I have heard, and I have also heard that you were thought to have come to life again after dying, and that you once showed them that your thigh was of gold. But, look here, tell me how it occurred to you to make a law against eating either meat or beans?

COCK

Do not press that question, Micyllus.

MICYLLUS

Why, cock?

COCK

Because I am ashamed to tell you the truth of it.

MICYLLUS

But you oughtn't to hesitate to tell a housemate and a friend—for I cannot call myself your master any longer.

COCK

It was nothing sensible or wise, but I perceived that if I made laws that were ordinary and just like those of the run of legislators I should not induce men to wonder at me, whereas the more I departed from precedent, the more of a figure I should cut, I thought, in their eyes. Therefore I preferred to introduce innovations, keeping the reason for them secret so that one man might guess one thing

ἐκπλήττωνται καθάπερ ἐπὶ τοῖς ἀσαφέσι τῶν χρησμῶν. ὁρᾷς; καταγελᾷς μου καὶ σὺ ἐν τῷ μέρει.

ΜΙΚΥΛΛΟΣ

Οὐ τοσοῦτον ὅσον Κροτωνιατῶν καὶ Μεταποντίνων καὶ Ταραντίνων καὶ τῶν ἄλλων ἀφώνων σοι ἑπομένων καὶ προσκυνούντων τὰ ἴχνη ἃ σὺ
19 πατῶν ἀπολιμπάνοις. ἀποδυσάμενος δὲ τὸν Πυθαγόραν τίνα μετημφιέσω μετ᾽ αὐτόν;

ΑΛΕΚΤΡΥΩΝ

Ἀσπασίαν τὴν ἐκ Μιλήτου ἑταίραν·

ΜΙΚΥΛΛΟΣ

Φεῦ τοῦ λόγου, καὶ γυνὴ γὰρ σὺν τοῖς ἄλλοις ὁ Πυθαγόρας ἐγένετο, καὶ ἦν ποτε χρόνος ὅτε καὶ σὺ ᾠοτόκεις, ὦ ἀλεκτρυόνων γενναιότατε, καὶ συνῆσθα Περικλεῖ Ἀσπασία οὖσα καὶ ἐκύεις ἀπ᾽ αὐτοῦ καὶ ἔρια ἔξαινες καὶ κρόκην κατῆγες καὶ ἐγυναικίζου ἐς τὸ ἑταιρικόν;

ΑΛΕΚΤΡΥΩΝ

Πάντα ταῦτα ἐποίουν οὐ μόνος, ἀλλὰ καὶ Τειρεσίας πρὸ ἐμοῦ καὶ ὁ Ἐλάτου παῖς ὁ Καινεύς, ὥστε ὁπόσα ἂν ἀποσκώψῃς εἰς ἐμέ, καὶ εἰς ἐκείνους ἀποσκώψας ἔσῃ.

ΜΙΚΥΛΛΟΣ

Τί οὖν; πότερος ἡδίων ὁ βίος σοι ἦν, ὅτε ἀνὴρ ἦσθα ἢ ὅτε σε ὁ Περικλῆς ὤπνιεν;

and one another, and all be perplexed, as they are in the case of oracles that are obscure. Look here, *you* are laughing at *me*, now.

MICYLLUS

Not so much at you as at the people of Croton and Metapontum and Tarentum and all the rest who followed you dumbly and worshipped the footprints that you left in walking. But after you put off the part of Pythagoras what other did you assume?

COCK

Aspasia, the courtesan from Miletus.

MICYLLUS

Whew, what a yarn! So Pythagoras became a woman on top of everything else, and there was once a time when you laid eggs, most distinguished of cocks; when you lived with Pericles in the capacity of Aspasia and had children by him and carded wool and spun yarn and made the most of your sex in courtesan style?

COCK

Yes, I did all that, and I am not the only one: both Tiresias and Caeneus the son of Elatus preceded me, so that all your jokes at my expense will be at their expense too.[1]

MICYLLUS

How about it? Which life did you find the pleasanter, when you were a man or when Pericles dallied with you?

[1] Tiresias struck a pair of mating serpents with his staff, and turned into a woman; seven years later he once more saw them and struck them, becoming a man again (Ovid, *Metam.* 3, 316 ff.). Poseidon turned Caenis into a man at her own request after he had wronged her (*Metam.* 12, 189 ff.).

ΑΛΕΚΤΡΥΩΝ

Ὁρᾷς οἷον τοῦτο ἠρώτησας, οὐδὲ τῷ Τειρεσίᾳ
συνενεγκοῦσαν τὴν ἀπόκρισιν;

ΜΙΚΥΛΛΟΣ

Ἀλλὰ κἂν σὺ μὴ εἴπῃς, ἱκανῶς ὁ Εὐριπίδης
διέκρινε τὸ τοιοῦτον, εἰπὼν ὡς τρὶς ἂν ἐθέλοι παρ'
ἀσπίδα στῆναι ἢ ἅπαξ τεκεῖν.

ΑΛΕΚΤΡΥΩΝ

Καὶ μὴν ἀναμνήσω σε, ὦ Μίκυλλε, οὐκ εἰς μα-
κρὰν ὠδίνουσαν· ἔσῃ γὰρ γυνὴ καὶ σὺ ἐν πολλῇ τῇ
περιόδῳ πολλάκις.

ΜΙΚΥΛΛΟΣ

Οὐκ ἀπάγξῃ, ὦ ἀλεκτρυών, ἅπαντας οἰόμενος
Μιλησίους ἢ Σαμίους εἶναι; σὲ γοῦν φασι καὶ
Πυθαγόραν ὄντα τὴν ὥραν λαμπρὸν πολλάκις
20 Ἀσπασίαν γενέσθαι τῷ τυράννῳ.—τίς δὲ δὴ μετὰ
τὴν Ἀσπασίαν ἀνὴρ ἢ γυνὴ αὖθις ἀνεφάνης;

ΑΛΕΚΤΡΥΩΝ

Ὁ κυνικὸς Κράτης.

ΜΙΚΥΛΛΟΣ

Ὦ Διοσκόρω τῆς ἀνομοιότητος, ἐξ ἑταίρας
φιλόσοφος.

ΑΛΕΚΤΡΥΩΝ

Εἶτα βασιλεύς, εἶτα πένης, καὶ μετ' ὀλίγον σα-
τράπης, εἶτα ἵππος καὶ κολοιὸς καὶ βάτραχος καὶ
ἄλλα μυρία· μακρὸν ἂν γένοιτο καταριθμήσασθαι
ἕκαστα· τὰ τελευταῖα δὲ ἀλεκτρυὼν πολλάκις,
ἥσθην γὰρ τῷ τοιούτῳ βίῳ. καὶ παρὰ πολλοῖς

THE DREAM, OR THE COCK

COCK

Just see what a question you have asked there!
Even Tiresias paid dearly for answering it![1]

MICYLLUS

Whether you tell me or not, Euripides has settled
the business well enough, for he says that he would
sooner stand in line of battle thrice over than bear a
single child.[2]

COCK

I'll remind you of that before long, Micyllus, when
you are in child-bed; for you too will be a woman
again and again in your long cycle of existences.

MICYLLUS

Hang you, cock, do you think everybody hails from
Miletus or Samos? They say that while you were
Pythagoras and young and handsome you often
played Aspasia to the tyrant. But what man or
woman did you become after Aspasia?

COCK

The Cynic Crates.

MICYLLUS

Twin brethren! what ups and downs! First a
courtesan, then a philosopher!

COCK

Then a king, then a poor man, and soon a satrap;
then a horse, a jackdaw, a frog, and a thousand things
besides; it would take too long to enumerate them
all. But of late I have often been a cock, for I liked
that sort of life; and after belonging to many men,

---

[1] Zeus had said that Hera's sex enjoyed more pleasure
than his own. Hera denied it; Tiresias was called in as
umpire and held with Zeus, whereupon Hera struck him
blind (*Metam.* l. c.).   [2] *Medea* 251.

ἄλλοις δουλεύσας καὶ πένησι[1] καὶ πλουσίοις, τὰ
τελευταῖα καὶ σοὶ νῦν σύνειμι καταγελῶν ὁσημέραι
ποτνιωμένου καὶ οἰμώζοντος ἐπὶ τῇ πενίᾳ καὶ τοὺς
πλουσίους θαυμάζοντος ὑπ' ἀγνοίας τῶν ἐκείνοις
προσόντων κακῶν. εἰ γοῦν ᾔδεις τὰς φροντίδας
ἃς ἔχουσιν, ἐγέλας ἂν ἐπὶ σαυτῷ πρῶτον οἰηθέντι
ὑπερευδαίμονα εἶναι τὸν πλοῦτον.

ΜΙΚΥΛΛΟΣ

Οὐκοῦν, ὦ Πυθαγόρα—καίτοι τί μάλιστα χαί-
ρεις καλούμενος, ὡς μὴ ἐπιταράττοιμι τὸν λόγον
ἄλλοτε ἄλλον καλῶν;

ΑΛΕΚΤΡΥΩΝ

Διοίσει μὲν οὐδὲν ἤν τε Εὔφορβον ἢ[2] Πυθα-
γόραν, ἤν τε Ἀσπασίαν καλῇς ἢ Κράτητα· πάντα
γὰρ ἐγὼ ταῦτά εἰμι. πλὴν τὸ νῦν ὁρώμενον τοῦτο
ἀλεκτρυόνα ὀνομάζων ἄμεινον ἂν ποιοῖς, ὡς μὴ
ἀτιμάζοις εὐτελὲς εἶναι δοκοῦν τὸ ὄρνεον, καὶ
ταῦτα τοσαύτας ἐν αὐτῷ ψυχὰς ἔχον.

ΜΙΚΥΛΛΟΣ

21 Οὐκοῦν, ὦ ἀλεκτρυών, ἐπειδὴ ἁπάντων σχεδὸν
ἤδη τῶν βίων ἐπειράθης καὶ πάντα οἶσθα, λέγοις
ἂν ἤδη σαφῶς ἰδίᾳ μὲν τὰ τῶν πλουσίων ὅπως
βιοῦσιν, ἰδίᾳ δὲ τὰ πτωχικά, ὡς μάθω εἰ ἀληθῆ
ταῦτα φῂς εὐδαιμονέστερον ἀποφαίνων με τῶν
πλουσίων.

ΑΛΕΚΤΡΥΩΝ

Ἰδοὺ δὴ οὕτως ἐπίσκεψαι, ὦ Μίκυλλε· σοὶ μὲν
οὔτε πολέμου πολὺς λόγος, ἢν λέγηται ὡς οἱ πολέ-
μιοι προσελαύνουσιν, οὐδὲ φροντίζεις μὴ τὸν
ἀγρὸν τέμωσιν ἐμβαλόντες ἢ τὸν παράδεισον

---

[1] καὶ πένησι Fritzsche : βασιλεῦσι καὶ πένησι MSS.
[2] ἢ Mehler : ἤν τε MSS.

both rich and poor, at length I am now living with you, laughing at you every day for bewailing and lamenting over your poverty and for admiring the rich through ignorance of the troubles that are theirs. Indeed, if you knew the cares they have, you would laugh at yourself for thinking at first that wealth was a source of extraordinary happiness.

MICYLLUS

Well then, Pythagoras—but tell me what you like best to be called, so that I may not muddle up our conversation by calling you different names.

COCK

It will make no difference whether you call me Euphorbus or Pythagoras, Aspasia or Crates; I am all of them. But you had better call me what you now see me to be, a cock, so as not to slight a bird that, although held in low esteem, has in itself so many souls.

MICYLLUS

Well then, cock, as you have tried almost every existence and know everything, please tell me clearly about the life of the rich and the life of the poor, each by itself, so that I may learn if you are telling the truth when you declare that I am happier than the rich.

COCK

Well now, look at it this way, Micyllus. As for you, you are little concerned about war if you hear that the enemy is approaching, and you do not worry for fear they may lay your farm waste in a raid or

συμπατήσωσιν ἢ τὰς ἀμπέλους δῃώσωσιν, ἀλλὰ
τῆς σάλπιγγος ἀκούων μόνον, εἴπερ ἄρα, περι-
βλέπεις τὸ κατὰ σεαυτόν, οἱ τραπόμενον χρὴ
σωθῆναι καὶ τὸν κίνδυνον διαφυγεῖν· οἱ δ' εὐλα-
βοῦνται μὲν καὶ ἀμφ' αὑτοῖς, ἀνιῶνται δὲ ὁρῶντες
ἀπὸ τῶν τειχῶν ἀγόμενα καὶ φερόμενα ὅσα εἶχον
ἐν τοῖς ἀγροῖς. καὶ ἤν τε εἰσφέρειν δέῃ, μόνοι
καλοῦνται, ἤν τε ἐπεξιέναι, προκινδυνεύουσι στρα-
τηγοῦντες ἢ ἱππαρχοῦντες· σὺ δὲ οἰσυΐνην ἀσπίδα
ἔχων, εὐσταλὴς καὶ κοῦφος εἰς σωτηρίαν, ἕτοιμος
ἑστιᾶσθαι τὰ ἐπινίκια, ἐπειδὰν θύῃ ὁ στρατηγὸς
νενικηκώς.

22 Ἐν εἰρήνῃ τε αὖ σὺ μὲν τοῦ δήμου ὢν ἀναβὰς
εἰς ἐκκλησίαν τυραννεῖς τῶν πλουσίων, οἱ δὲ
φρίττουσι καὶ ὑποπτήσσουσι καὶ διανομαῖς ἱλά-
σκονταί σε. λουτρὰ μὲν γὰρ ὡς ἔχοις καὶ θεά-
ματα καὶ τἆλλα διαρκῆ ἅπαντα, ἐκεῖνοι πονοῦσι,
σὺ δὲ ἐξεταστὴς καὶ δοκιμαστὴς πικρὸς ὥσπερ
δεσπότης, οὐδὲ λόγου μεταδιδοὺς ἐνίοτε, κἄν σοι
δοκῇ κατεχαλάζησας αὐτῶν ἀφθόνους τοὺς λίθους
ἢ τὰς οὐσίας αὐτῶν ἐδήμευσας· οὔτε δὲ συκο-
φάντην δέδιας αὐτὸς οὔτε λῃστὴν μὴ ὑφέληται
τὸ χρυσίον ὑπερβὰς τὸ θριγκίον ἢ διορύξας τὸν
τοῖχον, οὔτε πράγματα ἔχεις λογιζόμενος ἢ ἀπαι-
τῶν ἢ τοῖς καταράτοις οἰκονόμοις διαπυκτεύων
καὶ πρὸς τοσαύτας φροντίδας μεριζόμενος,
ἀλλὰ κρηπῖδα συντελέσας ἑπτὰ ὀβολοὺς τὸν
μισθὸν ἔχων, ἀπαναστὰς περὶ δείλην ὀψίαν λου-
σάμενος, ἢν δοκῇ, σαπέρδην τινὰ ἢ μαινίδας

trample down your garden or cut down your grape-vines; when you hear the trumpet, at most you simply consider yourself and where you are to turn in order to save yourself and escape the danger. The rich, however, not only fear for themselves but are distressed when they look from the walls and see all that they own in the country harried and plundered. Moreover if it is necessary to pay a special tax, they alone are summoned to do so, and if it is necessary to take the field, they risk their lives in the van as commanders of horse or foot, whereas you, with but a wicker shield, have little to carry and nothing to impede your flight, and are ready to celebrate the victory when the general offers sacrifice after winning the battle.

In time of peace, on the other hand, being one of the voters, you go to the assembly and lord it over the rich while they quake and cringe and seek your good will with presents. Besides, it is they who toil that you may have baths and shows and every-thing else to your heart's content, while you in-vestigate and scrutinize them harshly like a master, sometimes without even letting them say a word for themselves; and if you choose you shower them generously with stones or confiscate their properties. And you do not dread an informer, nor yet a robber who might steal your gold by climbing over the coping or digging through the wall; and you are not bothered with casting up accounts or collecting debts or squabbling with your confounded agents, and thus dividing your attention among so many worries. No, after you have finished a sandal and received your pay of seven obols, you get up from your bench toward evening, take a bath if you choose,

ἢ κρομμύων κεφαλίδας ὀλίγας πριάμενος εὐφραί-
νεις σεαυτὸν ᾄδων τὰ πολλὰ καὶ τῇ βελτίστῃ
Πενίᾳ προσφιλοσοφῶν.

23 Ὥστε διὰ ταῦτα ὑγιαίνεις τε καὶ ἔρρωσαι τὸ
σῶμα καὶ διακαρτερεῖς πρὸς τὸ κρύος· οἱ πόνοι
γάρ σε παραθήγοντες οὐκ εὐκαταφρόνητον ἀντα-
γωνιστὴν ἀποφαίνουσι πρὸς τὰ δοκοῦντα τοῖς
ἄλλοις ἄμαχα εἶναι. ἀμέλει οὐδέν σοι τῶν χαλε-
πῶν τούτων νοσημάτων πρόσεισιν, ἀλλ᾽ ἤν ποτε
κοῦφος πυρετὸς ἐπιλάβηται, πρὸς ὀλίγον ὑπη-
ρετήσας αὐτῷ ἀνεπήδησας εὐθὺς ἀποσεισάμενος
τὴν ἄσην, ὁ δὲ φεύγει αὐτίκα φοβηθείς, ψυχροῦ
σε[1] ὁρῶν ἐμφορούμενον καὶ μακρὰ οἰμώζειν
λέγοντα ταῖς ἰατρικαῖς περιόδοις· οἱ δὲ ὑπ᾽
ἀκρασίας ἄθλιοι τί τῶν κακῶν οὐκ ἔχουσι,
ποδάγρας καὶ φθόας καὶ περιπλευμονίας καὶ
ὑδέρους; αὗται γὰρ τῶν πολυτελῶν ἐκείνων
δείπνων ἀπόγονοι.

Τοιγαροῦν οἱ μὲν αὐτῶν ὥσπερ ὁ Ἴκαρος ἐπὶ
πολὺ ἄραντες αὐτοὺς καὶ πλησιάσαντες τῷ ἡλίῳ
οὐκ εἰδότες ὅτι κηρῷ ἥρμοστο αὐτοῖς ἡ πτέρωσις,
μέγαν ἐνίοτε τὸν πάταγον ἐποίησαν ἐπὶ κεφαλὴν
ἐς πέλαγος ἐμπεσόντες· ὅσοι δὲ κατὰ τὸν Δαί-
δαλον μὴ πάνυ μετέωρα μηδὲ ὑψηλὰ ἐφρόνησαν
ἀλλὰ πρόσγεια, ὡς νοτίζεσθαι ἐνίοτε τῇ ἅλμῃ
τὸν κηρόν, ὡς τὸ πολὺ οὗτοι ἀσφαλῶς διέπτησαν.

ΜΙΚΥΛΛΟΣ

Ἐπιεικεῖς τινας καὶ συνετοὺς λέγεις.

ΑΛΕΚΤΡΥΩΝ

Τῶν μέντοι γε ἄλλων, ὦ Μίκυλλε, τὰς ναυα-
γίας αἰσχρὰς ἴδοις ἄν, ὅταν ὁ Κροῖσος περιτε-

[1] σε Mehler : τε MSS.

218

THE DREAM, OR THE COCK

buy yourself a bloater or sprats or a bunch of onions, and have a good time, singing a great deal and philosophizing with that good soul, Poverty.

So in consequence of all this you are sound and strong in body and can stand the cold, for your hardships have trained you fine and made you no mean fighter against adverse conditions that seem to the rest of the world irresistible. No chance that one of their severe illnesses will come near you: on the contrary, if ever you get a light fever, after humouring it a little while you jump out of bed at once, shaking off your discomfort, and the fever in terror takes flight immediately on seeing that you drink cold water and have no use for doctors' visits. But the rich, unhappy that they are—what ills are they not subject to through intemperance? Gout and consumption and pneumonia and dropsy are the consequences of those splendid dinners.

In brief, some of them who like Icarus fly high and draw near the sun without knowing that their wings are fitted on with wax, now and then make a great splash by falling head-first into the sea, while of those who, copying Daedalus, have not let their ambitions soar high in the air but have kept them close to earth so that the wax is occasionally wet with spray, the most part reach their journey's end in safety.

MICYLLUS

You mean temperate and sensible people.

COCK

But as for the others, Micyllus, you can see how sadly they come to grief when a Croesus with his

τιλμένος τὰ πτερὰ γέλωτα παρέχῃ Πέρσαις ἀνα-
βαίνων ἐπὶ τὴν πυρὰν ἢ Διονύσιος καταλυθεὶς τῆς
τυραννίδος ἐν Κορίνθῳ γραμματιστὴς βλέπηται,
μετὰ τηλικαύτην ἀρχὴν παιδία συλλαβίζειν δι-
δάσκων.

ΜΙΚΤΛΛΟΣ

24   Εἰπέ μοι, ὦ ἀλεκτρυών, σὺ δὲ ὁπότε βασιλεὺς
ἦσθα—φὴς γὰρ καὶ βασιλεῦσαί ποτε—ποίου
τινὸς ἐπειράθης ἐκείνου τοῦ βίου; ἢ που πανευ-
δαίμων ἦσθα, τὸ κεφάλαιον ὅ τι πέρ ἐστι τῶν
ἀγαθῶν ἀπάντων ἔχων;

ΑΛΕΚΤΡΥΩΝ

Μηδὲ ἀναμνήσῃς με, ὦ Μίκυλλε, οὕτω τρισ-
άθλιος ἦν τότε, τοῖς μὲν ἔξω πᾶσιν ὅπερ
ἔφησθα πανευδαίμων εἶναι δοκῶν, ἔνδοθεν δὲ
μυρίαις ἀνίαις συνών.

ΜΙΚΤΛΛΟΣ

Τίσι ταύταις; παράδοξα γὰρ καὶ οὐ πάνυ τι¹
πιστὰ φής.

ΑΛΕΚΤΡΥΩΝ

Ἦρχον μὲν οὐκ ὀλίγης χώρας, ὦ Μίκυλλε,
παμφόρου τινὸς καὶ πλήθει ἀνθρώπων καὶ κάλλει
πόλεων ἐν ταῖς μάλιστα θαυμάζεσθαι ἀξίας
ποταμοῖς τε ναυσιπόροις καταρρεομένης καὶ θα-
λάττῃ εὐόρμῳ χρωμένης, καὶ στρατιὰ ἦν πολλὴ
καὶ ἵππος συγκεκροτημένη καὶ δορυφορικὸν οὐκ
ὀλίγον καὶ τριήρεις καὶ χρημάτων πλῆθος ἀνά-
ριθμον καὶ χρυσὸς πάμπολυς καὶ ἡ ἄλλη τῆς
ἀρχῆς τραγῳδία πᾶσα ἐς ὑπερβολὴν ἐξωγκωμένη,
ὥστε ὁπότε προΐοιμι, οἱ μὲν πολλοὶ προσεκύνουν
καὶ θεόν τινα ὁρᾶν ᾤοντο καὶ ἄλλοι ἐπ' ἄλλοις

¹ πάνυ τι Cobet : πάντη (πάνυ) MSS.

wings clipped makes sport for the Persians by
mounting the pyre, or a Dionysius, expelled from
his tyrant's throne, turns up in Corinth as a school-
master, teaching children their a, b—ab, after hold-
ing sway so widely.

MICYLLUS

Tell me, cock, when you were king—for you say
you were once on a time—how did you find that
life? You were completely happy, I suppose, as
you had what is surely the acme of all blessings.

COCK

Don't even remind me of it, Micyllus, so utterly
wretched was I then; for although in all things
external I seemed to be completely happy, as you
say, I had a thousand vexations within.

MICYLLUS

What were they? What you say is strange and
not quite credible.

COCK

I ruled over a great country, Micyllus, one that
produced everything and was among the most note-
worthy for the number of its people and the beauty
of its cities, one that was traversed by navigable
rivers and had a sea-coast with good harbours; and
I had a great army, trained cavalry, a large body-
guard, triremes, untold riches, a great quantity of
gold plate and all the rest of the paraphernalia of
rule enormously exaggerated, so that when I went
out the people made obeisance and thought they
beheld a god in the flesh, and they ran up one after

συνέθεον ὀψόμενοί με, οἱ δὲ καὶ ἐπὶ τὰ τέγη
ἀνιόντες ἐν μεγάλῳ ἐτίθεντο ἀκριβῶς ἑωρακέναι
τὸ ζεῦγος, τὴν ἐφεστρίδα, τὸ διάδημα, τοὺς
προπομπεύοντας, τοὺς ἑπομένους. ἐγὼ δὲ εἰδὼς
ὁπόσα με ἠνία καὶ ἔστρεφεν, ἐκείνοις μὲν τῆς
ἀνοίας συνεγίνωσκον, ἐμαυτὸν δὲ ἠλέουν ὅμοιον
ὄντα τοῖς μεγάλοις ἐκείνοις κολοσσοῖς, οἵους ἡ
Φειδίας ἢ Μύρων ἢ Πραξιτέλης ἐποίησεν· κά-
κείνων γὰρ ἕκαστος ἔκτοσθεν μὲν Ποσειδῶν τις
ἢ Ζεύς ἐστι πάγκαλος ἐκ χρυσίου καὶ ἐλέφαντος
συνειργασμένος, κεραυνὸν ἢ ἀστραπὴν ἢ τρίαιναν
ἔχων ἐν τῇ δεξιᾷ, ἢν δὲ ὑποκύψας ἴδῃς τά γ᾽
ἔνδον, ὄψει μοχλούς τινας καὶ γόμφους καὶ
ἥλους διαμπὰξ πεπερονημένους καὶ κορμοὺς καὶ
σφῆνας καὶ πίτταν καὶ πηλὸν καὶ τοιαύτην
τινὰ πολλὴν ἀμορφίαν ὑποικουροῦσαν· ἐῶ λέγειν
μυῶν πλῆθος ἢ μυγαλῶν ἐμπολιτευόμενον αὐτοῖς
ἐνίοτε. τοιοῦτόν τι καὶ βασιλεία ἐστίν.

ΜΙΚΤΛΛΟΣ

25 Οὐδέπω ἔφησθα τὸν πηλὸν καὶ τοὺς γόμφους
καὶ μοχλοὺς οἵτινες εἶεν τῆς ἀρχῆς, οὐδὲ τὴν
ἀμορφίαν ἐκείνην τὴν πολλὴν ἥτις ἐστίν· ὡς τό
γε ἐξελαύνειν ἀποβλεπόμενον καὶ τοσούτων ἄρ-
χοντα καὶ προσκυνούμενον δαιμονίως ἔοικέ σου
τῷ[1] κολοσσιαίῳ παραδείγματι· θεσπέσιον γάρ
τι καὶ τοῦτο. σὺ δὲ τὰ ἔνδον ἤδη τοῦ κολοσσοῦ
λέγε.

ΑΛΕΚΤΡΥΩΝ

Τί πρῶτον εἴπω σοι, ὦ Μίκυλλε; τοὺς φόβους
καὶ τὰ δείματα καὶ ὑποψίας καὶ μῖσος τὸ παρὰ

---

[1] ἔοικέ σου τῷ Fritzsche : ἔοικεν οὕτως, ἔοικεν οὗτος, ἐοικέναι
σὺ τῷ MSS.

another to look at me, while some even went up to
the house-tops, thinking it a great thing to have had
a good look at my horses, my mantle, my diadem,
and my attendants before and behind me. But I
myself, knowing how many vexations and torments
I had, pardoned them, to be sure, for their folly, but
pitied myself for being no better than the great
colossi that Phidias or Myron or Praxiteles made,
each of which outwardly is a beautiful Poseidon or
a Zeus, made of ivory and gold, with a thunderbolt
or a flash of lightning or a trident in his right hand ;
but if you stoop down and look inside, you will see
bars and props and nails driven clear through, and
beams and wedges and pitch and clay and a quantity
of such ugly stuff housing within, not to mention
numbers of mice and rats that keep their court in
them sometimes. That is what monarchy is like.

MICYLLUS

You haven't yet told me what the clay and the
props and bars are in monarchy, nor what that
"quantity of ugly stuff" is. I'll grant you, to drive
out as the ruler of so many people amid admiration
and homage is wonderfully like your comparison of
the colossus, for it savours of divinity. But tell me
about the inside of the colossus now

COCK

What shall I tell you first, Micyllus ? The terrors,
the frights, the suspicions, the hatred of your

τῶν συνόντων καὶ ἐπιβουλάς, καὶ διὰ ταῦτα
ὕπνον τε ὀλίγον, ἐπιπόλαιον κἀκεῖνον, καὶ τara-
χῆς μεστὰ ὀνείρατα καὶ ἐννοίας πολυπλόκους
καὶ ἐλπίδας ἀεὶ πονηράς, ἢ τὴν ἀσχολίαν καὶ
χρηματισμοὺς καὶ δίκας καὶ ἐκστρατείας καὶ
προστάγματα καὶ συνθήματα καὶ λογισμούς; ὑφ'
ὧν οὐδὲ ὄναρ ἀπολαῦσαί τινος ἡδέος ἐγγίνεται,
ἀλλ' ἀνάγκη ὑπὲρ ἁπάντων μόνον διασκοπεῖσθαι
καὶ μυρία ἔχειν πράγματα·

οὐδὲ γὰρ Ἀτρείδην Ἀγαμέμνονα
ὕπνος ἔχε γλυκερὸς πολλὰ φρεσὶν ὁρμαίνοντα,

καὶ ταῦτα ῥεγκόντων Ἀχαιῶν ἁπάντων. λυπεῖ δὲ
τὸν μὲν Λυδὸν υἱὸς κωφὸς ὤν, τὸν Πέρσην δὲ
Κλέαρχος Κύρῳ ξενολογῶν, ἄλλον δὲ Δίων πρὸς
οὓς τισι τῶν Συρακουσίων κοινολογούμενος, καὶ
ἄλλον Παρμενίων ἐπαινούμενος καὶ Περδίκκαν
Πτολεμαῖος καὶ Πτολεμαῖον Σέλευκος· ἀλλὰ κἀ-
κεῖνα λυπεῖ, ὁ ἐρώμενος πρὸς ἀνάγκην συνὼν καὶ
παλλακὶς ἄλλῳ χαίρουσα καὶ ἀποστήσεσθαί τινες
λεγόμενοι καὶ δύ' ἢ τέτταρες τῶν δορυφόρων
πρὸς ἀλλήλους διαψιθυρίζοντες. τὸ δὲ μέγιστον,
ὑφορᾶσθαι δεῖ μάλιστα τοὺς φιλτάτους κἀξ
ἐκείνων ἀεί τι δεινὸν ἐλπίζειν ἥξειν. ἐγὼ γοῦν
ὑπὸ τοῦ παιδὸς ἀπέθανον ἐκ φαρμάκων, ὁ δὲ
καὶ αὐτὸς ὑπὸ τοῦ ἐρωμένου, τὸν δὲ ἄλλος ἴσως
ὁμοιότροπος θάνατος κατέλαβεν.

ΜΙΚΤΛΛΟΣ

26   Ἄπαγε, δεινὰ ταῦτα φής, ὦ ἀλεκτρυών. ἐμοὶ

associates, the plots, and as a result of all this the scanty sleep, and that not sound, the dreams full of tumult, the intricate plans and the perpetual expectations of something bad? Or shall I tell you of the press of business, negotiations, lawsuits, campaigns, orders, countersigns, and calculations? These things prevent a ruler from enjoying any pleasure even in his sleep; he alone must think about everything and have a thousand worries. Even in the case of Agamemnon, son of Atreus,

"Sweet sleep came to him not as he weighed in his mind many projects,"

though all the Achaeans were snoring![1] The king of Lydia[2] is worried because his son is mute, the king of Persia[3] because Clearchus is enlisting troops for Cyrus, another[4] because Dion is holding whispered conversations with a few Syracusans, another[5] because Parmenio is praised, Perdiccas because of Ptolemy, and Ptolemy because of Seleucus. And there are other grounds for worry too, when your favourite will have nothing to do with you except by constraint, when your mistress fancies someone else, when one or another is said to be on the point of revolting, and when two or three of your guardsmen are whispering to one another. What is more, you must be particularly suspicious of your dearest friends and always be expecting some harm to come from them. For example, I was poisoned by my son, he himself by his favourite, and the latter no doubt met some other death of a similar sort.

MICYLLUS

Tut, tut! What you say is dreadful, cock. For

[1] *Iliad* 10, 3 f.   [2] Croesus.   [3] Artaxerxes.
[4] Dionysius the Younger.   [5] Alexander.

γοῦν πολὺ ἀσφαλέστερον σκυτοτομεῖν ἐπικεκυ-
φότα ἢ πίνειν ἀπὸ χρυσῆς φιάλης κωνείῳ ἢ
ἀκονίτῳ συνανακραθεῖσαν φιλοτησίαν· ὁ γοῦν
κίνδυνος ἐμοὶ μέν, εἰ παρολίσθοι τὸ σμιλίον καὶ
ἁμάρτοι τῆς τομῆς τῆς ἐπ᾽ εὐθύ, ὀλίγον τι
αἱμάξαι τοὺς δακτύλους ἐντεμόντα· οἱ δέ, ὡς
φής, θανάσιμα εὐωχοῦνται, καὶ ταῦτα μυρίοις
κακοῖς συνόντες. εἶτ᾽ ἐπειδὰν πέσωσιν, ὅμοιοι
μάλιστα φαίνονται τοῖς τραγικοῖς ὑποκριταῖς,
ὧν πολλοὺς ἰδεῖν ἔνεστι τέως μὲν Κέκροπας δῆθεν
ὄντας ἢ Σισύφους ἢ Τηλέφους, διαδήματα ἔχοντας
καὶ ξίφη ἐλεφαντόκωπα καὶ ἐπίσειστον κόμην
καὶ χλαμύδα χρυσόπαστον, ἢν δέ, οἷα πολλὰ
γίνεται, κενεμβατήσας τις αὐτῶν ἐν μέσῃ τῇ
σκηνῇ καταπέσῃ, γέλωτα δηλαδὴ παρέχει τοῖς
θεαταῖς τοῦ προσωπείου μὲν συντριβέντος αὐτῷ
διαδήματι, ἠμαγμένης δὲ τῆς ἀληθοῦς κεφαλῆς
τοῦ ὑποκριτοῦ καὶ τῶν σκελῶν ἐπὶ πολὺ γυμνου-
μένων, ὡς τῆς τε ἐσθῆτος τὰ ἔνδοθεν φαίνεσθαι
ῥάκια δύστηνα ὄντα καὶ τῶν ἐμβατῶν τὴν ὑπό-
δεσιν ἀμορφοτάτην καὶ οὐχὶ κατὰ λόγον τοῦ
ποδός. ὁρᾷς ὅπως με καὶ εἰκάζειν ἐδίδαξας ἤδη,
ὦ βέλτιστε ἀλεκτρυών; ἀλλὰ τυραννὶς μὲν τοιοῦ-
τόν τι ὤφθη οὖσα. ἵππος δὲ ἢ κύων ἢ ἰχθὺς ἢ
βάτραχος ὁπότε γένοιο, πῶς ἔφερες ἐκείνην τὴν
διατριβήν;

ΑΛΕΚΤΡΥΩΝ

27   Μακρὸν τοῦτον ἀνακινεῖς τὸν λόγον καὶ οὐ τοῦ
παρόντος καιροῦ· πλὴν τό γε κεφάλαιον, οὐδεὶς
ὅστις οὐκ ἀπραγμονέστερος τῶν βίων ἔδοξέ μοι
τοῦ ἀνθρωπείου, μόναις ταῖς φυσικαῖς ἐπιθυμίαις
καὶ χρείαις συμμεμετρημένος· τελώνην δὲ ἵππον ἢ

me, at least, it is far safer to bend over and cobble shoes than to drink out of a golden cup when the health that is pledged you is qualified with hemlock or aconite. The only risk I run is that if my knife should slip sideways and fail to cut straight, I might draw a little blood by cutting my fingers; but they, as you say, do their feasting at the peril of their lives and live amid a thousand ills beside. Then when they fall they make no better figure than the actors that you often see, who for a time pretend to be a Cecrops or a Sisyphus or a Telephus, with diadems and ivory-hilted swords and waving hair and gold-embroidered tunics; but if (as often happens) one of them misses his footing and falls down in the middle of the stage, it naturally makes fun for the audience when the mask gets broken to pieces, diadem and all, and the actor's own face is covered with blood, and his legs are bared high, so as to show that his inner garments are miserable rags and that the buskins with which he is shod are shapeless and do not fit his foot. Do you see how you have already taught me to make comparisons, friend cock? Well, as for absolute power, it proves to be something of that sort. But when you became a horse or a dog or a fish or a frog, how did you find that existence?

COCK

That is a long story you are starting, and we have not time for it just now. But to give the upshot of it, there is no existence that did not seem to me more care-free than that of man, since the others are conformed to natural desires and needs alone; you will not see among them a horse tax-collector or a frog

συκοφάντην βάτραχον ἢ σοφιστὴν κολοιὸν ἢ ὀψο-
ποιὸν κώνωπα ἢ κίναιδον ἀλεκτρυόνα καὶ τἆλλα
ὅσα ὑμεῖς ἐπιτηδεύετε, οὐκ ἂν ἴδοις ἐν ἐκείνοις.

ΜΙΚΤΛΛΟΣ

28   Ἀληθῆ ἴσως ταῦτα, ὦ ἀλεκτρυών. ἐγὼ δὲ ὃ
πέπονθα οὐκ αἰσχύνομαι πρὸς σὲ εἰπεῖν· οὐδέπω
δύναμαι ἀπομαθεῖν τὴν ἐπιθυμίαν ἣν ἐκ παίδων
εἶχον πλούσιος γενέσθαι, ἀλλὰ μὴν καὶ τοὐνύπνιον
ἔτι πρὸ τῶν ὀφθαλμῶν ἕστηκεν ἐπιδεικνύμενον τὸ
χρυσίον, καὶ μάλιστα ἐπὶ τῷ καταράτῳ Σίμωνι
ἀποπνίγομαι τρυφῶντι ἐν ἀγαθοῖς τοσούτοις.

ΑΛΕΚΤΡΤΩΝ

Ἐγώ σε ἰάσομαι, ὦ Μίκυλλε· καὶ ἐπείπερ ἔτι
νύξ ἐστιν, ἐξαναστὰς ἕπου μοι· ἀπάξω γάρ σε παρ'
αὐτὸν ἐκεῖνον τὸν Σίμωνα καὶ εἰς τὰς τῶν ἄλλων
πλουσίων οἰκίας. ὡς ἴδοις οἷα τὰ παρ' αὐτοῖς ἐστι.

ΜΙΚΤΛΛΟΣ

Πῶς τοῦτο, κεκλεισμένων τῶν θυρῶν; εἰ μὴ
καὶ τοιχωρυχεῖν γε σύ με ἀναγκάσεις.

ΑΛΕΚΤΡΤΩΝ

Οὐδαμῶς, ἀλλ' ὁ Ἑρμῆς, οὗπερ ἱερός εἰμι, ἐξαί-
ρετον ἔδωκέ μοι τοῦτο, ἤν τις τὸ οὐραῖον πτερὸν τὸ
μήκιστον, ὃ δι' ἁπαλότητα ἐπικαμπές ἐστι—

ΜΙΚΤΛΛΟΣ

Δύο δ' ἔστι σοι τοιαῦτα.

ΑΛΕΚΤΡΤΩΝ

Τὸ δεξιὸν τοίνυν ὅτῳ ἂν ἐγὼ ἀποσπάσαι παρά-
σχω καὶ ἔχειν,[1] ἐς ὅσον ἂν βούλωμαι ἀνοίγειν τε ὁ
τοιοῦτος πᾶσαν θύραν δύναται καὶ ὁρᾶν ἅπαντα
οὐχ ὁρώμενος αὐτός.

---

[1] ἀποσπάσαι παράσχω καὶ ἔχειν Fritzsche: ἀποσπάσαι παρά-
σχω καὶ ἔχῃ β ; ἀποσπάσας παράσχω ἔχειν γ.

informer or a jackdaw sophist or a mosquito chef or a libertine cock or any of the other modes of life that you men follow.

MICYLLUS

No doubt that is true, cock. But as to myself, I am not ashamed to tell you how I feel. I am not yet able to unlearn the desire of becoming rich that I have had since my boyhood. My dream, too, still stands before my eyes displaying its gold; and above all I am choking with envy of that confounded Simon, who is revelling in so many blessings.

COCK

I will cure you, Micyllus. As it is still night, get up and follow me; I will take you to visit Simon and to the house of the other rich men, so that you may see what their establishments are like.

MICYLLUS

How can you do it when their doors are locked? You aren't going to make me be a burglar?

COCK

Not by any means. But Hermes, to whom I am consecrated, gave me this privilege, that if my longest tail feather, the one that is so pliant that it curls—

MICYLLUS

You have two like that.

COCK

It is the one on the right, and if I permit any man to pull it out and keep it, that man, as long as I choose, can open every door and see everything without being seen himself.

ΜΙΚΥΛΛΟΣ

Ἐλελήθεις με, ὦ ἀλεκτρυών, καὶ σὺ γόης ὤν.
ἐμοὶ δ᾽ οὖν ἦν τοῦτο ἅπαξ παράσχῃς, ὄψει τὰ
Σίμωνος πάντα ἐν βραχεῖ δεῦρο μετενηνεγμένα·
μετοίσω γὰρ αὐτὰ παρεισελθών, ὁ δὲ αὖθις περι-
τρώξεται ἀποτείνων τὰ καττύματα.

ΑΛΕΚΤΡΥΩΝ

Οὐ θέμις γενέσθαι τοῦτο· παρήγγειλε γὰρ ὁ
Ἑρμῆς, ἤν τι τοιοῦτον ἐργάσηται ὁ ἔχων τὸ πτε-
ρόν, ἀναβοήσαντά με καταφωρᾶσαι αὐτόν.

ΜΙΚΥΛΛΟΣ

Ἀπίθανον λέγεις, κλέπτην τὸν Ἑρμῆν αὐτὸν
ὄντα τοῖς ἄλλοις φθονεῖν τοῦ τοιούτου. ἀπίωμεν
δ᾽ ὅμως· ἀφέξομαι γὰρ τοῦ χρυσίου, ἢν δύνωμαι.

ΑΛΕΚΤΡΥΩΝ

Ἀπότιλον, ὦ Μίκυλλε, πρότερον τὸ πτίλον ...
τί τοῦτο; ἄμφω ἀπέτιλας.

ΜΙΚΥΛΛΟΣ

Ἀσφαλέστερον οὕτως, ὦ ἀλεκτρυών, καὶ σοὶ
ἧττον ἂν ἄμορφον τὸ πρᾶγμα εἴη, ὡς μὴ χωλεύοις
διὰ θάτερον τῆς οὐρᾶς μέρος.

ΑΛΕΚΤΡΥΩΝ

29   Εἶεν. ἐπὶ τὸν Σίμωνα πρῶτον ἄπιμεν ἢ παρ᾽
ἄλλον τινὰ τῶν πλουσίων;

ΜΙΚΥΛΛΟΣ

Οὐ μὲν οὖν, ἀλλὰ παρὰ τὸν Σίμωνα, ὃς ἀντὶ
δισυλλάβου τετρασύλλαβος ἤδη πλουτήσας εἶναι
ἀξιοῖ. καὶ δὴ πάρεσμεν ᾿ τὶ τὰς θύρας. τί οὖν ποιῶ
τὸ μετὰ τοῦτο;

THE DREAM, OR THE COCK

MICYLLUS

I didn't realize, cock, that you yourself were a conjurer. Well, if you only let me have it, you shall see all Simon's possessions brought over here in a jiffy : I'll slip in and bring them over, and he will once more eat his leather as he stretches it.[1]

COCK

That is impossible, for Hermes ordered me, if the man who had the feather did anything of that sort, to uplift my voice and expose him.

MICYLLUS

It is hard to believe what you say, that Hermes, himself a thief, begrudges others the same privilege. But let's be off just the same ; I'll keep my hands off the gold if I can.

COCK

First pluck the feather out, Micyllus . . What's this ? You have pulled them both out !

MICYLLUS

It is safer to do so, cock, and it will spoil your beauty less, preventing you from being crippled on one side of your tail.

COCK

All right. Shall we visit Simon first, or one of the other rich men ?

MICYLLUS

No: Simon, who wants to have a name of four syllables instead of two, now that he is rich. Here we are at the door already. What shall I do next ?

---

[1] The ancient shoemaker held one side of the leather in his teeth in stretching it. Cf. Martial 9, 73 :

> Dentibus antiquas solitus producere pelles
> et mordere luto putre vetusque solum—.

ΑΛΕΚΤΡΥΩΝ

Ἐπίθες τὸ πτερὸν ἐπὶ τὸ κλεῖθρον.

ΜΙΚΥΛΛΟΣ

Ἰδοὺ δή. ὦ Ἡράκλεις, ἀναπέπταται ὥσπερ ὑπὸ κλειδὶ ἡ θύρα.

ΑΛΕΚΤΡΥΩΝ

Ἡγοῦ ἐς τὸ πρόσθεν. ὁρᾷς αὐτὸν ἀγρυπνοῦντα καὶ λογιζόμενον;

ΜΙΚΥΛΛΟΣ

Ὁρῶ νὴ Δία πρὸς ἀμαυράν γε καὶ διψῶσαν τὴν θρυαλλίδα, καὶ ὠχρὸς δὲ ἐστὶν οὐκ οἶδ' ὅθεν, ἀλεκτρυών, καὶ κατέσκληκεν ὅλος ἐκτετηκώς, ὑπὸ φροντίδων δηλαδή· οὐ γὰρ νοσεῖν ἄλλως ἐλέγετο.

ΑΛΕΚΤΡΥΩΝ

Ἄκουσον ἅ φησιν· εἴσῃ γὰρ ὅθεν οὕτως ἔχει.

ΣΙΜΩΝ

Οὐκοῦν τάλαντα μὲν ἑβδομήκοντα ἐκεῖνα πάνυ ἀσφαλῶς ὑπὸ τῇ κλίνῃ κατορώρυκται καὶ οὐδεὶς ἄλλος οἶδε, τὰ δὲ ἑκκαίδεκα εἶδεν, οἶμαι, Σώσυλος ὁ ἱπποκόμος ὑπὸ τῇ φάτνῃ κατακρύπτοντά με· ὅλος γοῦν περὶ τὸν ἱππῶνά ἐστιν, οὐ πάνυ ἐπιμελὴς ἄλλως οὐδὲ φιλόπονος ὤν. εἰκὸς δὲ ἡρπάσθαι πολλῷ πλείω τούτων, ἢ πόθεν γὰρ ὁ Τίβειος[1] τάριχος αὑτῷ οὕτω μέγα ὠψωνηκέναι χθὲς ἐλέγετο ἢ τῇ γυναικὶ ἐλλόβιον ἐωνῆσθαι πέντε δραχμῶν ὅλων; τἀμὰ οὗτοι σπαθῶσι τοῦ κακοδαίμονος. ἀλλ' οὐδὲ τὰ ἐκπώματα ἐν ἀσφαλεῖ μοι ἀπόκειται τοσαῦτα ὄντα· δέδια γοῦν μή τις ὑπορύξας τὸν τοῖχον ὑφέληται αὐτά· πολλοὶ φθονοῦσι καὶ ἐπιβουλεύουσί μοι, καὶ μάλιστα ὁ γείτων Μίκυλλος.

[1] Τίβειος A.M.H.: Τίβιος MSS.

THE DREAM, OR THE COCK

COCK

Put the feather to the lock.

MICYLLUS

Look at that now! Heracles! The door has opened just as it would to a key!

COCK

Lead on. Do you see him sitting up and figuring?

MICYLLUS

Yes, by Heaven, beside a dim and thirsty lamp; he is pale for some reason, cock, and all run down and thin; from worrying, I suppose, for there was no talk of his being ill in any other way.

COCK

Listen to what he is saying and you will find out how he got this way.

SIMON

Well, then, that seventy talents is quite safely buried under the bed and no one else knows of it; but as for the sixteen, I think Sosylus the groom saw me hiding them under the manger. At any rate he is all for hanging about the stable, though he is not particularly attentive to business otherwise or fond of work. I have probably been robbed of much more than that, or else where did Tibius get the money for the big slice of salt fish they said he treated himself to yesterday or the earring they said he bought for his wife at a cost of five whole drachmas? It's my money these fellows are squandering, worse luck! But my cups are not stored in a safe place, either, and there are so many! I'm afraid someone may burrow under the wall and steal them: many envy me and plot against me, and above all my neighbour Micyllus.

So let them steal what we produce. 233
We don't want the headaches.

ΜΙΚΥΛΛΟΣ

Νὴ Δία· σοὶ γὰρ ὅμοιος ἐγὼ καὶ τὰ τρύβλια
ὑπὸ μάλης ἄπειμι ἔχων.

ΑΛΕΚΤΡΥΩΝ

Σιώπησον, Μίκυλλε, μὴ καταφωράσῃ παρόντας
ἡμᾶς.

ΣΙΜΩΝ

Ἄριστον γοῦν ἄγρυπνον αὐτὸν φυλάττειν· ἅπα-
σαν περίειμι διαναστὰς ἐν κύκλῳ τὴν οἰκίαν.
τίς οὗτος; ὁρῶ σέ γε, τοιχωρύχε . . . μὰ Δία,
ἐπεὶ κίων γε ὢν τυγχάνεις, εὖ ἔχει. ἀριθμήσω
αὖθις ἀνορύξας τὸ χρυσίον, μή τί με πρῴην
διέλαθεν. ἰδοὺ πάλιν ἐψόφηκέ τις· ἐπ' ἐμὲ
δηλαδή· πολιορκοῦμαι καὶ ἐπιβουλεύομαι πρὸς
ἁπάντων. ποῦ μοι τὸ ξιφίδιον; ἂν λάβω τινά
. . . θάπτωμεν αὖθις τὸ χρυσίον.

ΑΛΕΚΤΡΥΩΝ

30 Τοιαῦτα μέν σοι, ὦ Μίκυλλε, τὰ Σίμωνος.
ἀπίωμεν δὲ καὶ παρ' ἄλλον τινά, ἕως ἔτι ὀλίγον
τῆς νυκτὸς λοιπόν ἐστιν.

ΜΙΚΥΛΛΟΣ

Ὁ κακοδαίμων, οἷον βιοῖ τὸν βίον. ἐχθροῖς
οὕτω πλουτεῖν γένοιτο. κατὰ κόρρης δ' οὖν
πατάξας αὐτὸν ἀπελθεῖν βούλομαι.

ΣΙΜΩΝ

Τίς ἐπάταξέ με; λῃστεύομαι ὁ δυστυχής.

ΜΙΚΥΛΛΟΣ

Οἴμωζε καὶ ἀγρύπνει καὶ ὅμοιος γίγνου τὸ
χρῶμα τῷ χρυσῷ προστετηκὼς αὐτῷ. ἡμεῖς δὲ
παρὰ Γνίφωνα, εἰ δοκεῖ, τὸν δανειστὴν ἴωμεν. οὐ

THE DREAM, OR THE COCK

MICYLLUS

Yes, by Heaven, I'm just like you and go away
with the dishes under my arm!

COCK

Hush, Micyllus, for fear he may find out that we
are here.

SIMON

At any rate it is best to stay awake myself and
keep watch. I'll get up from time to time and go
all about the whole house. Who is that? I see
you, burglar . . . oh! no, you are only a pillar, it is
all right. I'll dig up my gold and count it again, for
fear I made a mistake yesterday. There, now, some-
body made a noise: he's after me, of course. I am
beleaguered and plotted against by all the world.
Where is my sword? If I find anyone . . . Let us
bury the gold again.

COCK

Well, Micyllus, that is the way Simon lives. Let's
go and visit someone else while there is still a little
of the night left.

MICYLLUS

Unfortunate man, what a life he leads! I wish
my enemies wealth on those terms! Well, I want
to hit him over the head before I go.

SIMON

Who hit me? I'm being robbed, unlucky that I
am!

MICYLLUS

Groan and lie awake and grow like your gold
in colour, cleaving fast to it! Let's go and see
Gnipho the money-lender, if you don't mind. He

235

μακρὰν δὲ καὶ οὗτος οἰκεῖ. ἀνέῳγε καὶ αὕτη ἡμῖν
ἡ θύρα.

ΑΛΕΚΤΡΥΩΝ

31 Ὁρᾷς ἐπαγρυπνοῦντα καὶ τοῦτον ἐπὶ φροντί-
δων, ἀναλογιζόμενον τοὺς τόκους καὶ τοὺς δακτύ-
λους κατεσκληκότα, ὃν δεήσει μετ᾽ ὀλίγον πάντα
ταῦτα καταλιπόντα σίλφην ἢ ἐμπίδα ἢ κυνό-
μυιαν γενέσθαι;

ΜΙΚΥΛΛΟΣ

Ὁρῶ κακοδαίμονα καὶ ἀνόητον ἄνθρωπον οὐδὲ
νῦν πολὺ τῆς σίλφης ἢ ἐμπίδος ἄμεινον βιοῦντα.
ὡς δὲ καὶ οὗτος ἐκτέτηκεν ὅλος ὑπὸ τῶν λογισμῶν.
ἐπ᾽ ἄλλον ἀπίωμεν.

ΑΛΕΚΤΡΥΩΝ

32 Παρὰ τὸν σὸν Εὐκράτην, εἰ δοκεῖ. καὶ ἰδοὺ
γάρ, ἀνέῳγε καὶ αὕτη ἡ θύρα· ὥστε εἰσίωμεν.

ΜΙΚΥΛΛΟΣ

Ἅπαντα ταῦτα μικρὸν ἔμπροσθεν ἐμὰ ἦν.

ΑΛΕΚΤΡΥΩΝ

Ἔτι γὰρ σὺ ὀνειροπολεῖς τὸν πλοῦτον; ὁρᾷς
δ᾽ οὖν τὸν Εὐκράτην αὐτὸν μὲν ὑπὸ τοῦ οἰκέτου
πρεσβύτην ἄνθρωπον . . . ;

ΜΙΚΥΛΛΟΣ

Ὁρῶ νὴ Δία καταπυγοσύνην καὶ πασχη-
τιασμόν τινα καὶ ἀσέλγειαν οὐκ ἀνθρωπίνην·
τὴν γυναῖκα δὲ ἑτέρωθι ὑπὸ τοῦ μαγείρου καὶ
αὑτήν . . .

ΑΛΕΚΤΡΥΩΝ

33 Τί οὖν; ἐθέλοις ἂν καὶ τούτων κληρονομεῖν,
ὦ Μίκυλλε, καὶ πάντα ἔχειν τὰ Εὐκράτους;

236

too lives not far off. This door has opened to us also.

COCK

Do you see him awake with his worries like the other, computing his interests and wearing his fingers to the bone? And yet he will soon have to leave all this behind and become a beetle or a gnat or a dog-fly.

MICYLLUS

I see an unfortunate, senseless man who even now lives little better than a beetle or a gnat. And how completely run down he is from his computations! Let's go and see another.

COCK

Your friend Eucrates, if you like. See, this door has opened too, so let's go in.

MICYLLUS

All this belonged to me a little while ago.

COCK

Why, are you still dreaming of your wealth? Do you see Eucrates and his servant, old man as he is . . .?

MICYLLUS

Yes, by Heaven, I see lust and sensuality and lewdness ill befitting a human being; and in another quarter I see his wife and the cook . . .

COCK

How about it? Would you be willing to inherit all this too, Micyllus, and have *all* that belongs to Eucrates?

ΜΙΚΥΛΛΟΣ

Μηδαμῶς, ὦ ἀλεκτρυών· λιμῷ ἀπολοίμην πρό-
τερον. χαιρέτω τὸ χρυσίον καὶ τὰ δεῖπνα, δύο
ὀβολοὶ ἐμοί γε πλοῦτός ἐστι μᾶλλον ἢ τοιχωρυ-
χεῖσθαι πρὸς τῶν οἰκετῶν.

ΑΛΕΚΤΡΥΩΝ

Ἀλλὰ νῦν γὰρ ἡμέρα ἤδη ἀμφὶ τὸ λυκαυγὲς
αὐτό, ἀπίωμεν οἴκαδε παρ᾽ ἡμᾶς· τὰ λοιπὰ δὲ
εἰσαῦθις ὄψει, ὦ Μίκυλλε.

THE DREAM, OR THE COCK

MICYLLUS

Not on your life, cock! I'll starve first! To the deuce with your gold and your dinners; two obols is a fortune to me in comparison with being an easy mark for the servants.

COCK

Well, the day is just breaking, so let's go home now; you shall see the rest of it some other time.

MICYLLUS

Not on your life, cock! I'll starve first. To the deuce with your gold and your dinners; two obols is a fortune to me in comparison with being an easy mark for the servants.

COCK

Well, the day is just breaking, so let's go home now; you shall see the rest of it some other time.

PROMETHEUS

The mock-plea *Prometheus*, clearly suggested by the opening of the *Prometheus Bound* of Aeschylus, is midway between the Menippean satires and the pure genre of the *Dialogues of the Gods*, in one of which (5, formerly 1) the Titan figures again. In some of the manuscripts it bears a sub-title, *The Caucasus*, possibly added to distinguish it from *A Literary Prometheus*.

ΠΡΟΜΗΘΕΥΣ

ΕΡΜΗΣ

1   Ὁ μὲν Καύκασος, ὦ Ἥφαιστε, οὗτος, ᾧ τὸν
ἄθλιον τουτονὶ Τιτᾶνα προσηλῶσθαι δεήσει·
περισκοπῶμεν δὲ ἤδη κρημνόν τινα ἐπιτήδειον,
εἴ που τῆς χιόνος τι γυμνόν ἐστιν, ὡς βεβαιότερον
καταπαγείη τὰ δεσμὰ καὶ οὗτος ἅπασι περιφανὴς
εἴη κρεμάμενος.

ΗΦΑΙΣΤΟΣ

Περισκοπῶμεν, ὦ Ἑρμῆ· οὔτε γὰρ ταπεινὸν
καὶ πρόσγειον ἐσταυρῶσθαι χρή, ὡς μὴ ἐπαμύ-
νοιεν αὐτῷ τὰ πλάσματα αὐτοῦ οἱ ἄνθρωποι,
οὔτε μὴν κατὰ τὸ ἄκρον,—ἀφανὴς γὰρ ἂν εἴη τοῖς
κάτω—ἀλλ᾽ εἰ δοκεῖ κατὰ μέσον ἐνταῦθά που
ὑπὲρ τῆς φάραγγος ἀνεσταυρώσθω ἐκπετασθεὶς
τὼ χεῖρε ἀπὸ τουτουὶ τοῦ κρημνοῦ πρὸς τὸν
ἐναντίον.

ΕΡΜΗΣ

Εὖ λέγεις· ἀπόξυροί τε γὰρ αἱ πέτραι καὶ
ἀπρόσβατοι πανταχόθεν, ἠρέμα ἐπινενευκυῖαι,
καὶ τῷ ποδὶ στενὴν ταύτην ὁ κρημνὸς ἔχει τὴν
ἐπίβασιν, ὡς ἀκροποδητὶ μόλις ἑστάναι, καὶ ὅλως
ἐπικαιρότατος ἂν ὁ σταυρὸς γένοιτο. μὴ μέλλε
οὖν, ὦ Προμηθεῦ, ἀλλ᾽ ἀνάβαινε καὶ πάρεχε
σεαυτὸν καταπαγησόμενον πρὸς τὸ ὄρος.

PROMETHEUS

HERMES

WELL, Hephaestus, here is the Caucasus, where this poor Titan will have to be nailed up. Now then let us look about for a suitable rock, if there is a place anywhere that has no snow on it, so that the irons may be riveted in more firmly and he may be in full sight of everybody as he hangs there.

HEPHAESTUS

Yes, let's look about, Hermes : we mustn't crucify him low and close to the ground for fear that men, his own handiwork, may come to his aid, nor yet on the summit, either, for he would be out of sight from below. Suppose we crucify him half way up, somewhere hereabouts over the ravine, with his hands outstretched from this rock to that one ?

HERMES

Right you are ; the cliffs are sheer and inaccessible on every side, and overhang slightly, and the rock has only this narrow foothold, so that one can barely stand on tip toe ; in short, it will make a very handy cross. Well, Prometheus, don't hang back : climb up and let yourself be riveted to the mountain.

THE WORKS OF LUCIAN

ΠΡΟΜΗΘΕΥΣ

2 Ἀλλὰ κἂν ὑμεῖς γε, ὦ Ἥφαιστε καὶ Ἑρμῆ, κατελεήσατέ με παρὰ τὴν ἀξίαν δυστυχοῦντα.

ΕΡΜΗΣ

Τοῦτο φής, ὦ Προμηθεῦ, ἀντὶ σοῦ ἀνασκολοπισθῆναι[1] αὐτίκα μάλα παρακούσαντας τοῦ ἐπιτάγματος· ἢ οὐχ ἱκανὸς εἶναί σοι δοκεῖ ὁ Καύκασος καὶ ἄλλους χωρῆσαι δύο προσπατταλευθέντας; ἀλλ᾽ ὄρεγε τὴν δεξιάν· σὺ δέ, ὦ Ἥφαιστε, κατάκλειε καὶ προσήλου καὶ τὴν σφῦραν ἐρρωμένως κατάφερε. δὸς καὶ τὴν ἑτέραν· κατειλήφθω εὖ μάλα καὶ αὕτη.[2] εὖ ἔχει. καταπτήσεται δὲ ἤδη καὶ ὁ ἀετὸς ἀποκερῶν τὸ ἧπαρ, ὡς πάντα ἔχοις ἀντὶ τῆς καλῆς καὶ εὐμηχάνου πλαστικῆς.

ΠΡΟΜΗΘΕΥΣ

3 Ὦ Κρόνε καὶ Ἰαπετὲ καὶ σὺ ὦ μῆτερ, οἷα πέπονθα ὁ κακοδαίμων οὐδὲν δεινὸν εἰργασμένος.

ΕΡΜΗΣ

Οὐδέν, ὦ Προμηθεῦ, δεινὸν εἰργάσω, ὃς πρῶτα μὲν τὴν νομὴν τῶν κρεῶν ἐγχειρισθεὶς οὕτως ἄδικον ἐποίησω καὶ ἀπατηλήν, ὡς σαυτῷ μὲν τὰ κάλλιστα ὑπεξελέσθαι, τὸν Δία δὲ παραλογίσασθαι ὀστᾶ "καλύψας ἄργετι δημῷ"; μέμνημαι γὰρ Ἡσιόδου νὴ Δί᾽ οὕτως εἰπόντος· ἔπειτα δὲ τοὺς ἀνθρώπους ἀνέπλασας, πανουργότατα ζῷα, καὶ μάλιστά γε τὰς γυναῖκας· ἐπὶ πᾶσι δὲ τὸ τιμιώτατον κτῆμα τῶν θεῶν τὸ πῦρ κλέψας, καὶ τοῦτο ἔδωκας τοῖς ἀνθρώποις; τοσαῦτα δεινὰ εἰργασμένος φὴς μηδὲν ἀδικήσας δεδέσθαι;

[1] ἀντὶ σοῦ ἀνασκολοπισθῆναι Hemsterhuys: τὸ κατελεήσατε ἀντὶ σοῦ (τοῦ γ) ἀνασκολοπισθῆναι MSS.
[2] αὕτη Jensius: αὐτή MSS.

244

PROMETHEUS

PROMETHEUS

Come, Hephaestus and Hermes, at any rate *you* might pity me in my undeserved misfortune.

HERMES

You mean, be crucified in your stead the instant we disobey the order! Don't you suppose the Caucasus has room enough to hold two more pegged up? Come, hold out your right hand. Secure it, Hephaestus, and nail it up, and bring your hammer down with a will. Give me the other hand too. Let that be well secured also. That's good. The eagle will soon fly down to eat away your liver, so that you may have full return for your beautiful and clever handiwork in clay.

PROMETHEUS

O Cronus and Iapetus and you, O mother (Earth)! What a fate I suffer, luckless that I am, when I have done no harm.

HERMES

No harm, Prometheus? In the first place you undertook to serve out our meat and did it so unfairly and trickily that you abstracted all the best of it for yourself and cheated Zeus by wrapping " bones in glistening fat ": for I remember that Hesiod says so.[1] Then you made human beings, thoroughly unprincipled creatures, particularly the women ; and to top all, you stole fire, the most valued possession of the gods, and actually gave that to men. When you have done so much harm, do you say that you have been put in irons without having done any wrong?

[1] *Theogony* 541. The story was invented to account for the burning of bones wrapped in fat at sacrifice.

ΠΡΟΜΗΘΕΥΣ

4 Ἔοικας, ὦ Ἑρμῆ, καὶ σὺ κατὰ τὸν ποιητὴν
" ἀναίτιον αἰτιάασθαι," ὃς τὰ τοιαῦτά μοι προφέ-
ρεις, ἐφ' οἷς ἔγωγε τῆς ἐν πρυτανείῳ σιτήσεως,
εἰ τὰ δίκαια ἐγίγνετο, ἐτιμησάμην ἂν ἐμαυτῷ.
εἰ γοῦν σχολή σοι, ἡδέως ἂν καὶ δικαιολογη-
σαίμην ὑπὲρ τῶν ἐγκλημάτων, ὡς δείξαιμι ἄδικα
ἐγνωκότα περὶ ἡμῶν τὸν Δία· σὺ δὲ—στωμύλος
γὰρ εἰ καὶ δικανικός—ἀπολόγησαι ὑπὲρ αὐτοῦ
ὡς δικαίαν τὴν ψῆφον ἔθετο, ἀνεσταυρῶσθαί
με πλησίον τῶν Κασπίων τούτων πυλῶν ἐπὶ τοῦ
Καυκάσου, οἴκτιστον θέαμα πᾶσι Σκύθαις.

ΕΡΜΗΣ

Ἔωλον μέν, ὦ Προμηθεῦ, τὴν ἔφεσιν ἀγωνιῇ
καὶ ἐς οὐδὲν δέον· ὅμως δ' οὖν λέγε· καὶ γὰρ
ἄλλως περιμένειν ἀναγκαῖον, ἔστ' ἂν ὁ ἀετὸς
καταπτῇ ἐπιμελησόμενός σου τοῦ ἥπατος. τὴν
ἐν τῷ μέσῳ δὴ ταύτην σχολὴν καλῶς ἂν ἔχον
εἴη[1] εἰς ἀκρόασιν καταχρήσασθαι σοφιστικήν,
οἷος εἶ σὺ πανουργότατος ἐν τοῖς λόγοις.

ΠΡΟΜΗΘΕΥΣ

5 Πρότερος οὖν, ὦ Ἑρμῆ, λέγε, καὶ ὅπως μου ὡς
δεινότατα κατηγορήσῃς μηδὲ καθυφῇς τι τῶν
δικαίων τοῦ πατρός. σὲ δέ, ὦ Ἥφαιστε, δι-
καστὴν ποιοῦμαι ἔγωγε.

ΗΦΑΙΣΤΟΣ

Μὰ Δί', ἀλλὰ κατήγορον ἀντὶ δικαστοῦ ἴσθι

---

[1] ἔχον εἴη Jacobitz : ἔχων εἴη, εἴη ἔχον MSS.

PROMETHEUS

PROMETHEUS

Hermes, you seem to be "blaming a man who is blameless," to speak with the poet,[1] for you reproach me with things for which I should have sentenced myself to maintenance in the Prytaneum if justice were being done.[2] At any rate, if you have time, I should be glad to stand trial on the charges, so that I might prove that Zeus has passed an unjust sentence on me. As you are ready-tongued and litigious, suppose you plead in his behalf that he was just in his decision that I be crucified near the Caspian gates here in the Caucasus, a most piteous spectacle for all the Scythians.

HERMES

Your appeal, Prometheus, will be tardy and of no avail, but say your say just the same ; for in any case we must remain here until the eagle flies down to attend to your liver. This interval of leisure may as well be employed in listening to a sophistic speech, as you are a very clever scoundrel at speech-making.

PROMETHEUS

Speak first, then, Hermes, and see that you accuse me as eloquently as you can and that you don't neglect any of your father's claims. Hephaestus, I make you judge.

HEPHAESTUS

No, by Heaven ; you will find me an accuser

---

[1] *Iliad* 13, 775.
[2] After Socrates has been found guilty, his accusers proposed that he be condemned to death. He made a counter-proposition that he be allowed to dine at the Prytaneum for the rest of his life, on the ground that he deserved this privilege better and needed it more than did the Olympic champions to whom it was accorded.

με ἔξων, ὃς τὸ πῦρ ὑφελόμενος ψυχράν μοι τὴν
κάμινον ἀπολέλοιπας.

ΠΡΟΜΗΘΕΥΣ

Οὐκοῦν διελόμενοι τὴν κατηγορίαν, σὺ μὲν
περὶ τῆς κλοπῆς ἤδη σύνειρε, ὁ Ἑρμῆς δὲ τὴν
κρεανομίαν καὶ τὴν ἀνθρωποποιίαν αἰτιάσεται·
ἄμφω δὲ τεχνῖται καὶ εἰπεῖν δεινοὶ ἐοίκατε εἶναι.

ΗΦΑΙΣΤΟΣ

Ὁ Ἑρμῆς καὶ ὑπὲρ ἐμοῦ ἐρεῖ· ἐγὼ γὰρ οὐ
πρὸς λόγοις τοῖς δικανικοῖς εἰμι, ἀλλ' ἀμφὶ τὴν
κάμινον ἔχω τὰ πολλά· ὁ δὲ ῥήτωρ τε ἐστι καὶ
τῶν τοιούτων οὐ παρέργως μεμέληκεν αὐτῷ.

ΠΡΟΜΗΘΕΥΣ

Ἐγὼ μὲν οὐκ ἄν ποτε ᾤμην καὶ περὶ τῆς κλοπῆς
τὸν Ἑρμῆν ἐθελῆσαι ἂν εἰπεῖν οὐδὲ ὀνειδιεῖν μοι τὸ
τοιοῦτον ὁμοτέχνῳ ὄντι. πλὴν ἀλλ' εἰ καὶ τοῦτο,
ὦ Μαίας παῖ, ὑφίστασαι, καιρὸς ἤδη περαίνειν τὴν
κατηγορίαν.

ΕΡΜΗΣ

6 Πάνυ γοῦν, ὦ Προμηθεῦ, μακρῶν δεῖ λόγων καὶ
ἱκανῆς τινος παρασκευῆς ἐπὶ τὰ σοὶ πεπραγμένα,
οὐχὶ δὲ ἀπόχρη μόνα τὰ κεφάλαια εἰπεῖν τῶν
ἀδικημάτων, ὅτι ἐπιτραπέν σοι μοιράσαι τὰ κρέα
σαυτῷ μὲν τὰ κάλλιστα ἐφύλαττες, ἐξηπάτας δὲ
τὸν βασιλέα, καὶ τοὺς ἀνθρώπους ἀνέπλασας,
οὐδὲν δέον, καὶ τὸ πῦρ κλέψας παρ' ἡμῶν ἐκόμισας
ἐς αὐτούς· καί μοι δοκεῖς, ὦ βέλτιστε, μὴ συνιέναι
ἐπὶ τοῖς τηλικούτοις πάνυ φιλανθρώπου τοῦ Διὸς
πεπειραμένος. εἰ μὲν οὖν ἔξαρνος εἰ μὴ εἰργάσθαι
αὐτά, δεήσει καὶ διελέγχειν καὶ ῥῆσίν τινα μακρὰν
ἀποτείνειν καὶ πειρᾶσθαι ὡς ἔνι μάλιστα ἐμφανί-
ζειν τὴν ἀλήθειαν· εἰ δὲ φὴς τοιαύτην πεποιῆσθαι

instead of a judge, I promise you, for you abstracted my fire and left my forge cold.

PROMETHEUS

Well, then, divide the accusation; you can accuse me of the theft now, and then Hermes will criticize the serving of the meat and the making of men. You both belong to trades-unions and are likely to be good at speaking.

HEPHAESTUS

Hermes shall speak for me too, for I am no hand at court speeches but stick by my forge for the most part, while he is an orator and has taken uncommon interest in such matters.

PROMETHEUS

I should never have thought that Hermes would care to speak about the theft or to reproach me with anything like that, when I follow his own trade! However, if you agree to this, son of Maia, it is high time you were getting on with your accusation.

HERMES

Just as if long speeches and adequate preparation were necessary, Prometheus, and it were not enough simply to summarize your wrong-doings and say that when you were commissioned to divide the meat you tried to keep the best for yourself and cheat the king, and that you made men when you should not, and that you stole fire from us and took it to them! You do not seem to realize, my excellent friend, that you have found Zeus very humane in view of such actions. Now if you deny that you have committed them, I shall have to have it out with you and make a long speech and try my best to bring out the truth; but if you admit that you served the meat in that

τὴν νομὴν τῶν κρεῶν καὶ τὰ περὶ τοὺς ἀνθρώπους
καινουργῆσαι καὶ τὸ πῦρ κεκλοφέναι, ἱκανῶς κατη-
γόρηταί μοι, καὶ μακρότερα οὐκ ἂν εἴποιμι· λῆρος
γὰρ ἄλλως τὸ τοιοῦτον.

ΠΡΟΜΗΘΕΥΣ

7 Εἰ μὲν καὶ ταῦτα λῆρός ἐστιν ἃ εἴρηκας, εἰσό-
μεθα μικρὸν ὕστερον· ἐγὼ δέ, ἐπείπερ ἱκανὰ φῂς
εἶναι τὰ κατηγορημένα, πειράσομαι ὡς ἂν οἷός τε
ὦ διαλύσασθαι τὰ ἐγκλήματα. καὶ πρῶτόν γε
ἄκουσον τὰ περὶ τῶν κρεῶν. καίτοι, νὴ τὸν
Οὐρανόν, καὶ νῦν λέγων αὐτὰ αἰσχύνομαι ὑπὲρ
τοῦ Διός, εἰ οὕτω μικρολόγος καὶ μεμψίμοιρός
ἐστιν, ὡς διότι μικρὸν ὀστοῦν ἐν τῇ μερίδι εὗρε,
ἀνασκολοπισθησόμενον πέμπειν παλαιὸν οὕτω
θεόν, μήτε τῆς συμμαχίας μνημονεύσαντα μήτε
αὖ τὸ τῆς ὀργῆς κεφάλαιον ἡλίκον ἐστὶν ἐννοή-
σαντα καὶ ὡς μειρακίου τὸ τοιοῦτον, ὀργίζεσθαι
καὶ ἀγανακτεῖν εἰ μὴ τὸ μεῖζον αὐτὸς λήψεται.
8 καίτοι τάς γε ἀπάτας, ὦ Ἑρμῆ, τὰς τοιαύτας συμ-
ποτικὰς οὔσας οὐ χρή, οἶμαι, ἀπομνημονεύειν,
ἀλλ᾽ εἰ καί τι ἡμάρτηται μεταξὺ εὐωχουμένων, παι-
διὰν ἡγεῖσθαι καὶ αὐτοῦ ἐν τῷ συμποσίῳ καταλι-
πεῖν τὴν ὀργήν· ἐς δὲ τὴν αὔριον ταμιεύεσθαι τὸ
μῖσος καὶ μνησικακεῖν καὶ ἕωλόν τινα μῆνιν δια-
φυλάττειν, ἄπαγε, οὔτε θεοῖς πρέπον οὔτε ἄλλως
βασιλικόν· ἢν γοῦν ἀφέλῃ τις τῶν συμποσίων τὰς
κομψείας ταύτας, ἀπάτην καὶ σκώμματα καὶ τὸ
διασιλλαίνειν καὶ ἐπιγελᾶν, τὸ καταλειπόμενόν
ἐστι μέθη καὶ κόρος καὶ σιωπή, σκυθρωπὰ καὶ
ἀτερπῆ πράγματα καὶ ἥκιστα συμποσίῳ πρέποντα.
ὥστε ἔγωγε οὐδὲ μνημονεύσειν εἰς τὴν ὑστεραίαν

way and made the innovations in regard to men and stole fire, my accusation is sufficient and I don't care to say any more; to do so would be a mere waste of words.

PROMETHEUS

Perhaps what you have said is also a waste of words; we shall see a little later! But as you say your accusation is sufficient, I shall try as best I can to dissipate the charges. And first let me tell you about the meat. By Heaven, even now as I speak of it I blush for Zeus, if he is so mean and fault-finding as to send a prehistoric god like me to be crucified just because he found a small bone in his portion, without remembering how we fought side by side or thinking how slight the ground for his anger is and how childish it is to be angry and enraged unless he gets the lion's share himself. Deceptions of that sort, Hermes, occurring at table, should not be remembered, but if a mistake is made among people who are having a good time, it should be considered a practical joke and one's anger should be left behind there in the dining room. To store up one's hatred against the morrow, to hold spite and to cherish a stale grudge—come, it is not seemly for gods and in any case not kingly. Anyhow, if dinners are deprived of these attractions, of trickery, jokes, mockery and ridicule, all that is left is drunkenness, repletion and silence; gloomy, joyless things, all of them, not in the least appropriate to a dinner. So I should not have thought that Zeus would even

ἔτι ᾤμην τούτων τὸν Δία, οὐχ ὅπως τηλικαῦτα[1]
ἐπ᾽ αὐτοῖς ἀγανακτήσειν καὶ πάνδεινα ἡγήσεσθαι
πεπονθέναι, εἰ διανέμων τις κρέα παιδιάν τινα
ἔπαιζε πειρώμενος εἰ διαγνώσεται τὸ βέλτιον ὁ
αἱρούμενος.

9 Τίθει δ᾽ ὅμως, ὦ Ἑρμῆ, τὸ χαλεπώτερον, μὴ
τὴν ἐλάττω μοῖραν ἀπονενεμηκέναι τῷ Διί, τὴν δ᾽
ὅλην ὑφῃρῆσθαι· τί οὖν; διὰ τοῦτο ἐχρῆν, τὸ τοῦ
λόγου, τῇ γῇ τὸν οὐρανὸν ἀναμεμῖχθαι καὶ δεσμὰ
καὶ σταυροὺς καὶ Καύκασον ὅλον ἐπινοεῖν καὶ
ἀετοὺς καταπέμπειν καὶ τὸ ἧπαρ ἐκκολάπτειν;
ὅρα γὰρ μὴ πολλήν τινα ταῦτα κατηγορῇ τοῦ
ἀγανακτοῦντος αὐτοῦ μικροψυχίαν καὶ ἀγένειαν
τῆς γνώμης καὶ πρὸς ὀργὴν εὐχέρειαν. ἢ τί γὰρ
ἂν ἐποίησεν οὗτος ὅλον βοῦν ἀπολέσας, εἰ κρεῶν
ὀλίγων ἕνεκα τηλικαῦτα ἐργάζεται;

10 Καίτοι πόσῳ οἱ ἄνθρωποι εὐγνωμονέστερον διά-
κεινται πρὸς τὰ τοιαῦτα, οὓς εἰκὸς ἦν καὶ τὰ ἐς
τὴν ὀργὴν ὀξυτέρους εἶναι τῶν θεῶν; ἀλλ᾽ ὅμως
ἐκείνων οὐκ ἔστιν ὅστις τῷ μαγείρῳ σταυροῦ ἂν
τιμήσαιτο, εἰ τὰ κρέα ἕψων καθεὶς τὸν δάκτυλον
τοῦ ζωμοῦ τι περιελιχμήσατο ἢ ὀπτωμένων ἀπο-
σπάσας τι κατεβρόχθισεν, ἀλλὰ συγγνώμην ἀπο-
νέμουσιν αὐτοῖς· εἰ δὲ καὶ πάνυ ὀργισθεῖεν, ἢ
κονδύλους ἐνέτριψαν ἢ κατὰ κόρρης ἐπάταξαν,
ἀνεσκολοπίσθη δὲ οὐδεὶς παρ᾽ αὐτοῖς τῶν τηλι-
κούτων ἕνεκα.

Καὶ περὶ μὲν τῶν κρεῶν τοσαῦτα, αἰσχρὰ μὲν
κἀμοὶ ἀπολογεῖσθαι, πολὺ δὲ αἰσχίω κατηγορεῖν
11 ἐκείνῳ. περὶ δὲ τῆς πλαστικῆς καὶ ὅτι τοὺς ἀν-
θρώπους ἐποίησα, καιρὸς ἤδη λέγειν. τοῦτο δέ, ὦ

---

[1] τηλικαῦτα Cobet : καὶ τηλικαῖτα MSS.

remember the affair until the next day, to say nothing of taking on so about it and considering he had been horribly treated if someone in serving meat played a joke to see if the chooser could tell which was the better portion.

Suppose, however, Hermes, that it was more serious—that instead of giving Zeus the smaller portion I had abstracted the whole of it—what then? Just because of that ought he to have mingled earth with heaven, as the saying goes, and ought he to conjure up irons and crosses and a whole Caucasus and send down eagles and pick out my liver? Doesn't all this accuse the angered man himself of great pettiness and meanness of disposition and readiness to get angry? What would he have done in case he had been choused out of a whole ox, if he wreaks such mighty deeds about a little meat?

How much more good-natured human beings are about such things! One would expect them to be more quick to wrath than the gods, but in spite of that there is not one among them who would propose to crucify his cook if he dipped his finger into the broth while the meat was boiling and licked off a little, or if he pulled off a bit of the roast and gobbled it up. No, they pardon them. To be sure, if they are extremely angry, they give them a slap or hit them over the head; but among them nobody was ever crucified on so trivial a ground.

So much for the meat—an unseemly plea for me to make, but a far more unseemly accusation for him to bring; and now it is time to speak of my handiwork and the fact that I made men. This embodies a

Ἑρμῆ, διττὴν ἔχον τὴν κατηγορίαν, οὐκ οἶδα καθ'
ὁπότερον αἰτιᾶσθέ μου, πότερα ὡς οὐδὲ ὅλως ἐχρῆν
τοὺς ἀνθρώπους γεγονέναι, ἀλλ' ἄμεινον ἦν ἀτρε-
μεῖν αὐτοὺς γῆν ἄλλως ὄντας, ἢ ὡς πεπλάσθαι μὲν
ἐχρῆν, ἄλλον δέ τινα καὶ μὴ τοῦτον διεσχηματί-
σθαι τὸν τρόπον; ἐγὼ δὲ ὅμως ὑπὲρ ἀμφοῖν ἐρῶ·
καὶ πρῶτόν γε, ὡς οὐδεμία τοῖς θεοῖς ἀπὸ τούτου
βλάβη γεγένηται, τῶν ἀνθρώπων ἐς τὸν βίον
παραχθέντων, πειράσομαι δεικνύειν· ἔπειτα δέ,
ὡς καὶ συμφέροντα καὶ ἀμείνω ταῦτα αὐτοῖς παρὰ
πολὺ ἢ εἰ ἐρήμην καὶ ἀπάνθρωπον συνέβαινε τὴν
γῆν μένειν.

12   Ἦν τοίνυν πάλαι—ῥᾷον γὰρ οὕτω δῆλον ἂν
γένοιτο, εἴ τι ἠδίκηκα ἐγὼ μετακοσμήσας καὶ
νεωτερίσας τὰ περὶ τοὺς ἀνθρώπους—ἦν οὖν τὸ
θεῖον μόνον καὶ τὸ ἐπουράνιον γένος, ἡ γῆ δὲ
ἄγριόν τι χρῆμα καὶ ἄμορφον, ὕλαις ἅπασα καὶ
ταύταις ἀνημέροις λάσιος, οὔτε δὲ βωμοὶ θεῶν ἢ
νεώς,—πόθεν γάρ[1] ;—ἢ ξόανα[2] ἢ τι ἄλλο τοιοῦ-
τον, οἷα πολλὰ νῦν ἁπανταχόθι φαίνεται μετὰ
πάσης ἐπιμελείας τιμώμενα· ἐγὼ δὲ—ἀεὶ γάρ τι
προβουλεύω ἐς τὸ κοινὸν καὶ σκοπῶ ὅπως αὐξη-
θήσεται μὲν τὰ τῶν θεῶν, ἐπιδώσει δὲ καὶ τἄλλα
πάντα ἐς κόσμον καὶ κάλλος—ἐνενόησα ὡς ἄμεινον
εἴη ὀλίγον ὅσον τοῦ πηλοῦ λαβόντα ζῷά τινα
συστήσασθαι καὶ ἀναπλάσαι τὰς μορφὰς μὲν ἡμῖν
αὐτοῖς προσεοικότα· καὶ γὰρ ἐνδεῖν τι ᾤμην τῷ
θείῳ, μὴ ὄντος τοῦ ἐναντίου αὐτῷ καὶ πρὸς ὃ
ἔμελλεν ἡ ἐξέτασις γιγνομένη εὐδαιμονέστερον

---

[1] γάρ Sommerbrodt : γε β ; δέ γ.
[2] ἢ ξόανα A.M.H.: ἀγάλματα (ἄγαλμα Φ Ν) ἢ ξόανα (ξόανον γ)
MSS. Cf. *Timon* 8.

twofold accusation, Hermes, and I don't know which charge you bring against me—that men should not have been created at all but would better have been left alone as mere clay, or that they should have been made, as far as that goes, but fashioned after some other pattern than this. However, I shall speak to both charges. In the first place I shall try to show that it has done the gods no harm to bring men into the world, and then that this is actually advantageous, far better for them than if the earth had happened to remain deserted and unpeopled.

There existed, then, in time gone by (for if I begin there it will be easier to see whether I have done any wrong in my alterations and innovations with regard to men) there existed, as I say, only the divine, the heavenly race. The earth was a rude and ugly thing all shaggy with woods, and wild woods at that, and there were no divine altars or temples—how could there be?—or images or anything else of the sort, though they are now to be seen in great numbers everywhere, honoured with every form of observance. But as I am always planning something for the common good and considering how the condition of the gods may be improved and everything else may increase in order and in beauty, it occurred to me that it would be a good idea to take a little bit of clay and create a few living things, making them like us in appearance; for I thought that divinity was not quite complete in the absence of its counterpart, comparison with which would show divinity to be the

ἀποφαίνειν αὐτό· θνητὸν μέντοι εἶναι τοῦτο,
εὐμηχανώτατον δ' ἄλλως καὶ συνετώτατον καὶ τοῦ
13 βελτίονος αἰσθανόμενον. καὶ δὴ κατὰ τὸν ποιη-
τικὸν λόγον "γαῖαν ὕδει φύρας" καὶ διαμαλάξας
ἀνέπλασα τοὺς ἀνθρώπους, ἔτι καὶ τὴν Ἀθηνᾶν
παρακαλέσας συνεπιλαβέσθαι μοι τοῦ ἔργου.
ταῦτά ἐστιν ἃ μεγάλα ἐγὼ τοὺς θεοὺς ἠδίκηκα.
καὶ τὸ ζημίωμα ὁρᾷς ἡλίκον, εἰ ἐκ πηλοῦ ζῷα
ἐποίησα καὶ τὸ τέως ἀκίνητον εἰς κίνησιν ἤγαγον·
καί, ὡς ἔοικε, τὸ ἀπ' ἐκείνου ἧττον θεοί εἰσιν οἱ
θεοί, διότι καὶ ἐπὶ γῆς τινα θνητὰ ζῷα γεγένηται·
οὕτω γὰρ δὴ καὶ ἀγανακτεῖ νῦν ὁ Ζεὺς ὥσπερ
ἐλαττουμένων τῶν θεῶν ἐκ τῆς τῶν ἀνθρώπων
γενέσεως, εἰ μὴ ἄρα τοῦτο δέδιε, μὴ καὶ οὗτοι
ἐπανάστασιν[1] ἐπ' αὐτὸν βουλεύσωσι καὶ πόλε-
μον ἐξενέγκωσι πρὸς τοὺς θεοὺς ὥσπερ οἱ
Γίγαντες.

Ἀλλ' ὅτι μὲν δὴ οὐδὲν ἠδικήσθε, ὦ Ἑρμῆ, πρὸς
ἐμοῦ καὶ τῶν ἔργων τῶν ἐμῶν, δῆλον· ἢ σὺ δεῖξον
κἂν ἕν τι μικρότατον, κἀγὼ σιωπήσομαι καὶ
14 δίκαια ἔσομαι πεπονθὼς πρὸς ὑμῶν. ὅτι δὲ καὶ
χρήσιμα ταῦτα γεγένηται τοῖς θεοῖς, οὕτως ἂν
μάθοις, εἰ ἐπιβλέψειας ἅπασαν τὴν γῆν οὐκέτ'
αὐχμηρὰν καὶ ἀκαλλῆ οὖσαν, ἀλλὰ πόλεσι καὶ
γεωργίαις καὶ φυτοῖς ἡμέροις διακεκοσμημένην καὶ
τὴν θάλατταν πλεομένην καὶ τὰς νήσους κατοικου-
μένας, ἁπανταχοῦ δὲ βωμοὺς καὶ θυσίας καὶ ναοὺς
καὶ πανηγύρεις·

μεσταὶ δὲ Διὸς πᾶσαι μὲν ἀγυιαί,
πᾶσαι δ' ἀνθρώπων ἀγοραί.

[1] ἐπανάστασιν Fritzsche : ἀπόστασιν MSS.

happier state. This should be mortal, I thought, but highly inventive and intelligent and able to appreciate what was better. And then, "water and earth intermingling," in the words of the poet,[1] and kneading them, I moulded men, inviting Athena, moreover, to give me a hand in the task. Therein lies the great wrong I have done the gods, and you see what the penalty is for making creatures out of mud and imparting motion to that which was formerly motionless. From that time on, it would seem, the gods are less of gods because on earth a few mortal creatures have come into being! Indeed, Zeus is actually as angry as though the gods were losing caste through the creation of men. Surely he doesn't fear that they will plot an insurrection against him and make war on the gods as the Giants did?

No, Hermes, that you gods have suffered no wrong through me and my works is self-evident; come, show me even one wrong of the smallest sort, and I will hold my tongue and own that I have had the treatment that I deserved at your hands. On the contrary, that my creation has been actually of service to the gods you will learn if you notice that the whole earth is no longer barren and unbeautiful but adorned with cities and tilled lands and cultivated plants, that the sea is sailed and the islands are inhabited, and that everywhere there are altars and sacrifices, temples and festivals,

> "and full of God are all the streets
> And all the marts of men."[2]

[1] Hesiod, *Works and Days* 61.
[2] Aratus, *Phaenomena* 2–3.

καὶ γὰρ εἰ μὲν ἐμαυτῷ μόνῳ κτῆμα τοῦτο ἐπλα-
σάμην, ἐπλεονέκτουν ἂν ἴσως, νυνὶ δὲ εἰς τὸ
κοινὸν φέρων κατέθηκα ὑμῖν αὐτοῖς· μᾶλλον δὲ
Διὸς μὲν καὶ Ἀπόλλωνος καὶ Ἥρας καὶ σοῦ δέ,
ὦ Ἑρμῆ, νεὼς ἰδεῖν ἀπανταχοῦ ἐστι, Προμηθέως
δὲ οὐδαμοῦ. ὁρᾷς ὅπως τὰ ἐμαυτοῦ μόνα σκοπῶ,
τὰ κοινὰ δὲ καταπροδίδωμι καὶ ἐλάττω ποιῶ;

15   Ἔτι δέ μοι, ὦ Ἑρμῆ, καὶ τόδε ἐννόησον, εἴ τι
σοι δοκεῖ ἀγαθὸν ἀμάρτυρον, οἷον κτῆμα ἢ ποίημα
ὃ μηδεὶς ὄψεται μηδὲ ἐπαινέσεται, ὁμοίως ἡδὺ καὶ
τερπνὸν ἔσεσθαι τῷ ἔχοντι. πρὸς δὴ τί τοῦτ᾽
ἔφην; ὅτι μὴ γενομένων τῶν ἀνθρώπων ἀμάρτυρον
συνέβαινε τὸ κάλλος εἶναι τῶν ὅλων, καὶ πλοῦτόν
τινα πλουτήσειν ἐμέλλομεν οὔτε ὑπ᾽ ἄλλου τινὸς
θαυμασθησόμενον οὔτε ἡμῖν αὐτοῖς ὁμοίως τίμιον·
οὐδὲ γὰρ ἂν εἴχομεν πρὸς ὅ τι ἐλάττον παραθεω-
ρῶμεν αὐτόν, οὐδ᾽ ἂν συνίεμεν ἡλίκα εὐδαιμονοῦ-
μεν οὐχ ὁρῶντες ἀμοίρους τῶν ἡμετέρων τινάς·
οὕτω γὰρ δὴ καὶ τὸ μέγα δόξειεν ἂν μέγα, εἰ τῷ
μικρῷ παραμετροῖτο. ὑμεῖς δέ, τιμᾶν ἐπὶ τῷ
πολιτεύματι τούτῳ δέον, ἀνεσταυρώκατέ με καὶ
ταύτην μοι τὴν ἀμοιβὴν ἀποδεδώκατε τοῦ βουλεύ-
ματος.

16   Ἀλλὰ κακοῦργοί τινες, φής, ἐν αὐτοῖς καὶ
μοιχεύουσι καὶ πολεμοῦσι καὶ ἀδελφὰς γαμοῦσι
καὶ πατράσιν ἐπιβουλεύουσι. παρ᾽ ἡμῖν γὰρ
οὐχὶ πολλὴ τούτων ἀφθονία; καὶ οὐ δήπου διὰ
τοῦτο αἰτιάσαιτ᾽ ἄν τις τὸν Οὐρανὸν καὶ τὴν Γῆν,
ὅτι ἡμᾶς συνεστήσαντο. ἔτι καὶ τοῦτο ἴσως φαίης
ἄν, ὅτι ἀνάγκη πολλὰ ἡμᾶς ἔχειν πράγματα ἐπι-
μελουμένους αὐτῶν. οὐκοῦν διά γε τοῦτο καὶ ὁ

PROMETHEUS

If I had made men to keep just for myself, I should be selfish, no doubt; but as the case stands I have contributed them to the general fund for your benefit. In fact, there are temples to Zeus, to Apollo, to Hera and to you, Hermes, in sight everywhere, but nowhere any to Prometheus. You see how I look out for my own interests, but betray and injure those of the community !

Moreover, Hermes, please consider this point too—do you think that any choice thing unattested, something that you get or make, for instance, which nobody is going to see or to praise, will give quite as much joy and pleasure to its owner ? Why did I ask that question ? Because if men had not been created, it would follow that the beauty of the universe would be unattested and it would be our lot to possess wealth, so to speak, which no one else would admire and we ourselves would not prize so highly ; for we should have nothing else to compare it with, and we should not realise how happy we were if we did not see others who did not have what we have. What is great, you know, can only seem great if it is gauged by something small. You should have honoured me for that stroke of policy, but you have crucified me and have given me this return for my plan.

But there are rascals, you say, among them, and they commit adultery and make war and marry their sisters and plot against their fathers. Why, are there not plenty of them among us ? Yet, of course, one could not on this account blame Heaven and Earth for creating us. Again, you may perhaps say that we have to undergo a great deal of annoyance in taking care of them. Well, then, on that principle

νομεὺς ἀχθέσθω ἐπὶ τῷ ἔχειν τὴν ἀγέλην, διότι
ἀναγκαῖον αὐτῷ ἐπιμελεῖσθαι αὐτῆς. καίτοι τό γε
ἐργῶδες τοῦτο καὶ ἡδύ· ἄλλως[1] καὶ ἡ φροντὶς οὐκ
ἀτερπὴς ἔχουσά τινα διατριβήν. ἢ τί γὰρ ἂν
ἐπράττομεν οὐκ ἔχοντες ὧν προνοοῦμεν τούτων;
ἠργοῦμεν ἂν καὶ τὸ νέκταρ ἐπίνομεν καὶ τῆς
17 ἀμβροσίας ἐνεφορούμεθα οὐδὲν ποιοῦντες. ὃ δὲ
μάλιστά με πνίγει τοῦτ᾽ ἐστίν, ὅτι μεμφόμενοι
τὴν ἀνθρωποποιίαν καὶ μάλιστά γε τὰς γυναῖκας
ὅμως ἐρᾶτε αὐτῶν καὶ οὐ διαλείπετε κατιόντες,
ἄρτι μὲν ταῦροι, ἄρτι δὲ σάτυροι καὶ κύκνοι
γενόμενοι, καὶ θεοὺς ἐξ αὐτῶν ποιεῖσθαι ἀξιοῦτε.

'Αλλ' ἐχρῆν μέν, ἴσως φήσεις, ἀναπεπλάσθαι
τοὺς ἀνθρώπους, ἄλλον δέ τινα τρόπον, ἀλλὰ μὴ
ἡμῖν ἐοικότας· καὶ τί ἂν ἄλλο παράδειγμα τούτου
ἄμεινον προεστησάμην, ὃ πάντως καλὸν ἠπι-
στάμην; ἢ ἀσύνετον καὶ θηριῶδες ἔδει καὶ ἄγριον
ἀπεργάσασθαι τὸ ζῷον; καὶ πῶς ἂν ἢ θεοῖς
ἔθυσαν ἢ τὰς ἄλλας ὑμῖν τιμὰς ἀπένειμαν οὐχὶ
τοιοῦτοι γενόμενοι; ἀλλὰ ὑμεῖς, ὅταν μὲν ὑμῖν τὰς
ἑκατόμβας προσάγωσιν, οὐκ ὀκνεῖτε, κἂν ἐπὶ τὸν
'Ωκεανὸν ἐλθεῖν δέῃ "μετ᾽ ἀμύμονας Αἰθιοπῆας"
τὸν δὲ τῶν τιμῶν ὑμῖν καὶ τῶν θυσιῶν αἴτιοι
ἀνεσταυρώκατε.

Περὶ μὲν οὖν τῶν ἀνθρώπων καὶ ταῦτα ἱκανά.
18 ἤδη δὲ καὶ ἐπὶ τὸ πῦρ, εἰ δοκεῖ, μέτειμι καὶ τὴν
ἐπονείδιστον ταύτην κλοπήν. καὶ πρὸς θεῶν
τοῦτό μοι ἀπόκριναι μηδὲν ὀκνήσας· ἔσθ᾽ ὅ τι
ἡμεῖς τοῦ πυρὸς ἀπολωλέκαμεν, ἐξ οὗ καὶ παρ᾽
ἀνθρώποις ἐστίν; οὐκ ἂν εἴποις. αὕτη γάρ, οἶμαι,
φύσις τουτουὶ τοῦ κτήματος, οὐδέν τι ἔλαττον

---

[1] Text corrupt.   I translate as if it read καὶ ὅλως.

the herdsman ought to be vexed over having his herd because he has to take care of it. But this toilsome task is also sweet, and, in general, business is not devoid of pleasure, for it affords occupation. Why, what should we do if we had not them to provide for? Be idle and drink our nectar and eat our ambrosia without doing anything! But what sticks in my throat most is that although you censure me for making men "and particularly the women," you fall in love with them just the same, and are always going down below, transformed now into bulls, now into satyrs and swans, and you deign to beget gods upon them!

Perhaps, however, you will say that men should have been made, but in some other form and not like us. What better model could I have put before myself than this, which I knew to be beautiful in every way? Should I have made my creatures unintelligent and bestial and savage? Why, how could they have sacrificed to gods or bestowed all the other honours upon you if they were not as they are? You gods do not hang back when they bring you the hecatombs, even if you have to go to the river of Ocean, "to the Ethiopians guileless,"[1] yet you have crucified him who procured you your honours and your sacrifices.

So much for men; and now, if you wish, I shall pass to fire and that reprehensible theft! In the name of the gods answer me this question without any hesitation; have we lost any fire since men have had it too? You can't say that we have. The nature of that possession is such, I suppose, that it is not diminished if anyone else takes some

---

[1] *Iliad* 1, 423.

γίγνεται, εἰ καί τις ἄλλος αὐτοῦ μεταλάβοι· οὐ
γὰρ ἀποσβέννυται ἐναυσαμένου τινός· φθόνος δὲ
δὴ ἄντικρυς τὸ τοιοῦτο, ἀφ' ὧν μηδὲν ὑμεῖς
ἠδίκησθε, τούτων κωλύειν μεταδιδόναι τοῖς δεο-
μένοις. καίτοι θεούς γε ὄντας ἀγαθοὺς εἶναι χρὴ
καὶ "δωτῆρας ἐάων" καὶ ἔξω φθόνου παντὸς
ἑστάναι· ὅπου γε καὶ εἰ τὸ πᾶν τοῦτο πῦρ ὑφελό-
μενος κατεκόμισα ἐς τὴν γῆν μηδ' ὅλως τι αὐτοῦ
καταλιπών, οὐ μεγάλα ὑμᾶς ἠδίκουν· οὐδὲν γὰρ
ὑμεῖς δεῖσθε αὐτοῦ μήτε ῥιγοῦντες μήτε ἔψοντες
τὴν ἀμβροσίαν μήτε φωτὸς ἐπιτεχνητοῦ δεόμενοι.

19 οἱ δὲ ἄνθρωποι καὶ εἰς τὰ ἄλλα μὲν ἀναγκαίῳ
χρῶνται τῷ πυρί, μάλιστα δὲ ἐς τὰς θυσίας, ὅπως
ἔχοιεν κνισᾶν τὰς ἀγυιὰς καὶ τοῦ λιβανωτοῦ
θυμιᾶν καὶ τὰ μηρία καίειν ἐπὶ τῶν βωμῶν. ὁρῶ
δέ γε ὑμᾶς μάλιστα χαίροντας τῷ καπνῷ καὶ τὴν
εὐωχίαν ταύτην ἡδίστην οἰομένους, ὁπόταν εἰς τὸν
οὐρανὸν ἡ κνῖσα παραγένηται "ἑλισσομένη περὶ
καπνῷ." ἐναντιωτάτη τοίνυν ἡ μέμψις αὕτη ἂν
γένοιτο τῇ ὑμετέρᾳ ἐπιθυμίᾳ. θαυμάζω δὲ ὅπως
οὐχὶ καὶ τὸν ἥλιον κεκωλύκατε καταλάμπειν
αὐτούς· καίτοι πῦρ καὶ οὗτός ἐστι πολὺ θειότερόν
τε καὶ πυρωδέστερον. ἢ κἀκεῖνον αἰτιᾶσθε ὡς
σπαθῶντα ὑμῶν τὸ κτῆμα;

Εἴρηκα. σφὼ δέ, ὦ Ἑρμῆ καὶ Ἥφαιστε, εἴ τι
μὴ καλῶς εἰρῆσθαι δοκεῖ, διευθύνετε καὶ ἐξελέγ-
χετε,[1] κἀγὼ αὖθις ἀπολογήσομαι.

ΕΡΜΗΣ

20 Οὐ ῥάδιον, ὦ Προμηθεῦ, πρὸς οὕτω γενναῖον
σοφιστὴν ἁμιλλᾶσθαι· πλὴν ἀλλὰ ὄνησο, διότι

---

[1] ἐξελέγχετε Mehler: διελέγχετε, διελέγχετε MSS.

of it, for it does not go out when a light is procured from it. But surely it is downright stinginess to prevent things from being shared with those who need them when it does you no harm to share them. Inasmuch as you are gods, you ought to be kindly and "bestowers of blessings"[1] and to stand aloof from all stinginess. In this case even if I had filched all your fire and taken it down to earth without leaving a bit of it behind, I should not be guilty of any great wrong-doing against you, for you yourselves have no need of it, as you do not get cold and do not cook your ambrosia and do not require artificial light. On the other hand, men are obliged to use fire, not only for other purposes but above all for the sacrifices, in order that they may be able " to fill the ways with savour" and to burn incense and consume meat on the altars. Indeed, I notice that you all take particular pleasure in the smoke and think it the most delightful of banquets when the savour comes up to heaven "curling about the smoke."[2] This criticism, therefore, is directly opposed to your own desire. I wonder, moreover, that you haven't prevented the sun from shining on men, for he is fire too, and of a far more divine and ardent sort. Do you find fault with him for dissipating your property?

I have said my say. Now then, Hermes and Hephaestus, if you think I have said anything wrong take me to task and confute me, and I will plead in reply.

HERMES

It is not an easy matter, Prometheus, to rival such an accomplished sophist. You are lucky, however,

[1] *Od.* 8, 325.   [2] *Iliad* 1, 317.

THE WORKS OF LUCIAN

μὴ καὶ ὁ Ζεὺς ταῦτα ἐπήκουσέ σου· εὖ γὰρ οἶδα,
ἑκκαίδεκα[1] γῦπας ἂν ἐπέστησέ σοι τὰ ἔγκατα
ἐξαιρήσοντας· οὕτω δεινῶς αὐτοῦ κατηγόρηκας
ἀπολογεῖσθαι δοκῶν. ἐκεῖνο δέ γε θαυμάζω, ὅπως
μάντις ὢν οὐ προεγίγνωσκες ἐπὶ τούτοις κολασθη-
σόμενος.

ΠΡΟΜΗΘΕΥΣ

Ἠπιστάμην, ὦ Ἑρμῆ, καὶ ταῦτα μὲν καὶ ὅτι
ἀπολυθήσομαι αὖθις οἶδα, καὶ ἤδη γέ τις ἐκ
Θηβῶν ἀφίξεται σὸς ἀδελφὸς οὐκ εἰς μακρὰν
κατατοξεύσων ὃν φὴς ἐπιπτήσεσθαί μοι τὸν ἀετόν.

ΕΡΜΗΣ

Εἰ γὰρ γένοιτο, ὦ Προμηθεῦ, ταῦτα καὶ ἐπίδοιμί
σε λελυμένον, κοινῇ σὺν ἡμῖν εὐωχούμενον, οὐ
μέντοι καὶ κρεανομοῦντά γε.

ΠΡΟΜΗΘΕΥΣ

21   Θάρρει· καὶ συνευωχήσομαι ὑμῖν καὶ ὁ Ζεὺς
λύσει με οὐκ ἀντὶ μικρᾶς εὐεργεσίας.

ΕΡΜΗΣ

Τίνος ταύτης; μὴ γὰρ ὀκνήσῃς εἰπεῖν.

ΠΡΟΜΗΘΕΥΣ

Οἶσθα, ὦ Ἑρμῆ, τὴν Θέτιν; ἀλλ᾿ οὐ χρὴ
λέγειν· φυλάττειν γὰρ ἄμεινον τὸ ἀπόρρητον, ὡς
μισθὸς εἴη καὶ λύτρα μοι ἀντὶ τῆς καταδίκης.

ΕΡΜΗΣ

Ἀλλὰ φύλαττε, ὦ Τιτάν, εἰ τοῦτ᾿ ἄμεινον.
ἡμεῖς δὲ ἀπίωμεν, ὦ Ἥφαιστε· καὶ γὰρ ἤδη
πλησίον οὑτοσὶ ὁ ἀετός. ὑπόμενε οὖν καρτερῶς·
εἴη δέ γε ἤδη σοι τὸν Θηβαῖον ὃν φὴς τοξότην
ἐπιφανῆναι, ὡς παύσειέ σε ἀνατεμνόμενον ὑπὸ τοῦ
ὀρνέου.

¹ ἑκκαίδεκα Dindorf ; ἓξ καὶ δέκα MSS.

that Zeus did not hear you say all this, for I am very sure he would have set sixteen vultures upon you to pull out your vitals, so eloquently did you accuse him in seeming to defend yourself. But I am surprised that as you are a prophet you did not know in advance that you would be punished for all this.

PROMETHEUS

I did know it, Hermes, and I also know that I shall be set free again; before long someone will come from Thebes, a brother of yours,[1] to shoot down the eagle which you say will fly to me.

HERMES

I hope so, Prometheus, and I hope to see you at large, feasting with us all—but not serving our meat!

PROMETHEUS

Never fear, I shall feast with you, and Zeus will set me free in return for a considerable favour.

HERMES

What favour? Don't hesitate to tell us.

PROMETHEUS

You know Thetis, Hermes?—but I must not tell. It is best to keep the secret, so that I may be rewarded and set free instead of being sentenced.[2]

HERMES

Why, keep it, Titan, if it is best that way. Let's be going, Hephaestus, for here is the eagle close by. (*To Prometheus.*) Well, hold out stubbornly. I hope the Theban archer you speak of will soon disclose himself to you, to stop you from being dissected by the bird.

[1] Heracles.
[2] The secret is told in *Dialogues of the Gods*, 5.

ICAROMENIPPUS, OR THE
SKY-MAN

Menippus tells a friend how he has frustrated the philosophers by flying up to Heaven and finding out that everything there was just as the poets had said. The satire is directed not only at the placita of the philosophers but at the conception of the average man, voiced in poetry and pragmatically sanctioned, so to speak, by the Stoics; and it also aims a particular thrust at the mysteries of the Mithras-cult. From the standpoint of the writer and the reader, what Menippus brings back is nothing but moonshine, and that is perhaps why he is compared with Icarus and not Daedalus in the title *Icaromenippus*.

There is reason to think that Lucian found something of this sort among the writings of Menippus and used it freely.

The readings from the margin of Γ noted on pages 300, 304, 308, 316 and 318 are not, I think, interpolations, but genuine β readings which are not preserved elsewhere because B, the best MS. of that group, does not contain this piece. Marginalia by the same early hand in other pieces belong to the β tradition, and the γ tradition is notably rife with omissions of just this sort. They are not noted by Sommerbrodt, and as far as I know have never before appeared in print.

ΙΚΑΡΟΜΕΝΙΠΠΟΣ Η ΥΠΕΡΝΕΦΕΛΟΣ

ΜΕΝΙΠΠΟΣ

1 Οὐκοῦν τρισχίλιοι μὲν ἦσαν ἀπὸ γῆς στάδιοι
μέχρι πρὸς τὴν σελήνην, ὁ πρῶτος ἡμῖν σταθμός·
τοὐντεῦθεν δὲ ἐπὶ τὸν ἥλιον ἄνω παρασάγγαι που
πεντακόσιοι· τὸ δὲ ἀπὸ τούτου ἐς αὐτὸν ἤδη τὸν
οὐρανὸν καὶ τὴν ἀκρόπολιν τὴν τοῦ Διὸς ἄνοδος
καὶ ταῦτα γένοιτ᾽ ἂν[1] εὐζώνῳ ἀετῷ μιᾶς ἡμέρας.

ΕΤΑΙΡΟΣ

Τί ταῦτα πρὸς Χαρίτων, ὦ Μένιππε, ἀστρονο-
μεῖς καὶ ἡσυχῇ πως ἀναμετρεῖς; πάλαι γὰρ ἐπα-
κροῶμαί σου παρακολουθῶν ἡλίους καὶ σελήνας,
ἔτι δὲ τὰ φορτικὰ ταῦτα σταθμούς τινας καὶ παρα-
σάγγας ὑποξενίζοντος.

ΜΕΝΙΠΠΟΣ

Μὴ θαυμάσῃς, ὦ ἑταῖρε, εἰ μετέωρα καὶ διαέρια
δοκῶ σοι λαλεῖν· τὸ κεφάλαιον γὰρ δὴ πρὸς
ἐμαυτὸν ἀναλογίζομαι τῆς ἔναγχος ἀποδημίας.

ΕΤΑΙΡΟΣ

Εἶτα, ὦγαθε, καθάπερ οἱ Φοίνικες ἄστροις
ἐτεκμαίρου τὴν ὁδόν;

ΜΕΝΙΠΠΟΣ

Οὐ μὰ Δία, ἀλλ᾽ ἐν αὐτοῖς τοῖς ἄστροις ἐποι-
ούμην τὴν ἀποδημίαν.

---

[1] γένοιτ᾽ ἂν Dindorf : γένοιτο MSS.

ICAROMENIPPUS, OR THE
SKY-MAN

MENIPPUS

It was three thousand furlongs, then, from the earth to the moon, my first stage; and from there up to the sun perhaps five hundred leagues; and from the sun to Heaven itself and the citadel of Zeus would be also a day's ascent for an eagle travelling light.

FRIEND

In the name of the Liberal Arts, Menippus, why are you playing astronomer and surveyor on the quiet like that? For a long time I have been following you about and listening to your outlandish talk about suns and moons and even those outworn topics, stages and leagues.

MENIPPUS

Don't be surprised, my friend, if my talk seems to you to be up in the air and flighty; I am just figuring up the total length of my recent journey

FRIEND

So you did like the Phoenicians, old chap, and guessed your way by the stars?

MENIPPUS

No indeed, I made my journey right among the stars.

ΕΤΑΙΡΟΣ

Ἡράκλεις, μακρόν τινα τὸν ὄνειρον λέγεις, εἴ γε
σαυτὸν ἔλαθες κατακοιμηθεὶς παρασάγγας ὅλους.

ΜΕΝΙΠΠΟΣ

2   Ὄνειρον γάρ, ὦ τάν, δοκῶ σοι λέγειν ὃς ἀρτίως
ἀφῖγμαι παρὰ τοῦ Διός;

ΕΤΑΙΡΟΣ

Πῶς ἔφησθα; Μένιππος ἡμῖν διοπετὴς πάρεστιν
ἐξ οὐρανοῦ;

ΜΕΝΙΠΠΟΣ

Καὶ μὴν ἐγώ σοι παρ' αὐτοῦ ἐκείνου τοῦ πάνυ
Διὸς ἥκω τήμερον θαυμάσια καὶ ἀκούσας καὶ ἰδών·
εἰ δὲ ἀπιστεῖς, καὶ αὐτὸ τοῦτο ὑπερευφραίνομαι
τὸ πέρα πίστεως εὐτυχεῖν.

ΕΤΑΙΡΟΣ

Καὶ πῶς ἂν [1] ἔγωγε, ὦ θεσπέσιε καὶ Ὀλύμπιε
Μένιππε, γεννητὸς αὐτὸς καὶ ἐπίγειος ὢν ἀπιστεῖν
δυναίμην ὑπερνεφέλῳ ἀνδρὶ καὶ ἵνα καθ' Ὅμηρον
εἴπω τῶν Οὐρανιώνων ἑνί; ἀλλ' ἐκεῖνά μοι φράσον,
εἰ δοκεῖ, τίνα τρόπον ἤρθης ἄνω καὶ ὁπόθεν ἐπο-
ρίσω κλίμακα τηλικαύτην τὸ μέγεθος; τὰ μὲν γὰρ
ἀμφὶ τὴν ὄψιν οὐ πάνυ ἔοικας ἐκείνῳ τῷ Φρυγί,
ὥστε ἡμᾶς [2] εἰκάζειν καὶ σὲ οἰνοχοήσοντά που
ἀνάρπαστον γεγονέναι πρὸς τοῦ ἀετοῦ.

ΜΕΝΙΠΠΟΣ

Σὺ μὲν πάλαι σκώπτων δῆλος εἶ, καὶ θαυμα-
στὸν οὐδὲν εἴ σοι τὸ παράδοξον τοῦ λόγου μύθῳ
δοκεῖ προσφερές. ἀτὰρ οὐδὲν ἐδέησέ μοι πρὸς τὴν
ἄνοδον οὔτε τῆς κλίμακος οὔτε παιδικὰ γενέσθαι
τοῦ ἀετοῦ· οἰκεῖα γὰρ ἦν μοι τὰ πτερά.

---

[1] ἂν Bélin de Ballou : not in MSS.
[2] ἡμᾶς ed. princeps : καὶ ἡμᾶς MSS.

ICAROMENIPPUS, OR THE SKY-MAN

FRIEND

Great Heracles! That's a long dream you are talking of, if you actually lost yourself and slept for leagues and leagues!

MENIPPUS

Dream, man! Do you think I'm telling you a dream? I am just back from a visit to Zeus.

FRIEND

What's that you say? Menippus here from Heaven, dropt from the clouds?

MENIPPUS

Here I am, I tell you, just come back to-day from the very presence of your great Zeus himself, and I have seen and heard wonderful things. If you don't believe me, I am overjoyed precisely because my good luck is beyond belief.

FRIEND

Why, my divine Menippus, my Olympian Menippus, how can a mortal groundling like myself disbelieve a sky-man—in fact, to use the words of Homer, a son of Heaven?[1] But tell me, please, how you were carried aloft, and where you got so long a ladder; for as far as looks go you are too little like the lad of Phrygia for us to suppose that, like him, you were snatched up by the eagle to become a cup-bearer.[2]

MENIPPUS

You have clearly been making fun of me this long time, and it is no wonder you think that my strange story is like a fairy-tale. However, I had no need of your ladder for my ascent, nor yet to become the eagle's pet, for I had wings of my own.

[1] *Iliad* 5, 373 ; 898.
[2] The reference is to the story of Ganymede.

ΕΤΑΙΡΟΣ

Τοῦτο μὲν ἤδη καὶ ὑπὲρ τὸν Δαίδαλον ἔφησθα,
εἴ γε πρὸς τοῖς ἄλλοις ἐλελήθεις ἡμᾶς ἱέραξ τις ἢ
κολοιὸς ἐξ ἀνθρώπου γενόμενος.

ΜΕΝΙΠΠΟΣ

Ὀρθῶς, ὦ ἑταῖρε, καὶ οὐκ ἀπὸ σκοποῦ εἴκασας·
τὸ Δαιδάλειον γὰρ ἐκεῖνο σόφισμα τῶν πτερῶν
καὶ αὐτὸς ἐμηχανησάμην.

ΕΤΑΙΡΟΣ

3   Εἶτα, ὦ τολμηρότατε πάντων, οὐκ ἐδεδοίκεις μὴ
καὶ σύ που τῆς θαλάττης καταπεσὼν Μενίππειόν
τι πέλαγος ἡμῖν ὥσπερ τὸ Ἰκάριον ἀποδείξῃς ἐπὶ
τῷ σεαυτοῦ ὀνόματι;

ΜΕΝΙΠΠΟΣ

Οὐδαμῶς· ὁ μὲν γὰρ Ἴκαρος ἅτε κηρῷ τὴν πτέ-
ρωσιν ἡρμοσμένος, ἐπειδὴ τάχιστα πρὸς τὸν ἥλιον
ἐκεῖνος ἐτάκη, πτερορρυήσας εἰκότως κατέπεσεν·
ἡμῖν δὲ ἀκήρωτα ἦν τὰ ὠκύπτερα.

ΕΤΑΙΡΟΣ

Πῶς λέγεις; ἤδη γὰρ οὐκ οἶδ' ὅπως ἠρέμα με
προσάγεις πρὸς τὴν ἀλήθειαν τῆς διηγήσεως.

ΜΕΝΙΠΠΟΣ

Ὧδέ πως· ἀετὸν εὐμεγέθη συλλαβών, ἔτι δὲ
γῦπα τῶν καρτερῶν, ἀποτεμὼν αὐταῖς ὠλέναις τὰ
πτερά—μᾶλλον δὲ καὶ πᾶσαν ἐξ ἀρχῆς τὴν ἐπί-
νοιαν, εἴ σοι σχολή, δίειμι.

ΕΤΑΙΡΟΣ

Πάνυ μὲν οὖν· ὡς ἐγώ σοι μετέωρός εἰμι
ὑπὸ τῶν λόγων καὶ πρὸς τὸ τέλος ἤδη κέχηνα τῆς
ἀκροάσεως· μηδὲ πρὸς Φιλίου με περιίδῃς ἄνω
που τῆς διηγήσεως ἐκ τῶν ὤτων ἀπηρτημένον.

ICAROMENIPPUS, OR THE SKY-MAN

FRIEND

You have improved on Daedalus, by what you say, if over and above all else, you have turned from a man to a hawk or a crow without our knowing it.

MENIPPUS

Your guess is well-aimed, my friend, and hits the bull's-eye; for I myself constructed wings, patterned after Daedalus' clever invention.

FRIEND

Of all the foolhardy men in the world! Then you weren't afraid you would fall into the water somewhere and give us a Menippean Sea named after yourself, to match the Icarian?

MENIPPUS

Not at all; Icarus had his feathers fitted on with wax, and so just as soon as that melted in the sun he shed his plumage, of course, and fell down; but my wings were innocent of wax.

FRIEND

What do you mean? For by now, somehow or other, you are gradually inclining me to believe in the truth of your story.

MENIPPUS

This is what I mean; taking a good large eagle and also a strong vulture and cutting off their wings, joints and all—but I'll tell you the whole scheme from first to last, if you have time.

FRIEND

By all means; here I am in suspense, thanks to what you have said, and already waiting with open mouth for the end of your tale. In the name of Friendship, don't leave me hanging by the ears somewhere in the midst of the story.

ΜΕΝΙΠΠΟΣ

4 Ἄκουε τοίνυν· οὐ γὰρ ἀστεῖόν γε τὸ θέαμα
κεχηνότα φίλον ἐγκαταλιπεῖν, καὶ ταῦτα ὡς σὺ
φῂς ἐκ τῶν ὤτων ἀπηρτημένον.

Ἐγὼ γὰρ ἐπειδὴ τάχιστα ἐξετάζων τὰ κατὰ
τὸν βίον γελοῖα καὶ ταπεινὰ καὶ ἀβέβαια τὰ
ἀνθρώπινα πάντα εὕρισκον, πλούτους λέγω καὶ
ἀρχὰς καὶ δυναστείας, καταφρονήσας αὐτῶν καὶ
τὴν περὶ ταῦτα σπουδὴν ἀσχολίαν τῶν ἀληθῶς
σπουδαίων ὑπολαβὼν ἀνακύπτειν τε καὶ πρὸς τὸ
πᾶν ἀποβλέπειν ἐπειρώμην· καί μοι ἐνταῦθα πολ-
λήν τινα παρεῖχε τὴν ἀπορίαν πρῶτον μὲν αὐτὸς
οὗτος ὁ ὑπὸ τῶν σοφῶν καλούμενος κόσμος· οὐ
γὰρ εἶχον εὑρεῖν οὔθ᾽ ὅπως ἐγένετο οὔτε τὸν
δημιουργὸν οὔτε ἀρχὴν οὔθ᾽ ὅ τι τὸ τέλος ἐστὶν
αὐτοῦ. ἔπειτα δὲ κατὰ μέρος ἐπισκοπῶν πολὺ
μᾶλλον ἀπορεῖν ἠναγκαζόμην· τούς τε γὰρ ἀστέ-
ρας ἑώρων ὡς ἔτυχε τοῦ οὐρανοῦ διερριμμένους καὶ
τὸν ἥλιον αὐτὸν τί ποτε ἦν ἄρα ἐπόθουν εἰδέναι·
μάλιστα δὲ τὰ κατὰ τὴν σελήνην ἄτοπά μοι καὶ
παντελῶς παράδοξα κατεφαίνετο, καὶ τὸ πολυειδὲς
αὐτῆς τῶν σχημάτων ἀπόρρητόν τινα τὴν αἰτίαν
ἔχειν ἐδοκίμαζον. οὐ μὴν ἀλλὰ καὶ ἀστραπὴ διαΐ-
ξασα καὶ βροντὴ καταρραγεῖσα καὶ ὑετὸς ἢ χιὼν
ἢ χάλαζα κατενεχθεῖσα καὶ ταῦτα δυσείκαστα
πάντα καὶ ἀτέκμαρτα ἦν.

5 Οὐκοῦν ἐπειδήπερ οὕτω διεκείμην, ἄριστον εἶναι
ὑπελάμβανον παρὰ τῶν φιλοσόφων τούτων ταῦτα
ἕκαστα ἐκμαθεῖν· ᾤμην γὰρ ἐκείνους γε πᾶσαν[1]
ἔχειν ἂν εἰπεῖν τὴν ἀλήθειαν. οὕτω δὲ τοὺς ἀρί-
στους ἐπιλεξάμενος αὐτῶν, ὡς ἐνῆν τεκμήρασθαι

[1] γε πᾶσαν Fritzsche : πᾶσάν γε MSS.

ICAROMENIPPUS, OR THE SKY-MAN

MENIPPUS

Listen then, for a friend left in the lurch with his mouth open would be anything but a pretty spectacle, especially if he were hanging by the ears, as you say you are.

As soon as I began to find, in the course of my investigation of life, that all objects of human endeavour are ridiculous and trivial and insecure (wealth, I mean, and office and sovereign power), contemning those things and assuming that the effort to get them was an obstacle to getting things truly worth effort, I undertook to lift my eyes and contemplate the universe. In so doing I was caused great perplexity, first of all by what the philosophers call the Cosmos, for I could not discover how it came into being or who made it, or its source or purpose. Then in examining it part by part I was compelled to rack my brains still more, for I saw the stars scattered hap-hazard about the sky, and I wanted to know what the sun itself could be. Above all, the peculiarities of the moon seemed to me extraordinary and completely paradoxical, and I conjectured that her multiplicity of shapes had some hidden reason. More than that, lightning flashing and thunder crashing and rain or snow or hail driving down were all hard to interpret and impossible to reason out.

Being in that state of mind, I thought it best to learn about all these points from the philosophers, for I supposed that they surely would be able to tell the whole truth. So I picked out the best of them, as far as I could judge from their dourness of visage,

προσώπου τε σκυθρωπότητι καὶ χρόας ὠχρότητι
καὶ γενείου βαθύτητι—μάλα γὰρ ὑψαγόραι τινὲς
καὶ οὐρανογνώμονες οἱ ἄνδρες αὐτίκα μοι κατε-
φάνησαν—τούτοις ἐγχειρίσας ἐμαυτὸν καὶ συχνὸν
ἀργύριον τὸ μὲν αὐτόθεν ἤδη καταβαλών, τὸ δὲ
εἰσαῦθις ἀποδώσειν ἐπὶ κεφαλαίῳ τῆς σοφίας
διομολογησάμενος, ἠξίουν μετεωρολέσχης τε διδά-
σκεσθαι καὶ τὴν τῶν ὅλων διακόσμησιν κατα-
μαθεῖν. οἱ δὲ τοσοῦτον ἄρα ἐδέησάν με τῆς παλαιᾶς
ἐκείνης ἀγνοίας ἀπαλλάξαι, ὥστε καὶ εἰς μείζους
ἀπορίας φέροντες ἐνέβαλον, ἀρχάς τινας καὶ τέλη
καὶ ἀτόμους καὶ κενὰ καὶ ὕλας καὶ ἰδέας καὶ τὰ
τοιαῦτα ὁσημέραι μου καταχέοντες. ὃ δὲ πάντων
ἐμοὶ γοῦν[1] ἐδόκει χαλεπώτατον, ὅτι μηδὲν ἅτερος
θατέρῳ λέγοντες ἀκόλουθον ἀλλὰ μαχόμενα πάντα
καὶ ὑπεναντία, ὅμως πείθεσθαί τέ με ἠξίουν καὶ
πρὸς τὸν αὑτοῦ λόγον ἕκαστος ὑπάγειν ἐπειρῶντο.

ΕΤΑΙΡΟΣ

Ἄτοπον λέγεις, εἰ σοφοὶ ὄντες οἱ ἄνδρες ἐστα-
σίαζον πρὸς αὑτοὺς περὶ τῶν λόγων καὶ οὐ τὰ
αὐτὰ περὶ τῶν αὐτῶν ἐδόξαζον.

ΜΕΝΙΠΠΟΣ

6   Καὶ μήν, ὦ ἑταῖρε, γελάσῃ ἀκούσας τήν τε
ἀλαζονείαν αὐτῶν καὶ τὴν ἐν τοῖς λόγοις τερατουρ-
γίαν, οἵ γε πρῶτα μὲν ἐπὶ γῆς βεβηκότες καὶ
μηδὲν τῶν χαμαὶ ἐρχομένων ἡμῶν ὑπερέχοντες,
ἀλλ᾿ οὐδὲ ὀξύτερον τοῦ πλησίον δεδορκότες, ἔνιοι
δὲ καὶ ὑπὸ γήρως ἢ ἀργίας ἀμβλυώττοντες, ὅμως
οὐρανοῦ τε πέρατα διορᾶν ἔφασκον καὶ τὸν ἥλιον

---

[1] γοῦν Fritzsche : δ᾿ οὖν MSS.

paleness of complexion and length of beard; and as the gentlemen at once struck me as being extremely tall talkers and high thinkers, I put myself in their hands, paying down part of a good round sum on the spot and contracting to pay the balance later, on completion of my course in philosophy; and then I expected to be taught how to hold forth on the Heavens and to learn the system of the universe. But they were so far from ridding me of my old-time ignorance that they plunged me forthwith into even greater perplexities by flooding me every day with first causes, final causes, atoms, voids, elements, concepts, and all that sort of thing. But the hardest part of it all, in my opinion at least, was that although no one of them agreed with anyone else in anything he said, but all their statements were contradictory and inconsistent, they nevertheless expected to persuade me and each tried to win me over to his own doctrine.

FRIEND

Extraordinary that learned men quarrelled with each other about their doctrines and did not hold the same views about the same things!

MENIPPUS

Indeed, my friend, it will make you laugh to hear about the way they bragged and worked wonders in their talk! Why, in the first place, they stood on the ground and were not a bit better than the rest of us who walk the earth; in fact, they were not even sharper sighted than their neighbours, but some of them were actually purblind through age or idleness. In spite of that, however, they claimed to discern the boundaries of Heaven, they measured

περιεμετρουν καὶ τοῖς ὑπὲρ τὴν σελήνην ἐπεβά-
τευον καὶ ὥσπερ ἐκ τῶν ἀστέρων καταπεσόντες
μεγέθη τε αὐτῶν διεξήεσαν, καὶ πολλάκις, εἰ
τύχοι, μηδὲ ὁπόσοι στάδιοι Μεγαρόθεν Ἀθήναζέ
εἰσιν ἀκριβῶς ἐπιστάμενοι τὸ μεταξὺ τῆς σελήνης
καὶ τοῦ ἡλίου χωρίον ὁπόσων εἴη πηχῶν τὸ
μέγεθος ἐτόλμων λέγειν, ἀέρος τε ὕψη καὶ θαλάτ-
της βάθη καὶ γῆς περιόδους ἀναμετροῦντες, ἔτι
δὲ κύκλους καταγράφοντες καὶ τρίγωνα ἐπὶ
τετραγώνοις διασχηματίζοντες καὶ σφαίρας τινὰς
ποικίλας τὸν οὐρανὸν δῆθεν αὐτὸν ἐπιμετροῦντες.

7   Ἔπειτα δὲ κἀκεῖνο πῶς οὐκ ἄγνωμον αὐτῶν
καὶ παντελῶς τετυφωμένον τὸ περὶ τῶν οὕτως
ἀδήλων λέγοντας μηδὲν ὡς εἰκάζοντας ἀποφαί-
νεσθαι, ἀλλ' ὑπερδιατείνεσθαί τε καὶ μηδεμίαν
τοῖς ἄλλοις ὑπερβολὴν ἀπολιμπάνειν, μονονουχὶ
διομνυμένους μύδρον μὲν εἶναι τὸν ἥλιον, κατοι-
κεῖσθαι δὲ τὴν σελήνην, ὑδατοποτεῖν δὲ τοὺς
ἀστέρας τοῦ ἡλίου καθάπερ ἱμονιᾷ τινι τὴν
ἰκμάδα ἐκ τῆς θαλάττης ἀνασπῶντος καὶ ἅπασιν
αὐτοῖς τὸ ποτὸν ἑξῆς διανέμοντος.

8   Τὴν μὲν γὰρ ἐναντιότητα τῶν λόγων ὁπόση
ῥᾴδιον καταμαθεῖν. καὶ σκόπει πρὸς Διός, εἰ
ἐν γειτόνων ἐστὶ τὰ δόγματα καὶ μὴ πάμπολυ
διεστηκότα· πρῶτα μὲν γὰρ αὐτοῖς ἡ περὶ τοῦ
κόσμου γνώμη διάφορος, εἴ γε τοῖς μὲν ἀγέννητός

the sun, they visited the spheres beyond the moon, and you would have thought they had fallen from the stars from the way they told about their magnitudes and presumed to say just how many cubits it is in distance from the sun to the moon, often, perhaps, without even knowing how many furlongs it is from Megara to Athens. And not only did they measure the height of the air and the depth of the sea and the circumference of the earth, but by the description of circles and the construction of triangles on squares and of multiple spheres they actually measured out the cubic content of the Heavens.[1]

Moreover, was it not silly and completely absurd that when they were talking about things so uncertain they did not make a single assertion hypothetically but were vehement in their insistence and gave the rest no chance to outdo them in exaggeration; all but swearing that the sun is a mass of molten metal, that the moon is inhabited, and that the stars drink water, the sun drawing up the moisture from the sea with a rope and bucket, as it were, and distributing the beverage to all of them in order?

As for the contradictory nature of their theories, that is easy to appreciate. Just see for yourself, in Heaven's name, whether their doctrines are akin and not widely divergent. First of all, there is their difference of opinion about the universe. Some

[1] I know of nothing that illustrates Lucian's meaning better than the *Psammites*, a treatise by Archimedes, which, however, is not exactly an attempt to measure the cubic capacity of the universe, but a demonstration that it is possible to express arithmetically a sum greater than the number of grains of sand in a sphere as large as the universe.

τε καὶ ἀνώλεθρος εἶναι δοκεῖ, οἱ δὲ καὶ τὸν
δημιουργὸν αὐτοῦ καὶ τῆς κατασκευῆς τὸν τρόπον
εἰπεῖν ἐτόλμησαν· οὓς καὶ μάλιστα ἐθαύμαζον
θεὸν μέν τινα τεχνίτην τῶν ὅλων ἐφιστάντας, οὐ
προστιθέντας δὲ οὔτε ὅθεν ἥκων οὔτε ὅπου ἑστὼς
ἕκαστα ἐτεκταίνετο, καίτοι πρό γε τῆς τοῦ παντὸς
γενέσεως ἀδύνατον καὶ χρόνον καὶ τόπον ἐπινοεῖν.

ΕΤΑΙΡΟΣ

Μάλα τινάς, ὦ Μένιππε, τολμητὰς καὶ θαυμα-
τοποιοὺς ἄνδρας λέγεις.

ΜΕΝΙΠΠΟΣ

Τί δ᾽ εἰ ἀκούσειας, ὦ θαυμάσιε, περί τε ἰδεῶν
καὶ ἀσωμάτων ἃ διεξέρχονται ἢ τοὺς περὶ τοῦ
πέρατός τε καὶ ἀπείρου λόγους; καὶ γὰρ αὖ καὶ
αὕτη νεανικὴ αὐτοῖς ἡ μάχη, τοῖς μὲν τέλει τὸ
πᾶν περιγράφουσι, τοῖς δὲ ἀτελὲς τοῦτο εἶναι
ὑπολαμβάνουσιν· οὐ μὴν ἀλλὰ καὶ παμπόλλους
τινὰς εἶναι τοὺς κόσμους ἀπεφαίνοντο καὶ τῶν
ὡς περὶ ἑνὸς αὐτῶν διαλεγομένων κατεγίνωσκον.
ἕτερος δέ τις οὐκ εἰρηνικὸς ἀνὴρ πόλεμον τῶν ὅλων
πατέρα εἶναι ἐδόξαζε.

9   Περὶ μὲν γὰρ τῶν θεῶν τί χρὴ καὶ λέγειν;
ὅπου τοῖς μὲν ἀριθμός τις ὁ θεὸς ἦν, οἱ δὲ κατὰ
χηνῶν καὶ κυνῶν καὶ πλατάνων ἐπώμνυντο. καὶ
οἱ μὲν τοὺς ἄλλους ἅπαντας θεοὺς ἀπελάσαντες
ἑνὶ μόνῳ τὴν τῶν ὅλων ἀρχὴν ἀπένεμον, ὥστε
ἠρέμα καὶ ἄχθεσθαί με τοσαύτην ἀπορίαν θεῶν
ἀκούοντα· οἱ δ᾽ ἔμπαλιν ἐπιδαψιλευόμενοι πολ-

think it is without beginning and without end, but others have even ventured to tell who made it and how it was constructed; and these latter surprised me most, for they made some god or other the creator of the universe, but did not tell where he came from or where he stood when he created it all; and yet it is impossible to conceive of time and space before the genesis of the universe.

FRIEND

They are very presumptuous charlatans by what you say, Menippus.

MENIPPUS

But my dear man, what if I should tell you all they said about " ideas " and incorporeal entities, or their theories about the finite and the infinite? On the latter point also they had a childish dispute, some of them setting a limit to the universe and others considering it to be unlimited; nay more, they asserted that there are many worlds and censured those who talked as if there were but one. Another, not a man of peace, opined that war was the father of the universe.[1]

As for the gods, why speak of them at all, seeing that to some a number was god, while others swore by geese and dogs and plane-trees?[2] Moreover, some banished all the rest of the gods and assigned the governance of the universe to one only, so that it made me a little disgusted to hear that gods were so scarce. Others, however, lavishly declared them

---

[1] Heraclitus. The lack of connection between this sentence and the foregoing leads me to suspect that we have lost a portion of the Greek text containing a reference to the theories of the other Ionians.

[2] Socrates. See *Philosophies for Sale*, 16.

λούς τε αὐτοὺς ἀπέφαινον καὶ διελομενοι τὸν μέν
τινα πρῶτον θεὸν ἐπεκάλουν, τοῖς δὲ τὰ δεύτερα
καὶ τρίτα ἔνεμον τῆς θειότητος· ἔτι δὲ οἱ μὲν
ἀσώματόν τι καὶ ἄμορφον ἡγοῦντο εἶναι τὸ θεῖον,
οἱ δὲ ὡς περὶ σώματος αὐτοῦ διενοοῦντο. εἶτα
καὶ προνοεῖν τῶν καθ᾿ ἡμᾶς πραγμάτων οὐ πᾶσιν
ἐδόκουν οἱ θεοί, ἀλλ᾿ ἦσάν τινες οἱ τῆς συμπάσης
ἐπιμελείας αὐτοὺς ἀφιέντες, ὥσπερ ἡμεῖς εἰώθαμεν
ἀπολύειν τῶν λειτουργιῶν τοὺς παρηβηκότας·
οὐδὲν γὰρ ὅτι μὴ τοῖς κωμικοῖς δορυφορήμασιν
ἐοικότας αὐτοὺς εἰσάγουσιν. ἔνιοι δὲ ταῦτα
πάντα ὑπερβάντες οὐδὲ τὴν ἀρχὴν εἶναι θεούς
τινας ἐπίστευον, ἀλλ᾿ ἀδέσποτον καὶ ἀνηγεμό-
νευτον φέρεσθαι τὸν κόσμον ἀπελίμπανον.

10 Τοιγάρτοι ταῦτα ἀκούων ἀπιστεῖν μὲν οὐκ
ἐτόλμων ὑψιβρεμέταις τε καὶ ἠϋγενείοις ἀνδράσιν·
οὐ μὴν εἶχόν γε ὅπη τῶν λόγων τραπόμενος
ἀνεπίληπτόν τι αὐτῶν εὕροιμι καὶ ὑπὸ θατέρου
μηδαμῇ περιτρεπόμενον. ὥστε δὴ τὸ Ὁμηρικὸν
ἐκεῖνο ἀτεχνῶς ἔπασχον· πολλάκις μὲν γὰρ ἂν
ὥρμησα πιστεύειν τινὶ αὐτῶν,

> ἕτερος δέ με θυμὸς ἔρυκεν.

Ἐφ᾿ οἷς ἅπασιν ἀμηχανῶν ἐπὶ γῆς μὲν ἀκού-
σεσθαί τι περὶ τούτων ἀληθὲς ἀπεγίνωσκον, μίαν
δὲ τῆς συμπάσης ἀπορίας ἀπαλλαγὴν ᾤμην
ἔσεσθαι, εἰ αὐτὸς πτερωθείς πως ἀνέλθοιμι εἰς
τὸν οὐρανόν. τούτου δέ μοι παρεῖχε τὴν ἐλπίδα
μάλιστα μὲν ἡ ἐπιθυμία . . . .[1] καὶ ὁ λογοποιὸς
Αἴσωπος ἀετοῖς καὶ κανθάροις, ἐνίοτε καὶ καμή-
λοις βάσιμον ἀποφαίνων τὸν οὐρανόν. αὐτὸν μὲν

---

[1] Fritzsche supplies ἔπειτα δὲ : no lacuna in MSS.

to be many and drew a distinction between them, calling one a first god and ascribing to others second and third rank in divinity. Furthermore, some thought that the godhead was without form and substance, while others defined it as body. Then too they did not all think that the gods exercise providence in our affairs; there were some who relieved them of every bit of responsibility as we are accustomed to relieve old men of public duties; indeed, the part that they give them to play is just like that of supers in comedy. A few went beyond all this and did not even believe that there were any gods at all, but left the world to wag on unruled and ungoverned.

When I heard all this, the result was that I did not venture to disbelieve " high-thundering " gentlemen with goodly beards, and yet did not know where to turn in order to find a point of doctrine that was unassailable and not in any way subject to refutation by someone else. So I went through just what Homer speaks of; again and again I was fain to believe one of them, " but other counsel drew me back." [1]

At my wit's end in view of all this, I despaired of hearing any truth about these matters on earth and thought that the only way out of my whole dilemma would be to get wings somehow and go up to Heaven. The wish was father to the thought, of course, but the story-teller Aesop had something to do with it also, for he makes Heaven accessible to eagles and beetles and now and then even to camels.

[1] *Od.* 9, 302.

283

οὖν πτεροφυῆσαί ποτε οὐδεμιᾷ μηχανῇ δυνατὸν
εἶναί μοι κατεφαίνετο· εἰ δὲ γυπὸς ἢ ἀετοῦ περι-
θείμην πτερά—ταῦτα γὰρ μόνα ἂν[1] διαρκέσαι
πρὸς μέγεθος ἀνθρωπίνου σώματος—τάχα ἂν μοι
τὴν πεῖραν προχωρῆσαι. καὶ δὴ συλλαβὼν τὰ
ὄρνεα θατέρου μὲν τὴν δεξιὰν πτέρυγα, τοῦ
γυπὸς δὲ τὴν ἑτέραν ἀπέτεμον εὖ μάλα· εἶτα
διαδήσας καὶ κατὰ τοὺς ὤμους τελαμῶσι καρτε-
ροῖς ἁρμοσάμενος καὶ πρὸς ἄκροις τοῖς ὠκυπτέροις
λαβάς τινας ταῖς χερσὶ παρασκευάσας ἐπειρώμην
ἐμαυτοῦ τὸ πρῶτον ἀναπηδῶν καὶ ταῖς χερσὶν
ὑπηρετῶν καὶ ὥσπερ οἱ χῆνες ἔτι χαμαιπετῶς
ἐπαιρόμενος καὶ ἀκροβατῶν ἅμα μετὰ τῆς πτή-
σεως· ἐπεὶ δὲ ὑπήκουέ μοι τὸ χρῆμα, τολμη-
ρότερον ἤδη τῆς πείρας ἡπτόμην, καὶ ἀνελθὼν
ἐπὶ τὴν ἀκρόπολιν ἀφῆκα ἐμαυτὸν κατὰ τοῦ
11 κρημνοῦ φέρων ἐς αὐτὸ τὸ θέατρον. ὡς δ᾽
ἀκινδύνως κατεπτόμην, ἤδη καὶ μετέωρα ἐφρό-
νουν καὶ ἄρας ἀπὸ Πάρνηθος ἢ ἀπὸ Ὑμηττοῦ
μέχρι Γερανείας ἐπετόμην, εἶτ᾽ ἐκεῖθεν ἐπὶ τὸν
Ἀκροκόρινθον ἄνω, εἶτα ὑπὲρ Φολόης καὶ Ἐρυ-
μάνθου μέχρι πρὸς τὸ Ταΰγετον.

Ἤδη δ᾽ οὖν μοι τοῦ τολμήματος ἐκμεμελετη-
μένου τέλειός τε καὶ ὑψιπέτης γενόμενος οὐκέτι
τὰ νεοττῶν ἐφρόνουν, ἀλλ᾽ ἐπὶ τὸν Ὄλυμπον
ἀναβὰς καὶ ὡς ἐνῆν μάλιστα κούφως ἐπισιτισά-
μενος τὸ λοιπὸν ἔτεινον εὐθὺ τοῦ οὐρανοῦ, τὸ μὲν
πρῶτον ἰλιγγιῶν ὑπὸ τοῦ βάθους, μετὰ δὲ ἔφερον
καὶ τοῦτο εὐμαρῶς. ἐπεὶ δὲ κατ᾽ αὐτὴν ἤδη τὴν
σελήνην ἐγεγόνειν πάμπολυ τῶν νεφῶν ἀποσπά-
σας, ᾐσθόμην κάμνοντος ἐμαυτοῦ, καὶ μάλιστα

[1] ἂν Bekker : not in MSS.

Well, that I myself could ever grow wings was not in any way possible, I thought; but if I put on the wings of a vulture or an eagle (for no others would be large enough to uphold the weight of a man's body), perhaps my attempt would succeed. So catching my birds, I carefully cut off the right wing of the eagle and the left wing of the vulture, tied them tightly together, fitted them to my shoulders with stout straps and made grips for my hands at the ends of the primary feathers. Then I first tried myself by jumping up and down, working my arms and doing as geese do—lifting myself along the ground and running on tiptoe as I flew. When the thing began to work well for me, I went in for the experiment with greater boldness. Going up to the acropolis, I let myself drop down the cliff right into the theatre. Since I flew down without mischance, I began to aspire high and used to take wing from Parnes or Hymettus, flying to Geraneia and from there up to Acrocorinthus and then over Pholoe and Erymanthus clear to Taygetus.

Now that I had thoroughly practised my experiment and had become an adept and a lofty soarer, I no longer had fledgling aspirations but ascended Olympus, provisioned myself as lightly as I could and this time made straight for Heaven. At first I was dizzied by the height, but afterwards I stood even that without discomfort. But when I had left the clouds far below and had got close to the moon, I felt myself getting tired, especially in

κατὰ τὴν ἀριστερὰν πτέρυγα τὴν γυπίνην. προσ-
ελάσας οὖν καὶ καθεζόμενος ἐπ' αὐτῆς διανε-
παυόμην ἐς τὴν γῆν ἄνωθεν ἀποβλέπων καὶ
ὥσπερ ὁ τοῦ Ὁμήρου Ζεὺς ἐκεῖνος ἄρτι μὲν τὴν
τῶν ἱπποπόλων Θρηκῶν καθορώμενος, ἄρτι δὲ
τὴν Μυσῶν, μετ' ὀλίγον δέ, εἰ δόξειέ μοι, τὴν
Ἑλλάδα, τὴν Περσίδα καὶ τὴν Ἰνδικήν. ἐξ ὧν
ἀπάντων ποικίλης τινὸς ἡδονῆς ἐνεπιμπλάμην.

ΕΤΑΙΡΟΣ

Οὐκοῦν καὶ ταῦτα λέγοις ἄν, ὦ Μένιππε, ἵνα
μηδὲ καθ' ἓν ἀπολειπώμεθα τῆς ἀποδημίας, ἀλλ'
εἴ τί σοι καὶ ὁδοῦ πάρεργον ἱστόρηται, καὶ τοῦτ'
εἰδῶμεν· ὡς ἔγωγε οὐκ ὀλίγα προσδοκῶ ἀκού-
σεσθαι σχήματός τε πέρι γῆς καὶ τῶν ἐπ' αὐτῆς
ἀπάντων, οἷά σοι ἄνωθεν ἐπισκοποῦντι κατεφαί-
νετο.

ΜΕΝΙΠΠΟΣ

Καὶ ὀρθῶς γε, ὦ ἑταῖρε, εἰκάζεις· διόπερ ὡς
οἷόν τε ἀναβὰς ἐπὶ τὴν σελήνην τῷ λόγῳ συν-
αποδήμει τε καὶ συνεπισκόπει τὴν ὅλην τῶν ἐπὶ
12 γῆς διάθεσιν. καὶ πρῶτόν γέ μοι πάνυ μικρὰ
δόκει τινὰ τὴν γῆν ὁρᾶν, πολὺ λέγω τῆς σελήνης
βραχυτέραν, ὥστε ἐγὼ ἄφνω κατακύψας ἐπὶ πολὺ
ἠπόρουν ποῦ εἴη τὰ τηλικαῦτα ὄρη καὶ ἡ τοσαύτη
θάλαττα· καὶ εἴ γε μὴ τὸν Ῥοδίων κολοσσὸν
ἐθεασάμην καὶ τὸν ἐπὶ τῇ Φάρῳ πύργον, εὖ ἴσθι
παντελῶς ἄν με ἡ γῆ διέλαθε. νῦν δὲ ταῦτ'
ὑψηλὰ ὄντα καὶ ὑπερανεστηκότα καὶ ὁ Ὠκεανὸς
ἠρέμα πρὸς τὸν ἥλιον ὑποστίλβων διεσήμαιν-
μοι γῆν εἶναι τὸ ὁρώμενον. ἐπεὶ δὲ ἅπαξ τὴν
ὄψιν ἐς τὸ ἀτενὲς ἀπηρεισάμην, ἅπας ὁ τῶν

the left wing, the vulture's. Flying up, therefore, and perching on the moon, I rested myself, looking down on the earth from on high and like Homer's Zeus,[1] now observing the land of the horse-loving Thracians, now the land of the Mysians, and presently, if I liked, Greece, Persia and India; and from all this I got my fill of kaleidoscopic pleasure.

FRIEND

Then do tell me about it, Menippus, so that I may not miss a single detail of the trip, but may even know whatever you may have found out incidentally. I assure you, I am looking forward to hearing a good deal about the shape of the earth and about everything upon it as it looked to you, viewing it all from above.

MENIPPUS

You are right in your assumption, my friend, so mount up to the moon in fancy as best you can and share my trip and my view of the whole scheme of things on earth. In the first place, imagine that the earth you see is very small, far less than the moon, I mean; so that when I suddenly peered down I was long uncertain where the big mountains and the great sea were, and if I had not spied the Colossus of Rhodes[2] and the lighthouse on Pharos, I vow I shouldn't have known the earth at all. But as it was, the fact that they were high and prominent and that the ocean glinted in the sun showed me that what I saw was the earth. But as soon as I had concentrated my gaze fixedly, the life of man

island of same name also off Albania

---

[1] _Iliad_ 13, 4.

[2] The Colossus of Rhodes had been lying prostrate for several centuries at the time this dialogue was written. It stood upright for only 56 years (ca. 283–227 B.C.). Consequently the allusion is thought to come from Menippus.

ἀνθρώπων βίος ἤδη κατεφαίνετο, οὐ κατὰ ἔθνη
μόνον καὶ πόλεις, ἀλλὰ καὶ αὐτοὶ σαφῶς οἱ
πλέοντες, οἱ πολεμοῦντες, οἱ γεωργοῦντες, οἱ
δικαζόμενοι, τὰ γύναια, τὰ θηρία, καὶ πάνθ'
ἁπλῶς ὁπόσα τρέφει ζείδωρος ἄρουρα.

ΕΤΑΙΡΟΣ

Παντελῶς ἀπίθανα φὴς ταῦτα καὶ αὐτοῖς
ὑπεναντία· ὃς γὰρ ἀρτίως, ὦ Μένιππε, τὴν γῆν
ἐζήτεις ὑπὸ τοῦ μεταξὺ διαστήματος ἐς βραχὺ
συνεσταλμένην, καὶ εἴ γε μὴ ὁ κολοσσὸς ἐμήνυσέ
σοι, τάχα ἂν ἄλλο τι ᾠήθης ὁρᾶν, πῶς νῦν
καθάπερ Λυγκεύς τις ἄφνω γενόμενος ἅπαντα
διαγινώσκεις τὰ ἐπὶ γῆς, τοὺς ἀνθρώπους, τὰ
θηρία, μικροῦ δεῖν τὰς τῶν ἐμπίδων νεοττιάς;

ΜΕΝΙΠΠΟΣ

13 Εὖ γε[1] ὑπέμνησας· ὃ γὰρ μάλιστα ἐχρῆν
εἰπεῖν, τοῦτο οὐκ οἶδ' ὅπως παρέλιπον. ἐπεὶ γὰρ
αὐτὴν μὲν ἐγνώρισα τὴν γῆν ἰδών, τὰ δ' ἄλλα οὐχ
οἷός τε ἦν καθορᾶν ὑπὸ τοῦ βάθους ἅτε τῆς ὄψεως
μηκέτι ἐφικνουμένης, πάνυ μ' ἠνία τὸ χρῆμα καὶ
πολλὴν παρεῖχε τὴν ἀπορίαν. κατηφεῖ δὲ ὄντι
μοι καὶ ὀλίγου δεῖν δεδακρυμένῳ ἐφίσταται κατ-
όπιν ὁ σοφὸς Ἐμπεδοκλῆς, ἀνθρακίας τις ἰδεῖν
καὶ σποδοῦ ἀνάπλεως καὶ κατωπτημένος· κἀγὼ μὲν
ὡς εἶδον,—εἰρήσεται γάρ—ὑπεταράχθην καί τινα
σεληναῖον δαίμονα ᾠήθην ὁρᾶν· ὁ δέ, "Θάρρει,"
φησίν, " ὦ Μένιππε,

'οὔτις τοι θεός εἰμι, τί μ' ἀθανάτοισιν ἐΐσκεις;'

----
[1] γε Fritzsche : με MSS.

288

in its entirety disclosed itself to me, and not only
the nations and cities but the people themselves
as clear as could be, the traders, the soldiers, the
farmers, the litigants, the women, the animals and,
in a word, all the life that the good green earth
supports.[1]

FRIEND

What you say is completely beyond belief and
self-contradictory, for you told me just now that you
had to look for the earth because it was diminished
by the intervening distance, and that if the Colossus
hadn't given you your bearings, perhaps you would
have thought you were looking at something else.
How is it, then, that you have suddenly turned into a
Lynceus and can make out everything on earth—
the men, the animals and very nearly the nests of
the mosquitoes?

MENIPPUS

Thanks for reminding me; somehow or other I
neglected to say what I certainly should have said.
When I recognised the earth by sight, but was
unable to distinguish anything else on account of the
height, because my vision did not carry so far, the
thing annoyed me excessively and put me in a great
quandary. I was downcast and almost in tears when
the philosopher Empedocles came and stood behind
me, looking like a cinder, as he was covered with
ashes and all burned up. On catching sight of him
I was a bit startled, to tell the truth, and thought I
beheld a lunar spirit; but he said "Don't be alarmed,
Menippus;

'No god am I : why liken me to them?'[2]

[1] A reminiscence of Homer; cf. *Il.* 2, 548; *Od.* 4, 229; 9,
357.   [2] *Od.* 16, 187.

ὁ φυσικὸς οὗτός εἰμι Ἐμπεδοκλῆς· ἐπεὶ γὰρ ἐς
τοὺς κρατῆρας ἐμαυτὸν φέρων ἐνέβαλον, ὁ καπνός
με ἀπὸ τῆς Αἴτνης ἁρπάσας δεῦρο ἀνήγαγε, καὶ
νῦν ἐν τῇ σελήνῃ κατοικῶ ἀεροβατῶν τὰ πολλὰ
καὶ σιτοῦμαι δρόσον. ἥκω τοίνυν σε ἀπολύσων
τῆς παρούσης ἀπορίας· ἀνιᾷ γάρ σε, οἶμαι, καὶ
στρέφει τὸ μὴ σαφῶς τὰ ἐπὶ γῆς ὁρᾶν." "Εὖ γε
ἐποίησας," ἦν δ᾽ ἐγώ, "βέλτιστε Ἐμπεδόκλεις,
κἀπειδὰν τάχιστα κατάπτωμαι πάλιν ἐς τὴν
Ἑλλάδα, μεμνήσομαι σπένδειν τέ σοι ἐπὶ τῆς
καπνοδόκης κἂν ταῖς νουμηνίαις πρὸς τὴν σελήνην
τρὶς ἐγχανὼν προσεύχεσθαι." "Ἀλλὰ μὰ τὸν
Ἐνδυμίωνα," ἦ δ᾽ ὅς, "οὐχὶ τοῦ μισθοῦ χάριν
ἀφῖγμαι, πέπονθα δέ τι τὴν ψυχὴν ἰδών σε
λελυπημένον. ἀτὰρ οἶσθα ὅ τι δράσας ὀξυδερκὴς
14 γενήσῃ;" "Μὰ Δί᾽," ἦν δ᾽ ἐγώ, "ἢν μὴ σύ μοι
τὴν ἀχλύν πως ἀφέλῃς ἀπὸ τῶν ὀμμάτων· νῦν
γὰρ δὴ λημᾶν οὐ μετρίως δοκῶ." "Καὶ μὴν οὐδέν
σε," ἦ δ᾽ ὅς, "ἐμοῦ δεήσει· τὸ γὰρ ὀξυδερκὲς αὐτὸς
ἤδη γῆθεν ἥκεις ἔχων." "Τί οὖν τοῦτό ἐστιν; οὐ
γὰρ οἶδ᾽," ἔφην. "Οὐκ οἶσθα," ἦ δ᾽ ὅς, "ἀετοῦ
τὴν πτέρυγα τὴν δεξιὰν περικείμενος;" "Καὶ
μάλα," ἦν δ᾽ ἐγώ· "τί δ᾽ οὖν πτέρυγι καὶ ὀφθαλ-
μῷ κοινόν ἐστιν;" "Ὅτι," ἦ δ᾽ ὅς, "παρὰ πολὺ
τῶν ἄλλων ζῴων ἀετός ἐστιν ὀξυωπέστατος, ὥστε
μόνος ἀντίον δέδορκε τῷ ἡλίῳ, καὶ τοῦτό ἐστιν ὁ
γνήσιος καὶ βασιλεὺς ἀετός, ἢν ἀσκαρδαμυκτὶ
πρὸς τὰς ἀκτῖνας βλέπῃ." "Φασὶ ταῦτα," ἦν δ᾽

I am the natural philosopher Empedocles, at your service. You see, when I threw myself head-first into the crater, the smoke snatched me out of Aetna and brought me up here, and now I dwell in the moon, although I walk the air a great deal, and I live on dew. So I have come to get you out of your present quandary; for it annoys and torments you, I take it, that you cannot clearly see everything on earth." "Thank you very much, Empedocles," said I; "you are most kind, and as soon as I fly down to Greece again I will remember to pour you a drink-offering in the chimney[1] and on the first of every month to open my mouth at the moon three times and make a prayer." "Great Endymion!" said he, "I didn't come here for pay; my heart was touched a bit when I saw you sorrowful. Do you know what to do in order to become sharp-sighted?" "No," said I, "unless you are going to take the mist from my eyes somehow. At present my sight seems to be uncommonly blurred." "Why," said he, "you won't need my services at all, for you yourself have brought the power of sharp sight with you from the earth." "What is it, then, for I don't know?" I said. "Don't you know," said he, "that you are wearing the right wing of an eagle?" "Of course," said I, "but what is the connection between wings and eyes?" "This," said he; "the eagle so far surpasses all the other creatures in strength of sight that he alone can look square at the sun, and the mark of the genuine royal eagle is that he can face its rays without winking an eye." "So they say," I

---

[1] In the chimney, because the burned and blackened appearance of Empedocles suggested this as the most appropriate spot; and then too, the smoke goes up to the moon.

ἐγώ, "καί μοι ἤδη μεταμέλει ὅτι δεῦρο ἀνιὼν
οὐχὶ τὼ ὀφθαλμὼ τοῦ ἀετοῦ ἐνεθέμην τοὺς ἐμοὺς
ἐξελών· ὡς νῦν γε ἡμιτελὴς ἀφῖγμαι καὶ οὐ πάντα
βασιλικῶς ἐνεσκευασμένος, ἀλλ᾽ ἔοικα τοῖς νόθοις
ἐκείνοις καὶ ἀποκηρύκτοις." "Καὶ μὴν πάρα σοί,"
ἦ δ᾽ ὅς, "αὐτίκα μάλα τὸν ἕτερον ὀφθαλμὸν ἔχειν
βασιλικόν· ἢν γὰρ ἐθελήσῃς μικρὸν ἀναστὰς
ἐπισχὼν τοῦ γυπὸς τὴν πτέρυγα θατέρᾳ μόνῃ
πτερύξασθαι, κατὰ λόγον τῆς πτέρυγος τὸν δεξιὸν
ὀφθαλμὸν ὀξυδερκὴς ἔσῃ· τὸν δὲ ἕτερον οὐδεμία
μηχανὴ μὴ οὐκ ἀμβλύτερον δεδορκέναι τῆς μερίδος
ὄντα τῆς χειρός." "Ἅλις," ἦν δ᾽ ἐγώ, "εἰ καὶ
ὁ δεξιὸς μόνος ἀετῶδες βλέποι· οὐδὲν γὰρ ἂν
ἔλαττον γένοιτο, ἐπεὶ καὶ τοὺς τέκτονας πολλάκις
ἑωρακέναι μοι δοκῶ θατέρῳ τῶν ὀφθαλμῶν
ἄμεινον πρὸς τοὺς κανόνας ἀπευθύνοντας τὰ
ξύλα."

Ταῦτα εἰπὼν ἐποίουν ἅμα τὰ ὑπὸ τοῦ Ἐμπεδο-
κλέους παρηγγελμένα· ὁ δὲ κατ᾽ ὀλίγον ὑπαπιὼν
15 ἐς καπνὸν ἠρέμα διελύετο. κἀπειδὴ τάχιστα
ἐπτερυξάμην, αὐτίκα φῶς με[1] πάμπολυ περι-
έλαμψε καὶ τὰ τέως λανθάνοντα πάντα διεφαίνετο·
κατακύψας γοῦν ἐς τὴν γῆν ἑώρων σαφῶς τὰς
πόλεις, τοὺς ἀνθρώπους, τὰ γιγνόμενα, καὶ οὐ τὰ
ἐν ὑπαίθρῳ μόνον, ἀλλὰ καὶ ὁπόσα οἴκοι ἔπρατ-
τον οἰόμενοι λανθάνειν, Πτολεμαῖον μὲν συνόντα
τῇ ἀδελφῇ, Λυσιμάχῳ δὲ τὸν υἱὸν ἐπιβουλεύοντα,
τὸν Σελεύκου δὲ Ἀντίοχον Στρατονίκῃ διανεύοντα
λάθρα τῇ μητρυιᾷ, τὸν δὲ Θετταλὸν Ἀλέξανδρον
ὑπὸ τῆς γυναικὸς ἀναιρούμενον καὶ Ἀντίγονον

---

[1] φῶς με A.M.II. : με φῶς γε γ, U ; με φῶς μέγα (i.e. μέ γε?)
N ; φῶς γε I.

replied, "and I am sorry now that when I came up here I did not take out my own eyes and put in those of the eagle. As things are, I have come in a half-finished condition and with an equipment which is not fully royal; in fact, I am like the bastard, disowned eaglets they tell about."[1] "Why," said he, "it is in your power this minute to have one eye royal, for if you choose to stand up a moment, hold the vulture's wing still, and flap only the other one, you will become sharp-sighted in the right eye to match the wing; the other eye cannot possibly help being duller, as it is on the inferior side." "It will satisfy me," said I, "if only the right one has the sight of an eagle; it would do just as well, for I am sure I have often seen carpenters getting on better with only one eye when they were trimming off timbers to the straight-edge."

This said, I set about doing as Empedocles advised, while he receded little by little and gradually dissolved into smoke. No sooner had I flapped the wing than a great light broke upon me and all that was formerly invisible was revealed. Bending down toward earth, I clearly saw the cities, the people and all that they were doing, not only abroad but at home, when they thought they were unobserved. I saw Ptolemy lying with his sister, Lysimachus' son conspiring against his father, Seleucus' son Antiochus flirting surreptitiously with his stepmother, Alexander of Thessaly getting killed by his wife, Antigonus committing adultery with the wife of his son, and

[1] If an eaglet failed to stand the test, he was pushed out of the nest; cf. Aelian de Nat. Anim. 2, 26.

μοιχεύοντα τοῦ υἱοῦ τὴν γυναῖκα καὶ Ἀττάλῳ τὸν
υἱὸν ἐγχέοντα τὸ φάρμακον, ἑτέρωθι δ᾽ αὖ
Ἀρσάκην φονεύοντα τὸ γύναιον καὶ τὸν εὐνοῦχον
Ἀρβάκην ἕλκοντα τὸ ξίφος ἐπὶ τὸν Ἀρσάκην,
Σπατῖνος δὲ ὁ Μῆδος ἐκ τοῦ συμποσίου πρὸς τῶν
δορυφορούντων εἵλκετο ἔξω τοῦ ποδὸς σκύφῳ
χρυσῷ τὴν ὀφρὺν κατηλοημένος. ὅμοια δὲ τούτοις
ἔν τε[1] Λιβύῃ καὶ παρὰ Σκύθαις καὶ Θρᾳξὶ
γινόμενα ἐν τοῖς βασιλείοις ἦν ὁρᾶν, μοιχεύοντας,
φονεύοντας, ἐπιβουλεύοντας, ἁρπάζοντας, ἐπι-
ορκοῦντας, δεδιότας, ὑπὸ τῶν οἰκειοτάτων προδιδο-
μένους.

16   Καὶ τὰ μὲν τῶν βασιλέων τοιαύτην παρέσχε
μοι τὴν διατριβήν, τὰ δὲ τῶν ἰδιωτῶν πολὺ γε-
λοιότερα· καὶ γὰρ αὖ κἀκείνους ἑώρων, Ἑρμό-
δωρον μὲν τὸν Ἐπικούρειον χιλίων ἕνεκα δραχμῶν
ἐπιορκοῦντα, τὸν Στωϊκὸν δὲ Ἀγαθοκλέα περὶ
μισθοῦ τῷ μαθητῇ δικαζόμενον, Κλεινίαν δὲ τὸν
ῥήτορα ἐκ τοῦ Ἀσκληπιείου φιάλην ὑφαιρούμενον,
τὸν δὲ Κυνικὸν Ἡρόφιλον ἐν τῷ χαμαιτυπείῳ
καθεύδοντα. τί γὰρ ἂν τοὺς ἄλλους λέγοιμι, τοὺς
τοιχωρυχοῦντας, τοὺς δεκαζομένους,[2] τοὺς δανεί-
ζοντας, τοὺς ἐπαιτοῦντας;[3] ὅλως γὰρ ποικίλη καὶ
παντοδαπή τις ἦν ἡ θέα.

ΕΤΑΙΡΟΣ

Καὶ μὴν καὶ ταῦτα, ὦ Μένιππε, καλῶς εἶχε
λέγειν· ἔοικε γὰρ οὐ τὴν τυχοῦσαν τερπωλήν σοι
παρεσχῆσθαι.

ΜΕΝΙΠΠΟΣ

Πάντα μὲν ἑξῆς διελθεῖν, ὦ φιλότης, ἀδύνατον,

---

[1] ἔν τε Bekker : ἐν τῇ MSS.
[2] δεκαζομένους Fritzsche : δικαζομένους MSS.
[3] ἐπαιτοῦντας Lehmann : ἀπαιτοῦντας MSS.

the son of Attalus pouring out the poison for him.
In another quarter I saw Arsaces killing the woman,
the eunuch Arbaces drawing his sword on Arsaces,
and Spatinus the Mede in the hands of the guards,
being dragged out of the dining-room by the leg
after having had his head broken with a golden
cup.[1] Similar things were to be seen going on in
Libya and among the Thracians and Scythians in the
palaces of kings—men committing adultery, mur-
dering, conspiring, plundering, forswearing, fearing
and falling victims to the treason of their closest kin.

Although the doings of the kings afforded me such
rare amusement, those of the common people were
far more ridiculous, for I could see them too—
Hermodorus the Epicurean perjuring himself for a
thousand drachmas, the Stoic Agathocles going to
law with his disciple about a fee, the orator Clinias
stealing a cup out of the Temple of Asclepius and the
Cynic Herophilus asleep in the brothel. Why mention
the rest of them—the burglars, the bribe-takers, the
money-lenders, the beggars? In brief, it was a motley
and manifold spectacle.

FRIEND

Really, you might as well tell about that too,
Menippus, for it seems to have given you unusual
pleasure.

MENIPPUS

To tell it all from first to last, my friend, would be

[1] These events, in so far as they are historical, are not
synchronous. For some of them (Antigonus, Attalus, and
the Parthian incidents) Lucian is our only sponsor.

ὅπου γε καὶ ὁρᾶν αὐτὰ ἔργον ἦν· τὰ μέντοι κεφά-
λαια τῶν πραγμάτων τοιαῦτα ἐφαίνετο οἷά φησιν
Ὅμηρος τὰ ἐπὶ τῆς ἀσπίδος· οὗ μὲν γὰρ ἦσαν
εἰλαπίναι καὶ γάμοι, ἑτέρωθι δὲ δικαστήρια καὶ
ἐκκλησίαι, καθ' ἕτερον δὲ μέρος ἔθυέ τις, ἐν
γειτόνων δὲ πενθῶν ἄλλος ἐφαίνετο· καὶ ὅτε μὲν
ἐς τὴν Γετικὴν ἀποβλέψαιμι, πολεμοῦντας ἂν
ἑώρων τοὺς Γέτας· ὅτε δὲ μεταβαίην ἐπὶ τοὺς
Σκύθας, πλανωμένους ἐπὶ τῶν ἁμαξῶν ἦν ἰδεῖν·
μικρὸν δὲ ἐγκλίνας [1] τὸν ὀφθαλμὸν ἐπὶ θάτερα
τοὺς Αἰγυπτίους γεωργοῦντας ἐπέβλεπον, καὶ ὁ
Φοῖνιξ [2] ἐνεπορεύετο καὶ ὁ Κίλιξ ἐλῄστευεν
καὶ ὁ Λάκων ἐμαστιγοῦτο καὶ ὁ Ἀθηναῖος
17 ἐδικάζετο. ἁπάντων δὲ [3] τούτων ὑπὸ τὸν
αὐτὸν γινομένων χρόνον ὥρα σοι ἤδη ἐπινοεῖν
ὁποῖός τις ὁ κυκεὼν οὗτος ἐφαίνετο. ὥσπερ ἂν εἴ
τις παραστησάμενος πολλοὺς χορευτάς, μᾶλλον
δὲ πολλοὺς χορούς, ἔπειτα προστάξειε τῶν ᾀδόν-
των ἑκάστῳ τὴν συνῳδίαν ἀφέντα ἴδιον ᾄδειν
μέλος, φιλοτιμουμένου δὲ ἑκάστου καὶ τὸ ἴδιον
περαίνοντος καὶ τὸν πλησίον ὑπερβαλέσθαι τῇ
μεγαλοφωνίᾳ προθυμουμένου—ἆρα ἐνθυμῇ πρὸς
Διὸς οἵα γένοιτ' ἂν ἡ ᾠδή;

ΕΤΑΙΡΟΣ

Πανταπασιν, ὦ Μένιππε, παγγέλοιος καὶ
τεταραγμένη.

ΜΕΝΙΠΠΟΣ

Καὶ μήν, ὦ ἑταῖρε, τοιοῦτοι πάντες εἰσὶν οἱ ἐπὶ
γῆς χορευταὶ κἀκ τοιαύτης ἀναρμοστίας ὁ τῶν

---

[1] ἐγκλίνας Fritzsche : ἐπικλίνας MSS.
[2] Φοῖνιξ Fritzsche : Φοῖνιξ δὲ MSS.
[3] ἁπάντων δὲ Bekker : ἁπάντων MSS.

impossible in such a case, where even to see it all was hard work. However, the principal features were like what Homer says was on the shield.[1] In one place there were banquets and weddings, elsewhere there were sessions of court and assemblies; in a different direction a man was offering sacrifice, and close at hand another was mourning a death. Whenever I looked at the country of the Getae I saw them fighting; whenever I transferred my gaze to the Scythians, they could be seen roving about on their wagons: and when I turned my eyes aside slightly, I beheld the Egyptians working the land. The Phoenicians were on trading-ventures, the Cilicians were engaged in piracy, the Spartans were whipping themselves and the Athenians were attending court. As all these things were going on at the same time, you can imagine what a hodge-podge it looked. It is as if one should put on the stage a company of singers, or I should say a number of companies, and then should order each singer to abandon harmony and sing a tune of his own; with each one full of emulation and carrying his own tune and striving to outdo his neighbour in loudness of voice, what, in the name of Heaven, do you suppose the song would be like?

FRIEND

Utterly ridiculous, Menippus, and all confused.

MENIPPUS

Well, my friend, such is the part that all earth's singers play, and such is the discord that makes

[1] *Iliad* 18, 478 ff.

ἀνθρώπων βίος συντέτακται, οὐ μόνον ἀπῳδὰ
φθεγγομένων, ἀλλὰ καὶ ἀνομοίων τὰ σχήματα καὶ
τἀναντία κινουμένων καὶ ταὐτὸν οὐδὲν ἐπινοούν-
των, ἄχρι ἂν αὐτῶν ἕκαστον ὁ χορηγὸς ἀπελάσῃ
τῆς σκηνῆς οὐκέτι δεῖσθαι λέγων· τοὐντεῦθεν δὲ
ὅμοιοι πάντες ἤδη σιωπῶντες, οὐκέτι τὴν συμμιγῆ
καὶ ἄτακτον ἐκείνην ᾠδὴν ἀπᾴδοντες. ἀλλ' ἐν
αὐτῷ γε ποικίλῳ καὶ πολυειδεῖ τῷ θεάτρῳ πάντα
μὲν γελοῖα δήπουθεν ἦν τὰ γινόμενα.

18 Μάλιστα δὲ ἐπ' ἐκείνοις ἐπῄει μοι γελᾶν τοῖς
περὶ γῆς ὅρων ἐρίζουσι καὶ τοῖς μέγα φρονοῦσιν
ἐπὶ τῷ τὸ Σικυώνιον πεδίον γεωργεῖν ἢ Μαρα-
θῶνος ἔχειν τὰ περὶ τὴν Οἰνόην ἢ Ἀχαρνῆσι
πλέθρα κεκτῆσθαι χίλια· τῆς γοῦν Ἑλλάδος ὅλης
ὡς τότε μοι ἄνωθεν ἐφαίνετο δακτύλων οὔσης τὸ
μέγεθος τεττάρων, κατὰ λόγον, οἶμαι, ἡ Ἀττικὴ
πολλοστημόριον ἦν. ὥστε ἐνενόουν ἐφ' ὁπόσῳ
τοῖς πλουσίοις τούτοις μέγα φρονεῖν κατελείπετο·
σχεδὸν γὰρ ὁ πολυπλεθρότατος αὐτῶν μίαν τῶν
Ἐπικουρείων ἀτόμων ἐδόκει μοι γεωργεῖν. ἀπο-
βλέψας δὲ δὴ καὶ ἐς τὴν Πελοπόννησον, εἶτα
τὴν Κυνουρίαν [1] γῆν ἰδὼν ἀνεμνήσθην περὶ ὅσου
χωρίου, κατ' οὐδὲν Αἰγυπτίου φακοῦ πλατυτέρου,
τοσοῦτοι ἔπεσον Ἀργείων καὶ Λακεδαιμονίων
μιᾶς ἡμέρας. καὶ μὴν εἴ τινα ἴδοιμι ἐπὶ χρυσῷ
μέγα φρονοῦντα, ὅτι δακτυλίους τε εἶχεν ὀκτὼ
καὶ φιάλας τέτταρας, πάνυ καὶ ἐπὶ τούτῳ ἂν
ἐγέλων· τὸ γὰρ Πάγγαιον ὅλον αὐτοῖς μετάλλοις
κεγχριαῖον ἦν τὸ μέγεθος.

ΕΤΑΙΡΟΣ

19 Ὦ μακάριε Μένιππε τῆς παραδόξου θέας.

[1] Κυνουρίαν Palmer : Κυνοσουρίαν MSS.

up the life of men. Not only do they sing different tunes, but they are unlike in costume and move at cross-purposes in the dance and agree in nothing until the manager drives each of them off the stage, saying that he has no further use for him. After that, however, they are all quiet alike, no longer singing that unrhythmical medley of theirs. But there in the play-house itself, full of variety and shifting spectacles, everything that took place was truly laughable.

I was especially inclined to laugh at the people who quarrelled about boundary-lines, and at those who plumed themselves on working the plain of Sicyon or possessing the district of Oenoe in Marathon or owning a thousand acres in Acharnae. As a matter of fact, since the whole of Greece as it looked to me then from on high was no bigger than four fingers, on that scale surely Attica was infinitesimal. I thought, therefore, how little there was for our friends the rich to be proud of ; for it seemed to me that the widest-acred of them all had but a single Epicurean atom under cultivation. And when I looked toward the Peloponnese and caught sight of Cynuria, I noted what a tiny region, no bigger in any way than an Egyptian bean, had caused so many Argives and Spartans to fall in a single day.[1] Again, if I saw any man pluming himself on gold because he had eight rings and four cups, I laughed heartily at him too, for the whole of Pangaeum, mines and all, was the size of a grain of millet.

FRIEND

You lucky Menippus, what a surprising spectacle !

[1] Compare the close of the *Charon*.

αἱ δὲ δὴ πόλεις πρὸς Διὸς καὶ οἱ ἄνδρες αὐτοὶ
πηλίκοι διεφαίνοντο ἄνωθεν; [1]

ΜΕΝΙΠΠΟΣ

Οἶμαί σε πολλάκις ἤδη μυρμήκων ἀγορὰν
ἑωρακέναι, τοὺς μὲν εἰλουμένους περὶ τὸ στόμα
τοῦ φωλεοῦ κἀν τῷ μέσῳ πολιτευομένους,[2] ἐνίους
δ᾽ ἐξιόντας, ἑτέρους δὲ ἐπανιόντας αὖθις εἰς τὴν
πόλιν· καὶ ὁ μέν τις τὴν κόπρον ἐκφέρει, ὁ δὲ
ἁρπάσας ποθὲν ἢ κυάμου λέπος ἢ πυροῦ ἡμίτομον
θεῖ φέρων. εἰκὸς δὲ εἶναι παρ᾽ αὐτοῖς κατὰ λόγον
τοῦ μυρμήκων βίου καὶ οἰκοδόμους τινὰς καὶ
δημαγωγοὺς καὶ πρυτάνεις καὶ μουσικοὺς καὶ
φιλοσόφους. πλὴν αἵ γε πόλεις αὐτοῖς ἀνδράσι
ταῖς μυρμηκιαῖς μάλιστα ἐῴκεσαν. εἰ δέ σοι
μικρὸν δοκεῖ τὸ παράδειγμα, τὸ ἀνθρώπους
εἰκάσαι τῇ μυρμήκων πολιτείᾳ, τοὺς παλαιοὺς
μύθους ἐπίσκεψαι τῶν Θετταλῶν· εὑρήσεις γὰρ
τοὺς Μυρμιδόνας, τὸ μαχιμώτατον φῦλον, ἐκ
μυρμήκων ἄνδρας γεγονότας.

Ἐπειδὴ δ᾽ οὖν πάντα ἱκανῶς ἑώρατο [3] καὶ
κατεγεγέλαστό μοι, διασείσας ἐμαυτὸν ἀνεπτόμην

δώματ᾽ ἐς αἰγιόχοιο Διὸς μετὰ δαίμονας ἄλλους.

20 οὔπω στάδιον ἀνεληλύθειν καὶ ἡ Σελήνη γυναι-
κείαν φωνὴν προϊεμένη, "Μένιππε," φησίν,
"οὕτως ὄναιο, διακόνησαί μοί τι πρὸς τὸν Δία."
"Λέγοις ἄν," ἦν δ᾽ ἐγώ· "βαρὺ γὰρ οὐδέν, ἢν
μή τι φέρειν δέῃ." "Πρεσβείαν," ἔφη, "τινὰ
οὐ χαλεπὴν καὶ δέησιν ἀπένεγκε [4] παρ᾽ ἐμοῦ τῷ

---

[1] ἄνωθεν Cobet: ἄνω MSS.
[2] περὶ τὸ στόμα . . . πολιτευομένους margin of Γ: not else-
where. (κἀν Α. Μ. Η.: καὶ Γ.)   [3] ἑώρατο Struve: ἑωρᾶτο MSS.
[4] ἀπένεγκε Cobet: ἀπένεγκαι, ἀπένεγκαι MSS.

But the cities and the men—for Heaven's sake, how did they look from on high?

MENIPPUS

I suppose you have often seen a swarm of ants, in which some are huddling together about the mouth of the hole and transacting affairs of state in public, some are going out and others are coming back again to the city; one is carrying out the dung, and another has caught up the skin of a bean or half a grain of wheat somewhere and is running off with it; and no doubt there are among them, in due proportion to the habits of ants, builders, politicians, aldermen, musicians, and philosophers. But however that may be, the cities with their population resembled nothing so much as ant-hills. If you think it is belittling to compare men with the institutions of ants, look up the ancient fables of the Thessalians and you will find that the Myrmidons, the most warlike of races, turned from ants into men.

Well, when I had looked and laughed at everything to my heart's content, I shook myself and flew upward,

" Unto the palace of Zeus, to the home of the other
    immortals." [1]

Before I had gone a furlong upward, the moon spoke with a voice like a woman's and said : " Menippus, I'll thank you kindly to do me a service with Zeus." " Tell me what it is," said I, " it will be no trouble at all, unless you want me to carry something." " Take a simple message and a request from me to

---

[1] *Iliad* 1, 222.

Διί· ἀπείρηκα γὰρ ἤδη, Μένιππε, πολλὰ καὶ
δεινὰ παρὰ τῶν φιλοσόφων ἀκούουσα, οἷς οὐδὲν
ἕτερόν ἐστιν ἔργον ἢ τἀμὰ πολυπραγμονεῖν,
τίς εἰμι καὶ πηλίκη, καὶ δι᾽ ἥντινα αἰτίαν
διχότομος ἢ ἀμφίκυρτος γίγνομαι. καὶ οἱ μὲν
κατοικεῖσθαί μέ φασιν, οἱ δὲ κατόπτρου δίκην
ἐπικρέμασθαι τῇ θαλάττῃ, οἱ δὲ ὅ τι ἂν ἕκαστος
ἐπινοήσῃ τοῦτό μοι προσάπτουσι. τὰ τελευταῖα
δὲ καὶ τὸ φῶς αὐτὸ κλοπιμαῖόν τε καὶ νόθον
εἶναί μοί φασιν ἄνωθεν ἧκον παρὰ τοῦ Ἡλίου,
καὶ οὐ παύονται καὶ πρὸς τοῦτόν με ἀδελφὸν
ὄντα συγκροῦσαι καὶ στασιάσαι προαιρούμενοι·
οὐ γὰρ ἱκανὰ ἦν αὐτοῖς ἃ περὶ αὐτοῦ εἰρήκασι τοῦ
Ἡλίου, λίθον αὐτὸν εἶναι καὶ μύδρον διάπυρον.

21   "Καίτοι πόσα ἐγὼ συνεπίσταμαι αὐτοῖς ἃ πράτ-
τουσι τῶν νυκτῶν αἰσχρὰ καὶ κατάπτυστα οἱ
μεθ᾽ ἡμέραν σκυθρωποὶ καὶ ἀνδρώδεις τὸ βλέμμα
καὶ τὸ σχῆμα σεμνοὶ καὶ ὑπὸ τῶν ἰδιωτῶν
ἀποβλεπόμενοι; κἀγὼ μὲν ταῦτα ὁρῶσα ὅμως
σιωπῶ· οὐ γὰρ ἡγοῦμαι πρέπειν ἀποκαλύψαι
καὶ διαφωτίσαι τὰς νυκτερινὰς ἐκείνας διατριβὰς
καὶ τὸν ὑπὸ[1] σκηνῆς ἑκάστου βίον, ἀλλὰ κἄν
τινα ἴδω αὐτῶν μοιχεύοντα ἢ κλέπτοντα ἢ ἄλλο
τι τολμῶντα νυκτερινώτατον, εὐθὺς ἐπισπασα-
μένη τὸ νέφος ἐνεκαλυψάμην, ἵνα μὴ δείξω τοῖς
πολλοῖς γέροντας ἄνδρας βαθεῖ πώγωνι καὶ
ἀρετῇ ἐνασχημονοῦντας. οἱ δὲ οὐδὲν ἀνιᾶσι δια-
σπαράττοντές με τῷ λόγῳ καὶ πάντα τρόπον
ὑβρίζοντες, ὥστε νὴ τὴν Νύκτα πολλάκις ἐβου-
λευσάμην μετοικῆσαι ὅτι πορρωτάτω, ἵν᾽ αὐτῶν
τὴν περίεργον ἂν γλῶτταν διέφυγον.

[1] ὑπὸ Gesner, Sommerbrodt : ἐπὶ MSS.

ICAROMENIPPUS, OR THE SKY-MAN

Zeus. I am tired at last, Menippus, of hearing quantities of dreadful abuse from the philosophers, who have nothing else to do but to bother about me, what I am, how big I am, and why I become semi-circular, or crescent-shaped. Some of them say I am inhabited, others that I hang over the sea like a mirror, and others ascribe to me—oh, anything that each man's fancy prompts. Lately they even say that my very light is stolen and illegitimate, coming from the sun up above, and they never weary of wanting to entangle and embroil me with him, although he is my brother; for they were not satisfied with saying that Helius himself was a stone, and a glowing mass of molten metal.

"But am I not aware of all the shameful, abominable deeds they do at night, they who by day are dour-visaged, resolute of eye, majestic of mien and the cynosure of the general public? Yet although I see all this, I keep quiet about it, for I do not think it decent to expose and illumine those nocturnal pastimes of theirs and their life behind the scenes. On the contrary, if I see one of them committing adultery or thieving or making bold to do anything else that best befits the night, I draw my garment of cloud together and veil my face at once, in order that I may not let the common people see old men bringing discredit on their long beards and on virtue. But they for their part never desist from picking me to pieces in talk and insulting me in every way, so that I vow by Night, I have often thought of moving as far away as possible to a place where I might escape their meddling tongues.

"Μέμνησο οὖν ταῦτά τε ἀπαγγεῖλαι τῷ Διὶ καὶ
προσθεῖναι δ' ὅτι μὴ δυνατόν ἐστί μοι κατὰ
χώραν μένειν, ἢν μὴ τοὺς φυσικοὺς ἐκεῖνος
ἐπιτρίψῃ καὶ τοὺς διαλεκτικοὺς ἐπιστομίσῃ καὶ
τὴν Στοὰν κατασκάψῃ καὶ τὴν Ἀκαδημίαν
καταφλέξῃ καὶ παύσῃ τὰς ἐν τοῖς περιπάτοις
διατριβάς· οὕτω γὰρ ἂν εἰρήνην ἀγάγοιμι καὶ
παυσαίμην[1] ὁσημέραι παρ' αὐτῶν γεωμετρουμένη."

22   "Ἔσται ταῦτα," ἦν δ' ἐγώ, καὶ ἅμα πρὸς
τὸ ἄναντες ἔτεινον τὴν ἐπὶ τοῦ οὐρανοῦ,

ἔνθα μὲν οὔτε βοῶν οὔτ' ἀνδρῶν φαίνετο ἔργα·

μετ' ὀλίγον γὰρ καὶ ἡ σελήνη βραχεῖά μοι καθεω-
ρᾶτο καὶ τὴν γῆν ἤδη ἀπέκρυπτον.

Λαβὼν δὲ τὸν ἥλιον ἐν δεξιᾷ διὰ τῶν ἀστέρων
πετόμενος τριταῖος ἐπλησίασα τῷ οὐρανῷ, καὶ
τὸ μὲν πρῶτον ἐδόκει μοι ὡς εἶχον εὐθὺς εἴσω
παριέναι· ῥᾳδίως γὰρ ᾤμην διαλαθεῖν ἅτε ἐξ
ἡμισείας ὢν ἀετός, τὸν δὲ ἀετὸν ἠπιστάμην ἐκ
παλαιοῦ συνήθη τῷ Διί· ὕστερον δὲ ἐλογισάμην
ὡς τάχιστα καταφωράσουσί με γυπὸς τὴν ἑτέραν
πτέρυγα περικείμενον. ἄριστον γοῦν κρίνας τὸ
μὴ παρακινδυνεύειν ἔκοπτον προσελθὼν τὴν
θύραν. ὑπακούσας δὲ ὁ Ἑρμῆς καὶ τοὔνομα
ἐκπυθόμενος ἀπῄει κατὰ σπουδὴν φράσων τῷ
Διί, καὶ μετ' ὀλίγον εἰσεκλήθην πάνυ δεδιὼς καὶ
τρέμων, καταλαμβάνω τε πάντας ἅμα συγκαθη-
μένους οὐδὲ αὐτοὺς ἀφρόντιδας· ὑπετάραττε γὰρ
ἡσυχῇ τὸ παράδοξόν μου τῆς ἐπιδημίας, καὶ ὅσον
οὐδέπω πάντας ἀνθρώπους ἀφίξεσθαι προσεδόκων
23   τὸν αὐτὸν τρόπον ἐπτερωμένους. ὁ δὲ Ζεὺς μάλα

---

[1] καὶ παυσαίμην margin of Γ : not elsewhere.

"So be sure to report all this to Zeus and to add, too, that I cannot remain in my place unless he destroys the natural philosophers, muzzles the logicians, razes the Porch, burns down the Academy, and stops the lectures in the Walks; for only then can I get a rest and cease to be surveyed by them every day."

"Very well," said I, and therewith I pressed on upwards along the road to Heaven,

"Whence there was naught to be seen of the labours
    of men or of oxen;"[1]

for in a little while even the moon seemed small to me, and the earth had at last disappeared from my view.

Taking the sun on my right and flying past the stars, on the third day out I drew near to Heaven. At first I made up my mind to go straight in without more ado, for I thought I should easily escape observation, as I was half eagle and I knew that the eagle was on intimate terms with Zeus from of old; but afterwards I concluded that they would very soon find me out because the other wing that I wore was a vulture's. Thinking it best, anyhow, not to take any unnecessary chances, I went up and knocked at the door. Hermes answered my knock, inquired my name, and went off in haste to tell Zeus. In a little while I was admitted in great fear and trembling, and found them all sitting together, not without apprehension themselves; for my visit, being so unprecedented, had put them in a quiet flutter, and they almost expected the whole human race to arrive at any moment, provided with wings like mine. Zeus, however, looked at me with a

[1] *Od.* 10, 98.

φοβερῶς, δριμύ τε καὶ τιτανῶδες εἰς ἐμὲ ἀπιδών,
φησί [1]

"Τίς πόθεν εἶς ἀνδρῶν, πόθι τοι πόλις ἠδὲ
τοκῆες;"

Ἐγὼ δὲ ὡς τοῦτ' ἤκουσα, μικροῦ μὲν ἐξέθανον
ὑπὸ τοῦ δέους, εἱστήκειν δὲ ὅμως ἀχανὴς καὶ
ὑπὸ τῆς μεγαλοφωνίας ἐμβεβροντημένος. χρόνῳ
δ' ἐμαυτὸν ἀναλαβὼν ἅπαντα διηγούμην σαφῶς
ἄνωθεν ἀρξάμενος, ὡς ἐπιθυμήσαιμι τὰ μετέωρα
ἐκμαθεῖν, ὡς ἔλθοιμι παρὰ τοὺς φιλοσόφους, ὡς
τἀναντία λεγόντων ἀκούσαιμι, ὡς ἀπαγορεύσαιμι
διασπώμενος ὑπὸ τῶν λόγων, εἶτα ἑξῆς τὴν
ἐπίνοιαν καὶ τὰ πτερὰ καὶ τὰ ἄλλα πάντα μέχρι
πρὸς τὸν οὐρανόν· ἐπὶ πᾶσι δὲ προσέθηκα τὰ
ὑπὸ τῆς Σελήνης ἐπεσταλμένα. μειδιάσας δ'
οὖν ὁ Ζεὺς καὶ μικρὸν ἐπανεὶς τῶν ὀφρύων, "Τί
ἂν λέγοις," φησίν, "Ὤτου πέρι καὶ Ἐφιάλτου,
ὅπου καὶ Μένιππος ἐτόλμησεν ἐς τὸν οὐρανὸν
ἀνελθεῖν; ἀλλὰ νῦν μὲν ἐπὶ ξένια [2] σε καλοῦμεν,
αὔριον δέ," ἔφη, "περὶ ὧν ἥκεις χρηματίσαντες
ἀποπέμψομεν." καὶ ἅμα ἐξαναστὰς ἐβάδιζεν ἐς
τὸ ἐπηκοώτατον τοῦ οὐρανοῦ· καιρὸς γὰρ ἦν
ἐπὶ τῶν εὐχῶν καθέζεσθαι.

24   Μεταξύ τε προϊὼν ἀνέκρινέ με περὶ τῶν ἐν
τῇ γῇ πραγμάτων, τὰ πρῶτα μὲν ἐκεῖνα, πόσου
νῦν ὁ πυρός ἐστιν ὤνιος ἐπὶ τῆς Ἑλλάδος, καὶ
εἰ σφόδρα ὑμῶν ὁ πέρυσι χειμὼν καθίκετο, καὶ
εἰ τὰ λάχανα δεῖται πλείονος ἐπομβρίας. μετὰ

---

[1] Punctuation A.M.H.: see translation.   Fritzsche inserts
βριμησάμενος after φοβερῶς ; Baar, Sommerbrodt, and others
excise φοβερῶς ; but note μεγαλοφωνίας below.   [2] ξενίᾳ MSS.

fierce, Titanic stare and said in a very terrible voice :

" What is your name, sir, whence do you come, and
        where is your city and hearth-stone ?"[1]

When I heard this, I nearly dropped dead of fright, but stood my ground all the same, though my jaw was hanging and I was thunderstruck by the loudness of his voice. But in time I pulled myself together and told him the whole story clearly, starting at the very beginning—how I wanted to learn about the heavenly bodies, how I went to the philosophers, how I heard them contradicting each other, how I got tired of being pulled this way and that by their arguments, and then my idea and the wings and all the rest of it till my arrival in Heaven ; and at the end I added the message of the moon. Smiling and unbending a little, Zeus remarked : " What can one say to Otus and Ephialtes when even a Menippus has the hardihood to come up to Heaven ? However, we invite you to be our guest for to-day, and to-morrow, after we have taken action on the matters about which you have come, we shall send you away." With that he arose and walked toward the best place in Heaven for hearing, as it was time to sit and listen to the prayers.

As he walked along he asked me about things on earth, first the usual questions, how much wheat now costs in Greece, whether the last winter hit us hard and whether the crops needed more rain. Then he

---

[1] The line occurs frequently in the *Odyssey, e.g.* 1, 170.

δὲ ἠρώτα εἴ τις ἔτι λείπεται τῶν ἀπὸ Φειδίου
καὶ δι' ἣν αἰτίαν ἐλλείποιεν Ἀθηναῖοι τὰ Διάσια
τοσούτων ἐτῶν, καὶ εἰ τὸ Ὀλυμπίειον[1] αὐτῷ[2]
ἐπιτελέσαι διανοοῦνται, καὶ εἰ συνελήφθησαν οἱ
τὸν ἐν Δωδώνῃ νεὼν σεσυληκότες.

Ἐπεὶ δὲ περὶ τούτων ἀπεκρινάμην, " Εἰπέ μοι,
Μένιππε," ἔφη, "περὶ δὲ ἐμοῦ οἱ ἄνθρωποι τίνα
γνώμην ἔχουσι;" "Τίνα," ἔφην, "δέσποτα, ἢ
τὴν εὐσεβεστάτην, βασιλέα σε πάντων εἶναι
θεῶν;" " Παίζεις ἔχων," ἔφη· "τὸ δὲ φιλόκαινον
αὐτῶν ἀκριβῶς οἶδα, κἂν μὴ λέγῃς. ἦν γάρ ποτε
χρόνος, ὅτε καὶ μάντις ἐδόκουν αὐτοῖς καὶ ἰατρὸς
καὶ πάντα ὅλως ἦν ἐγώ,

μεσταὶ δὲ Διὸς πᾶσαι μὲν ἀγυιαί,
πᾶσαι δ' ἀνθρώπων ἀγοραί·

καὶ ἡ Δωδώνη τότε καὶ ἡ Πῖσα λαμπραὶ καὶ
περίβλεπτοι πᾶσιν ἦσαν, ὑπὸ δὲ τοῦ καπνοῦ
τῶν θυσιῶν οὐδὲ ἀναβλέπειν μοι δυνατόν· ἐξ οὗ
δὲ ἐν Δελφοῖς μὲν Ἀπόλλων τὸ μαντεῖον κατε-
στήσατο, ἐν Περγάμῳ δὲ τὸ ἰατρεῖον ὁ Ἀσκλη-
πιὸς καὶ τὸ Βενδίδειον ἐγένετο ἐν Θρᾴκῃ καὶ τὸ
Ἀνουβίδειον ἐν Αἰγύπτῳ καὶ τὸ Ἀρτεμίσιον
ἐν Ἐφέσῳ, ἐπὶ ταῦτα μὲν ἅπαντες θέουσι καὶ
πανηγύρεις ἀνάγουσι καὶ ἑκατόμβας παριστᾶσι
καὶ χρυσᾶς πλίνθους ἀνατιθέασιν[3] ἐμὲ δὲ παρη-
βηκότα ἱκανῶς τετιμηκέναι νομίζουσιν, ἂν διὰ

---

[1] Ὀλυμπίειον Cobet : Ὀλύμπιειον, Ὀλόμπιον MSS.
[2] αὐτῷ Seager : αὐτῶν MSS.
[3] καὶ χρυσᾶς πλίνθους ἀνατιθέασι margin of Γ: not else-
where.

inquired whether any of the descendants of Phidias were still left, why the Athenians had omitted the Diasia for so many years, whether they had any idea of finishing the Olympieion for him and whether the men who robbed his temple in Dodona had been arrested.[1]

When I had answered these questions, he said: "Tell me, Menippus, what opinion do men hold about me?" "What opinion should they hold, sir," said I, "except the highest possible one, that you are king of all the gods?" "You are fond of your joke," said he, "but I am thoroughly acquainted with their craze for novelty even without your telling me. There was once a time when they looked upon me as a prophet and a healer, and I was all in all;

> 'Yea, full of Zeus were all the streets
> And all the marts of men.'

At that time Dodona and Pisa were rich and highly regarded by all, and I could not even see for the smoke of the sacrifices. But since Apollo founded his oracle at Delphi and Asclepius his hospital in Pergamos and the temple of Bendis arose in Thrace and the temple of Anubis in Egypt and the temple of Artemis in Ephesus, these are the places where they all run and celebrate feast-days and bring hecatombs, and offer up ingots of gold, while I, they think, being past my prime, am sufficiently honoured

---

[1] The temple of Olympian Zeus at Athens was completed by Hadrian a generation before these lines were written; and, if we may trust a casual reference to the Diasia in Plutarch (de tranquil. an. 20), that festival had been reinstituted in some form or other. Here again Lucian seems to be following Menippus.

πέντε ὅλων ἐτῶν θύσωσιν ἐν Ὀλυμπίᾳ. τοιγαροῦν
ψυχροτέρους ἄν μου τοὺς βωμοὺς ἴδοις τῶν Πλάτω-
νος νόμων ἢ τῶν Χρυσίππου συλλογισμῶν."

25   Τοιαῦθ' ἅμα διεξιόντες ἀφικνούμεθα ἐς τὸ χω-
ρίον ἔνθα ἔδει αὐτὸν καθεζόμενον διακοῦσαι τῶν
εὐχῶν. θυρίδες δὲ ἦσαν ἑξῆς τοῖς στομίοις τῶν
φρεάτων ἐοικυῖαι πώματα ἔχουσαι, καὶ παρ' ἑκά-
στῃ θρόνος ἔκειτο χρυσοῦς. καθίσας οὖν ἑαυτὸν
ἐπὶ τῆς πρώτης ὁ Ζεὺς καὶ ἀφελὼν τὸ πῶμα
παρεῖχε τοῖς εὐχομένοις ἑαυτόν· εὔχοντο δὲ παν-
ταχόθεν τῆς γῆς διάφορα καὶ ποικίλα. συμπαρακύ-
ψας γὰρ καὶ αὐτὸς ἐπήκουον ἅμα τῶν εὐχῶν.
ἦσαν δὲ τοιαίδε, "Ὦ Ζεῦ, βασιλεῦσαί μοι
γένοιτο·" "Ὦ Ζεῦ, τὰ κρόμμυά μοι φῦναι καὶ τὰ
σκόροδα·" "Ὦ θεοί, τὸν πατέρα μοι ταχέως ἀπο-
θανεῖν·" ὁ δέ τις ἂν ἔφη, "Εἴθε κληρονομήσαιμι
τῆς γυναικός," "Εἴθε λάθοιμι ἐπιβουλεύσας τῷ
ἀδελφῷ," "Γένοιτό μοι νικῆσαι τὴν δίκην," "Δὸς
στεφθῆναι τὰ Ὀλύμπια." τῶν πλεόντων δὲ ὁ μὲν
βορέαν εὔχετο ἐπιπνεῦσαι, ὁ δὲ νότον, ὁ δὲ γεωρ-
γὸς ᾔτει ὑετόν, ὁ δὲ γναφεὺς ἥλιον.

Ἐπακούων δὲ ὁ Ζεὺς καὶ τὴν εὐχὴν ἑκάστην
ἀκριβῶς ἐξετάζων οὐ πάντα ὑπισχνεῖτο,

ἀλλ' ἕτερον μὲν ἔδωκε πατήρ, ἕτερον δ' ἀνένευσε·

τὰς μὲν γὰρ δικαίας τῶν εὐχῶν προσίετο ἄνω διὰ
τοῦ στομίου καὶ ἐπὶ τὰ δεξιὰ κατετίθει φέρων,
τὰς δὲ ἀνοσίους ἀπράκτους αὖθις ἀπέπεμπεν ἀπο-

if they sacrifice to me once every four whole years at Olympia. Consequently, you can see for yourself that my altars are more frigid than the Laws of Plato or the Syllogisms of Chrysippus."

Pursuing such topics, we came to the place where he had to sit and hear the prayers. There was a row of openings like mouths of wells, with covers on them, and beside each stood a golden throne. Sitting down by the first one, Zeus took off the cover and gave his attention to the people who were praying. The prayers came from all parts of the world and were of all sorts and kinds, for I myself bent over the orifice and listened to them along with him. They went like this; "O Zeus, may I succeed in becoming king!" "O Zeus, make my onions and my garlic grow!" "O ye gods, let my father die quickly!"; and now and then one or another would say: "O that I may inherit my wife's property!" "O that I may be undetected in my plot against my brother!" "May I succeed in winning my suit!" "Let me win the wreath at the Olympic games!" Among seafaring men, one was praying for the north wind to blow, another for the south wind; and the farmers were praying for rain while the washermen were praying for sunshine.

Zeus listened and weighed each prayer carefully, but did not promise everything;

"This by the Father was granted and that was denied them." [1]

You see, he let the just prayers come up through the orifice and then took them and filed them away at his right; but he sent the impious ones back un-

[1] *Iliad* 16, 250.

φυσῶν κάτω, ἵνα μηδὲ πλησίον γένοιντο τοῦ
οὐρανοῦ. ἐπὶ μιᾶς δέ τινος εὐχῆς καὶ ἀποροῦντα
αὐτὸν ἐθεασάμην· δύο γὰρ ἀνδρῶν τἀναντία εὐχο-
μένων καὶ τὰς ἴσας θυσίας ὑπισχνουμένων οὐκ
εἶχεν ὁποτέρῳ μᾶλλον ἐπινεύσειεν αὐτῶν, ὥστε δὴ
τὸ ᾿Ακαδημαϊκὸν ἐκεῖνο ἐπεπόνθει καὶ οὐδέν τι
ἀποφήνασθαι δυνατὸς ἦν, ἀλλ᾽ ὥσπερ ὁ Πύρρων
ἐπεῖχεν ἔτι καὶ διεσκέπτετο.

26   ᾿Επεὶ δὲ ἱκανῶς ἐχρημάτισε ταῖς εὐχαῖς, ἐπὶ τὸν
ἑξῆς μεταβὰς θρόνον καὶ τὴν δευτέραν θυρίδα
κατακύψας τοῖς ὅρκοις ἐσχόλαζε καὶ τοῖς ὀμνύ-
ουσι. χρηματίσας δὲ καὶ τούτοις καὶ τὸν ᾿Επικού-
ρειον ῾Ερμόδωρον ἐπιτρίψας μετεκαθέζετο ἐπὶ τὸν
ἑξῆς θρόνον κληδόσι καὶ φήμαις καὶ οἰωνοῖς
προσέξων. εἶτ᾽ ἐκεῖθεν ἐπὶ τὴν τῶν θυσιῶν
θυρίδα μετῄει, δι᾽ ἧς ὁ καπνὸς ἀνιὼν ἀπήγγελλε
τῷ Διὶ τοῦ θύοντος ἑκάστου τοὔνομα. ἀποστὰς δὲ
τούτων προσέταττε τοῖς ἀνέμοις καὶ ταῖς ὥραις ἃ
δεῖ ποιεῖν· "Τήμερον παρὰ Σκύθαις ὑέτω, παρὰ
Λίβυσιν ἀστραπτέτω, παρ᾽ ῞Ελλησι νιφέτω, σὺ
δὲ ὁ Βορέας πνεῦσον ἐν Λυδίᾳ, σὺ δὲ ὁ Νότος
ἡσυχίαν ἄγε, ὁ δὲ Ζέφυρος τὸν ᾿Αδρίαν διακυμαι-
νέτω, καὶ τῆς χαλάζης ὅσον μέδιμνοι χίλιοι
διασκεδασθήτωσαν ὑπὲρ Καππαδοκίας."

27   ῾Απάντων δὲ ἤδη σχεδὸν αὐτῷ διῳκημένων
ἀπῄειμεν ἐς τὸ συμπόσιον· δείπνου γὰρ ἤδη και-
ρὸς ἦν· καί με ὁ ῾Ερμῆς παραλαβὼν κατέκλινε
παρὰ τὸν Πᾶνα καὶ τοὺς Κορύβαντας καὶ τὸν
῎Αττιν καὶ τὸν Σαβάζιον, τοὺς μετοίκους τούτους
καὶ ἀμφιβόλους θεούς. καὶ ἄρτον τε ἡ Δημήτηρ
παρεῖχε καὶ ὁ Διόνυσος οἶνον καὶ ὁ ῾Ηρακλῆς

granted, blowing them downward so that they might not even come near Heaven. In the case of one petition I observed that he was really in a dilemma : when two men made contrary prayers and promised equal sacrifices, he didn't know which one of them to give assent to ; so that he was in the same plight as the Academicians and could not make any affirmation at all, but suspended judgement for a while and thought it over, like Pyrrho.

When he had given sufficient consideration to the prayers, he moved to the next throne and the second opening, leaned down and devoted himself to covenants and people making oaths. After considering these and annihilating Hermodorus the Epicurean, he changed his seat to the next throne to give his attention to omens derived from sounds and sayings and the flight of birds. Then he moved from there to the sacrifice-opening, through which the smoke came up and told Zeus the name of each man who was sacrificing. On leaving the openings, he gave orders to the winds and the weather, telling them what to do : " Let there be rain to-day in Scythia, lightning in Libya, snow in Greece. North Wind, blow in Lydia. South Wind, take a day off. Let the West Wind raise a storm on the Adriatic, and let about a thousand bushels of hail be sprinkled over Cappadocia."

By this time he had pretty well settled everything, and we went away to the dining-hall, as it was time for dinner. Hermes took me in charge and gave me a place beside Pan and the Corybantes and Attis and Sabazius, those alien gods of doubtful status. Demeter gave me bread, Dionysus wine, Heracles

κρέα καὶ μύρτα ἡ Ἀφροδίτη καὶ ὁ Ποσειδῶν μαι-
νίδας. ἅμα δὲ καὶ τῆς ἀμβροσίας ἠρέμα καὶ τοῦ
νέκταρος παρεγευόμην· ὁ γὰρ βέλτιστος Γανυμήδης
ὑπὸ φιλανθρωπίας εἰ θεάσαιτο ἀποβλέποντά
που τὸν Δία, κοτύλην ἂν ἢ καὶ δύο τοῦ νέκταρος
ἐνέχει μοι φέρων. οἱ δὲ θεοί, ὡς Ὅμηρός που λέγει
(καὶ αὐτός, οἶμαι, καθάπερ ἐγὼ τἀκεῖ τεθεαμένος),
οὔτε σῖτον ἔδουσιν, "οὐ πίνουσ᾽ αἴθοπα οἶνον,"
ἀλλὰ τὴν ἀμβροσίαν παρατίθενται καὶ τοῦ νέκτα-
ρος μεθύσκονται, μάλιστα δὲ ἥδονται σιτούμενοι
τὸν ἐκ τῶν θυσιῶν καπνὸν αὐτῇ κνίσῃ ἀνενηνεγ-
μένον[1] καὶ τὸ αἷμα δὲ τῶν ἱερείων, ὃ τοῖς βωμοῖς
οἱ θύοντες περιχέουσιν.

Ἐν δὲ τῷ δείπνῳ ὅ τε Ἀπόλλων ἐκιθάρισε καὶ
ὁ Σιληνὸς κόρδακα ὠρχήσατο καὶ αἱ Μοῦσαι ἀνα-
στᾶσαι τῆς τε Ἡσιόδου Θεογονίας ἦσαν ἡμῖν
καὶ τὴν πρώτην ᾠδὴν τῶν ὕμνων τῶν Πινδάρου.
κἀπειδὴ κόρος ἦν, ἀνεπαυόμεθα ὡς εἶχεν ἕκαστος
ἱκανῶς ὑποβεβρεγμένοι.[2]

28   ἄλλοι μέν ῥα θεοί τε καὶ ἀνέρες ἱπποκορυσταὶ
εὗδον παννύχιοι, ἐμὲ δ᾽ οὐκ ἔχε νήδυμος ὕπνος·

ἀνελογιζόμην γὰρ πολλὰ μὲν καὶ ἄλλα, μάλιστα
δὲ ἐκεῖνα, πῶς ἐν τοσούτῳ χρόνῳ ὁ Ἀπόλλων οὐ
φύσειε πώγωνα ἢ πῶς γίνοιτο[3] νὺξ ἐν οὐρανῷ τοῦ
ἡλίου παρόντος ἀεὶ καὶ συνευωχουμένου.

Τότε μὲν οὖν μικρόν τι κατέδαρθον. ἔωθεν δὲ
διαναστὰς ὁ Ζεὺς προσέταττε κηρύττειν ἐκκλη-

---

[1] ἀνενηνεγμένον Struve : ἀνηνεγμένον MSS.
[2] ὑποβεβρεγμένοι ς, vulg. : ὑποβεβρεγμένος MSS.
[3] γίνοιτο A.M.H. : ἐγίνετο, ἐγένετο MSS. ; γίνετα. vulg.

meat, Aphrodite perfume and Poseidon sprats. But I also had surreptitious tastes of the ambrosia and the nectar, for Ganymede, bless his heart, had so much of human kindness about him that whenever he saw Zeus looking another way he would hastily pour me out a mouthful or two of the nectar. But as Homer says somewhere or other,[1]—having seen what was there, I suppose, just like me—the gods themselves neither eat bread nor drink ruddy wine but have ambrosia set before them and get drunk on nectar; and they are especially fond of dining on the smoke from the sacrifices, which comes up to them all savoury, and on the blood of the victims that is shed about the altars when people sacrifice.

During dinner Apollo played the lute, Silenus danced the can-can and the Muses got up and sang us something from Hesiod's Theogony and the first song in the Hymns of Pindar.[2] When we had had enough we composed ourselves for the night without any ceremony, being pretty well soused.

" All the others, the gods and the warriors chariot-
      owning,
  Slept until morning, but I was unbound by the
      fetters of slumber," [3]

for I was thinking about many things, above all how Apollo had not grown a beard in all this while, and how it gets to be night in Heaven with Helius always there and sharing the feast.

Well, as I say, I slept but little that night, and in the early morning Zeus got up and ordered procla-

[1] *Iliad* 5, 341.
[2] Like the *Theogony*, this seems to have been a sort of Olympian Peerage ; cf. fragment 29 (Schroeder p. 394).
[3] *Iliad* 2, 1 f.

29 σίαν. κἀπειδὴ παρῆσαν ἅπαντες, ἄρχεται λέγειν·
"Τὴν μὲν αἰτίαν τοῦ συναγαγεῖν ὑμᾶς ὁ χθιζὸς
οὗτος ξένος παρέσχηται· πάλαι δὲ βουλόμενος
ὑμῖν κοινώσασθαι περὶ τῶν φιλοσόφων, μάλιστα
ὑπὸ τῆς Σελήνης καὶ ὧν ἐκείνη μέμφεται προ-
τραπεὶς ἔγνων μηκέτ' ἐπὶ πλέον παρατεῖναι τὴν
διάσκεψιν.

"Γένος γάρ τι ἀνθρώπων ἐστὶν οὐ πρὸ πολλοῦ
τῷ βίῳ ἐπιπολάσαν ἀργὸν φιλόνεικον κενόδοξον
ὀξύχολον ὑπόλιχνον ὑπόμωρον τετυφωμένον
ὕβρεως ἀνάπλεων καὶ ἵνα καθ' Ὅμηρον εἴπω
'ἐτώσιον ἄχθος ἀρούρης.' οὗτοι τοίνυν εἰς
συστήματα διαιρεθέντες καὶ διαφόρους λόγων
λαβυρίνθους ἐπινοήσαντες οἱ μὲν Στωικοὺς
ὠνομάκασιν ἑαυτούς, οἱ δὲ Ἀκαδημαϊκούς, οἱ δὲ
Ἐπικουρείους, οἱ δὲ Περιπατητικοὺς καὶ ἄλλα
πολλῷ γελοιότερα τούτων· ἔπειτα δὲ ὄνομα σεμνὸν
τὴν ἀρετὴν περιθέμενοι καὶ τὰς ὀφρῦς ἐπάραντες
καὶ τὰ μέτωπα ῥυτιδώσαντες[1] καὶ τοὺς πώγωνας
ἐπισπασάμενοι περιέρχονται ἐπιπλάστῳ σχήματι
κατάπτυστα ἤθη περιστέλλοντες, ἐμφερεῖς μά-
λιστα τοῖς τραγικοῖς ἐκείνοις ὑποκριταῖς, ὧν ἢν
ἀφέλῃ τις τὰ προσωπεῖα καὶ τὴν χρυσόπαστον
ἐκείνην στολήν, τὸ καταλειπόμενόν ἐστι γελοῖον
ἀνθρώπιον ἑπτὰ δραχμῶν ἐς τὸν ἀγῶνα μεμισθω-
μένον.

30 "Τοιοῦτοι δὲ ὄντες ἀνθρώπων μὲν ἁπάντων
καταφρονοῦσι, περὶ θεῶν δὲ ἀλλόκοτα διεξέρ-
χονται· καὶ συνάγοντες εὐεξαπάτητα μειράκια
τήν τε πολυθρύλητον ἀρετὴν τραγῳδοῦσι καὶ τὰς
τῶν λόγων ἀπορίας ἐκδιδάσκουσι, καὶ πρὸς μὲν

---

[1] καὶ τὰ μέτωπα ῥυτιδώσαντες margin of Γ: not elsewhere.

mation for an assembly to be made. When everybody was there, he began to speak :

"The reason for calling you together is supplied, of course, by our visitor here of yesterday, but I have long wanted to confer with you about the philosophers, and so, being stirred to action by the moon in particular and the criticisms that she makes, I have decided not to put off the discussion any longer.

"There is a class of men which made its appearance in the world not long ago, lazy, disputatious, vainglorious, quick-tempered, gluttonous, doltish, addle-pated, full of effrontery and to use the language of Homer, 'a useless load to the soil.' [1] Well, these people, dividing themselves into schools and inventing various word-mazes, have called themselves Stoics, Academics, Epicureans, Peripatetics and other things much more laughable than these. Then, cloaking themselves in the high-sounding name of Virtue, elevating their eyebrows, wrinkling up their foreheads and letting their beards grow long, they go about hiding loathsome habits under a false garb, very like actors in tragedy ; for if you take away from the latter their masks and their gold-embroidered robes, nothing is left but a comical little creature hired for the show at seven drachmas.

"But although that is what they are, they look with scorn on all mankind and they tell absurd stories about the gods ; collecting lads who are easy to hoodwink, they rant about their far-famed 'Virtue' and teach them their insoluble fallacies ; and in the presence of their disciples they always

[1] *Iliad* 18, 104.

τοὺς μαθητὰς καρτερίαν ἀεὶ καὶ σωφροσύνην καὶ
τὸ αὔταρκὲς¹ ἐπαινοῦσι καὶ πλούτου καὶ ἡδονῆς
καταπτύουσι, μόνοι δὲ καὶ καθ' ἑαυτοὺς γενόμενοι
τί ἂν λέγοι τις ὅσα μὲν ἐσθίουσιν, ὅσα δὲ
ἀφροδισιάζουσιν, ὅπως δὲ περιλείχουσι τῶν
ὀβολῶν τὸν ῥύπον;

"Τὸ δὲ πάντων δεινότατον, ὅτι μηδὲν αὐτοὶ μήτε
κοινὸν μήτε ἴδιον ἐπιτελοῦντες, ἀλλ' ἀχρεῖοι καὶ
περιττοὶ καθεστῶτες

οὔτε ποτ' ἐν πολέμῳ ἐναρίθμιοι οὔτ' ἐνὶ βουλῇ,

ὅμως τῶν ἄλλων κατηγοροῦσι καὶ λόγους τινὰς
πικροὺς συμφορήσαντες καὶ λοιδορίας καινὰς² ἐκ-
μεμελετηκότες ἐπιτιμῶσι καὶ ὀνειδίζουσι τοῖς
πλησίον, καὶ οὗτος αὐτῶν τὰ πρῶτα φέρεσθαι
δοκεῖ ὃς ἂν μεγαλοφωνότατός τε ᾖ καὶ ἰταμώτατος
31 καὶ πρὸς τὰς βλασφημίας θρασύτατος. καίτοι
τὸν διατεινόμενον αὐτὸν καὶ βοῶντα καὶ κατη-
γοροῦντα τῶν ἄλλων ἢν ἔρῃ, 'Σὺ δὲ δὴ τί
πράττων τυγχάνεις ἢ τί φῶμεν πρὸς θεῶν σε πρὸς
τὸν βίον συντελεῖν;' φαίη ἄν, εἰ τὰ δίκαια καὶ
ἀληθῆ θέλοι λέγειν, ὅτι 'Πλεῖν μὲν ἢ γεωργεῖν ἢ
στρατεύεσθαι ἤ τινα τέχνην μετιέναι περιττὸν
εἶναί μοι δοκεῖ, κέκραγα δὲ καὶ αὐχμῶ καὶ ψυχρο-
λουτῶ καὶ ἀνυπόδητος τοῦ χειμῶνος περιέρχομαι
καὶ τρίβωνα ῥυπαρὸν περιβέβλημαι³ καὶ ὥσπερ ὁ
Μῶμος τὰ ὑπὸ τῶν ἄλλων γιγνόμενα συκοφαντῶ,
καὶ εἰ μέν τις ὠψώνηκε τῶν πλουσίων πολυτελῶς
ἢ ἑταίραν ἔχει, τοῦτο πολυπραγμονῶ καὶ ἀγα-

---

¹ καὶ τὸ αὔταρκὲς margin of Γ.
² καινὰς margin of Γ : τινὰς vulg.
³ καὶ τρίβωνα ῥυπαρὸν περιβέβλημαι margin of Γ : not else-
where.

sing the praise of restraint and temperance and self-sufficiency and spit at wealth and pleasure, but when they are all by themselves, how can one describe how much they eat, how much they indulge their passions and how they lick the filth off pennies?

" Worst of all, though they themselves do no good either in public or in private life but are useless and superfluous,

' Neither in war nor in council of any account,' [1]

nevertheless they accuse everyone else; they amass biting phrases and school themselves in novel terms of abuse, and then they censure and reproach their fellow-men; and whoever of them is the most noisy and impudent and reckless in calling names is held to be the champion. But if you were to ask the very man who is straining his lungs and bawling and accusing everybody else: ' How about yourself? What do you really do, and what in Heaven's name do you contribute to the world?' he would say, if he were willing to say what was right and true: ' I hold it unnecessary to be a merchant or a farmer or a soldier or to follow a trade; I shout, go dirty, take cold baths, walk about barefoot in winter, wear a filthy mantle and like Momus carp at everything the others do. If some rich man or other has made an extravagant outlay on a dinner or keeps a mistress, I make it my affair and get hot about it; but if one of

[1] *Iliad* 2, 202.

νακτῶ, εἰ δὲ τῶν φίλων τις ἢ ἑταίρων κατάκειται
νοσῶν ἐπικουρίας τε καὶ θεραπείας δεόμενος,
ἀγνοῶ.'

"Τοιαῦτα μέν ἐστιν ὑμῖν, ὦ θεοί, ταῦτα τὰ θρέμ-
32 ματα. οἱ δὲ δὴ Ἐπικούρειοι αὐτῶν λεγόμενοι
μάλα δὴ καὶ ὑβρισταί εἰσι καὶ οὐ μετρίως ἡμῶν
καθάπτονται μήτε ἐπιμελεῖσθαι τῶν ἀνθρωπίνων
λέγοντες τοὺς θεοὺς μήτε ὅλως τὰ γιγνόμενα
ἐπισκοπεῖν· ὥστε ὥρα ὑμῖν λογίζεσθαι διότι ἢν
ἅπαξ οὗτοι πεῖσαι τὸν βίον δυνηθῶσιν, οὐ μετρίως
πεινήσετε. τίς γὰρ ἂν ἔτι θύσειεν ὑμῖν πλέον
οὐδὲν ἕξειν προσδοκῶν;

"Ἃ μὲν γὰρ ἡ Σελήνη αἰτιᾶται, πάντες ἠκού-
σατε τοῦ ξένου χθὲς διηγουμένου. πρὸς ταῦτα
βουλεύεσθε ἃ καὶ τοῖς ἀνθρώποις γένοιτ' ἂν ὠφε-
λιμώτατα καὶ ἡμῖν ἀσφαλέστατα."

33   Εἰπόντος ταῦτα τοῦ Διὸς ἡ ἐκκλησία διετεθορύ-
βητο,[1] καὶ εὐθὺς ἐβόων ἅπαντες, "κεραύνωσον."
"κατάφλεξον," "ἐπίτριψον," "ἐς τὸ βάραθρον,"
"ἐς τὸν Τάρταρον," "ὡς τοὺς Γίγαντας." ἡσυχίαν
δὲ ὁ Ζεὺς αὖθις παραγγείλας, "Ἔσται ταῦτα ὡς
βούλεσθε," ἔφη, "καὶ πάντες ἐπιτρίψονται αὐτῇ
διαλεκτικῇ, πλὴν τό γε νῦν εἶναι οὐ θέμις
κολασθῆναί τινα· ἱερομηνία γάρ ἐστιν, ὡς ἴστε,
μηνῶν τούτων τεττάρων, καὶ ἤδη τὴν ἐκεχειρίαν
περιηγγειλάμην. ἐς νέωτα οὖν ἀρχομένου ἦρος
κακοὶ κακῶς ἀπολοῦνται τῷ σμερδαλέῳ κεραυνῷ."

    ἦ καὶ κυανέῃσιν ἐπ' ὀφρύσι νεῦσε Κρονίων.

34   "Περὶ δὲ τουτουὶ Μενίππου ταῦτα," ἔφη, "μοι

---

[1] διετεθορύβητο Bekker: διετεθρύλλητο (διατεθ.) γ; διεθρυλ-
λεῖτο β.

my friends or associates is ill abed and needs relief and attendance, I ignore it.'

"That is what these whelps are like, gods. Moreover, some of them who call themselves Epicureans are very insolent fellows indeed and attack us immoderately, saying not only that the gods do not direct human affairs, but that they pay no attention at all to what goes on. So it is high time you were bethinking yourselves that if they ever are able to persuade the world, you will go uncommonly hungry; for who would continue to sacrifice to you if he expected to gain nothing by it?

"As for what the moon finds fault with, you all heard the stranger tell about that yesterday. In view of all this, take such action as may be most advantageous to men and most salutary for ourselves."

When Zeus had finished this speech the assembly fell into a commotion, and at once they all began to shout: "Blast them," "Burn them," "Annihilate them"; "To the pit," "To Tartarus," "To the Giants." Calling for silence once more, Zeus said: "It shall be as you will; they shall be annihilated, and their logic with them. However, just at present it is not in order to punish anyone, for it is the festival-season, as you know, during the next four months, and I have already sent about to announce the truce of God. Next year, therefore, at the opening of spring the wretches shall die a wretched death by the horrid thunderbolt."

"So spake Cronus his son, and he bent black brows to
    confirm it!"[1]

"As to Menippus here," he said, "this is my

[1] *Iliad* 1, 528.

δοκεῖ· περιαιρεθέντα αὐτὸν τὰ πτερά, ἵνα μὴ καὶ
αὖθις ἔλθῃ ποτέ, ὑπὸ τοῦ Ἑρμοῦ ἐς τὴν γῆν
κατενεχθῆναι τήμερον." καὶ ὁ μὲν ταῦτα εἰπὼν
διέλυσε τὸν σύλλογον, ἐμὲ δὲ ὁ Κυλλήνιος τοῦ
δεξιοῦ ὠτὸς ἀποκρεμάσας περὶ ἑσπέραν χθὲς κατέ-
θηκε φέρων ἐς τὸν Κεραμεικόν.

ʺΑπαντα ἀκήκοας, ἄπαντα, ὦ ἑταῖρε, τἀξ
οὐρανοῦ· ἄπειμι τοίνυν καὶ τοῖς ἐν τῇ Ποικίλῃ
περιπατοῦσι τῶν φιλοσόφων αὐτὰ ταῦτα εὐαγ-
γελιούμενος.

decision : after his wings have been taken away from him so that he may never come again, let him be carried down to earth to-day by Hermes." With this he dismissed the meeting, whereupon Cyllenius (Hermes) picked me up by the right ear and took me down to the Potters' Quarter yesterday evening.

You have heard it all, my friend, all the news from Heaven. Now I am going off to carry the glad tidings to the philosophers who pace about in the Porch.

TIMON, OR THE MISANTHROPE

It is very doubtful whether the fifth century Timon of Athens would have recognized himself in this presentment. The comic poets of his own day tell us only that he was a misanthrope. From Lucian we hear that he became so through the ingratitude of his friends, who took his money and then turned their backs upon him, and further that the discovery of a buried treasure enabled him to requite them with poetic justice. Of these two essential features of Lucian's portrait, the first is older than Lucian, for Plutarch and Strabo say that Mark Antony, when his friends deserted him, compared himself with Timon. The second occurs first in Lucian, and may be his invention. We know, however, that Antiphanes, a writer of the Middle Comedy, produced a play called *Timon*. As the discovery of the treasure and the punishment of the toadies would make a fitting conclusion for a comedy, and as it is rather hard to imagine what other conclusion the comedy of Antiphanes can have had, we should perhaps credit the whole conception to the imagination of Antiphanes, influenced, possibly, by the history of " Master Upright " in the *Plutus* of Aristophanes. It does not follow, however, that Lucian had read the *Timon*, for its plot may have been outlined in the life of Timon which Neanthes of Cyzicus compiled about 200 B.C.

The indebtedness of Shakespeare to Lucian requires no comment.

ΤΙΜΩΝ Η ΜΙΣΑΝΘΡΩΠΟΣ

ΤΙΜΩΝ

1 Ὦ Ζεῦ φίλιε καὶ ξένιε καὶ ἑταιρεῖε καὶ ἐφέστιε
καὶ ἀστεροπητὰ καὶ ὅρκιε καὶ νεφεληγερέτα καὶ
ἐρίγδουπε καὶ εἴ τί σε ἄλλο οἱ ἐμβρόντητοι
ποιηταὶ καλοῦσι,—καὶ μάλιστα ὅταν ἀπορῶσι
πρὸς τὰ μέτρα· τότε γὰρ αὐτοῖς πολυώνυμος γινό-
μενος ὑπερείδεις τὸ πῖπτον τοῦ μέτρου καὶ ἀνα-
πληροῖς τὸ κεχηνὸς τοῦ ῥυθμοῦ—ποῦ σοι νῦν ἡ
ἐρισμάραγος ἀστραπὴ καὶ ἡ βαρύβρομος βροντὴ
καὶ ὁ αἰθαλόεις καὶ ἀργήεις καὶ σμερδαλέος
κεραυνός; ἅπαντα γὰρ ταῦτα λῆρος ἤδη ἀναπέ-
φηνε καὶ καπνὸς ἀτεχνῶς ποιητικὸς ἔξω τοῦ
πατάγου τῶν ὀνομάτων. τὸ δὲ ἀοίδιμόν σοι καὶ
ἑκηβόλον ὅπλον καὶ πρόχειρον οὐκ οἶδ᾽ ὅπως
τελέως ἀπέσβη καὶ ψυχρόν ἐστι, μηδὲ ὀλίγον
σπινθῆρα ὀργῆς κατὰ τῶν ἀδικούντων διαφυλάτ-
2 τον. θᾶττον γοῦν τῶν ἐπιορκεῖν τις ἐπιχειρούντων
ἕωλον θρυαλλίδα φοβηθείη ἂν ἢ τὴν τοῦ πανδα-
μάτορος κεραυνοῦ φλόγα· οὕτω δαλόν τινα ἐπ-
ανατείνεσθαι δοκεῖς αὐτοῖς, ὡς πῦρ μὲν ἢ καπνὸν
ἀπ᾽ αὐτοῦ μὴ δεδιέναι, μόνον δὲ τοῦτο οἴεσθαι
ἀπολαύειν τοῦ τραύματος, ὅτι ἀναπλησθήσονται
τῆς ἀσβόλου.

Ὥστε ἤδη διὰ ταῦτά σοι καὶ ὁ Σαλμωνεὺς ἀντι-
βροντᾶν ἐτόλμα, οὐ πάνυ τι[1] ἀπίθανος ὤν, πρὸς

---

[1] πάνυ τι Fritzsche : πάντη MSS.

TIMON, OR THE MISANTHROPE

TIMON

Ho, Zeus, you Protector of Friends and Guests and Comrades, Keeper of the Hearth, Lord of the Lightning, Guardian of Oaths, Cloud-Compeller, Loud-thunderer and whatever else crazy poets call you, above all when they are in trouble with their verses, for then to help them out you assume a multitude of names and so shore up the weak spots in their metre and fill up the gaps in their rhythm! Where now is your pealing levin, your rolling thunder and your blazing, flashing, horrid bolt?[1] All that has turned out to be stuff and nonsense, pure poetic vapour except for the resonance of the names. That famous, far-flying, ready weapon of yours has been completely quenched in some way or other and is cold, not even retaining a tiny spark of resentment against wrong doers. Indeed, anyone who should undertake to commit perjury would be more afraid of a guttering rushlight than of the blaze of your all-conquering thunderbolt. What you menace them with is such a mere firebrand, they think, that they do not fear flame or smoke from it and expect the only harm they will get from the stroke is to be covered with soot.

That is why even Salmoneus dared to rival your thunder, and he was far from ineffective at it, for

[1] Cf. Eur. *Phoen.* 182.

οὕτω ψυχρὸν τὴν ὀργὴν Δία θερμουργὸς ἀνὴρ
μεγαλαυχούμενος. πῶς γὰρ οὐ·[1] ὅπου γε καθάπερ
ὑπὸ μανδραγόρᾳ καθεύδεις, ὃς οὔτε τῶν ἐπιορκούν-
των ἀκούεις οὔτε τοὺς ἀδικοῦντας ἐπισκοπεῖς,
λημᾷς δὲ καὶ ἀμβλυώττεις πρὸς τὰ γινόμενα καὶ
τὰ ὦτα ἐκκεκώφησαι καθάπερ οἱ παρηβηκότες.
3 ἐπεὶ νέος γε ἔτι καὶ ὀξύθυμος ὢν καὶ ἀκμαῖος τὴν
ὀργὴν πολλὰ κατὰ τῶν ἀδίκων καὶ βιαίων ἐποίεις
καὶ οὐδέποτε ἦγες τότε πρὸς αὐτοὺς ἐκεχειρίαν,
ἀλλ' ἀεὶ ἐνεργὸς πάντως ὁ κεραυνὸς ἦν καὶ ἡ αἰγὶς
ἐπεσείετο καὶ ἡ βροντὴ ἐπαταγεῖτο καὶ ἡ ἀστραπὴ
συνεχὲς ὥσπερ εἰς ἀκροβολισμὸν προηκοντίζετο·
οἱ σεισμοὶ δὲ κοσκινηδὸν καὶ ἡ χιὼν σωρηδὸν καὶ
ἡ χάλαζα πετρηδόν, ἵνα σοι φορτικῶς διαλέγωμαι,
ὑετοί τε ῥαγδαῖοι καὶ βίαιοι, ποταμὸς ἑκάστη
σταγών· ὥστε τηλικαύτη ἐν ἀκαρεῖ χρόνου
ναυαγία ἐπὶ τοῦ Δευκαλίωνος ἐγένετο, ὡς ὑπο-
βρυχίων ἁπάντων καταδεδυκότων μόγις ἕν τι
κιβώτιον περισωθῆναι προσοκεῖλαν τῷ Λυκωρεῖ
ζώπυρόν τι τοῦ ἀνθρωπίνου σπέρματος διαφυλάτ-
τον εἰς ἐπιγονὴν κακίας μείζονος.
4   Τοιγάρτοι ἀκόλουθα τῆς ῥᾳθυμίας τἀπίχειρα
κομίζῃ παρ' αὐτῶν, οὔτε θύοντος ἔτι σοί τινος οὔτε
στεφανοῦντος, εἰ μή τις ἄρα πάρεργον Ὀλυμπίων,
καὶ οὗτος οὐ πάνυ ἀναγκαῖα ποιεῖν δοκῶν, ἀλλ' εἰς
ἔθος τι ἀρχαῖον συντελῶν· καὶ κατ' ὀλίγον Κρόνον
σε, ὦ θεῶν γενναιότατε, ἀποφαίνουσι, παρωσάμενοι
τῆς τιμῆς. ἐῶ λέγειν, ποσάκις ἤδη σου τὸν νεὼν
σεσυλήκασιν· οἱ δὲ καὶ αὐτῷ σοὶ τὰς χεῖρας

---

[1] πῶς γὰρ οὐ du Soul : πῶς γάρ MSS.

he was a man of fiery deeds flaunting his prowess in the face of a Zeus so lukewarm in spirit. And why not, when you lie asleep as if you were drugged with mandragora? You neither hear perjurers nor see wrong-doers; you are short-sighted and purblind to all that goes on and have grown as hard of hearing as a man in his dotage. Yet while you were still young and quick-tempered and violent in your wrath, you were very active against sinners and oppressors and you never made truce with them then. No, your bolt was always busy at all costs; your aegis shook, your thunder pealed, and your lightning was launched out incessantly like skirmish fire. The earth shook like a sieve, the snow fell in heaps, the hail was like cobblestones (if I may talk with you familiarly), and the rain-storms were fierce and furious, every drop a river; consequently, such a flood took place all in a moment in the time of Deucalion that when everything else had sunk beneath the waters a single chest barely escaped to land at Lycoreus, preserving a vital spark of human seed for the engendering of greater wickedness.

The result is that you are reaping the fruit of your laziness. Nobody either sacrifices or wears wreaths in your honour any longer, except now and then a man who does it as something incidental to the games at Olympia; and even in that case he does not think he is doing anything at all necessary, but just contributes to the support of an ancient custom. Little by little, most noble of the gods, they have ousted you from your high esteem and are turning you into a Cronus. I will not say how many times they have robbed your temple already; some of them, however, have actually laid their

329

Ὀλυμπίασιν ἐπιβεβλήκασι, καὶ σὺ ὁ ὑψιβρεμέτης
ὤκνησας ἢ ἀναστῆσαι τοὺς κύνας ἢ τοὺς γείτονας
ἐπικαλέσασθαι, ὡς βοηδρομήσαντες αὐτοὺς συλ-
λάβοιεν ἔτι συσκευαζομένους πρὸς τὴν φυγήν·
ἀλλ' ὁ γενναῖος καὶ Γιγαντολέτωρ καὶ Τιτανο-
κράτωρ ἐκάθησο τοὺς πλοκάμους περικειρόμενος
ὑπ' αὐτῶν, δεκάπηχυν κεραυνὸν ἔχων ἐν τῇ
δεξιᾷ.

Ταῦτα τοίνυν, ὦ θαυμάσιε, πηνίκα παύσεται
οὕτως ἀμελῶς παρορώμενα; ἢ πότε κολάσεις τὴν
τοσαύτην ἀδικίαν; πόσοι Φαέθοντες ἢ Δευκα-
λίωνες ἱκανοὶ πρὸς οὕτως ὑπέραντλον ὕβριν τοῦ
5 βίου; ἵνα γὰρ τὰ κοινὰ ἐάσας τἀμὰ εἴπω,
τοσούτους Ἀθηναίων εἰς ὕψος ἄρας καὶ πλουσίους
ἐκ πενεστάτων ἀποφήνας καὶ πᾶσι τοῖς δεομένοις
ἐπικουρήσας, μᾶλλον δὲ ἀθρόον εἰς εὐεργεσίαν
τῶν φίλων ἐκχέας τὸν πλοῦτον, ἐπειδὴ πένης διὰ
ταῦτα ἐγενόμην, οὐκέτι οὐδὲ γνωρίζομαι πρὸς
αὐτῶν οὐδὲ προσβλέπουσιν οἱ τέως ὑποπτήσ-
σοντες καὶ προσκυνοῦντες κἀκ τοῦ ἐμοῦ νεύματος
ἀπηρτημένοι, ἀλλ' ἤν που καὶ ὁδῷ βαδίζων ἐντύχω
τινὶ αὐτῶν, ὥσπερ τινὰ στήλην παλαιοῦ νεκροῦ
ὑπτίαν ὑπὸ τοῦ χρόνου ἀνατετραμμένην παρέρ-
χονται μηδὲ ἀναγνόντες. οἱ δὲ καὶ πόρρωθεν
ἰδόντες ἑτέραν ἐκτρέπονται δυσάντητον καὶ ἀπο-
τρόπαιον θέαμα ὄψεσθαι ὑπολαμβάνοντες τὸν οὐ
πρὸ πολλοῦ σωτῆρα καὶ εὐεργέτην αὐτῶν γεγενη-
6 μένον. ὥστε ὑπὸ τῶν κακῶν ἐπὶ ταύτην τὴν

hands upon your own person at Olympia, and you, High-thunderer though you be, were too sluggish to rouse the dogs or to call in the neighbours that they might come to your rescue and catch the fellows while they were still packing up for flight. No, you noble Giant-killer and Titan-conqueror, you sat still and let them crop your long locks, holding a fifteen-foot thunderbolt in your right hand![1]

Come, you marvellous ruler, when will you stop overlooking these things in such a careless way? When will you punish all this wrong-doing? How many conflagrations and deluges will be enough to cope with such overwhelming insolence in the world? For instance, let me put aside generalities and speak of my own case. After raising so many Athenians to high station and making them rich when they were wretchedly poor before and helping all who were in want, nay more, pouring out my wealth in floods to benefit my friends, now that I have become poor thereby I am no longer recognized or even looked at by the men who formerly cringed and kowtowed and hung upon my nod. On the contrary, if I chance to meet any of them in the road, they treat me as they would the gravestone of a man long dead which time has overturned, passing by without even a curious glance. Indeed, some of them, on catching sight of me in the distance, turn off in another direction, thinking that the man who not long ago showed himself their saviour and benefactor will be an unpleasant and repulsive spectacle. There-

---

[1] According to Pausanias (v. 11, 1), the Zeus at Olympia held a Victory in his right hand and a sceptre surmounted by an eagle in his left. This is borne out by late coins (see Gardner, *Greek Sculpture*, p. 259). The error is odd in so good an observer as Lucian.

ἐσχατιὰν τραπόμενος ἐναψάμενος διφθέραν ἐργά-
ζομαι τὴν γῆν ὑπόμισθος ὀβολῶν τεττάρων, τῇ
ἐρημίᾳ καὶ τῇ δικέλλῃ προσφιλοσοφῶν. ἐνταῦθα
τοῦτο γοῦν μοι δοκῶ κερδανεῖν, μηκέτι ὄψεσθαι
πολλοὺς παρὰ τὴν ἀξίαν εὖ πράττοντας· ἀνιαρό-
τερον γὰρ τοῦτό γε.

Ἤδη ποτὲ οὖν, ὦ Κρόνου καὶ Ῥέας υἱέ, τὸν
βαθὺν τοῦτον ὕπνον ἀποσεισάμενος καὶ νήδυμον
—ὑπὲρ τὸν Ἐπιμενίδην γὰρ κεκοίμησαι—καὶ
ἀναρριπίσας τὸν κεραυνὸν ἢ ἐκ τῆς Αἴτνης [1]
ἐναυσάμενος μεγάλην ποιήσας τὴν φλόγα ἐπι-
δείξαιό τινα χολὴν ἀνδρώδους καὶ νεανικοῦ Διός,
εἰ μὴ ἀληθῆ ἐστι τὰ ὑπὸ Κρητῶν περὶ σοῦ καὶ
τῆς ἐκεῖ ταφῆς μυθολογούμενα.

ΖΕΥΣ

7   Τίς οὗτός ἐστιν, ὦ Ἑρμῆ, ὁ κεκραγὼς ἐκ τῆς
Ἀττικῆς παρὰ τὸν Ὑμηττὸν ἐν τῇ ὑπωρείᾳ
πιναρὸς ὅλος καὶ αὐχμῶν καὶ ὑποδίφθερος;
σκάπτει δὲ οἶμαι ἐπικεκυφώς· λάλος ἄνθρωπος
καὶ θρασύς. ἦ που φιλόσοφός ἐστιν· οὐ γὰρ ἂν
οὕτως ἀσεβεῖς τοὺς λόγους διεξῄει καθ' ἡμῶν.

ΕΡΜΗΣ

Τί φής, ὦ πάτερ; ἀγνοεῖς Τίμωνα τὸν
Ἐχεκρατίδου τὸν Κολλυτέα; [2] οὗτός ἐστιν ὁ πολ-
λάκις ἡμᾶς καθ' ἱερῶν τελείων ἑστιάσας, ὁ
νεόπλουτος, ὁ τὰς ὅλας ἑκατόμβας, παρ' ᾧ
λαμπρῶς ἑορτάζειν εἰώθαμεν τὰ Διάσια.

---

[1] Αἴτνης Faber : Οἴτης MSS.
[2] The MSS. have Κολυττέα here, and Κολυττεύς in 44 and 50.

fore my wrongs have driven me to this outlying farm, where, dressed in skins, I till the soil as a hired labourer at four obols a day, philosophizing with the solitude and with my pick. By so doing, I expect to gain at least thus much, that I shall no longer see a great many people enjoying undeserved success; for that, certainly, would be more painful.

Come then, son of Cronus and Rhea, shake off at length that deep, sound sleep, for you have slumbered longer than Epimenides;[1] fan your thunderbolt into flame or kindle it afresh from Aetna, and make a great blaze, evincing anger worthy of a stalwart and youthful Zeus—unless indeed the tale is true that the Cretans tell about you and your tomb in their island.

ZEUS

Who is that, Hermes, who is shouting from Attica, near Hymettus, in the foot-hills, all dirty and squalid and dressed in skins? He is digging, I think, with his back bent. A mouthy fellow and an impudent one. Very likely he is a philosopher, otherwise he would not talk so impiously against us.

HERMES

What, father! Don't you know Timon of Collytus, the son of Echecratides? He is the man who often treated us to perfect sacrifices; the one who had just come into a fortune, who gave us the complete hecatombs and used to entertain us brilliantly at his house during the Diasia.

[1] Epimenides of Crete fell asleep in a cave and did not wake for forty years or more.

ΖΕΤΣ

Φεῦ τῆς ἀλλαγῆς· ὁ καλὸς ἐκεῖνος, ὁ πλούσιος, περὶ ὃν οἱ τοσοῦτοι φίλοι; τί παθὼν οὖν τοιοῦτός ἐστιν, αὐχμηρός, ἄθλιος,[1] καὶ σκαπανεὺς καὶ μισθωτός, ὡς ἔοικεν, οὕτω βαρεῖαν καταφέρων τὴν δίκελλαν;

ΕΡΜΗΣ

8 Οὑτωσὶ μὲν εἰπεῖν, χρηστότης ἐπέτριψεν αὐτὸν καὶ φιλανθρωπία καὶ ὁ πρὸς τοὺς δεομένους ἅπαντας οἶκτος, ὡς δὲ ἀληθεῖ λόγῳ, ἄνοια καὶ εὐήθεια καὶ ἀκρισία περὶ τῶν φίλων, ὃς οὐ συνίει κόραξι καὶ λύκοις χαριζόμενος, ἀλλ' ὑπὸ γυπῶν τοσούτων ὁ κακοδαίμων κειρόμενος τὸ ἧπαρ φίλους εἶναι αὐτοὺς καὶ ἑταίρους ᾤετο, ὑπ' εὐνοίας τῆς πρὸς αὐτὸν χαίροντας τῇ βορᾷ· οἱ δὲ τὰ ὀστᾶ γυμνώσαντες ἀκριβῶς καὶ περιτραγόντες, εἰ δέ[2] τις καὶ μυελὸς ἐνῆν, ἐκμυζήσαντες καὶ τοῦτον εὖ μάλα ἐπιμελῶς, ᾤχοντο αὖον αὐτὸν καὶ τὰς ῥίζας ὑποτετμημένον ἀπολιπόντες, οὐδὲ γνωρίζοντες ἔτι ἢ προσβλέποντες—πόθεν γάρ;—ἢ ἐπικουροῦντες ἢ ἐπιδιδόντες ἐν τῷ μέρει. διὰ ταῦτα δικελλίτης καὶ διφθερίας, ὡς ὁρᾷς, ἀπολιπὼν ὑπ' αἰσχύνης τὸ ἄστυ μισθοῦ γεωργεῖ μελαγχολῶν τοῖς κακοῖς, ὅτι οἱ πλουτοῦντες παρ' αὐτοῦ μάλα ὑπεροπτικῶς παρέρχονται οὐδὲ τοὔνομα, εἰ Τίμων καλοῖτο, εἰδότες.

ΖΕΤΣ

9 Καὶ μὴν οὐ παροπτέος ἀνὴρ οὐδὲ ἀμελητέος· εἰκότως γὰρ ἠγανάκτει δυστυχῶν· ἐπεὶ καὶ ὅμοια ποιήσομεν τοῖς καταράτοις κόλαξιν ἐκείνοις ἐπι-

---

[1] ἄθλιος A.M H. : ἄθλιος MSS.
[2] δὲ Struve : not in MSS.

TIMON, OR THE MISANTHROPE

Ah, what a reverse! He the fine gentleman, the rich man, who had all the friends about him? What has happened to him to make him like this, poor man, a dirty fellow digging ditches and working for wages, it seems, with such a heavy pick to swing?

HERMES

Well, you might say that he was ruined by kind-heartedness and philanthropy and compassion on all those who were in want; but in reality it was senselessness and folly and lack of discrimination in regard to his friends. He did not perceive that he was showing kindness to ravens and wolves, and while so many birds of prey were tearing his liver, the unhappy man thought they were his friends and sworn brothers, who enjoyed their rations only on account of the good-will they bore him. But when they had thoroughly stripped his bones and gnawed them clean, and had very carefully sucked out whatever marrow there was in them, they went away and left him like a dry tree with severed roots, no longer recognizing him or looking at him—why should they, pray?—or giving him help or making him presents in their turn. So, leaving the city out of shame, he has taken to the pick and the coat of skin, as you see, and tills the soil for hire, brooding crazily over his wrongs because the men whom he enriched pass him by very disdainfully without even knowing whether his name is Timon or not.

ZEUS

Come now, we must not overlook the man or neglect him, for he had reason to be angry in view of his wretched plight. Why, we should be like those vile

335

λελησμένοι ἀνδρὸς τοσαῦτα μηρία ταύρων τε καὶ
αἰγῶν πιότατα καύσαντος ἡμῖν ἐπὶ τῶν βωμῶν·
ἔτι γοῦν ἐν ταῖς ῥισὶ τὴν κνῖσαν αὐτῶν ἔχω. πλὴν
ὑπ' ἀσχολίας τε καὶ θορύβου πολλοῦ τῶν ἐπιορ-
κούντων καὶ βιαζομένων καὶ ἁρπαζόντων, ἔτι δὲ
καὶ φόβου τοῦ παρὰ τῶν ἱεροσυλούντων—πολλοὶ
γὰρ οὗτοι καὶ δυσφύλακτοι καὶ οὐδὲ ἐπ' ὀλίγον
καταμύσαι ἡμῖν ἐφιᾶσι—πολὺν ἤδη χρόνον οὐδὲ
ἀπέβλεψα ἐς τὴν Ἀττικήν, καὶ μάλιστα ἐξ οὗ
φιλοσοφία καὶ λόγων ἔριδες ἐπεπόλασαν αὐτοῖς·
μαχομένων γὰρ πρὸς ἀλλήλους καὶ κεκραγότων
οὐδὲ ἐπακούειν ἔστι τῶν εὐχῶν· ὥστε ἢ ἐπιβυ-
σάμενον χρὴ τὰ ὦτα καθῆσθαι ἢ ἐπιτριβῆναι πρὸς
αὐτῶν, ἀρετήν τινα καὶ ἀσώματα καὶ λήρους
μεγάλῃ τῇ φωνῇ συνειρόντων. διὰ ταῦτά τοι καὶ
τοῦτον ἀμεληθῆναι συνέβη πρὸς ἡμῶν οὐ φαῦλον
ὄντα.

10   Ὅμως δὲ τὸν Πλοῦτον, ὦ Ἑρμῆ, παραλαβὼν
ἄπιθι παρ' αὐτὸν κατὰ τάχος· ἀγέτω δὲ ὁ Πλοῦ-
τος καὶ τὸν Θησαυρὸν μεθ' αὑτοῦ[1] καὶ μενέτωσαν
ἄμφω παρὰ τῷ Τίμωνι μηδὲ ἀπαλλαττέσθωσαν
οὕτω ῥᾳδίως, κἂν ὅτι μάλιστα ὑπὸ χρηστότητος
αὖθις ἐκδιώκῃ αὐτοὺς τῆς οἰκίας. περὶ δὲ τῶν
κολάκων ἐκείνων καὶ τῆς ἀχαριστίας ἣν ἐπεδεί-
ξαντο πρὸς αὐτόν, καὶ αὖθις μὲν σκέψομαι καὶ
δίκην δώσουσιν, ἐπειδὰν τὸν κεραυνὸν ἐπισκευάσω·
κατεαγμέναι γὰρ αὐτοῦ καὶ ἀπεστομωμέναι εἰσὶ
δύο ἀκτῖνες αἱ μέγισται, ὁπότε φιλοτιμότερον
ἠκόντισα πρῴην ἐπὶ τὸν σοφιστὴν Ἀναξαγόραν, ὃς
ἔπειθε τοὺς ὁμιλητὰς μηδὲ ὅλως εἶναί τινας ἡμᾶς
τοὺς θεούς. ἀλλ' ἐκείνου μὲν διήμαρτον,—ὑπερ-

_____
[1] μεθ' αὑτοῦ Bekker : μετ' αὐτοῦ MSS.

336

toadies of his if we left a man forgotten who has burned so many fat thigh-bones of bulls and goats on the altar to honour us; indeed, I have the steam of them still in my nostrils! However, business has been so heavy, the perjurers and oppressors and plunderers have made such a hubbub, and I have been so afraid of the temple-robbers, who are numerous and hard to guard against and do not let me close my eyes for an instant, that I haven't even looked at Attica for a long time, particularly since philosophy and debates grew rife among the Athenians, for it is impossible even to hear the prayers on account of their wrangling and shouting; one must therefore either sit with his ears stopped or be dinned to death with their harangues about "virtue" and "things incorporeal" and other piffle. That is how I happened to neglect this man, who is not a bad sort.

However, take Riches, Hermes, and go to him quickly; let Riches take Treasure along too, and let them both stay with Timon and not be so ready to go away, however much he may try to chase them out of the house again in the kindness of his heart. About those toadies and the thanklessness which they showed toward him I shall take measures later, and they shall be punished as soon as I get my thunder-bolt put in order; for the two longest tines of it are broken and blunted since yesterday, when I let drive a little too vigorously at the sophist Anaxagoras, who was teaching his disciples that we gods do not count at all. I missed him, for Pericles held his

ἔσχε γὰρ αὐτοῦ τὴν χεῖρα Περικλῆς—ὁ δὲ κεραυνὸς
εἰς τὸ Ἀνάκειον παρασκήψας ἐκεῖνό τε κατέφλεξε
καὶ αὐτὸς ὀλίγου δεῖν συνετρίβη περὶ τῇ πέτρᾳ.
πλὴν ἱκανὴ ἐν τοσούτῳ καὶ αὕτη τιμωρία ἔσται
αὐτοῖς, ὑπερπλουτοῦντα τὸν Τίμωνα ὁρῶσιν.

ΕΡΜΗΣ

11   Οἷον ἦν τὸ μέγα κεκραγέναι καὶ ὀχληρὸν εἶναι
καὶ θρασύν. οὐ τοῖς δικαιολογοῦσι μόνοις, ἀλλὰ
καὶ τοῖς εὐχομένοις τοῦτο χρήσιμον· ἰδού γέ τοι
αὐτίκα μάλα πλούσιος ἐκ πενεστάτου καταστή-
σεται ὁ Τίμων βοήσας καὶ παρρησιασάμενος ἐν
τῇ εὐχῇ καὶ ἐπιστρέψας τὸν Δία· εἰ δὲ σιωπῇ
ἔσκαπτεν ἐπικεκυφώς, ἔτι ἂν ἔσκαπτεν ἀμελού-
μενος.

ΠΛΟΥΤΟΣ

Ἀλλ' ἐγὼ οὐκ ἂν ἀπέλθοιμι, ὦ Ζεῦ, παρ' αὐτόν.

ΖΕΥΣ

Διὰ τί, ὦ ἄριστε Πλοῦτε, καὶ ταῦτα ἐμοῦ
κελεύσαντος;

ΠΛΟΥΤΟΣ

12   Ὅτι νὴ Δία ὕβριζεν εἰς ἐμὲ καὶ ἐξεφόρει καὶ ἐς
πολλὰ κατεμέριζε, καὶ ταῦτα πατρῷον αὐτῷ φίλον
ὄντα, καὶ μονονουχὶ δικράνοις ἐξεώθει με τῆς
οἰκίας καθάπερ οἱ τὸ πῦρ ἐκ τῶν χειρῶν ἀπορρι-
πτοῦντες. αὖθις οὖν ἀπέλθω παρασίτοις καὶ κόλαξι
καὶ ἑταίραις παραδοθησόμενος; ἐπ' ἐκείνους, ὦ
Ζεῦ, πέμπε με τοὺς ἡσθησομένους τῇ δωρεᾷ,[1] τοὺς
περιέψοντας, οἷς τίμιος ἐγὼ καὶ περιπόθητος· οὗ-

---

[1] ἡσθησομένους τῇ δωρεᾷ Herwerden : αἰσθησομένους τῆς
δωρεᾶς MSS.

hand over him,[1] and the bolt, glancing off into the Anaceum, set the temple afire and itself came near being broken to bits on the rock. But in the meantime it will be punishment enough for them if they see Timon enormously rich.

HERMES

What an advantageous thing it is to shout loudly and to be annoying and impudent! It is useful not only to pleaders in court but to petitioners to Heaven. Lo and behold, Timon, who is now wretchedly poor, will become rich in an instant because he prayed vociferously and outspokenly and drew the attention of Zeus; but if he had bent his back and dug in silence he would still be digging neglected.

RICHES

But I really can't go to him, Zeus.

ZEUS

Why not, my good Riches, when I have bidden you to do so?

RICHES

Why, by Zeus, because he treated me contumeliously, bundled me out, made ducks and drakes of me, although I was his father's friend, and all but thrust me out of the house with a pitchfork, throwing me away as people throw hot coals out of their hands. Am I to go back, then, and be betrayed into the hands of parasites and toadies and prostitutes? Send me to men who will be pleased with the gift, Zeus, who will be attentive to me, who hold me in honour and yearn for me, and let these

---

[1] Lucian is referring to the fact that Pericles intervened in favour of Anaxagoras when the latter was tried for impiety at Athens.

τοι δὲ οἱ λάροι τῇ πενίᾳ συνέστωσαν, ἣν προτι-
μῶσιν ἡμῶν, καὶ διφθέραν παρ᾽ αὐτῆς λαβόντες καὶ
δίκελλαν ἀγαπάτωσαν ἄθλιοι τέτταρας ὀβολοὺς
ἀποφέροντες, οἱ δεκαταλάντους δωρεὰς ἀμελητὶ
προϊέμενοι.

ΖΕΥΣ

13 Οὐδὲν ἔτι τοιοῦτον ὁ Τίμων ἐργάσεται περὶ σέ·
πάνυ γὰρ αὐτὸν ἡ δίκελλα πεπαιδαγώγηκεν, εἰ μὴ
παντάπασιν ἀνάλγητός ἐστι τὴν ὀσφῦν, ὡς χρὴν
σὲ ἀντὶ τῆς πενίας προαιρεῖσθαι. σὺ μέντοι πάνυ
μεμψίμοιρος εἶναί μοι δοκεῖς, ὃς νῦν μὲν τὸν
Τίμωνα αἰτιᾷ, διότι σοι τὰς θύρας ἀναπετάσας
ἠφίει περινοστεῖν ἐλευθέρως οὔτε ἀποκλείων
οὔτε ζηλοτυπῶν· ἄλλοτε δὲ τοὐναντίον ἠγανάκτεις
κατὰ τῶν πλουσίων κατακεκλεῖσθαι λέγων
πρὸς αὐτῶν ὑπὸ μοχλοῖς καὶ κλεισὶ καὶ σημείων
ἐπιβολαῖς, ὡς μηδὲ παρακύψαί σοι ἐς τὸ φῶς
δυνατὸν εἶναι. ταῦτα γοῦν ἀπωδύρου πρός με,
ἀποπνίγεσθαι λέγων ἐν πολλῷ τῷ σκότῳ· καὶ
διὰ τοῦτο ὠχρὸς ἡμῖν ἐφαίνου καὶ φροντίδος
ἀνάπλεως, συνεσπακὼς τοὺς δακτύλους πρὸς τὸ
ἔθος τῶν λογισμῶν καὶ ἀποδράσεσθαι ἀπειλῶν, εἰ
καιροῦ λάβοιο, παρ᾽ αὐτῶν· καὶ ὅλως τὸ πρᾶγμα
ὑπέρδεινον ἐδόκει σοι, ἐν χαλκῷ ἢ σιδηρῷ τῷ
θαλάμῳ καθάπερ τὴν Δανάην παρθενεύεσθαι
ὑπ᾽ ἀκριβέσι καὶ παμπονήροις παιδαγωγοῖς ἀνα-
14 τρεφόμενον, τῷ Τόκῳ καὶ τῷ Λογισμῷ. ἄτοπα
γοῦν ποιεῖν ἔφασκες αὐτοὺς ἐρῶντας μὲν εἰς ὑπερ-
βολήν, ἐξὸν δὲ ἀπολαύειν οὐ τολμῶντας, οὐδὲ ἐπ᾽
ἀδείας χρωμένους τῷ ἔρωτι κυρίους γε ὄντας, ἀλλὰ
φυλάττειν ἐγρηγορότας, ἐς τὸ σημεῖον καὶ τὸν
μοχλὸν ἀσκαρδαμυκτὶ βλέποντας, ἱκανὴν ἀπό-

noddies abide with Poverty, whom they prefer to me; let them get a coat of skin and a pick from her and be content, poor wretches, with a wage of four obols, they who heedlessly fling away ten-talent gifts.

ZEUS

Timon will never again treat you in any such way, for unless the small of his back is completely insensible, his pick has certainly taught him that he should have preferred you to Poverty. It seems to me, however, that you are very fault-finding. Now you are blaming Timon because he flung his doors open for you and let you go abroad freely, neither locking you in nor displaying jealousy; but at other times it was quite the reverse; you used to get angry at the rich and say that they locked you up with bolts and keys and seals to such an extent that you could not put your head out into the light of day. At all events that was the lament you used to make to me, saying that you were being stifled in deep darkness. That was why you presented yourself to us pallid and full of worries, with your fingers deformed from the habit of counting on them, and threatened that if you got a chance you would run away. In short, you thought it a terrible thing to lead a virginal life like Danae in a chamber of bronze or iron, and to be brought up under the care of those precise and unscrupulous guardians, Interest and Accounts. As a matter of fact, you used to say that they acted absurdly in that they loved you to excess, yet did not dare to enjoy you when they might, and instead of giving free rein to their passion when it lay in their power to do so, they kept watch and ward, looking fixedly at the seal and the bolt; for they thought it enjoyment

341

λαυσιν οἰομένους οὐ τὸ αὐτοὺς ἀπολαύειν ἔχειν,
ἀλλὰ τὸ μηδενὶ μεταδιδόναι τῆς ἀπολαύσεως,
καθάπερ τὴν ἐν τῇ φάτνῃ κύνα μήτε αὐτὴν
ἐσθίουσαν τῶν κριθῶν μήτε τῷ ἵππῳ πεινῶντι
ἐπιτρέπουσαν. καὶ προσέτι γε καὶ κατεγέλας
αὐτῶν φειδομένων καὶ φυλαττόντων καὶ τὸ καινό-
τατον αὐτοὺς ζηλοτυπούντων, ἀγνοούντων δὲ ὡς
κατάρατος οἰκέτης ἢ οἰκονόμος πεδότριψ ὑπεισιὼν
λαθραίως ἐμπαροινήσει, τὸν κακοδαίμονα καὶ
ἀνέραστον δεσπότην πρὸς ἀμαυρόν τι καὶ μικρό-
στομον λυχνίδιον καὶ διψαλέον θρυαλλίδιον
ἐπαγρυπνεῖν ἐάσας τοῖς τόκοις. πῶς οὖν οὐκ
ἄδικα ταῦτά σου, πάλαι μὲν ἐκεῖνα αἰτιᾶσθαι, νῦν
δὲ τῷ Τίμωνι τὰ ἐναντία ἐπικαλεῖν;

ΠΛΟΥΤΟΣ

15 Καὶ μὴν εἴ γε τἀληθὲς ἐξετάζοις, ἄμφω σοι
εὔλογα δόξω ποιεῖν· τοῦ τε γὰρ Τίμωνος τὸ πάνυ
τοῦτο ἀνειμένον ἀμελὲς καὶ οὐκ εὐνοϊκὸν ὡς πρὸς
ἐμὲ εἰκότως ἂν δοκοίη· τούς τε αὖ κατάκλειστον
ἐν θύραις[1] καὶ σκότῳ φυλάττοντας, ὅπως αὐτοῖς
παχύτερος γενοίμην καὶ πιμελὴς καὶ ὑπέρογκος
ἐπιμελουμένους, οὔτε προσαπτομένους αὐτοὺς οὔτε
ἐς τὸ φῶς προάγοντας, ὡς μηδὲ ὀφθείην πρός
τινος, ἀνοήτους ἐνόμιζον εἶναι καὶ ὑβριστάς, οὐδὲν
ἀδικοῦντά με ὑπὸ τοσούτοις δεσμοῖς κατασή-
ποντας, οὐκ εἰδότας ὡς μετὰ μικρὸν ἀπίασιν ἄλλῳ
16 τινὶ τῶν εὐδαιμόνων με καταλιπόντες. οὔτ' οὖν
ἐκείνους οὔτε τοὺς πάνυ προχείρους εἰς ἐμὲ τού-
τους ἐπαινῶ, ἀλλὰ τούς, ὅπερ ἄριστόν ἐστι, μέτρον

---

[1] Text suspected. θίβαις second Aldine: θήκαις Faber,
Brodaeus.

enough, not that they were able to enjoy you themselves, but that they were shutting out everyone else from a share in the enjoyment, like the dog in the manger that neither ate the barley herself nor permitted the hungry horse to eat it. Moreover, you laughed them to scorn because they scrimped and saved and, what is strangest of all, were jealous of themselves, all unaware that a cursed valet or a shackle-burnishing steward would slip in by stealth and play havoc, leaving his luckless, unloved master to sit up over his interests beside a dim, narrow-necked lamp with a thirsty wick. Why, then, is it not unjust in you, after having found fault with that sort of thing in the past, to charge Timon with the opposite now?

RICHES

Really, if you look into the truth, you will think that I do both with good reason, for Timon's extreme laxity may fairly be deemed inconsiderate and unfriendly toward me; and on the other hand, when men kept me locked up in dark coffers, taking pains to get me fat and plump and overgrown, and neither laid a finger on me themselves nor brought me into the light of day for fear that I might be seen by someone else, I used to consider them senseless and arrogant because they let me grow soft in such durance when I had done no wrong, and were unaware that after a little they would go away and leave me to some other favourite of fortune. I have no praise, therefore, either for these men or for those who are very free with me, but only for those who will do what is best and observe modera-

ἐπιθήσοντας τῷ πράγματι καὶ μήτε ἀφεξομένους
τὸ παράπαν μήτε προησομένους τὸ ὅλον.

Σκόπει γάρ, ὦ Ζεῦ, πρὸς τοῦ Διός. εἴ τις νόμῳ
γήμας γυναῖκα νέαν καὶ καλὴν ἔπειτα μήτε
φυλάττοι μήτε ζηλοτυποῖ τὸ παράπαν, ἀφιεὶς καὶ
βαδίζειν ἔνθα ἐθέλοι νύκτωρ καὶ μεθ' ἡμέραν καὶ
συνεῖναι τοῖς βουλομένοις, μᾶλλον δὲ αὐτὸς
ἀπάγοι μοιχευθησομένην ἀνοίγων τὰς θύρας καὶ
μαστροπεύων καὶ πάντας ἐπ' αὐτὴν καλῶν, ἆρα ὁ
τοιοῦτος ἐρᾶν δόξειεν ἄν; οὐ σύ γε, ὦ Ζεῦ, τοῦτο
17 φαίης ἄν, ἐρασθεὶς πολλάκις. εἰ δέ τις ἔμπαλιν
ἐλευθέραν γυναῖκα εἰς τὴν οἰκίαν νόμῳ παραλαβὼν
ἐπ' ἀρότῳ παίδων γνησίων, ὁ δὲ μήτε αὐτὸς προσ-
άπτοιτο ἀκμαίας καὶ καλῆς παρθένου μήτε ἄλλῳ
προσβλέπειν ἐπιτρέποι, ἄγονον δὲ καὶ στεῖραν
κατακλείσας παρθενεύοι, καὶ ταῦτα ἐρᾶν φάσκων
καὶ δῆλος ὢν ἀπὸ τῆς χρόας καὶ τῆς σαρκὸς
ἐκτετηκυίας καὶ τῶν ὀφθαλμῶν ὑποδεδυκότων,
ἔσθ' ὅπως ὁ τοιοῦτος οὐ παραπαίειν δόξειεν ἄν,
δέον παιδοποιεῖσθαι καὶ ἀπολαύειν τοῦ γάμου,
καταμαραίνων εὐπρόσωπον οὕτω καὶ ἐπέραστον
κόρην καθάπερ ἱέρειαν τῇ Θεσμοφόρῳ τρέφων διὰ
παντὸς τοῦ βίου; ταῦτα καὶ αὐτὸς ἀγανακτῶ,
πρὸς ἐνίων μὲν ἀτίμως λακτιζόμενος καὶ λαφυσ-
σόμενος καὶ ἐξαντλούμενος, ὑπ' ἐνίων δὲ ὥσπερ
στιγματίας δραπέτης πεπεδημένος.

ΖΕΥΣ

18 Τί οὖν ἀγανακτεῖς κατ' αὐτῶν; διδόασι γὰρ
ἄμφω καλὴν τὴν δίκην, οἱ μὲν ὥσπερ ὁ Τάνταλος
ἄποτοι καὶ ἄγευστοι καὶ ξηροὶ τὸ στόμα, ἐπι-

tion in the thing, neither holding hands off altogether
nor throwing me away outright.

Look at it in this way, Zeus, in the name of Zeus.
If a man should take a young and beautiful woman
for his lawful wife and then should not keep watch
of her or display jealousy at all, but should let her
go wherever she would by night and by day and
have to do with anyone who wished, nay more,
should himself induce her to commit adultery,
opening his doors and playing the go-between and
inviting everybody in to her, would such a man
appear to love her? You at least, Zeus, who have
often been in love, would not say so! On the other
hand, suppose a man should take a woman of gentle
birth into his house in due form for the procreation of
children, and then should neither lay a finger on the
ripe and beautiful maiden himself nor suffer anyone
else to look at her, but should lock her up and keep
her a maid, childless and sterile, asserting, however,
that he loved her and making it plain that he did so by
his colour and wasted flesh and sunken eyes. Would
not such a man appear to be out of his mind when,
although he ought to have children and get some
good of his marriage, he lets so fair and lovely a girl
fade by keeping her all her life as if she were vowed
to Demeter? That is the sort of thing I myself am
angry about; for some of them kick me about
shamefully and tear my flesh and pour me out like
water, while others keep me in shackles like a run-
away slave with a brand on his forehead.

ZEUS

Then why are you angry at them? Both sorts
pay a fine penalty; for these last, like Tantalus, go
hungry and thirsty and dry-lipped, merely gaping at

κεχηνότες μόνον τῷ χρυσίῳ, οἱ δὲ καθάπερ ὁ
Φινεὺς ἀπὸ τῆς φάρυγγος τὴν τροφὴν ὑπὸ τῶν
Ἀρπυιῶν ἀφαιρούμενοι. ἀλλ' ἄπιθι ἤδη σωφρονε-
στέρῳ παρὰ πολὺ τῷ Τίμωνι ἐντευξόμενος.

ΠΛΟΥΤΟΣ

Ἐκεῖνος γάρ ποτε παύσεται ὥσπερ ἐκ κοφίνου
τετρυπημένου, πρὶν ὅλως εἰσρυῆναί με, κατὰ
σπουδὴν ἐξαντλῶν, φθάσαι βουλόμενος τὴν
ἐπιρροήν, μὴ ὑπέραντλος εἰσπεσὼν ἐπικλύσω
αὐτόν· ὥστε ἐς τὸν τῶν Δαναΐδων πίθον ὑδρο-
φορήσειν μοι δοκῶ καὶ μάτην ἐπαντλήσειν, τοῦ
κύτους μὴ στέγοντος, ἀλλὰ πρὶν εἰσρυῆναι σχεδὸν
ἐκχυθησομένου τοῦ ἐπιρρέοντος· οὕτως εὐρύτερον
τὸ πρὸς τὴν ἔκχυσιν κεχηνὸς τοῦ πίθου καὶ
ἀκώλυτος ἡ ἔξοδος.

ΖΕΥΣ

19 Οὐκοῦν εἰ μὴ ἐμφράξεται τὸ κεχηνὸς τοῦτο καὶ
ἔσται ἅπαξ[1] ἀναπεπταμένον, ἐκχυθέντος ἐν
βραχεῖ σου ῥᾳδίως εὑρήσει τὴν διφθέραν αὖθις
καὶ τὴν δίκελλαν ἐν τῇ τρυγὶ τοῦ πίθου. ἀλλ'
ἄπιτε ἤδη καὶ πλουτίζετε αὐτόν· σὺ δὲ μέμνησο,
ὦ Ἑρμῆ, ἐπανιὼν πρὸς ἡμᾶς ἄγειν τοὺς Κύκλωπας
ἐκ τῆς Αἴτνης, ὅπως τὸν κεραυνὸν ἀκονήσαντες
ἐπισκευάσωσιν· ὡς ἤδη γε τεθηγμένου αὐτοῦ
δεησόμεθα.

ΕΡΜΗΣ

20 Προΐωμεν, ὦ Πλοῦτε. τί τοῦτο; ὑποσκάζεις;
ἐλελήθεις με, ὦ γεννάδα, οὐ τυφλὸς μόνον ἀλλὰ
καὶ χωλὸς ὤν.

---

[1] ἔσται ἅπαξ A.M.H.: ἐς τὸ ἅπαξ MSS.: τὸ εἰσάπαξ Cobet.

their gold, while the others, like Phineus, have their food snatched out of their mouths by the Harpies. But be off with you now to Timon, whom you will find far more discreet.

RICHES

What, will he ever stop acting as if he were in a leaky boat and baling me out in haste before I have entirely flowed in, wanting to get ahead of the entering stream for fear that I will flood the boat and swamp him? No, and so I expect to carry water to the jar of the Danaids and pour it in without result, because the vessel is not tight but all that flows in will run out almost before it flows in, so much wider is the vent of the jar and so unhindered is the escape.[1]

ZEUS

Well, if he doesn't intend to stop that vent and it turns out to have been opened once for all, you will speedily run out and he will have no trouble in finding his coat of skin and his pick again in the lees of the jar. But be off now and make him rich; and when you come back, Hermes, be sure to bring me the Cyclopes from Aetna, so that they may point my thunderbolt and put it in order, for we shall soon need it sharp.

HERMES

Let us be going, Riches. What's this? You're limping? I didn't know that you were lame as well as blind, my good sir.

---

[1] There are two distinct figures here. In both of them wealth is compared to water; but in the first it leaks in and is ladled out, while in the second it is ladled in and leaks out. In the first figure we want a word meaning "boat," not "basket"; and I assume therefore that κόφινος means "coracle" here.

ΠΛΟΥΤΟΣ

Οὐκ ἀεὶ τοῦτο, ὦ Ἑρμῆ, ἀλλ' ὁπόταν μὲν ἀπίω
παρά τινα πεμφθεὶς ὑπὸ τοῦ Διός, οὐκ οἶδ' ὅπως
βραδύς εἰμι καὶ χωλὸς ἀμφοτέροις, ὡς μόγις
τελεῖν ἐπὶ τὸ τέρμα, προγηράσαντος ἐνίοτε τοῦ
περιμένοντος, ὁπόταν δὲ ἀπαλλάττεσθαι δέῃ,
πτηνὸν ὄψει, πολὺ τῶν ὀνείρων ὠκύτερον· ἅμα
γοῦν ἔπεσεν ἡ ὕσπληγξ, κἀγὼ ἤδη ἀνακηρύτ-
τομαι νενικηκώς, ὑπερπηδήσας τὸ στάδιον οὐδὲ
ἰδόντων ἐνίοτε τῶν θεατῶν.

ΕΡΜΗΣ

Οὐκ ἀληθῆ ταῦτα φής· ἐγώ γέ τοι πολλοὺς ἂν
εἰπεῖν ἔχοιμί σοι χθὲς μὲν οὐδὲ ὀβολὸν ὥστε
πρίασθαι βρόχον ἐσχηκότας, ἄφνω δὲ τήμερον
πλουσίους καὶ πολυτελεῖς ἐπὶ λευκοῦ ζεύγους
ἐξελαύνοντας, οἷς οὐδὲ κἂν ὄνος ὑπῆρξε πώποτε.
καὶ ὅμως πορφυροῖ καὶ χρυσόχειρες περιέρχονται
οὐδ' αὐτοὶ πιστεύοντες οἶμαι ὅτι μὴ ὄναρ πλου-
τοῦσιν.

ΠΛΟΥΤΟΣ

21 Ἑτεροῖον τοῦτ' ἐστίν, ὦ Ἑρμῆ, καὶ οὐχὶ τοῖς
ἐμαυτοῦ ποσὶ βαδίζω τότε, οὐδὲ ὁ Ζεύς, ἀλλ' ὁ
Πλούτων ἀποστέλλει με παρ' αὐτοὺς ἅτε πλουτο-
δότης καὶ μεγαλόδωρος καὶ αὐτὸς ὤν· δηλοῖ γοῦν
καὶ τῷ ὀνόματι. ἐπειδὰν τοίνυν μετοικισθῆναι
δέῃ με παρ' ἑτέρου πρὸς ἕτερον, ἐς δέλτον ἐμβα-
λόντες με καὶ κατασημηνάμενοι ἐπιμελῶς φορηδὸν
ἀράμενοι μετακομίζουσιν· καὶ ὁ μὲν νεκρὸς ἐν
σκοτεινῷ που τῆς οἰκίας πρόκειται ὑπὲρ τὰ
γόνατα παλαιᾷ τῇ ὀθόνῃ σκεπόμενος, περιμά-
χητος ταῖς γαλαῖς, ἐμὲ δὲ οἱ ἐπελπίσαντες ἐν τῇ
ἀγορᾷ περιμένουσι κεχηνότες ὥσπερ τὴν χελιδόνα

348

TIMON, OR THE MISANTHROPE

RICHES

It is not always this way, Hermes. When I go to visit anyone on a mission from Zeus, for some reason or other I am sluggish and lame in both legs, so that I have great difficulty in reaching my journey's end, and not infrequently the man who is awaiting me grows old before I arrive. But when I am to go away, I have wings, you will find, and am far swifter than a dream. Indeed, no sooner is the signal given for the start than I am proclaimed the winner, after covering the course so fast that sometimes the onlookers do not even catch sight of me.

HERMES

What you say is not so. I myself could name you plenty of men who yesterday had not a copper to buy a rope with, but to-day are suddenly rich and wealthy, riding out behind a span of white horses when they never before owned so much as a donkey. In spite of that, they go about dressed in purple, with rings on their fingers, themselves unable to believe, I fancy, that their wealth is not a dream.

RICHES

That is a different matter, Hermes; I do not go on my own feet then, and it is not Zeus but Pluto who sends me; for he, too, is a bestower of riches and a generous giver, as his name implies. When I am to go from one man to another, they put me in wax tablets, seal me up carefully, take me up and carry me away. The dead man is laid out in a dark corner of the house with an old sheet over his knees, to be fought for by the weasels, while those who have expectations regarding me wait for me in the public square with their mouths open, just as the

The folk etymologies of Pluto prob-ably indicate it is an aboriginal name and not Indo-European.

THE WORKS OF LUCIAN

22 προσπετομένην τετριγότες οἱ νεοττοί. ἐπειδὰν δὲ
τὸ σημεῖον ἀφαιρεθῇ καὶ τὸ λίνον ἐντμηθῇ καὶ ἡ
δέλτος ἀνοιχθῇ καὶ ἀνακηρυχθῇ μου ὁ καινὸς
δεσπότης ἤτοι συγγενής τις ἢ κόλαξ ἢ καταπύγων
οἰκέτης ἐκ παιδικῶν τίμιος, ὑπεξυρημένος ἔτι τὴν
γνάθον, ἀντὶ ποικίλων καὶ παντοδαπῶν ἡδονῶν ἃς
ἤδη ἔξωρος ὢν ὑπηρέτησεν αὐτῷ μέγα τὸ μίσθωμα
ὁ γενναῖος ἀπολαβών, ἐκεῖνος μέν, ὅστις ἂν ᾖ ποτε,
ἁρπασάμενός με αὐτῇ δέλτῳ θεῖ φέρων ἀντὶ τοῦ
τέως Πυρρίου ἢ Δρόμωνος ἢ Τιβείου Μεγακλῆς ἢ
Μεγάβυζος ἢ Πρώταρχος μετονομασθείς, τοὺς
μάτην κεχηνότας ἐκείνους ἐς ἀλλήλους ἀποβλέ-
ποντας καταλιπὼν ἀληθὲς ἄγοντας τὸ πένθος, οἷος
αὐτοὺς ὁ θύννος ἐκ μυχοῦ τῆς σαγήνης διέφυγεν
23 οὐκ ὀλίγον τὸ δέλεαρ καταπιών. ὁ δὲ ἐμπεσὼν
ἀθρόος [1] εἰς ἐμὲ ἀπειρόκαλος καὶ παχύδερμος
ἄνθρωπος, ἔτι τὴν πέδην πεφρικὼς καὶ εἰ παριὼν
ἄλλως μαστίξειέ τις ὄρθιον ἐφιστὰς τὸ οὖς καὶ
τὸν μυλῶνα ὥσπερ τὸ Ἀνάκτορον προσκυνῶν,
οὐκέτι φορητός ἐστι τοῖς ἐντυγχάνουσιν, ἀλλὰ
τούς τε ἐλευθέρους ὑβρίζει καὶ τοὺς ὁμοδούλους
μαστιγοῖ ἀποπειρώμενος εἰ καὶ αὐτῷ τὰ τοιαῦτα
ἔξεστιν, ἄχρι ἂν ἢ ἐς πορνίδιόν τι ἐμπεσὼν ἢ ἱπ-
ποτροφίας ἐπιθυμήσας ἢ κόλαξι παραδοὺς ἑαυτὸν
ὀμνύουσιν, ἦ μὴν εὐμορφότερον μὲν Νιρέως εἶναι
αὐτόν, εὐγενέστερον δὲ τοῦ Κέκροπος ἢ Κόδρου,
συνετώτερον δὲ τοῦ Ὀδυσσέως, πλουσιώτερον δὲ
συνάμα Κροίσων ἑκκαίδεκα, ἐν ἀκαρεῖ τοῦ χρόνου

---

[1] ἀθρόος ς, Cobet : ἀθρόως γ, β.

swallow's chirping brood waits for her to fly home. When the seal is removed, the thread cut, and the tablets opened, they announce the name of my new master, either a relative or a toady or a lewd slave held in high esteem since the days of his wanton youth, with his chin still shaven clean, who in this way gets a generous recompense, deserving fellow that he is, for many and various favours which he did his master long after he had earned a discharge. Whoever he may be, he snatches me up, tablets and all, and runs off with me, changing his name from Pyrrhias or Dromo or Tibius to Megacles or Megabyzus or Protarchus, while those others who opened their mouths in vain are left looking at one another and mourning in earnest because such a fine fish has made his escape from the inmost pocket of their net after swallowing quantities of bait.[1] As for the man who has been flung head over ears into riches, an uncultivated, coarse-grained fellow who still shudders at the irons, pricks up his ear if anyone casually flicks a whip in passing, and worships the mill as if it were the seat of the mysteries, he is no longer endurable to those who encounter him, but insults gentlemen and whips his fellow-slaves, just to see if he himself can do that sort of thing, until at length he falls in with a prostitute or takes a fancy to breed horses or gives himself into the keeping of toadies who swear that he is better looking than Nireus, better born than Cecrops or Codrus, sharper witted than Odysseus and richer than sixteen Croesuses in one ; and then in a moment, poor devil, he pours out all that was

[1] This refers to the presents which they gave the dead man in the hope of influencing his will.

ἄθλιος ἐκχέῃ τὰ κατ᾽ ὀλίγον ἐκ πολλῶν ἐπιορκιῶν
καὶ ἁρπαγῶν καὶ πανουργιῶν συνειλεγμένα.

ΕΡΜΗΣ

24　Αὐτά που σχεδὸν φὴς τὰ γινόμενα· ὁπόταν δ᾽
οὖν αὐτόπους βαδίζῃς, πῶς οὕτω τυφλὸς ὢν εὑρί-
σκεις τὴν ὁδόν; ἢ πῶς διαγινώσκεις ἐφ᾽ οὓς ἄν σε
ὁ Ζεὺς ἀποστείλῃ κρίνας εἶναι τοῦ πλουτεῖν
ἀξίους;

ΠΛΟΥΤΟΣ

Οἴει γὰρ εὑρίσκειν με . . .¹ οἵτινές εἰσι; μὰ τὸν
Δία οὐ πάνυ· οὐ γὰρ ἂν Ἀριστείδην καταλιπὼν
Ἱππονίκῳ καὶ Καλλίᾳ προσῄειν καὶ πολλοῖς
ἄλλοις Ἀθηναίων οὐδὲ ὀβολοῦ ἀξίοις.

ΕΡΜΗΣ

Πλὴν ἀλλὰ τί πράττεις καταπεμφθείς;

ΠΛΟΥΤΟΣ

Ἄνω καὶ κάτω πλανῶμαι, περινοστῶν ἄχρι ἂν
λάθω τινὶ ἐμπεσών· ὁ δέ, ὅστις ἂν πρῶτός μοι
περιτύχῃ, ἀπαγαγὼν παρ᾽ αὑτὸν ἔχει, σὲ τὸν
Ἑρμῆν ἐπὶ τῷ παραλόγῳ τοῦ κέρδους προσκυνῶν.

ΕΡΜΗΣ

25　Οὐκοῦν ἐξηπάτηται ὁ Ζεὺς οἰόμενός σε κατὰ
τὰ αὑτῷ δοκοῦντα πλουτίζειν ὅσους ἂν οἴηται
τοῦ πλουτεῖν ἀξίους;

ΠΛΟΥΤΟΣ

Καὶ μάλα δικαίως, ὦγαθέ, ὅς γε τυφλὸν ὄντα

---

¹ A line seems to have been lost here (de Jong): supply
τὴν ὁδὸν ἢ τοὺς ἀξίους διαγινώσκειν.

accumulated little by little through many perjuries, robberies and villainies.

HERMES

HERMES

Yes, that is just about the way of it. But when you go on your own feet, how do you find the way, since you are so blind, and how do you tell who the people are whom Zeus sends you to because he thinks they deserve to be rich?

RICHES

Do you suppose I find the way or tell who they are? Good Heavens, not a bit of it! Otherwise I would not have left Aristides in the lurch to go to Hipponicus and Callias and a great many others who do not deserve a copper.[1]

HERMES

But what do you do when he sends you down?

RICHES

I wander up and down, roaming about until I come upon someone unawares, and that man, whoever he may be who happens on me, takes me home and keeps me, paying homage to you, Hermes, for his unexpected stroke of good-luck.[2]

HERMES

Then you have cheated Zeus, who thinks that you observe his decrees and enrich those who in his opinion deserve riches?

RICHES

Yes, and very properly, my friend, for although he

---

[1] Hipponicus was the father of Callias, and the son of another Callias, the founder of the family fortunes. There were several sinister stories current about the source of his wealth, but Lucian is probably thinking of the version given by Plutarch in the life of Aristides.

[2] All windfalls were attributed to Hermes.

εἰδὼς ἔπεμπεν ἀναζητήσοντα δυσεύρετον οὕτω
χρῆμα καὶ πρὸ πολλοῦ ἐκλελοιπὸς ἐκ τοῦ βίου,
ὅπερ οὐδ᾽ ὁ Λυγκεὺς ἂν ἐξεύροι ῥᾳδίως, ἀμαυρὸν
οὕτω καὶ μικρὸν ὄν. τοιγαροῦν ἅτε τῶν μὲν ἀγα-
θῶν ὀλίγων ὄντων, πονηρῶν δὲ πλείστων ἐν ταῖς
πόλεσι τὸ πᾶν ἐπεχόντων, ῥᾷον ἐς τοὺς τοιούτους
ἐμπίπτω περιιὼν καὶ σαγηνεύομαι πρὸς αὐτῶν.

ΕΡΜΗΣ

Εἶτα πῶς ἐπειδὰν καταλίπῃς αὐτοὺς ῥᾳδίως
φεύγεις, οὐκ εἰδὼς τὴν ὁδόν;

ΠΛΟΥΤΟΣ

Ὀξυδερκὴς τότε πως καὶ ἀρτίπους γίνομαι
πρὸς μόνον τὸν καιρὸν τῆς φυγῆς.

ΕΡΜΗΣ

26   Ἔτι δή μοι καὶ τοῦτο ἀπόκριναι, πῶς τυφλὸς
ὤν—εἰρήσεται γάρ—καὶ προσέτι ὠχρὸς καὶ βαρὺς
ἐκ τοῖν σκελοῖν τοσούτους ἐραστὰς ἔχεις, ὥστε
πάντας ἀποβλέπειν εἰς σέ, καὶ τυχόντας μὲν
εὐδαιμονεῖν οἴεσθαι, εἰ δὲ ἀποτύχοιεν οὐκ ἀνέχε-
σθαι ζῶντας; οἶδα γοῦν τινας οὐκ ὀλίγους αὐτῶν
οὕτως σου δυσέρωτας ὄντας ὥστε καὶ "ἐς βαθυκή-
τεα πόντον" φέροντες ἔρριψαν αὐτοὺς καὶ "πε-
τρῶν κατ᾽ ἠλιβάτων," ὑπερορᾶσθαι νομίζοντες ὑπὸ
σοῦ ὅτεπερ [1] οὐδὲ τὴν ἀρχὴν ἑώρας αὐτούς. πλὴν
ἀλλὰ καὶ σὺ ἂν εὖ οἶδα ὅτι ὁμολογήσειας, εἴ τι
συνίης σαυτοῦ, κορυβαντιᾶν αὐτοὺς ἐρωμένῳ τοι-
ούτῳ ἐπιμεμηνότας.

ΠΛΟΥΤΟΣ

27   Οἴει γὰρ τοιοῦτον οἷός εἰμι ὁρᾶσθαι αὐτοῖς,
χωλὸν ἢ τυφλὸν ἢ ὅσα ἄλλα μοι πρόσεστιν;

---

[1] ὅτεπερ du Soul : ὅτιπερ MSS.

knew that I was blind, he kept sending me to search
for a thing so hard to find, which long ago became
eclipsed in the world; even a Lynceus could not find
it easily, so dim and tiny is its light. So, as the
good men are few and wicked men in great numbers
fill the cities, it is easier for me to fall in with them
in my wanderings and to get into their nets.

HERMES

Then how is it that when you leave them you
escape easily, since you do not know the way?

RICHES

For some reason I become sharp of eye and swift
of foot then, but only for the time of my escape.

HERMES

Now just answer me this one more question. How
is it that although you are blind (pardon my frank-
ness), and not only that but pale and heavy-footed, you
have lovers in such number that all men regard you
with admiration and count themselves lucky if they
win you, but cannot bear to live if they fail? In
fact, I know a good many of them who were so
desperately in love with you that they went and
flung themselves "into the deep-bosomed sea" and
"over the beetling crags"[1] because they thought
you were cutting them when as a matter of fact you
could not see them at all. But you yourself will
admit, I am sure, if you know yourself, that they
are crazy to lose their heads over such a beloved.

RICHES

Do you suppose they see me as I am, lame and
blind and with all my other bad points?

[1] Theognis 175.

ΕΡΜΗΣ

Ἀλλὰ πῶς, ὦ Πλοῦτε, εἰ μὴ τυφλοὶ καὶ αὐτοὶ
πάντες εἰσίν;

ΠΛΟΥΤΟΣ

Οὐ τυφλοί, ὦ ἄριστε, ἀλλ' ἡ ἄγνοια καὶ ἡ
ἀπάτη, αἵπερ νῦν κατέχουσι τὰ πάντα, ἐπισκιά-
ζουσιν αὐτούς· ἔτι δὲ καὶ αὐτός, ὡς μὴ παντά-
πασιν ἄμορφος εἴην, προσωπεῖόν τι ἐρασμιώτατον
περιθέμενος, διάχρυσον καὶ λιθοκόλλητον, καὶ
ποικίλα ἐνδὺς ἐντυγχάνω αὐτοῖς· οἱ δὲ αὐτοπρό-
σωπον οἰόμενοι ὁρᾶν τὸ κάλλος ἐρῶσι καὶ ἀπόλ-
λυνται μὴ τυγχάνοντες. ὡς εἴ γέ τις αὐτοῖς ὅλον
ἀπογυμνώσας ἐπέδειξέ με, δῆλον ὡς κατεγίνωσκον
ἂν αὐτῶν ἀμβλυώττοντες τὰ τηλικαῦτα καὶ
ἐρῶντες ἀνεράστων καὶ ἀμόρφων πραγμάτων.

ΕΡΜΗΣ

28 Τί οὖν ὅτι καὶ ἐν αὐτῷ ἤδη τῷ πλουτεῖν γενό-
μενοι καὶ τὸ προσωπεῖον αὐτοὶ περιθέμενοι ἔτι
ἐξαπατῶνται, καὶ ἤν τις ἀφαιρῆται αὐτούς, θᾶτ-
τον ἂν τὴν κεφαλὴν ἢ τὸ προσωπεῖον πρόοιτο;
οὐ γὰρ δὴ καὶ τότε ἀγνοεῖν εἰκὸς αὐτοὺς ὡς ἐπί-
χριστος ἡ εὐμορφία ἐστίν, ἔνδοθεν τὰ πάντα
ὁρῶντας.

ΠΛΟΥΤΟΣ

Οὐκ ὀλίγα, ὦ Ἑρμῆ, καὶ πρὸς τοῦτό μοι συν·
αγωνίζεται.

ΕΡΜΗΣ

Τὰ ποῖα;

ΠΛΟΥΤΟΣ

Ἐπειδάν τις ἐντυχὼν τὸ πρῶτον ἀναπετάσας
τὴν θύραν εἰσδέχηταί με, συμπαρεισέρχεται μετ'
ἐμοῦ λαθὼν ὁ τῦφος καὶ ἡ ἄνοια καὶ ἡ μεγαλαυχία

HERMES

But how can they help it, Riches, unless they themselves are all blind?

RICHES

They are not blind, good friend, but Ignorance and Deceit, who now hold sway everywhere, darken their vision. Moreover, to avoid being wholly ugly, I always put on a very lovely mask, gay with tinsel and jewels, and an embroidered robe before I meet them; whereupon, thinking that they see my beauty face to face, they fall in love with me and despair of life if they do not win me. If anyone should strip me and show me to them, without a doubt they would reproach themselves for being short-sighted to that extent and for falling in love with things hateful and ugly.

HERMES

Why is it, then, that even after they are in the very midst of riches and have put the mask on their own face, they are still deluded, and would sooner lose their head than the mask if anyone should try to take it away? Surely it is not likely that they do not know that your beauty is put on when they see all that is under it.

RICHES

There are many things that help me in this too, Hermes.

HERMES

What are they?

RICHES

When a man, on first encountering me, opens his doors and takes me in, Pride, Folly, Arrogance, Effeminacy, Insolence, Deceit, and myriads more,

357

καὶ μαλακία καὶ ὕβρις καὶ ἀπάτη καὶ ἄλλ' ἄττα
μυρία· ὑπὸ δὴ τούτων ἁπάντων καταληφθεὶς τὴν
ψυχὴν θαυμάζει τε τὰ οὐ θαυμαστὰ καὶ ὀρέγεται
τῶν φευκτῶν κἀμὲ τὸν πάντων ἐκείνων πατέρα τῶν
εἰσεληλυθότων κακῶν τέθηπε δορυφορούμενον ὑπ'
αὐτῶν, καὶ πάντα πρότερον πάθοι ἂν ἢ ἐμὲ
προέσθαι ὑπομείνειεν ἄν.

ΕΡΜΗΣ

29 Ὡς δὲ λεῖος εἶ καὶ ὀλισθηρός, ὦ Πλοῦτε, καὶ
δυσκάτοχος καὶ διαφευκτικός, οὐδεμίαν ἀντιλαβὴν
παρεχόμενος βεβαίαν ἀλλ' ὥσπερ αἱ ἐγχέλεις ἢ
οἱ ὄφεις διὰ τῶν δακτύλων δραπετεύεις οὐκ οἶδα
ὅπως· ἡ Πενία δ' ἔμπαλιν ἰξώδης τε καὶ εὐλαβὴς
καὶ μυρία τὰ ἄγκιστρα ἐκπεφυκότα ἐξ ἅπαντος
τοῦ σώματος ἔχουσα, ὡς πλησιάσαντας εὐθὺς
ἔχεσθαι καὶ μὴ ἔχειν ῥᾳδίως ἀπολυθῆναι. ἀλλὰ
μεταξὺ φλυαροῦντας ἡμᾶς πρᾶγμα ἤδη οὐ μικρὸν
διέλαθε.

ΠΛΟΥΤΟΣ

Τὸ ποῖον;

ΕΡΜΗΣ

Ὅτι τὸν Θησαυρὸν οὐκ ἐπηγαγόμεθα, οὗπερ
ἔδει μάλιστα.

ΠΛΟΥΤΟΣ

30 Θάρρει τούτου γε ἕνεκα· ἐν τῇ γῇ αὐτὸν ἀεὶ
καταλείπων ἀνέρχομαι πρὸς ὑμᾶς ἐπισκήψας
ἔνδον μένειν ἐπικλεισάμενον τὴν θύραν, ἀνοίγειν δὲ
μηδενί, ἢν μὴ ἐμοῦ ἀκούσῃ βοήσαντος.

ΕΡΜΗΣ

Οὐκοῦν ἐπιβαίνωμεν ἤδη τῆς Ἀττικῆς· καί μοι
ἕπου ἐχόμενος τῆς χλαμύδος, ἄχρι ἂν πρὸς τὴν
ἐσχατιὰν ἀφίκωμαι.

enter unobserved in my train. Once his soul is
obsessed by all these, he admires what he should not
admire and wants what he should shun; he worships
me, the progenitor of all these ills that have come in,
because I am attended by them, and he would
endure anything in the world rather than put up
with losing me.

HERMES

But how smooth and slippery you are, Riches,
how hard to hold and how quick to get away! You
offer people no secure grip at all, but make your
escape through their fingers in some way or other,
like an eel or a snake. Poverty, on the other hand,
is sticky and easy to grip, and has no end of hooks
growing out all over her body, so that when people
come near her she lays hold of them at once and
cannot be disengaged easily. But in the midst of
our gossip we have forgotten something rather
important.

RICHES

What is it?

HERMES

We have not brought along Treasure, whom we
needed most.

RICHES

Be easy on that score; I always leave him on
earth when I go up to you, bidding him to stay at home
with the door locked and not to open to anyone
unless he hears me calling.

HERMES

Well, then, let's alight in Attica now. Take hold
of my cloak and follow me till I reach the outlying
farm.

359

ΠΛΟΥΤΟΣ

Εὖ ποιεῖς, ὦ Ἑρμῆ, χειραγωγῶν· ἐπεὶ ἤν γε
ἀπολίπῃς με, Ὑπερβόλῳ τάχα ἢ Κλέωνι ἐμπε-
σοῦμαι περινοστῶν. ἀλλὰ τίς ὁ ψόφος οὗτός ἐστιν
καθάπερ σιδήρου πρὸς λίθον;

ΕΡΜΗΣ

31   Ὁ Τίμων οὑτοσὶ σκάπτει πλησίον ὀρεινὸν καὶ
ὑπόλιθον γῄδιον. παπαί, καὶ ἡ Πενία πάρεστι
καὶ ὁ Πόνος ἐκεῖνος, ἡ Καρτερία τε καὶ ἡ Σοφία
καὶ ἡ Ἀνδρεία καὶ ὁ τοιοῦτος ὄχλος τῶν ὑπὸ τῷ
Λιμῷ ταττομένων ἁπάντων, πολὺ ἀμείνους τῶν
σῶν δορυφόρων.

ΠΛΟΥΤΟΣ

Τί οὖν οὐκ ἀπαλλαττόμεθα, ὦ Ἑρμῆ, τὴν
ταχίστην; οὐ γὰρ ἄν τι ἡμεῖς δράσαιμεν ἀξιό-
λογον πρὸς ἄνδρα ὑπὸ τηλικούτου στρατοπέδου
περιεσχημένον.

ΕΡΜΗΣ

Ἄλλως ἔδοξε τῷ Διί· μὴ ἀποδειλιῶμεν οὖν.

ΠΕΝΙΑ

32   Ποῖ τοῦτον ἀπάγεις, ὦ Ἀργειφόντα, χειρα-
γωγῶν;

ΕΡΜΗΣ

Ἐπὶ τουτονὶ τὸν Τίμωνα ἐπέμφθημεν ὑπὸ τοῦ
Διός.

ΠΕΝΙΑ

Νῦν ὁ Πλοῦτος ἐπὶ Τίμωνα, ὁπότε αὐτὸν ἐγὼ
κακῶς ἔχοντα ὑπὸ τῆς Τρυφῆς παραλαβοῦσα,
τουτοισὶ παραδοῦσα, τῇ Σοφίᾳ καὶ τῷ Πόνῳ, γεν-
ναῖον ἄνδρα καὶ πολλοῦ ἄξιον ἀπέδειξα· οὕτως
ἄρα εὐκαταφρόνητος ὑμῖν ἡ Πενία δοκῶ καὶ εὐ-
αδίκητος, ὥσθ᾽ ὃ μόνον κτῆμα εἶχον ἀφαιρεῖσθαί

TIMON, OR THE MISANTHROPE

RICHES

It is very good of you to lead me, Hermes, for if you should leave me behind I would soon run against Hyperbolus or Cleon as I strayed about. But what is that noise as of iron on stone?

HERMES

Our friend Timon is digging in a hilly and stony piece of ground close by. Oho, Poverty is with him, and so is Toil; likewise Endurance, Wisdom, Manliness, and the whole host of their fellows that serve under Captain Starvation, a far better sort than your henchmen.

RICHES

Then why not beat a retreat as quickly as possible, Hermes? We can't accomplish anything worth mentioning with a man that is hedged in by such an army.

HERMES

Zeus thought differently, so let's not be cowardly.

POVERTY

Where are you going with that person whom you have by the hand, Hermes?

HERMES

Zeus sent us to Timon here.

POVERTY

Is he sending Riches to Timon now, when I have made a noble and a valuable man of him, after taking him over in a wretched plight that was due to Luxury and putting him in charge of Wisdom and Toil? Then am I, Poverty, so easy to slight, think you, and so easy to wrong that I can be robbed of my

361

με, ἀκριβῶς πρὸς ἀρετὴν ἐξειργασμένον, ἵνα αὖθις
ὁ Πλοῦτος παραλαβὼν αὐτὸν Ὕβρει καὶ Τύφῳ
ἐγχειρίσας ὅμοιον τῷ πάλαι μαλθακὸν καὶ
ἀγεννῆ καὶ ἀνόητον ἀποφήνας ἀποδῷ πάλιν ἐμοὶ
ῥάκος ἤδη γεγενημένον;

ΕΡΜΗΣ

Ἔδοξε ταῦτα, ὦ Πενία, τῷ Διί·

ΠΕΝΙΑ

33   Ἀπέρχομαι· καὶ ὑμεῖς δέ, ὦ Πόνε καὶ Σοφία
καὶ οἱ λοιποί, ἀκολουθεῖτέ μοι. οὗτος δὲ τάχα
εἴσεται, οἵαν με οὖσαν ἀπολείψει, ἀγαθὴν συν-
εργὸν καὶ διδάσκαλον τῶν ἀρίστων, ᾗ συνὼν
ὑγιεινὸς μὲν τὸ σῶμα, ἐρρωμένος δὲ τὴν γνώ-
μην διετέλεσεν, ἀνδρὸς βίον ζῶν καὶ πρὸς αὐτὸν
ἀποβλέπων, τὰ δὲ περιττὰ καὶ πολλὰ ταῦτα,
ὥσπερ ἐστίν, ἀλλότρια ὑπολαμβάνων.

ΕΡΜΗΣ

Ἀπέρχονται· ἡμεῖς δὲ προσίωμεν αὐτῷ.

ΤΙΜΩΝ

34   Τίνες ἐστέ, ὦ κατάρατοι; ἢ τί βουλόμενοι
δεῦρο ἥκετε ἄνδρα ἐργάτην καὶ μισθοφόρον ἐνο-
χλήσοντες; ἀλλ' οὐ χαίροντες ἄπιτε μιαροὶ πάντες
ὄντες· ἐγὼ γὰρ ὑμᾶς αὐτίκα μάλα βάλλων τοῖς
βώλοις καὶ τοῖς λίθοις συντρίψω.

ΕΡΜΗΣ

Μηδαμῶς, ὦ Τίμων, μὴ βάλῃς· οὐ γὰρ ἀνθρώ-
πους ὄντας βαλεῖς, ἀλλ' ἐγὼ μὲν Ἑρμῆς εἰμι,
οὑτοσὶ δὲ ὁ Πλοῦτος· ἔπεμψε δὲ ὁ Ζεὺς ἐπακού-
σας τῶν εὐχῶν, ὥστε ἀγαθῇ τύχῃ δέχου τὸν ὄλβον
ἀποστὰς τῶν πόνων.

only possession after I have thoroughly perfected him in virtue, in order that Riches, taking him over again and giving him into the hands of Insolence and Pride, may make him soft, unmanly and base as before, and then return him to me reduced to a clout?

HERMES

It was the will of Zeus, Poverty.

POVERTY

I am going; follow me, Toil and Wisdom and the rest of you. This man will soon find out whom he is deserting in me—a good helpmate and a teacher of all that is best, through whose instruction he kept well in body and sound in mind, leading the life of a real man, relying on himself and holding all this abundance and excess to be nothing to him, as indeed it is.

HERMES

They are going; let us approach him.

TIMON

Who are you, plague take you, and what do you want that you come here to bother a man at work and earning his wage? You will go away sorry that you came, vile wretches that you are, every one of you; for I'll very soon throw these clods and stones at you and break every bone in your bodies.

HERMES

No, no, Timon! don't throw at us, for we are not men. I am Hermes and this is Riches. We were sent by Zeus in answer to your prayers. So desist from your labours and accept prosperity, and good luck to you!

ΤΙΜΩΝ

Καὶ ὑμεῖς οἰμώξεσθε ἤδη καίτοι θεοὶ ὄντες, ὡς
φατε· πάντας γὰρ ἅμα καὶ ἀνθρώπους καὶ θεοὺς
μισῶ, τουτονὶ δὲ τὸν τυφλόν, ὅστις ἂν ᾖ, καὶ ἐπι-
τρίψειν μοι δοκῶ τῇ δικέλλῃ.

ΠΛΟΥΤΟΣ

Ἀπίωμεν, ὦ Ἑρμῆ, πρὸς τοῦ Διός, μελαγχολᾶν
γὰρ ὁ ἄνθρωπος οὐ μετρίως μοι δοκεῖ, μή τι κακὸν
ἀπέλθω προσλαβών.

ΕΡΜΗΣ

35   Μηδὲν σκαιόν, ὦ Τίμων, ἀλλὰ τὸ πάνυ τοῦτο
ἄγριον καὶ τραχὺ καταβαλὼν προτείνας τὼ χεῖρε
λάμβανε τὴν ἀγαθὴν τύχην καὶ πλούτει πάλιν
καὶ ἴσθι Ἀθηναίων τὰ πρῶτα καὶ ὑπερόρα τῶν
ἀχαρίστων ἐκείνων μόνος αὐτὸς εὐδαιμονῶν.

ΤΙΜΩΝ

Οὐδὲν ὑμῶν δέομαι· μὴ ἐνοχλεῖτέ μοι· ἱκανὸς
ἐμοὶ πλοῦτος ἡ δίκελλα, τὰ δ᾽ ἄλλα εὐδαιμονε-
στατός εἰμι μηδενός μοι πλησιάζοντος.

ΕΡΜΗΣ

Οὕτως, ὦ τάν, ἀπανθρώπως;

τόνδε φέρω Διὶ μῦθον ἀπηνέα τε κρατερόν τε;

καὶ μὴν εἰκὸς ἦν μισάνθρωπον μὲν εἶναί σε
τοσαῦτα ὑπ᾽ αὐτῶν δεινὰ πεπονθότα, μισόθεον δε
μηδαμῶς, οὕτως ἐπιμελουμένων σου τῶν θεῶν.

ΤΙΜΩΝ

36   Ἀλλὰ σοὶ μέν, Ἑρμῆ, καὶ τῷ Διὶ πλείστη

TIMON, OR THE MISANTHROPE

You shall catch it too, even if you are gods, as you say, for I hate all alike, both gods and men, and as for this blind fellow, whoever he may be, I shall certainly break his head with my pick.

RICHES

Let's go, Hermes, in the name of Zeus, in order that I may not come to some harm before going; for the man is uncommonly crazy, it seems to me.

HERMES

Let's have no roughness, Timon. Lay aside this excessive rudeness and asperity, stretch out your hands and take your good fortune. Be rich once more and a leading man in Athens, and cut the acquaintance of those ingrates of old, keeping your wealth to yourself.

TIMON

I don't want anything of you; don't bother me. My pick is riches enough for me, and in all other respects I am as happy as can be if only nobody comes near me.

HERMES

Such an uncivil answer, friend?

"Will you I carry to Zeus those words so repellent and stubborn?" [1]

True enough, it is reasonable for you to hate men after they have treated you so horribly, but not in the least to hate the gods, who take such good care of you.

TIMON

I am very much obliged to you, Hermes, and to

[1] *Iliad*, 15, 202.

χάρις τῆς ἐπιμελείας, τουτονὶ δὲ τὸν Πλοῦτον οὐκ
ἂν λάβοιμι.

ΕΡΜΗΣ

Τί δή;

ΤΙΜΩΝ

"Οτι καὶ πάλαι μυρίων μοι κακῶν αἴτιος οὗτος
κατέστη κόλαξί τε παραδοὺς καὶ ἐπιβούλους
ἐπαγαγὼν καὶ μῖσος ἐπεγείρας καὶ ἡδυπαθείᾳ
διαφθείρας καὶ ἐπίφθονον ἀποφήνας, τέλος δὲ
ἄφνω καταλιπὼν οὕτως ἀπίστως καὶ προδοτικῶς·
ἡ βελτίστη δὲ Πενία πόνοις με τοῖς ἀνδρικωτά-
τοις καταγυμνάσασα καὶ μετ᾽ ἀληθείας καὶ παρ-
ρησίας προσομιλοῦσα τά τε ἀναγκαῖα κάμνοντι
παρεῖχε καὶ τῶν πολλῶν ἐκείνων καταφρονεῖν
ἐπαίδευεν, ἐξ αὐτοῦ ἐμοῦ τὰς ἐλπίδας ἀπαρτήσασά
μοι τοῦ βίου καὶ δείξασα ὅστις ἦν ὁ πλοῦτος ὁ
ἐμός, ὃν οὔτε κόλαξ θωπεύων οὔτε συκοφάντης
φοβῶν, οὐ δῆμος παροξυνθείς, οὐκ ἐκκλησιαστὴς
ψηφοφορήσας, οὐ τύραννος ἐπιβουλεύσας ἀφελέ-
37 σθαι δύναιτ᾽ ἄν. ἐρρωμένος τοιγαροῦν ὑπὸ τῶν
πόνων τὸν ἀγρὸν τουτονὶ φιλοπόνως ἐπεργαζό-
μενος, οὐδὲν ὁρῶν τῶν ἐν ἄστει κακῶν, ἱκανὰ καὶ
διαρκῆ ἔχω τὰ ἄλφιτα παρὰ τῆς δικέλλης. ὥστε
παλίνδρομος ἄπιθι, ὦ Ἑρμῆ, τὸν Πλοῦτον ἐπαν-
άγων[1] τῷ Διί· ἐμοὶ δὲ τοῦτο ἱκανὸν ἦν, πάντας
ἀνθρώπους ἡβηδὸν οἰμώζειν ποιῆσαι.

ΕΡΜΗΣ

Μηδαμῶς, ὦγαθέ· οὐ γὰρ πάντες εἰσὶν ἐπι-
τήδειοι πρὸς οἰμωγήν. ἀλλ᾽ ἔα τὰ ὀργίλα ταῦτα
καὶ μειρακιώδη καὶ τὸν Πλοῦτον παράλαβε. οὔτοι
ἀπόβλητά ἐστι τὰ δῶρα τὰ παρὰ τοῦ Διός.

[1] ἐπανάγων Fritzsche : ἀπαγαγὼν MSS.

Zeus for the care, but I must decline to take your friend Riches.

HERMES

Why, pray?

TIMON

Because in bygone days he caused me infinite harm by giving me over to toadies, setting plotters upon me, stirring up hatred against me, corrupting me with high living, making me envied and finally abandoning me in such a faithless and traitorous way. But my good friend Poverty developed my body with tasks of the most manly sort, conversed with me truthfully and frankly, gave me all that I needed if only I worked for it, and taught me to despise the wealth I once cherished, making me depend upon myself for my hope of a living and showing me wherein lay my own riches, which could not be taken away either by a toady with flattery or by a blackmailer with threats, by a mob in a gust of passion, a voter with his ballot or a tyrant with his intrigues. Strengthened, therefore, by my labours, I work upon this farm with pleasure in my toil, seeing nothing of the ills in the city and getting ample and sufficient sustenance from my pick. So wend your way back again, Hermes, taking Riches up to Zeus. For my part, I should be content if I could bring sorrow to the whole world, young and old alike.

HERMES

Don't say that, my friend; they do not all deserve sorrow. Come, stop this childish display of ill-temper and take Riches. Gifts that come from Zeus are not to be flung away.

ΠΛΟΥΤΟΣ

Βούλει, ὦ Τίμων, δικαιολογήσωμαι πρὸς σέ; ἢ
χαλεπανεῖς[1] μοι λέγοντι;

ΤΙΜΩΝ

Λέγε, μὴ μακρὰ μέντοι, μηδὲ μετὰ προοιμίων,
ὥσπερ οἱ ἐπίτριπτοι ῥήτορες· ἀνέξομαι γάρ σε
ὀλίγα λέγοντα διὰ τὸν Ἑρμῆν τουτονί.

ΠΛΟΥΤΟΣ

38   Ἐχρῆν μὲν ἴσως καὶ μακρὰ εἰπεῖν πρὸς[2] οὕτω
πολλὰ ὑπὸ σοῦ κατηγορηθέντα· ὅμως δὲ ὅρα εἴ τί
σε, ὡς φής, ἠδίκηκα, ὃς τῶν μὲν ἡδίστων ἁπάντων
αἴτιός σοι κατέστην, τιμῆς καὶ προεδρίας καὶ στε-
φάνων καὶ τῆς ἄλλης τρυφῆς, περίβλεπτός τε καὶ
ἀοίδιμος δι᾽ ἐμὲ ἦσθα καὶ περισπούδαστος· εἰ δέ τι
χαλεπὸν ἐκ τῶν κολάκων πέπονθας, ἀναίτιος ἐγώ
σοι· μᾶλλον δὲ αὐτὸς ἠδίκημαι τοῦτο ὑπὸ σοῦ, διότι
με οὕτως ἀτίμως ὑπέβαλες ἀνδράσι καταράτοις
ἐπαινοῦσι καὶ καταγοητεύουσι καὶ πάντα τρόπον
ἐπιβουλεύουσί μοι· καὶ τό γε τελευταῖον ἔφησθα,
ὡς προδέδωκά σε, τοὐναντίον δ᾽ ἂν[3] αὐτὸς ἐγκαλέ-
σαιμί σοι πάντα τρόπον ἀπελαθεὶς ὑπὸ σοῦ καὶ
ἐπὶ κεφαλὴν ἐξωσθεὶς τῆς οἰκίας. τοιγαροῦν ἀντὶ
μαλακῆς χλανίδος ταύτην τὴν διφθέραν ἡ τιμιω-
τάτη σοι Πενία περιτέθεικεν. ὥστε μάρτυς ὁ
Ἑρμῆς οὑτοσί, πῶς ἱκέτευον τὸν Δία μηκέθ᾽ ἥκειν
παρὰ σὲ οὕτως δυσμενῶς μοι προσενηνεγμένον.

ΕΡΜΗΣ

39   Ἀλλὰ νῦν ὁρᾷς, ὦ Πλοῦτε, οἷος ἤδη γεγένηται;
ὥστε θαρρῶν συνδιάτριβε αὐτῷ· καὶ σὺ μὲν

---

[1] χαλεπανεῖς, Γ², Cobet: χαλεπαίνεις, Γ¹, other MSS.
[2] πρὸς Cobet: not in MSS.   [3] δ᾽ ἂν Bekker: δὲ MSS.

TIMON, OR THE MISANTHROPE

RICHES

Do you want me to reason with you, Timon, or shall you be offended at me if I say anything?

TIMON

Speak, but not at length nor with a preface, like a rascally orator. I will endure a few words from you for the sake of Hermes.

RICHES

Perhaps I ought really to speak at length in reply to so many charges made by you. However, judge whether I have wronged you as you say. It is I who brought you everything that is delightful,—honour, precedence, civic crowns, and every form of luxury; and you were admired and puffed and courted, thanks to me. On the other hand, if you have suffered any cruel treatment at the hands of the toadies, I am not to blame; rather have I myself been wronged by you because you so basely put me at the mercy of scoundrels who praised you and bewitched you and intrigued against me in every way. Again, in closing, you said that I played you false; but on the contrary I could myself bring that charge against you, for you drove me off in every way and thrust me head-foremost out of your house. That is why Poverty, whom you hold so dear, has dressed you in this coat of skin instead of a soft mantle of wool. So Hermes will testify how ardently I besought Zeus not to make me come to you again after you had treated me with such hostility.

HERMES

But now you see how mild he has become, Riches; so do not hesitate to remain with him. Timon, go

σκάπτε ὡς ἔχεις· σὺ δὲ τὸν Θησαυρὸν ὑπάγαγε τῇ
δικέλλῃ· ὑπακούσεται γὰρ ἐμβοήσαντί σοι.

ΤΙΜΩΝ

Πειστέον, ὦ Ἑρμῆ, καὶ αὖθις πλουτητέον. τι
γὰρ ἂν καὶ πάθοι τις, ὁπότε[1] οἱ θεοὶ βιάζοιντο;
πλὴν ὅρα γε εἰς οἷά με πράγματα ἐμβάλλεις τὸν
κακοδαίμονα, ὃς ἄχρι νῦν εὐδαιμονέστατα διάγων
χρυσὸν ἄφνω τοσοῦτον λήψομαι οὐδὲν ἀδικήσας
καὶ τοσαύτας φροντίδας ἀναδέξομαι.

ΕΡΜΗΣ

40   Ὑπόστηθι, ὦ Τίμων, δι᾽ ἐμέ, καὶ εἰ χαλεπὸν
τοῦτο καὶ οὐκ οἰστόν ἐστιν, ὅπως οἱ κόλακες ἐκεῖ-
νοι διαρραγῶσιν ὑπὸ τοῦ φθόνου· ἐγὼ δὲ ὑπὲρ
τὴν Αἴτνην ἐς τὸν οὐρανὸν ἀναπτήσομαι.

ΠΛΟΥΤΟΣ

Ὁ μὲν ἀπελήλυθεν, ὡς δοκεῖ· τεκμαίρομαι γὰρ
τῇ εἰρεσίᾳ τῶν πτερῶν· σὺ δὲ αὐτοῦ περίμενε·
ἀναπέμψω γάρ σοι τὸν Θησαυρὸν ἀπελθών· μᾶλ-
λον δὲ παῖε. σέ φημι, Θησαυρὲ χρυσοῦ, ὑπά-
κουσον Τίμωνι τουτῳῒ καὶ παράσχες ἑαυτὸν[2]
ἀνελέσθαι. σκάπτε, ὦ Τίμων, βαθείας κατα-
φέρων. ἐγὼ δὲ ὑμῖν ἀποστήσομαι.

ΤΙΜΩΝ

41   Ἄγε, ὦ δίκελλα, νῦν μοι ἐπίρρωσον σεαυτὴν
καὶ μὴ κάμῃς ἐκ τοῦ βάθους τὸν Θησαυρὸν ἐς
τοὐμφανὲς προκαλουμένη. ὦ Ζεῦ τεράστιε καὶ
φίλοι Κορύβαντες καὶ Ἑρμῆ κερδῷε, πόθεν
τοσοῦτον χρυσίον; ἦ που ὄναρ ταῦτά ἐστι; δέδια
γοῦν μὴ ἄνθρακας εὕρω ἀνεγρόμενος· ἀλλὰ μὴν

---

[1] ὁπότε Hermann : ὁπόταν MSS.
[2] παράσχες ἑαυτὸν A.M.H. : παράσχες σεαυτὸν Dindorf ;
πάρασχε σεαυτὸν MSS.

on digging without more ado, and you, Riches, bring Treasure underneath his hoe, for Treasure will obey your call.

TIMON

I must comply, Hermes, and be rich again, for what can a man do when the gods constrain him? But look at all the trouble you are plunging me into, curse the luck! Until now I was leading the happiest of lives, but in a moment, though I have done no wrong, I am to receive so much gold and to take on so many cares.

HERMES

Endure it, Timon, for my sake, even if it is difficult and unbearable, in order that those toadies may burst with envy. And now I am going to fly up to Heaven by way of Aetna.

RICHES

He has gone, it seems; for I infer it from the fluttering of his wings. Wait here, and I will go away and send Treasure to you. But, no, strike in. Ho, Treasure of Gold! Submit to Timon and let yourself be dug up. Dig, Timon, and bring down deep strokes. I will leave you to yourselves.

TIMON

Come, pick, be strong for me now and don't flag in the task of calling Treasure out of the depths to the light of day. O Zeus, god of miracles! O gracious Corybants! O Hermes, god of gain! Where did all this gold come from? Is this a dream? I am afraid I may wake up and find nothing but ashes. No,

χρυσιον ἐστὶν ἐπίσημον, ὑπέρυθρον, βαρὺ καὶ τὴν
πρόσοψιν ὑπερήδιστον.

ὦ χρυσέ, δεξίωμα κάλλιστον βροτοῖς·
αἰθόμενον γὰρ πῦρ ἅτε διαπρέπεις καὶ νύκτωρ καὶ
μεθ' ἡμέραν. ἐλθέ, ὦ φίλτατε καὶ ἐρασμιώτατε.
νῦν πείθομαί γε καὶ Δία ποτὲ γενέσθαι χρυσόν·
τίς γὰρ οὐκ ἂν παρθένος ἀναπεπταμένοις τοῖς
κόλποις ὑπεδέξατο οὕτω καλὸν ἐραστὴν διὰ τοῦ
42 τέγους καταρρέοντα; ὦ Μίδα καὶ Κροῖσε καὶ τὰ
ἐν Δελφοῖς ἀναθήματα, ὡς οὐδὲν ἄρα ἦτε ὡς πρὸς
Τίμωνα καὶ τὸν Τίμωνος πλοῦτον, ᾧ γε οὐδὲ ὁ
βασιλεὺς ὁ Περσῶν ἴσος.

Ὦ δίκελλα καὶ φιλτάτη διφθέρα, ὑμᾶς μὲν τῷ
Πανὶ τούτῳ ἀναθεῖναι καλόν· αὐτὸς δὲ ἤδη πᾶσαν
πριάμενος τὴν ἐσχατιάν, πυργίον οἰκοδομησάμενος
ὑπὲρ τοῦ θησαυροῦ μόνῳ ἐμοὶ ἱκανὸν ἐνδιαιτᾶσθαι,
τὸν αὐτὸν καὶ τάφον ἀποθανὼν ἕξειν μοιδοκῶ.

"Δεδόχθω δὲ ταῦτα καὶ νενομοθετήσθω πρὸς
τὸν ἐπίλοιπον βίον, ἀμιξία πρὸς ἅπαντας καὶ
ἀγνωσία καὶ ὑπεροψία· φίλος δὲ ἢ ξένος ἢ ἑταῖρος
ἢ Ἐλέου βωμὸς ὕθλος πολύς· καὶ τὸ οἰκτεῖραι
δακρύοντα ἢ ἐπικουρῆσαι δεομένῳ παρανομία καὶ
κατάλυσις τῶν ἐθῶν· μονήρης δὲ ἡ δίαιτα καθά-
43 περ τοῖς λύκοις, καὶ φίλος εἷς Τίμων. οἱ δὲ ἄλλοι
πάντες ἐχθροὶ καὶ ἐπίβουλοι· καὶ τὸ προσομιλῆ-
σαί τινι αὐτῶν μίασμα· καὶ ἤν τινα ἴδω μόνον,
ἀποφρὰς ἡ ἡμέρα· καὶ ὅλως ἀνδριάντων λιθίνων
ἢ χαλκῶν μηδὲν ἡμῖν διαφερέτωσαν· καὶ μήτε
κήρυκα δεχώμεθα παρ' αὐτῶν μήτε σπονδὰς

verily it is coined gold, red and heavy and mighty good to look upon.

"O gold, thou fairest gift that comes to man!"[1]

In very truth you stand out like blazing fire, not only by night but by day.[2] Come to me, my precious, my pretty! Now I am convinced that Zeus once turned into gold, for what maid would not open her bosom and receive so beautiful a lover coming down through the roof in a shower? O Midas! O Croesus! O treasures of Delphi! How little worth you are beside Timon and the wealth of Timon! Yes, even the king of Persia is not a match for me.

Pick and darling coat of skin, it is best that I should hang you up here as an offering to Pan. For myself, I purpose now to buy the whole farm, build a tower over the treasure just large enough for me to live in, and have it for my tomb when I am dead.

"Be it resolved and enacted into law, to be binding for the rest of my life, that I shall associate with no one, recognize no one and scorn everyone. Friends, guests, comrades and Altars of Mercy[3] shall be matter for boundless mockery. To pity one who weeps, to help one who is in need shall be a misdemeanour and an infringement of the constitution. My life shall be solitary, like that of wolves; Timon shall be my only friend, and all others shall be enemies and conspirators. To talk to any of them shall be pollution, and if I simply see one of them, that day shall be under a curse. In short, they shall be no more than statues of stone or bronze in my sight. I shall receive no ambassadors from

---

[1] Euripides, *Danae*, fr. 326 Nauck.

[2] The allusion is to Pindar, *Olymp.* i. 1 ff.

[3] There was such an altar in Athens; cf *Demonax* 57.

σπενδώμεθα· ἡ ἐρημία δὲ ὄρος ἔστω πρὸς αὐτούς.
φυλέται δὲ καὶ φράτορες καὶ δημόται καὶ ἡ πατρὶς
αὐτὴ ψυχρὰ καὶ ἀνωφελῆ ὀνόματα καὶ ἀνοήτων
ἀνδρῶν φιλοτιμήματα. πλουτείτω δὲ Τίμων μόνος
καὶ ὑπεροράτω ἁπάντων καὶ τρυφάτω μόνος καθ᾿
ἑαυτὸν κολακείας καὶ ἐπαίνων φορτικῶν ἀπηλ-
λαγμένος· καὶ θεοῖς θυέτω καὶ εὐωχείσθω[1] μόνος,
ἑαυτῷ γείτων καὶ ὅμορος, ἐκσείων[2] τῶν ἄλλων. καὶ
ἅπαξ ἑαυτὸν δεξιώσασθαι δεδόχθω, ἢν δέῃ ἀπο-
44 θανεῖν, καὶ αὑτῷ στέφανον ἐπενεγκεῖν. καὶ ὄνομα
μὲν ἔστω ὁ Μισάνθρωπος ἥδιστον, τοῦ τρόπου δὲ
γνωρίσματα δυσκολία καὶ τραχύτης καὶ σκαιότης
καὶ ὀργὴ καὶ ἀπανθρωπία· εἰ δέ τινα ἴδοιμι ἐν
πυρὶ διαφθειρόμενον καὶ κατασβεννύναι[3] ἱκετεύον-
τα, πίττῃ καὶ ἐλαίῳ κατασβεννύναι· καὶ ἤν τινα
τοῦ χειμῶνος ὁ ποταμὸς παραφέρῃ, ὁ δὲ τὰς χεῖ-
ρας ὀρέγων ἀντιλαβέσθαι δέηται, ὠθεῖν καὶ τοῦτον
ἐπὶ κεφαλὴν βαπτίζοντα, ὡς μηδὲ ἀνακύψαι
δυνηθείη· οὕτω γὰρ ἂν τὴν ἴσην ἀπολάβοιεν.
εἰσηγήσατο τὸν νόμον Τίμων Ἐχεκρατίδου[4]
Κολλυτεύς, ἐπεψήφισε τῇ ἐκκλησίᾳ Τίμων ὁ
αὐτός.

Εἶεν, ταῦτα ἡμῖν δεδόχθω καὶ ἀνδρικῶς ἐμμένω-
45 μεν αὐτοῖς. πλὴν ἀλλὰ περὶ πολλοῦ ἂν ἐποιη-
σάμην ἅπασι γνώριμά πως ταῦτα γενέσθαι, διότι
ὑπερπλουτῶ· ἀγχόνη γὰρ ἂν τὸ πρᾶγμα γένοιτο
αὐτοῖς. καίτοι τί τοῦτο; φεῦ τοῦ τάχους. πανταχό-

---

[1] εὐωχείσθω Faber: εὐωχείτω MSS.
[2] ἐκσείων seems to be used intransitively (= ἐκστάς). ἔκας ὢν Faber: τοὺς ἄλλους Hemsterhuys: possibly ἐκσείων <ἑαυτὸν>.
[3] διαφθειρόμενον καὶ κατασβεννύναι Cobet: καταδιαφθειρόμενον καὶ σβεννύναι MSS.   [4] Ἐχεκρατίδου Faber: Ἐχεκρατίδης MSS.

them and make no treaties with them, and the desert shall sunder me from them. Tribe, clan, deme and native land itself shall be inane and useless names, and objects of the zeal of fools. Timon shall keep his wealth to himself, scorn everyone and live in luxury all by himself, remote from flattery and tiresome praise. He shall sacrifice to the gods and celebrate his feast-days by himself, his own sole neighbour and crony, shaking free of all others. Be it once for all resolved that he shall give himself the farewell handclasp when he comes to die, and shall set the funeral wreath upon his own brow. His favourite name shall be 'the Misanthrope,' and his characteristic traits shall be testiness, acerbity, rudeness, wrathfulness and inhumanity. If I see anyone perishing in a fire and begging to have it put out, I am to put it out with pitch and oil; and if anyone is being swept off his feet by the river in winter and stretches out his hands, begging me to take hold, I am to push him in head-foremost, plunging him down so deep that he cannot come up again. In that way they will get what they deserve. Moved by Timon, son of Echecratides, of Collytus; motion submitted to the assembly by the aforesaid Timon."

Good! Let us pass this resolution and abide by it stoutly. Yet I would have given a great deal if everybody could have found out somehow that I am tremendously rich; they would be fit to hang themselves over the thing. But what is this? I say,

θεν συνθέουσιν κεκονιμένοι καὶ πνευστιῶντες, οὐκ
οἶδα ὅθεν ὀσφραινόμενοι τοῦ χρυσίου. πότερον
οὖν ἐπὶ τὸν πάγον τοῦτον ἀναβὰς ἀπελαύνω
αὐτοὺς τοῖς λίθοις ἐξ ὑπερδεξίων ἀκροβολιζόμενος,
ἢ τό γε τοσοῦτον παρανομήσομεν εἰσάπαξ αὐτοῖς
ὁμιλήσαντες, ὡς πλέον ἀνιῷντο ὑπερορώμενοι;
τοῦτο οἶμαι καὶ ἄμεινον. ὥστε δεχώμεθα ἤδη
αὐτοὺς ὑποστάντες. φέρε ἴδω, τίς ὁ πρῶτος αὐτῶν
οὗτός ἐστι; Γναθωνίδης ὁ κόλαξ, ὁ πρῴην ἔρανον
αἰτήσαντί μοι ὀρέξας τὸν βρόχον, πίθους ὅλους
παρ' ἐμοὶ πολλάκις ἐμημεκώς. ἀλλ' εὖ γε ἐποίη-
σεν ἀφικόμενος· οἰμώξεται γὰρ πρὸ τῶν ἄλλων.

ΓΝΑΘΩΝΙΔΗΣ

46   Οὐκ ἐγὼ ἔλεγον ὡς οὐκ ἀμελήσουσι Τίμωνος
ἀγαθοῦ ἀνδρὸς οἱ θεοί; χαῖρε Τίμων εὐμορφότατε
καὶ ἥδιστε καὶ συμποτικώτατε.

ΤΙΜΩΝ

Νὴ καὶ σύ γε, ὦ Γναθωνίδη, γυπῶν ἁπάντων
βορώτατε καὶ ἀνθρώπων ἐπιτριπτότατε.

ΓΝΑΘΩΝΙΔΗΣ

᾿Αεὶ φιλοσκώμμων σύ γε. ἀλλὰ ποῦ τὸ συμ-
πόσιον; ὡς καινόν τί σοι ᾆσμα τῶν νεοδιδάκτων
διθυράμβων ἥκω κομίζων.

ΤΙΜΩΝ

Καὶ μὴν ἐλεγεῖά γε ᾄσῃ μάλα περιπαθῶς ὑπὸ
ταύτῃ τῇ δικέλλῃ.

what haste they make! They are running up from all sides, dusty and out of breath, for they scent the gold somehow or other. Shall I climb this hill and drive them off with a skirmish fire of stones from above, or shall I break the law to the extent of talking to them just this once, in order that they may be hurt even more by being treated with contempt? That way is better, I think; so let us stand our ground now and receive them. Let me see, who is the first of them? Gnathonides the toady, the man who gave me a rope the other day when I asked for a loan, though often he has spewed up whole jars of wine at my house. I am glad he came: he shall be the first to smart.

GNATHONIDES

Didn't I say that the gods would not neglect an upright man like Timon? Good day to you, Timon, first in good looks, first in good manners and first in good fellowship.

TIMON

The same to you, Gnathonides, first of all vultures in voracity and first of all mankind in rascality.

GNATHONIDES

You are always fond of your joke. But where are we to dine? I have brought you a new song from one of the plays [1] that have just been put on.

TIMON

I assure you, it will be a very mournful dirge that you will sing, with this pick of mine to prompt you.

---

[1] Literally: "From one of the dithyrambs." The allusion is anachronistic, for in Timon's day the dithyramb was not dramatic in character. Cf. Bywater, *Aristotle on the Art of Poetry*, p. 99.

ΓΝΑΘΩΝΙΔΗΣ

Τί τοῦτο; παίεις, ὦ Τίμων; μαρτύρομαι· ὦ
Ἡράκλεις, ἰοὺ ἰού, προκαλοῦμαί σε τραύματος
εἰς Ἄρειον πάγον.

ΤΙΜΩΝ

Καὶ μὴν ἄν γε μικρὸν ἐπιβραδύνῃς, φόνου τάχα
προκεκλήσομαι.

ΓΝΑΘΩΝΙΔΗΣ

Μηδαμῶς· ἀλλὰ σύ γε πάντως τὸ τραῦμα
ἴασαι μικρὸν ἐπιπάσας τοῦ χρυσίου· δεινῶς γὰρ
ἴσχαιμόν ἐστι τὸ φάρμακον.

ΤΙΜΩΝ

Ἔτι γὰρ μένεις;

ΓΝΑΘΩΝΙΔΗΣ

Ἄπειμι· σὺ δὲ οὐ χαιρήσεις οὕτω σκαιὸς ἐκ
χρηστοῦ γενόμενος.

ΤΙΜΩΝ

47   Τίς οὗτός ἐστιν ὁ προσιών, ὁ ἀναφαλαντίας;
Φιλιάδης, κολάκων ἁπάντων ὁ βδελυρώτατος.
οὗτος δὲ ἀγρὸν ὅλον παρ' ἐμοῦ λαβὼν καὶ τῇ
θυγατρὶ προῖκα δύο τάλαντα, μισθὸν τοῦ ἐπαίνου,
ὁπότε ᾄσαντά με πάντων σιωπώντων μόνος ὑπερ-
επῄνεσεν ἐπομοσάμενος ᾠδικώτερον εἶναι τῶν
κύκνων, ἐπειδὴ νοσοῦντα πρῴην εἶδέ με καὶ
προσῆλθον ἐπικουρίας δεόμενος, πληγὰς ὁ γεν-
ναῖος προσενέτεινεν.

ΦΙΛΙΑΔΗΣ

48   Ὦ τῆς ἀναισχυντίας. νῦν Τίμωνα γνωρίζετε;
νῦν Γναθωνίδης φίλος καὶ συμπότης; τοιγαροῦν
δίκαια πέπονθεν οὕτως ἀχάριστος ὤν. ἡμεῖς δὲ οἱ
πάλαι συνήθεις καὶ συνέφηβοι καὶ δημόται ὅμως

GNATHONIDES

What's this? A blow, Timon? I appeal to the witnesses. O Heracles! Oh! Oh! I summon you before the Areopagus for assault and battery.

TIMON

If you will only linger one moment more, the summons will be for murder.

GNATHONIDES

No, no! Do heal my wound, at least, by putting a little gold on it. That is a wonderful specific for staunching blood.

TIMON

What, are you still bent on staying?

GNATHONIDES

I am going; but you shall be sorry that you left off being a gentleman and became such a boor.

TIMON

Who is this coming up, with the bald pate? Philiades, the most nauseous toady of them all. He received from me a whole farm and a dower of two talents for his daughter in payment for praising me once, when I had sung a song and everybody else kept still, but he lauded me to the skies, vowing on his word of honour that I was a better singer than a swan. Yet when he saw me ill the other day and I went up to him and begged for alms, the generous fellow bestowed a thrashing on me.

PHILIADES

Oh, what effrontery! So you all recognize Timon now? So Gnathonides is his friend and boon-companion now? Then he has had just what he deserved for being so thankless. But we, who are old acquaintances and schoolmates and neighbours,

379

μετριάζομεν, ὡς μὴ ἐπιπηδᾶν δοκῶμεν. χαῖρε, ὦ
δέσποτα, καὶ ὅπως τοὺς μιαροὺς τούτους κόλακας
φυλάξῃ, τοὺς ἐπὶ τῆς τραπέζης μόνον, τὰ ἄλλα
δὲ κοράκων οὐδὲν διαφέροντας. οὐκέτι πιστευτέα
τῶν νῦν οὐδενί· πάντες ἀχάριστοι καὶ πονηροί.
ἐγὼ δὲ τάλαντόν σοι κομίζων, ὡς ἔχοις πρὸς τὰ
κατεπείγοντα χρῆσθαι, καθ' ὁδὸν ἤδη πλησίον
ἤκουσα, ὡς πλουτοίης ὑπερμεγέθη τινὰ πλοῦτον.
ἤκω τοιγαροῦν ταῦτά σε νουθετήσων· καίτοι
σύ γε οὕτω σοφὸς ὢν οὐδὲν ἴσως δεήσῃ τῶν
παρ' ἐμοῦ λόγων, ὃς καὶ τῷ Νέστορι τὸ δέον
παραινέσειας ἄν.

TIMΩN

Ἔσται ταῦτα, ὦ Φιλιάδη. πλὴν ἀλλὰ πρόσιθι,
ὡς καὶ σὲ φιλοφρονήσωμαι τῇ δικέλλῃ.

ΦΙΛΙΑΔΗΣ

Ἄνθρωποι, κατέαγα τοῦ κρανίου ὑπὸ τοῦ ἀχα-
ρίστου, διότι τὰ συμφέροντα ἐνουθέτουν αὐτόν.

TIMΩN

49   Ἰδοὺ τρίτος οὗτος ὁ ῥήτωρ Δημέας προσέρχεται
ψήφισμα ἔχων ἐν τῇ δεξιᾷ καὶ συγγενὴς ἡμέτερος
εἶναι λέγων. οὗτος ἑκκαίδεκα παρ' ἐμοῦ τάλαντα
μιᾶς ἡμέρας ἐκτίσας τῇ πόλει—καταδεδίκαστο
γὰρ καὶ ἐδέδετο οὐκ ἀποδιδούς, κἀγὼ ἐλεήσας
ἐλυσάμην αὐτόν—ἐπειδὴ πρῴην ἔλαχε τῇ Ἐρε-
χθηΐδι φυλῇ διανέμειν τὸ θεωρικὸν κἀγὼ προσ-
ῆλθον αὐτῶν τὸ γινόμενον, οὐκ ἔφη γνωρίζειν
πολίτην ὄντα με.

go slow in spite of that, in order not to appear too forward. Good day, sir; be on your guard against these despicable toadies who are only concerned with your table and otherwise are no better than ravens. You can't trust anybody nowadays; everyone is thankless and wicked. For my part, I was just bringing you a talent so that you might have something to use for your pressing needs when I heard on the way, not far from here, that you were tremendously rich. So I have come to give you this advice. But as you are so wise, perhaps you will have no need of suggestions from me, for you could even tell Nestor what to do in an emergency.

TIMON

No doubt, Philiades. But come here, so that I may give you a friendly greeting with my pick!

PHILIADES

Help! The ingrate has broken my head because I gave him good advice.

TIMON

Lo and behold! here comes a third, the orator Demeas, holding a resolution in his hand and saying that he is a relative of mine. That fellow paid the city treasury sixteen talents within a single day, getting his money from me, for he had been condemned to a fine and put in jail while it was unpaid. And yet when it became his duty recently to distribute the show-money to the Erechtheis tribe,[1] and I went up and asked for my share, he said he did not recognize me as a citizen!

---

[1] A slip on Lucian's part, for Collytus belonged to Aegeis. The show-money (theoric fund) was at first given only to cover the cost of admission to state spectacles, but later became a distribution per capita of the surplus funds.

ΔΗΜΕΑΣ

50   Χαῖρε, ὦ Τίμων, τὸ μέγα ὄφελος τοῦ γένους, τὸ
ἔρεισμα τῶν Ἀθηνῶν,[1] τὸ πρόβλημα τῆς Ἑλ-
λάδος· καὶ μὴν πάλαι σε ὁ δῆμος συνειλεγμένος
καὶ αἱ βουλαὶ ἀμφότεραι περιμένουσι. πρότερον
δὲ ἄκουσον τὸ ψήφισμα, ὃ ὑπὲρ σοῦ γέγραφα·
"'Ἐπειδὴ Τίμων Ἐχεκρατίδου[2] Κολλυτεύς, ἀνὴρ
οὐ μόνον καλὸς κἀγαθός, ἀλλὰ καὶ σοφὸς ὡς οὐκ
ἄλλος ἐν τῇ Ἑλλάδι, παρὰ πάντα χρόνον διατελεῖ
τὰ ἄριστα πράττων τῇ πόλει, νενίκηκε δὲ πὺξ καὶ
πάλην καὶ δρόμον ἐν Ὀλυμπίᾳ μιᾶς ἡμέρας καὶ
τελείῳ ἅρματι καὶ συνωρίδι πωλικῇ—"

TIMΩN

Ἀλλ' οὐδὲ ἐθεώρησα ἐγὼ πώποτε εἰς Ὀλυμ-
πίαν.

ΔΗΜΕΑΣ

Τί οὖν; θεωρήσεις ὕστερον· τὰ τοιαῦτα δὲ
πολλὰ προσκεῖσθαι ἄμεινον. καὶ "ἠρίστευσε δὲ
ὑπὲρ τῆς πόλεως πέρυσι πρὸς Ἀχαρναῖς[3] καὶ
κατέκοψε Πελοποννησίων δύο μόρας—"

TIMΩN

51   Πῶς; διὰ γὰρ τὸ μὴ ἔχειν ὅπλα οὐδὲ προὐ-
γράφην ἐν τῷ καταλόγῳ.

ΔΗΜΕΑΣ

Μέτρια τὰ περὶ σαυτοῦ λέγεις, ἡμεῖς δὲ ἀχά-
ριστοι ἂν εἴημεν ἀμνημονοῦντες. "ἔτι δὲ καὶ
ψηφίσματα γράφων καὶ συμβουλεύων καὶ στρα-
τηγῶν οὐ μικρὰ ὠφέλησε τὴν πόλιν· ἐπὶ τούτοις

---

[1] Ἀθηνῶν Bekker : Ἀθηναίων MSS.
[2] Ἐχεκρατίδου Dindorf : ὁ Ἐχεκρατίδου MSS.
[3] Ἀχαρναῖς Mehler : Ἀχαρνέας MSS.

TIMON, OR THE MISANTHROPE

DEMEAS

Good day, Timon, great benefactor of your kin, bulwark of Athens, shield of Greece! The assembly and both the councils are in session and awaiting your pleasure this long time. But before you go, listen to the resolution that I drew up in your behalf.

"Whereas Timon of Collytus, the son of Echecratides, a man who is not only upright but wise beyond any other in Greece, labours always in the best interests of the city, and has won the boxing match, the wrestling match, and the foot-race at Olympia in a single day, as well as the horse-races, both with the regular chariot and with the span of colts"—

TIMON

But I never was even a delegate [1] to the games at Olympia!

DEMEAS

What of that? You will be, later. It is best to put in plenty of that sort of thing.

— "and fought bravely for the city at Acharnae and cut to pieces two divisions of Spartans"—

TIMON

What do you mean by that? I wasn't even posted on the muster-roll because I had no arms.

DEMEAS

You are modest in talking about yourself, but we should be ungrateful if we failed to remember.

— "and furthermore has been of great service to the city by drawing up resolutions and serving on the council and acting as general;

---

[1] An official representative of the state. Cf. Aristophanes, *Wasps* 1188 ff.

ἅπασι δεδόχθω τῇ βουλῇ καὶ τῷ δήμῳ καὶ τῇ
Ἡλιαίᾳ καὶ ταῖς φυλαῖς[1] καὶ τοῖς δήμοις ἰδίᾳ καὶ
κοινῇ πᾶσι χρυσοῦν ἀναστῆσαι τὸν Τίμωνα παρὰ
τὴν Ἀθηνᾶν ἐν τῇ ἀκροπόλει κεραυνὸν ἐν τῇ δεξιᾷ
ἔχοντα καὶ ἀκτῖνας ἐπὶ τῇ κεφαλῇ καὶ στεφα-
νῶσαι αὐτὸν χρυσοῖς στεφάνοις ἑπτὰ καὶ ἀνα-
κηρυχθῆναι τοὺς στεφάνους τήμερον Διονυσίοις
τραγῳδοῖς καινοῖς—ἀχθῆναι γὰρ δι᾿ αὐτὸν δεῖ
τήμερον τὰ Διονύσια. εἶπε τὴν γνώμην Δημέας ὁ
ῥήτωρ, συγγενὴς αὐτοῦ ἀγχιστεὺς καὶ μαθητὴς
ὤν· καὶ γὰρ ῥήτωρ ἄριστος ὁ Τίμων καὶ τὰ ἄλλα
πάντα ὁπόσα ἂν ἐθέλῃ."

52   Τουτὶ μὲν οὖν σοι τὸ ψήφισμα. ἐγὼ δὲ καὶ τὸν
υἱὸν ἐβουλόμην ἀγαγεῖν παρὰ σέ, ὃν ἐπὶ τῷ σῷ
ὀνόματι Τίμωνα ὠνόμακα.

TIMΩN

Πῶς, ὦ Δημέα, ὃς οὐδὲ γεγάμηκας, ὅσα γε καὶ
ἡμᾶς εἰδέναι;

ΔΗΜΕΑΣ

Ἀλλὰ γαμῶ, ἢν διδῷ θεός, ἐς νέωτα καὶ παι-
δοποιήσομαι καὶ τὸ γεννηθησόμενον—ἄρρεν γὰρ
ἔσται—Τίμωνα ἤδη καλῶ.

TIMΩN

Οὐκ οἶδα εἰ γαμήσειας[2] ἔτι, ὦ οὗτος, τηλικαύ-
την παρ᾿ ἐμοῦ πληγὴν λαμβάνων.

ΔΗΜΕΑΣ

Οἴμοι· τί τοῦτο; τυραννίδι Τίμων ἐπιχειρεῖς
καὶ τύπτεις τοὺς ἐλευθέρους οὐ καθαρῶς ἐλεύθερος
οὐδ᾿ αὐτὸς ὤν; ἀλλὰ δώσεις ἐν τάχει τὴν δίκην τά
τε ἄλλα καὶ ὅτι τὴν ἀκρόπολιν ἐνέπρησας.

---

[1] καὶ ταῖς φυλαῖς Fritzsche : κατὰ φυλὰς MSS.
[2] γαμήσειας Fritzsche : γαμήσεις MSS.

" On all these grounds be it resolved by the council, the assembly, the panel of jurors, the tribes and the demes, both severally and in common, to erect a golden statue of Timon beside Athena on the Acropolis with a thunderbolt in his hand and a halo[1] upon his head, and to crown him with seven crowns of gold, said crowns to be awarded by proclamation to-day at the Dionysia when the new tragedies are performed ; for the Dionysia must be held to-day on his account. Moved by the orator Demeas, his next of kin and his pupil ; for Timon is an excellent orator and anything else that he wants to be."

There you have the resolution. I wish I had brought my son to see you ; I have called him Timon after you.

TIMON

How can that be, Demeas, when you aren't even married, as far as I know ?

DEMEAS

No, but I am going to marry next year, Zeus willing, and have a child ; and I now name it Timon, for it will be a boy.

TIMON

Perhaps you don't care to marry now, sirrah, on getting such a clout from me.

DEMEAS

Oh ! Oh ! What does this mean ? Timon, you are trying to make yourself tyrant and you are beating free men when you yourself have not a clear title to your freedom. You shall soon pay for this, and for burning the Acropolis too.

[1] Literally, "rays," the attribute of Helius. The colossal statue of Nero had these rays.

ΤΙΜΩΝ

53 Ἀλλ' οὐκ ἐμπέπρησται, ὦ μιαρέ, ἡ ἀκρόπολις·
ὥ τε δῆλος εἶ συκοφαντῶν.

ΔΗΜΕΑΣ

Ἀλλὰ καὶ πλουτεῖς τὸν ὀπισθόδομον διορύξας.

ΤΙΜΩΝ

Οὐ διώρυκται οὐδὲ οὗτος, ὥστε ἀπίθανά σου
καὶ ταῦτα.

ΔΗΜΕΑΣ

Διορυχθήσεται μὲν ὕστερον· ἤδη δὲ σὺ πάντα
τὰ ἐν αὐτῷ ἔχεις.

ΤΙΜΩΝ

Οὐκοῦν καὶ ἄλλην λάμβανε.

ΔΗΜΕΑΣ

Οἴμοι τὸ μετάφρενον.

ΤΙΜΩΝ

Μὴ κέκραχθι· κατοίσω γάρ σοι καὶ τρίτην·
ἐπεὶ καὶ γελοῖα πάμπαν ἂν πάθοιμι δύο μὲν
Λακεδαιμονίων μόρας κατακόψας ἄνοπλος, ἓν δὲ
μιαρὸν ἀνθρώπιον μὴ ἐπιτρίψας· μάτην γὰρ ἂν
εἴην καὶ νενικηκὼς Ὀλύμπια πὺξ καὶ πάλην.

54 Ἀλλὰ τί τοῦτο; οὐ Θρασυκλῆς ὁ φιλόσοφος
οὗτός ἐστιν; οὐ μὲν οὖν ἄλλος· ἐκπετάσας γοῦν
τὸν πώγωνα καὶ τὰς ὀφρῦς ἀνατείνας καὶ βρενθυό-
μενός τι πρὸς αὑτὸν ἔρχεται, τιτανῶδες βλέπων,
ἀνασεσοβημένος τὴν ἐπὶ τῷ μετώπῳ κόμην,
Αὐτοβορέας τις ἢ Τρίτων, οἵους ὁ Ζεῦξις ἔγραψεν.
οὗτος ὁ τὸ σχῆμα εὐσταλὴς καὶ κόσμιος τὸ
βάδισμα καὶ σωφρονικὸς τὴν ἀναβολὴν ἔωθεν
μυρία ὅσα περὶ ἀρετῆς διεξιὼν καὶ τῶν ἡδονῇ
χαιρόντων κατηγορῶν καὶ τὸ ὀλιγαρκὲς ἐπαινῶν,
ἐπειδὴ λουσάμενος ἀφίκοιτο ἐπὶ τὸ δεῖπνον καὶ ὁ

TIMON

But the Acropolis has not been burned, you scoundrel, so it is plain that you are a blackmailer.

DEMEAS

Well, you got your money by breaking into the treasury.

TIMON

That has not been broken into, so you can't make good with that charge either.

DEMEAS

The breaking in will be done later, but you have all the contents now.

TIMON

Well then, take that!

DEMEAS

Oh, my back!

TIMON

Don't shriek or I will give you a third. It would be too ridiculous if I had cut up two divisions of Spartans unarmed and then couldn't thrash a single filthy little creature like you. My victory at Olympia in boxing and wrestling would be all for nothing!

But what have we here? Isn't this Thrasycles? No other! With his beard spread out and his eyebrows uplifted, he marches along deep in haughty meditation, his eyes glaring like a Titan's and his hair tossed back from his forehead, a typical Boreas or Triton such as Zeuxis used to paint. Correct in his demeanour, gentlemanly in his gait, and inconspicuous in his dress, in the morning hours he discourses forever about virtue, arraigns the votaries of pleasure and praises contentment with little; but when he comes to dinner after his bath and the

παῖς μεγάλην τὴν κύλικα ὀρέξειεν αὐτῷ—τῷ
ζωροτέρῳ δὲ χαίρει μάλιστα—καθάπερ τὸ Λήθης
ὕδωρ ἐκπιὼν ἐναντιώτατα ἐπιδείκνυται τοῖς
ἑωθινοῖς ἐκείνοις λόγοις, προαρπάζων ὥσπερ
ἴκτινος τὰ ὄψα καὶ τὸν πλησίον παραγκωνιζό-
μενος, καρύκης τὸ γένειον ἀνάπλεως, κυνηδὸν
ἐμφορούμενος, ἐπικεκυφὼς καθάπερ ἐν ταῖς
λοπάσι τὴν ἀρετὴν εὑρήσειν προσδοκῶν, ἀκριβῶς
τὰ τρύβλια τῷ λιχανῷ ἀποσμήχων ὡς μηδὲ
55 ὀλίγον τοῦ μυττωτοῦ καταλίποι, μεμψίμοιρος ἀεί,
κἂν τὸν πλακοῦντα ὅλον ἢ τὸν σῦν μόνος τῶν
ἄλλων λάβῃ,[1] ὅ τι περ λιχνείας καὶ ἀπληστίας
ὄφελος, μέθυσος καὶ πάροινος οὐκ ἄχρι ᾠδῆς καὶ
ὀρχηστύος μόνον, ἀλλὰ καὶ λοιδορίας καὶ ὀργῆς.
προσέτι καὶ λόγοι πολλοὶ ἐπὶ τῇ κύλικι, τότε δὴ
καὶ μάλιστα, περὶ σωφροσύνης καὶ κοσμιότητος·
καὶ ταῦτά φησιν ἤδη ὑπὸ τοῦ ἀκράτου πονηρῶς
ἔχων καὶ ὑποτραυλίζων γελοίως· εἶτα ἔμετος ἐπὶ
τούτοις· καὶ τὸ τελευταῖον, ἀράμενοί τινες ἐκ-
φέρουσιν αὐτὸν ἐκ τοῦ συμποσίου τῆς αὐλητρίδος
ἀμφοτέραις ἐπειλημμένον. πλὴν ἀλλὰ καὶ νήφων
οὐδενὶ τῶν πρωτείων παραχωρήσειεν ἂν ψεύ-
σματος ἕνεκα ἢ θρασύτητος ἢ φιλαργυρίας· ἀλλὰ
καὶ κολάκων ἐστὶ τὰ πρῶτα καὶ ἐπιορκεῖ προ-
χειρότατα, καὶ ἡ γοητεία προηγεῖται καὶ ἡ ἀναι-
σχυντία παρομαρτεῖ, καὶ ὅλως πάνσοφόν τι
χρῆμα καὶ πανταχόθεν ἀκριβὲς καὶ ποικίλως
ἐντελές. οἰμώξεται τοιγαροῦν οὐκ εἰς μακρὰν
χρηστὸς ὤν. τί τοῦτο; παπαί, χρόνιος ἡμῖν
Θρασυκλῆς.

[1] λάβῃ Dindorf : λάβοι MSS.

waiter hands him a large cup (and the stiffer it is, the better he likes it) then it is as if he had drunk the water of Lethe, for his practice is directly opposed to his preaching of the morning. He snatches the meat away from others like a kite, elbows his neighbour, covers his beard with gravy, bolts his food like a dog, bends over his plate as if he expected to find virtue in it, carefully wipes out the dishes with his forefinger so as not to leave a particle of the sauce, and grumbles continually, even if he gets the whole cake or the whole boar to himself. He is the height of gluttony and insatiability, and he gets so drunken and riotous that he not only sings and dances, but even abuses people and flies into a passion. Besides he has much to say over his cup—more then than at any other time, in fact!—about temperance and decorum, and he says all this when he is already in a bad way from taking his wine without water and stammers ridiculously. Then a vomit follows, and at last he is picked up and carried out of the dining-room, catching at the flute girl with both hands as he goes. But even when sober, he won't yield the palm to anyone in lying and impudence and covet-ousness; on the contrary, he is a peerless toady and he perjures himself with the greatest facility; humbug is his guide and shamelessness his follower, and to sum it up, he is a wonderfully clever piece of work, correct in every detail and perfect in a world of ways. Therefore he shall soon smart for his superiority. (*To* THRASYCLES): Well, well! I say, Thrasycles, you are late.

Repression from unnatural philosophy

Those in power encourage a self-destructive intellectualism.

ΘΡΑΣΥΚΛΗΣ

56 Οὐ κατὰ ταὐτά, ὦ Τίμων, τοῖς πολλοῖς τούτοις
ἀφῖγμαι, οἵπερ [1] τὸν πλοῦτόν σου [2] τεθηπότες
ἀργυρίου καὶ χρυσίου καὶ δείπνων πολυτελῶν
ἐλπίδι συνδεδραμήκασι, πολλὴν τὴν κολακείαν
ἐπιδειξόμενοι πρὸς ἄνδρα οἷον σὲ ἁπλοϊκὸν καὶ
τῶν ὄντων κοινωνικόν· οἶσθα γὰρ ὡς μᾶζα μὲν
ἐμοὶ δεῖπνον ἱκανόν, ὄψον δὲ ἥδιστον θύμον ἢ
κάρδαμον ἢ εἴ ποτε τρυφῴην, ὀλίγον τῶν ἁλῶν·
ποτὸν δὲ ἡ ἐννεάκρουνος· ὁ δὲ τρίβων οὗτος ἧς
βούλει πορφυρίδος ἀμείνων. τὸ χρυσίον μὲν γὰρ
οὐδὲν τιμιώτερον τῶν ἐν τοῖς αἰγιαλοῖς ψηφίδων
μοι δοκεῖ. σοῦ δὲ αὐτοῦ χάριν ἐστάλην, ὡς μὴ
διαφθείρῃ σε τὸ κάκιστον τοῦτο καὶ ἐπιβουλότα-
τον κτῆμα ὁ πλοῦτος, ὁ πολλοῖς πολλάκις αἴτιος
ἀνηκέστων συμφορῶν γεγενημένος· εἰ γάρ μοι
πείθοιο, μάλιστα μὲν [3] ὅλον ἐς τὴν θάλατταν ἐμ-
βαλεῖς αὐτὸν οὐδὲν ἀναγκαῖον ἀνδρὶ ἀγαθῷ ὄντα
καὶ τὸν φιλοσοφίας πλοῦτον ὁρᾶν δυναμένῳ· μὴ
μέντοι ἐς βάθος, ὦγαθέ, ἀλλ' ὅσον ἐς βουβῶνας
ἐπεμβὰς ὀλίγον πρὸ τῆς κυματωγῆς, ἐμοῦ ὁρῶντος
57 μόνου· εἰ δὲ μὴ τοῦτο βούλει, σὺ δὲ ἄλλον τρόπον
ἀμείνω κατὰ τάχος ἐκφόρησον αὐτὸν ἐκ τῆς
οἰκίας μηδ' ὀβολὸν αὑτῷ ἀνείς, διαδιδοὺς ἅπασι
τοῖς δεομένοις, ᾧ μὲν πέντε δραχμάς, ᾧ δὲ μνᾶν,
ᾧ δὲ ἡμιτάλαντον· εἰ δέ τις φιλόσοφος εἴη, διμοι-
ρίαν ἢ τριμοιρίαν φέρεσθαι δίκαιος· ἐμοὶ δὲ—καί-
τοι οὐκ ἐμαυτοῦ χάριν αἰτῷ, ἀλλ' ὅπως μεταδῶ
τῶν ἑταίρων τοῖς δεομένοις—ἱκανὸν εἰ ταυτηνὶ τὴν

---

[1] οἵπερ Mehler : ὥσπερ οἱ MSS.
[2] σου Basle ed. of 1563 : σοι MSS.
[3] μὲν Fritzsche : not in MSS.

TIMON, OR THE MISANTHROPE

I have not come with the same intent as all this crowd, Timon. Dazzled by your riches, they have gathered at a run in the expectation of silver and gold and costly dinners, meaning to exercise unlimited flattery upon a man so simple and so free with his gear. You know, of course, that for me barley-cake is dinner enough, and the sweetest relish is thyme or cardamom, or if ever I were to indulge myself, a trifle of salt. My drink is the water of Nine-spouts, and this philosopher's mantle suits me better than any purple robe. As for gold, I hold it in no higher worth than yonder pebbles on the shore. It was on your account that I came, in order that you might not be corrupted by wealth, that most iniquitous and insidious of possessions, which, many a time to many a man, has proved a source of irreparable misfortunes. If you take my advice, you will by all means throw the whole of it into the sea, for it is not at all essential to a virtuous man who can discern the riches of philosophy; but don't throw it into the deep water, my dear fellow : just wade in as far as your waist and toss it a short distance outside the breakers, with none but me to see you. However, if you are unwilling to do this, then bundle it out of the house quickly in another and a better way without leaving as much as a copper for yourself by distributing it to all the needy, five drachmas to this man, a mina to that one and half a talent to a third. If a philosopher should apply he ought to get a double or a triple portion. As for me, I do not ask for it on my own account but to share with those of my comrades who are needy, and it will be plenty if

πήραν ἐμπλήσας παράσχοις οὐδὲ ὅλους δύο μεδί-
μνους χωροῦσαν Αἰγινητικούς. ὀλιγαρκῆ δὲ καὶ
μέτριον χρὴ εἶναι τὸν φιλοσοφοῦντα καὶ μηδὲν
ὑπὲρ τὴν πήραν φρονεῖν.

TIMΩN

Ἐπαινῶ ταῦτά σου, ὦ Θρασύκλεις· πρὸ δ' οὖν[1]
τῆς πήρας, εἰ δοκεῖ, φέρε σοι τὴν κεφαλὴν
ἐμπλήσω κονδύλων ἐπιμετρήσας τῇ δικέλλῃ.

ΘΡΑΣΥΚΛΗΣ

Ὢ δημοκρατία καὶ νόμοι, παιόμεθα ὑπὸ τοῦ
καταράτου ἐν ἐλευθέρᾳ τῇ πόλει.

TIMΩN

Τί ἀγανακτεῖς, ὦγαθέ; μῶν[2] παρακέκρουσμαί
σε; καὶ μὴν ἐπεμβαλῶ χοίνικας ὑπὲρ τὸ μέτρον
58 τέτταρας. ἀλλὰ τί τοῦτο; πολλοὶ συνέρχονται·
Βλεψίας ἐκεῖνος καὶ Λάχης καὶ Γνίφων καὶ ὅλον[3]
τὸ σύνταγμα τῶν οἰμωξομένων. ὥστε τί οὐκ ἐπὶ
τὴν πέτραν ταύτην ἀνελθὼν τὴν μὲν δίκελλαν
ὀλίγον ἀναπαύω πάλαι πεπονηκυῖαν, αὐτὸς δὲ ὅτι
πλείστους λίθους συμφορήσας ἐπιχαλαζῶ πόρ-
ρωθεν αὐτούς;

ΒΛΕΨΙΑΣ

Μὴ βάλλε, ὦ Τίμων· ἄπιμεν γάρ.

TIMΩN

Ἀλλ' οὐκ ἀναιμωτί γε ὑμεῖς οὐδὲ ἄνευ τραυ-
μάτων.

[1] δ' οὖν Jacobitz : γοῦν MSS.
[2] μῶν Dindorf : Τίμων MSS.
[3] ὅλον Mehler : ὅλως MSS.

you let me have the fill of this wallet, which holds not quite two bushels Aeginetan.[1] A man in philosophy should be easily satisfied and temperate, and should limit his aspirations to his wallet.

TIMON

Well said, Thrasycles! But instead of filling the wallet, please allow me to fill your head with lumps, measured out with my pick.

THRASYCLES

Democracy and the Laws! The scoundrel is beating me, in a free city!

TIMON

What are you angry about, my dear fellow? Surely I haven't given you short measure? Come, I'll throw in four pecks over the amount!

But what have we here? They are gathering in swarms; I see Blepsias yonder, Laches, Gnipho and the whole crew of my intended victims. Why not climb this rock, give my long-wearied pick a little rest and handle the situation without it, collecting all the stones I can and raining them down on those fellows from a distance?

BLEPSIAS

Don't throw at us, Timon; we are going away.

TIMON

But not without bloodshed and wounds, I promise you!

---

[1] Aeginetan weights were heavier than the Attic, but Aeginetan measures were no larger than any others. One is tempted to write "two bushels Avoirdupois."

CHARON, OR THE INSPECTORS

A presentation of the life of man as it appears to Charon the ferryman, who knows how it all ends. The world which Charon visits and comments on is that of the sixth century B.C., not that of Lucian's day, for to Lucian as to most of his contemporaries the life that he found in books was more interesting and more real than that in which he lived and moved. What his satire loses in pungency on this account, it gains in universality of appeal.

ΧΑΡΩΝ Η ΕΠΙΣΚΟΠΟΥΝΤΕΣ

ΕΡΜΗΣ

1 Τί γελᾷς, ὦ Χάρων; ἢ τί τὸ πορθμεῖον ἀπολιπὼν δεῦρο ἀνελήλυθας εἰς τὴν ἡμετέραν οὐ πάνυ εἰωθὼς ἐπιχωριάζειν τοῖς ἄνω πράγμασιν;

ΧΑΡΩΝ

Ἐπεθύμησα, ὦ Ἑρμῆ, ἰδεῖν ὁποῖά ἐστι τὰ ἐν τῷ βίῳ καὶ ἃ πράττουσιν οἱ ἄνθρωποι ἐν αὐτῷ ἢ τίνων στερούμενοι πάντες οἰμώζουσι κατιόντες παρ' ἡμᾶς· οὐδεὶς γὰρ αὐτῶν ἀδακρυτὶ διέπλευσεν. αἰτησάμενος οὖν παρὰ τοῦ Ἅιδου καὶ αὐτὸς ὥσπερ ὁ Θετταλὸς ἐκεῖνος νεανίσκος μίαν ἡμέραν λιπόνεως γενέσθαι ἀνελήλυθα ἐς τὸ φῶς, καί μοι δοκῶ εἰς δέον ἐντετυχηκέναι σοι· ξεναγήσεις γὰρ εὖ οἶδ' ὅτι με συμπερινοστῶν καὶ δείξεις ἕκαστα ὡς ἂν εἰδὼς ἅπαντα.

ΕΡΜΗΣ

Οὐ σχολή μοι, ὦ πορθμεῦ· ἀπέρχομαι γάρ τι διακονησόμενος τῷ ἄνω Διὶ τῶν ἀνθρωπικῶν· ὁ δὲ ὀξύθυμός τέ ἐστι[1] καὶ δέδια μὴ βραδύναντά με ὅλον ὑμέτερον ἐάσῃ εἶναι παραδοὺς τῷ ζόφῳ, ἢ ὅπερ τὸν Ἥφαιστον πρῴην ἐποίησε, ῥίψῃ κἀμὲ τεταγὼν τοῦ ποδὸς ἀπὸ τοῦ θεσπεσίου βηλοῦ, ὡς

---

[1] <καὶ ὀργίλος> ?

396

CHARON, OR THE INSPECTORS

HERMES

WHAT are you laughing at, Charon, and why have you left your ferry and come up here to our part of the world? You are not at all in the habit of concerning yourself with affairs up above.

CHARON

I wanted to see what it is like in life, Hermes, what men do in it, and what they lose that makes them all grieve when they come down to us; for none of them has ever made the crossing without a tear. So, like the young Thessalian (Protesilaus), I obtained shore leave from Hades for a single day and came up to the sunlight, and I fancy that I have been lucky to meet you, for you will surely go about with me and guide me, and will show me everything, knowing all about it as you do.

HERMES

I haven't time, ferryman; I am on my way to carry out a little commission among men for Zeus in Heaven.[1] He is quick-tempered, and I fear that if I am slow about it he will let me be yours altogether, committing me to the nether gloom, or else that he will treat me as he did Hephaestus the other day, taking me by the foot and throwing me from the

[1] Contrasted in thought with Zeus of the nether world; *i.e.* Pluto.

ὑποσκάζων γέλωτα παρέχοιμι καὶ αὐτὸς οἰνο-
χοῶν.

ΧΑΡΩΝ

Περιόψει οὖν με ἄλλως πλανώμενον ὑπὲρ γῆς,
καὶ ταῦτα ἑταῖρος καὶ σύμπλους καὶ συνδιά-
κτορος ὤν; καὶ μὴν καλῶς εἶχεν, ὦ Μαίας παῖ,
ἐκείνων γοῦν σε μεμνῆσθαι, ὅτι μηδεπώποτέ σε ἢ
ἀντλεῖν ἐκέλευσα ἢ πρόσκωπον εἶναι· ἀλλὰ σὺ
μὲν ῥέγκεις ἐπὶ τοῦ καταστρώματος ἐκταθεὶς ὤμους
οὕτω καρτεροὺς ἔχων, ἢ εἴ τινα λάλον[1] νεκρὸν
εὕροις, ἐκείνῳ παρ᾽ ὅλον τὸν πλοῦν διαλέγῃ· ἐγὼ
δὲ πρεσβύτης ὢν τὴν δικωπίαν ἐρέττω μόνος.
ἀλλὰ πρὸς τοῦ πατρός, ὦ φίλτατον Ἑρμάδιον, μὴ
καταλίπῃς με, περιήγησαι δὲ τὰ ἐν τῷ βίῳ
ἅπαντα, ὥς τι καὶ ἰδὼν ἐπανέλθοιμι· ὡς ἤν με σὺ
ἀφῇς, οὐδὲν τῶν τυφλῶν[2] διοίσω· καθάπερ γὰρ
ἐκεῖνοι σφάλλονται καὶ διολισθάνουσιν ἐν τῷ
σκότῳ, οὕτω δὴ κἀγώ σοι ἔμπαλιν ἀμβλυώττω
πρὸς τὸ φῶς. ἀλλὰ δός, ὦ Κυλλήνιε, ἐς ἀεὶ
μεμνησομένῳ τὴν χάριν.

ΕΡΜΗΣ

2   Τοῦτο τὸ πρᾶγμα πληγῶν αἴτιον καταστήσεταί
μοι· ὁρῶ γοῦν ἤδη τὸν μισθὸν τῆς περιηγήσεως
οὐκ ἀκόνδυλον παντάπασιν ἡμῖν ἐσόμενον. ὑπ-
ουργητέον δὲ ὅμως· τί γὰρ ἂν καὶ πάθοι τις, ὁπότε
φίλος τις ὢν βιάζοιτο;

Πάντα μὲν οὖν σε ἰδεῖν καθ᾽ ἕκαστον ἀκριβῶς
ἀμήχανόν ἐστιν, ὦ πορθμεῦ· πολλῶν γὰρ ἂν ἐτῶν
ἡ διατριβὴ γένοιτο. εἶτα ἐμὲ μὲν κηρύττεσθαι
δεήσει καθάπερ ἀποδράντα ὑπὸ τοῦ Διός, σὲ δὲ

---

[1] λάλον Mosellanus, Brodaeus : ἄλλον MSS.
[2] νεκρῶν ? cf. Cataplus, 22.

parapet of Heaven, so that I too may limp and make them laugh as I fill their cups.

CHARON

Then will you let me wander aimlessly above ground, you who are a comrade and a shipmate and a fellow guide of souls? Come now, son of Maia, you would do well to remember this at least, that I have never ordered you to bale or take an oar. On the contrary, you stretch yourself out on deck and snore, in spite of those broad shoulders of yours, or if you find a talkative dead man, you chat with him throughout the trip, while I, old as I am, row both oars of my boat alone. Come, in your father's name, Hermie dear, don't leave me stranded ; be my guide to everything in life, so that I may feel I have seen something when I go back. If you leave me, I shall be no better off than the blind, for they stumble and reel about in the darkness, while I, to the contrary, am dazed in the light. Be good to me, Cyllenian, and I shall remember your kindness forever.

HERMES

This business will stand me in a thrashing ; at any rate I see even now that my pay for playing guide will certainly include plenty of fisticuffs. But I must comply all the same, for what can a man do when a friend insists ?

For you to see everything minutely in detail is impossible, ferryman, since it would busy us for many years. In that event Zeus would be obliged to have me advertized by the crier, like a runaway slave, and you yourself would be prevented from doing the

καὶ αὐτὸν κωλύσει ἐνεργεῖν τὰ τοῦ Θανάτου ἔργα
καὶ τὴν Πλούτωνος ἀρχὴν ζημιοῦν μὴ νεκραγω-
γοῦντα πολλοῦ τοῦ χρόνου· κᾆτα ὁ τελώνης Αἰακὸς
ἀγανακτήσει μηδ᾽ ὀβολὸν ἐμπολῶν. ὡς δὲ τὰ κεφά-
λαια τῶν γιγνομένων ἴδοις, τοῦτο ἤδη σκεπτέον.

ΧΑΡΩΝ

Αὐτός, ὦ Ἑρμῆ, ἐπινόει τὸ βέλτιστον· ἐγὼ δὲ
οὐδὲν οἶδα τῶν ὑπὲρ γῆς ξένος ὤν.

ΕΡΜΗΣ

Τὸ μὲν ὅλον, ὦ Χάρων, ὑψηλοῦ τινος ἡμῖν δεῖ
χωρίου, ὡς ἀπ᾽ ἐκείνου πάντα κατίδοις· σοὶ δὲ εἰ
μὲν ἐς τὸν οὐρανὸν ἀνελθεῖν δυνατὸν ἦν, οὐκ ἂν
ἐκάμνομεν· ἐκ περιωπῆς γὰρ ἂν ἀκριβῶς ἅπαντα
καθεώρας. ἐπεὶ δὲ οὐ θέμις εἰδώλοις ἀεὶ συνόντα
ἐπιβατεύειν τῶν βασιλείων τοῦ Διός, ὥρα ἡμῖν
ὑψηλόν τι ὄρος περισκοπεῖν.

ΧΑΡΩΝ

3 Οἶσθα, ὦ Ἑρμῆ, ἅπερ εἴωθα λέγειν ἐγὼ πρὸς
ὑμᾶς, ἐπειδὰν πλέωμεν; ὁπόταν γὰρ τὸ πνεῦμα
καταιγίσαν πλαγίᾳ τῇ ὀθόνῃ ἐμπέσῃ καὶ τὸ κῦμα
ὑψηλὸν ἀρθῇ, τότε ὑμεῖς μὲν ὑπ᾽ ἀγνοίας κελεύετε
τὴν ὀθόνην στεῖλαι ἢ ἐνδοῦναι ὀλίγον τοῦ ποδὸς ἢ
συνεκδραμεῖν τῷ πνεύματι, ἐγὼ δὲ τὴν ἡσυχίαν
ἄγειν παρακελεύομαι ὑμῖν· αὐτὸς γὰρ εἰδέναι τὸ
βέλτιον. κατὰ ταῦτα δὴ καὶ σὺ πρᾶττε ὁπόσα
καλῶς ἔχειν νομίζεις κυβερνήτης νῦν γε ὤν· ἐγὼ
δέ, ὥσπερ ἐπιβάταις νόμος, σιωπῇ καθεδοῦμαι
πάντα πειθόμενος κελεύοντί σοι.

ΕΡΜΗΣ

Ὀρθῶς λέγεις· αὐτὸς γὰρ εἴσομαι τί ποιητέον

work of Death and compelled to embarrass the revenues of Pluto's government by not bringing in any dead for a long time; besides, Aeacus the toll-taker would be angry if he did not make even an obol. We must manage it so that you can see the principal things that are going on.

CHARON

You must determine what is best, Hermes; I know nothing at all about things above ground, being a stranger.

HERMES

In a word, Charon, we want a high place of some sort, from which you can look down upon everything. If it were possible for you to go up into Heaven, we should be in no difficulty, for you could see everything plainly from on high. But as it is not permissible for one who consorts always with shades to set foot in the palace of Zeus, we must look about for a high mountain.

CHARON

You know, Hermes, what I am in the habit of telling you and the others when we are on the water. When we are close-hauled and the wind in a sudden squall strikes the sail and the waves rise high, then you all in your ignorance tell me to take the sail in or slack the sheet off a bit or run before the wind; but I urge you to keep quiet, saying that I myself know what is best. Just so in this case; you must do whatever you think is right, for you are skipper now, and I will sit in silence, as a passenger should, and obey your orders in everything.

HERMES

Quite right; I will see what is to be done, and

καὶ ἐξευρήσω τὴν ἱκανὴν σκοπήν. ἆρ' οὖν ὁ Καύ-
κασος ἐπιτήδειος ἢ ὁ Παρνασσὸς ἢ ὑψηλότερος [1]
ἀμφοῖν ὁ Ὄλυμπος ἐκεινοσί; καίτοι οὐ φαῦλον ὃ
ἀνεμνήσθην ἐς τὸν Ὄλυμπον ἀπιδών· συγκαμεῖν
δέ τι καὶ ὑπουργῆσαι καὶ σὲ δεῖ.

ΧΑΡΩΝ

Πρόσταττε· ὑπουργήσω γὰρ ὅσα δυνατά.

ΕΡΜΗΣ

Ὅμηρος ὁ ποιητής φησι τοὺς Ἀλωέως υἱέας, δύο
καὶ αὐτοὺς ὄντας, ἔτι παῖδας ἐθελῆσαί ποτε τὴν
Ὄσσαν ἐκ βάθρων ἀνασπάσαντας ἐπιθεῖναι τῷ
Ὀλύμπῳ, εἶτα τὸ Πήλιον ἐπ' αὐτῇ, ἱκανὴν ταύ-
την κλίμακα ἕξειν οἰομένους καὶ πρόσβασιν ἐπὶ
τὸν οὐρανόν. ἐκείνω μὲν οὖν τὼ μειρακίω, ἀτα-
σθάλω γὰρ ἤστην, δίκας ἐτισάτην· νὼ δὲ—οὐ γὰρ
ἐπὶ κακῷ τῶν θεῶν ταῦτα βουλεύομεν—τί οὐχὶ
οἰκοδομοῦμεν καὶ αὐτοὶ κατὰ τὰ αὐτὰ ἐπικυλιν-
δοῦντες ἐπάλληλα τὰ ὄρη, ὡς ἔχοιμεν ἀφ' ὑψηλο-
τέρου ἀκριβεστέραν τὴν σκοπήν;

ΧΑΡΩΝ

4   Καὶ δυνησόμεθα, ὦ Ἑρμῆ, δύ' ὄντες ἀναθέσθαι
ἀράμενοι τὸ Πήλιον ἢ τὴν Ὄσσαν;

ΕΡΜΗΣ

Διὰ τί δ' οὐκ ἄν, ὦ Χάρων; ἢ ἀξιοῖς ἡμᾶς ἀγεν-
νεστέρους εἶναι τοῖν βρεφυλλίοιν ἐκείνοιν, καὶ
ταῦτα θεοὺς ὑπάρχοντας;

ΧΑΡΩΝ

Οὔκ, ἀλλὰ τὸ πρᾶγμα δοκεῖ μοι ἀπίθανόν τινα
τὴν μεγαλουργίαν ἔχειν.

---

[1] ἢ ὑψηλότερος Schneider : ὑψηλότερος ἢ MSS.

will find the proper coign of vantage. Well then, will Caucasus do, or Parnassus, or Olympus yonder, which is higher than either? But no, as I looked at Olympus an idea came to me that is not half bad; but you must bear a hand and help me out.

CHARON

Give your orders; I will help as much as I can.

HERMES

The poet Homer says that the sons of Aloeus, who, like ourselves, were two in number, took a fancy once upon a time while they were still mere children to pluck Ossa from its base and set it on Olympus, and then to set Pelion on top of it, thinking that this would give them a suitable ladder with which to scale Heaven.[1] Well, these two lads were sacrilegious and they were punished for it; but we two are not making this plan to harm the gods, so why shouldn't we build in the same way, rolling the mountains one atop of another, in order to secure a better view from a higher place?

CHARON

Shall we be able to lift Pelion or Ossa and heave it up, Hermes, when there are only two of us?

HERMES

Why not, Charon? Surely you don't consider us weaker than that pair of infants? Moreover, we are gods.

CHARON

No, but the thing seems to me to involve an incredible deal of work.

[1] *Od.* 11, 305 ff.

ΕΡΜΗΣ

Εἰκότως· ἰδιώτης γὰρ εἶ, ὦ Χάρων, καὶ ἥκιστα
ποιητικός· ὁ δὲ γεννάδας Ὅμηρος ἀπὸ δυοῖν στί-
χοιν αὐτίκα ἡμῖν ἀμβατὸν ἐποίησε τὸν οὐρανόν,
οὕτω ῥαδίως συνθεὶς τὰ ὄρη. καὶ θαυμάζω εἴ σοι
ταῦτα τεράστια εἶναι δοκεῖ τὸν Ἄτλαντα δηλαδὴ
εἰδότι, ὃς τὸν πόλον αὐτὸν εἷς ὢν φέρει ἀνέχων
ἡμᾶς ἅπαντας. ἀκούεις δέ γε ἴσως καὶ τοῦ ἀδελ-
φοῦ τοῦ ἐμοῦ πέρι τοῦ Ἡρακλέους, ὡς διαδέξαιτό
ποτε αὐτὸς ἐκεῖνος[1] τὸν Ἄτλαντα, καὶ ἀναπαύσειε
πρὸς ὀλίγον τοῦ ἄχθους ὑποθεὶς ἑαυτὸν τῷ
φορτίῳ.

ΧΑΡΩΝ

Ἀκούω καὶ ταῦτα· εἰ δὲ ἀληθῆ ἔστιν, σὺ ἄν, ὦ
Ἑρμῆ, καὶ οἱ ποιηταὶ εἰδείητε.

ΕΡΜΗΣ

Ἀληθέστατα, ὦ Χάρων. ἢ τίνος γὰρ ἕνεκα
σοφοὶ ἄνδρες ἐψεύδοντο ἄν; ὥστε ἀναμοχλεύωμεν
τὴν Ὄσσαν πρῶτον, ὥσπερ ἡμῖν ὑφηγεῖται τὸ
ἔπος καὶ ὁ ἀρχιτέκτων Ὅμηρος,

αὐτὰρ ἐπ᾽ Ὄσσῃ
Πήλιον εἰνοσίφυλλον.

ὁρᾷς ὅπως ῥαδίως ἅμα καὶ ποιητικῶς ἐξειργα-
σάμεθα; φέρ᾽ οὖν ἀναβὰς ἴδω, εἰ καὶ ταῦτα ἱκανὰ
5 ἢ ἐποικοδομεῖν ἔτι δεήσει. παπαῖ, κάτω ἔτι ἐσμὲν
ἐν ὑπωρείᾳ τοῦ οὐρανοῦ· ἀπὸ μὲν γὰρ τῶν ἑῴων
μόγις Ἰωνία καὶ Λυδία φαίνεται, ἀπὸ δὲ τῆς ἑσπέ-
ρας οὐ πλέον Ἰταλίας καὶ Σικελίας, ἀπὸ δὲ τῶν
ἀρκτῴων τὰ ἐπὶ τάδε τοῦ Ἴστρου μόνον, κἀκεῖθεν
ἡ Κρήτη οὐ πάνυ σαφῶς. μετακινητέα ἡμῖν, ὦ

---

[1] αὐτὸς ἐκεῖνος A.M.H. ; αὐτὸς ἐκεῖνον Hemsterhuys : αὐτὸν
ἐκεῖνον MSS.

CHARON, OR THE INSPECTORS

Of course, for you are only a prosaic body, Charon, and not a bit of a poet. Good Homer, however, has made it possible for us to scale Heaven in a jiffy with a pair of verses, for he puts the mountains together as easily as that. I am surprised that you think this miraculous, for, of course, you know Atlas, who carries Heaven itself without any help, upholding us all. And no doubt you have heard about my brother Heracles, how he himself once took the place of Atlas and relieved him of his load for a time by taking the burden on his own shoulders.

CHARON

Yes, I have heard that; but whether it is true or not, Hermes, you and the poets only know!

HERMES

True as can be, Charon. Why should wise men lie? So let us uproot Ossa first, according to the directions of the poem and the master-builder, Homer;

"then upon Ossa
"Pelion quivering-leaved." [1]

Don't you see how easily and poetically we have done the job? Come now, let me climb up and see if this is enough or we shall have to add to the pile. Upon my word, we are still away down among the foot-hills of Heaven! Toward the east I can only just see Ionia and Lydia, toward the west not beyond Italy and Sicily, toward the north only the country on this side the Danube, and in that direction Crete, but not very plainly. Apparently we must move up

[1] *Od.* 11, 305.

πορθμεῦ, καὶ ἡ Οἴτη, ὡς ἔοικεν, εἶτα ὁ Παρνασσὸς
ἐπὶ πᾶσιν.

ΧΑΡΩΝ

Οὕτω ποιῶμεν. ὅρα μόνον μὴ λεπτότερον ἐξερ-
γασώμεθα τὸ ἔργον ἀπομηκύναντες πέρα τοῦ
πιθανοῦ, εἶτα συγκαταρριφέντες αὐτῷ πικρᾶς
τῆς Ὁμήρου οἰκοδομικῆς πειραθῶμεν συντριβέντες
τῶν κρανίων.

ΕΡΜΗΣ

Θάρρει· ἀσφαλῶς γὰρ ἕξει ἅπαντα. μετατίθει
τὴν Οἴτην· ἐπικυλινδείσθω ὁ Παρνασσός. ἰδοὺ
δή, ἐπάνειμι αὖθις· εὖ ἔχει· πάντα ὁρῶ· ἀνάβαινε
ἤδη καὶ σύ.

ΧΑΡΩΝ

Ὄρεξον, ὦ Ἑρμῆ, τὴν χεῖρα· οὐ γὰρ ἐπὶ μικράν
με ταύτην μηχανὴν ἀναβιβάζεις.

ΕΡΜΗΣ

Εἴ γε καὶ ἰδεῖν ἐθέλεις, ὦ Χάρων, ἅπαντα· οὐκ
ἔνι δὲ ἄμφω καὶ ἀσφαλῆ καὶ φιλοθεάμονα εἶναι.
ἀλλ᾽ ἔχου μου τῆς δεξιᾶς καὶ φείδου μὴ κατὰ τοῦ
ὀλισθηροῦ πατεῖν. εὖ γε, ἀνελήλυθας καὶ σύ·
καὶ ἐπείπερ δικόρυμβος ὁ Παρνασσός ἐστι, μίαν
ἑκάτερος ἄκραν ἀπολαβόμενοι καθεζώμεθα· σὺ
δέ μοι ἤδη ἐν κύκλῳ περιβλέπων ἐπισκόπει
ἅπαντα.

ΧΑΡΩΝ

6 Ὁρῶ γῆν πολλὴν καὶ λίμνην τινὰ μεγάλην
περιρρέουσαν καὶ ὄρη καὶ ποταμοὺς τοῦ Κωκυτοῦ
καὶ Πυριφλεγέθοντος μείζονας καὶ ἀνθρώπους
πάνυ σμικροὺς καί τινας φωλεοὺς αὐτῶν.

ΕΡΜΗΣ

Πόλεις ἐκεῖναί εἰσιν οὓς φωλεοὺς εἶναι νομίζεις.

Oeta too, ferryman, and then Parnassus to top them all.

CHARON

Let's do so. But take care that we don't make the structure too slender by heightening it beyond all reason, and so tumble down with it and pay bitterly for our experiment in Homeric building by breaking our heads.

HERMES

Never fear; everything will be secure. Move Oeta over. Roll Parnassus this way. There now, I am going up again. It is all right, I see everything; now come up yourself.

CHARON

Put out your hand, Hermes. This is an uncommonly big piece of stage-machinery that you are mounting me on.

HERMES

Must be done, if you are bound to see everything, Charon. One can't see sights without taking chances. Come, take hold of my right hand and look out you don't step where it is slippery. Good, you are up too. As Parnassus has two peaks, let us each take a summit for himself and sit on it. Now, then, look round about you and inspect everything.

CHARON

I see a quantity of land with a great lagoon encircling it, mountains, rivers bigger than Cocytus and Pyriphlegethon, tiny little men, and things which look like their hiding-places.

HERMES

Those things which you take to be hiding-places are cities.

ΧΑΡΩΝ

Οἶσθα οὖν, ὦ Ἑρμῆ, ὡς οὐδὲν ἡμῖν πέπρακται,
ἀλλὰ μάτην τὸν Παρνασσὸν αὐτῇ Κασταλίᾳ καὶ
τὴν Οἴτην καὶ τὰ ἄλλα ὄρη μετεκινήσαμεν;

ΕΡΜΗΣ

Ὅτι τί;

ΧΑΡΩΝ

Οὐδὲν ἀκριβὲς ἐγὼ γοῦν ἀπὸ τοῦ ὑψηλοῦ ὁρῶ·
ἐδεόμην δὲ οὐ πόλεις καὶ ὄρη αὐτὸ μόνον ὥσπερ
ἐν γραφαῖς ὁρᾶν, ἀλλὰ τοὺς ἀνθρώπους αὐτοὺς
καὶ ἃ πράττουσι καὶ οἷα λέγουσιν. ὥσπερ ὅτε με
τὸ πρῶτον ἐντυχὼν εἶδες γελῶντα καὶ ἤρου γε ὅ τι
γελῴην, ἀκούσας τινὸς ἥσθην εἰς ὑπερβολήν.

ΕΡΜΗΣ

Τί δὲ τοῦτο ἦν;

ΧΑΡΩΝ

Ἐπὶ δεῖπνον, οἶμαι, κληθείς τις[1] ὑπό τινος τῶν
φίλων ἐς τὴν ὑστεραίαν, "Μάλιστα ἥξω," ἔφη,
καὶ μεταξὺ λέγοντος ἀπὸ τοῦ τέγους κεραμὶς
ἐμπεσοῦσα οὐκ οἶδ᾽ ὅτου κινήσαντος ἀπέκτεινεν
αὐτόν. ἐγέλασα οὖν οὐκ ἐπιτελέσαντος τὴν
ὑπόσχεσιν. ἔοικα δὲ καὶ νῦν ὑποκαταβήσεσθαι,
ὡς μᾶλλον βλέποιμι καὶ ἀκούοιμι.

ΕΡΜΗΣ

7 Ἔχ᾽ ἀτρέμα· καὶ τοῦτο γὰρ ἐγὼ ἰάσομαί σοι
καὶ ὀξυδερκέστατον ἐν βραχεῖ σε[2] ἀποφανῶ παρ᾽
Ὁμήρου τινὰ καὶ πρὸς τοῦτο ἐπῳδὴν λαβών,
κἀπειδὰν εἴπω τὰ ἔπη, μέμνησο μηκέτι ἀμβλυ-
ώττειν, ἀλλὰ σαφῶς πάντα ὁρᾶν.

---

[1] τις ς, Herwerden : not in best MSS.
[2] σε not in MSS. : after ὀξυδερκέστατον Sommerbrodt, after
ἐν βραχεῖ A.M.H.

CHARON, OR THE INSPECTORS

Do you know, Hermes, we haven't accomplished anything, but have moved Mount Parnassus, Castaly and all, Mount Oeta and the rest of them for nothing.

Why?

I can't see anything plainly from on high. What I wanted was not just to look at cities and mountains as in a picture, but to observe men themselves, what they are doing and what they are saying. For instance, when we first met and you saw me laughing and asked what I was laughing at, I had heard something which amused me vastly.

What was it?

A man who had been invited to dinner, I take it, by one of his friends for the next day replied "Certainly I shall come," and even as he spoke a tile from the roof which someone had dislodged fell on him and killed him. I had to laugh at him because he did not keep his promise—I think I shall go down a little, so as to see and hear better.

Hold still; I will remedy that for you too and will make you sharp-sighted in a minute by getting a charm out of Homer for this purpose as well as the other. When I say the verses remember not to be short-sighted any longer, but to see everything distinctly.

ΧΑΡΩΝ

Λέγε μόνον.

ΕΡΜΗΣ

'Αχλὺν δ' αὖ τοι ἀπ' ὀφθαλμῶν ἕλον, ἣ πρὶν
    ἐπῆεν,
ὄφρ' εὖ γινώσκοις ἠμὲν θεὸν ἠδὲ καὶ ἄνδρα.

τί ἐστιν; ἤδη ὁρᾷς;

ΧΑΡΩΝ

'Υπερφυῶς γε· τυφλὸς ὁ Λυγκεὺς ἐκεῖνος ὡς
πρὸς ἐμέ· ὥστε σὺ τὸ ἐπὶ τούτῳ προσδίδασκέ
με καὶ ἀποκρίνου ἐρωτῶντι. ἀλλὰ βούλει κατὰ
τὸν "Ομηρον κἀγὼ ἔρωμαί σε, ὡς μάθῃς οὐδ'
αὐτὸν ἀμελέτητον ὄντα με τῶν 'Ομήρου;

ΕΡΜΗΣ

Καὶ πόθεν σὺ ἔχεις τι τῶν ἐκείνου εἰδέναι,
ναύτης ἀεὶ καὶ πρόσκωπος ὤν;

ΧΑΡΩΝ

'Ορᾷς, ὀνειδιστικὸν τοῦτο εἰς τὴν τέχνην. ἐγὼ
δὲ ὁπότε διεπόρθμευον αὐτὸν ἀποθανόντα, πολλὰ
ῥαψῳδοῦντος ἀκούσας ἐνίων ἔτι μέμνημαι· καίτοι
χειμὼν ἡμᾶς οὐ μικρὸς τότε κατελάμβανεν. ἐπεὶ
γὰρ ἤρξατο ᾄδειν οὐ πάνυ αἴσιόν τινα ᾠδὴν τοῖς
πλέουσιν, ὡς ὁ Ποσειδῶν συνήγαγε τὰς νεφέλας
καὶ ἐτάραξε τὸν πόντον ὥσπερ τορύνην τινὰ
ἐμβαλὼν τὴν τρίαιναν καὶ πάσας τὰς θυέλλας
ὠρόθυνε καὶ ἄλλα πολλά, κυκῶν τὴν θάλατταν
ὑπὸ τῶν ἐπῶν, χειμὼν ἄφνω καὶ γνόφος ἐμπεσὼν
ὀλίγου δεῖν περιέτρεψεν ἡμῖν τὴν ναῦν· ὅτε περ
καὶ ναυτιάσας ἐκεῖνος ἀπήμεσε τῶν ῥαψῳδιῶν
τὰς πολλὰς αὐτῇ Σκύλλῃ καὶ Χαρύβδει καὶ

CHARON, OR THE INSPECTORS

CHARON

CHARON

Only say them!

HERMES

" Lo, from your eyes I have lifted a veil that before
was upon them.
So that your sight may be sure to distinguish a god
from a mortal." [1]

How about it? Do you see now?

CHARON

Marvellously! Lynceus was a blind man beside
me; so now give me the necessary instruction and
answer my questions. But would you like me to
ask them in the language of Homer, so that you
may know that I myself am not unfamiliar with his
poetry?

HERMES

How can you know any of it when you are always
on shipboard and at the oar?

CHARON

See here, that is a libel on my calling! When I
set him over the ferry after his death, I heard him
recite a quantity of verses and still remember some
of them, although a good bit of a storm caught us
then. You see, he began to sing a song that was
not too auspicious for the passengers, telling how
Poseidon brought the clouds together, stirred up the
deep by plunging in his trident as if it were a ladle,
excited all the gales and a lot more of it. Thus he
put the sea in a commotion with his verses, and a
black squall suddenly struck us and just missed
capsizing the boat. Then he became seasick and
jettisoned most of his lays, including Scylla and

[1] *Iliad* 5, 127 ff.

Κύκλωπι. οὐ χαλεπὸν οὖν ἦν ἐκ τοσούτου ἐμέτου
8 ὀλίγα γοῦν διαφυλάττειν. εἰπὲ γάρ μοι·

τίς τ' ἄρ'[1] ὅδ' ἐστὶ πάχιστος ἀνὴρ ἠΰς τε μέγας
τε,
ἔξοχος ἀνθρώπων κεφαλὴν καὶ εὐρέας ὤμους;

ΕΡΜΗΣ

Μίλων οὗτος ὁ ἐκ Κρότωνος ἀθλητής. ἐπι-
κροτοῦσι δ' αὐτῷ οἱ Ἕλληνες, ὅτι τὸν ταῦρον
ἀράμενος φέρει διὰ τοῦ σταδίου μέσου.

ΧΑΡΩΝ

Καὶ πόσῳ δικαιότερον ἂν ἐμέ, ὦ Ἑρμῆ, ἐπαι-
νοῖεν, ὃς αὐτόν σοι τὸν Μίλωνα μετ' ὀλίγοι
συλλαβὼν ἐνθήσομαι ἐς τὸ σκαφίδιον, ὁπόται
ἥκῃ πρὸς ἡμᾶς ὑπὸ τοῦ ἀμαχωτάτου τῶν ἀνταγω
νιστῶν καταπαλαισθεὶς τοῦ Θανάτου, μηδὲ συνεὶς
ὅπως αὐτὸν ὑποσκελίζει· κᾆτα οἰμώξεται ἡμῖν
δηλαδὴ μεμνημένος τῶν στεφάνων τούτων καὶ
τοῦ κρότου· νῦν δὲ μέγα φρονεῖ θαυμαζόμενος
ἐπὶ τῇ τοῦ ταύρου φορᾷ. τί δ' οὖν; οἰηθῶμεν
ἆρα ἐλπίζειν αὐτὸν καὶ τεθνήξεσθαί ποτε;

ΕΡΜΗΣ

Πόθεν ἐκεῖνος θανάτου νῦν μνημονεύσειεν ἂν
ἐν ἀκμῇ τοσαύτῃ;

ΧΑΡΩΝ

Ἔα τοῦτον οὐκ εἰς μακρὰν γέλωτα ἡμῖν παρέ-

---

[1] τ' ἄρ' Fritzsche : γάρ MSS (om. Γ).

Charybdis and the Cyclops; so that it wasn't hard for me to get a little salvage out of all that he let go.[1] Tell me:

"Who is the burly man yonder, the hero so tall and so handsome,
  Towering over the throng by a head and a broad pair of shoulders?"[2]

HERMES

That is Milo, the athlete from Croton. The Greeks are clapping their hands at him because he has lifted the bull and is carrying him through the centre of the stadium.

CHARON

How much more fitting it would be, Hermes, if they should applaud me; for in a little while I shall seize Milo himself and heave him aboard the boat, when he comes to us after getting thrown by Death, the most invincible of all antagonists, without even knowing how he was tripped! Then we shall hear him wail, depend upon it, when he remembers these crowns of victory and this applause; but now he thinks highly of himself because of the admiration he is winning for carrying the bull. What! Are we to think that he expects to die some day?

HERMES

Why should he think of death now, when he is so young and strong?

CHARON

Never mind him; he will give us food for laughter

---

[1] Lucian appears to have borrowed this from a picture by Galato in which the indebtedness of the other poets to Homer was caricatured with more force than elegance.

[2] Parody on *Iliad* 3, 226 (Ajax).

ξοντα ὁπόταν πλέῃ, μηδ' ἐμπίδα οὐχ ὅπως ταῦρον
9 ἔτι ἄρασθαι δυνάμενος. σὺ δέ μοι ἐκεῖνο εἰπέ,

τίς τ' ἄρ' ὅδ' ἄλλος ὁ σεμνὸς ἀνήρ;

οὐχ Ἕλλην, ὡς ἔοικεν, ἀπὸ γοῦν τῆς στολῆς.

ΕΡΜΗΣ

Κῦρος, ὦ Χάρων, ὁ Καμβύσου, ὃς τὴν ἀρχὴν
πάλαι Μήδων ἐχόντων νῦν Περσῶν ἤδη ἐποίησεν
εἶναι· καὶ Ἀσσυρίων δ' ἔναγχος οὗτος ἐκράτησε
καὶ Βαβυλῶνα παρεστήσατο καὶ νῦν ἐλασείοντι
ἐπὶ Λυδίαν ἔοικεν, ὡς καθελὼν τὸν Κροῖσον ἄρχοι
ἁπάντων.

ΧΑΡΩΝ

Ὁ Κροῖσος δὲ ποῦ ποτε κἀκεῖνός ἐστιν;

ΕΡΜΗΣ

Ἐκεῖσε ἀπόβλεψον ἐς τὴν μεγάλην ἀκρόπολιν,
τὴν τὸ τριπλοῦν τεῖχος· Σάρδεις ἐκεῖναι, καὶ τὸν
Κροῖσον αὐτὸν ὁρᾷς ἤδη ἐπὶ κλίνης χρυσῆς
καθήμενον, Σόλωνι τῷ Ἀθηναίῳ διαλεγόμενον.
βούλει ἀκούσωμεν αὐτῶν ὅ τι καὶ λέγουσι;

ΧΑΡΩΝ

Πάνυ μὲν οὖν.

ΚΡΟΙΣΟΣ

10 Ὦ ξένε Ἀθηναῖε, εἶδες γάρ μου τὸν πλοῦτον
καὶ τοὺς θησαυροὺς καὶ ὅσος ἄσημος [1] χρυσός
ἐστιν ἡμῖν καὶ τὴν ἄλλην πολυτέλειαν, εἰπέ
μοι, τίνα ἡγῇ τῶν ἁπάντων ἀνθρώπων εὐδαι-
μονέστατον εἶναι.

ΧΑΡΩΝ

Τί ἄρα ὁ Σόλων ἐρεῖ;

---

[1] ἄσημος καὶ γ, N : ἄσημος καὶ ἐπίσημος ?

before long when he makes his voyage and is no longer able to lift a mosquito, let alone a bull! Tell me,

"Who is the other man yonder, the haughty one?"[1] Not a Greek, it seems, from his dress at least.

HERMES

That is Cyrus, Charon, the son of Cambyses, who has already transferred to the Persians the empire that once belonged to the Medes. Moreover, he recently conquered the Assyrians and brought Babylon to terms, and now he appears to be meditating a campaign against Lydia, with the idea of overthrowing Croesus and ruling the world.

CHARON

And Croesus, where is he?

HERMES

Look over there towards the great acropolis with the triple wall. That is Sardis, and now you see Croesus himself sitting on a golden throne, talking with Solon of Athens. Would you like to listen to what they are saying?[2]

CHARON

By all means.

CROESUS

My friend from Athens, as you have seen my riches, my treasuries, all the bullion that I have and the rest of my splendor, tell me whom do you consider the most fortunate man in the world?

CHARON

What will Solon say to that?

[1] *Iliad* 3, 226 served as a model for this line also.
[2] The conversation that follows is based on Herodotus 1, 29-33.

415

ΕΡΜΗΣ

Θάρρει· οὐδὲν ἀγεννές, ὦ Χάρων.

ΣΟΛΩΝ

Ὦ Κροῖσε, ὀλίγοι μὲν οἱ εὐδαίμονες· ἐγὼ δὲ
ὧν οἶδα Κλέοβιν καὶ Βίτωνα ἡγοῦμαι εὐδαι-
μονεστάτους γενέσθαι, τοὺς τῆς ἱερείας παῖδας
τῆς ᾿Αργόθεν, τοὺς ἅμα πρῴην ἀποθανόντας, ἐπεὶ
τὴν μητέρα ὑποδύντες εἵλκυσαν ἐπὶ τῆς ἀπήνης
ἄχρι πρὸς τὸ ἱερόν.

ΚΡΟΙΣΟΣ

Ἔστω· ἐχέτωσαν ἐκεῖνοι τὰ πρῶτα τῆς εὐ-
δαιμονίας. ὁ δεύτερος δὲ τίς ἂν εἴη;

ΣΟΛΩΝ

Τέλλος ὁ ᾿Αθηναῖος, ὃς εὖ τ᾿ ἐβίω καὶ ἀπέθανεν
ὑπὲρ τῆς πατρίδος.

ΚΡΟΙΣΟΣ

᾿Εγὼ δέ, ὦ κάθαρμα, οὔ σοι δοκῶ εὐδαίμων
εἶναι;

ΣΟΛΩΝ

Οὐδέπω οἶδα, ὦ Κροῖσε, ἢν μὴ πρὸς τὸ τέλος
ἀφίκῃ τοῦ βίου· ὁ γὰρ θάνατος ἀκριβὴς ἔλεγχος
τῶν τοιούτων καὶ τὸ ἄχρι πρὸς τὸ τέρμα εὐδαι-
μόνως διαβιῶναι.

ΧΑΡΩΝ

Κάλλιστα, ὦ Σόλων, ὅτι ἡμῶν οὐκ ἐπιλέλησαι,
ἀλλὰ παρὰ τὸ πορθμεῖον αὐτὸ ἀξιοῖς γίγνεσθαι
11 τὴν περὶ τῶν τοιούτων κρίσιν. ἀλλὰ τίνας
ἐκείνους ὁ Κροῖσος ἐκπέμπει ἢ τί ἐπὶ τῶν ὤμων
φέρουσι;

CHARON, OR THE INSPECTORS

HERMES

Never fear ; nothing ignoble, Charon.

SOLON

Fortunate men are few, Croesus, but I consider that of all the men I know, the most fortunate are Cleobis and Biton, the sons of the priestess at Argos, who died together the other day when they had harnessed themselves and drawn their mother to the temple on the wagon.[1]

CROESUS

Very well, let them have the first rank in good fortune. But who would be the second ?

SOLON

Tellus of Athens, who lived happily and died for his country.

CROESUS

But what about me, knave ? Don't you think I am fortunate ?

SOLON

I do not know, Croesus, and shall not until you come to the close of your life. Death is a sure test in such matters, that and a fortunate life right up to the end.

CHARON

Thank you kindly, Solon, for not forgetting us,[2] but demanding the decision of such matters to be made right at the ferry. But who are those men whom Croesus is sending out, and what are they carrying on their shoulders ?[3]

[1] In Herodotus Tellus gets the first place.
[2] Himself and Pluto.
[3] Compare Herodotus i. 50 ff. The conversation between Solon and Croesus on the subject of the ingots is Lucian's own contribution.

ΕΡΜΗΣ

Πλίνθους τῷ Πυθίῳ χρυσᾶς ἀνατίθησι μισθὸν
τῶν χρησμῶν ὑφ᾽ ὧν καὶ ἀπολεῖται μικρὸν
ὕστερον· φιλόμαντις δὲ ἀνὴρ[1] ἐκτόπως.

ΧΑΡΩΝ

Ἐκεῖνο γάρ ἐστιν ὁ χρυσός, τὸ λαμπρὸν ὃ
ἀποστίλβει, τὸ ὕπωχρον μετ᾽ ἐρυθήματος; νῦν
γὰρ πρῶτον εἶδον, ἀκούων ἀεί.

ΕΡΜΗΣ

Ἐκεῖνο, ὦ Χάρων, τὸ ἀοίδιμον ὄνομα καὶ
περιμάχητον.

ΧΑΡΩΝ

Καὶ μὴν οὐχ ὁρῶ ὅ τι τὸ ἀγαθὸν αὐτῷ πρόσ-
εστιν, εἰ μὴ ἄρα ἕν τι μόνον, ὅτι βαρύνονται οἱ
φέροντες αὐτό.

ΕΡΜΗΣ

Οὐ γὰρ οἶσθα ὅσοι πόλεμοι διὰ τοῦτο καὶ ἐπι-
βουλαὶ καὶ λῃστήρια καὶ ἐπιορκίαι καὶ φόνοι καὶ
δεσμὰ[2] καὶ ἐμπορίαι καὶ δουλεῖαι;

ΧΑΡΩΝ

Διὰ τοῦτο, ὦ Ἑρμῆ, τὸ μὴ πολὺ τοῦ χαλκοῦ
διαφέρον; οἶδα γὰρ τὸν χαλκόν, ὀβολόν, ὡς οἶσθα,
παρὰ τῶν καταπλεόντων ἑκάστου ἐκλέγων.

ΕΡΜΗΣ

Ναί· ἀλλὰ ὁ χαλκὸς μὲν πολύς, ὥστε οὐ πάνυ
σπουδάζεται ὑπ᾽ αὐτῶν· τοῦτον δὲ ὀλίγον ἐκ
πολλοῦ τοῦ βάθους οἱ μεταλλεύοντες ἀνορύτ-
τουσι· πλὴν ἀλλὰ ἐκ τῆς γῆς καὶ οὗτος ὥσπερ
ὁ μόλυβδος καὶ τὰ ἄλλα.

[1] ἀνὴρ Dindorf : ἄνηρ Γ ; ὁ ἀνὴρ other MSS.
[2] δεσμὰ Spath : δεσμὰ καὶ πλοῦς μακρὸς MSS. Somebody has
put in an allusion to the quest of the Golden Fleece.

CHARON, OR THE INSPECTORS

HERMES

He is making an offering of golden ingots to Apollo at Delphi to pay for the prophecies which will bring him to grief a little later on. The man is monstrously daft on divination.

CHARON

Is that gold, the bright substance that shines, the pale yellow substance with a cast of red? This is the first time that I have seen it, though I am always hearing of it.

HERMES

That is it, Charon, the name that they sing of and fight for.

CHARON

Really I don't see what good there is about it, except perhaps for one thing, that its bearers find it heavy.

HERMES

You do not know how many wars there have been on account of it, how many plots, perjuries, murders, imprisonments, trading ventures, and enslavements.

CHARON

On account of this substance, not much different from bronze? I know bronze, for, as you are aware, I collect an obol from everyone who makes the downward journey

HERMES

Yes, but bronze is plentiful, so that they do not prize it very highly, while this is dug up by the miners at a great depth in small quantities. It comes from the earth, however, like lead and the rest of the metals.

419

ΧΑΡΩΝ

Δεινήν τινα λέγεις τῶν ἀνθρώπων τὴν ἀβελ-
τερίαν, οἳ τοσοῦτον ἔρωτα ἐρῶσιν ὠχροῦ καὶ
βαρέος κτήματος.

ΕΡΜΗΣ

Ἀλλὰ οὐ Σόλων γε ἐκεῖνος, ὦ Χάρων, ἐρᾶν
αὐτοῦ φαίνεται, ὅς, ὡς ὁρᾷς, καταγελᾷ τοῦ
Κροίσου καὶ τῆς μεγαλαυχίας τοῦ βαρβάρου, καί
μοι δοκεῖν ἐρέσθαι τι βούλεται αὐτόν· ἐπακού-
σωμεν οὖν.

ΣΟΛΩΝ

12 Εἰπέ μοι, ὦ Κροῖσε, οἴει γάρ τι δεῖσθαι τῶν
πλίνθων τούτων τὸν Πύθιον;

ΚΡΟΙΣΟΣ

Νὴ Δί'· οὐ γάρ ἐστιν αὐτῷ ἐν Δελφοῖς
ἀνάθημα οὐδὲν τοιοῦτον.

ΣΟΛΩΝ

Οὐκοῦν μακάριον οἴει τὸν θεὸν ἀποφανεῖν,[1] εἰ
κτήσαιτο σὺν τοῖς ἄλλοις καὶ πλίνθους χρυσᾶς;

ΚΡΟΙΣΟΣ

Πῶς γὰρ οὔ;

ΣΟΛΩΝ

Πολλήν μοι λέγεις, ὦ Κροῖσε, πενίαν ἐν τῷ
οὐρανῷ, εἰ ἐκ Λυδίας μεταστέλλεσθαι τὸ χρυσίον
δεήσει αὐτούς, ἢν ἐπιθυμήσωσι.

ΚΡΟΙΣΟΣ

Ποῦ γὰρ τοσοῦτος ἂν γίνοιτο χρυσὸς ὅσος παρ'
ἡμῖν;

ΣΟΛΩΝ

Εἰπέ μοι, σίδηρος δὲ φύεται ἐν Λυδίᾳ;

ΚΡΟΙΣΟΣ

Οὐ πάνυ τι.

---

[1] ἀποφανεῖν Dindorf : ἀποφαίνειν MSS.

CHARON, OR THE INSPECTORS

CHARON

Men are terribly stupid, by what you say, since they have such a passion for a yellow, heavy substance.

HERMES

Well, at any rate Solon yonder does not seem to love it, Charon, as you see, for he is laughing at Croesus and his barbarian boastfulness, and to my mind he wants to ask him a question. Let us listen, then.

SOLON

Tell me, Croesus, do you really think that Apollo has any need of these ingots?

CROESUS

Good Heavens, yes! He has nothing to match them among the votive offerings at Delphi.

SOLON

Then you expect to make the god happy if he adds ingots of gold to the rest of his possessions?

CROESUS

Why not?

SOLON

They are very poor in Heaven from what you say, since they have to send and get gold from Lydia if they want it.

CROESUS

Why, where else can there be as much gold as there is in our country?

SOLON

Tell me, is iron produced in Lydia?

CROESUS

Not to any great extent.

ΣΟΛΩΝ

Τοῦ βελτίονος ἄρα ἐνδεεῖς ἐστε.

ΚΡΟΙΣΟΣ

Πῶς ἀμείνων ὁ σίδηρος χρυσίου;

ΣΟΛΩΝ

Ἢν ἀποκρίνῃ μηδὲν ἀγανακτῶν, μάθοις ἄν.

ΚΡΟΙΣΟΣ

Ἐρώτα, ὦ Σόλων.

ΣΟΛΩΝ

Πότεροι ἀμείνους, οἱ σώζοντές τινας ἢ οἱ σω-
ζόμενοι πρὸς αὐτῶν;

ΚΡΟΙΣΟΣ

Οἱ σώζοντες δηλαδή.

ΣΟΛΩΝ

Ἆρ' οὖν, ἢν Κῦρος, ὡς λογοποιοῦσί τινες, ἐπίῃ
Λυδοῖς, χρυσᾶς μαχαίρας σὺ ποιήσῃ τῷ στρατῷ,
ἢ ὁ σίδηρος ἀναγκαῖος τότε;

ΚΡΟΙΣΟΣ

Ὁ σίδηρος δῆλον ὅτι.

ΣΟΛΩΝ

Καὶ εἴ γε τοῦτον μὴ παρασκευάσαιο, οἴχοιτο ἄν
σοι ὁ χρυσὸς ἐς Πέρσας αἰχμάλωτος.

ΚΡΟΙΣΟΣ

Εὐφήμει, ἄνθρωπε.

ΣΟΛΩΝ

Μὴ γένοιτο μὲν οὕτω ταῦτα· φαίνῃ δ' οὖν
ἀμείνω τοῦ χρυσοῦ τὸν σίδηρον ὁμολογῶν.

ΚΡΟΙΣΟΣ

Οὐκοῦν καὶ τῷ θεῷ σιδηρᾶς πλίνθους κελεύεις
ἀνατιθέναι με, τὸν δὲ χρυσὸν ὀπίσω αὖθις ἀνα-
καλεῖν;

CHARON, OR THE INSPECTORS

SOLON

Then you are poor in the better metal.

CROESUS

In what way is iron better than gold?

SOLON

If you will answer my questions without getting angry, you will find out.

CROESUS

Ask them, Solon.

SOLON

Who is the better man, the one who saves a life or the one who is saved by him?

CROESUS

The one who saves a life of course.

SOLON

Then if Cyrus attacks the Lydians, as rumour has it that he will, shall you get swords of gold made for your army, or will iron be necessary in that case?

CROESUS

Iron, certainly.

SOLON

Yes, and if you should not provide iron, your gold would go off to Persia in captivity.

CROESUS

Don't speak of such a thing, man!

SOLON

I pray it may not turn out that way; but you clearly admit that iron is better than gold.

CROESUS

Then would you have me offer ingots of iron to the god and call the gold back again?

423

ΣΟΛΩΝ

Οὐδὲ σιδήρου ἐκείνός γε δεήσεται, ἀλλ' ἤν τε
χαλκὸν ἤν τε χρυσὸν ἀναθῇς, ἄλλοις μέν ποτε
κτῆμα καὶ ἔρμαιον ἔσῃ ἀνατεθεικώς, Φωκεῦσιν ἢ
Βοιωτοῖς ἢ Δελφοῖς αὐτοῖς ἤ τινι τυράννῳ ἢ
λῃστῇ, τῷ δὲ θεῷ ὀλίγον μέλει τῶν σῶν χρυ-
σοποιῶν.

ΚΡΟΙΣΟΣ

Ἀεὶ σύ μου τῷ πλούτῳ προσπολεμεῖς καὶ
φθονεῖς.

ΕΡΜΗΣ

13   Οὐ φέρει ὁ Λυδός, ὦ Χάρων, τὴν παρρησίαν
καὶ τὴν ἀλήθειαν τῶν λόγων, ἀλλὰ ξένον αὐτῷ
δοκεῖ τὸ πρᾶγμα, πένης ἄνθρωπος οὐχ ὑπο-
πτήσσων, τὸ δὲ παριστάμενον ἐλευθέρως λέγων.
μεμνήσεται δ' οὖν μικρὸν ὕστερον τοῦ Σόλωνος,
ὅταν αὐτὸν δέῃ ἀλόντα ἐπὶ τὴν πυρὰν ὑπὸ τοῦ
Κύρου ἀναχθῆναι· ἤκουσα γὰρ τῆς Κλωθοῦς
πρῴην ἀναγινωσκούσης τὰ ἑκάστῳ ἐπικεκλω-
σμένα, ἐν οἷς καὶ ταῦτα ἐγέγραπτο, Κροῖσον μὲν
ἁλῶναι ὑπὸ Κύρου, Κῦρον δὲ αὐτὸν ὑπ' ἐκεινησὶ
τῆς Μασσαγέτιδος ἀποθανεῖν. ὁρᾷς τὴν Σκυθίδα,
τὴν ἐπὶ τοῦ ἵππου τούτου τοῦ λευκοῦ ἐξελαύνου-
σαν;

ΧΑΡΩΝ

Νὴ Δία.

ΕΡΜΗΣ

Τόμυρις ἐκείνη ἐστί, καὶ τὴν κεφαλήν γε ἀπο-
τεμοῦσα τοῦ Κύρου αὕτη ἐς ἀσκὸν ἐμβαλεῖ
πλήρη αἵματος. ὁρᾷς δὲ καὶ τὸν υἱὸν αὐτοῦ τὸν
νεανίσκον; Καμβύσης ἐκεῖνός ἐστιν· οὗτος βασι-
λεύσει μετὰ τὸν πατέρα καὶ μυρία σφαλεὶς ἔν

CHARON, OR THE INSPECTORS

He will have no need of iron either, not he! Whether you offer bronze or gold, your offering will be a boon and a blessing to others than he—to the Phocians or the Boeotians or the Delphians themselves, or else to some tyrant or freebooter; but the god takes little interest in your gold-work.

CROESUS

You are always at war with my wealth and begrudge me it.

HERMES

The Lydian cannot abide the outspokenness and the truthfulness of his words, Charon; it seems strange to him when a poor man does not cringe but says frankly whatever occurs to him. But he will remember Solon before long, when he has to be captured and put on the pyre by Cyrus. The other day I heard Clotho reading out the fate that had been spun for everyone, and among other things it had been recorded there that Croesus was to be captured by Cyrus, and that Cyrus was to be slain by yonder woman of the Massagetae. Do you see her, the Scythian woman riding the white horse?

CHARON

Indeed I do.

HERMES

That is Tomyris; and after she has cut off Cyrus' head she will plunge it into a wine-skin full of blood. And do you see his son, the young man? That is Cambyses; he will be king after his father, and when he has had no end of ill-luck in Libya and

425

τε Λιβύῃ καὶ Αἰθιοπίᾳ τὸ τελευταῖον μανεὶς ἀπο
θανεῖται ἀποκτείνας τὸν Ἄπιν.

ΧΑΡΩΝ

Ὦ πολλοῦ γέλωτος. ἀλλὰ νῦν τίς ἂν αὐτοὺς
προσβλέψειεν οὕτως ὑπερφρονοῦντας τῶν ἄλλων;
ἢ τίς ἂν πιστεύσειεν ὡς μετ᾽ ὀλίγον οὗτος μὲν
αἰχμάλωτος ἔσται, οὗτος δὲ τὴν κεφαλὴν ἕξει ἐν
14 ἀσκῷ αἵματος; ἐκεῖνος δὲ τίς ἐστιν, ὦ Ἑρμῆ, ὁ
τὴν πορφυρᾶν ἐφεστρίδα ἐμπεπορπημένος, ὁ τὸ
διάδημα, ᾧ τὸν δακτύλιον ὁ μάγειρος ἀναδίδωσι
τὸν ἰχθὺν ἀνατεμών,

νήσῳ ἐν ἀμφιρύτῃ; βασιλεὺς δέ τις εὔχεται εἶναι.

ΕΡΜΗΣ

Εὖ γε παρῳδεῖς, ὦ Χάρων. ἀλλὰ Πολυκράτην
ὁρᾷς τὸν Σαμίων τύραννον πανευδαίμονα ἡγού
μενον εἶναι· ἀτὰρ καὶ οὗτος αὐτὸς ὑπὸ τοῦ παρε
στῶτος οἰκέτου Μαιανδρίου προδοθεὶς Ὀροίτῃ τῷ
σατράπῃ ἀνασκολοπισθήσεται ἄθλιος [1] ἐκπεσὼν
τῆς εὐδαιμονίας ἐν ἀκαρεῖ τοῦ χρόνου· καὶ ταῦτα
γὰρ τῆς Κλωθοῦς ἐπήκουσα.

ΧΑΡΩΝ

Ἄγαμαι Κλωθοῦς γεννικῆς· καῖε [2] αὐτούς, ὦ
βελτίστη, καὶ τὰς κεφαλὰς ἀπότεμνε καὶ ἀνα
σκολόπιζε, ὡς εἰδῶσιν ἄνθρωποι ὄντες· ἐν το
σούτῳ δὲ ἐπαιρέσθων ὡς ἂν ἀφ᾽ ὑψηλοτέρου
ἀλγεινότερον καταπεσούμενοι. ἐγὼ δὲ γελάσομαι
τότε γνωρίσας αὐτῶν ἕκαστον γυμνὸν ἐν τῷ
σκαφιδίῳ μήτε τὴν πορφυρίδα μήτε τιάραν ἢ
κλίνην χρυσῆν κομίζοντας.

---

[1] ἄθλιος Herwerden : ἄθλιος MSS.
[2] καῖε Struve : καὶ MSS. Fritzsche reads ἄγαμαι Κλωθοῦς·
γεννικῶς καῖε.

Ethiopia he will at last go mad and die in consequence of slaying Apis.

CHARON

How very funny! But now who would dare to look at them, so disdainful are they of the rest of the world? And who could believe that after a little the one will be a prisoner and the other will have his head in a sack of blood? But who is that man, Hermes, with the purple mantle about him, the one with the crown, to whom the cook, who has just cut open the fish, is giving the ring,

" All in a sea-girt island ; a king he would have us believe him " [1] ?

HERMES

You are good at parody, Charon. The man whom you see is Polycrates, the tyrant of Samos, who considers himself wholly fortunate ; yet the servant who stands at his elbow, Maeandrius, will betray him into the hands of the satrap Oroetes, and he will be crucified, poor man, after losing his good fortune in a moment's time. This, too, I heard from Clotho.

CHARON

Well done, Clotho, noble lady that you are! Burn them, gracious lady, cut off their heads and crucify them, so that they may know they are human. In the meantime let them be exalted, only to have a sorrier fall from a higher place. For my part I shall laugh when I recognize them aboard my skiff, stripped to the skin, taking with them neither purple mantle nor tiara nor throne of gold.

[1] Another allusion to a story in Herodotus (3, 39–43). The verse is composed of the beginning of *Odyssey* 1, 50 and the end of *Odyssey* 1, 180.

ΕΡΜΗΣ

15 Καὶ τὰ μὲν τούτων ὧδε ἕξει. τὴν δὲ πληθὺν ὁρᾷς, ὦ Χάρων, τοὺς πλέοντας αὐτῶν, τοὺς πολεμοῦντας, τοὺς δικαζομένους, τοὺς γεωργοῦντας, τοὺς δανείζοντας, τοὺς προσαιτοῦντας;

ΧΑΡΩΝ

Ὁρῶ ποικίλην τινὰ τὴν διατριβὴν καὶ μεστὸν ταραχῆς τὸν βίον καὶ τὰς πόλεις γε αὐτῶν ἐοικυίας τοῖς σμήνεσιν, ἐν οἷς ἅπας μὲν ἴδιόν τι κέντρον ἔχει καὶ τὸν πλησίον κεντεῖ, ὀλίγοι δέ τινες ὥσπερ σφῆκες ἄγουσι καὶ φέρουσι τὸ ὑποδεέστερον. ὁ δὲ περιπετόμενος αὐτοὺς ἐκ τἀφανοῦς οὗτος ὄχλος τίνες εἰσίν;

ΕΡΜΗΣ

Ἐλπίδες, ὦ Χάρων, καὶ δείματα καὶ ἄγνοιαι καὶ ἡδοναὶ καὶ φιλαργυρίαι καὶ ὀργαὶ καὶ μίση καὶ τὰ τοιαῦτα. τούτων δὲ ἡ ἄγνοια μὲν κάτω συναναμέμικται αὐτοῖς καὶ συμπολιτεύεται, καὶ νὴ Δία καὶ τὸ μῖσος καὶ ὀργὴ καὶ ζηλοτυπία καὶ ἀμαθία καὶ ἀπορία καὶ φιλαργυρία, ὁ φόβος δὲ καὶ αἱ ἐλπίδες ὑπεράνω πετόμενοι ὁ μὲν ἐμπίπτων ἐκπλήττει ἐνίοτε καὶ ὑποπτήσσειν ποιεῖ, αἱ δ' ἐλπίδες ὑπὲρ κεφαλῆς αἰωρούμεναι, ὁπόταν μάλιστα οἴηταί τις ἐπιλήψεσθαι αὐτῶν, ἀναπτάμεναι οἴχονται κεχηνότας αὐτοὺς ἀπολιποῦσαι, ὅπερ καὶ τὸν Τάνταλον κάτω πάσχοντα ὁρᾷς ὑπὸ
16 τοῦ ὕδατος. ἢν δὲ ἀτενίσῃς, κατόψει καὶ τὰς Μοίρας ἄνω ἐπικλωθούσας ἑκάστῳ τὸν ἄτρακτον, ἀφ' οὗ ἠρτῆσθαι συμβέβηκεν ἅπαντας ἐκ λεπτῶν νημάτων. ὁρᾷς καθάπερ ἀράχνιά τινα καταβαίνοντα ἐφ' ἕκαστον ἀπὸ τῶν ἀτράκτων;

CHARON, OR THE INSPECTORS

That is the way their lives will end. But do you see the masses, Charon, the men voyaging, fighting, litigating, farming, lending money, and begging?

CHARON

I see that their activities are varied and their life full of turmoil; yes, and their cities resemble hives, in which everyone has a sting of his own and stings his neighbour, while some few, like wasps, harry and plunder the meaner sort. But what is that crowd of shapes that flies about them unseen?

HERMES

Hope, Fear, Ignorance, Pleasure, Covetousness, Anger, Hatred and their like. Of these, Ignorance mingles with them down below and shares their common life, and so do Hatred, Anger, Jealousy, Stupidity, Doubt, and Covetousness; but Fear and Hope hover up above, and Fear, swooping down from time to time, terrifies them and makes them cringe, while Hope, hanging overhead, flies up and is off when they are most confident of grasping her, leaving them in the lurch with their mouths open, exactly as you have seen Tantalus served by the water down below. If you look close, you will also see the Fates up above, drawing off each man's thread from the spindle to which, as it happens, one and all are attached by slender threads. Do you see cobwebs, if I may call them so, coming down to each man from the spindles?

429

ΧΑΡΩΝ

Ὁρῶ πάνυ λεπτὸν ἑκάστῳ νῆμα, ἐπιπεπλεγμέ-
νον γε τὰ πολλά, τοῦτο μὲν ἐκείνῳ, ἐκεῖνο δὲ
ἄλλῳ.

ΕΡΜΗΣ

Εἰκότως, ὦ πορθμεῦ· εἵμαρται γὰρ ἐκείνῳ μὲν
ὑπὸ τούτου φονευθῆναι, τούτῳ δὲ ὑπ᾽ ἄλλου, καὶ
κληρονομῆσαί γε τοῦτον μὲν ἐκείνου, ὅτου ἂν ᾖ
μικρότερον τὸ νῆμα, ἐκεῖνον δὲ αὖ τούτου· τοιόνδε
γάρ τι ἡ ἐπιπλοκὴ δηλοῖ. ὁρᾷς δ᾽ οὖν ἀπὸ λεπτοῦ
κρεμαμένους ἅπαντας· καὶ οὗτος μὲν ἀνασπασθεὶς
ἄνω μετέωρός ἐστι καὶ μετὰ μικρὸν καταπεσών,
ἀπορραγέντος τοῦ λίνου ἐπειδὰν μηκέτι ἀντέχῃ
πρὸς τὸ βάρος, μέγαν τὸν ψόφον ἐργάσεται, οὗτος
δὲ ὀλίγον ἀπὸ γῆς αἰωρούμενος, ἢν καὶ πέσῃ,
ἀψοφητὶ κείσεται,[1] μόλις καὶ τοῖς γείτοσιν ἐξακου-
σθέντος τοῦ πτώματος.

ΧΑΡΩΝ

Παγγέλοια ταῦτα, ὦ Ἑρμῆ.

ΕΡΜΗΣ

17 Καὶ μὴν οὐδ᾽ εἰπεῖν ἔχοις ἂν κατὰ τὴν ἀξίαν
ὅπως ἐστὶ καταγέλαστα, ὦ Χάρων, καὶ μάλιστα
αἱ ἄγαν σπουδαὶ αὐτῶν καὶ τὸ μεταξὺ τῶν ἐλπί-
δων οἴχεσθαι ἀναρπάστους γινομένους ὑπὸ τοῦ
βελτίστου Θανάτου. ἄγγελοι δὲ καὶ ὑπηρέται
αὐτοῦ μάλα πολλοί, ὡς ὁρᾷς, ἠπίαλοι καὶ πυρετοὶ
καὶ φθόαι καὶ περιπλευμονίαι καὶ ξίφη καὶ λῃ-
στήρια καὶ κώνεια καὶ δικασταὶ καὶ τύραννοι·
καὶ τούτων οὐδὲν ὅλως αὐτοὺς εἰσέρχεται, ἔστ᾽ ἂν
εὖ πράττωσιν, ὅταν δὲ σφαλῶσι, πολὺ τὸ ὀττοτοῖ

---

[1] πεσεῖται Mehler, K. Schwartz.

CHARON, OR THE INSPECTORS

I see that each man has a very slender thread, and it is entangled in most cases, this one with that and that with another.

With good reason, ferryman; it is fated for that man to be killed by this man and this man by another, and for this man to be heir to that one, whose thread is shorter, and that man in turn to this one. That is what the entanglement means. You see, however, that they all hang by slender threads. Furthermore, this man has been drawn up on high and hangs in mid-air, and after a little while, when the filament, no longer strong enough to hold his weight, breaks and he falls to earth, he will make a great noise; but this other, who is lifted but little above the ground, will come down, if at all, so noiselessly that even his neighbours will hardly hear his fall.

All this is very funny, Hermes.

Indeed, you cannot find words to tell how ridiculous it is, Charon, especially their inordinate ambition and the way in which they disappear from the scene in the midst of their hopes, carried off by our good friend Death. His messengers and servants are very many, as you see—chills, fevers, wasting sicknesses, inflammations of the lungs, swords, pirate vessels, bowls of hemlock, judges, and tyrants; and no thought of any of these occurs to them while they are prosperous, but when they come to grief, many are the cries of "Oh!" and

καὶ αἰαῖ καὶ οἴμοι. εἰ δὲ εὐθὺς ἐξ ἀρχῆς ἐνενόουν
ὅτι θνητοί τέ εἰσιν αὐτοὶ καὶ ὀλίγον τοῦτον χρόνον
ἐπιδημήσαντες τῷ βίῳ ἄπίασιν ὥσπερ ἐξ ὀνείρα-
τος πάντα ὑπὲρ γῆς ἀφέντες, ἔζων τε ἂν σωφρονέ-
στερον καὶ ἧττον ἠνιῶντο ἀποθανόντες· νῦν δὲ εἰς
ἀεὶ ἐλπίσαντες χρήσεσθαι τοῖς παροῦσιν, ἐπειδὰν
ἐπιστὰς ὁ ὑπηρέτης καλῇ καὶ ἀπάγῃ πεδήσας τῷ
πυρετῷ ἢ τῇ φθόῃ, ἀγανακτοῦσι πρὸς τὴν ἀγωγὴν
οὔποτε προσδοκήσαντες ἀποσπασθήσεσθαι αὐ-
τῶν. ἢ τί γὰρ οὐκ ἂν ποιήσειεν ἐκεῖνος ὁ τὴν
οἰκίαν σπουδῇ οἰκοδομούμενος καὶ τοὺς ἐργάτας
ἐπισπέρχων, εἰ μάθοι ὅτι ἡ μὲν ἕξει τέλος αὐτῷ,
ὁ δὲ ἄρτι ἐπιθεὶς τὸν ὄροφον ἄπεισι τῷ κληρονόμῳ
καταλιπὼν ἀπολαύειν αὐτῆς, αὐτὸς μηδὲ δειπνή-
σας ἄθλιος [1] ἐν αὐτῇ; ἐκεῖνος μὲν γὰρ ὁ χαίρων
ὅτι ἄρρενα παῖδα τέτοκεν αὐτῷ ἡ γυνή, καὶ τοὺς
φίλους διὰ τοῦτο ἑστιῶν καὶ τοὔνομα τοῦ πατρὸς
τιθέμενος, εἰ ἠπίστατο ὡς ἑπτέτης γενόμενος ὁ
παῖς τεθνήξεται, ἆρα ἄν σοι δοκεῖ χαίρειν ἐπ᾽
αὐτῷ γεννωμένῳ; ἀλλὰ τὸ αἴτιον, ὅτι τὸν μὲν
εὐτυχοῦντα ἐπὶ τῷ παιδὶ ἐκεῖνον ὁρᾷ τὸν τοῦ ἀθλη-
τοῦ πατέρα τοῦ Ὀλύμπια νενικηκότος, τὸν γείτονα
δὲ τὸν ἐκκομίζοντα τὸ παιδίον οὐχ ὁρᾷ οὐδὲ οἶδεν
ἀφ᾽ οἵας αὐτῷ κρόκης ἐκρέματο. τοὺς μὲν γὰρ
περὶ τῶν ὅρων διαφερομένους ὁρᾷς, ὅσοι εἰσί, καὶ
τοὺς συναγείροντας τὰ χρήματα, εἶτα, πρὶν ἀπο-

---

[1] ἄθλιος Herwerden : ἄθλιος MSS.

"Ah!" and "O dear me!" If they had realized at the very beginning that they were mortal, and that after this brief sojourn in the world they would go away as from a dream, taking leave of everything above ground, they would live more sanely and would be less unhappy after death.[1] But as it is, they have imagined that what they have now will be theirs forever, and so, when the servant, standing at their bedside, summons them and hales them off in the bonds of fever or consumption, they make a great to-do about it, for they never expected to be torn away from their gear. For example, that man who is busily building himself a house and driving the workmen on; what would not he do if he knew that although the house will be finished, as soon as he gets the roof on, he himself will depart and leave his heir the enjoyment of it without even dining in it, poor fellow? And as for the man over there, who rejoices because his wife has borne him a son and entertains his friends in honour of the occasion and gives the boy his father's name, if he knew that the boy will die at the age of seven, do you think he would rejoice over his birth? No, it is because he sees yonder man who is fortunate in his son, the father of the athlete who has been victor at the Olympic games, but does not see his next door neighbour, who is burying *his* son, and does not know what manner of thread his own son has been attached to. Again, take those who quarrel about boundaries—you see how numerous they are; likewise those who heap up

---

[1] Most of the dead are unhappy, as Hermes and Charon well know. See the *Downward Journey*, and even Homer's Achilles *(Odyssey* 11, 488).

λαῦσαι αὐτῶν, καλουμένους ὑφ᾽ ὧν εἶπον τῶν
ἀγγέλων τε καὶ ὑπηρετῶν.

18   Ὁρῶ ταῦτα πάντα καὶ πρὸς ἐμαυτόν γε ἐννοῶ
ὅ τι τὸ ἡδὺ αὐτοῖς παρὰ τὸν βίον ἢ τί ἐκεῖνό ἐστιν,
οὗ στερούμενοι ἀγανακτοῦσιν. ἢν γοῦν τοὺς βασι-
λέας αὐτῶν ἴδῃ τις, οἵπερ εὐδαιμονέστατοι εἶναι
δοκοῦσιν, ἔξω τοῦ ἀβεβαίου ὡς φῂς καὶ ¹ ἀμφι-
βόλου τῆς τύχης, πλείω τῶν ἡδέων τὰ ἀνιαρὰ
εὑρήσει προσόντα αὐτοῖς, φόβους καὶ ταραχὰς
καὶ μίση καὶ ἐπιβουλὰς καὶ ὀργὰς καὶ κολακείας·
τούτοις γὰρ ἅπαντες σύνεισιν. ἐῶ πένθη καὶ
νόσους καὶ πάθη ἐξ ἰσοτιμίας δηλαδὴ ἄρχοντα
αὐτῶν· ὅπου δὲ τὰ τούτων πονηρά, λογίζεσθαι
καιρὸς οἷα τὰ τῶν ἰδιωτῶν ἂν εἴη.

19   Ἐθέλω δ᾽ οὖν σοι, ὦ Ἑρμῆ, εἰπεῖν, ᾧτινι ἐοικέναι
μοι ἔδοξαν οἱ ἄνθρωποι καὶ ὁ βίος ἅπας αὐτῶν.
ἤδη ποτὲ πομφόλυγας ἐν ὕδατι ἐθεάσω ὑπὸ κρουνῷ
τινι καταράττοντι ἀνισταμένας; τὰς φυσαλλίδας
λέγω, ἀφ᾽ ὧν συναγείρεται ὁ ἀφρός· ἐκείνων τοίνυν
τινὲς μὲν μικραί εἰσι καὶ αὐτίκα ἐκραγεῖσαι ἀπέ-
σβησαν, αἱ δ᾽ ἐπὶ πλέον διαρκοῦσι· καὶ προσχω-
ρουσῶν αὐταῖς τῶν ἄλλων αὗται ὑπερφυσώμεναι
ἐς μέγιστον ὄγκον αἴρονται, ἔπειτα μέντοι κἀκεῖναι
πάντως ἐξερράγησάν ποτε· οὐ γὰρ οἷόν τε ἄλλως
γενέσθαι. τοῦτό ἐστιν ὁ ἀνθρώπου βίος· ἅπαντες
ὑπὸ πνεύματος ἐμπεφυσημένοι οἱ μὲν μείζους, οἱ
δὲ ἐλάττους· καὶ οἱ μὲν ὀλιγοχρόνιον ἔχουσι καὶ
ὠκύμορον τὸ φύσημα, οἱ δὲ ἅμα τῷ συστῆναι
ἐπαύσαντο· πᾶσι δ᾽ οὖν ἀπορραγῆναι ἀναγκαῖον.

ὡς φῂς καὶ Fritzsche : καὶ ὡς φῂς MSS

434

money and then, before enjoying it, receive a summons from the messengers and servants that I mentioned.

CHARON

I see all this, and am wondering what pleasure they find in life and what it is that they are distressed to lose. For example, if one considers their kings, who are counted most happy, quite apart from the instability and uncertainty of their fortune which you allude to, one will find that the pleasures which they have are fewer than the pains, for terrors, alarums, enmities, plots, rage, and flattery are with them always. I say nothing of sorrows, diseases, and misadventures, which of course dominate them without partiality; but when their lot is hard, one is driven to conjecture what the lot of common men must be.

Let me tell you, Hermes, what I think men and the whole life of man resemble. You have noticed bubbles in water, caused by a streamlet plashing down—I mean those that mass to make foam? Some of them, being small, burst and are gone in an instant, while some last longer and as others join them, become swollen and grow to exceeding great compass; but afterwards they also burst without fail in time, for it cannot be otherwise. Such is the life of men; they are all swollen with wind, some to greater size, others to less; and with some the swelling is short-lived and swift-fated, while with others it is over as soon as it comes into being; but in any case they all must burst.

435

ΕΡΜΗΣ

Οὐδὲν χεῖρον σὺ τοῦ Ὁμήρου εἴκασας, ὦ Χάρων, ὃς φύλλοις τὸ γένος αὐτῶν ὁμοιοῖ.

ΧΑΡΩΝ

20 Καὶ τοιοῦτοι ὄντες, ὦ Ἑρμῆ, ὁρᾷς οἷα ποιοῦσι καὶ ὡς φιλοτιμοῦνται πρὸς ἀλλήλους ἀρχῶν πέρι καὶ τιμῶν καὶ κτήσεως ἁμιλλώμενοι, ἅπερ ἅπαντα καταλιπόντας αὐτοὺς δεήσει ἕνα ὀβολὸν ἔχοντας ἥκειν παρ' ἡμᾶς. βούλει οὖν, ἐπείπερ ἐφ' ὑψηλοῦ ἐσμέν, ἀναβοήσας παμμέγεθες παραινέσω αὐτοῖς ἀπέχεσθαι μὲν τῶν ματαίων πόνων, ζῆν δὲ ἀεὶ τὸν θάνατον πρὸ ὀφθαλμῶν ἔχοντας, λέγων, "Ὦ μάταιοι, τί ἐσπουδάκατε περὶ ταῦτα; παύσασθε κάμνοντες· οὐ γὰρ εἰς ἀεὶ βιώσεσθε· οὐδὲν τῶν ἐνταῦθα σεμνῶν ἀΐδιόν ἐστιν, οὐδ' ἂν ἀπαγάγοι τις αὐτῶν τι σὺν αὑτῷ ἀποθανών, ἀλλ' ἀνάγκη τὸν μὲν γυμνὸν οἴχεσθαι, τὴν οἰκίαν δὲ καὶ τὸν ἀγρὸν καὶ τὸ χρυσίον ἀεὶ ἄλλων εἶναι καὶ μεταβάλλειν τοὺς δεσπότας." εἰ ταῦτα καὶ τὰ τοιαῦτα ἐξ ἐπηκόου ἐμβοήσαιμι αὐτοῖς, οὐκ ἂν οἴει μεγάλα ὠφεληθῆναι τὸν βίον[1] καὶ σωφρονεστέρους ἂν γενέσθαι παρὰ πολύ;

ΕΡΜΗΣ

21 Ὦ μακάριε, οὐκ οἶσθα ὅπως αὐτοὺς ἡ ἄγνοια καὶ ἡ ἀπάτη διατεθείκασιν, ὡς μηδ' ἂν τρυπάνῳ ἔτι διανοιχθῆναι αὐτοῖς τὰ ὦτα, τοσούτῳ κηρῷ ἔβυσαν αὐτά, οἷόν περ ὁ Ὀδυσσεὺς τοὺς ἑταίρους ἔδρασε δέει τῆς Σειρήνων ἀκροάσεως. πόθεν οὖν ἂν ἐκεῖνοι δυνηθεῖεν ἀκοῦσαι, ἢν καὶ σὺ κεκραγὼς διαρραγῇς; ὅπερ γὰρ παρ' ὑμῖν ἡ Λήθη δύναται,

[1] πρὸς τὸν βίον Naber.

CHARON, OR THE INSPECTORS

HERMES

Charon, your simile is every bit as good as Homer's, who compares the race of man to leaves.[1]

CHARON

And although they are like that, Hermes, you see what they do and how ambitious they are, vying with each other for offices, honours, and possessions, all of which they must leave behind them and come down to us with but a single obol. As we are in a high place, would you like me to call out in a great voice and urge them to desist from their vain labours and live always with death before their eyes, saying : "Vain creatures, why have you set your hearts on these things ? Cease toiling, for your lives will not endure forever. Nothing that is in honour here is eternal, nor can a man take anything with him when he dies ; nay, it is inevitable that he depart naked, and that his house and his land and his money go first to one and then to another, changing their owners." If I should call to them out of a commanding place and say all this and more, do you not think that they would be greatly assisted in life and made saner by far ?

HERMES

My dear fellow, you do not know how Ignorance and Error have served them. Even a drill could not penetrate their ears now, because these dames have stopped them with such quantities of wax, like Odysseus, who did this to his comrades for fear that they might hear the Sirens. How could they hear, then, even if you should crack your lungs with bawling ? What lies in the power of Lethe down

[1] *Iliad* 6, 146.

τοῦτο ἐνταῦθα ἡ ἄγνοια ἐργάζεται. πλὴν ἀλλὰ
εἰσὶν αὐτῶν ὀλίγοι οὐ παραδεδεγμένοι τὸν κηρὸν
ἐς τὰ ὦτα, πρὸς τὴν ἀλήθειαν ἀποκλίνοντες, ὀξὺ
δεδορκότες ἐς τὰ πράγματα καὶ κατεγνωκότες οἷά
ἐστιν.

ΧΑΡΩΝ

Οὐκοῦν ἐκείνοις γοῦν ἐμβοήσωμεν.

ΕΡΜΗΣ

Περιττὸν καὶ τοῦτο, λέγειν πρὸς αὐτοὺς ἃ
ἴσασιν. ὁρᾷς ὅπως ἀποσπάσαντες τῶν πολλῶν
καταγελῶσι τῶν γιγνομένων καὶ οὐδαμῇ οὐδαμῶς
ἀρέσκονται αὐτοῖς, ἀλλὰ δῆλοί εἰσι δρασμὸν ἤδη
βουλεύοντες παρ' ὑμᾶς ἀπὸ τοῦ βίου. καὶ γὰρ καὶ
μισοῦνται ἐλέγχοντες αὐτῶν τὰς ἀμαθίας.

ΧΑΡΩΝ

Εὖ γε, ὦ γεννάδαι· πλὴν πάνυ ὀλίγοι εἰσίν, ὦ
Ἑρμῆ.

ΕΡΜΗΣ

Ἱκανοὶ καὶ οὗτοι. ἀλλὰ κατίωμεν ἤδη.

ΧΑΡΩΝ

22   Ἓν ἔτι ἐπόθουν, ὦ Ἑρμῆ, εἰδέναι, καί μοι δείξας
αὐτὸ ἐντελῆ ἔσῃ τὴν περιήγησιν πεποιημένος, τὰς
ἀποθήκας τῶν σωμάτων, ἵνα κατορύττουσι, θεά-
σασθαι.

ΕΡΜΗΣ

Ἠρία, ὦ Χάρων, καὶ τύμβους καὶ τάφους
καλοῦσι τὰ τοιαῦτα. πλὴν τὰ πρὸ τῶν πόλεων
ἐκεῖνα τὰ χώματα ὁρᾷς καὶ τὰς στήλας καὶ πυρα-
μίδας· ἐκεῖνα πάντα νεκροδοχεῖα καὶ σωματο-
φυλάκιά ἐστιν.

438

below is done by Ignorance here. However, there are a few of them who have not admitted the wax into their ears, who are devoted to truth, who look keenly into things and know them for what they are.

CHARON

Then let us call to them at least.

HERMES

It would be superfluous to tell them what they know. You see how they stand aloof from the masses and laugh at what goes on ; they are not in the least satisfied with it all, but are clearly planning to make their escape from life to your own regions. Indeed, they have reason, for they are disliked because they expose the follies of man.

CHARON

Well done, staunch souls ! But they are very few, Hermes.

HERMES

Even these are enough. But let us go down now.

CHARON

There is one thing more that I wanted to know about, Hermes, and when you point it out to me you will have done your full duty as guide ; it is to see the places where they stow the bodies, where they bury them, I mean.

HERMES

They call such places vaults, tombs and graves. Do you see those heaps of earth and slabs of stone and pyramids in front of the cities? All those are for the reception of corpses and the storage of bodies.

439

THE WORKS OF LUCIAN

ΧΑΡΩΝ

Τί οὖν ἐκεῖνοι στεφανοῦσι τοὺς λίθους καὶ
χρίουσι μύρῳ; οἱ δὲ καὶ πυρὰν νήσαντες πρὸ τῶν
χωμάτων καὶ βόθρον τινὰ ὀρύξαντες καίουσί τε
ταυτὶ τὰ πολυτελῆ δεῖπνα καὶ εἰς τὰ ὀρύγματα
οἶνον καὶ μελίκρατον, ὡς γοῦν εἰκάσαι, ἐγχέουσιν;

ΕΡΜΗΣ

Οὐκ οἶδα, ὦ πορθμεῦ, τί ταῦτα πρὸς τοὺς ἐν
Ἅιδου· πεπιστεύκασι δ᾽ οὖν τὰς ψυχὰς ἀναπεμ-
πομένας κάτωθεν δειπνεῖν μὲν ὡς οἷόν τε περι-
πετομένας τὴν κνῖσαν καὶ τὸν καπνόν, πίνειν δὲ
ἀπὸ τοῦ βόθρου τὸ μελίκρατον.

ΧΑΡΩΝ

Ἐκείνους ἔτι πίνειν ἢ ἐσθίειν, ὧν τὰ κρανία
ξηρότατα; καίτοι γελοῖός εἰμι σοὶ λέγων ταῦτα
ὁσημέραι κατάγοντι αὐτούς. οἶσθα οὖν εἰ δύναιντ᾽
ἂν ἔτι ἀνελθεῖν ἅπαξ ὑποχθόνιοι γενόμενοι. ἐπεί
τοι καὶ παγγέλοια ἄν, ὦ Ἑρμῆ, ἔπασχον, οὐκ
ὀλίγα πράγματα ἔχων, εἰ ἔδει μὴ κατάγειν μόνον
αὐτούς, ἀλλὰ καὶ αὖθις ἀνάγειν πιομένους. ὦ
μάταιοι, τῆς ἀνοίας, οὐκ εἰδότες ἡλίκοις ὅροις
διακέκριται τὰ νεκρῶν καὶ τὰ ζώντων πράγματα
καὶ οἷα τὰ παρ᾽ ἡμῖν ἐστι καὶ ὅτι

> κάτθαν᾽ ὁμῶς ὅ τ᾽ ἄτυμβος ἀνὴρ ὅς τ᾽ ἔλλαχε
>   τύμβου,
> ἐν δὲ ἰῇ τιμῇ Ἶρος κρείων τ᾽ Ἀγαμέμνων·
> Θερσίτῃ δ᾽ ἶσος Θέτιδος παῖς ἠϋκόμοιο

440

CHARON, OR THE INSPECTORS

Why is it, then, that those people are putting garlands on the stones and anointing them with perfume? There are others also who have built pyres in front of the mounds and have dug trenches, and now they are burning up those fine dinners and pouring wine and mead, as far as one may judge, into the ditches.

HERMES

I don't know what good these things are to men in Hades, ferryman; they are convinced, however, that the souls, allowed to come up from below, get their dinner as best they may by flitting about the smoke and steam and drink the mead out of the trench.

CHARON

What, *they* eat and drink, when their skulls are dry as tinder? But it is silly for me to tell that to you, who bring them down below every day; you know whether they can come back to earth when they have once gone under ground! I should be in a fine predicament, Hermes, and should have no end of trouble if I were obliged not only to bring them down but to bring them up to drink! What folly, the idiots! They do not know what an impassable frontier divides the world of the dead from the world of the living, and what it is like among us; that

"Death maketh mortals alike, be they buried or
　　lying unburied.
Equal is Irus the beggar in honour to King Aga-
　　memnon;
Fair-haired Thetis' son is no better a man than
　　Thersites.

πάντες δ' εἰσὶν ὁμῶς νεκύων ἀμενηνὰ κάρηνα,
γυμνοί τε ξηροί τε κατ' ἀσφοδελὸν λειμῶνα.

ΕΡΜΗΣ

23 Ἡράκλεις, ὡς πολὺν τὸν Ὅμηρον ἐπαντλεῖς.
ἀλλ' ἐπείπερ ἀνέμνησας, ἐθέλω σοι δεῖξαι τὸν
τοῦ Ἀχιλλέως τάφον. ὁρᾷς τὸν ἐπὶ τῇ θαλάττῃ;
Σίγειον μὲν ἐκεῖθέν ἐστι τὸ Τρωϊκόν· ἀντικρὺ
δὲ ὁ Αἴας τέθαπται ἐν τῷ Ῥοιτείῳ.

ΧΑΡΩΝ

Οὐ μεγάλοι, ὦ Ἑρμῆ, οἱ τάφοι. τὰς πόλεις δὲ
τὰς ἐπισήμους δεῖξόν μοι ἤδη, ἃς κάτω ἀκούομεν,
τὴν Νίνον τὴν Σαρδαναπάλλου καὶ Βαβυλῶνα
καὶ Μυκήνας καὶ Κλεωνὰς καὶ τὴν Ἴλιον αὐτήν·
πολλοὺς γοῦν μέμνημαι διαπορθμεύσας ἐκεῖθεν,
ὡς δέκα ὅλων ἐτῶν μὴ νεωλκῆσαι μηδὲ διαψῦξαι
τὸ σκαφίδιον.

ΕΡΜΗΣ

Ἡ Νίνος μέν, ὦ πορθμεῦ, ἀπόλωλεν ἤδη καὶ
οὐδὲ ἴχνος ἔτι λοιπὸν αὐτῆς, οὐδ' ἂν εἴποις ὅπου
ποτὲ ἦν· ἡ Βαβυλὼν δέ σοι ἐκείνη ἐστὶν ἡ
εὔπυργος, ἡ τὸν μέγαν περίβολον, οὐ μετὰ πολὺ
καὶ αὐτὴ ζητηθησομένη ὥσπερ ἡ Νίνος· Μυκήνας
δὲ καὶ Κλεωνὰς αἰσχύνομαι δεῖξαί σοι, καὶ μά-
λιστα τὸ Ἴλιον. ἀποπνίξεις γὰρ εὖ οἶδ' ὅτι τὸν
Ὅμηρον κατελθὼν ἐπὶ τῇ μεγαληγορίᾳ τῶν ἐπῶν.
πλὴν ἀλλὰ πάλαι μὲν ἦσαν εὐδαίμονες, νῦν δὲ
τεθνᾶσι καὶ αὐταί· ἀποθνήσκουσι γάρ, ὦ πορθ-
μεῦ, καὶ πόλεις ὥσπερ ἄνθρωποι, καὶ τὸ παρα-

Aye, they are all of them nothing but skeleton
    relics of dead men,
Bare, dry bones that are scattered about in the
    asphodel meadow." [1]

HERMES

Heracles! What a lot of Homer you are baling
out! Now you have put me in mind of him, I want
to show you the tomb of Achilles. Do you see it,
there by the seaside? Sigeum in Troy is over there,
and opposite to it Ajax lies buried on Rhoeteum.

CHARON

The tombs are not large, Hermes. But now show
me the prominent cities that we hear of down below,
Nineveh, the city of Sardanapalus, Babylon, Mycenae,
Cleonae, and Troy itself; I remember that I set a
great many from that place across the ferry, so that
for ten whole years I couldn't dock my boat or dry
her out.

HERMES

As for Nineveh, ferryman, it is already gone and
there is not a trace of it left now; you couldn't even
say where it was. But there you have Babylon, the
city of the beautiful towers and the great wall, which
will itself soon have to be searched for like Nineveh.
I am ashamed to show you Mycenae and Cleonae,
and Troy above all; for I know right well that when
you go down you will throttle Homer for the boast-
fulness of his poems. Yet they were once flourishing,
though now they too are dead; cities die as well as
men, ferryman, and, what is more, even whole rivers.

[1] A cento from Homer patched up out of *Iliad* 9, 319-320;
Odyssey 10, 521; 11, 539, 573.

δοξότατον, καὶ ποταμοὶ ὅλοι· Ἰνάχου γοῦν οὐδὲ
τάφος ἔτι ἐν Ἄργει καταλείπεται.

ΧΑΡΩΝ

Παπαὶ τῶν ἐπαίνων, Ὅμηρε, καὶ τῶν ὀνομά-
των, Ἴλιος ἱρὴ καὶ εὐρυάγυια καὶ ἐϋκτίμεναι
24 Κλεωναί. ἀλλὰ μεταξὺ λόγων, τίνες ἐκεῖνοί εἰσιν
οἱ πολεμοῦντες ἢ ὑπὲρ τίνος ἀλλήλους φονεύου-
σιν;

ΕΡΜΗΣ

Ἀργείους ὁρᾷς, ὦ Χάρων, καὶ Λακεδαιμονίους
καὶ τὸν ἡμιθνῆτα ἐκεῖνον στρατηγὸν Ὀθρυάδαν
τὸν ἐπιγράφοντα τὸ τρόπαιον τῷ αὑτοῦ αἵματι.[1]

ΧΑΡΩΝ

Ὑπὲρ τίνος δ᾽ αὐτοῖς, ὦ Ἑρμῆ, ὁ πόλεμος;

ΕΡΜΗΣ

Ὑπὲρ τοῦ πεδίου αὐτοῦ, ἐν ᾧ μάχονται.

ΧΑΡΩΝ

Ὦ τῆς ἀνοίας, οἵ γε οὐκ ἴσασιν ὅτι, κἂν ὅλην
τὴν Πελοπόννησον ἕκαστος αὐτῶν κτήσωνται,
μόγις ἂν ποδιαῖον λάβοιεν τόπον παρὰ τοῦ
Αἰακοῦ· τὸ δὲ πεδίον τοῦτο ἄλλοτε ἄλλοι γεωργή-
σουσι πολλάκις ἐκ βάθρων τὸ τρόπαιον ἀνασπά-
σαντες τῷ ἀρότρῳ.

ΕΡΜΗΣ

Οὕτω μὲν ταῦτα ἔσται· ἡμεῖς δὲ καταβάντες
ἤδη καὶ κατὰ χώραν εὐθετήσαντες αὖθις τὰ ὄρη
ἀπαλλαττώμεθα, ἐγὼ μὲν καθ᾽ ἃ ἐστάλην, σὺ δὲ

---

[1] αἵματι M : ὀνόματι other MSS.

In fact, even the grave of Inachus no longer survives in Argos.

CHARON

That for your praises, Homer, and your adjectives — "hallowed," "wide-wayed" Troy and "well-built" Cleonae! But while we are talking, who are those people at war yonder, and why are they killing each other?

HERMES

You are looking at the Argives and Spartans, Charon, and over there is the dying general Othryadas, the one who is writing on the trophy in his own blood.[1]

CHARON

What is their war about, Hermes?

HERMES

About the very plain in which they are fighting.

CHARON

What folly! They do not know that even if any one of them should acquire the whole Peloponnese, he could hardly get Aeacus to give him a foot of space. And as for this plain, it will be tilled by one race after another, and many a time they will turn the trophy up out of the depths with the plough.

HERMES

True. But now let's get down and replace the mountains, and then go our ways, I on my errand

---

[1] Three hundred Spartans fought an equal number of Argives for the possession of Thyreatis. Two Argives and a single dying Spartan survived the fight. The Argives hastened home to report their victory; but the Spartan managed to put up a trophy and write upon it a dedication to Zeus in his own blood. Herod. 1, 82 : Plut. *Moral.* 306 B.

ἐπὶ τὸ πορθμεῖον· ἥξω δέ σοι καὶ αὐτὸς μετ'
ὀλίγον νεκροστολῶν.

ΧΑΡΩΝ

Εὖ γε ἐποίησας, ὦ Ἑρμῆ· εὐεργέτης εἰς ἀεὶ
ἀναγεγράψῃ, ὠνάμην γάρ τι διὰ σὲ τῆς ἀποδη-
μίας.—οἷά ἐστι τὰ τῶν κακοδαιμόνων ἀνθρώπων
πράγματα—βασιλεῖς, πλίνθοι χρυσαῖ, ἐπιτύμ-
βια,[1] μάχαι· Χάρωνος δὲ οὐδεὶς λόγος.

[1] ἐπιτύμβια Allinson : ἑκατόμβαι MSS.

and you to your ferry. I will follow you soon with a convoy of dead.

CHARON

I am much obliged to you, Hermes; you shall be written down for ever as a benefactor. Thanks to you, I have had some profit from my journey. How silly are the ways of unhappy mankind, with their kings, golden ingots, funeral rites and battles—but never a thought of Charon!

PHILOSOPHIES FOR SALE

This is not a sale of philosophers, nor yet, in any ordinary sense, a sale of lives; it is a sale of various types of the philosophic life, which are to serve their buyers as models for the shaping of their own careers. For a convenient rendering, perhaps "philosophies" will do as well as any other single word.

Although Lucian makes it perfectly plain that he is not selling specific philosophers, some, if not all, the manuscripts and all the editors ascribe the words of the different types to definite individuals, whereby they not only introduce confusion into the dialogue (working special havoc in the case of the Academic or Platonist type), but they completely stultify the plea which Lucian puts forward in his own defence in the *Fisherman*, urging that he had not criticized the leading lights of philosophy, but only the common herd of pretended philosophers. This plea is rather specious, it must be admitted, for Lucian vivifies his types again and again with biographical traits; but we should leave him a leg to stand on, and not make him sell Pythagoras, Chrysippus and the rest in their own persons. Therefore I have substituted the names of schools for the names of individual philosophers throughout, but only in the English version: for in the Greek I have not ventured to do this without commanding fuller evidence from the manuscripts.

Diogenes was once taken by pirates and sold into slavery, they say, and Menippus is known to have written a *Sale of Diogenes*. It may be that Lucian read it and took a hint from it: he could not have taken more.

The order in which the different types are brought on is very effective, as Helm points out, and well deserves attention as one reads. Interesting too are the prices which they bring.

ΒΙΩΝ ΠΡΑΣΙΣ

ΖΕΥΣ

1 Σὺ μὲν διατίθει τὰ βάθρα καὶ παρασκεύαζε τὸν
τόπον τοῖς ἀφικνουμένοις, σὺ δὲ στῆσον ἑξῆς παρα-
γαγὼν τοὺς βίους, ἀλλὰ κοσμήσας πρότερον, ὡς
εὐπρόσωποι φανοῦνται καὶ ὅτι πλείστους ἐπάξον-
ται· σὺ δέ, ὦ Ἑρμῆ, κήρυττε καὶ συγκάλει.

ΕΡΜΗΣ[1]

Ἀγαθῇ τύχῃ τοὺς ὠνητὰς ἤδη παρεῖναι πρὸς τὸ
πωλητήριον. ἀποκηρύξομεν δὲ βίους φιλοσόφους
παντὸς εἴδους καὶ προαιρέσεων ποικίλων. εἰ δέ
τις τὸ παραυτίκα μὴ ἔχει τἀργύριον καταβαλέσθαι,
εἰς νέωτα ἐκτίσει καταστήσας ἐγγυητήν.

ΖΕΥΣ[2]

Πολλοὶ συνίασιν· ὥστε χρὴ μὴ διατρίβειν μηδὲ
κατέχειν αὐτούς. πωλῶμεν οὖν.

ΕΡΜΗΣ

2 Τίνα πρῶτον ἐθέλεις παραγάγωμεν;

ΖΕΥΣ

Τουτονὶ τὸν κομήτην, τὸν Ἰωνικόν, ἐπεὶ καὶ
σεμνός τις εἶναι φαίνεται.

---

[1] ΕΡΜΗΣ. Du Soul, Fritzsche : no change of speaker in
MSS.
[2] ΖΕΥΣ. πολλοί . . . οὖν Du Soul, Fritzsche : ΕΡΜ. πολλοί
. . . αὐτούς. ΖΕΥΣ. πωλῶμεν οὖν vulg.

450

PHILOSOPHIES FOR SALE

ZEUS

(*To an* ATTENDANT.) You arrange the benches and make the place ready for the men that are coming. (*To another* ATTENDANT.) You bring on the philosophies and put them in line; but first groom them up, so that they will look well and will attract as many as possible. (*To* HERMES.) You, Hermes, be crier and call them together.

HERMES

Under the blessing of Heaven, let the buyers now appear at the sales-room. We shall put up for sale philosophies of every type and all manner of creeds; and if anyone is unable to pay cash, he is to name a surety and pay next year.

ZEUS

Many are gathering, so we must avoid wasting time and delaying them. Let us begin the sale, then.

HERMES

Which do you want us to bring on first?

ZEUS

This fellow with the long hair, the Ionian, for he seems to be someone of distinction.

ΕΡΜΗΣ

Οὗτος ὁ Πυθαγορικὸς κατάβηθι καὶ πάρεχε
σεαυτὸν ἀναθεωρεῖσθαι τοῖς συνειλεγμένοις.

ΖΕΥΣ

Κήρυττε δή.

ΕΡΜΗΣ

Τὸν ἄριστον βίον πωλῶ, τὸν σεμνότατον. τίς
ὠνήσεται; τίς ὑπὲρ ἄνθρωπον εἶναι βούλεται; τίς
εἰδέναι τὴν τοῦ παντὸς ἁρμονίαν καὶ ἀναβιῶναι
πάλιν;

ΑΓΟΡΑΣΤΗΣ

Τὸ μὲν εἶδος οὐκ ἀγεννής. τί δὲ μάλιστα οἶδεν;

ΕΡΜΗΣ

Ἀριθμητικήν, ἀστρονομίαν, τερατείαν, γεωμε-
τρίαν, μουσικήν, γοητείαν. μάντιν ἄκρον βλέπεις.

ΑΓΟΡΑΣΤΗΣ

Ἔξεστιν αὐτὸν ἀνακρίνειν;

ΕΡΜΗΣ

Ἀνάκρινε ἀγαθῇ τύχῃ.

ΑΓΟΡΑΣΤΗΣ

3   Ποδαπὸς εἶ σύ;

ΠΥΘΑΓΟΡΑΣ

Σάμιος.

ΑΓΟΡΑΣΤΗΣ

Ποῦ δὲ ἐπαιδεύθης;

ΠΥΘΑΓΟΡΑΣ

Ἐν Αἰγύπτῳ παρὰ τοῖς ἐκεῖ σοφοῖσι.

PHILOSOPHIES FOR SALE

HERMES

You Pythagorean, come forward and let yourself
be looked over by the company.

ZEUS

Hawk him now.

HERMES

The noblest of philosophies for sale, the most
distinguished; who'll buy? Who wants to be more
than man? Who wants to apprehend the music of
the spheres and to be born again?

BUYER

For looks, he is not bad, but what does he know
best?

HERMES

Arithmetic, astronomy, charlatanry, geometry,
music and quackery; you see in him a first-class
soothsayer.

BUYER

May I question him?

HERMES

Yes, and good luck to you!

BUYER

Where are you from?

PYTHAGOREAN

From Samos.[1]

BUYER

Where were you educated?

PYTHAGOREAN

In Egypt, with the sages there.

---

[1] The birthplace of Pythagoras. Hence the " Pythagorean
philosophy" talks Ionic Greek.

ΑΓΟΡΑΣΤΗΣ

Φέρε δέ, ἢν πρίωμαί σε, τί με διδάξει;[1]

ΠΥΘΑΓΟΡΑΣ

Διδάξομαι μὲν οὐδέν, ἀναμνήσω δέ.

ΑΓΟΡΑΣΤΗΣ

Πῶς ἀναμνήσεις;

ΠΥΘΑΓΟΡΑΣ

Καθαρὴν πρότερον τὴν ψυχὴν ἐργασάμενος καὶ τὸν ἐπ' αὐτῇ ῥύπον ἐκκλύσας.

ΑΓΟΡΑΣΤΗΣ

Καὶ δὴ νόμισον ἤδη ἐκκεκαθάρθαι με, τίς ὁ τρόπος τῆς ἀναμνήσεως;

ΠΥΘΑΓΟΡΑΣ

Τὸ μὲν πρῶτον ἡσυχίη μακρὴ καὶ ἀφωνίη καὶ πέντε ὅλων ἐτέων λαλέειν μηδέν.

ΑΓΟΡΑΣΤΗΣ

Ὥρα σοι, ὦ βέλτιστε, τὸν Κροίσου παῖδα παιδεύειν· ἐγὼ γὰρ λάλος, οὐκ ἀνδριὰς εἶναι βούλομαι. τί δὲ μετὰ τὴν σιωπὴν ὅμως καὶ τὴν πενταετίαν;

ΠΥΘΑΓΟΡΑΣ

Μουσουργίη καὶ γεωμετρίη ἐνασκήσεαι.

ΑΓΟΡΑΣΤΗΣ

Χάριεν λέγεις, εἰ πρῶτόν με κιθαρῳδὸν γενόμενον κᾆτα εἶναι σοφὸν χρή.

ΠΥΘΑΓΟΡΑΣ

4   Εἶτ' ἐπὶ τουτέοισιν ἀριθμέειν.

---

[1] διδάξει K. Schwartz: διδάξεις MSS.

PHILOSOPHIES FOR SALE

BUYER

Come now, if I buy you, what will you teach me?

PYTHAGOREAN

I shall teach thee nothing, but make thee remember.[1]

BUYER

How will you make me remember?

PYTHAGOREAN

First by making thy soul pure and purging off the filth upon it.

Descartes too

BUYER

Well, imagine that my purification is complete, what will be your method of making me remember?

PYTHAGOREAN

In the first place, long silence and speechlessness, and for five entire years no word of talk.

BUYER

My good man, you had better teach the son of Croesus![2] I want to be talkative, not a graven image. However, what comes after the silence and the five years?

PYTHAGOREAN

Thou shalt be practised in music and geometry.

BUYER

That is delightful; I am to become a fiddler before being wise!

PYTHAGOREAN

Then, in addition to this, in counting.

[1] Before entering upon its round of transmigrations, the soul was all-wise; learning is merely remembering. Socrates expounds this theory in Plato's *Meno*.

[2] One of the sons of Croesus was mute: Herod. 1. 34, 85.

Doesn't this meditation make them absent-minded and escapist? No use to themselves and no threat to those in power.

ΑΓΟΡΑΣΤΗΣ

Οἶδα καὶ νῦν ἀριθμεῖν.

ΠΥΘΑΓΟΡΑΣ

Πῶς ἀριθμέεις;

ΑΓΟΡΑΣΤΗΣ

Ἕν, δύο, τρία, τέτταρα.

ΠΥΘΑΓΟΡΑΣ

Ὁρᾷς; ἃ σὺ δοκέεις τέσσαρα, ταῦτα δέκα ἐστὶ
καὶ τρίγωνον ἐντελὲς καὶ ἡμέτερον ὅρκιον.

ΑΓΟΡΑΣΤΗΣ

Οὐ μὰ τὸν μέγιστον τοίνυν ὅρκον τὰ τέτταρα,
οὔποτε θειοτέρους λόγους ἤκουσα οὐδὲ μᾶλλον
ἱερούς.

ΠΥΘΑΓΟΡΑΣ

Μετὰ δέ, ὦ ξεῖνε, εἴσεαι γῆς τε πέρι καὶ ἠέρος
καὶ ὕδατος καὶ πυρὸς ἥτις αὐτέοισιν ἡ φορὴ καὶ
ὁκοῖα ἐόντα μορφὴν ὅκως κινέονται.

ΑΓΟΡΑΣΤΗΣ

Μορφὴν γὰρ ἔχει τὸ πῦρ ἢ ἀὴρ ἢ ὕδωρ;

ΠΥΘΑΓΟΡΑΣ

Καὶ μάλα ἐμφανέα· οὐ γὰρ οἷά τε ἀμορφίη καὶ
ἀσχημοσύνῃ κινέεσθαι. καὶ ἐπὶ τουτέοισι δὲ γνώ-
σεαι τὸν θεὸν ἀριθμὸν ἐόντα καὶ νόον καὶ ἁρ-
μονίην.

ΑΓΟΡΑΣΤΗΣ

Θαυμάσια λέγεις.

ΠΥΘΑΓΟΡΑΣ

5 Πρὸς δὲ τοῖσδεσι τοῖσιν εἰρημένοισι καὶ σεωυτὸν

BUYER

I know how to count now.

PYTHAGOREAN

How dost thou count?

BUYER

One, two, three, four—

PYTHAGOREAN

Lo! what thou thinkest four is ten, and a perfect triangle, and our oath.[1]

BUYER

Well, by your greatest oath, by Four, I never heard diviner doctrines or more esoteric.

PYTHAGOREAN

Thereafter, my friend, thou shalt learn of earth and air and water and fire, what their flux is, and what form they have and how they move.

BUYER

Why, has fire form, or air, or water?

PYTHAGOREAN

Yea, very notably, for without shape and form there can be no motion. And in addition thou shalt learn that God is number and mind and harmony.

BUYER

What you say is wonderful.

PYTHAGOREAN

And beside all that I have said, thou shalt learn

[1] Four is ten, because it contains three, two and one, and 1 2 3 4 = 10. The perfect triangle is

ἕνα δοκέοντα ἄλλον ὁρεόμενον καὶ ἄλλον ἐόντα
εἴσεαι.

ΑΓΟΡΑΣΤΗΣ

Τί φής; ἄλλος εἰμὶ καὶ οὐχ οὗτος ὅσπερ νῦν
πρὸς σὲ διαλέγομαι;

ΠΥΘΑΓΟΡΑΣ

Νῦν μὲν οὗτος, πάλαι δὲ ἐν ἄλλῳ σώματι καὶ ἐν
ἄλλῳ οὐνόματι ἐφαντάζεο· χρόνῳ δὲ αὖτις ἐς
ἄλλον μεταβήσεαι.

ΑΓΟΡΑΣΤΗΣ

Τοῦτο φής, ἀθάνατον ἔσεσθαί με ἀλλαττόμενον
6 ἐς μορφὰς πλείονας; ἀλλὰ τάδε μὲν ἱκανῶς. τὰ δ᾽
ἀμφὶ δίαιταν ὁποῖός τις εἶ;

ΠΥΘΑΓΟΡΑΣ

Ἐμψυχήϊον μὲν οὐδὲ ἓν σιτέομαι, τὰ δὲ ἄλλα
πλὴν κυάμων.

ΑΓΟΡΑΣΤΗΣ

Τίνος ἕνεκα; ἢ μυσάττῃ τοὺς κυάμους;

ΠΥΘΑΓΟΡΑΣ

Οὔκ, ἀλλὰ ἱροί εἰσι καὶ θωυμαστὴ αὐτέων ἡ
φύσις· πρῶτον μὲν γὰρ τὸ πᾶν γονή εἰσι, καὶ ἢν
ἀποδύσῃς κύαμον ἔτι χλωρὸν ἐόντα, ὄψεαι τοῖσιν
ἀνδρείοισι μορίοισιν ἐμφερέα τὴν φυήν· ἑψηθέντα
δὲ ἢν ἀφῇς ἐς τὴν σεληναίην νυξὶ μεμετρημένῃσιν,
αἷμα ποιήσεις. τὸ δὲ μέζον, Ἀθηναίοισι νόμος
κυάμοισι τὰς ἀρχὰς αἱρέεσθαι.

that thou, who thinkest thyself a single individual, art one person in semblance and another in reality.

BUYER

What's that? I am another and not this man who now talks to you!

PYTHAGOREAN

Now thou art he, but erstwhile thou didst manifest thyself in another body and under another name, and in time thou shalt again migrate into another person.

BUYER

You mean that I shall be immortal, changing into many forms? But enough of this. How do you stand in the matter of diet?

PYTHAGOREAN

I eat nothing at all that hath life, but all else save beans.

BUYER

Why so? Do you dislike beans?

PYTHAGOREAN

Nay, but they are holy, and wonderful is their nature. First, they are nought but seed of man, and if thou open a bean while it is still green, thou wilt see that it resembleth in structure the member of a man; and again, if thou cook it and set it in the light of the moon for a fixed number of nights, thou wilt make blood. But more than this, the Athenians are wont to choose their magistrates with beans.[1]

---

[1] The offices were filled by lot, and beans were used for lots. This appears to be Lucian's own contribution to the Pythagorean mysticism, but the other particulars are not very remote from the actual teachings of the Neo-Pythagoreans. Cf. Porphyr. *Vit. Pythag.*, 44.

ΑΓΟΡΑΣΤΗΣ

Καλῶς πάντα ἔφης καὶ ἱεροπρεπῶς. ἀλλὰ ἀπό-
δυθι, καὶ γυμνὸν γάρ σε ἰδεῖν βούλομαι. ὦ Ἡρά-
κλεις, χρυσοῦς αὐτῷ ὁ μηρός ἐστι. θεός, οὐ βροτός
τις εἶναι φαίνεται· ὥστε ὠνήσομαι πάντως αὐτόν.
πόσου τοῦτον ἀποκηρύττεις;

ΕΡΜΗΣ

Δέκα μνῶν.

ΑΓΟΡΑΣΤΗΣ

Ἔχω τοσούτου λαβών.

ΖΕΥΣ

Γράφε τοῦ ὠνησαμένου τοὔνομα καὶ ὅθεν ἐστίν.

ΕΡΜΗΣ

Ἰταλιώτης, ὦ Ζεῦ, δοκεῖ τις εἶναι τῶν ἀμφὶ
Κρότωνα καὶ Τάραντα καὶ τὴν ταύτῃ Ἑλλάδα·
καίτοι οὐχ εἷς, ἀλλὰ τριακόσιοι σχεδὸν ἐώνηνται
κατὰ κοινὸν αὐτόν.

ΖΕΥΣ

Ἀπαγέτωσαν· ἄλλον παράγωμεν.

ΕΡΜΗΣ

7   Βούλει τὸν αὐχμῶντα ἐκεῖνον, τὸν Ποντικόν;

ΖΕΥΣ

Πάνυ μὲν οὖν.

ΕΡΜΗΣ

Οὗτος ὁ τὴν πήραν ἐξηρτημένος, ὁ ἐξωμίας, ἐλθὲ

BUYER

You have explained everything duly and sacerdotally. Come, strip, for I want to see you unclothed. Heracles! His thigh is of gold! He seems to be a god and not a mortal, so I shall certainly buy him. (*To* HERMES.) What price do you sell him for?

HERMES

Ten minas.

BUYER

I'll take him at that figure.

ZEUS

Write down the buyer's name and where he comes from.

HERMES

He appears to be an Italian, Zeus, one of those who live in the neighbourhood of Croton and Tarentum and the Greek settlements in that quarter of the world. But there is more than one buyer; about three hundred have bought him in shares.[1]

ZEUS

Let them take him away; let us bring on another.

HERMES

Do you want the dirty one over yonder, from the Black Sea?[2]

ZEUS

By all means.

HERMES

You there with the wallet slung about you, you

[1] A reference to the brotherhood founded by Pythagoras in Magna Grecia, which wielded great political power until it was extirpated in a general revolt about fifty years after the death of Pythagoras.

[2] Diogenes, chief of the Cynics, came from Sinope.

461

καὶ περίιθι ἐν κύκλῳ τὸ συνέδριον. βίον ἀνδρικὸν
πωλῶ, βίον ἄριστον καὶ γεννικόν, βίον ἐλεύθερον·
τίς ὠνήσεται;

ΑΓΟΡΑΣΤΗΣ

Ὁ κῆρυξ πῶς ἔφης σύ; πωλεῖς τὸν ἐλεύθερον;

ΕΡΜΗΣ

Ἔγωγε.

ΑΓΟΡΑΣΤΗΣ

Εἶτ᾽ οὐ δέδιας μή σοι δικάσηται ἀνδραποδισμοῦ
ἢ καὶ προκαλέσηταί σε εἰς Ἄρειον πάγον;

ΕΡΜΗΣ

Οὐδὲν αὐτῷ μέλει τῆς πράσεως· οἴεται γὰρ εἶναι
παντάπασιν ἐλεύθερος.

ΑΓΟΡΑΣΤΗΣ

Τί δ᾽ ἄν τις αὐτῷ χρήσαιτο ῥυπῶντι καὶ οὕτω
κακοδαιμόνως διακειμένῳ; πλὴν εἰ μὴ σκαπανέα
γε καὶ ὑδροφόρον αὐτὸν ἀποδεικτέον.

ΕΡΜΗΣ

Οὐ μόνον, ἀλλὰ καὶ ἢν θυρωρὸν αὐτὸν ἐπι-
στήσῃς, πολὺ πιστοτέρῳ χρήσῃ τῶν κυνῶν.
ἀμέλει κύων αὐτῷ καὶ τὸ ὄνομα.

ΑΓΟΡΑΣΤΗΣ

Ποδαπὸς δέ ἐστιν ἢ τίνα τὴν ἄσκησιν ἐπαγ-
γέλλεται;

ΕΡΜΗΣ

Αὐτὸν ἐροῦ· κάλλιον γὰρ οὕτω ποιεῖν.

ΑΓΟΡΑΣΤΗΣ

Δέδια τὸ σκυθρωπὸν αὐτοῦ καὶ κατηφές, μή
με ὑλακτήσῃ προσελθόντα ἢ καὶ νὴ Δία δάκῃ γε.
οὐχ ὁρᾷς ὡς διῆρται τὸ ξύλον καὶ συνέσπακε τὰς

with the sleeveless shirt, come and walk about the room. I offer for sale a manly philosophy, a noble philosophy, a free philosophy ; who'll buy ?

BUYER

Crier, what's that you say? Are you selling someone who is free ?

HERMES

That I am.

BUYER

Then aren't you afraid he may have the law on you for kidnapping or even summon you to the Areopagus ?

HERMES

He doesn't mind being sold, for he thinks that he is free anyhow.

BUYER

What use could a man make of him, filthy as he is, and in such a wretched condition ? However, he might be made a shoveller or a drawer of water.

HERMES

Not only that, but if you make him doorkeeper, you will find him far more trusty than a dog. In fact, he is even called a dog.[1]

BUYER

Where is he from, and what creed does he profess ?

HERMES

Ask the man himself ; it is better to do so.

BUYER

I am afraid of his sullen, hang-dog look ; he may bark at me if I go near him, or even bite me, by Zeus ! Don't you see how he has his cudgel poised

---

[1] The name of the sect in Greek means *doggish*.

ὀφρῦς καὶ ἀπειλητικόν τι καὶ χολῶδες ὑπο-
βλέπει;

ΕΡΜΗΣ

Μὴ δέδιθι· τιθασὸς γάρ ἐστι.

ΑΓΟΡΑΣΤΗΣ

8 Τὸ πρῶτον, ὦ βέλτιστε, ποδαπὸς εἶ;

ΔΙΟΓΕΝΗΣ

Παντοδαπός.

ΑΓΟΡΑΣΤΗΣ

Πῶς λέγεις;

ΔΙΟΓΕΝΗΣ

Τοῦ κόσμου πολίτην ὁρᾷς.

ΑΓΟΡΑΣΤΗΣ

Ζηλοῖς δὲ δὴ τίνα;

ΔΙΟΓΕΝΗΣ

Τὸν Ἡρακλέα.

ΑΓΟΡΑΣΤΗΣ

Τί οὖν οὐχὶ καὶ λεοντῆν ἀμπέχῃ; τὸ μὲν γὰρ
ξύλον ἔοικας αὐτῷ.

ΔΙΟΓΕΝΗΣ

Τουτί μοι λεοντῆ, τὸ τριβώνιον. στρατεύομαι
δὲ ὥσπερ ἐκεῖνος ἐπὶ τὰς ἡδονάς, οὐ κελευστός,
ἀλλὰ ἑκούσιος, ἐκκαθᾶραι τὸν βίον προαιρούμενος.

ΑΓΟΡΑΣΤΗΣ

Εὖ γε τῆς προαιρέσεως. ἀλλὰ τι μάλιστα εἰ-
δέναι σε φῶμεν; ἢ τίνα τὴν τέχνην ἔχεις;

ΔΙΟΓΕΝΗΣ

Ἐλευθερωτής εἰμι τῶν ἀνθρώπων καὶ ἰατρὸς
τῶν παθῶν· τὸ δὲ ὅλον ἀληθείας καὶ παρρησίας
προφήτης εἶναι βούλομαι.

and his brows bent, and scowls in a threatening, angry way?

HERMES

Don't be afraid; he is gentle.

BUYER

First of all, my friend, where are you from?

CYNIC

Everywhere.

BUYER

What do you mean?

CYNIC

You see in me a citizen of the world.

BUYER

Whom do you take for your pattern?

CYNIC

Heracles.

BUYER

Then why don't you wear a lion's skin? For as to the cudgel, you are like him in that.

CYNIC

This short cloak is my lion-skin; and I am a soldier like him, fighting against pleasures, no conscript but a volunteer, purposing to make life clean.

BUYER

A fine purpose! But what do you know best, and what is your business?

CYNIC

I am a liberator of men and a physician to their ills; in short I desire to be an interpreter of truth and free speech.

ΑΓΟΡΑΣΤΗΣ

9   Εὖ γε, ὦ προφῆτα· ἢν δὲ πρίωμαί σε, τίνα με
τὸν τρόπον διασκήσεις;

ΔΙΟΓΕΝΗΣ

Πρῶτον μὲν παραλαβών σε καὶ ἀποδύσας τὴν
τρυφὴν καὶ ἀπορίᾳ συγκατακλείσας τριβώνιον
περιβαλῶ, μετὰ δὲ πονεῖν καὶ κάμνειν καταναγκά-
σω χαμαὶ καθεύδοντα καὶ ὕδωρ πίνοντα καὶ ὧν
ἔτυχεν ἐμπιμπλάμενον, τὰ δὲ χρήματα, ἢν ἔχῃς,
ἐμοὶ πειθόμενος εἰς τὴν θάλατταν φέρων ἐμβαλεῖς,
γάμου δὲ ἀμελήσεις καὶ παίδων καὶ πατρίδος, καὶ
πάντα σοι ταῦτα λῆρος ἔσται, καὶ τὴν πατρῴαν
οἰκίαν ἀπολιπὼν ἢ τάφον οἰκήσεις ἢ πυργίον
ἔρημον ἢ καὶ πίθον· ἡ πήρα δέ σοι θέρμων ἔσται
μεστὴ καὶ ὀπισθογράφων βιβλίων· καὶ οὕτως
ἔχων εὐδαιμονέστερος εἶναι φήσεις τοῦ μεγάλου
βασιλέως. ἢν μαστιγοῖ δέ τις ἢ στρεβλοῖ, τούτων
οὐδὲν ἀνιαρὸν ἡγήσῃ.

ΑΓΟΡΑΣΤΗΣ

Πῶς τοῦτο φὴς τὸ μὴ ἀλγεῖν μαστιγούμενον; οὐ
γὰρ χελώνης ἢ καράβου τὸ δέρμα περιβέβλημαι.

ΔΙΟΓΕΝΗΣ

Τὸ Εὐριπίδειον ἐκεῖνο ζηλώσεις μικρὸν ἐν-
αλλάξας.

ΑΓΟΡΑΣΤΗΣ

Τὸ ποῖον;

PHILOSOPHIES FOR SALE

BUYER

Very good, interpreter! But if I buy you, what course of training will you give me?

CYNIC

First, after taking you in charge, stripping you of your luxury and shackling you to want, I will put a short cloak on you. Next I will compel you to undergo pains and hardships, sleeping on the ground, drinking nothing but water and filling yourself with any food that comes your way. As for your money, in case you have any, if you follow my advice you will throw it into the sea forthwith. You will take no thought for marriage or children or native land: all that will be sheer nonsense to you, and you will leave the house of your fathers and make your home in a tomb or a deserted tower or even a jar.[1] Your wallet will be full of lupines, and of papyrus rolls written on both sides. Leading this life you will say that you are happier than the Great King; and if anyone flogs you or twists you on the rack, you will think that there is nothing painful in it.

BUYER

What do you mean by not feeling pain when I am flogged? I am not enclosed in the carapace of a turtle or a crab!

CYNIC

You will put in practice the saying of Euripides, slightly revised.

BUYER

What saying?

[1] As did Diogenes; for his "tub" was really a jar.

467

THE WORKS OF LUCIAN

ΔΙΟΓΕΝΗΣ

Ἡ φρήν σοι ἀλγήσει, ἡ δὲ γλῶσσα ἔσται ἀνάλ-
10 γητος. ἃ δὲ μάλιστα δεῖ προσεῖναι, ταῦτά ἐστιν·
ἰταμὸν χρὴ εἶναι καὶ θρασὺν καὶ λοιδορεῖσθαι
πᾶσιν ἑξῆς καὶ βασιλεῦσι καὶ ἰδιώταις· οὕτω γὰρ
ἀποβλέψονταί σε καὶ ἀνδρεῖον ὑπολήψονται.
βάρβαρος δὲ ἡ φωνὴ ἔστω καὶ ἀπηχὲς τὸ φθέγμα
καὶ ἀτεχνῶς ὅμοιον κυνί, καὶ πρόσωπον δὲ ἐντετα-
μένον καὶ βάδισμα τοιούτῳ προσώπῳ πρέπον, καὶ
ὅλως θηριώδη τὰ πάντα καὶ ἄγρια. αἰδὼς δὲ καὶ
ἐπιείκεια καὶ μετριότης ἀπέστω, καὶ τὸ ἐρυθριᾶν
ἀπόξυσον τοῦ προσώπου παντελῶς. δίωκε δὲ τὰ
πολυανθρωπότατα τῶν χωρίων, καὶ ἐν αὐτοῖς
τούτοις μόνος καὶ ἀκοινώνητος εἶναι θέλε μὴ
φίλον, μὴ ξένον προσιέμενος· κατάλυσις γὰρ τὰ
τοιαῦτα τῆς ἀρχῆς. ἐν ὄψει δὲ πάντων, ἃ μηδὲ
ἰδίᾳ ποιήσειεν ἄν τις, θαρρῶν ποίει, καὶ τῶν
ἀφροδισίων αἱροῦ τὰ γελοιότερα, καὶ τέλος, ἤν σοι
δοκῇ, πολύποδα ὠμὸν ἢ σηπίαν φαγὼν ἀπόθανε.
ταύτην σοι τὴν εὐδαιμονίαν προξενοῦμεν.

ΑΓΟΡΑΣΤΗΣ

11 Ἄπαγε· μιαρὰ γὰρ καὶ οὐκ ἀνθρώπινα λέγεις.

ΔΙΟΓΕΝΗΣ

Ἀλλὰ ῥᾷστά γε, ὦ οὗτος, καὶ πᾶσιν εὐχερῆ
μετελθεῖν· οὐ γάρ σοι δεήσει παιδείας καὶ λόγων
καὶ λήρων, ἀλλ' ἐπίτομος αὕτη σοι πρὸς δόξαν ἡ
ὁδός· κἂν ἰδιώτης ᾖς, ἤτοι σκυτοδέψης ἢ ταρι-

PHILOSOPHIES FOR SALE

CYNIC

Your mind will suffer, but your tongue will not.[1]

The traits that you should possess in particular are these : you should be impudent and bold, and should abuse all and each, both kings and commoners, for thus they will admire you and think you manly. Let your language be barbarous, your voice discordant and just like the barking of a dog: let your expression be set, and your gait consistent with your expression. In a word, let everything about you be bestial and savage. Put off modesty, decency and moderation, and wipe away blushes from your face completely. Frequent the most crowded place, and in those very places desire to be solitary and uncommunicative, greeting nor friend nor stranger; for to do so is abdication of the empire.[2] Do boldly in full view of all what another would not do in secret ; choose the most ridiculous ways of satisfying your lust ; and at the last, if you like, eat a raw devilfish or squid, and die.[3] That is the bliss we vouchsafe you.

BUYER

Get out with you ! The life you talk of is abominable and inhuman.

CYNIC

But at all events it is easy, man, and no trouble for all to follow ; for you will not need education and doctrine and drivel, but this road is a short cut to fame. Even if you are an unlettered man,—a tanner

---

[1] *Hippol.* 612: ἡ γλῶσσ᾽ ὀμώμοχ᾽, ἡ δὲ φρὴν ἀνώμοτος. (My tongue took oath ; my mind has taken none.)

[2] Cynic and Stoic cant, meaning that a man cannot mingle with his fellows freely and still be captain of his soul.

[3] See *Downward Journey*, 7, and the note (p. 15).

χοπώλης ἢ τέκτων ἢ τραπεζίτης, οὐδέν σε κωλύσει
θαυμαστὸν εἶναι, ἢν μόνον ἡ ἀναίδεια καὶ τὸ
θράσος παρῇ καὶ λοιδορεῖσθαι καλῶς ἐκμάθῃς.

ΑΓΟΡΑΣΤΗΣ

Πρὸς ταῦτα μὲν οὐ δέομαί σου. ναύτης δ᾽ ἂν
ἴσως ἢ κηπουρὸς ἐν καιρῷ γένοιο, καὶ ταῦτα,
ἢν ἐθέλῃ σε ἀποδόσθαι οὑτοσὶ τὸ μέγιστον δύ᾽
ὀβολῶν.

ΕΡΜΗΣ

Ἔχε λαβών· καὶ γὰρ ἄσμενοι ἀπαλλαξόμεθα
ἐνοχλοῦντος αὐτοῦ καὶ βοῶντος καὶ ἅπαντας
ἁπαξαπλῶς ὑβρίζοντος καὶ ἀγορεύοντος κακῶς.

ΖΕΥΣ

12   Ἄλλον κάλει τὸν Κυρηναῖον, τὸν ἐν τῇ πορ-
φυρίδι, τὸν ἐστεφανωμένον.

ΕΡΜΗΣ

Ἄγε δή, πρόσεχε πᾶς· πολυτελὲς τὸ χρῆμα
καὶ πλουσίων δεόμενον. βίος οὗτος ἥδιστος, βίος
τρισμακάριστος. τίς ἐπιθυμεῖ τρυφῆς; τίς ὠνεῖται
τὸν ἁβρότατον;

ΑΓΟΡΑΣΤΗΣ

Ἐλθὲ σὺ καὶ λέγε ἅπερ εἰδὼς τυγχάνεις· ὠνη-
σομαι γάρ σε, ἢν ὠφέλιμος ᾖς.

ΕΡΜΗΣ

Μὴ ἐνόχλει αὐτόν, ὦ βέλτιστε, μηδὲ ἀνάκρινε·
μεθύει γάρ. ὥστε οὐκ ἂν ἀποκρίναιτό σοι, τὴν
γλῶτταν, ὡς ὁρᾷς, διολισθάνων.

or a fish-man or a carpenter or a money-changer—
there will be nothing to hinder you from being
wondered at, if only you have impudence and bold-
ness and learn how to abuse people properly.

BUYER

I do not want you for any such purpose, but you
might do at a pinch for a boatman or a gardener, and
only then if my friend here is willing to sell you for
two obols at the outside.

HERMES

He's yours: take him. We shall be glad to get
rid of him because he is annoying and loud-mouthed
and insults and abuses everybody without exception.

ZEUS

Call another; the Cyrenaic in the purple cloak,
with the wreath on his head.[1]

HERMES

Come now, attend, everyone! Here we have
high-priced wares, wanting a rich buyer. Here you
are with the sweetest philosophy, the thrice-happy
philosophy! Who hankers for high living? Who'll
buy the height of luxury?

BUYER

Come here and tell me what you know; I will buy
you if you are of any use.

HERMES

Don't bother him, please, sir, and don't question
him, for he is drunk, and so can't answer you
because his tongue falters, as you observe.

---

[1] The Cyrenaic school, which made pleasure the highest
good, was founded by Aristippus, who furnished a detail or
two to this caricature.

ΑΓΟΡΑΣΤΗΣ

Καὶ τίς ἂν εὖ φρονῶν πρίαιτο διεφθαρμένον
οὕτω καὶ ἀκόλαστον ἀνδράποδον; ὅσον δὲ καὶ
ἀποπνεῖ μύρων, ὡς δὲ καὶ σφαλερὸν βαδίζει καὶ
παράφορον. ἀλλὰ κἂν σύ γε, ὦ Ἑρμῆ, λέγε
ὁποῖα πρόσεστιν αὐτῷ καὶ ἃ μετιὼν τυγχάνει.

ΕΡΜΗΣ

Τὸ μὲν ὅλον, συμβιῶναι δεξιὸς καὶ συμπιεῖν
ἱκανὸς καὶ κωμάσαι μετὰ αὐλητρίδος ἐπιτήδειος
ἐρῶντι καὶ ἀσώτῳ δεσπότῃ· τὰ ἄλλα δὲ πεμ-
μάτων ἐπιστήμων καὶ ὀψοποιὸς ἐμπειρότατος, καὶ
ὅλως σοφιστὴς ἡδυπαθείας. ἐπαιδεύθη μὲν οὖν
Ἀθήνησιν, ἐδούλευσε δὲ καὶ περὶ Σικελίαν τοῖς
τυράννοις καὶ σφόδρα εὐδοκίμει παρ' αὐτοῖς. τὸ
δὲ κεφάλαιον τῆς προαιρέσεως, ἁπάντων κατα-
φρονεῖν, ἅπασι χρῆσθαι, πανταχόθεν ἐρανίζεσθαι
τὴν ἡδονήν.

ΑΓΟΡΑΣΤΗΣ

Ὥρα σοι ἄλλον περιβλέπειν τῶν πλουσίων
τούτων καὶ πολυχρημάτων· ἐγὼ μὲν γὰρ οὐκ
ἐπιτήδειος ἱλαρὸν ὠνεῖσθαι βίον.

ΕΡΜΗΣ

Ἄπρατος ἔοικεν ἡμῖν οὗτος, ὦ Ζεῦ, μένειν.

ΖΕΥΣ

13 Μετάστησον· ἄλλον παράγε· μᾶλλον δὲ τὼ
δύο τούτω, τὸν γελῶντα τὸν Ἀβδηρόθεν καὶ τὸν
κλάοντα τὸν ἐξ Ἐφέσου· ἅμα γὰρ αὐτὼ πεπρᾶ-
σθαι βούλομαι.

PHILOSOPHIES FOR SALE

BUYER

Who that is in his senses would buy so corrupt and lawless a slave? How he reeks of myrrh, and how he staggers and reels in his gait! But you yourself, Hermes, might tell me what traits he has and what his object in life is.

HERMES

In general, he is accommodating to live with, satisfactory to drink with, and handy to accompany an amorous and profligate master when he riots about town with a flute-girl. Moreover, he is a connoisseur in pastries and a highly expert cook: in short, a Professor of Luxury. He was educated in Athens, and entered service in Sicily, at the court of the tyrants, with whom he enjoyed high favour. The sum and substance of his creed is to despise everything, make use of everything and cull pleasure from every source.

BUYER

You had better look about for someone else, among these rich and wealthy people; for I can't afford to buy a jolly life.

HERMES

It looks as if this fellow would be left on our hands, Zeus.

ZEUS

Remove him; bring on another—stay! those two, the one from Abdera who laughs and the one from Ephesus who cries, for I want to sell them together.[1]

---

[1] The Schools of Democritus of Abdera, the propounder of the atomic theory, and of Heraclitus of Ephesus, who originated the doctrine of the flux; he held that fire is the first principle, and its manifestations continually change, so that nothing is stable. Both representatives talk Ionic Greek.

ΕΡΜΗΣ

Κατάβητον ἐς τὸ μέσον. τὼ ἀρίστω βίω πωλῶ,
τὼ σοφωτάτω πάντων ἀποκηρύττομεν.

ΑΓΟΡΑΣΤΗΣ

Ὦ Ζεῦ τῆς ἐναντιότητος. ὁ μὲν οὐ διαλείπει
γελῶν, ὁ δέ τινα ἔοικε πενθεῖν· δακρύει γοῦν τὸ
παράπαν. τί ταῦτα, ὦ οὗτος; τί γελᾷς;

ΔΗΜΟΚΡΙΤΟΣ

Ἐρωτᾷς; ὅτι μοι γελοῖα πάντα δοκέει τὰ πρήγ-
ματα ὑμέων καὶ αὐτοὶ ὑμέες.

ΑΓΟΡΑΣΤΗΣ

Πῶς λέγεις; καταγελᾷς ἡμῶν ἁπάντων καὶ παρ'
οὐδὲν τίθεσαι τὰ ἡμέτερα πράγματα;

ΔΗΜΟΚΡΙΤΟΣ

Ὧδε ἔχει· σπουδαῖον γὰρ ἐν αὐτέοισιν οὐδέν,
κενεὰ δὲ πάντα καὶ ἀτόμων φορὴ καὶ ἀπειρίη.

ΑΓΟΡΑΣΤΗΣ

Οὐ μὲν οὖν, ἀλλὰ σὺ κενὸς ὡς ἀληθῶς καὶ
14 ἄπειρος. ὦ τῆς ὕβρεως, οὐ παύσῃ γελῶν; σὺ δὲ
τί κλάεις, ὦ βέλτιστε; πολὺ γὰρ οἶμαι κάλλιον
σοὶ προσλαλεῖν.

ΗΡΑΚΛΕΙΤΟΣ

Ἡγέομαι γάρ, ὦ ξεῖνε, τὰ ἀνθρωπήϊα πρήγματα
ὀϊζυρὰ καὶ δακρυώδεα καὶ οὐδὲν αὐτέων ὅ τι μὴ
ἐπικήριον· τὸ δὴ οἰκτείρω τε σφέας καὶ ὀδύρομαι,
καὶ τὰ μὲν παρεόντα οὐ δοκέω μεγάλα, τὰ δὲ
ὑστέρῳ χρόνῳ ἐσόμενα πάμπαν ἀνιηρά, λέγω δὲ

474

PHILOSOPHIES FOR SALE

HERMES

Come down among us, you two. I sell the two best philosophies; we offer the two that are sagest of all.

BUYER

Zeus! What a contrast! One of them never stops laughing, and the other is apparently mourning a death, as he weeps incessantly. What is the matter, man? Why are you laughing?

DEMOCRITEAN

Dost thou need to ask? Because to me it seemeth that all your affairs are laughable, and yourselves as well.

BUYER

What, are you laughing at us all, and do you think nothing of our affairs?

DEMOCRITEAN

Even so; for there is nothing serious in them, but everything is a hollow mockery, drift of atoms, infinitude.

BUYER

No indeed, but you yourself are a hollow mockery in very truth and an infinite ass. Oh, what effrontery! Will you never stop laughing? (*To the other.*) But you, why do you cry? For I think it is much more becoming to talk with you.

HERACLITEAN

Because I consider, O stranger, that the affairs of man are woeful and tearful, and there is naught in them that is not foredoomed; therefore I pity and grieve for men. And their present woes I do not consider great, but those to come in future will be wholly bitter; I speak of the great conflagrations

475

τὰς ἐκπυρώσιας καὶ τὴν τοῦ ὅλου συμφορήν· ταῦ-
τα ὀδύρομαι καὶ ὅτι ἔμπεδον οὐδέν, ἀλλ᾽ ὅκως ἐς
κυκεῶνα τὰ πάντα συνειλέονται καί ἐστι τὠυτὸ
τέρψις ἀτερψίη, γνῶσις ἀγνωσίη, μέγα μικρόν,
ἄνω κάτω περιχωρέοντα καὶ ἀμειβόμενα ἐν τῇ
τοῦ αἰῶνος παιδιῇ.

ΑΓΟΡΑΣΤΗΣ

Τί γὰρ ὁ αἰών ἐστι;

ΗΡΑΚΛΕΙΤΟΣ

Παῖς παίζων, πεσσεύων, διαφερόμενος, συμφερό-
μενος.

ΑΓΟΡΑΣΤΗΣ

Τί δὲ ἄνθρωποι;

ΗΡΑΚΛΕΙΤΟΣ

Θεοὶ θνητοί.

ΑΓΟΡΑΣΤΗΣ

Τί δὲ θεοί;

ΗΡΑΚΛΕΙΤΟΣ

Ἄνθρωποι ἀθάνατοι.

ΑΓΟΡΑΣΤΗΣ

Αἰνίγματα λέγεις, ὦ οὗτος, ἢ γρίφους συντίθης;
ἀτεχνῶς γὰρ ὥσπερ ὁ Λοξίας οὐδὲν ἀποσαφεῖς.

ΗΡΑΚΛΕΙΤΟΣ

Οὐδὲν γάρ μοι μέλει ὑμέων.

ΑΓΟΡΑΣΤΗΣ

Τοιγαροῦν οὐδὲ ὠνήσεταί σέ τις εὖ φρονῶν.

ΗΡΑΚΛΕΙΤΟΣ

Ἐγὼ δὲ κέλομαι πᾶσιν ἡβηδὸν οἰμώζειν, τοῖσιν
ὠνεομένοισι καὶ τοῖσιν οὐκ ὠνεομένοισι.

476

Reversal of BigBang — cycle of these

and the collapse of the universe. It is for this that I grieve, and because nothing is fixed, but all things are in a manner stirred up into porridge, and joy and joylessness, wisdom and unwisdom, great and small are all but the same, circling about, up and down, and interchanging in the game of Eternity.

BUYER

And what is Eternity?

HERACLITEAN

A child playing a game, moving counters, in discord, in concord.

BUYER

What are men?

HERACLITEAN

Mortal gods.

BUYER

And the Gods?

HERACLITEAN

Immortal men.

BUYER

Are you telling riddles, man, or making conundrums? You are just like Apollo, for you say nothing plainly.[1]

HERACLITEAN

Because you matter naught to me.

BUYER

Then nobody in his sense will buy you.

HERACLITEAN

I bid ye go weep, one and all, buy you or buy you not.

---

[1] Heraclitus was nicknamed ὁ Σκοτεινός, "the Obscure."

ΑΓΟΡΑΣΤΗΣ

Τουτὶ τὸ κακὸν οὐ πόρρω μελαγχολίας ἐστίν·
οὐδέτερον δὲ ὅμως αὐτῶν ἔγωγε ὠνήσομαι.

ΕΡΜΗΣ

Ἄπρατοι καὶ οὗτοι μένουσιν.

ΖΕΥΣ

Ἄλλον ἀποκήρυττε.

ΕΡΜΗΣ

15   Βούλει τὸν Ἀθηναῖον ἐκεῖνον, τὸν στωμύλον;

ΖΕΥΣ

Πάνυ μὲν οὖν.

ΕΡΜΗΣ

Δεῦρο ἐλθὲ συ. βίον ἀγαθὸν καὶ συνετὸν ἀπο-
κηρύττομεν. τίς ὠνεῖται τὸν ἱερώτατον;

ΑΓΟΡΑΣΤΗΣ

Εἰπέ μοι, τί μάλιστα εἰδὼς τυγχάνεις;

ΣΩΚΡΑΤΗΣ

Παιδεραστής εἰμι καὶ σοφὸς τὰ ἐρωτικά.

ΑΓΟΡΑΣΤΗΣ

Πῶς οὖν ἐγὼ πρίωμαί σε; παιδαγωγοῦ γὰρ
ἐδεόμην τῷ παιδὶ καλῷ ὄντι μοι.

ΣΩΚΡΑΤΗΣ

Τίς δ᾿ ἂν ἐπιτηδειότερος ἐμοῦ γένοιτο συνεῖναι
καλῷ; καὶ γὰρ οὐ τῶν σωμάτων ἐραστής εἰμι, τὴν
ψυχὴν δὲ ἡγοῦμαι καλήν. ἀμέλει κἂν ὑπὸ ταὐτὸν

PHILOSOPHIES FOR SALE

BUYER

This fellow's trouble is not far removed from insanity. However, I for my part will not buy either of them.

HERMES

They are left unsold also.

ZEUS

Put up another.

HERMES

Do you want the Athenian over there, who has so much to say?[1]

ZEUS

By all means.

HERMES

Come here, sir. We are putting up a righteous and intelligent philosophy. Who'll buy the height of sanctity?

BUYER

Tell me what you know best?

ACADEMIC

I am a lover, and wise in matters of love.

BUYER

How am I to buy you, then? What I wanted was a tutor for my son, who is handsome.

ACADEMIC

But who would be more suitable than I to associate with a handsome lad? It is not the body I love, it is the soul that I hold beautiful. As a matter of

---

[1] Both Socrates and Plato contribute to the picture of the typical Academic. Consequently some editors, misled by the manuscripts (see introductory note) ascribe the part of *Academic* to Socrates, some to Plato, and some divide it between the two.

ἱμάτιόν μοι κατακέωνται, ἀκούσει αὐτῶν λεγόν-
των μηδὲν ὑπ' ἐμοῦ δεινὸν παθεῖν.

ΑΓΟΡΑΣΤΗΣ

Ἄπιστα λέγεις, τὸ παιδεραστὴν ὄντα μὴ πέρα
τῆς ψυχῆς πολυπραγμονεῖν, καὶ ταῦτα ἐπ' ἐξου-
σίας, ὑπὸ τῷ αὐτῷ ἱματίῳ κατακείμενον.

ΣΩΚΡΑΤΗΣ

16 Καὶ μὴν ὀμνύω γέ σοι τὸν κύνα καὶ τὴν πλά-
τανον οὕτω ταῦτα ἔχειν.

ΑΓΟΡΑΣΤΗΣ

Ἡράκλεις τῆς ἀτοπίας τῶν θεῶν.

ΣΩΚΡΑΤΗΣ

Τί σὺ λέγεις; οὐ δοκεῖ σοι ὁ κύων εἶναι θεός;
οὐχ ὁρᾷς τὸν Ἄνουβιν ἐν Αἰγύπτῳ ὅσος; καὶ τὸν
ἐν οὐρανῷ Σείριον καὶ τὸν παρὰ τοῖς κάτω Κέρ-
βερον;

ΑΓΟΡΑΣΤΗΣ

17 Εὖ λέγεις, ἐγὼ δὲ διημάρτανον. ἀλλὰ τίνα βιοῖς
τὸν τρόπον;

ΣΩΚΡΑΤΗΣ

Οἰκῶ μὲν ἐμαυτῷ τινα πόλιν ἀναπλάσας, χρῶ-
μαι δὲ πολιτείᾳ ξένῃ καὶ νόμους νομίζω τοὺς ἐμούς.

ΑΓΟΡΑΣΤΗΣ

Ἕν ἐβουλόμην ἀκοῦσαι τῶν δογμάτων.

ΣΩΚΡΑΤΗΣ

Ἄκουε δὴ τὸ μέγιστον, ὃ περὶ τῶν γυναικῶν μοι

fact, even if they lie beneath the same cloak with
me, they will tell you that I have done them no
wrong.[1]

BUYER

I can't believe what you say, that you, though a
lover, take no interest in anything beyond the soul,
even when you have the opportunity, lying beneath
the same cloak.

ACADEMIC

But I swear to you by the dog and the plane-tree
that this is so.

BUYER

Heracles! What curious gods!

ACADEMIC

What is that you say? Don't you think the dog
is a god? Don't you know about Anubis in Egypt,
how great he is, and about Sirius in the sky and
Cerberus in the world below?

BUYER

Quite right; I was entirely mistaken. But what
is your manner of life?

ACADEMIC

I dwell in a city that I created for myself, using
an imported constitution and enacting statutes of
my own.[2]

BUYER

I should like to hear one of your enactments.

ACADEMIC

Let me tell you the most important one, the view

---

[1] See Plato's *Symposium*, particularly 216 D–219 D.
[2] The allusion is to Plato's *Republic*.

δοκεῖ· μηδεμίαν αὐτῶν μηδενὸς εἶναι μόνου, παντὶ
δὲ μετεῖναι τῷ βουλομένῳ τοῦ γάμου.

ΑΓΟΡΑΣΤΗΣ

Τοῦτο φής, ἀνῃρῆσθαι τοὺς περὶ μοιχείας νό-
μους;

ΣΩΚΡΑΤΗΣ

Νὴ Δία, καὶ ἁπλῶς γε πᾶσαν τὴν περὶ τὰ
τοιαῦτα μικρολογίαν.

ΑΓΟΡΑΣΤΗΣ

Τί δὲ περὶ τῶν ἐν ὥρᾳ παίδων σοι δοκεῖ;

ΣΩΚΡΑΤΗΣ

Καὶ οὗτοι ἔσονται τοῖς ἀρίστοις ἆθλον φιλῆσαι
λαμπρόν τι καὶ νεανικὸν ἐργασαμένοις.

ΑΓΟΡΑΣΤΗΣ

18 Βαβαὶ τῆς φιλοδωρίας. τῆς δὲ σοφίας τί σοι τὸ
κεφάλαιον;

ΣΩΚΡΑΤΗΣ

Αἱ ἰδέαι καὶ τὰ τῶν ὄντων παραδείγματα· ὁπόσα
γὰρ δὴ ὁρᾷς, τὴν γῆν, τὰ ἐπὶ γῆς, τὸν οὐρανόν,
τὴν θάλατταν, ἁπάντων τούτων εἰκόνες ἀφανεῖς
ἑστᾶσιν ἔξω τῶν ὅλων.

ΑΓΟΡΑΣΤΗΣ

Ποῦ δὲ ἑστᾶσιν;

ΣΩΚΡΑΤΗΣ

Οὐδαμοῦ· εἰ γάρ που εἶεν, οὐκ ἂν εἶεν.

ΑΓΟΡΑΣΤΗΣ

Οὐχ ὁρῶ ταῦθ᾽ ἅπερ λέγεις τὰ παραδείγματα.

that I hold about wives ; it is that none of them shall belong solely to any one man, but that everyone who so desires may share the rights of the husband.

BUYER

You mean by this that you have abolished the laws against adultery ?

ACADEMIC

Yes, and in a word, all this pettiness about such matters.

BUYER

What is your attitude as to pretty boys ?

ACADEMIC

Their kisses shall be a guerdon for the bravest after they have done some splendid, reckless deed.

BUYER

My word, what generosity ! And what is the gist of your wisdom ?

ACADEMIC

My " ideas " ; I mean the patterns of existing things : for of everything that you behold, the earth, with all that is upon it, the sky, the sea, invisible images exist outside the universe.

BUYER

Where do they exist ?

ACADEMIC

Nowhere ; for if they were anywhere, they would not be.[1]

BUYER

I do not see these patterns that you speak of.

[1] As space cannot be predicated of anything outside the universe, it cannot be predicated of the Platonic Ideas. To do so would be to make them phenomena instead of realities, for nothing in the universe is real.

483

ΣΩΚΡΑΤΗΣ

Εἰκότως· τυφλὸς γὰρ εἶ τῆς ψυχῆς τὸν ὀφθαλ-
μόν. ἐγὼ δὲ πάντων ὁρῶ εἰκόνας καὶ σὲ ἀφανῆ
κἀμὲ ἄλλον, καὶ ὅλως διπλᾶ πάντα.

ΑΓΟΡΑΣΤΗΣ

Τοιγαροῦν ὠνητέος εἶ σοφὸς καὶ ὀξυδερκής τις
ὤν. φέρε ἴδω τί καὶ πράξεις με ὑπὲρ αὐτοῦ σύ;

ΕΡΜΗΣ

Δὸς δύο τάλαντα.

ΑΓΟΡΑΣΤΗΣ

Ὠνησάμην ὅσου φής. τἀργύριον μέντοι εἰς αὖθις
καταβαλῶ.

ΕΡΜΗΣ

19 Τί σοι τοὔνομα;

ΑΓΟΡΑΣΤΗΣ

Δίων Συρακούσιος.

ΕΡΜΗΣ

Ἄγε λαβὼν ἀγαθῇ τύχῃ. τὸν Ἐπικούρειον σὲ
ἤδη καλῶ. τίς ὠνήσεται τοῦτον; ἔστι μὲν τοῦ γελῶν-
τος ἐκείνου μαθητὴς καὶ τοῦ μεθύοντος, οὓς μικρῷ
πρόσθεν ἀπεκηρύττομεν. ἐν δὲ πλέον οἶδεν αὐτῶν,
παρ' ὅσον δυσσεβέστερος τυγχάνει· τὰ δὲ ἄλλα
ἡδὺς καὶ λιχνείᾳ φίλος.

ΑΓΟΡΑΣΤΗΣ

Τίς ἡ τιμή;

ΕΡΜΗΣ

Δύο μναῖ.

ACADEMIC

Of course not, for the eye of your soul is blind ; but I see images of everything,—an invisible "you," another "me," and in a word, two of everything.

BUYER

Then I must buy you for your wisdom and your sharp sight. (*To* HERMES.) Come, let's see what price you will make me for him ?

HERMES

Give me two talents.

BUYER

He is sold to me at the price you mention. But I will pay the money later on.

HERMES

What is your name ?

BUYER

Dion of Syracuse.[1]

HERMES

He is yours ; take him, with good luck to you.

Epicurean, I want you now. Who will buy him ? He is a pupil of the laugher yonder and of the drunkard, both of whom we put up a short time ago.[2] In one way, however, he knows more than they, because he is more impious. Besides, he is agreeable and fond of good eating.

BUYER

What is his price ?

HERMES

Two minas.

[1] Chosen for mention, because he was Plato's pupil.
[2] The Epicureans took over the atomic theory from Democritus and the idea that pleasure is the highest good from the Cyrenaics.

ΑΓΟΡΑΣΤΗΣ

Λάμβανε· τὸ δεῖνα δέ, ὅπως εἰδῶ, τίσι χαίρει
τῶν ἐδέσματων;

ΕΡΜΗΣ

Τὰ γλυκέα σιτεῖται καὶ τὰ μελιτώδη καὶ μά-
λιστά γε τὰς ἰσχάδας.

ΑΓΟΡΑΣΤΗΣ

Χαλεπὸν οὐδέν· ὠνησόμεθα γὰρ αὐτῷ παλάθας
τῶν Καρικῶν.

ΖΕΥΣ

20 Ἄλλον κάλει, τὸν ἐν χρῷ κουρίαν ἐκεῖνον, τὸν
σκυθρωπόν, τὸν ἀπὸ τῆς στοᾶς.

ΕΡΜΗΣ

Εὖ λέγεις· ἐοίκασι γὰρ πολύ τι πλῆθος αὐτὸν
περιμένειν τῶν ἐπὶ τὴν ἀγορὰν ἀπηντηκότων. αὐ-
τὴν τὴν ἀρετὴν πωλῶ, τῶν βίων τὸν τελειότατον.
τίς ἅπαντα μόνος εἰδέναι θέλει;

ΑΓΟΡΑΣΤΗΣ

Πῶς τοῦτο φής;

ΕΡΜΗΣ

Ὅτι μόνος οὗτος σοφός, μόνος καλός, μόνος
δίκαιος ἀνδρεῖος βασιλεὺς ῥήτωρ πλούσιος νομοθέ-
της καὶ τὰ ἄλλα ὁπόσα ἐστίν.

ΑΓΟΡΑΣΤΗΣ

Οὐκοῦν καὶ μάγειρος μόνος, καὶ νὴ Δία γε
σκυτοδέψης ἢ τέκτων καὶ τὰ τοιαῦτα;

PHILOSOPHIES FOR SALE

BUYER

Here you are. But, I say! I want to know what food he likes.

HERMES

He eats sweets and honey-cakes, and, above all, figs.

BUYER

No trouble about that; we shall buy him cakes of pressed figs from Caria.

ZEUS

Call another, the one over there with the cropped head, the dismal fellow from the Porch.

HERMES

Quite right; at all events it looks as if the men who frequent the public square were waiting for him in great numbers.[1] I sell virtue itself, the most perfect of philosophies. Who wants to be the only one to know everything?

BUYER

What do you mean by that?

HERMES

That he is the only wise man, the only handsome man, the only just man, brave man, king, orator, rich man, lawgiver, and everything else that there is.[2]

BUYER

Then he is the only cook,—yes and the only tanner or carpenter, and so forth?

---

[1] Lucian means that the Stoic philosophy was in high favour with statesmen, lawyers, and men of affairs generally.

[2] Compare Horace, Epp. 1, I 106 ff:

Ad summam : sapiens uno minor est Jove, dives,
Liber, honoratus, pulcher, rex denique regum,
Praecipue sanus,— nisi cum pituita molestast !

ΕΡΜΗΣ

Ἔοικεν.

ΑΓΟΡΑΣΤΗΣ

21 Ἐλθέ, ὦγαθέ, καὶ λέγε πρὸς τὸν ὠνητὴν
ἐμὲ ποῖός τις εἶ, καὶ πρῶτον εἰ οὐκ ἄχθῃ πιπρα-
σκόμενος καὶ δοῦλος ὤν.

ΧΡΥΣΙΠΠΟΣ

Οὐδαμῶς· οὐ γὰρ ἐφ' ἡμῖν ταῦτά ἐστιν. ἃ δὲ
οὐκ ἐφ' ἡμῖν, ἀδιάφορα εἶναι συμβέβηκεν.

ΑΓΟΡΑΣΤΗΣ

Οὐ μανθάνω ᾗ καὶ λέγεις.

ΧΡΥΣΙΠΠΟΣ

Τί φής; οὐ μανθάνεις ὅτι τῶν τοιούτων τὰ μέν
ἐστι προηγμένα, τὰ δ' ἀνάπαλιν ἀποπροηγμένα;

ΑΓΟΡΑΣΤΗΣ

Οὐδὲ νῦν μανθάνω.

ΧΡΥΣΙΠΠΟΣ

Εἰκότως· οὐ γὰρ εἰ συνήθης τοῖς ἡμετέροις ὀνό-
μασιν οὐδὲ τὴν καταληπτικὴν φαντασίαν ἔχεις, ὁ
δὲ σπουδαῖος ὁ τὴν λογικὴν θεωρίαν ἐκμαθὼν οὐ
μόνον ταῦτα οἶδεν, ἀλλὰ καὶ σύμβαμα καὶ παρα-
σύμβαμα ὁποῖα καὶ ὁπόσον ἀλλήλων διαφέρει.

ΑΓΟΡΑΣΤΗΣ

Πρὸς τῆς σοφίας, μὴ φθονήσῃς κἂν τοῦτο

---

[1] Just as things "in our control" were divided into the
good and the bad, so those "not in our control" were divided
into the "approved" and the "disapproved," according
as they helped or hindered in the acquirement of virtue.

PHILOSOPHIES FOR SALE

HERMES

So it appears.

BUYER

Come here, my good fellow, and tell your buyer what you are like, and first of all whether you are not displeased with being sold and living in slavery?

STOIC

Not at all, for these things are not in our control, and all that is not in our control is immaterial.

BUYER

I don't understand what you mean by this.

STOIC

What, you do not understand that of such things some are "approved," and some, to the contrary, "disapproved"?[1]

BUYER

Even now I do not understand.

STOIC

Of course not, for you are not familiar with our vocabulary and have not the faculty of forming concepts; but a scholar who has mastered the science of logic knows not only this, but what predicaments and bye-predicaments are, and how they differ from each other.[2]

BUYER

In the name of wisdom, don't begrudge telling me

---

[2] The hair-splitting Stoics distinguished four forms of predication according to the case of the (logical) subject and the logical completeness of the predicate : the direct, complete predicate, or σύμβαμα (*predicament*), *i.e.* Σωκράτης βαδίζει ; the indirect, complete predicate, or παρασύμβαμα (*bye-predicament*), *i.e.* Σωκράτει μεταμέλει ; the direct, incomplete predicate, *i.e.* Σωκράτης φιλεῖ, and the indirect, incomplete predicate, *i.e.* Σωκράτει μέλει.

εἰπεῖν, τί τὸ σύμβαμα καὶ τὸ παρασύμβαμα· καὶ
γὰρ οὐκ οἶδ' ὅπως ἐπλήγην ὑπὸ τοῦ ῥυθμοῦ τῶν
ὀνομάτων.

ΧΡΥΣΙΠΠΟΣ

Ἀλλ' οὐδεὶς φθόνος· ἦν γάρ τις χωλὸς ὢν αὐτῷ
ἐκείνῳ τῷ χωλῷ ποδὶ προσπταίσας λίθῳ τραῦμα
ἐξ ἀφανοῦς λάβῃ, ὁ τοιοῦτος εἶχε μὲν δήπου σύμ-
βαμα τὴν χωλείαν, τὸ τραῦμα δὲ παρασύμβαμα
προσέλαβεν.

ΑΓΟΡΑΣΤΗΣ

22 Ὦ τῆς ἀγχινοίας. τί δὲ ἄλλο μάλιστα φῂς
εἰδέναι;

ΧΡΥΣΙΠΠΟΣ

Τὰς τῶν λόγων πλεκτάνας αἷς συμποδίζω τοὺς
προσομιλοῦντας καὶ ἀποφράττω καὶ σιωπᾶν ποιῶ,
φιμὸν ἀτεχνῶς αὐτοῖς περιτιθείς· ὄνομα δὲ τῇ
δυνάμει ταύτῃ ὁ ἀοίδιμος συλλογισμός.

ΑΓΟΡΑΣΤΗΣ

Ἡράκλεις, ἄμαχόν τινα καὶ βίαιον λέγεις.

ΧΡΥΣΙΠΠΟΣ

Σκόπει γοῦν· ἔστι σοι παιδίον;

ΑΓΟΡΑΣΤΗΣ

Τί μήν;

ΧΡΥΣΙΠΠΟΣ

Τοῦτο ἤν πως κροκόδειλος ἁρπάσῃ πλησίον τοῦ
ποταμοῦ πλαζόμενον εὑρών, κᾆτά σοι ἀποδώσειν
ὑπισχνῆται [1] αὐτό, ἢν εἴπῃς τἀληθὲς ὅ τι δέδοκται

---

[1] ὑπισχνῆται Fritzsche : ὑπισχνεῖται MSS.

at least what predicaments and bye-predicaments are ;
for I am somehow impressed by the rhythm of the
terms.

STOIC

Indeed, I do not begrudge it at all. If a man who
is lame dashes his lame foot against a stone and
receives an unlooked-for injury, he was already in a
predicament, of course, with his lameness, and with
his injury he gets into a bye-predicament too.

BUYER

Oh, what subtlety! And what else do you claim to
know best ?

STOIC

The word-snares with which I entangle those who
converse with me and stop their mouths and make
them hold their peace, putting a very muzzle on
them. This power is called the syllogism of wide
renown.[1]

BUYER

Heracles ! An invincible and mighty thing, by
what you say.

STOIC

See for yourself. Have you a child ?

BUYER

What of it ?

STOIC

If a crocodile should seize it on finding it straying
beside the river, and then should promise to give it
back to you if you told him truly what he intended

[1] The Stoics were noted for their attention to logic and
in especial to fallacies. Chrysippus wrote a book on
syllogisms, mentioned in the *Icaromenippus* (311).

αὐτῷ περὶ τῆς ἀποδόσεως τοῦ βρέφους, τί φήσεις
αὐτὸν ἐγνωκέναι;

ΑΓΟΡΑΣΤΗΣ

Δυσαπόκριτον ἐρωτᾷς. ἀπορῶ γὰρ ὁπότερον
εἰπὼν ἀπολάβοιμι. ἀλλὰ σὺ πρὸς Διὸς ἀποκρινά-
μενος ἀνάσωσαί μοι τὸ παιδίον, μὴ καὶ φθάσῃ
αὐτὸ καταπιών.

ΧΡΥΣΙΠΠΟΣ

Θάρρει· καὶ ἄλλα γάρ σε διδάξομαι θαυμασιώ-
τερα.

ΑΓΟΡΑΣΤΗΣ

Τὰ ποῖα;

ΧΡΥΣΙΠΠΟΣ

Τὸν θερίζοντα καὶ τὸν κυριεύοντα καὶ ἐπὶ πᾶσι
τὴν Ἠλέκτραν καὶ τὸν ἐγκεκαλυμμένον.

ΑΓΟΡΑΣΤΗΣ

Τίνα τοῦτον τὸν ἐγκεκαλυμμένον ἢ τίνα τὴν
Ἠλέκτραν λέγεις;

ΧΡΥΣΙΠΠΟΣ

Ἠλέκτραν μὲν ἐκείνην τὴν πάνυ, τὴν Ἀγαμέμνο-
νος, ἣ τὰ αὐτὰ οἶδέ τε ἅμα καὶ οὐκ οἶδε· παρεστῶ-
τος γὰρ αὐτῇ τοῦ Ὀρέστου ἔτι ἀγνῶτος οἶδε μὲν

---

[1] The commentators do not seem to have noticed that
Lucian has (intentionally) spoiled the sophism by using the
words δέδοκται and ἐγνωκέναι. It is perfectly possible for the
father to guess what the crocodile "had made up his mind"
to do, and so to get the child back : for an intention need
not be executed. The crocodile should ask, "*Am I going to*
(μέλλω) give up the child?" Then, if the father answers
"Yes," he will say "You are wrong," and eat it : and if

to do about giving it back, what would you say he
had made up his mind to do ? [1]

BUYER

Your question is hard to answer, for I don't know
which alternative I should follow in my reply, in
order to get back the child. Come, in Heaven's
name answer it yourself and save the child for me,
for fear the beast may get ahead of us and devour it !

STOIC

Courage ! I'll teach you other things that are more
wonderful.

BUYER

What are they ?

STOIC

The Reaper, the Master,[2] and above all, the Electra
and the Veiled Figure.

BUYER

What do you mean by the Veiled Figure and the
Electra ?

STOIC

The Electra is the famous Electra, the daughter of
Agamemnon, who at once knew and did not know
the same thing ; for when Orestes stood beside her
before the recognition she knew that Orestes was

the father says " No," he will reply " You are right ;
therefore I am not going to give it up."

[2] Neither of these are accurately known. The Reaper was
based on the fallacious employment of the negative, and
proved that a man who was going to reap a field could not
possibly reap it. Zeno, the founder of the Stoic school, is
said to have paid 200 minas to a logician who taught him
seven varieties of this fallacy. The Master consisted of four
propositions, of which you could take any three and disprove
the fourth.

THE WORKS OF LUCIAN

Ὀρέστην, ὅτι ἀδελφὸς αὐτῆς, ὅτι δὲ οὗτος Ὀρέστης
ἀγνοεῖ. τὸν δ' αὖ ἐγκεκαλυμμένον καὶ πάνυ θαυ-
μαστὸν ἀκούσῃ λόγον· ἀπόκριναι γάρ μοι, τὸν
πατέρα οἶσθα τὸν σεαυτοῦ;

ΑΓΟΡΑΣΤΗΣ

Ναί.

ΧΡΥΣΙΠΠΟΣ

Τί οὖν; ἤν σοι παραστήσας τινὰ ἐγκεκαλυμμένον
ἔρωμαι, τοῦτον οἶσθα; τί φήσεις;

ΑΓΟΡΑΣΤΗΣ

Δηλαδὴ ἀγνοεῖν.

ΧΡΥΣΙΠΠΟΣ

23 Ἀλλὰ μὴν αὐτὸς οὗτος ἦν ὁ πατὴρ ὁ σός· ὥστε
εἰ τοῦτον ἀγνοεῖς, δῆλος εἶ τὸν πατέρα τὸν σὸν
ἀγνοῶν.

ΑΓΟΡΑΣΤΗΣ

Οὐ μὲν οὖν· ἀλλ' ἀποκαλύψας αὐτὸν εἴσομαι
τὴν ἀλήθειαν. ὅμως δ' οὖν τί σοι τῆς σοφίας τὸ
τέλος, ἢ τί πράξεις πρὸς τὸ ἀκρότατον τῆς ἀρετῆς
ἀφικόμενος;

ΧΡΥΣΙΠΠΟΣ

Περὶ τὰ πρῶτα κατὰ φύσιν τότε γενήσομαι,
λέγω δὲ πλοῦτον, ὑγίειαν καὶ τὰ τοιαῦτα. πρότε-
ρον δὲ ἀνάγκη πολλὰ προπονῆσαι λεπτογράφοις
βιβλίοις παραθήγοντα τὴν ὄψιν καὶ σχόλια συν-

---

[1] Here again Lucian does scant justice to the fallacy,
which he really gives away by his statement of it. It
should run : "she at once knew and did not know that
Orestes was her brother, for she did not know that this man
was her brother ; but this man was Orestes."

[2] As the Stoics set great store by "living in harmony with
nature," they divided "things which did not matter"
into the "acceptable" and the "unacceptable" according

494

her brother, but did not know that this was Orestes.[1]
As to the Veiled Figure, you shall hear a very
wonderful argument. Tell me, do you know your
own father?

BUYER

Yes.

STOIC

But if I put a veiled figure before you and asked
you if you know him, what will you say?

BUYER

That I don't, of course.

STOIC

But the veiled figure turns out to be your own
father; so if you don't know him, you evidently don't
know your own father.

BUYER

Not so : I should unveil him and find out the
truth! But to go on—what is the purpose of your
wisdom, and what shall you do when you reach the
summit of virtue?

STOIC

I shall then devote myself to the chief natural
goods, I mean wealth, health, and the like.[2] But
first I must go through many preparatory toils,
whetting my eyesight with closely-written books,

as they were in or out of harmony with the natural wants of
man. This did not supersede the classification alluded to
above, but was convenient because it enabled them to dispose
of certain things which were hard to classify on the other
basis. For instance, a good complexion is neither "approved"
nor "disapproved" as an aid to the acquirement of virtue,
but it is in harmony with nature, and therefore "acceptable."
Hence the Stoics were often accused (as they are constantly
accused by indirection in this dialogue) of setting up a double
standard.

495

ἀγείροντα καὶ σολοικισμῶν ἐμπιπλάμενον καὶ
ἀτόπων ῥημάτων· καὶ τὸ κεφάλαιον, οὐ θέμις
γενέσθαι σοφόν, ἢν μὴ τρὶς ἐφεξῆς τοῦ ἐλλεβόρου
πίῃς.

ΑΓΟΡΑΣΤΗΣ

Γενναῖά σου ταῦτα καὶ δεινῶς ἀνδρικά. τὸ δὲ
Γνίφωνα εἶναι καὶ τοκογλύφον — καὶ γὰρ τάδε
ὁρῶ σοι προσόντα — τί φῶμεν, ἀνδρὸς ἤδη πεπω-
κότος τὸν ἐλλέβορον καὶ τελείου πρὸς ἀρετήν;

ΧΡΥΣΙΠΠΟΣ

Ναί· μόνῳ γοῦν τὸ δανείζειν πρέποι ἂν τῷ σοφῷ·
ἐπεὶ γὰρ ἴδιον αὐτοῦ συλλογίζεσθαι, τὸ δανεί-
ζειν δὲ καὶ λογίζεσθαι τοὺς τόκους πλησίον εἶναι
δοκεῖ τῷ συλλογίζεσθαι, μόνου ἂν εἴη τοῦ σπου-
δαίου καθάπερ ἐκεῖνο καὶ τοῦτο, καὶ οὐ μόνον γε
ἁπλοῦς, ὥσπερ οἱ ἄλλοι, τοὺς τόκους, ἀλλὰ καὶ
τούτων ἑτέρους τόκους λαμβάνειν· ἢ γὰρ ἀγνοεῖς
ὅτι τῶν τόκων οἱ μέν εἰσι πρῶτοί τινες, οἱ δὲ
δεύτεροι, καθάπερ αὐτῶν ἐκείνων ἀπόγονοι; ὁρᾷς
δὲ δὴ καὶ τὸν συλλογισμὸν ὁποῖά φησιν· εἰ τὸν
πρῶτον τόκον λήψεται, λήψεται[1] καὶ τὸν δεύτε-
ρον· ἀλλὰ μὴν τὸν πρῶτον λήψεται, λήψεται[2] ἄρα
καὶ τὸν δεύτερον.

ΑΓΟΡΑΣΤΗΣ

24 Οὐκοῦν καὶ μισθῶν πέρι τὰ αὐτὰ φῶμεν, οὓς
σὺ λαμβάνεις ἐπὶ τῇ σοφίᾳ παρὰ τῶν νέων, καὶ
δῆλον ὅτι μόνος ὁ σπουδαῖος μισθὸν ἐπὶ τῇ ἀρετῇ
λήψεται;

---

[1] λήψεται Jacobitz: not in MSS.
[2] λήψεται Jacobitz: not in MSS.

collecting learned comments and stuffing myself with solecisms and uncouth words; and to cap all, a man may not become wise until he has taken the hellebore treatment three times running.[1]

BUYER

These projects of yours are noble and dreadfully courageous. But to be a Gnipho and a usurer—for I see that this is one of your traits too—what shall we say of this? That it is the mark of a man who has already taken his hellebore-treatment and is consummate in virtue?

STOIC

Yes; at any rate money-lending is especially appropriate to a wise man, for as drawing inferences is a specialty of his, and as money-lending and drawing interest is next-door to drawing inferences, the one, like the other, belongs particularly to the scholar: and not only getting simple interest, like other people, but interest upon interest. For don't you know that there is a first interest and a second interest, the offspring,[2] as it were, of the first? And you surely perceive what logic says: "If he gets the first interest, he will get the second; but he will get the first, *ergo* he will get the second."

BUYER

Then we are to say the same of the fees that you get for your wisdom from young men, and obviously none but the scholar will get paid for his virtue?

[1] A hit at Chrysippus. Hellebore was the specific for insanity, and rumour said that Chrysippus had taken the treatment three times (cf. *True Story*, 2, 18).

[2] A play upon τόκος, which is literally "offspring."

ΧΡΥΣΙΠΠΟΣ

Μανθάνεις· οὐ γὰρ ἐμαυτοῦ ἕνεκα[1] λαμβάνω,
τοῦ δὲ διδόντος αὐτοῦ χάριν· ἐπεὶ γάρ ἐστιν ὁ μέν
τις ἐκχύτης, ὁ δὲ περιεκτικός, ἐμαυτὸν μὲν ἀσκῶ
εἶναι περιεκτικόν, τὸν δὲ μαθητὴν ἐκχύτην.

ΑΓΟΡΑΣΤΗΣ

Καὶ μὴν τοὐναντίον ἐχρῆν[2] τὸν νέον μὲν εἶναι
περιεκτικόν, σὲ δὲ τὸν μόνον πλούσιον ἐκχύτην.

ΧΡΥΣΙΠΠΟΣ

Σκώπτεις, ὦ οὗτος. ἀλλ᾽ ὅρα μή σε ἀποτοξεύσω
τῷ ἀναποδείκτῳ συλλογισμῷ.

ΑΓΟΡΑΣΤΗΣ

Καὶ τί δεινὸν ἀπὸ τοῦ βέλους;

ΧΡΥΣΙΠΠΟΣ

25 Ἀπορία καὶ σιωπὴ καὶ διαστραφῆναι τὴν διά-
νοιαν. ὃ δὲ μέγιστον, ἢν ἐθέλω, τάχιστά σε ἀπο-
δείξω λίθον.

ΑΓΟΡΑΣΤΗΣ

Πῶς λίθον; οὐ γὰρ Περσεὺς σύ, ὦ βέλτιστε,
εἶναί μοι δοκεῖς.

ΧΡΥΣΙΠΠΟΣ

Ὧδέ πως· ὁ λίθος σῶμά ἐστι;

ΑΓΟΡΑΣΤΗΣ

Ναί.

ΧΡΥΣΙΠΠΟΣ

Τί δέ; τὸ ζῷον οὐ σῶμα;

ΑΓΟΡΑΣΤΗΣ

Ναί.

---

[1] ἕνεκα Dindorf : εἵνεκα MSS.
[2] ἐχρῆν Ψ (?), Seager, Fritzsche : ἔφης MSS.

PHILOSOPHIES FOR SALE

STOIC

Your understanding of the matter is correct. You see, I do not take pay on my own account, but for the sake of the giver himself: for since there are two classes of men, the disbursive and the receptive, I train myself to be receptive and my pupil to be disbursive.

BUYER

On the contrary, the young man ought to be receptive and you, who alone are rich, disbursive!

STOIC

You are joking, man. Look out that I don't shoot you with my indemonstrable syllogism.[1]

BUYER

What have I to fear from that shaft?

STOIC

Perplexity and aphasia and a sprained intellect. But the great thing is that if I wish I can turn you into a stone forthwith.

BUYER

How will you turn me into a stone? You are not a Perseus, I think, my dear fellow.

STOIC

In this way. Is a stone a substance?

BUYER

Yes.

STOIC

And how about this—is not an animal a substance?

BUYER

Yes.

[1] Indemonstrable in the sense that its propositions do not require demonstration, or indeed admit of it.

ΧΡΥΣΙΠΠΟΣ

Σὺ δὲ ζῷον;

ΑΓΟΡΑΣΤΗΣ

Ἔοικα γοῦν.

ΧΡΥΣΙΠΠΟΣ

Λίθος ἄρα εἶ σῶμα ὤν.

ΑΓΟΡΑΣΤΗΣ

Μηδαμῶς. ἀλλ᾽ ἀνάλυσόν με πρὸς τοῦ Διὸς καὶ
ἐξ ὑπαρχῆς ποίησον ἄνθρωπον.

ΧΡΥΣΙΠΠΟΣ

Οὐ χαλεπόν· ἀλλ᾽ ἔμπαλιν ἴσθι ἄνθρωπος. εἰπὲ
γάρ μοι, πᾶν σῶμα ζῷον;

ΑΓΟΡΑΣΤΗΣ

Οὔ.

ΧΡΥΣΙΠΠΟΣ

Τί δέ; λίθος ζῷον;

ΑΓΟΡΑΣΤΗΣ

Οὔ.

ΧΡΥΣΙΠΠΟΣ

Σὺ δὲ σῶμα εἶ;

ΑΓΟΡΑΣΤΗΣ

Ναί.

ΧΡΥΣΙΠΠΟΣ

Σῶμα δὲ ὢν ζῷον εἶ;

ΑΓΟΡΑΣΤΗΣ

Ναί.

ΧΡΥΣΙΠΠΟΣ

Οὐκ ἄρα λίθος εἶ ζῷόν γε ὤν.

ΑΓΟΡΑΣΤΗΣ

Εὖ γε ἐποίησας, ὡς ἤδη μου τὰ σκέλη καθάπερ
τῆς Νιόβης ἀπεψύχετο καὶ πάγια ἦν. ἀλλὰ ὠνή-
σομαί γε σέ. πόσον ὑπὲρ αὐτοῦ καταβαλῶ;

PHILOSOPHIES FOR SALE

STOIC

And you are an animal?

BUYER

So it appears, anyhow.

STOIC

Then you are a substance, and therefore a stone!

BUYER

Don't say that! Distribute my middle, for Heaven's sake, and make me a man again.

STOIC

That is not difficult. Be a man once more!—Tell me, is every substance an animal?

BUYER

No.

STOIC

Well, is a stone an animal?

BUYER

No.

STOIC

You are a substance?

BUYER

Yes.

STOIC

But even if you are a substance, you are an animal.

BUYER

Yes.

STOIC

Then you are not a stone, being an animal.

BUYER

Thank you kindly; my legs were already as cold and solid as Niobe's. I will buy you. (*To* HERMES.) How much have I to pay for him?

ΕΡΜΗΣ

Μνᾶς δώδεκα.

ΑΓΟΡΑΣΤΗΣ

Λάμβανε.

ΕΡΜΗΣ

Μόνος δὲ αὐτὸν ἐώνησαι;

ΑΓΟΡΑΣΤΗΣ

Μὰ Δί᾽, ἀλλ᾽ οὗτοι πάντες οὓς ὁρᾷς.

ΕΡΜΗΣ

Πολλοί γε καὶ τοὺς ὤμους καρτεροὶ καὶ τοῦ θερίζοντος ἄξιοι.

ΖΕΥΣ

26 Μὴ διάτριβε· ἄλλον κάλει τὸν Περιπατητικόν.

ΕΡΜΗΣ

Σέ φημι, τὸν καλόν, τὸν πλούσιον. ἄγε δή, ὠνήσασθε τὸν συνετώτατον, τὸν ἅπαντα ὅλως ἐπιστάμενον.

ΑΓΟΡΑΣΤΗΣ

Ποῖος δέ τις ἐστί;

ΕΡΜΗΣ

Μέτριος, ἐπιεικής, ἁρμόδιος τῷ βίῳ, τὸ δὲ μέγιστον, διπλοῦς.

ΑΓΟΡΑΣΤΗΣ

Πῶς λέγεις;

ΕΡΜΗΣ

Ἄλλος μὲν ὁ ἔκτοσθεν φαινόμενος, ἄλλος δὲ ὁ ἔντοσθεν εἶναι δοκεῖ· ὥστε ἢν πρίῃ αὐτόν, μέμνησο τὸν μὲν ἐξωτερικόν, τὸν δὲ ἐσωτερικὸν καλεῖν.

ΑΓΟΡΑΣΤΗΣ

Τί δὲ γινώσκει μάλιστα;

PHILOSOPHIES FOR SALE

HERMES

Twelve minas.

BUYER

Here you are.

HERMES

Are you the sole purchaser?

BUYER

No, indeed; there are all these men whom you see.

HERMES

Yes, there are many of them, heavy-shouldered fellows, fit associates for the Reaper.

ZEUS

Don't delay; call another, the Peripatetic.

HERMES

(*To* PERIPATETIC.) I say, you who are handsome, you who are _rich_! (*To the* BUYERS.) Come now, buy the height of intelligence, the one who knows absolutely everything!

BUYER

What is he like!

HERMES

Moderate, gentlemanly, adaptable in his way of living, and, what is more, he is double.

BUYER

What do you mean?

HERMES

Viewed from the outside, he seems to be one man, and from the inside, another; so if you buy him, be sure to call the one self "exoteric" and the other "esoteric."

BUYER

What does he know best?

ΕΡΜΗΣ

Τρία εἶναι τὰ ἀγαθά, ἐν ψυχῇ, ἐν σώματι, ἐν τοῖς ἐκτός.

ΑΓΟΡΑΣΤΗΣ

Ἀνθρώπινα φρονεῖ. πόσου δέ ἐστιν;

ΕΡΜΗΣ

Εἴκοσι μνῶν.

ΑΓΟΡΑΣΤΗΣ

Πολλοῦ [1] λέγεις.

ΕΡΜΗΣ

Οὔκ, ὦ μακάριε· καὶ γὰρ αὐτὸς ἔχειν τι ἀργύριον δοκεῖ, ὥστε οὐκ ἂν φθάνοις ὠνούμενος. ἔτι δὲ εἴσῃ αὐτίκα μάλα παρ' αὐτοῦ πόσον μὲν ὁ κώνωψ βιοῖ τὸν χρόνον, ἐφ' ὁπόσον δὲ βάθος ἡ θάλαττα ὑπὸ τοῦ ἡλίου καταλάμπεται, καὶ ὁποία τίς ἐστιν ἡ ψυχὴ τῶν ὀστρείων.

ΑΓΟΡΑΣΤΗΣ

Ἡράκλεις τῆς ἀκριβολογίας.

ΕΡΜΗΣ

Τί δὲ εἰ ἀκούσειας ἄλλα πολλῷ τούτων ὀξυδερκέστερα, γονῆς τε πέρι καὶ γενέσεως καὶ τῆς ἐν ταῖς μήτραις τῶν ἐμβρύων πλαστικῆς, καὶ ὡς ἄνθρωπος μὲν γελαστικόν, ὄνος δὲ οὐ γελαστικὸν οὐδὲ τεκταινόμενον οὐδὲ πλωϊζόμενον;

ΑΓΟΡΑΣΤΗΣ

Πάνσεμνα φὴς καὶ ὀνησιφόρα τὰ μαθήματα, ὥστε ὠνοῦμαι αὐτὸν τῶν [2] εἴκοσιν.

ΕΡΜΗΣ

27 Εἶεν.

ΖΕΥΣ

Τίς λοιπὸς ἡμῖν;

[1] πολλοῦ Reitz: πολύ MSS.   [2] τῶν Cobet: not in MSS.

PHILOSOPHIES FOR SALE

HERMES

That goods are threefold, in the soul, in the body, and in things external.[1]

BUYER

He has common sense. How much is he?

HERMES

Twenty minas.

BUYER

Your price is high.

HERMES

Not so, bless you, for he himself appears to have a bit of money, so you can't be too quick about buying him. Besides, he will tell you at once how long a gnat lives, how far down into the sea the sunlight reaches, and what the soul of an oyster is like.

BUYER

Heracles, what insight!

HERMES

What if I should tell you of other information demanding far keener vision, about sperm and conception and the shaping of the embryo in the womb, and how man is a creature that laughs, while asses do not laugh, and neither do they build houses nor sail boats.

BUYER

This is high and helpful information that you tell of, so I shall buy him for the twenty minas.

HERMES

Very well.

ZEUS

Whom have we left?

---

[1] Aristotle, *Eth. Nicom.* A, 8, 1098 b.

ΕΡΜΗΣ

Καταλείπεται ὁ Σκεπτικὸς [1] οὗτος. σὺ ὁ Πυρρίας πρόσιθι καὶ ἀποκηρύττου κατὰ τάχος. ἤδη μὲν ὑπορρέουσιν οἱ πολλοὶ καὶ ἐν ὀλίγοις ἡ πρᾶσις ἔσται. ὅμως δὲ τίς καὶ τοῦτον ὠνήσεται;

ΑΓΟΡΑΣΤΗΣ

Ἔγωγε. ἀλλὰ πρῶτον εἰπέ μοι, σὺ τί ἐπίστασαι;

ΠΥΡΡΩΝ

Οὐδέν.

ΑΓΟΡΑΣΤΗΣ

Πῶς τοῦτο ἔφησθα;

ΠΥΡΡΩΝ

Ὅτι οὐδὲν ὅλως εἶναί μοι δοκεῖ.

ΑΓΟΡΑΣΤΗΣ

Οὐδὲ ἡμεῖς ἄρα ἐσμέν τινες;

ΠΥΡΡΩΝ

Οὐδὲ τοῦτο οἶδα.

ΑΓΟΡΑΣΤΗΣ

Οὐδὲ ὅτι σύ τις ὢν τυγχάνεις;

ΠΥΡΡΩΝ

Πολὺ μᾶλλον ἔτι τοῦτο ἀγνοῶ.

ΑΓΟΡΑΣΤΗΣ

Ὦ τῆς ἀπορίας. τί δὲ σοι τὰ σταθμία ταυτὶ βούλεται;

ΠΥΡΡΩΝ

Ζυγοστατῶ ἐν αὐτοῖς τοὺς λόγους καὶ πρὸς τὸ ἴσον ἀπευθύνω, καὶ ἐπειδὰν ἀκριβῶς ὁμοίους τε

---

[1] ἡμῖν. ΕΡΜ. καταλείπεται ὁ Σκεπτικὸς Bekker: ἡμῖν καταλείπεται. ΕΡΜ. ὁ Σκεπτικὸς MSS.

HERMES

This Sceptic is still on our hands. Reddy,[1] come here and be put up without delay. The crowd is already drifting away, and there will be but few at his sale. However,—who'll buy this one?

BUYER

I will. But first tell me, what do you know?

SCEPTIC

Nothing.

BUYER

What do you mean by that?

SCEPTIC

That in my opinion nothing at all exists.

BUYER

Then do not *we* exist?

SCEPTIC

I don't even know that.

BUYER

Not even that you yourself exist?

SCEPTIC

I am far more uncertain about that.

BUYER

Oh, what a state of doubt? But what are these scales of yours for?

SCEPTIC

I weigh arguments in them and make them balance one another, and when I see they are

[1] Pyrrhias (Reddy) is a slave name, brought in for the sake of the pun on the name of the founder of the Sceptic school, Pyrrho.

καὶ ἰσοβαρεῖς ἴδω, τότε δὴ τότε ἀγνοῶ τὸν ἀλη-
θέστερον.

ΑΓΟΡΑΣΤΗΣ

Τῶν ἄλλων δὲ τί ἂν πράττοις ἐμμελῶς;

ΠΥΡΡΩΝ

Τὰ πάντα πλὴν δραπέτην μεταδιώκειν.

ΑΓΟΡΑΣΤΗΣ

Τί δὲ τοῦτό σοι ἀδύνατον;

ΠΥΡΡΩΝ

Ὅτι, ὦγαθέ, οὐ καταλαμβάνω.

ΑΓΟΡΑΣΤΗΣ

Εἰκότως· βραδὺς γὰρ καὶ νωθής τις εἶναι δοκεῖς.
ἀλλὰ τί σοι τὸ τέλος τῆς ἐπιστάσεως;

ΠΥΡΡΩΝ

Ἡ ἀμαθία καὶ τὸ μήτε ἀκούειν μήτε ὁρᾶν.

ΑΓΟΡΑΣΤΗΣ

Οὐκοῦν καὶ τὸ τυφλὸς ἅμα καὶ κωφὸς εἶναι
λέγεις;

ΠΥΡΡΩΝ

Καὶ ἄκριτός γε προσέτι καὶ ἀναίσθητος καὶ
ὅλως τοῦ σκώληκος οὐδὲν διαφέρων.

ΑΓΟΡΑΣΤΗΣ

Ὠνητέος εἶ διὰ ταῦτα. πόσου τοῦτον ἄξιον χρὴ
φάναι;

ΕΡΜΗΣ

Μνᾶς Ἀττικῆς·

ΑΓΟΡΑΣΤΗΣ

Λάμβανε. τί φής, ὦ οὗτος; ἐώνημαί σε;

precisely alike and equal in weight, then, ah! then I do not know which is the truer.

BUYER

What else can you do fairly well?

SCEPTIC

Everything except catch a runaway slave.

BUYER

Why can't you do that?

SCEPTIC

Because, my dear sir, I am unable to apprehend anything.[1]

BUYER

Of course, for you look to be slow and lazy. But what is the upshot of your wisdom?

SCEPTIC

Ignorance, and failure of hearing and vision.

BUYER

Then you mean being both deaf and blind?

SCEPTIC

Yes, and devoid of judgement and feeling, and, in a word, no better than a worm.

BUYER

I must buy you for that reason. (*To* HERMES.) How much may I call him worth?

HERMES

An Attic mina.

BUYER

Here you are. (*To* SCEPTIC.) What have you to say, fellow? Have I bought you?

---

[1] The same joke is cracked by Lucian in the *True Story*, 2, 18, at the expense of the New Academy.

ΠΤΡΡΩΝ

Ἄδηλον.

ΑΓΟΡΑΣΤΗΣ

Μηδαμῶς· ἐώνημαι γὰρ καὶ τἀργύριον κατέβαλον.

ΠΤΡΡΩΝ

Ἐπέχω περὶ τούτου καὶ διασκέπτομαι.

ΑΓΟΡΑΣΤΗΣ

Καὶ μὴν ἀκολούθει μοι, καθάπερ χρὴ ἐμὸν οἰκέτην.

ΠΤΡΡΩΝ

Τίς οἶδεν εἰ ἀληθῆ ταῦτα φής;

ΑΓΟΡΑΣΤΗΣ

Ὁ κῆρυξ καὶ ἡ μνᾶ καὶ οἱ παρόντες.

ΠΤΡΓΩΝ

Πάρεισι γὰρ ἡμῖν τινες;

ΑΓΟΡΑΣΤΗΣ

Ἀλλ’ ἔγωγέ σε ἤδη ἐμβαλὼν ἐς τὸν μυλῶνα πείσω εἶναι δεσπότης κατὰ τὸν χείρω λόγον.

ΠΤΡΡΩΝ

Ἔπεχε περὶ τούτου.

ΑΓΟΡΑΣΤΗΣ

Μὰ Δί’, ἀλλ’ ἤδη γε ἀπεφηνάμην.

ΕΡΜΗΣ

Σὺ μὲν παῦσαι ἀντιτείνων καὶ ἀκολούθει τῷ πριαμένῳ, ὑμᾶς δὲ εἰς αὔριον παρακαλοῦμεν· ἀποκηρύξειν γὰρ τοὺς ἰδιώτας καὶ βαναύσους καὶ ἀγοραίους βίους μέλλομεν.

SCEPTIC

Doubtful.

BUYER

No, indeed, I have bought you and paid the price
in cash.

SCEPTIC

I am suspending judgement on that point and
thinking it over.

BUYER

Come now, fellow, walk along behind me as my
servant should.

SCEPTIC

Who knows if what you say is true?

BUYER

The crier, the mina, and the men present.

SCEPTIC

Is there anyone here present?

BUYER

Come, I'll chuck you into the mill and convince
you that I am your master, with sorry logic!

SCEPTIC

Suspend judgement on that point.

BUYER

No, by Heaven! I have already affirmed my
judgement.

HERMES

(*To* SCEPTIC.) Stop hanging back and go with
your buyer. (*To the* COMPANY.) We invite you all
here to-morrow, for we intend to put up for sale the
careers of laymen, workingmen, and tradesmen.

INDEX

INDEX

INDEX

515

INDEX

INDEX

INDEX

519

INDEX

PRINTED IN GREAT BRITAIN BY RICHARD CLAY AND COMPANY, LTD., BUNGAY, SUFFOLK

THE LOEB CLASSICAL LIBRARY

VOLUMES ALREADY PUBLISHED

Latin Authors

AMMIANUS MARCELLINUS. Translated by J. C. Rolfe. 3 Vols.

APULEIUS: THE GOLDEN ASS (METAMORPHOSES). W. Adlington (1566). Revised by S. Gaselee.

ST. AUGUSTINE: CITY OF GOD. 7 Vols. Vol. I. G. H. McCracken. Vol. VI. W. C. Greene.

ST. AUGUSTINE, CONFESSIONS OF. W. Watts (1631). 2 Vols.

ST. AUGUSTINE, SELECT LETTERS. J. H. Baxter.

AUSONIUS. H. G. Evelyn White. 2 Vols.

BEDE. J. E. King. 2 Vols.

BOETHIUS: TRACTS and DE CONSOLATIONE PHILOSOPHIAE. Rev. H. F. Stewart and E. K. Rand.

CAESAR: ALEXANDRIAN, AFRICAN and SPANISH WARS. A. G. Way.

CAESAR: CIVIL WARS. A. G. Peskett.

CAESAR: GALLIC WAR. H. J. Edwards.

CATO: DE RE RUSTICA; VARRO: DE RE RUSTICA. H. B. Ash and W. D. Hooper.

CATULLUS. F. W. Cornish; TIBULLUS. J. B. Postgate; PERVIGILIUM VENERIS. J. W. Mackail.

CELSUS: DE MEDICINA. W. G. Spencer. 3 Vols.

CICERO: BRUTUS, and ORATOR. G. L. Hendrickson and H. M. Hubbell.

[CICERO]: AD HERENNIUM. H. Caplan.

CICERO: DE ORATORE, etc. 2 Vols. Vol. I. DE ORATORE, Books I. and II. E. W. Sutton and H. Rackham. Vol. II. DE ORATORE, Book III. De Fato; Paradoxa Stoicorum; De Partitione Oratoria. H. Rackham.

CICERO: DE FINIBUS. H. Rackham.

CICERO: DE INVENTIONE, etc. H. M. Hubbell.

CICERO: DE NATURA DEORUM and ACADEMICA. H. Rackham.

CICERO: DE OFFICIIS. Walter Miller.

CICERO: DE REPUBLICA and DE LEGIBUS; SOMNIUM SCIPIONIS. Clinton W. Keyes.

CICERO: DE SENECTUTE, DE AMICITIA, DE DIVINATIONE. W. A. Falconer.

CICERO: IN CATILINAM, PRO FLACCO, PRO MURENA, PRO SULLA. Louis E. Lord.

CICERO: LETTERS TO ATTICUS. E. O. Winstedt. 3 Vols.

CICERO: LETTERS TO HIS FRIENDS. W. Glynn Williams. 3 Vols.

CICERO: PHILIPPICS. W. C. A. Ker.

CICERO: PRO ARCHIA POST REDITUM, DE DOMO, DE HARUSPICUM RESPONSIS, PRO PLANCIO. N. H. Watts.

CICERO: PRO CAECINA, PRO LEGE MANILIA, PRO CLUENTIO, PRO RABIRIO. H. Grose Hodge.

CICERO: PRO CAELIO, DE PROVINCIIS CONSULARIBUS, PRO BALBO. R. Gardner.

CICERO: PRO MILONE, IN PISONEM, PRO SCAURO, PRO FONTEIO, PRO RABIRIO POSTUMO, PRO MARCELLO, PRO LIGARIO, PRO REGE DEIOTARO. N. H. Watts.

CICERO: PRO QUINCTIO, PRO ROSCIO AMERINO, PRO ROSCIO COMOEDO, CONTRA RULLUM. J. H. Freese.

CICERO: PRO SESTIO, IN VATINIUM. R. Gardner.

CICERO: TUSCULAN DISPUTATIONS. J. E. King.

CICERO: VERRINE ORATIONS. L. H. G. Greenwood. 2 Vols.

CLAUDIAN. M. Platnauer. 2 Vols.

COLUMELLA: DE RE RUSTICA. DE ARBORIBUS. H. B. Ash, E. S. Forster and E. Heffner. 3 Vols.

CURTIUS, Q.: HISTORY OF ALEXANDER. J. C. Rolfe. 2 Vols.

FLORUS. E. S. Forster; and CORNELIUS NEPOS. J. C. Rolfe.

FRONTINUS: STRATAGEMS and AQUEDUCTS. C. E. Bennett and M. B. McElwain.

FRONTO: CORRESPONDENCE. C. R. Haines. 2 Vols.

GELLIUS, J. C. Rolfe. 3 Vols.

HORACE: ODES and EPODES. C. E. Bennett.

HORACE: SATIRES, EPISTLES, ARS POETICA. H. R. Fairclough.

JEROME: SELECTED LETTERS. F. A. Wright.

JUVENAL and PERSIUS. G. G. Ramsay.

LIVY. B. O. Foster, F. G. Moore, Evan T. Sage, and A. C. Schlesinger and R. M. Geer (General Index). 14 Vols.

LUCAN. J. D. Duff.

LUCRETIUS. W. H. D. Rouse.

MARTIAL. W. C. A. Ker. 2 Vols.

MINOR LATIN POETS: from PUBLILIUS SYRUS TO RUTILIUS NAMATIANUS, including GRATTIUS, CALPURNIUS SICULUS, NEMESIANUS, AVIANUS, and others with "Aetna" and the "Phoenix." J. Wight Duff and Arnold M. Duff.

OVID: THE ART OF LOVE and OTHER POEMS. J. H. Mozley.

2

Ovid: Fasti. Sir James G. Frazer.

Ovid: Heroides and Amores. Grant Showerman.

Ovid: Metamorphoses. F. J. Miller. 2 Vols.

Ovid: Tristia and Ex Ponto. A. L. Wheeler.

Persius. Cf. Juvenal.

Petronius. M. Heseltine; Seneca: Apocolocyntosis.
W. H. D. Rouse.

Plautus. Paul Nixon. 5 Vols.

Pliny: Letters. Melmoth's Translation revised by W. M. L.
Hutchinson. 2 Vols.

Pliny: Natural History. H. Rackham and W. H. S. Jones.
10 Vols. Vols. I.–V. and IX. H. Rackham. Vols. VI. and
VII. W. H. S. Jones.

Propertius. H. E. Butler.

Prudentius. H. J. Thomson. 2 Vols.

Quintilian. H. E. Butler. 4 Vols.

Remains of Old Latin. E. H. Warmington. 4 Vols. Vol. I.
(Ennius and Caecilius.) Vol. II. (Livius, Naevius,
Pacuvius, Accius.) Vol. III. (Lucilius and Laws of XII
Tables.) (Archaic Inscriptions.)

Sallust. J. C. Rolfe.

Scriptores Historiae Augustae. D. Magie. 3 Vols.

Seneca: Apocolocyntosis. Cf. Petronius.

Seneca: Epistulae Morales. R. M. Gummere. 3 Vols.

Seneca: Moral Essays. J. W. Basore. 3 Vols.

Seneca: Tragedies. F. J. Miller. 2 Vols.

Sidonius: Poems and Letters. W. B. Anderson. 2 Vols.

Silius Italicus. J. D. Duff. 2 Vols.

Statius. J. H. Mozley. 2 Vols.

Suetonius. J. C. Rolfe. 2 Vols.

Tacitus: Dialogues. Sir Wm. Peterson. Agricola and
Germania. Maurice Hutton.

Tacitus: Histories and Annals. C. H. Moore and J. Jackson.
4 Vols.

Terence. John Sargeaunt. 2 Vols.

Tertullian: Apologia and De Spectaculis. T. R. Glover.
Minucius Felix. G. H. Rendall.

Valerius Flaccus. J. H. Mozley.

Varro: De Lingua Latina. R. G. Kent. 2 Vols.

Velleius Paterculus and Res Gestae Divi Augusti. F. W.
Shipley.

Virgil. H. R. Fairclough. 2 Vols.

Vitruvius: De Architectura. F. Granger. 2 Vols.

Greek Authors

ACHILLES TATIUS. S. Gaselee.

AELIAN: ON THE NATURE OF ANIMALS. A. F. Scholfield. 3 Vols.

AENEAS TACTICUS, ASCLEPIODOTUS and ONASANDER. The Illinios Greek Club.

AESCHINES. C. D. Adams.

AESCHYLUS. H. Weir Smyth. 2 Vols.

ALCIPHRON, AELIAN, PHILOSTRATUS: LETTERS. A. R. Benner and F. H. Fobes.

ANDOCIDES, ANTIPHON, Cf. MINOR ATTIC ORATORS.

APOLLODORUS. Sir James G. Frazer. 2 Vols.

APOLLONIUS RHODIUS. R. C. Seaton.

THE APOSTOLIC FATHERS. Kirsopp Lake. 2 Vols.

APPIAN: ROMAN HISTORY. Horace White. 4 Vols.

ARATUS. Cf. CALLIMACHUS.

ARISTOPHANES. Benjamin Bickley Rogers. 3 Vols. Verse trans.

ARISTOTLE: ART OF RHETORIC. J. H. Freese.

ARISTOTLE: ATHENIAN CONSTITUTION, EUDEMIAN ETHICS, VICES AND VIRTUES. H. Rackham.

ARISTOTLE: GENERATION OF ANIMALS. A. L. Peck.

ARISTOTLE: METAPHYSICS. H. Tredennick. 2 Vols.

ARISTOTLE: METEROLOGICA. H. D. P. Lee.

ARISTOTLE: MINOR WORKS. W. S. Hett. On Colours, On Things Heard, On Physiognomies, On Plants, On Marvellous Things Heard, Mechanical Problems, On Indivisible Lines, On Situations and Names of Winds, On Melissus, Xenophanes, and Gorgias.

ARISTOTLE: NICOMACHEAN ETHICS. H. Rackham.

ARISTOTLE: OECONOMICA and MAGNA MORALIA. G. C. Armstrong; (with Metaphysics, Vol. II.).

ARISTOTLE: ON THE HEAVENS. W. K. C. Guthrie.

ARISTOTLE: ON THE SOUL. PARVA NATURALIA. ON BREATH. W. S. Hett.

ARISTOTLE: ORGANON—Categories, On Interpretation, Prior Analytics. H. P. Cooke and H. Tredennick.

ARISTOTLE: ORGANON—Posterior Analytics, Topics. H. Tredennick and E. S. Foster.

ARISTOTLE: ORGANON—On Sophistical Refutations. On Coming to be and Passing Away, On the Cosmos. E. S. Forster and D. J. Furley.

ARISTOTLE: PARTS OF ANIMALS. A. L. Peck; MOTION AND PROGRESSION OF ANIMALS. E. S. Forster.

4

ARISTOTLE: PHYSICS. Rev. P. Wicksteed and F. M. Cornford. 2 Vols.

ARISTOTLE: POETICS and LONGINUS. W. Hamilton Fyfe; DEMETRIUS ON STYLE. W. Rhys Roberts.

ARISTOTLE: POLITICS. H. Rackham.

ARISTOTLE: PROBLEMS. W. S. Hett. 2 Vols.

ARISTOTLE: RHETORICA AD ALEXANDRUM (with PROBLEMS. Vol. II.). H. Rackham.

ARRIAN: HISTORY OF ALEXANDER and INDICA. Rev. E. Iliffe Robson. 2 Vols.

ATHENAEUS: DEIPNOSOPHISTAE. C. B. Gulick. 7 Vols.

ST. BASIL: LETTERS. R. J. Deferrari. 4 Vols.

CALLIMACHUS: FRAGMENTS. C. A. Trypanis.

CALLIMACHUS, Hymns and Epigrams, and LYCOPHRON. A. W. Mair; ARATUS. G. R. Mair.

CLEMENT of ALEXANDRIA. Rev. G. W. Butterworth.

COLLUTHUS. Cf. OPPIAN.

DAPHNIS AND CHLOE. Thornley's Translation revised by J. M. Edmonds; and PARTHENIUS. S. Gaselee.

DEMOSTHENES I.: OLYNTHIACS, PHILIPPICS and MINOR ORATIONS. I.–XVII. AND XX. J. H. Vince.

DEMOSTHENES II.: DE CORONA and DE FALSA LEGATIONE. C. A. Vince and J. H. Vince.

DEMOSTHENES III.: MEIDIAS, ANDROTION, ARISTOCRATES, TIMOCRATES and ARISTOGEITON, I. AND II. J. H. Vince.

DEMOSTHENES IV.–VI.: PRIVATE ORATIONS and IN NEAERAM. A. T. Murray.

DEMOSTHENES VII.: FUNERAL SPEECH, EROTIC ESSAY, EXORDIA and LETTERS. N. W. and N. J. DeWitt.

DIO CASSIUS: ROMAN HISTORY. E. Cary. 9 Vols.

DIO CHRYSOSTOM. J. W. Cohoon and H. Lamar Crosby. 5 Vols.

DIODORUS SICULUS. 12 Vols. Vols. I.–VI. C. H. Oldfather. Vol. VII. C. L. Sherman, Vols. IX. and X. R. M. Geer. Vol. XI. F. Walton.

DIOGENES LAERTIUS. R. D. Hicks. 2 Vols.

DIONYSIUS OF HALICARNASSUS: ROMAN ANTIQUITIES. Spelman's translation revised by E. Cary. 7 Vols.

EPICTETUS. W. A. Oldfather. 2 Vols.

EURIPIDES. A. S. Way. 4 Vols. Verse trans.

EUSEBIUS: ECCLESIASTICAL HISTORY. Kirsopp Lake and J. E. L. Oulton. 2 Vols.

GALEN: ON THE NATURAL FACULTIES. A. J. Brock.

THE GREEK ANTHOLOGY. W. R. Paton. 5 Vols.

GREEK ELEGY AND IAMBUS with the ANACREONTEA. J. M. Edmonds. 2 Vols.

THE GREEK BUCOLIC POETS (THEOCRITUS, BION, MOSCHUS). J. M. Edmonds.

GREEK MATHEMATICAL WORKS. Ivor Thomas. 2 Vols.

HERODES. Cf. THEOPHRASTUS: CHARACTERS.

HERODOTUS. A. D. Godley. 4 Vols.

HESIOD AND THE HOMERIC HYMNS. H. G. Evelyn White.

HIPPOCRATES and the FRAGMENTS OF HERACLEITUS. W. H. S. Jones and E. T. Withington. 4 Vols.

HOMER: ILIAD. A. T. Murray. 2 Vols.

HOMER: ODYSSEY. A. T. Murray. 2 Vols.

ISAEUS. E. W. Forster.

ISOCRATES. George Norlin and LaRue Van Hook. 3 Vols.

ST. JOHN DAMASCENE: BARLAAM AND IOASAPH. Rev. G. R. Woodward and Harold Mattingly.

JOSEPHUS. H. St. J. Thackeray and Ralph Marcus. 9 Vols. Vols. I.–VII.

JULIAN. Wilmer Cave Wright. 3 Vols.

LUCIAN. 8 Vols. Vols. I.–V. A. M. Harmon. Vol. VI. K. Kilburn.

LYCOPHRON. Cf. CALLIMACHUS.

LYRA GRAECA. J. M. Edmonds. 3 Vols.

LYSIAS. W. R. M. Lamb.

MANETHO. W. G. Waddell; PTOLEMY: TETRABIBLOS. F. E. Robbins.

MARCUS AURELIUS. C. R. Haines.

MENANDER. F. G. Allinson.

MINOR ATTIC ORATORS (ANTIPHON, ANDOCIDES, LYCURGUS, DEMADES, DINARCHUS, HYPEREIDES). K. J. Maidment and J. O. Burrt. 2 Vols.

NONNOS: DIONYSIACA. W. H. D. Rouse. 3 Vols

OPPIAN, COLLUTHUS, TRYPHIODORUS. A. W. Mair.

PAPYRI. NON-LITERARY SELECTIONS. A. S. Hunt and C. C. Edgar. 2 Vols. LITERARY SELECTIONS (Poetry). D. L. Page.

PARTHENIUS. Cf. DAPHNIS AND CHLOE.

PAUSANIAS: DESCRIPTION OF GREECE. W. H. S. Jones. 4 Vols. and Companion Vol. arranged by R. E. Wycherley.

PHILO. 10 Vols. Vols. I.–V.; F. H. Colson and Rev. G. H. Whitaker. Vols. VI.–IX.; F. H. Colson.

PHILO: two supplementary Vols. (*Translation only.*) Ralph Marcus.

PHILOSTRATUS: THE LIFE OF APOLLONIUS OF TYANA. F. C. Conybeare. 2 Vols.

PHILOSTRATUS: IMAGINES; CALLISTRATUS: DESCRIPTIONS. A. Fairbanks.

PHILOSTRATUS and EUNAPIUS: LIVES OF THE SOPHISTS. Wilmer Cave Wright.

PINDAR. Sir J. E. Sandys.

PLATO: CHARMIDES, ALCIBIADES, HIPPARCHUS, THE LOVERS, THEAGES, MINOS and EPINOMIS. W. R. M. Lamb.

PLATO: CRATYLUS, PARMENIDES, GREATER HIPPIAS, LESSER HIPPIAS. H. N. Fowler.

PLATO: EUTHYPHRO, APOLOGY, CRITO, PHAEDO, PHAEDRUS. H. N. Fowler.

PLATO: LACHES, PROTAGORAS, MENO, EUTHYDEMUS. W. R. M. Lamb.

PLATO: LAWS. Rev. R. G. Bury. 2 Vols.

PLATO: LYSIS, SYMPOSIUM, GORGIAS. W. R. M. Lamb.

PLATO: REPUBLIC. Paul Shorey. 2 Vols.

PLATO: STATESMAN, PHILEBUS. H. N. Fowler; ION. W. R. M. Lamb.

PLATO: THEAETETUS and SOPHIST. H. N. Fowler.

PLATO: TIMAEUS, CRITIAS, CLITOPHO, MENEXENUS, EPISTULAE. Rev. R. G. Bury.

PLUTARCH: MORALIA. 15 Vols. Vols. I.-V. F. C. Babbitt. Vol. VI. W. C. Helmbold. Vol. VII. P. H. De Lacy and B. Einarson. Vol. IX. E. L. Minar, Jr., F. H. Sandbach, W. C. Helmbold. Vol. X. H. N. Fowler. Vol. XII. H. Cherniss and W. C. Helmbold.

PLUTARCH: THE PARALLEL LIVES. B. Perrin. 11 Vols.

POLYBIUS. W. R. Paton. 6 Vols.

PROCOPIUS: HISTORY OF THE WARS. H. B. Dewing. 7 Vols.

PTOLEMY: TETRABIBLOS. Cf. MANETHO.

QUINTUS SMYRNAEUS. A. S. Way. Verse trans.

SEXTUS EMPIRICUS. Rev. R. G. Bury. 4 Vols.

SOPHOCLES. F. Storr. 2 Vols. Verse trans.

STRABO: GEOGRAPHY. Horace L. Jones. 8 Vols.

THEOPHRASTUS: CHARACTERS. J. M. Edmonds. HERODES, etc. A. D. Knox.

THEOPHRASTUS: ENQUIRY INTO PLANTS. Sir Arthur Hort, Bart. 2 Vols.

THUCYDIDES. C. F. Smith. 4 Vols.

TRYPHIODORUS. Cf. OPPIAN.

XENOPHON: CYROPAEDIA. Walter Miller. 2 Vols.

XENOPHON: HELLENICA, ANABASIS, APOLOGY, and SYMPOSIUM. C. L. Brownson and O. J. Todd. 3 Vols.

XENOPHON: MEMORABILIA and OECONOMICUS. E. C. Marchant.

XENOPHON: SCRIPTA MINORA. E. C. Marchant.

IN PREPARATION

Greek Authors

ARISTOTLE: HISTORY OF ANIMALS. A. L. Peck.
PLOTINUS: A. H. Armstrong.

Latin Authors

BABRIUS AND PHAEDRUS. Ben E. Perry.

DESCRIPTIVE PROSPECTUS ON APPLICATION

London   WILLIAM HEINEMANN LTD
Cambridge, Mass.   HARVARD UNIVERSITY PRESS